D1342212

LUCIEN LEUWEN

STENDHAL

Lucien Leuwen

STENDHAL
(1783-1842)

Son père est un austère magistrat, sa mère la fille d'un médecin voltairien : Henri Beyle naît le 23 janvier 1783 à Grenoble, sous la neuvième année de règne de Louis XVI. L'enfant, qui déteste son père et adore sa mère, a 7 ans lorsque cette dernière meurt des suites d'une fausse couche.

Henri est élevé par une tante bigote et un abbé précepteur qui le dégoûtent à vie de la religion. Son refuge, c'est la maison de son grand-père Gagnon, et la lecture. Au lycée de Grenoble, il révèle ses dons pour les mathématiques et, en 1799, part pour Paris : il veut entrer à Polytechnique.

Il arrive dans la capitale le lendemain du coup d'État du 18 Brumaire. Grâce à un cousin — qui sera ministre de Napoléon Ier — Henri Beyle peut suivre l'armée française pendant la campagne d'Italie et obtenir le grade de sous-lieutenant de cavalerie. Il découvre le charme des villes italiennes jusqu'à ce que, las de parcourir l'Italie du Nord comme agent de liaison, il rentre à Paris en 1802 pour démissionner de l'armée. Il a 19 ans et essaie, en vain, d'écrire une comédie.

En 1805, il travaille dans une maison de commerce à Marseille, où il a suivi Mélanie Guilbert, une comédienne qu'il délaisse pour reprendre du service. Intendant en Allemagne, il espère obtenir une promotion, s'imagine préfet, baron d'Empire...

Fonctionnaire à la Liste civile à Paris — il s'occupe du mobilier historique des châteaux impériaux —, auditeur au Conseil d'État, il fréquente les salons où il brille par son esprit caustique et son sens aigu de l'observation. Ce petit homme rond, au visage empâté, qui se sait laid, accorde beaucoup de soin à sa toilette et mène grand train de vie.

A Paris il a une liaison avec l'actrice Angelina Béreyter, à Milan, où il retourne, une autre avec Angela Pietragrua, une femme dont la beauté l'avait ébloui, lors de son précédent séjour.

Courrier de Napoléon pendant la campagne de Russie, il est témoin de l'incendie de Moscou, puis retourne à Milan où il reste pendant les Cent Jours. Mis en demi-solde par les Bourbons, il s'y installe pour sept ans, y rédigeant *L'Histoire de la peinture en Italie*, et *Rome, Naples et Florence* (1817) qu'il signe « M. de Stendhal, officier de cavalerie ». Sa passion malheureuse pour Mathilde Viscontini lui inspire *De l'Amour*.

Suspecté, lui le libéral, d'être un agent français par la police autrichienne, il revient à Paris où il publie *De l'Amour* : pas plus de vingt exemplaires seront vendus en dix ans ! Pour vivre, cet admirateur de Shakespeare, cet anglophile qui pimente, depuis l'adolescence, ses écrits intimes d'expressions anglo-saxonnes collabore à des revues londoniennes. *Armance*, son premier roman est, en 1827, un nouvel échec qui le laisse un peu plus désabusé. En 1829, il fait paraître *Le Rouge et le Noir*. Nouvel échec, nouvelle humiliation.

A la chute de Charles X, en 1830, il obtient d'être nommé consul à Civitavecchia, près de Rome ; l'accréditation au consulat de Trieste lui a été refusée par les Autrichiens. Il s'y ennuie, rédige *Lucien Lewen*, et *Souvenirs d'égotisme* (qui ne paraîtront que soixante ans plus tard), lie, lors des congés qu'il passe à Paris, des intrigues amoureuses. *La Chartreuse de Parme*, roman écrit en cinquante-deux jours, sort en 1839. Balzac salue ce roman en le qualifiant de « sublime ». Stendhal n'en obtient pas pour autant du succès en librairie. Si la postérité en fera l'un des plus grands écrivains français, ses contemporains l'ignorent.

Il souffre de la goutte mais continue à écrire, contre l'avis de son médecin. *Lamiel*, son dernier roman, restera inachevé. Une attaque d'apoplexie le terrasse le 22 mars 1842, alors qu'il se promène dans Paris. Ce méticuleux avait, auparavant, rédigé en italien son épitaphe :

« Henri Beyle, Milanais. Il vécut, écrivit, aima. Cette âme adorait Cimarosa, Mozart et Shakespeare. »

PREMIÈRE PARTIE

To the happy few.

Il y avait une fois une famille à Paris
qui avait été préservée des idées vulgaires par son chef, lequel avait beaucoup d'esprit et de plus savait vouloir.

Lord BYRON.

CHAPITRE PREMIER

Lucien Leuwen avait été chassé de l'École polytechnique pour s'être allé promener mal à propos, un jour qu'il était consigné, ainsi que tous ses camarades : c'était à l'époque d'une des célèbres journées de juin, avril ou février 1832 ou 1834.

Quelques jeunes gens assez fous, mais doués d'un grand courage, prétendaient détrôner le roi, et l'École polytechnique (qui est en possession de déplaire au maître des Tuileries), était sévèrement consignée dans ses quartiers. Le lendemain de sa promenade, Lucien fut renvoyé comme républicain. Fort affligé d'abord, depuis deux ans il se consolait du malheur de n'avoir plus à travailler douze heures par jour. Il passait très bien son temps chez son père, homme de plaisir et riche banquier, lequel avait à Paris une maison fort agréable.

M. Leuwen père, l'un des associés de la célèbre maison Van Peters, Leuwen et compagnie, ne redoutait au monde que deux choses : les ennuyeux et l'air humide. Il n'avait point d'humeur, ne prenait jamais le ton sérieux avec son fils et lui avait proposé, à la sortie de l'École, de travailler au comptoir un seul jour de la semaine, le jeudi, jour du grand courrier de Hollande. Pour chaque jeudi de travail, le caissier comptait à Lucien deux cents francs, et de temps à autre payait aussi quelques petites dettes ; sur quoi M. Leuwen disait :

« Un fils est un créancier donné par la nature. »

Quelquefois il plaisantait ce créancier.

« Savez-vous, lui disait-il un jour, ce qu'on mettrait sur votre tombe de marbre, au Père-Lachaise, si nous avions

le malheur de vous perdre ? « *Siste, viator !* Ici repose
« Lucien Leuwen, républicain, qui pendant deux années
« fit une guerre soutenue aux cigares et aux bottes
« neuves. »

Au moment où nous le prenons, cet ennemi des cigares
ne pensait guère plus à la république, qui tarde trop à
venir. « Et, d'ailleurs, se disait-il, si les Français ont du
plaisir à être menés monarchiquement et tambour bat-
tant, pourquoi les déranger ? La majorité aime apparemment cet ensemble doucereux d'hypocrisie et de mensonge qu'on appelle *gouvernement représentatif.* »

Comme ses parents ne cherchaient point à le trop diriger, Lucien passait sa vie dans le salon de sa mère. Encore
jeune et assez jolie, Mme Leuwen jouissait de la plus
haute considération ; la société lui accordait infiniment
d'esprit. Pourtant un juge sévère aurait pu lui reprocher
une délicatesse outrée et un mépris trop absolu pour le
parler haut et l'impudence de nos jeunes hommes à succès.

Cet esprit fier et singulier ne daignait pas même exprimer son mépris, et à la moindre apparence de vulgarité ou
d'affectation, tombait dans un silence invincible.
Mme Leuwen était sujette à prendre en grippe des choses
fort innocentes, uniquement parce qu'elle les avait rencontrées, pour la première fois, chez des êtres faisant trop
de bruit.

Les dîners que donnait M. Leuwen étaient célèbres dans
tout Paris ; souvent ils étaient parfaits. Il y avait les jours
où il recevait les gens à argent ou à ambition ; mais ces
messieurs ne faisaient point partie de la société de sa
femme. Ainsi cette société n'était point gâtée par le métier
de M. Leuwen ; l'argent n'y était point le mérite unique ; et
même, chose incroyable ! il n'y passait pas pour le plus
grand des avantages. Dans ce salon dont l'ameublement
avait coûté cent mille francs, on ne haïssait personne
(étrange contraste !) ; mais on aimait à rire, et, dans
l'occasion, on se moquait fort bien de toutes les affecta-
tions, à commencer par le roi et l'archevêque

Comme vous voyez, la conversation n'y était point faite
pour servir à l'avancement et conquérir de *belles positions*.
Malgré cet inconvénient, qui éloignait bien des gens qu'on
ne regrettait point, la presse était grande pour être admis
dans la société de Mme Leuwen. Elle eût été à la mode, si
Mme Leuwen eût voulu la rendre accessible ; mais il fal-

lait réunir bien des conditions pour y être reçu. Le but unique de Mme Leuwen était d'amuser un mari qui avait vingt ans de plus qu'elle et passait pour être fort bien avec les demoiselles de l'Opéra. Malgré cet inconvénient, et quelle que fût l'amabilité de son salon, Mme Leuwen n'était complètement heureuse que lorsqu'elle y voyait son mari.

On trouvait dans sa société que Lucien avait une tournure élégante, de la simplicité et quelque chose de fort distingué dans les manières ; mais là se bornaient les louanges : il ne passait point pour homme d'esprit. La passion pour le travail, l'éducation presque militaire et le franc-parler de l'École polytechnique lui avaient valu une absence totale d'affectation. Il songeait dans chaque moment à faire ce qui lui plaisait le plus au moment même, et ne pensait point assez *aux autres*.

Il regrettait l'épée de l'École, parce que Mme Grandet, une femme fort jolie et qui avait des succès à la nouvelle cour, lui avait dit qu'il la portait bien. Du reste, il était assez grand et montait parfaitement bien à cheval. De jolis cheveux, d'un blond foncé, prévenaient en faveur d'une figure assez irrégulière, mais dont les traits trop grands respiraient la franchise et la vivacité. Mais, il faut l'avouer, rien de tranchant dans les manières, point du tout l'air colonel du Gymnase, encore moins les tons d'importance et de hauteur calculées d'un jeune attaché d'ambassade. Rien absolument dans ses façons ne disait : « Mon père a dix millions. » Ainsi notre héros n'avait point la physionomie à la *mode*, qui, à Paris, fait les trois quarts de la beauté. Enfin, chose impardonnable dans ce siècle empesé, Lucien avait l'air insouciant, étourdi.

« Comme tu gaspilles une admirable position ! » lui disait un jour Ernest Dévelroy, son cousin, jeune savant qui brillait déjà dans la *Revue de **** et avait eu trois voix pour l'Académie des sciences morales.

Ernest parlait ainsi dans le cabriolet de Lucien, en se faisant mener à la soirée de M. N..., un *libéral* de 1829, aux pensées sublimes et tendres, et qui maintenant réunit pour quarante mille francs de places, et appelle les républicains l'*opprobre de l'espèce humaine*.

« Si tu avais un peu de sérieux, si tu ne riais pas de la moindre sottise, tu pourrais être dans le salon de ton père, et même ailleurs, un des meilleurs élèves de l'École polytechnique, éliminés pour opinion. Vois ton camarade d'École, M. Coffe, chassé comme toi, pauvre comme Job, admis, par grâce d'abord, dans le salon de ta mère ; et cependant de quelle considération ne jouit-il pas parmi ces millionnaires et ces pairs de France ? Son secret est bien simple, tout le monde peut le lui prendre : il a la mine grave et ne dit mot. Donne-toi donc quelquefois l'air un peu sombre. Tous les hommes de ton âge cherchent l'importance ; tu y étais arrivé en vingt-quatre heures, sans qu'il y eût de ta faute, pauvre garçon ! et tu la répudies de gaieté de cœur. A te voir, on dirait un enfant, et, que pis est, un enfant content. On commence à te prendre au mot, je t'en avertis, et, malgré les millions de ton père, tu ne comptes dans rien ; tu n'as pas de consistance, tu n'es qu'un écolier gentil. A vingt ans, cela est presque ridicule, et, pour t'achever, tu passes des heures entières à ta toilette, et on le sait.

— Pour te plaire, disait Lucien, il faudrait jouer un rôle, n'est-ce pas ? et celui d'un *homme triste* ! et qu'est-ce que la société me donnera en échange de mon ennui ? et cette contrariété serait de tous les instants. Ne faudrait-il pas écouter, sans sourciller, les longues homélies de M. le marquis D... sur l'économie politique, et les lamentations de M. l'abbé R... sur les dangers infinis du partage entre frères que prescrit le Code civil ? D'abord, peut-être, ces messieurs ne savent ce qu'ils disent ; et, en second lieu, ce qui est bien plus probable, ils se moqueraient fort des nigauds qui les croiraient.

— Eh bien, réfute-les, établis une discussion, la galerie est pour toi. Qui te dit d'approuver ? Sois sérieux ; prends un rôle grave.

— Je craindrais qu'en moins de huit jours le *rôle grave* ne devînt une réalité. Qu'ai-je à faire des suffrages du monde ? Je ne lui demande rien. Je ne donnerais pas trois louis pour être de ton Académie ; ne venons-nous pas de voir comment M. B... a été élu ?

— Mais le monde te demandera compte, tôt ou tard, de la place qu'il t'accorde sur parole, à cause des millions de ton père. Si ton indépendance donne de l'humeur au monde, il saura bien trouver quelque prétexte pour te percer le cœur. Un beau jour il aura le caprice de te jeter au dernier rang. Tu auras l'habitude d'un accueil agréable ; je te vois au désespoir, mais il sera trop tard. Alors tu sentiras la nécessité d'être quelque chose, d'appartenir à un corps qui te soutienne au besoin, et tu te feras amateur fou de courses de chevaux ; moi je trouve moins sot d'être académicien. »

Le sermon finit parce qu'Ernest descendit à la porte du renégat aux vingt places. « Il est drôle, mon cousin, se dit Lucien. C'est absolument comme Mme Grandet, qui prétend qu'il est important pour moi que j'aille à la messe : *Cela est indispensable surtout quand on est destiné à une belle fortune et qu'on ne porte pas un nom.* Parbleu ! Je serais bien fou de faire des choses ennuyeuses ! Qui prend garde à moi dans Paris ? »

Six semaines après le sermon d'Ernest Dévelroy, Lucien se promenait dans sa chambre ; il suivait avec une attention scrupuleuse les compartiments d'un riche tapis de Turquie ; Mme Leuwen l'avait fait enlever de sa propre chambre et placer chez son fils, un jour qu'il était enrhumé. A la même occasion, Lucien avait été revêtu d'une robe de chambre magnifique et bizarre bleu et or et d'un pantalon bien chaud de cachemire amarante.

Dans ce costume il avait l'air heureux, ses traits souriaient. A chaque tour dans la chambre, il détournait un peu les yeux, sans s'arrêter pourtant ; il regardait un canapé, et sur ce canapé était jeté un habit vert, avec passepoils amarante, et à cet habit étaient attachées des épaulettes de sous-lieutenant.

C'était là le bonheur.

CHAPITRE II

Comme M. Leuwen, ce banquier célèbre, donnait des dîners de la plus haute distinction, à peu près parfaits, et cependant n'était ni moral, ni ennuyeux, ni ambitieux, mais seulement fantasque et singulier, il avait beaucoup d'amis. Toutefois, par une grave erreur, ces amis n'étaient pas choisis de façon à augmenter la considération dont il jouissait et son ampleur dans le monde. C'étaient, avant tout, de ces hommes d'esprit et de plaisir, qui, peut-être, le matin, s'occupent sérieusement de leur fortune, mais, le soir, se moquent de tout le monde, vont à l'Opéra et surtout ne chicanent pas le pouvoir sur son origine ; car pour cela, il faudrait se fâcher, blâmer, être triste.

Ces amis avaient dit au ministre régnant que Lucien n'était point un *Hampden*, un fanatique de liberté américaine, un homme à refuser l'impôt s'il n'y avait pas budget, mais tout simplement un jeune homme de vingt ans, pensant comme tout le monde. En conséquence, depuis trente-six heures, Lucien était sous-lieutenant au 27ᵉ régiment de lanciers, lequel a des passepoils amarante et de plus est renommé pour sa valeur brillante.

« Dois-je regretter le 9ᵉ, où il y avait aussi une place vacante ? se disait Lucien en allumant gaiement un petit cigare qu'il venait de faire avec du papier de réglisse à lui envoyé de Barcelone. Le 9ᵉ a des passepoils jaune jonquille... cela est plus gai... oui, mais c'est moins noble, moins sévère, moins militaire... Bah ! militaire ! jamais on ne se battra avec ces régiments payés par une Chambre des communes ! L'essentiel, pour un uniforme, c'est d'être joli au bal, et la jeune jonquille est plus gai...

« Quelle différence ! Autrefois, lorsque je pris mon premier uniforme, en entrant à l'École, peu m'importait sa couleur ; je pensais à de belles batteries promptement élevées sous le feu tonnant de l'artillerie prussienne... Qui sait ? Peut-être mon 27ᵉ de lanciers chargera-t-il un jour ces beaux *hussards de la mort*, dont Napoléon dit du bien dans le bulletin d'Iéna !... Mais, pour se battre avec un vrai plaisir, ajouta-t-il, il faudrait que la patrie fût réellement intéressée au combat ; car, s'il s'agit seulement de plaire à cette *halte dans la boue* qui a fait les étrangers si insolents, ma foi, ce n'est pas la peine. » Et tout le plaisir de braver le danger, de se battre en héros, fut flétri à ses yeux. Par amour pour l'uniforme, il essaya de songer aux avantages du métier : avoir de l'avancement, des croix, de l'argent... « Allons, tout de suite, pourquoi pas piller l'Allemand ou l'Espagnol, comme N... ou N... ? »

Sa lèvre, en exprimant le profond dégoût, laissa tomber le petit cigare sur le beau tapis, présent de sa mère ; il le releva précipitamment ; c'était déjà un autre homme ; la répugnance pour la guerre avait disparu.

« Bah ! se dit-il, jamais la Russie ni les autres despotismes purs ne pardonneront aux *trois journées*. Alors il sera beau de se battre. »

Une fois rassuré contre cet ignoble contact avec les amateurs d'appointements, ses regards reprirent la direction du canapé, où le tailleur militaire venait d'exposer l'uniforme de sous-lieutenant. Il se figurait la guerre d'après les exercices du canon au bois de Vincennes.

Peut-être une blessure ! mais alors il se voyait transporté dans une chaumière de Souabe ou d'Italie ; une jeune fille charmante, dont il n'entendait pas le langage, lui donnait des soins, d'abord par humanité, et ensuite... Quand l'imagination de vingt ans avait épuisé le bonheur d'aimer une naïve et fraîche paysanne, c'était une jeune femme de la cour, exilée sur les bords de la Sezia par un mari bourru. D'abord, elle envoyait son valet de chambre chargé d'offrir de la charpie pour le jeune blessé, et, quelques jours après, elle paraissait elle-même, donnant le bras au curé du village.

« Mais non, reprit Lucien fronçant le sourcil et songeant tout à coup aux plaisanteries dont M. Leuwen l'accablait depuis la veille, je ne ferai la guerre qu'aux cigares ; je deviendrai un pilier du café militaire dans la triste garnison d'une petite ville mal pavée ; j'aurai, pour mes plaisirs du soir, des parties de billard et des bouteilles de bière, et quelquefois, le matin, la guerre aux tronçons de choux, contre de sales ouvriers mourant de faim... Tout au plus je serai tué comme Pyrrhus, par un pot de chambre (une tuile), lancé de la fenêtre d'un cinquième étage, par une vieille femme édentée ! Quelle gloire ! Mon âme sera bien attrapée lorsque je serai présenté à Napoléon, dans l'autre monde.

— Sans doute, me dira-t-il, vous mouriez de faim pour faire ce métier-là ? — Non, général, je croyais vous imiter. » Et Lucien rit aux éclats... « Nos gouvernants sont trop mal en selle pour hasarder la guerre véritable. Un caporal comme Hoche sortirait des rangs, un beau matin, et dirait aux soldats : Mes amis, marchons sur Paris et faisons un premier consul qui ne se laisse pas bafouer par Nicolas.

« Mais je veux que le caporal réussisse, continua-t-il philosophiquement en rallumant son cigare ; une fois la nation en colère et amoureuse de la gloire, adieu la liberté ; le journaliste qui élèvera des doutes sur le bulletin de la dernière bataille sera traité comme un traître, comme l'allié de l'ennemi, massacré comme font les républicains d'Amérique. Encore une fois nous serons distraits de la liberté par l'amour de la gloire... Cercle vicieux... et ainsi à l'infini. »

On voit que notre sous-lieutenant n'était pas tout à fait exempt de cette maladie du *trop raisonner* qui coupe bras et jambes à la jeunesse de notre temps et lui donne le caractère d'une vieille femme. « Quoi qu'il en soit, se dit-il tout à coup en essayant l'habit et se regardant dans la glace, ils disent tous qu'il faut être quelque chose. Eh bien, je serai *lancier* ; quand je saurai le métier, j'aurai rempli mon but, et alors comme alors. »

Le soir, revêtu d'épaulettes pour la première fois de sa vie, les sentinelles des Tuileries lui portèrent les armes. Il fut ivre de joie. Ernest Dévelroy, *véritable intrigant*, et qui connaissait tout le monde, le menait chez le lieutenant-colonel du 27e de lanciers, M. Filloteau, qui se trouvait de passage à Paris.

Dans une chambre au troisième étage d'un hôtel de la rue du Bouloi, Lucien, dont le cœur battait et qui était à la recherche d'un héros, trouva un homme à la taille épaisse et à l'œil cauteleux, lequel portait de gros favoris blonds, peignés avec soin et étalés sur la joue. Il resta stupéfait. « Grand Dieu ! se dit-il, c'est là un procureur de Basse-Normandie ! » Il était immobile, les yeux très ouverts, debout devant M. Filloteau, qui, en vain, l'engageait *à prendre la peine de s'asseoir*. A chaque mot de la conversation, ce brave soldat d'Austerlitz et de Marengo trouvait l'art de placer : *ma fidélité au roi*, ou : *la nécessité de réprimer les factieux*.

Après dix minutes, qui lui parurent un siècle, Lucien prit la fuite ; il courait de telle sorte, que Dévelroy avait peine à le suivre.

« Grand Dieu ! Est-ce là un héros ? s'écria-t-il enfin, en s'arrêtant tout à coup ; c'est un officier de maré-chaussée ! c'est le sicaire d'un tyran, payé pour tuer ses concitoyens et qui s'en fait gloire. »

Le futur académicien prenait les choses tout autrement et de moins haut.

« Que veut dire cette mine de dégoût, comme si on t'avait servi du pâté de Strasbourg trop avancé ? Veux-tu ou ne veux-tu pas être quelque chose dans le monde ?

— Grand Dieu ! quelle canaille !

— Ce lieutenant-colonel vaut cent fois mieux que toi ; c'est un paysan qui, à force de sabrer pour qui le paie, a accroché les épaulettes à graines d'épinard.

— Mais si grossier, si dégoûtant !...

— Il n'en a que plus de mérite ; c'est en donnant des nausées à ses chefs, s'ils valaient mieux que lui, qu'il les a forcés à solliciter en sa faveur cet avancement dont il jouit aujourd'hui. Et toi, monsieur le républicain, as-tu pu gagner un centime en ta vie ? Tu as pris la peine de naître

18

comme le fils d'un prince. Ton père te donne de quoi vivre ; sans quoi, où en serais-tu ? N'as-tu pas de vergogne, à ton âge, de n'être pas en état de gagner la valeur d'un cigare ?

— Mais un être si vil !...

— Vil ou non, il t'est mille fois supérieur ; il a agi et tu n'as rien fait. L'homme qui, en servant les passions du fort, se fait donner les quatre sous que coûte un cigare, ou qui, plus fort que les faibles qui possèdent les sacs d'argent, s'empare de ces quatre sous, est un être vil ou non vil ; c'est ce que nous discuterons plus tard, mais il est fort ; mais c'est *un homme*. On peut le mépriser, mais, avant tout, il faut compter avec lui. Toi, tu n'es qu'un enfant qui ne compte dans rien, qui a trouvé de belles phrases dans un livre et qui les répète avec grâce, comme un bon acteur pénétré de son rôle ; mais, pour de l'action, néant. Avant de mépriser un Auvergnat grossier qui, en dépit d'une physionomie repoussante, n'est plus commissionnaire au coin de la rue, mais reçoit la visite de respect de M. Lucien Leuwen, beau jeune homme de Paris et fils d'un millionnaire, songe un peu à la différence de valeur entre toi et lui. M. Filloteau fait peut-être vivre son père, vieux paysan ; et toi, ton père te fait vivre.

— Ah ! tu seras au premier jour membre de l'Institut ! s'écria Lucien avec l'accent du désespoir ; pour moi, je ne suis qu'un sot. Tu as cent fois raison, je le vois, je le sens, mais je suis bien à plaindre ! J'ai horreur de la porte par laquelle il faut passer ; il y a sous cette porte trop de fumier. Adieu. »

Et Lucien prit la fuite. Il vit avec plaisir qu'Ernest ne le suivait point ; il monta chez lui en courant et lança son habit d'uniforme au milieu de la chambre avec fureur. « Dieu sait à quoi il me forcera ! »

Quelques minutes après, il descendit chez son père, qu'il embrassa les larmes aux yeux.

« Ah ! je vois ce que c'est, dit M. Leuwen, fort étonné ; tu as perdu cent louis, je vais t'en donner deux cents ; mais je n'aime pas cette façon de demander ; je voudrais ne pas voir des larmes dans les yeux d'un sous-lieutenant ; est-ce que, avant tout, un brave militaire ne doit pas songer à l'effet que sa mine produit sur les voisins ?

— Notre habile cousin Dévelroy m'a fait de la morale ; il vient de me prouver que je n'ai d'autre mérite au monde que d'avoir pris la peine de naître fils d'un homme d'esprit. Je n'ai jamais gagné par mon savoir-faire le prix d'un cigare ; sans vous je serais à l'hôpital, etc.

— Ainsi, tu ne veux pas deux cents louis, dit M. Leuwen.

— Je tiens déjà de vos bontés bien plus qu'il ne me faut, etc., etc. Que serais-je sans vous ?

— Eh bien, que le diable t'emporte ! reprit M. Leuwen avec énergie. Est-ce que tu deviendrais *saint-simonien*, par hasard ? Comme tu vas être ennuyeux ! »

L'émotion de Lucien, qui ne pouvait se taire, finit par amuser son père.

« J'exige, dit M. Leuwen en l'interrompant tout à coup, comme neuf heures sonnaient, que tu ailles de ce pas occuper ma loge à l'Opéra. Là, tu trouveras des demoiselles qui valent trois ou quatre cents fois mieux que toi ; car d'abord elles ne se sont pas donné la peine de naître, et, d'ailleurs, les jours où elles dansent elles gagnent quinze à vingt francs. J'exige que tu leur donnes à souper, en mon nom, comme mon député, entends-tu ? Tu les conduiras au *Rocher de Cancale*, où tu dépenseras au moins deux cents francs, sinon je te répudie ; je te déclare *saint-simonien*, et je te défends de me voir pendant six mois. Quel supplice pour un fils aussi tendre ! »

Lucien avait tout simplement un accès de tendresse pour son père.

« Est-ce que je passe pour un ennuyeux parmi vos amis ? répondit-il avec assez de bons sens. Je vous jure de dépenser fort bien vos deux cents francs.

— Dieu soit loué ! et rappelle-toi qu'il n'y a rien d'impoli comme de venir ainsi à brûle-pourpoint parler de choses sérieuses à un pauvre homme de soixante-cinq ans, qui n'a que faire d'émotions et qui ne t'a donné aucun prétexte pour venir ainsi l'aimer avec fureur. Le diable t'emporte ! tu ne seras jamais qu'un plat républicain. Je suis étonné de ne pas te voir des cheveux gras et une barbe sale. »

Lucien, piqué, fut aimable avec les dames qu'il trouva dans la loge de son père. Il parla beaucoup au souper et leur servit du vin de Champagne avec grâce. Après les avoir reconduites chez elles, il s'étonnait en revenant seul dans son fiacre, à une heure du matin, de l'accès de sensibilité où il était tombé au commencement de la soirée. « Il faut me méfier de mes premiers mouvements, se disait-il ; réellement, je ne suis sûr de rien sur mon compte ; ma tendresse n'a réussi qu'à choquer mon père... Je ne l'aurais pas deviné ; j'ai besoin d'agir et beaucoup. Donc, allons au régiment. »

Le lendemain, dès sept heures, il se présenta tout seul et en uniforme dans la chambre maussade du lieutenant-colonel Filloteau. Là, pendant deux heures, il eut le courage de lui faire la cour ; il cherchait sérieusement à s'habituer aux façons d'agir militaires ; il se figurait que tous ses camarades avaient le ton et les manières de Filloteau. Cette illusion est incroyable ; mais elle eut son bon côté. Ce qu'il voyait le choquait, lui déplaisait, mortellement. « Et pourtant je passerai par là, se dit-il, avec courage ; je ne me moquerai point de ces façons d'agir et je les imiterai. »

Le lieutenant-colonel Filloteau parla de soi et beaucoup ; il conta longuement comme quoi il avait obtenu sa première épaulette en Égypte, à la première bataille, sous les murs d'Alexandrie ; le récit fut magnifique, plein de vérité et ému profondément Lucien. Mais le caractère du vieux soldat, brisé par quinze ans de Restauration, ne se révoltait point à la vue d'un *muscadin de Paris* arrivant d'emblée à une lieutenance au régiment ; et comme, à mesure que l'héroïsme s'était retiré, la spéculation était entrée dans cette tête, Filloteau calcula sur-le-champ le parti qu'il pourrait tirer de ce jeune homme ; il lui demanda si son père était député.

M. Filloteau ne voulut point accepter l'invitation à dîner de Mme Leuwen, dont Lucien était porteur ; mais, dès le surlendemain, il reçut sans difficulté une superbe pipe d'argent ciselé, fort massive, avec fourneau en écume de mer ; Filloteau la prit des mains de Lucien comme une dette et sans remercier le moins du monde.

« Cela veut dire, pensa-t-il quand il eut refermé la porte de sa chambre sur Lucien, que M. le *muscadin*, une fois au régiment, demandera souvent des permissions pour aller fricasser de l'argent dans la ville voisine... Et, ajouta-t-il en soupesant dans sa main l'argent qui formait la garniture de la pipe, vous les obtiendrez ces permissions, monsieur Leuwen, et vous les obtiendrez par *mon canal* ; je ne céderai pas une telle clientèle : ça a peut-être cinq cents francs par mois à dépenser ; le père sera quelque ancien commissaire des guerres, quelque fournisseur ; cet argent-là a été volé au pauvre soldat... confisqué », dit-il en souriant. Et, cachant la pipe sous ses chemises, il prit la clef du tiroir de sa commode.

CHAPITRE III

Hussard en 1794, à dix-huit ans, Filloteau avait fait toutes les campagnes de la Révolution ; pendant les six premières années, il s'était battu avec enthousiasme et en chantant *la Marseillaise*. Mais Bonaparte se fit consul, et bientôt l'esprit retors du futur lieutenant-colonel s'aperçut qu'il était maladroit de tant chanter *la Marseillaise*. Aussi fut-il le premier lieutenant du régiment qui obtint la croix. Sous les Bourbons, il fit sa première communion et fut officier de la Légion d'honneur. Maintenant il était venu passer trois jours à Paris, pour se rappeler au souvenir de quelques amis subalternes, pendant que le 27ᵉ régiment de lanciers se rendait de Nantes en Lorraine. Si Lucien avait eu un peu d'usage du monde, il aurait parlé du crédit qu'avait son père au bureau de la guerre. Mais il n'apercevait rien des choses de ce genre. Tel qu'un jeune cheval ombrageux, il voyait des périls qui n'existaient pas, mais aussi il se donnait le courage de les braver.

Voyant que M. Filloteau partait le lendemain par la diligence pour rejoindre le régiment, Lucien lui demanda la permission de voyager de compagnie. Mme Leuwen fut bien étonnée en voyant décharger la calèche de son fils, qu'elle avait fait amener sous ses fenêtres, et toutes les malles partir pour la diligence.

Dès la première dînée, le colonel réprimanda sèchement Lucien en lui voyant prendre un journal :

« Au 27ᵉ, il y a un ordre du jour qui défend à MM. les officiers de lire les journaux dans les lieux publics ; il n'y a d'exception que pour le journal ministériel.

— Au diable le journal ! s'écria Lucien gaiement, et jouons au domino le punch de ce soir, si toutefois les chevaux ne sont pas encore à la diligence. »

Quelque jeune que fût Lucien, il eut pourtant l'esprit de perdre six parties de suite, et, en remontant en voiture, le bon Filloteau était tout à fait gagné. Il trouvait que ce *muscadin* avait du bon et se mit à lui expliquer la façon de se comporter au régiment, pour ne pas avoir l'air d'un blanc-bec. Cette façon était à peu près le contraire de la politesse exquise à laquelle Lucien était accoutumé. Car, aux yeux des Filloteau, comme parmi les moines, la politesse exquise passe pour faiblesse ; il faut, avant tout, parler de soi et de ses avantages, il faut exagérer. Pendant que notre héros écoutait avec tristesse et grande attention, Filloteau s'endormit profondément, et Lucien put rêver à son aise. Au total, il était heureux d'agir et de voir du nouveau.

Le surlendemain, sur les six heures du matin, ces messieurs trouvèrent le régiment en marche, à trois lieues en deçà de Nancy ; ils firent arrêter, et la diligence les déposa sur la grande route avec leurs effets.

Lucien, qui était tout yeux, fut frappé de l'air d'importance morose et grossière qui s'établit sur le gros visage du lieutenant-colonel au moment où son lancier ouvrit un portemanteau et lui présenta son habit garni des grosses épaulettes. M. Filloteau fit donner un cheval à Lucien, et ces messieurs rejoignirent le régiment, qui, pendant leur toilette, avait filé. Sept à huit officiers s'étaient placés tout à fait à l'arrière-garde, pour faire honneur au lieutenant-colonel, et ce fut à ceux-là d'abord que Lucien fut présenté ; il les trouva très froids. Rien n'était moins encourageant que ces physionomies.

« Voilà donc les gens avec lesquels il faudra vivre ! » se dit Lucien, le cœur serré comme un enfant. Lui, accoutumé à ces figures brillantes de civilité et d'envie de plaire, avec lesquelles il échangeait des paroles dans les salons de Paris, il allait jusqu'à croire que ces messieurs voulaient faire les terribles à son égard. Il parlait trop, et rien de ce qu'il disait ne passait sans objection ou redressement : il se tut.

Depuis une heure Lucien marchait sans mot dire, à la gauche du capitaine commandant l'escadron auquel il devait appartenir ; sa mine était froide ; du moins il l'espérait, mais son cœur était vivement ému. A peine avait-il cessé le dialogue désagréable avec les officiers, qu'il avait oublié leur existence. Il regardait les lanciers et se trouvait tout transporté de joie et d'étonnement. Voilà donc les compagnons de Napoléon ; voilà donc le soldat français ! Il considérait les moindres détails avec un intérêt ridicule et passionné.

Revenu un peu de ses premiers transports, il songea à sa position. « Me voici donc pourvu d'un état, celui de tous qui passe pour le plus noble et le plus amusant. L'École polytechnique m'eût mis à cheval avec des artilleurs, m'y voici avec des lanciers. La seule différence, ajouta-t-il en souriant, c'est qu'au lieu de savoir le métier supérieurement bien, je l'ignore tout à fait. » Le capitaine son voisin,

qui vit ce sourire plus tendre que moqueur, en fut piqué...
« Bah ! continua Lucien, c'est ainsi que Desaix et Saint-Cyr ont commencé ; ces héros qui n'ont pas été salis par le duché. »

Les propos des lanciers entre eux vinrent distraire Lucien. Ces propos étaient communs au fond, et relatifs aux besoins les plus simples de gens fort pauvres : la qualité du *pain de soupe*, le prix du vin, etc., etc. Mais la franchise du ton de voix, le caractère ferme et vrai des interlocuteurs, qui perçait à chaque mot, retrempait son âme comme l'air des hautes montagnes. Il y avait là quelque chose de simple et de pur, bien différent de l'atmosphère de serre chaude où il avait vécu jusqu'alors. Sentir cette différence et changer de façon de voir la vie fut l'affaire d'un moment. Au lieu d'une civilité fort agréable, mais fort prudente au fond et fort méticuleuse, le ton de chacun de ces propos disait avec gaieté : « Je me moque de tout au monde, et je compte sur moi. »

« Voici les plus francs et les plus sincères des hommes, pensa Lucien, et peut-être les plus heureux ! Pourquoi un de leurs chefs ne serait-il pas comme eux ? Comme eux je suis sincère, je n'ai point d'arrière-pensée ; je n'aurai d'autre idée que de contribuer à leur bien-être ; au fond, je me moque de tout, excepté [de] ma propre estime. Quant à ces personnages importants, de ton dur et suffisant, qui s'intitulent mes camarades, je n'ai de commun avec eux que l'épaulette. » Il regarda du coin de l'œil le capitaine qui était à sa droite et le lieutenant qui était à la droite du capitaine. « Ces messieurs font un parfait contraste avec les lanciers ; ils passent leur vie à jouer la comédie ; ils redoutent tout, peut-être, excepté la mort ; ce sont des gens comme mon cousin Dévelroy. »

Lucien se remit à écouter les lanciers, et avec délices ; bientôt son âme fut dans les espaces imaginaires ; il jouissait vivement de sa liberté et de sa générosité, il ne voyait que de grandes choses à faire et des beaux périls. La nécessité de l'intrigue et de la vie à la Dévelroy avait disparu à ses yeux. Les propos plus que simples de ces soldats faisaient sur lui l'effet d'une excellente musique ; la vie se peignait en couleur de rose.

Tout à coup, au milieu de ces deux lignes de lanciers, marchant négligemment et au pas, arriva au grand trot, par le milieu de la route, qui était resté libre, l'adjudant sous-officier. Il adressait certains mots à demi-voix aux sous-officiers, et Lucien vit les lanciers se redresser sur leurs chevaux. « Ce mouvement leur donne tout à fait bonne mine », se dit-il.

Sa figure jeune et naïve ne put résister à cette sensation vive ; elle peignait le contentement et la bonté, et peut-être un peu de curiosité. Ce fut un tort ; il eût dû rester impassible, ou, mieux encore, donner à ses traits une expression contraire à celle qu'on s'attendait à y lire. Le capitaine, à la gauche duquel il marchait, se dit aussitôt : « Ce beau jeune homme va me faire une question, et je vais le remettre à sa place par une réponse *bien ficelée*. » Mais Lucien, pour tout au monde, n'eût pas fait une question à un de ses camarades, si peu camarades. Il chercha à deviner par lui-même le mot qui, tout à coup, donnait l'air si alerte à tous les lanciers et remplaçait le laisser-aller d'une longue route par toutes les grâces militaires.

Le capitaine attendait une question ; à la fin, il ne put supporter le silence continu du jeune Parisien.

« C'est l'inspecteur général que nous attendions, le général comte N..., pair de France », dit-il enfin, d'un air sec et hautain, et sans avoir l'air d'adresser précisément la parole à Lucien.

Celui-ci regarda le capitaine d'un air froid et comme simplement excité par le bruit. La bouche de ce héros faisait une moue effroyable ; son front était plissé avec une haute importance ; les yeux étaient tournés de côté, mais toutefois étaient bien loin de regarder tout à fait le sous-lieutenant.

« Voilà un plaisant animal ! pensa Lucien. C'est apparemment là ce ton militaire dont m'a tant parlé le lieutenant-colonel Filloteau ! Certainement, pour plaire à ces messieurs, je ne prendrai pas ces manières rudes et grossières ; je resterai un étranger parmi eux. Il m'en coûtera peut-être quelque bon coup d'épée ; mais certes je ne répondrai pas à une communication faite de ce ton. » Le capitaine attendait évidemment un mot admiratif de la part de Lucien, comme : « Est-ce le fameux comte N..., est-ce le général si honorablement mentionné dans les bulletins de la grande armée ? »

Mais notre héros était sur ses gardes : sa mine ne cessa pas d'avoir l'expression de quelqu'un qui est exposé à sentir une mauvaise odeur. Le capitaine fut obligé d'ajouter, après une minute de silence pénible, et en fronçant de plus en plus le sourcil :

« C'est le comte N..., qui fit cette belle charge à Austerlitz ; sa voiture va passer. Le colonel Malher de Saint-
Mégrin, qui n'est pas gauche, a glissé un écu aux postillons de la dernière poste ; l'un d'eux vient d'arriver au
galop ; les lanciers ne doivent pas former les rangs ; ça
aurait l'air prévenu. Mais voyez la bonne idée que l'inspecteur va prendre du régiment ; il faut soigner la première
impression... Voilà des hommes qui semblent nés à cheval. »

Lucien ne répondit que par un signe de tête ; il avait
honte de la façon de marcher de la rosse qu'on lui avait
donnée ; il lui fit sentir l'éperon, elle fit un écart et fut sur
le point de tomber. « J'ai l'air d'un frère coupe-chou », se
dit-il.

Dix minutes plus tard, on entendit le bruit d'une voiture
pesamment chargée ; c'était le comte N..., qui passait au
milieu de la route, entre les deux files de lanciers ; la
voiture arriva bientôt à la hauteur de Lucien et du capitaine. Ces messieurs ne purent apercevoir le fameux général, tant son énorme berline était remplie de paquets de
toutes les formes.

« Caisse contre caisse, caisson, dit le capitaine avec
humeur, ça ne marche jamais qu'avec force jambons,
dindons rôtis, pâtés de foie gras ! et des bouteilles de
champagne en quantité. »

Notre héros fut obligé de répondre. Pendant qu'il est
engagé dans la maussade besogne de rendre poliment
dédain pour dédain au capitaine Henriet, nous demandons la permission de suivre un instant le lieutenant général comte N..., pair de France, chargé, cette année, de
l'inspection de la 3e division militaire.

Au moment où sa voiture passait sur le pont-levis de
Nancy, chef-lieu de cette division, sept coups de canon
annoncèrent au public ce grand événement.

Ces coups de canon remontèrent dans les cieux l'âme de
Lucien.

Deux sentinelles furent placées à la porte de l'inspecteur, et le lieutenant général baron Thérance, commandant la division, lui fit demander s'il voulait le recevoir
sur-le-champ, ou le lendemain.

« Sur-le-champ, parbleu, dit le vieux général. Est-ce
qu'il croit que je c... le service ? »

Le comte N... avait encore, pour les petites choses, les
habitudes de l'armée de Sambre-et-Meuse, où jadis il avait

commencé sa réputation. Ces habitudes lui étaient d'autant plus vivement présentes en ce moment, que, plus d'une fois, pendant les cinq ou six dernières postes, il avait reconnu les positions occupées jadis par cette armée d'une gloire si pure.

Quoique ce ne fût rien moins qu'un homme à imagination et à illusions, il se surprenait avec des souvenirs vifs de 1794. Quelle différence de 94 à 183... ! Grand Dieu ! comme alors nous jurions *haine à la royauté !* Et de quel cœur ! Ces jeunes sous-officiers que N... m'a tant recommandé de surveiller, alors c'étaient nous-mêmes !... Alors on se battait tous les jours ; le métier était agréable, on aimait à se battre. Aujourd'hui il faut faire sa cour à un monsieur le maréchal, il faut juger à la cour des pairs !

Le général comte N... était un assez bel homme de soixante-cinq à soixante-six ans, élancé, maigre, droit, de fort bonne tenue ; il avait encore une très belle taille, et quelques boucles fort soignées de cheveux entre le blond et le gris donnaient de la grâce à une tête presque entièrement chauve. La physionomie annonçait un courage ferme et une grande résolution à obéir ; mais, du reste, la pensée était étrangère à ces traits.

Cette tête plaisait moins au second regard et semblait presque commune, au troisième ; on y entrevoyait comme un nuage de fausseté. On voyait que l'Empire et sa servilité avaient passé par là.

Heureux les héros morts avant 1804 !

Ces vieilles figures de l'armée de Sambre-et-Meuse s'étaient assouplies dans les antichambres des Tuileries et aux cérémonies de l'église de Notre-Dame. Le comte N... avait vu le général Delmas exilé après ce dialogue célèbre :

« La belle cérémonie, Delmas ! C'est vraiment superbe, dit l'empereur revenant de Notre-Dame.

— Oui, général, il n'y manque que les deux millions d'hommes qui se sont fait tuer pour renverser ce que vous relevez. »

Le lendemain Delmas fut exilé, avec ordre de ne jamais approcher de Paris à moins de quarante lieues.

Lorsque le valet de chambre annonça le baron Thérance, le général N..., qui avait mis son grand uniforme, se promenait dans son salon ; il entendait encore, en idée, le canon du déblocus de Valenciennes. Il chassa bien vite tous ces souvenirs, qui peuvent mener à des imprudences ; et, en faveur du lecteur, comme disent les gens qui crient le discours du roi à l'ouverture de la session, nous allons donner quelques passages du dialogue des deux vieux généraux : ils se connaissaient fort peu.

Le baron Thérance entra en saluant gauchement ; il avait près de six pieds et la tournure d'un paysan franc-comtois. De plus, à la bataille de Hanau, où Napoléon dut percer les rangs de ses fidèles alliés les Bavarois pour rentrer en France, le colonel Thérance, qui couvrait avec son bataillon la célèbre batterie du général Drouot, reçut un coup de sabre qui lui avait partagé les deux joues, et coupé une petite partie du nez. Tout cela avait été réparé, tant bien que mal ; mais il y paraissait beaucoup, et cette cicatrice énorme, sur une figure sillonnée par un état de mécontentement habituel, donnait au général une apparence fort militaire. A la guerre il avait été d'une bravoure admirable ; mais, avec le règne de Napoléon, son assurance avait pris fin. Sur le pavé de Nancy il avait peur de tout, et des journaux plus que de toute autre chose : aussi parlait-il souvent de faire fusiller des avocats. Son cauchemar habituel était la peur d'être exposé à la *risée publique*. Une plaisanterie plate, dans un journal qui comptait cent lecteurs, mettait réellement hors de lui ce militaire si brave. Il avait un autre chagrin : à Nancy, personne ne faisait attention à ses épaulettes. Jadis, lors de l'émeute de mai 183..., il avait frotté ferme la jeunesse de la ville, et se croyait abhorré.

Cet homme, autrefois si heureux, présenta son aide de camp, qui aussitôt se retira. Il déploya sur une table les états des situations des troupes et des hôpitaux de la division ; une bonne heure se passa en détails militaires. Le général interrogea le baron sur l'opinion des soldats, sur les sous-officiers, de là à l'esprit public il n'y avait qu'un pas. Mais, il faut l'avouer, les réponses du digne commandant de la 3ᵉ division paraîtraient longues si nous leur laissions toutes les grâces du style militaire ; nous nous contenterons de placer ici les conclusions que le comte pair de France tirait des propos pleins d'humeur du général de province.

« Voilà un homme qui est l'honneur même, se disait le comte ; il ne craint pas la mort ; il se plaint même, et tout son cœur, de l'absence du danger ; mais, du reste, il est démoralisé, et, s'il avait à se battre contre l'émeute, la peur des journaux du lendemain le rendrait fou. »

« On me fait avaler des couleuvres toute la journée, répétait le baron.

— Ne dites pas cela trop haut, mon cher général ; vingt officiers généraux, vos anciens, sollicitent votre place, et le maréchal veut qu'on soit content. Je vous rapporterai franchement, en bon camarade, un mot trop vif, peut-être. Il y a huit jours, quand j'ai pris congé du ministre : *Il n'y a qu'un nigaud*, m'a-t-il dit, *qui ne sache pas faire son nid dans un pays.*

— Je voudrais y voir M. le maréchal, reprit le baron avec impatience, entre une noblesse riche bien unie, qui nous méprise ouvertement et se moque de nous toute la journée, et des bourgeois menés par des jésuites fins comme l'ambre, qui dirigent toutes les femmes un peu riches. De l'autre côté, tous les jeunes gens de la ville, non nobles ou non dévots, républicains enragés. Si mes yeux s'arrêtent par hasard sur l'un d'eux, il me présente une *poire*, ou quelque autre emblème séditieux. Les gamins mêmes du collège me montrent des *poires* ; si les jeunes gens m'aperçoivent à deux cents pas de mes sentinelles, ils me sifflent à outrance ; et ensuite, par une lettre anonyme, ils m'offrent satisfaction avec des injures infernales, si je n'accepte pas... Et la lettre anonyme contient un petit chiffon de papier avec le nom et l'adresse de celui qui écrit. Avez-vous ces choses-là à Paris ? Et, si j'essuie une avanie, le lendemain tout le monde en parle, on y fait allusion. Pas plus tard qu'avant-hier, M. Ludwig Roller, un ex-officier très brave, dont le domestique a été tué par hasard, lors des affaires du 3 avril, m'a offert de venir tirer le pistolet hors des limites de la division. Eh bien, hier, cette insolence était l'entretien de toute la ville.

— On transmet la lettre au procureur du roi ; votre procureur du roi n'est-il pas énergique ?

— Il a le diable au corps ; c'est un parent du ministre qui est sûr de son avancement au premier procès politique. J'eus la gaucherie, quelques jours après l'émeute, de lui aller montrer une lettre anonyme atroce, que je venais de recevoir ; ce fut la première de ma vie, morbleu ! « Que « voulez-vous que je fasse de ce chiffon ? me dit-il avec « insouciance. C'est moi qui demanderais protection, à « vous, général, si j'étais insulté ainsi, ou je me ferai jus- « tice. » Quelquefois je suis tenté d'appliquer un coup de sabre sur le nez de ces *pékins* insolents !

— Adieu la place !

— Ah ! si je pouvais les mitrailler ! dit le vieux et brave général avec un gros soupir et en levant les yeux au ciel.

— Pour cela, à la bonne heure, répliqua le pair de France ; telle a toujours été mon opinion ; c'est au canon de Saint-Roch que Bonaparte dut la tranquillité de son règne. Et M. Fléron, votre préfet, ne fait-il pas connaître l'esprit public au ministre de l'Intérieur ?

— Ce n'est pas l'embarras, il écrivaille toute la journée ; mais c'est un enfant, un étourneau de vingt-huit ans, qui fait le politique avec moi ; il crève de vanité, et c'est peureux comme une femme. J'ai beau lui dire : Renvoyons la rivalité de préfet à général à des temps plus heureux ; vous et moi sommes vilipendés toute la journée et par tout le monde. Monseigneur l'évêque, par exemple, nous a-t-il rendu nos visites ? La noblesse ne vient jamais à vos bals et ne vous engage point aux siens. Si, d'après nos instructions, nous nous prévalons de quelque relation d'affaires, au conseil général, pour saluer un noble, il ne nous rend le salut que la première fois, et la seconde il détourne la tête. La jeunesse républicaine nous regarde en face et siffle. Tout cela est évident. Eh bien, le préfet le nie ; il me répond, tout rouge de colère : Parlez pour vous, jamais on ne m'a sifflé. Et il ne se passe pas de semaine où, s'il ose paraître dans la rue, à la nuit tombante, on ne le siffle à deux pas de distance.

— Mais êtes-vous bien sûr de cela, mon cher général ? Le ministre de l'Intérieur m'a fait voir dix lettres de M. Fléron, dans lesquelles il se présente comme à la veille d'être tout à fait réconcilié avec le parti *légitimiste*. M. G..., le préfet de N..., chez lequel j'ai dîné avant-hier, est très passablement avec les gens de cette opinion, et cela je l'ai vu.

— Parbleu, je le crois bien ; c'est un homme adroit, un excellent préfet, ami de tous les voleurs adroits, qui vole lui-même, sans qu'on puisse le prendre, vingt ou trente mille francs par an, et cela le fait respecter dans son département. Mais je puis être suspect dans ce que je vous rapporte de mon préfet ; permettez-vous que je fasse appeler le capitaine B... ? Vous savez ? Il doit être dans l'antichambre.

— C'est, si je ne me trompe, l'observateur envoyé dans le 107e, pour rendre raison de l'esprit de la garnison ?

— Précisément ; il n'y a que trois mois qu'il est ici ; pour ne pas le *brûler* dans son régiment, je ne le reçois jamais de jour. »

Le capitaine B... parut. En le voyant entrer, le baron

Thérance voulut absolument passer dans une autre pièce ; le capitaine confirma, par vingt faits particuliers, les doléances du pauvre général. « Dans cette maudite ville, la jeunesse est républicaine, la noblesse bien unie et dévote. M. Gauthier, rédacteur du journal libéral et chef des républicains, est résolu et habile. M. Du Poirier, qui mène la noblesse, est un fin matois, du premier ordre et d'une activité assourdissante. Tout le monde, enfin, se moque du préfet et du général ; ils sont en dehors de tout ; ils ne comptent pour rien. L'évêque annonce périodiquement à tous ses fidèles que nous tomberons dans trois mois. Je suis enchanté, monsieur le comte, de pouvoir mettre ma responsabilité à couvert. Le pire de tout, c'est que si on écrit un peu nettement là-dessus au maréchal, il fait répondre qu'on manque de zèle. C'est commode à lui, en cas de changement de dynastie...

— Halte-là, monsieur.

— Pardon, mon général, je m'égare. Ici les jésuites mènent la noblesse comme les servantes ; enfin, tout ce qui n'est pas républicain.

— Quelle est la population de Nancy ? dit le général, qui trouvait le raisonnement trop sincère.

— Dix-huit mille habitants, non compris la garnison.

— Combien avez-vous de républicains ?

— De républicains vraiment avérés, trente-six.

— Donc deux pour mille. Et parmi ceux-là combien de bonnes têtes ?

— Une seule, Gauthier l'arpenteur, rédacteur du journal *L'Auvore* ; c'est un homme pauvre, qui se glorifie de sa pauvreté.

— Et vous ne pouvez pas dominer trente-cinq blancs-becs et faire coffrer la bonne tête ?

— D'abord, mon général, il est de bon ton, parmi tous les gens nobles, d'être dévot ; mais il est de mode, parmi tout ce qui n'est pas dévot, d'imiter les républicains dans toutes leurs folies. Il y a ce café Montor où se réunissent les jeunes gens de l'opposition ; c'est un véritable club de 93. Si quatre ou cinq soldats passent devant ces messieurs, ils crient : *Vive la ligne !* à demi-voix ; si un sous-officier paraît, on le salue, on lui parle, on veut le régaler. Si c'est, au contraire, un officier attaché au gouvernement, moi, par exemple, il n'y a pas d'insulte indirecte qu'il ne faille essuyer. Dimanche dernier encore, j'ai passé devant le café Montor ; tous ont tourné le dos à la fois, comme des soldats à la parade ; j'ai été violemment tenté de leur allonger un coup de pied où vous savez.

— C'était un sûr moyen pour être mis en disponibilité, courrier par courrier. N'avez-vous pas une haute paie ?

— Je reçois un billet de mille francs tous les six mois. Je passais devant le café Montor par distraction ; d'ordinaire, je fais un détour de cinq cents pas, pour éviter ce maudit café. Et dire que c'est un officier blessé à Dresde et à Waterloo qui est obligé d'esquiver des pékins !

— Depuis les *Glorieuses*, il n'y a plus de pékins, dit le comte avec amertume ; mais faisons trêve à tout ce qui est personnel, ajouta-t-il en rappelant le baron Thérance et en ordonnant au capitaine de rester. Quels sont les meneurs des partis à Nancy ? »

Le général répondit :

« MM. de Pontlevé et de Vassignies sont les chefs apparents du *carlisme*, commissionnés par Charles X ; mais un maudit intrigant, qu'on nomme le docteur Du Poirier (on l'appelle docteur parce qu'il est médecin), est, dans le fait, le chef véritable. Officiellement, il n'est que secrétaire du comité carliste. Le jésuite Rey, grand vicaire, mène toutes les femmes de la ville, depuis la plus grande dame jusqu'à la plus petite marchande ; cela est réglé comme un papier à musique. Voyez si au dîner que le préfet vous donnera il y a un seul convive hors des administrateurs salariés. Demandez si une seule des personnes attachées au gouvernement et allant chez le préfet est admise chez Mmes de Chasteller et d'Hocquincourt ou de Commercy ?

— Quelles sont ces dames ?

— C'est de la noblesse très riche et très fière. Mme d'Hocquincourt est la plus jolie femme de la ville et mène grand train. Mme de Commercy est peut-être plus jolie encore que Mme d'Hocquincourt, mais c'est une folle, une sorte de Mme de Staël, qui pérore toujours pour Charles X, comme celle de Genève contre Napoléon. Je commandais à Genève, et cette folle nous gênait beaucoup.

— Et Mme de Chasteller ? dit le comte N... avec intérêt.

— Cela est tout jeune et cependant elle est veuve d'un maréchal de camp attaché à la cour de Charles X. Mme de Chasteller prêche dans son salon ; toute la jeunesse de la ville est folle d'elle ; l'autre jour, un jeune homme *bien pensant* fait une perte énorme au jeu, Mme de Chasteller a osé aller chez lui. N'est-ce pas, capitaine ?

« — Parfaitement, général ; je me trouvais, par hasard, dans l'allée de la maison du jeune homme. Mme de Chasteller lui a remis trois mille francs en or et un souvenir garni de diamants, à elle donné par la duchesse d'Angoulême, et que le jeune homme est allé mettre en gage à Strasbourg. J'ai sur moi la lettre du commissionnaire de Strasbourg.

— Assez de ce détail, dit le comte au capitaine qui déjà étalait un gros portefeuille.

— Il y a aussi, reprit le général de Thérance, les maisons de Puylaurens, de Serpierre et de Marcilly, où monseigneur l'évêque est reçu comme un général en chef, et du diable si jamais un seul d'entre nous y met le nez. Savez-vous où M. le préfet passe ses soirées ? Chez une épicière, Mme Berchu, et le salon est dans l'arrière-boutique. Voilà ce qu'il n'écrit pas au ministère. Moi, j'ai plus de dignité, je ne parais nulle part et vais me coucher à huit heures.

— Que font vos officiers le soir ?

— Le café et les demoiselles, pas la moindre bourgeoisie ; nous vivons ici comme des réprouvés. Ces diables de maris bourgeois font la police les uns pour les autres, et cela sous prétexte de *libéralisme* ; il n'y a d'heureux que les artilleurs et les officiers du génie.

— A propos, comment pensent-ils ici ?

— De fichus républicains, des *idéologues*, quoi ! Le capitaine pourra vous dire qu'ils sont abonnés au *National*, au *Charivari*, à tous les mauvais journaux, et qu'ils se moquent ouvertement de mes *ordres du jour* sur les feuilles publiques. Ils les font venir sous le nom d'un bourgeois de Darney, bourg à six lieues d'ici. Je ne voudrais pas jurer que dans leurs parties de chasse ils n'aient des rendez-vous avec Gauthier.

— Quel est cet homme ?

— Le chef des républicains, dont je vous ai déjà parlé ; le principal rédacteur de leur journal incendiaire qui s'appelle *L'Aurore*, et dont la principale affaire est de déverser le ridicule sur moi. L'an passé, il m'a proposé une partie à l'épée, et ce qu'il a d'abominable, c'est qu'il est employé par le gouvernement ; il est géomètre du cadastre, et je ne puis le faire destituer. J'ai eu beau dire qu'il a envoyé cent soixante-dix-neuf francs au *National* pour sa dernière amende, à l'égard du maréchal Ney...

— Ne parlons pas de cela », dit le comte N... en rougissant ; et il eut beaucoup de peine à se défaire du baron Thérance, qui trouvait soulagement à ouvrir son cœur.

CHAPITRE IV

Pendant que le baron Thérance faisait ce triste tableau de la ville de Nancy, le 27e régiment de lanciers s'en approchait, parcourant la plaine la plus triste du monde ; le terrain sec et pierreux paraissait ne pouvoir rien produire. C'est au point que Lucien remarqua un certain endroit, à une lieue de la ville, duquel on n'apercevait que trois arbres en tout ; et encore celui qui croissait sur le bord de la route était tout maladif et n'avait pas vingt pieds de haut. Un lointain fort rapproché était formé par une suite de collines pelées ; on apercevait quelques vignes chétives dans les gorges formées par ces vallées. A un quart de lieue de la ville, deux tristes rangées d'ormes rabougris marquaient le cours de la grande route. Les paysans que l'on rencontrait avaient l'air misérable et étonné. « Voilà donc la *belle France !* » se disait Lucien. En approchant davantage, le régiment passa devant ces grands établissements, utiles, mais sales, qui annoncent si tristement une civilisation perfectionnée : l'abattoir, la raffinerie d'huile, etc. Après ces belles choses venaient de vastes jardins plantés en choux, sans le plus petit arbuste.

Enfin, la route fit un brusque détour, et le régiment se trouva aux premières barrières des fortifications, qui, du côté de Paris, paraissent extrêmement basses et comme enterrées. Le régiment fit halte et fut reconnu par la garde. Nous avons oublié de dire qu'une lieue auparavant, sur le bord d'un ruisseau, on avait fait la halte de propreté. En quelques minutes les traces de boue avaient disparu, les uniformes et le harnachement des chevaux avaient repris tout leur éclat.

Ce fut sur les huit heures et demie du matin, le 24 de mars 183..., et par un temps sombre et froid, que le 27e régiment de lanciers entra dans Nancy. Il était précédé par un corps [de musique] magnifique et qui eut le plus grand succès auprès des bourgeois et des grisettes de l'endroit : trente-deux trompettes, vêtus de rouge et montés sur des chevaux blancs, sonnaient à tout rompre. Bien plus, les six trompettes formant le premier rang étaient des nègres, et le trompette-major avait près de sept pieds.

Les beautés de la ville et particulièrement les jeunes ouvrières en dentelle se montrèrent à toutes les fenêtres et furent fort sensibles à cette harmonie perçante ; il est vrai qu'elle était relevée par des habits rouges chamarrés de galons d'or superbes, que portaient les trompettes.

Nancy, cette ville si forte, chef-d'œuvre de Vauban, parut abominable à Lucien. La saleté, la pauvreté semblaient s'en disputer tous les aspects et les physionomies des habitants répondaient parfaitement à la tristesse des bâtiments. Lucien ne vit partout que des figures d'usuriers, des physionomies mesquines, pointues, hargneuses. « Ces gens ne pensent qu'à l'argent et aux moyens d'en amasser, se dit-il avec dégoût. Tel est, sans doute, le caractère de cette Amérique que les libéraux nous vantent si fort. »

Ce jeune Parisien, accoutumé aux figures polies de son pays, était navré. Les rues étroites, mal pavées, remplies d'angles et de recoins, n'avaient rien de remarquable qu'une malpropreté abominable ; au milieu coulait un ruisseau d'eau boueuse, qui lui parut une décoction d'ardoise.

Le cheval du lancier qui marchait à la droite de Lucien fit un écart qui couvrit de cette eau noire et puante la rosse que le lieutenant-colonel lui avait fait donner. Notre héros remarqua que ce petit accident était un grand sujet de joie pour ceux de ses nouveaux camarades qui avaient été à portée de le voir. La vue de ces sourires qui voulaient être malins coupa les ailes à l'imagination de Lucien : il devint méchant.

« Avant tout, se dit-il, je dois me souvenir que ceci n'est pas le bivouac : il n'y a point d'ennemi à un quart de lieue d'ici ; et, d'ailleurs, tout ce qui a moins de quarante ans, parmi ces messieurs, n'a pas vu l'ennemi plus que moi. Donc, des habitudes mesquines, filles de l'ennui. Ce ne sont plus ici les jeunes officiers pleins de bravoure, d'étourderie et de gaieté, que l'on voit au *Gymnase* ; ce sont de pauvres ennuyés qui ne seraient pas fâchés de s'égayer à mes dépens ; ils seront mal pour moi, jusqu'à ce que j'aie eu quelque duel, et il vaut mieux l'engager tout de suite, pour arriver plus tôt à la paix. Mais ce gros lieutenant-colonel pourra-t-il être mon témoin ? J'en doute, son grade s'y oppose ; il doit l'exemple de l'ordre... Où trouver un témoin ? »

Lucien leva les yeux et vit une grande maison, moins

mesquine que celles devant lesquelles le régiment avait passé jusque-là ; au milieu d'un grand mur blanc, il y avait une persienne peinte en vert perroquet. « Quel choix de couleurs voyantes ont ces marauds de provinciaux ! »

Lucien se complaisait dans cette idée peu polie lorsqu'il vit la persienne vert perroquet s'entrouvrir un peu ; c'était une jeune femme blonde qui avait des cheveux magnifiques et l'air dédaigneux : elle venait voir défiler le régiment. Toutes les idées tristes de Lucien s'envolèrent à l'aspect de cette jolie figure ; son âme en fut ranimée. Les murs écorchés et sales des maisons de Nancy, la boue noire, l'esprit envieux et jaloux de ses camarades, les duels nécessaires, le méchant pavé sur lequel glissait la rosse qu'on lui avait donnée, peut-être exprès, tout disparut. Un embarras sous une voûte, au bout de la rue, avait forcé le régiment à s'arrêter. La jeune femme ferma sa croisée et regarda, à demi cachée par le rideau de mousseline brodée de sa fenêtre. Elle pouvait avoir vingt-quatre ou vingt-cinq ans. Lucien trouva dans ses yeux une expression singulière ; était-ce de l'ironie, de la haine, ou tout simplement de la jeunesse et une certaine disposition à s'amuser de tout ?

Le second escadron, dont Lucien faisait partie, se remit en mouvement tout à coup ; Lucien, les yeux fixés sur la fenêtre vert perroquet, donna un coup d'éperon à son cheval, qui glissa, tomba et le jeta par terre.

Se relever, appliquer un grand coup de fourreau de son sabre à la rosse, sauter en selle fut, à la vérité, l'affaire d'un instant ; mais l'éclat de rire fut général et bruyant. Lucien remarqua que la dame aux cheveux d'un blond cendré souriait encore, que déjà il était remonté. Les officiers du régiment riaient, mais *exprès*, comme un membre du centre, à la Chambre des députés, quand on fait aux ministres quelque reproche fondé.

« Quoique ça, c'est un bon lapin, dit un vieux maréchal des logis à moustaches blanches.

— Jamais cette rosse n'a été mieux montée », dit un lancier.

Lucien était rouge et affectait une mine simple.

A peine le régiment fut-il établi à la caserne et le service réglé, que Lucien courut à la poste aux chevaux, au grand trot de sa rosse.

« Monsieur, dit-il au maître de poste, je suis officier comme vous voyez, et je n'ai pas de chevaux. Cette rosse, qu'on m'a prêtée au régiment, peut-être pour se moquer de moi, m'a déjà jeté par terre, comme vous voyez encore, et il regarda en rougissant des vestiges de boue, qui, ayant séché, blanchissait son uniforme au-dessus du bras gauche. En un mot, monsieur, avez-vous un cheval passable à vendre dans la ville ? Il me le faut à l'instant.

— Parbleu, monsieur, voilà une belle occasion pour vous *mettre dedans*. C'est pourtant ce que je ne ferai pas », dit M. Bouchard, le maître de poste.

C'était un gros homme à l'air important, à la mine ironique et aux yeux perçants ; en faisant sa phrase, il regardait ce jeune homme élégant, pour juger de combien de louis il pourrait surcharger le prix du cheval à vendre.

« Vous êtes officier de cavalerie, monsieur, et sans doute vous connaissez les chevaux. »

Lucien ne répliquant pas par quelque *blague*, le maître de poste crut pouvoir ajouter :

« Je me permettrai de vous demander : Avez-vous fait la guerre ? »

A cette question, qui pouvait être plaisanterie, la physionomie ouverte de Lucien changea instantanément.

« Il ne s'agit point de savoir si j'ai fait la guerre, répondit-il, d'un ton fort sec, mais si vous, maître de poste, avez un cheval à vendre.

M. Bouchard, se voyant remis à sa place aussi nettement, eut quelque idée de planter là le jeune officier ; mais laisser échapper l'occasion de gagner dix louis ; mais, surtout, se priver volontairement d'un bavardage d'une heure, c'est ce qui fut impossible pour notre maître de poste. Dans sa jeunesse il avait servi et regardait les officiers de l'âge de Lucien comme des enfants qui jouent à la chapelle.

« Monsieur, reprit Bouchard d'un ton mielleux, et comme si rien ne se fût passé entre eux, j'ai été plusieurs années brigadier et ensuite maréchal des logis au 1er de cuirassiers ; et en cette qualité blessé à Montmirail en 1814, dans l'exercice de mes fonctions ; c'est pourquoi je parlais de guerre. Toutefois, quant aux chevaux, les miens sont des bidets de dix à douze louis, peu dignes d'un officier bien *ficelé* et requinqué comme vous, et bons tout au plus à faire une course ; de vrais bidets, quoi ! Mais si vous savez manier un cheval, comme je n'en doute pas (ici les yeux de Bouchard se dirigèrent sur la manche gauche de l'élégant uniforme, blanchi par la boue, et il reprit malgré lui le ton goguenard)... si vous savez manier un cheval, M. Fléron, notre jeune préfet, a votre affaire : cheval anglais vendu par un milord qui habite le pays et bien connu des amateurs : jarret superbe, épaules admirables, valeur trois mille francs, lequel n'a jeté par terre M. Fléron que quatre fois, par la grande raison que ledit préfet n'a osé le monter que quatre fois. La dernière chute eut lieu en passant la revue de la garde nationale, composée en partie de vieux troupiers, moi, par exemple, maréchal des logis...

— Marchons, monsieur, reprit Lucien avec humeur ; je l'achète à l'instant. »

Le ton décidé de Lucien sur le prix de trois mille francs et sa fermeté à lui couper la parole *enlevèrent* l'ancien sous-officier.

« Marchons, mon lieutenant », répondit-il avec tout le respect désirable. Et il se mit en marche à l'instant, suivant à pied la rosse dont Lucien n'était pas descendu. Il fallut aller chercher la préfecture dans un coin reculé de la ville, vers le magasin à poudre, à cinq minutes de la partie habitée ; c'était un ancien couvent, fort bien arrangé par un des derniers préfets de l'Empire. Le pavillon habité par le préfet était entouré d'un jardin anglais. Ces messieurs arrivèrent à la porte en fer. Des entresols, où étaient les bureaux, on les renvoya à une autre porte ornée de colonnes et conduisant à un premier étage magnifique où logeait M. Fléron. M. Bouchard sonna ; on fut longtemps sans répondre. A la fin, un valet de chambre fort affairé et très élégant parut et fit entrer dans un salon mal en ordre. Il est vrai qu'il n'était qu'une heure. Le valet de chambre répétait ses phrases habituelles d'une gravité mesurée sur la difficulté extrême de voir M. le préfet, et Lucien allait se fâcher, lorsque M. Bouchard en vint aux mots sacramentels :

« Nous venons pour une *affaire d'argent* qui intéresse M. le préfet. »

L'importance du valet parut se scandaliser ; mais il ne remuait pas.

« Eh, pardieu ! c'est pour vous faire vendre votre *Lara*, qui jette si bien par terre votre M. le préfet », ajouta l'ancien maréchal des logis.

A ce mot, le valet de chambre prit la fuite, en priant ces messieurs d'attendre.

Après dix minutes, Lucien vit s'avancer gravement un

jeune homme de quatre pieds et demi de haut, qui avait l'air à la fois timide et pédant. Il semblait porter avec respect une belle chevelure tellement blonde qu'elle en était sans couleur. Ces cheveux, d'une finesse extrême et tenus beaucoup trop longs, étaient partagés au sommet du front par une raie de chair parfaitement tracée et qui divisait le front du porteur en deux parties égales, à l'allemande. A l'aspect de cette figure marchant par ressorts et qui prétendait à la fois à la grâce et à la majesté, la colère de Lucien disparut ; une envie de rire folle la remplaça, et sa grande affaire fut de ne pas éclater. Cette tête de préfet, se dit-il, est une copie des figures de Christ de Lucas Cranach. Voilà donc un de ces terribles préfets contre lesquels les journaux libéraux déclament tous les matins !

Lucien n'était plus choqué de la longue attente ; il examinait ce petit être si empesé qui approchait assez lentement, et en se dandinant ; c'était l'air d'un personnage naturellement impassible et au-dessus de toutes les impressions d'ici-bas. Lucien était tellement absorbé dans la contemplation qu'il y eut un silence.

M. Fléron fut flatté de l'effet qu'il produisait, et sur un militaire encore ! Enfin, il demanda à Lucien ce qu'il pouvait y avoir pour son service ; mais le mot fut lancé en grasseyant et d'un ton à se faire répondre une impertinence.

L'embarras de Lucien était de ne pas rire au nez du personnage. Par malheur, il vint à se rappeler un monsieur Fléron député. Cet être-ci sera le digne fils ou neveu de M. Fléron qui pleure de tendresse en parlant de *nos dignes ministres.*

Ce souvenir fut trop fort pour notre héros, encore un peu neuf : il éclata de rire.

« Monsieur, dit-il enfin en regardant la robe de chambre, unique en son genre, dans laquelle le jeune préfet se drapait ; monsieur, on dit que vous avez un cheval à vendre. Je désire le voir, je l'essaie un quart d'heure et je paie comptant. »

Le digne préfet avait l'air de rêver ; il avait quelque peine à se rendre compte du rire du jeune officier. L'essentiel, à ses yeux, était que rien ne parût avoir pour lui le plus intérêt.

« Monsieur, dit-il enfin, et comme se décidant à réciter une leçon apprise par cœur, les affaires urgentes et graves dont je suis accablé m'ont, je le crains bien, rendu coupable d'impolitesse. J'ai lieu de soupçonner que vous n'ayez attendu, ce serait bien coupable à moi. »

Et il se confondit en bontés. Les phrases doucereuses prirent assez de temps. Comme il ne concluait point, notre héros, qui soignait moins sa réputation d'homme d'un ton parfait, prit la liberté de rappeler l'objet de la visite.

« Je respecte, comme je le dois, les occupations de M. le préfet ; je désirerais voir le cheval à vendre et l'essayer en présence du groom de M. le préfet.

— La bête est anglaise, reprit le préfet d'un ton presque intime, de bon demi-sang bien prouvé, je l'ai eue de milord Link, qui habite ce pays depuis longues années ; le cheval est bien connu des amateurs ; mais je dois avouer, ajouta-t-il, en baissant les yeux, qu'il n'est soigné dans ce moment que par un domestique français ; je vais mettre Perrin à vos ordres. Vous pensez, monsieur, que je ne confie pas cette bête à des soins vulgaires, et aucun autre de mes gens n'en approche, etc. »

Après avoir donné ses ordres en beau style et en s'écoutant parler, le jeune magistrat croisa sa robe de chambre de cachemire brodée d'or et assura sur ses yeux une façon de bonnet singulier, en forme de rouleau de cavalerie légère, qui à chaque instant menaçait de tomber. Tous ces petits soins étaient pris lentement et considérés attentivement par le maître de poste Bouchard, dont l'air goguenard se changeait en sourire amer tout à fait impertinent. Mais cette autre affectation fut en pure perte. M. le préfet, qui n'avait pas l'habitude de regarder de telles gens, quand il fut rassuré sur les détails de sa toilette, salua Lucien, adressa un demi-salut à M. Bouchard, sans le regarder, et rentra dans ses appartements.

« Et dire qu'un *gringalet* de ce calibre-là nous passera en revue dimanche prochain ! s'écria Bouchard ; cela ne fait-il pas suer ? »

Dans sa colère contre les jeunes gens plus avancés dans le monde que les sous-officiers de Montmirail, M. Bouchard eut bientôt un autre sujet de joie. A peine le cheval anglais se vit-il hors de l'écurie, d'où la pauvre bête sortait trop rarement à son gré, qu'il se mit à galoper autour de la cour et à faire les sauts les plus singuliers ; il s'élançait de terre des quatre pieds à la fois, la tête en l'air et comme pour grimper sur les platanes qui entouraient la cour de la préfecture.

« La bête a des moyens, dit Bouchard en se rapprochant de Lucien d'un air sournois, mais depuis huit jours peut-être M. le préfet ni son valet de chambre Perrin n'ont osé la faire sortir, et peut-être ne serait-il pas prudent... »

Lucien fut frappé de la joie contenue qui brillait dans les petits yeux du maître de poste. « Il est écrit, pensa-t-il, que deux fois en un jour je me ferai jeter par terre ; tel devait être mon début dans Nancy. » Bouchard alla chercher de l'avoine dans un crible et arrêta le cheval ; mais Lucien eut toute la peine du monde à le monter, puis à le maîtriser.

Il partit au galop, mais bientôt il prit le pas. Étonné de la beauté et de la vigueur des allures de *Lara*, Lucien ne se fit pas scrupule de faire attendre le maître de poste goguenard. *Lara* fit une grande lieue, et ne reparut dans la cour de la préfecture qu'après une demi-heure. Le valet de chambre était tout effrayé du retard. Quant au maître de poste, il espérait bien voir le cheval revenir tout seul. Le voyant arriver monté, il examina de près l'uniforme de Lucien ; rien n'indiquait une chute. « Allons, celui-ci est moins *godiche* que les autres », se dit Bouchard.

Lucien conclut le marché sans descendre de cheval. « Il ne faut pas que Nancy me revoie monté sur la rosse fatale. » M. Bouchard, qui n'avait pas les mêmes craintes, prit le cheval du régiment. M. Perrin, le valet de chambre, accompagna ces messieurs jusqu'à la caisse du receveur général, où Lucien prit de l'argent.

« Vous voyez, monsieur, que je ne me laisse jeter par terre qu'une fois par jour, dit Lucien à Bouchard, dès qu'ils furent seuls. Ce qui me désole, c'est que ma chute a eu lieu sous les fenêtres avec persiennes vert perroquet, qui sont là-bas, avant la voûte... à l'entrée de la ville, à cette espèce d'hôtel.

— Ah ! dans la rue de la Pompe, dit Bouchard ; et il y avait sans doute une jolie dame à la plus petite de ces fenêtres ?

— Oui, monsieur, et elle a ri de mon malheur. Il est fort désagréable de débuter ainsi dans une garnison, et dans une première garnison encore : Vous qui avez été militaire, vous comprenez cela, monsieur ; que va-t-on dire de moi dans le régiment ? Mais quelle est cette dame ?

— Il s'agit, n'est-ce pas, d'une femme de vingt-cinq à vingt-six ans, avec des cheveux blond cendré, qui tombent jusqu'à terre ?

— Et des yeux fort beaux, mais remplis de malice.

— C'est Mme de Chasteller, une veuve que tous ces beaux messieurs de la noblesse cajolent, parce qu'elle a des millions. Elle plaide en tous lieux avec chaleur la cause de Charles X, et si j'étais *de ce petit préfet*, je la ferais coffrer ; notre pays finira par être une seconde Vendée. C'est une ultra enragée, qui voudrait voir à cent pieds sous terre tout ce qui a servi la patrie. Elle est fille de M. le marquis de Pontlevé, un de nos ultras renforcés et, ajouta-t-il en baissant la voix, c'est un des commissaires pour Charles X dans cette province. Ceci entre nous ; je ne veux pas me rendre dénonciateur.

— Soyez sans crainte.

— Ils sont venus bouder ici depuis les *journées de Juillet*. Ils veulent, disent-ils, affamer le peuple de Paris, en le privant de travail ; mais, quoique ça, ce marquis n'est pas malin. C'est le docteur Du Poirier, le premier médecin du pays, qui est son bras droit. M. Du Poirier, qui est une fine mouche, mène par le nez tant M. de Pontlevé que M. de Puylaurens, l'autre commissaire de Charles X ; car l'on conspire ouvertement ici. Il y a aussi l'abbé Olive qui est un espion...

— Mais, mon cher monsieur, dit Lucien en riant, je ne m'oppose pas à ce que M. l'abbé Olive soit un espion ; tant d'autres le sont bien ! mais parlez-moi encore un peu, je vous prie, de cette jolie femme, Mme de Chasteller.

— Ah ! cette jolie femme qui a ri quand vous êtes tombé de cheval ? Elle en a vu bien d'autres descendre de cheval ! Elle est veuve d'un des généraux de brigade attachés à la personne de Charles X, et qui était, de plus, grand chambellan ou aide de camp ; un grand seigneur, enfin, qui, après les journées, est venu mourir ici de peur. Il croyait toujours que le peuple *était dans les rues*, comme il me l'a dit plus de vingt fois ; mais bon enfant quoique ça, point insolent, au contraire, fort doux. Quand il leur arrivait certains courriers de Paris, il voulait qu'il y eût toujours une paire de chevaux réservée pour lui à la poste et qu'il payait bien, da. Car, monsieur, il faut que vous sachiez qu'il n'y a que dix-neuf lieues d'ici au Rhin, par la traverse. C'était un grand homme sec et pâle ; il avait de fières peurs, toujours.

— Et sa veuve ? dit Lucien, en riant.

— Elle avait un hôtel dans le faubourg Saint-Germain, dans une rue qu'on appelle de Babylone, quel nom ! Vous devez connaître cela, monsieur. Elle a bonne envie de retourner à Paris ; mais le père s'y oppose et cherche à la brouiller avec tous ses amis ; il veut la circonvenir, quoi ! C'est que, pendant le règne des jésuites et de Charles X, M. de Chasteller, qui était fort dévot, a gagné des millions dans un emprunt, et sa veuve possède tout cet argent-là en rentes, et M. de Pontlevé veut mettre la main sur tout cela, en cas de révolution.

Chaque matin, M. de Chasteller faisait atteler sa voiture pour aller à la messe, à cinquante pas de chez lui ; une voiture anglaise de dix mille francs au moins qui, sur le pavé, ne faisait aucun bruit ; il disait qu'il fallait ça pour le peuple. Il était très fier de ce côté-là, toujours en grand uniforme le dimanche, à la grand-messe, avec cordon rouge par-dessus l'habit, et quatre laquais en grande livrée et en gants jaunes. Et avec cela, en mourant, il n'a rien laissé à ses gens, parce que, a-t-il dit au vicaire qui l'assistait, *ce sont des jacobins*. Mais madame, qui est restée en ce monde et qui a peur, a prétendu que c'était un oubli dans le testament ; elle leur fait de petites pensions, ou bien les a gardés à son service, et quelquefois, pour un rien, elle leur donne quarante francs. Elle occupe tout le premier étage de l'hôtel de Pontlevé ; c'est là que vous l'avez vue ; mais son père exige qu'elle paie le loyer. Elle en a pour quatre mille francs, tandis que jamais le marquis n'aurait pu louer ce premier étage plus de cent louis. C'est un avare enragé ; quoique ça, il parle à tout le monde et fort poliment ; il dit qu'il va y avoir la république, une nouvelle émigration ; que l'on coupera la tête aux nobles et aux prêtres, etc. Et M. de Pontlevé a été misérable pendant la première émigration ; on dit qu'à Hambourg il travaillait du métier de relieur ; mais il se fâche tout rouge, si l'on parle de livres aujourd'hui devant lui. Le fait est qu'il compte, en cas de besoin, sur les rentes de sa fille ; c'est pourquoi ne veut pas la perdre de vue ; il l'a dit à un de mes amis...

— Mais, monsieur, dit Lucien, que me font les ridicules de ce vieillard ? Parlez-moi de Mme de Chasteller.

— Elle rassemble le monde chez elle le vendredi, pour prêcher ni plus ni moins qu'un prêtre. Elle parle comme un ange, disent les domestiques ; tout le monde la comprend ; il y a des jours qu'elle les fait pleurer. Fichues bêtes, que je leur dis ; elle est enragée contre le peuple ; si elle pouvait, elle nous mettrait tous au mont Saint-Michel. Mais quoique ça, elle les enjôle, ils l'aiment.

Elle blâme fort son père, dit le valet de chambre, de ce qu'il ne veut plus voir son frère cadet, président à la cour royale de Metz, parce qu'il a prêté serment ; il appelle cela se salir. Aucun *juste-milieu* n'est reçu dans la société ici. Ce préfet si *muscadin*, qui vous a vendu son cheval, boit les affronts comme de l'eau ; il n'ose se présenter chez Mme de Chasteller, qui lui dirait son fait. Quand il va voir Mme d'Hocquincourt, la plus pimpante de nos dames, elle se met à la fenêtre sur la rue, et lui fait dire par son portier qu'elle n'y est pas... Mais pardon, monsieur est *juste-milieu*, je m'oubliais... »

Ce dernier mot fut dit avec bonheur ; il y en eut aussi dans la réponse de Lucien.

« Mon cher, vous me donnez des renseignements, et je les écoute comme un rapport sur la position occupée par l'ennemi. Du reste, adieu, au revoir. Quel est le plus renommé des hôtels garnis ?

— L'hôtel des *Trois-Empereurs*, rue des Vieux-Jésuites, n° 13 ; mais c'est difficile à trouver, mon chemin m'y conduit, et j'aurai l'honneur de vous indiquer moi-même cet hôtel. »

« Je l'ai *blagué* trop fort, se disait le maître de poste ; il faut parler de nos dames à ce jeune freluquet. »

« Mme de Chasteller est la plus braque de ces dames de la noblesse, reprit Bouchard de l'air aisé d'un homme du peuple qui veut cacher son embarras. C'est-à-dire, Mme d'Hocquincourt est bien aussi jolie qu'elle ; mais Mme de Chasteller n'a eu qu'un amant, M. Thomas de Busant de Sicile, lieutenant-colonel des hussards que vous remplacez. Elle est toujours triste et singulière, excepté quand elle prend feu en faveur de Henri V. Ses gens disent qu'elle fait mettre les chevaux à sa voiture, et puis, au bout d'une heure, ordonne de dételer, sans être sortie. Elle a les plus beaux yeux, comme vous avez vu, et des yeux qui disent tout ce qu'ils veulent ; mais Mme d'Hocquincourt est bien plus gaie et a bien plus d'esprit ; elle a toujours quelque chose de drôle à dire. Mme d'Hocquincourt mène son mari, qui est un ancien capitaine, blessé dans les *journées de Juillet*, un fort brave homme, ma foi ! D'ailleurs, ils sont tous braves dans ce pays-ci. Mais elle en fait tout ce qu'elle veut et change d'amant sans se gêner, tous les ans. Maintenant, c'est M. d'Antin qui se ruine avec elle. Sans cesse, je lui fournis des chevaux pour des parties de plaisir dans les bois de Burelviller, que vous voyez là-bas, au bout de la plaine ; et Dieu sait ce qu'on fait dans ces bois ! L'on enivre toujours mes postillons, pour les empêcher de voir et d'entendre. Du diable si, en rentrant, ils peuvent me dire un mot.

— Mais où voyez-vous des bois ? dit Lucien en regardant le plus triste pays du monde.

— A une lieue d'ici, au bout de la plaine, des bois noirs magnifiques ; c'est un bel endroit. Là se trouve le café du *Chasseur vert*, tenu par des Allemands qui ont toujours de la musique ; c'est le Tivoli du pays... »

Lucien fit faire un mouvement à son cheval, qui alarma le bavard ; il lui sembla voir échapper sa victime, et quelle victime encore ! un beau jeune homme de Paris, *nouveau débarqué* et obligé de l'écouter !

« Chaque semaine, cette jolie femme aux cheveux blonds, Mme de Chasteller, reprit-il avec empressement, qui a ri un peu en vous voyant tomber, ou plutôt quand votre cheval est tombé, c'est bien différent ; mais, pour en revenir, chaque semaine, pour ainsi dire, elle refuse une proposition de mariage. M. de Blancet, son cousin, qui est toujours avec elle ; M. de Goello, le plus grand intrigant, un vrai jésuite, quoi ! le comte Ludwig Roller, le plus crâne de tous ces nobles, s'y sont cassé le nez. Mais pas si bête que de se marier en province ! Pour se désennuyer, elle a pris bravement, comme je vous le disais, en mariage en détrempe le lieutenant-colonel du 20e de hussards, M. Thomas de Busant de Sicile. Il était bien un peu *maillé* pour elle ; mais n'importe, il n'en bougeait, et c'est un des plus grands nobles de France, dit-on. Il y a aussi Mme la marquise de Puylaurens et Mme de Saint-Vincent, qui ne s'oublient pas ; mais les dames de notre ville répugnent à déroger. Elles sont sévères en diable sur ce point, et il faut que je vous le dise, mon cher monsieur, avec tout le respect que je vous dois, moi qui n'ai été que sous-officier de cuirassiers (à la vérité, j'ai fait dix compagnes en dix ans) ; je doute que cette veuve de M. de Chasteller, un général de brigade, et qui vient d'avoir pour amant un lieutenant-colonel, voulût agréer les hommages d'un simple sous-lieutenant, si aimable qu'il fût. Car, ajouta le maître de poste, en prenant un air piteux, le mérite n'est pas grand-chose en ce pays-ci, c'est le rang qu'on a et la noblesse qui font tout. »

« En ce cas je suis *frais* », pensa Lucien.

« Adieu, monsieur, dit-il à Bouchard en mettant son

cheval au trot ; j'enverrai un lancier prendre le cheval laissé dans votre écurie, et bien le bonsoir. »

Il avait aperçu dans le lointain l'immense enseigne des *Trois-Empereurs.*

« Tout de même en voilà un que j'ai solidement *blagué*, lui et son *juste-milieu*, se dit Bouchard en riant dans sa barbe. Et, de plus, quarante francs de pourboire à donner à mes postillons : *le plus souvent !* »

CHAPITRE V

M. Bouchard avait plus raison de rire qu'il ne pensait ; quand l'absence de ce personnage au regard perçant eut rendu Lucien à ses pensées, il se trouva beaucoup d'humeur. Son début par une chute dans une ville de province et dans un régiment de cavalerie lui semblait du dernier malheur. « Cela ne sera jamais oublié ; toutes les fois que je passerai dans la rue, quand je monterais comme le plus vieux lancier : Ah ! dira-t-on, c'est ce jeune homme de Paris qui est tombé de façon si plaisante le jour de l'arrivée du régiment. »

Notre héros subissait les conséquences de cette éducation de Paris, qui ne sait que développer la vanité, triste partage des fils de gens riches. Toutes cette vanité avait été sous les armes pour débuter dans un régiment ; Lucien s'était attendu à quelque coup d'épée ; il s'agissait de prendre la chose avec légèreté et décision ; il fallait montrer de la hardiesse sous les armes, etc., etc. Loin de là, le ridicule et l'humiliation tombaient sur lui du haut de la fenêtre d'une jeune femme, la plus noble de l'endroit, et une *ultra* enragée et bavarde, qui saurait draper un serviteur du *juste-milieu*. Que n'allait-elle pas dire de lui ?

Le sourire qu'il avait vu errer sur ses lèvres au moment où il se relevait couvert de boue et donnait avec colère un coup de fourreau de sabre à son cheval, ne pouvait sortir de son esprit. « Quelle sotte idée de donner un coup de fourreau de sabre à cette rosse ! et surtout *avec colère !* Voilà ce qui prête réellement à la plaisanterie ! Tout le monde peut tomber avec son cheval, mais le frapper avec colère ! mais se montrer si malheureux d'une chute ! Il fallait être impassible ; il fallait faire voir le contraire de ce qu'on s'attendait que je serais, comme dit mon père... Si jamais je rencontre cette Mme de Chasteller, quelle envie de rire va la saisir en me reconnaissant ! Et que va-t-on dire au régiment ? Ah ! de ce côté-là, messieurs les mauvais plaisants, je vous conseille de plaisanter à voix basse. »

Agité par ces idées désagréables, Lucien, qui avait trouvé son domestique dans le plus bel appartement des *Trois-Empereurs*, employa deux grandes heures à faire la toilette militaire la plus soignée : « Tout dépend du début, et j'ai beaucoup à réparer. »

« Mon habit est fort bien, se dit-il en se regardant dans deux miroirs qu'il avait fait placer de façon à se voir des pieds à la tête ; mais toujours les yeux riants de Mme de Chasteller, ces yeux scintillant de malice, verront de la boue sur cette manche gauche » ; et il regardait piteusement son uniforme de voyage, qui, jeté sur une chaise, gardait, en dépit des efforts de la brosse, des traces trop évidentes de son accident.

Après cette longue toilette, qui fut, sans qu'il s'en doutât, un spectacle pour les gens de l'hôtel et la maîtresse de la maison qui avait prêté sa *Psyché*, Lucien descendit dans la cour et examina d'un œil non moins critique la toilette de *Lara*. Il la trouva convenable, à l'exception d'un sabot de derrière hors du montoir, qu'il fit cirer de nouveau en sa présence. Enfin, il se plaça en selle avec la légèreté de la voltige, et non avec la précision et la gravité militaires. Il voulait trop montrer aux domestiques de l'hôtel, réunis dans la cour, qu'il était parfaitement à cheval. Il demanda où était la rue de la Pompe, et partit au grand trot. « Heureusement, se disait-il, Mme de Chasteller, veuve d'un officier général, doit être un bon juge. »

Mais les persiennes vert perroquet étaient hermétiquement fermées, et ce fut en vain que Lucien passa et repassa. Il alla remercier le lieutenant-colonel Filloteau et s'informer des petits devoirs de convenance qui doivent occuper la première journée d'un sous-lieutenant arrivant au régiment.

Il fit deux ou trois visites de dix minutes chacune avec la froideur *chaîne de puits* qui convient, surtout à un jeune homme de vingt ans, et ce signe d'une éducation parfaite eut tout le succès désirable.

A peine libre, il revint visiter la place où le matin il était tombé. Il arriva devant l'hôtel de Pontlevé au très grand trot, et là précisément fit prendre à son cheval un petit galop arrondi et charmant. Quelques appels de bride, invisibles pour les profanes, donnèrent au cheval du préfet, étonné de l'insolence de son cavalier, de petits mouvements d'impatience charmants pour les connaisseurs. Mais en vain Lucien se tenait immobile en selle et même un peu raide : les persiennes vertes restèrent fermées.

Il reconnut militairement la fenêtre d'où l'on avait ri ; elle avait un encadrement gothique et était plus petite que les autres ; elle appartenait au premier étage d'une grande maison, apparemment fort ancienne, mais nouvellement badigeonnée, suivant le bon goût de la province. On avait percé de belles fenêtres au premier étage, mais celles du second étaient encore en croisillons. Cette maison, demi-gothique, avait une grille de fer toute moderne et magnifique sur la rue du Reposoir, qui venait couper à angle droit la rue de la Pompe. Au-dessus de la porte, Lucien lut en lettres d'or sur un marbre noirâtre : *Hôtel de Pontlevé*.

Ce quartier avait l'air triste, et la rue du Reposoir paraissait une des plus belles, mais des plus solitaires de la ville ; l'herbe y croissait de toutes parts.

« Que de mépris j'aurais pour cette triste maison, se dit Lucien, si elle ne renfermait pas une jeune femme qui s'est moquée de moi et avec raison !

« Mais au diable la provinciale ! Où est la promenade de cette sotte ville ? Cherchons. » En moins de trois quarts d'heure, grâce à la légèreté de son cheval, Lucien eut fait le tour de Nancy, triste bicoque, hérissée de fortifications. Il eut beau chercher, il n'aperçut d'autre promenade qu'une place longue, traversée aux deux bouts par des fossés puants charriant les immondices de la ville ; à l'entour végétaient pauvrement un millier de petits tilleuls rabougris, soigneusement taillés en éventail.

« Peut-on se figurer rien au monde de plus maussade que cette ville ? » se répétait notre héros à chaque nouvelle découverte, et son cœur se serrait.

Il y avait de l'ingratitude dans ce sentiment de dégoût si profond ; car, pendant ces tours et détours sur les remparts et dans les rues, il avait été remarqué par Mme d'Hocquincourt, par Mme de Puylaurens et même par Mlle Berchu, la reine des beautés bourgeoises. Cette dernière avait même dit : « Voilà un *très joli cavalier*. »

Habituellement, Lucien eût fort bien pu se promener *incognito* dans Nancy ; mais, ce jour-là, toute la société haute, basse et mitoyenne, était en émoi ; c'était un événement immense, en province, que l'arrivée d'un régiment. Paris n'a aucune idée de cette sensation, ni de bien d'autre. A l'arrivée d'un régiment, le marchand rêve la fortune de son établissement, et la respectable mère de famille l'établissement d'une de ses filles ; il ne s'agit que de plaire aux chalands. La noblesse se dit : « Ce régiment a-t-il des noms ? » Les prêtres : « Tous les soldats ont-ils fait leur première communion ? » Une première communion de *cent sujets* ferait un bel effet auprès de monseigneur l'évêque. Le peuple des grisettes est agité de sensations moins profondes que celles des ministres du Seigneur, mais peut-être plus vives.

Pendant cette première promenade de Lucien, à la recherche d'une promenade, la hardiesse un peu affectée avec laquelle il maniait le cheval fort connu et fort dangereux de M. le Préfet, hardiesse qui semblait indiquer qu'il l'avait acheté, l'avait rendu fort considérable auprès de bien des gens. « Quel est ce sous-lieutenant, disaient-ils, qui, pour son début dans notre ville, se donne un cheval de mille écus ? »

Parmi les personnes qu'avait le plus frappées l'opulence probable du sous-lieutenant nouveau venu, il est de toute justice de faire remarquer d'abord Mlle Sylviane Berchu.

« Maman, maman, s'était-elle écriée en apercevant le cheval du préfet, célèbre dans toute la ville : c'est *Lara* de M. le préfet ; mais cette fois le cavalier n'a pas peur.

— Il faut que ce soit un jeune homme bien riche », avait dit Mme Berchu. Et cette idée avait bientôt absorbé l'attention de la mère et de la fille.

Ce même jour, toute la société noble de Nancy se trouvait à dîner chez M. d'Hocquincourt, jeune homme fort riche, et qui a déjà eu l'honneur d'être présenté au lecteur. On célébrait la fête d'une des princesses exilées. A côté d'une douzaine d'imbéciles, amoureux du passé et craignant l'avenir, il est juste de distinguer sept ou huit anciens officiers, jeunes, pleins de feu, désirant la guerre par-dessus tout, [qui] ne savaient pas se soumettre de bonne grâce aux chances d'une révolution. Démissionnaires après les journées de Juillet, ils ne travaillaient à rien et se croyaient malheureux par état. Ils ne s'amusaient guère de l'oisiveté forcée où ils languissaient ; et cette vie maussade ne les rendait pas fort indulgents pour les jeunes officiers de l'armée actuelle. La mauvaise humeur gâtait des esprits d'ailleurs assez distingués et se trahissait par un mépris affecté.

Dans le cours de sa reconnaissance des lieux, Lucien passa trois fois devant l'hôtel de Sauve-d'Hocquincourt, dont le jardin intercepte la promenade sur le rempart ; on sortait de table ; il fut examiné par tout ce qu'il y a de plus *pur*, soit pour la naissance, soit du côté des bons principes. Les meilleurs juges, MM. de Vassigny, lieutenant-colonel, les trois frères Roller, M. de Blancet, M. d'Antin, capitaines de cavalerie ; MM. de Goello, Murcé, de Lanfort, tous dirent leur mot. Ces pauvres jeunes gens s'ennuyèrent moins ce jour-là que de coutume. Le matin, l'arrivée du régiment leur avait donné lieu de parler guerre et cheval, les deux seules choses, avec la peinture à l'aquarelle, sur lesquelles la province permette à un bon gentilhomme d'avoir quelque instruction ; le soir, ils eurent la volupté de voir de près et de critiquer à fond un officier de la nouvelle armée.

« Le cheval de ce pauvre préfet doit être bien étonné de se sentir mené avec hardiesse, dit M. d'Antin, l'ami de Mme d'Hocquincourt.

— Ce petit monsieur n'est pas ancien à cheval, quoiqu'il monte bien, dit M. de Vassigny. C'était un fort bel homme de quarante ans, qui avait de grands traits et l'air de mourir d'ennui, même quand il plaisantait.

— C'est apparemment un de ces garçons tapissiers ou fabricants de chandelles qui s'intitulent *héros de Juillet*, dit M. de Goello, grand jeune homme blond, sec et pincé et déjà couvert des rides de l'envie.

— Que vous êtes arriéré, mon pauvre Goello ! dit Mme de Puylaurens, l'esprit du pays. Les pauvres *Juillets* ne sont plus à la mode depuis longtemps ; ce sera le fils de quelque député ventru et vendu.

— D'un de ces éloquents personnages qui, placés en droite ligne derrière le dos des ministres, crient *chut* ou éclatent de rire à propos d'un amendement sur les vivres des forçats, au signal que leur donne le dos du ministre. C'était l'élégant M. de Lanfort, l'ami de Mme de Puylaurens, qui, par cette belle phrase, prononcée lentement, développait et illustrait la pensée de sa spirituelle amie.

— Il aura loué pour quinze jours le cheval du préfet avec la haute paie que papa reçoit du château, dit M. de Sanréal.

— Halte-là ! connaissez mieux les gens, puisque vous en parlez, reprit le colonel marquis de Vassigny.

> — La fourmi n'est pas prêteuse,
> C'est là son moindre défaut,

s'écria d'un ton tragique le sombre Ludwig Roller.

— Enfin, messieurs, mettez-vous donc d'accord : où aura-t-il pris l'argent que coûte ce cheval ? dit Mme de Sauve-d'Hocquincourt ; car enfin votre prévention contre ce jeune fabricant de chandelles n'ira point jusqu'à dire qu'il n'est pas actuellement sur un cheval.

— L'argent, l'argent, dit M. d'Antin ; rien de plus facile ; le papa aura défendu à la tribune, ou dans les comités du budget, le marché des *fusils Gisquet*, ou quelqu'un des marchés de la guerre.

— Il faut vivre et laisser vivre, dit M. de Vassigny d'un air politiquement profond ; voilà ce que nos pauvres Bourbons n'entendirent jamais ! Il fallait *gorger* tous les jeunes plébéiens bavards et effrontés, ce qu'on appelle aujourd'hui *avoir du talent*. Qui doute que MM. N..., N..., N... ne se fussent vendus à Charles X, comme ils se vendent à celui-ci ? Et à meilleur marché encore, car ils auraient été moins honnis. La bonne compagnie les eût acceptés et reçus dans les salons, ce qui est toujours le grand objet d'un bourgeois, dès que le dîner est assuré.

— Grâce à Dieu ! nous voici dans la haute politique, dit Mme de Puylaurens.

— Héros de juillet, ouvrier ébéniste, fils de ventru, tout ce que vous voudrez, reprit Mme de Sauve-d'Hocquincourt, il monte à cheval avec grâce. Et celui-là, puisque le père s'est vendu, évitera de parler politique, et sera de meilleure compagnie que le Vassigny que voilà, qui attriste toujours ses amis avec ses regrets et ses prévisions éternelles. Gémir devrait être défendu, du moins après dîner.

— Homme aimable, fabricant de chandelles, ouvrier ébéniste, tout ce qui vous plaira, dit le puritain Ludwig Roller, grand jeune homme aux cheveux noirs et plats, qui encadraient une figure pâle et sombre. Depuis cinq minutes j'ai l'œil sur ce petit monsieur, et je parie tout ce que vous voudrez qu'il n'y a pas longtemps qu'il est au service.

— Donc, il n'est pas *héros de Juillet* ni fabricant de chandelles, reprit avec vivacité Mme d'Hocquincourt, car il s'est passé trois années depuis les *Glorieuses*, et il eût eu le temps de reprendre de l'aplomb. Ce sera le fils d'un bon ventru, comme les *Trois cents* de M. de Villèle ; et il est même possible qu'il ait appris à lire et à écrire, et qu'il sache se présenter dans un salon tout comme un autre.

— Il n'a point l'air commun, dit Mme de Commercy.

— Mais son aplomb à cheval n'est pas si parfait qu'il vous plaît de le croire, madame, reprit Ludwing Roller piqué. Il est raide et affecté ; que son cheval fasse une pointe un peu sèche, et il est par terre.

— Et ce serait pour la seconde fois de la journée », cria M. de Sanréal, de l'air triomphant d'un sot peu accoutumé à être écouté et qui a un fait curieux à dire. Ce M. de Sanréal était le gentilhomme le plus riche et le plus épais du pays ; il eut le plaisir, rare pour lui, de voir tous les yeux se tourner de son côté et il en jouit longtemps avant de se décider à raconter intelligemment l'histoire de la chute de Lucien. Comme il embrouillait beaucoup un si beau récit, en voulant y mettre de l'esprit, on prit le parti de lui faire des questions, et il eut le plaisir de recommencer son histoire ; mais il cherchait toujours à faire le héros plus ridicule qu'il n'était.

« Vous avez beau dire, s'écria Mme de Sauve-d'Hocquincourt, comme Lucien passait pour la troisième fois sous les croisées de son hôtel, c'est un homme charmant ; et, si je n'étais pas en puissance de mari, je l'enverrais inviter à prendre du café chez moi, ne fût-ce que pour vous jouer un mauvais tour. »

M. d'Hocquincourt crut cette idée sérieuse, et sa figure douce et pieuse en pâlit d'effroi.

« Mais, ma chère, un inconnu ! un homme sans naissance, un ouvrier peut-être ! dit-il d'un air suppliant à sa belle moitié.

— Allons, je vous en fais le sacrifice », ajouta-t-elle en se moquant de lui. Et M. d'Hocquincourt lui serra la main tendrement.

« Et vous, homme *puissant* et savant, dit-elle en se tournant vers Sanréal, de qui tenez-vous cette calomnie, d'une chute de ce pauvre petit jeune homme, si mince et si joli ?

— Rien que du docteur Du Poirier, répondit Sanréal, fort piqué de la plaisanterie sur l'épaisseur de sa taille ; rien que du docteur Du Poirier, qui se trouvait chez Mme de Chasteller précisément à l'instant où ce héros de votre imagination a pris par terre la mesure d'un sot.

— Héros ou non, ce jeune officier a déjà des envieux, c'est bien commencer ; et, dans tous les cas, j'aimerais mieux être l'envié que l'envieux. Est-ce sa faute s'il n'est pas fait sur le modèle du Bacchus revenant des Indes, ou de ses compagnons ? Attendez qu'il ait vingt ans de plus, et alors il pourra lutter d'aplomb avec qui que ce soit. D'ici là je ne vous écoute plus », dit Mme d'Hocquincourt, en allant ouvrir une fenêtre à l'autre extrémité du salon.

Le bruit de la fenêtre fit que Lucien tourna la tête, et son cheval eut un accès de gaieté qui retint cheval et cavalier, une ou deux minutes, sous les yeux de cette bienveillante réunion. Comme il avait un peu dépassé la fenêtre, au moment où elle s'était ouverte, son cheval eut l'air de reculer rapidement, un peu malgré le cavalier.

« Ce n'est pas la jeune femme de ce matin », se dit-il un peu désappointé. Et il força son cheval, fort animé en ce moment, à s'éloigner au plus petits pas.

« Le fat ! dit Ludwig Roller en quittant la fenêtre de colère ; ce sera quelque écuyer de la troupe de Franconi, que *Juillet* aura transformé en héros.

— Mais est-ce bien l'uniforme du 27e qu'il porte là ? dit Sanréal d'un air capable. Le 27e doit avoir un autre passepoil. »

A ce mot intéressant et savant, tout le monde parla à la fois ; la discussion sur le passepoil dura une grande demi-heure. Chacun de ces messieurs voulut montrer cette partie de la science militaire qui se rapproche infiniment de l'art du tailleur, et qui faisait jadis les délices d'un grand roi, notre contemporain.

Du passepoil on avait passé au principe monarchique, et les femmes s'ennuyaient, quand M. de Sanréal, qui avait disparu un instant, revint tout haletant.

« Je sais du nouveau ! » s'écria-t-il de la porte, pouvant à peine respirer. A l'instant, le principe monarchique se vit misérablement abandonné ; mais Sanréal devint muet tout à coup ; il avait découvert de la curiosité dans les yeux de Mme d'Hocquincourt, et ce ne fut que mot à mot, pour ainsi dire, que l'on eut son histoire. Le valet d'écurie du préfet avait été domestique de Sanréal, et le zèle pour la vérité historique avait conduit ce noble marquis jusqu'à l'écurie de la préfecture : là, son ancien domestique lui avait appris toutes les circonstances du marché. Mais, tout à coup, il avait su de cet homme que, suivant toutes les apparences, les avoines allaient augmenter. Car le sous-chef de la préfecture, chargé des mercuriales, avait ordonné que l'on fît à l'instant la provision de M. le préfet ; et lui-même, riche propriétaire, avait déclaré qu'il ne vendrait plus ses avoines. A ce mot, il se fit chez le noble marquis un changement complet de préoccupation ; il se sut bon gré d'être allé jusqu'à la préfecture ; et fut à peu près comme un acteur qui, en jouant un rôle au théâtre, apprend que le feu est à sa maison. Sanréal avait de l'avoine à vendre, et, en province surtout, le moindre intérêt d'argent éclipse à l'instant tout autre intérêt : on oublie la discussion la plus piquante ; on n'a plus d'attention pour l'histoire scandaleuse la plus attachante. En rentrant à l'hôtel d'Hocquincourt, Sanréal était profondément préoccupé de la nécessité de ne pas laisser échapper un seul mot sur les avoines ; il y avait là plusieurs riches propriétaires qui auraient pu en *tirer avantage* et vendre avant lui.

Pendant que Lucien avait l'honneur de réunir toutes les envies de la bonne compagnie de Nancy, car on apprenait qu'il avait acheté un cheval cent vingt louis, excédé de la laideur de la ville, il remettait tristement son cheval à l'écurie de la préfecture, dont M. Fléron lui avait fait offrir l'usage pour quelques jours.

Le lendemain, le régiment se réunit, et le colonel Malher de Saint-Mégrin fit reconnaître Lucien en qualité de sous-lieutenant. Après la parade, Lucien fut d'inspection à la caserne ; à peine rentré chez lui, les trente-six trompettes vinrent sous ses fenêtres lui donner une aubade agréable. Il se tira fort bien de toutes ces cérémonies plus nécessaires qu'amusantes.

Il fut froid *chaîne de puits*, mais pas assez complètement ; plusieurs fois, à son insu, le coin de sa lèvre indiqua une nuance d'ironie qui fut remarquée ; par exemple, quand le colonel Malher, en lui donnant l'accolade devant le front du régiment, mania mal son cheval qui, au moment de l'embrassade, s'éloigna un peu de celui de Lucien ; mais *Lara* obéit admirablement à un léger mouvement de la bride et des aides des jambes et suivit moelleusement le mouvement intempestif du cheval du colonel.

Comme un chef de corps est observé d'un œil plus jaloux encore qu'un *muscadin* de Paris qui arrive avec une sous-lieutenance, ce mouvement adroit fut remarqué par les lanciers et fit beaucoup d'honneur à notre héros.

« Et ils disent que ces anglais n'ont pas de bouche ! dit le maréchal des logis La Rose, le même qui, la veille, avait pris le parti de Lucien au moment de sa chute ; ils n'ont pas de bouche pour qui ne sait pas la trouver ; ce blanc-bec au moins sait se tenir ; on voit qu'il s'est préparé à entrer au régiment », ajouta-t-il avec importance.

Cette marque de respect pour le 27ᵉ de lanciers fut généralement goûtée par les voisins du maréchal des logis.

Mais, en manœuvrant pour suivre le cheval du colonel, la mine de Lucien trahit, à son insu, un peu d'ironie. *« Fichu républicain de malheur, je te revaudrai cela »*, pensa le colonel ; et Lucien eut un ennemi placé de façon à lui faire beaucoup de mal.

Quand enfin Lucien fut délivré des compliments des officiers, du service à la caserne, des trente-six trompettes, etc., etc., il se trouva horriblement triste. Une seule pensée surnageait dans son âme : « Tout cela est assez plat ; ils parlent de guerre, d'ennemi, d'héroïsme, d'honneur, et il n'y a plus d'ennemis depuis vingt ans ! Et mon père prétend que jamais des Chambres avares ne se détermineront à payer la guerre au-delà d'une campagne. A quoi donc sommes-nous bons ? A faire du zèle en style de député vendu. »

En faisant cette réflexion profonde, Lucien s'étendait, horriblement découragé, sur un canapé de province, dont un des bras se rompit sous son poids ; il se leva furieux et acheva de briser ce vieux meuble.

N'eût-il pas mieux valu être fou de bonheur, comme l'eût été, dans la position de Lucien, un jeune homme de province, dont l'éducation n'eût pas coûté cent mille francs ? Il y a donc une fausse civilisation ? Nous ne sommes donc pas arrivés précisément à la perfection de la civilisation ! Et nous faisons de l'esprit toute la journée sur les désagréments infinis qui accompagnent cette perfection !

CHAPITRE VI

Le lendemain matin, Lucien prit un appartement sur la grande place, chez M. Bonard, le marchand de blé, et le soir il sut de M. Bonard, qui le tenait de la cantinière qui fournissait d'eau-de-vie la table de messieurs les sous-officiers, que le colonel Filloteau s'était déclaré son protecteur et l'avait défendu contre de certaines insinuations peu bienveillantes du colonel Malher de Saint-Mégrin.

L'âme de Lucien était aigrie. Tout y contribuait : la laideur de la ville, l'aspect des cafés sales et remplis d'officiers portant le même habit que lui ; et parmi tant de figures, pas une seule qui montrât, je ne dirai pas de la bienveillance, mais tout simplement cette urbanité que l'on voit à Paris chez tout le monde. Il alla voir M. Filloteau, mais ce n'était plus l'homme avec lequel il avait voyagé. Filloteau l'avait défendu, et pour le lui faire sentir, prit avec lui un ton d'importance et de protection grossière qui mit le comble à la mauvaise humeur de notre héros.

« Il faut donc tout cela pour gagner quatre-vingt-dix-neuf francs par mois, se disait-il. Qu'est-ce donc qu'ont dû supporter les hommes qui ont des millions ! Quoi ! reprenait-il avec rage, être protégé ! et par cet homme, dont je ne voudrais pas pour domestique ! » Le malheur exagère. Dur, amer et revêche comme Lucien l'était en ce moment, si son hôte se fût trouvé un Parisien *digne*, ils n'eussent pas échangé dix paroles en un an. Mais le gros M. Bonard n'était qu'horriblement intéressé en matière d'argent ; du reste, communicatif, obligeant, *entrant*, dès qu'il ne s'agissait plus de gagner quatre sous sur une mesure de blé. M. Bonard exerçait le négoce en grains. Il vint faire placer chez son nouvel hôte plusieurs petits meubles, et il se trouva qu'au bout de deux heures ils avaient grand plaisir à converser ensemble.

M. Bonard lui conseilla d'aller faire sa provision de liqueurs chez Mme Berchu. Sans le digne négociant de blé, jamais Lucien n'eût eu cette idée si simple, qu'un sous-lieutenant qui passe pour riche et qui débute dans un régiment doit briller par sa provision de liqueurs.

« C'est Mme Berchu, monsieur, qui a une si jolie fille, Mlle Sylviane ; c'est chez elle que le colonel de Busant se fournissait. C'est une belle boutique là-bas, auprès des cafés ; et cherchez un prétexte, en marchandant, pour parler à Mlle Sylviane. C'est notre beauté à nous autres bourgeois, ajouta-t-il d'un ton sérieux qui allait bien mal à sa grosse figure. A l'honnêteté près qu'elle possède, et que les autres n'ont pas, elle peut fort bien soutenir la comparaison avec Mmes d'Hocquincourt, de Chasteller, de Puylaurens, etc., etc. »

Le bon M. Bonard était oncle de M. Gauthier, chef des républicains du pays, sans quoi il n'eût pas donné dans ces réflexions méchantes ; mais les jeunes rédacteurs de *L'Aurore*, le journal américain de la Lorraine, venaient souvent chez lui bavarder autour d'un bol de punch, et lui persuader qu'il devait se croire offensé par certaines actions des nobles propriétaires qui lui vendaient leur blé. Quoique se disant et se croyant républicains austères, ces jeunes gens étaient navrés au fond de l'âme de se voir séparés, par un mur d'airain, de ces jeunes femmes nobles, dont la beauté et les grâces charmantes ne pouvaient, à tout jamais, être admirées d'eux qu'à la promenade ou à l'église ; ils se vengeaient en accueillant tous les bruits peu favorables à la vertu de ces dames, et ces médisances remontaient tout simplement à leurs laquais, car en province, il n'y a plus aucune communication, même indirecte, entre les classes ennemies.

Mais revenons à notre héros. Éclairé par M. Bonard, il reprit son sabre et son colback, et alla chez Mme Berchu. Il acheta une caisse de kirschwasser, puis une caisse d'eau-de-vie de Cognac, puis une caisse de rhum portant la date de 1810 ; tout cela avec un petit air de nonchalance et d'indifférence pour les prix destiné à frapper l'imagination de Mlle Sylviane. Il vit avec plaisir que ses grâces, dignes d'un colonel du *Gymnase*, ne manquaient pas absolument leur effet. La vertueuse Sylviane Berchu était accourue ; elle avait vu par le vasistas pratiqué au plancher de la chambre, située au-dessus de la boutique, que cet acheteur qui faisait remuer tout le magasin n'était autre que le jeune officier qui, la veille, s'était montré sur *Lara*, le fameux cheval de M. le préfet. Cette reine des beautés bourgeoises daigna écouter quelques mots polis que lui adressa Lucien. « Elle est belle, à la vérité, se dit-il, mais pas pour moi. C'est une statue de Junon, copiée de l'antique par un artiste moderne : les finesses et la simplicité y manquent, les formes sont massives mais il y a de la fraîcheur allemande. De grosses mains, de gros pieds, des traits forts réguliers et force minauderies, tout cela cache mal une fierté trop visible. Et ces gens-là sont outrés de la fierté des femmes de la bonne compagnie ! » Lucien remarqua surtout des mouvements de tête en arrière pleins de noblesse vulgaire, et faits évidemment pour rappeler la dot de vingt mille écus. Lucien, songeant à l'ennui qu'il retrouverait chez lui, prolongea sa visite dans la boutique. Mlle Sylviane vit ce triomphe, et daigna exposer à son approbation quelques lieux communs assez bien tournés sur messieurs les officiers et sur les dangers de leurs amabilités. Lucien répondit que les dangers étaient bien réciproques, et qu'il l'éprouvait en ce moment, etc., etc. « Il faut que cette demoiselle ait appris tout cela par cœur, se disait-il, car, tout commun que cela soit, ces belles choses font tache sur sa conversation ordinaire. » Tel fut le genre d'admiration que lui inspira Mlle Sylviane, la beauté de Nancy, et en sortant de chez elle la petite ville lui sembla plus maussade encore. Il suivait, tout pensif, ses trois caisses de *spiritueux*, comme disait Mlle Sylviane. « Il ne s'agit plus, se dit-il, que de trouver un prétexte honnête pour en faire porter une ou deux chez le [lieutenant-] colonel Filloteau. »

La soirée fut terrible pour ce jeune homme, qui commençait la plus brillante carrière du monde et la plus gaie. Son domestique Aubry était depuis nombre d'années dans la maison de son père ; cet homme voulut faire le pédant et donner des avis. Lucien lui dit qu'il partirait pour Paris le lendemain matin, et le chargea de porter à sa mère une caisse de fruits confits.

Après cette expédition, Lucien sortit. Le temps était couvert, et il faisait un petit vent du nord froid et perçant. Notre sous-lieutenant avait son grand uniforme ; il le fallait bien, étant d'inspection à la caserne ; et d'ailleurs il avait appris, parmi tant de devoirs à remplir, qu'il ne fallait pas songer à se permettre une redingote bourgeoise sans une permission spéciale du colonel. Sa ressource fut de se promener à pied dans les rues sales de cette ville forte et s'entendre crier *Qui vive ?* avec insolence à tous les deux cents pas. Il fumait force cigares : après deux heures de ce plaisir, il chercha un libraire, mais ne put en trouver. Il n'aperçut de livres que dans une seule boutique ; il se hâta d'y entrer ; c'étaient des *Journées du Chrétien*, exposées en vente chez un marchand de fromages, vers une des portes de la ville.

Il passa devant plusieurs cafés ; les vitres étaient ternies par la vapeur des respirations, et il ne put prendre sur lui d'entrer dans aucun ; il se figurait une odeur insupportable. Il entendit rire dans ces cafés, et, pour la première fois de sa vie, connut l'envie.

Il fit de profondes réflexions cette soirée-là sur les formes de gouvernement, sur les avantages qui étaient à désirer dans la vie, etc., etc. « S'il y avait un spectacle, je chercherais à faire la cour à une demoiselle chanteuse ; je la trouverais peut-être d'une amabilité moins lourde que Mlle Sylviane, et du moins elle ne voudrait pas m'épouser. »

Jamais il n'avait vu l'avenir sous d'aussi noires couleurs.

Ce qui ôtait toute possibilité à des images moins tristes, c'était ce raisonnement qui lui semblait sans réplique : « Je vais passer ainsi au moins un an ou deux, et, quoi que je puisse inventer, ce que je fais dans ce moment-ci, je le ferai toujours. »

Un des jours suivants, après l'exercice, le lieutenant-colonel Filloteau passa devant le logement de notre héros et vit à la porte Nicolas Flamet, le lancier qu'il lui avait donné pour soigner son cheval. (Son cheval anglais pansé par un soldat ! Aussi Lucien allait-il dix fois par jour à l'écurie.)

« Eh bien, qu'est-ce que tu dis du lieutenant ?

— Bon garçon, fort généreux, colonel, mais pas gai. » Filloteau monta.

« Je viens passer l'inspection de votre quartier, mon cher camarade ; car je vous sers d'*oncle*, comme on disait dans Berchiny, quand j'y étais brigadier, avant l'Égypte, ma foi ! car je ne fus maréchal des logis qu'à Aboukir, sous Murat, et sous-lieutenant quinze jours après. »

Mais tout ce détail héroïque était perdu pour Lucien ; au mot d'*oncle* il avait tressailli ; mais il se remit aussitôt.

« Eh bien, mon cher oncle, reprit-il avec gaieté, trop honoré du titre, j'ai ici, en visite, trois respectables parentes, que je veux avoir l'honneur de vous présenter. Ce sont ces trois caisses, la première, la veuve kirsch-wasser de la *forêt Noire*...

— Je la retiens pour moi », dit le Filloteau avec un gros rire. Et, s'approchant de la caisse ouverte, il y prit un cruchon.

« Je n'ai pas eu de peine à amener le prétexte », pensa Lucien.

« Mais, colonel, cette respectable parente a juré de ne se séparer jamais de sa sœur, qui se nomme *Mlle Cognac de 1810*, entendez-vous ?

— Parbleu, on n'a pas plus d'esprit que vous ! Vous êtes réellement un bon garçon, s'écria Filloteau, et je dois des remerciements à l'ami Dévelroy pour m'avoir fait faire votre connaissance. »

Ce n'était pas précisément avarice chez notre digne colonel ; mais il n'eût jamais songé à faire la dépense de deux caisses de liqueurs, et il était ravi de se les voir tomber du ciel. Goûtant tour à tour le kirsch et l'eau-de-vie, il compara longuement l'un et l'autre et fut attendri.

« Mais parlons d'affaires : je suis venu ici pour ça,

ajouta-t-il avec une affectation mystérieuse et en se jetant pesamment sur un canapé. Vous faites de la dépense : trois chevaux achetés en trois jours, je ne critique pas cela, bien ! bien ! très bien ! mais que vont dire ceux de vos camarades qui n'en ont qu'un de chevaux, et encore qui souvent n'ont que trois jambes ? ajouta-t-il en riant d'un gros rire. Savez-vous ce qu'ils diront ? Ils vous appelleront républicain ; c'est par là que le bât *nous* blesse, ajouta-t-il finement, et savez-vous la réponse ? Un beau portrait de Louis-Philippe à cheval, dans un riche cadre d'or, que vous placerez là, au-dessus de la commode, à la place d'honneur ; sur quoi, bien du plaisir, honneur ! » Et il se leva avec peine du canapé. « A bon entendeur un mot suffit, et vous ne m'avez pas l'air si gauche ; honneur ! » C'était la façon de saluer du colonel.

« Nicolas, Nicolas ! appelle-moi un de ces pékins qui sont là dans la rue à ne rien faire, et prends soin d'escorter jusque chez moi, tu sais, rue de Metz, n° 4, ces deux caisses de liqueurs, et f... ne va pas me conter qu'un cruchon s'est cassé en route ; pas de ça, camarade ! Mais, j'y pense, dit Filloteau à Lucien : ceci est du bon bien de Dieu, le cruchon cassé serait toujours cassé ; je vais suivre les caisses à vingt pas, sans faire semblant de rien. Adieu, mon cher camarade. » Et, montrant avec son poing ganté la place au-dessus de la commode :

« Vous m'entendez, un beau Louis-Philippe là-dessus. »

Lucien croyait être débarrassé du personnage : Filloteau reparut à la porte.

« Ah ! çà, point de ces b... de livres dans vos malles, point de mauvais journaux, point de brochures, surtout. Rien de la *mauvaise presse*, comme dit Marquin. » A ce mot, Filloteau fit quatre pas dans la chambre et ajouta à mi-voix : « Ce grand lieutenant grêlé, Marquin, qui nous est arrivé de Paris. » Et, plaçant sa main les doigts serrés en mur sur le coin de sa bouche : « Il fait peur au colonel lui-même ; enfin suffit. Tout le monde n'a pas des oreilles pour des prunes ! n'est-ce pas ? »

« Il est bon homme au fond, se dit Lucien. C'est comme Mlle Sylviane Berchu ; cela me conviendrait fort si ça ne faisait pas mal au cœur. Ma caisse de kirsch m'a bien réussi. » Et il sortit pour acheter le plus grand portrait possible du roi Louis-Philippe.

Un quart d'heure après, Lucien rentrait suivi d'un ouvrier chargé d'un énorme portrait, qu'il avait trouvé tout encadré et préparé pour un commissaire de police, récemment nommé par le crédit de M. Fléron. Lucien regardait, tout pensif, attacher le clou et placer le portrait.

« Mon père me l'a souvent dit, et je comprends maintenant son mot si sage : « *On dirait que tu n'es pas né gamin* « *de Paris*, parmi ce peuple dont l'esprit fin se trouve « toujours au niveau de toutes les attentions utiles. Toi, tu « crois les affaires et les hommes plus grands qu'ils ne « sont, et tu fais des héros, en bien ou en mal, de tous les « interlocuteurs. *Tu tends tes filets trop haut*, comme dit « Thucydide des Béotiens. » Et Lucien répéta les mots grecs que j'ignore.

« Le public de Paris, ajoutait mon père, s'il entend par- « ler d'une bassesse ou d'une trahison utiles, s'écrie : « Bravo, voilà un bon tour à la Talleyrand ! » et il admire.

« Je songeais à des actions plus ou moins délicates, à des actions fines, difficiles, etc., pour écarter ce vernis de républicanisme et ce mot fatal : *Élève chassé de l'École polytechnique*. Cinquante-quatre francs de cadre et cinq francs de lithographie ont fait l'affaire ; voilà ce qu'il faut pour ces gens-ci ; Filloteau en sait plus que moi. C'est la vraie supériorité de l'homme de génie sur le vulgaire ; au lieu d'une foule de petites démarches, une seule action claire, simple, frappante, et qui répond à tout. J'ai grand peur, ajouta-t-il avec un soupir, de devenir bien tard lieutenant-colonel », etc.

Par bonheur pour Lucien, fort en train de se voir inférieur en tout, la trompette sonna au coin de sa rue, et il fallut courir à la caserne, où la peur des aigres réprimandes de ses chefs le rendait fort attentif.

Le soir, en rentrant, la servante de M. Bonard lui remit deux lettres. L'une était sur du gros papier d'écolier et fort grossièrement cachetée ; Lucien l'ouvrit et lut :

> Nancy, département de la Meurthe,
> le... mars 183...

« Monsieur le sous-lieutenant Blanc-Bec,
« De braves lanciers, connus dans vingt batailles, ne sont pas faits pour être commandés par un petit muscadin de Paris : attends-toi à des malheurs ; tu trouveras partout

Martin-Bâton ; plie bagage au plus vite et décampe ; nous te le conseillons pour ton avantage. Tremble ! » Suivaient ces trois signatures avec paraphes :

CHASSEBAUDET, DURELAME.
FOUSMOILECANT.

Lucien était rouge comme un coq et tremblant de colère. Il ouvrit pourtant la seconde lettre. Ce sera une lettre de femme, pensa-t-il : elle était sur de très beau papier et d'un caractère fort soigné.

« Monsieur,

« Plaignez d'honnêtes gens qui rougissent du moyen auquel ils sont obligés d'avoir recours pour communiquer leurs pensées. Ce n'est pas pour un cœur généreux que nos noms doivent rester un secret, mais le régiment foisonne de dénonciateurs et d'espions. Le noble métier de la guerre, réduit à être une école d'espionnage ! Tant il est vrai qu'un grand parjure amène forcément après lui mille mauvaises actions de détail ! Nous vous engageons, monsieur, à vérifier par vos propres observations le fait suivant : Cinq lieutenants ou sous-lieutenants, MM. D..., R..., Bl..., V... et Bi..., forts élégants et appartenant, en apparence, aux classes distinguées de la société, ce qui nous fait craindre leurs séductions pour vous, monsieur, ne sont-ils pas des espions à la recherche des opinions républicaines ? Nous les professons au fond du cœur ces opinions sacrées ; nous leur donnerons un jour notre sang, et nous osons croire que vous êtes prêt à leur faire en temps et lieu le même sacrifice. Quand le grand jour du réveil arrivera, comptez, monsieur, sur des amis qui ne sont vos égaux que par leurs sentiments de tendre pitié pour la malheureuse France.

« MARTIUS, PUBLIUS, JULIUS, MARCUS,
VINDEX *qui tuera Marquin.*
« Pour tous ces messieurs. »

Cette lettre effaça presque tout à fait la sensation d'*ignoble* et de *laideur*, si vivement réveillée par la première. « Les injures écrites sur mauvais papier, se dit Lucien, c'est la lettre anonyme de 1780, lorsque les soldats étaient de mauvais sujets et des laquais sans place, recrutés sur les quais de Paris ; celle-ci est la lettre anonyme de 183...

« *Publius ! Vindex !* pauvres amis ! vous auriez raison si vous étiez cent mille ; mais vous êtes deux mille, peut-être, répandus dans toute la France, et les Filloteau, les Malher, les Dévelroy même, vous feront fusiller légalement si vous vous montrez, et seront approuvés par l'immense majorité. »

Toutes les sensations de Lucien étaient si maussades depuis son arrivée à Nancy que, faute de mieux, il s'occupa de cette épître républicaine. « Il vaudrait mieux s'embarquer tous ensemble pour l'Amérique... m'embarquerai-je avec eux ? » Sur cette question, Lucien se promena longtemps d'un air agité.

« Non, se dit-il enfin... à quoi bon se flatter ? cela est d'un sot ! Je n'ai pas assez de vertus farouches pour penser comme *Vindex*. Je m'ennuierais en Amérique, au milieu d'hommes parfaitement justes et raisonnables, si l'on veut, mais grossiers, mais ne songeant qu'aux *dollars*. Ils me parleraient de leurs dix vaches, qui doivent leur donner au printemps prochain dix veaux, et moi j'aime à parler de l'éloquence de M. de Lamennais, ou du talent de Mme Malibran comparé à celui de Mme Pasta ; je ne puis vivre avec des hommes incapables d'idées fines, si vertueux qu'ils soient ; je préférerais cent fois les mœurs élégantes d'une cour corrompue. Washington m'eût ennuyé à la mort, et j'aime mieux me trouver dans le même salon que M. de Talleyrand. Donc, la sensation de l'estime n'est pas tout pour moi ; j'ai besoin des plaisirs donnés par une ancienne civilisation...

« Mais alors, animal, supporte les gouvernements corrompus, produits de cette ancienne civilisation ; il n'y a qu'un sot ou un enfant qui consente à conserver des désirs contradictoires. J'ai horreur du bon sens fastidieux d'un Américain. Les récits de la vie du jeune général Bonaparte, vainqueur au pont d'Arcole, me transportent ; c'est pour moi Homère, le Tasse, et cent fois mieux encore. La moralité américaine me semble d'une abominable vulgarité, et en lisant les ouvrages de leurs hommes distingués, je n'éprouve qu'un désir, c'est de ne jamais les rencontrer dans le monde. Ce pays modèle me semble le triomphe de la médiocrité sotte et égoïste, et, sous peine de périr, il faut lui faire la cour. Si j'étais un paysan, avec quatre cents louis de capitaux et cinq enfants, sans doute j'irais acheter et cultiver deux cents arpents dans les environs de Cincinnati ; mais entre ce paysan et moi, qu'y a-t-il de commun ? Jusqu'ici ai-je su gagner le prix d'un cigare ?

« Ces braves sous-officiers ne seraient pas ravis par le jeu de Mme Pasta : ils ne goûteraient pas la conversation de M. de Talleyrand, et surtout ils ont envie d'être capitaines ; ils se figurent que le bonheur est là. Au fait, s'il ne s'agissait que de servir la patrie, ils méritent ces places cent fois mieux, peut-être, que ceux qui les occupent, et dont beaucoup sont arrivés comme moi. Ils croient, avec raison, que la république les ferait capitaines et se sentent capables de justifier cet avancement par des actions héroïques. Moi, désiré-je d'être capitaine ? En vérité, non. Je ne sais ce que je désire. Seulement, je ne vois de plaisir pour tous les jours de la vie que dans un salon comme celui de ma mère.

« Je ne suis donc pas républicain ; mais j'ai horreur de la bassesse des Malher et des Marquin. Que suis-je donc ? Bien peu de chose, ce me semble. Développroy saurait bien me crier : « Tu es un homme fort heureux que son père lui « ait donné une lettre de crédit sur le receveur général de « la Meurthe. » Il est de fait que, « sous le rapport écono-« mique, je suis au-dessous de mes domestiques ; je « souffre horriblement depuis que je gagne quatre-vingt-« dix-neuf francs par mois. »

« Mais qu'est-ce qu'on estime dans le monde que j'ai entrevu ? L'homme qui a réuni quelques millions ou qui achète un journal et se fait prôner pendant huit ou dix ans de suite. (N'est-ce pas là le mérite de M. de Chateaubriand ?) Le bonheur suprême, quand on a de la fortune comme moi, n'est-il pas de passer pour homme d'esprit auprès des femmes qui en ont ? Mais il faudra courtiser les femmes, moi qui ai tant de mépris pour l'amour et surtout pour un homme amoureux.

« M. de Talleyrand n'a-t-il pas commencé sa carrière en sachant tenir tête, par un mot heureux, à l'orgueil outrecuidant de Mme la duchesse de Grammont ? Excepté mes pauvres républicains attaqués de folie, je ne vois rien d'estimable dans le monde ; il entre du charlatanisme dans tous les mérites de ma connaissance. Ceux-ci sont peut-être fous : mais, du moins, ils ne sont pas bas. »

Le bon raisonnement de Lucien ne put pas aller au-delà de cette conclusion. Un homme sage lui eût dit : « Avancez un peu plus dans la vie, vous verrez alors d'autres aspects des choses ; contentez-vous, pour le moment, de la manière vulgaire de ne nuire méchamment à personne. Réellement, vous avez trop peu vu de la vie pour juger de ces grandes questions ; attendez et buvez frais. »

Un tel conseiller manquait à Lucien, et, faute de cette parole sage, il erra dans le vague.

« ... Mon mérite dépendra donc du jugement d'une femme, ou de cent femmes de bon ton ! Quoi de plus ridicule ! Que de mépris n'ai-je pas montré pour un homme amoureux, pour Edgar, mon cousin, qui fait dépendre son bonheur, et bien plus son estime pour lui-même, des opinions d'une jeune femme qui a passé toute sa matinée à discuter chez Victorine le mérite d'une robe, ou à se moquer d'un homme de mérite comme Monge, parce qu'il a l'air commun !

« Mais, d'un autre côté, faire la cour aux hommes du peuple, comme il est de nécessité en Amérique, est au-dessus de mes forces. Il me faut les mœurs élégantes, fruits du gouvernement corrompu de Louis XV ; et, cependant, quel est l'homme marquant dans un tel état de la société ? Un duc de Richelieu, un Lauzun, dont les mémoires peignent la vie. »

Ces réflexions plongèrent Lucien dans une agitation extrême. Il s'agissait de sa religion : la vertu et l'honneur, et suivant cette religion, sans vertu point de bonheur. « Grand Dieu ! qui pourrais-je consulter ? Sous le rapport de la valeur réelle de l'homme, quelle est ma place ? Suis-je au milieu de la liste, ou tout à fait le dernier ?... Et Filloteau, malgré tout le mépris que j'ai pour lui, a une place honorable ; il a donné de beaux coups de sabre en Égypte ; il a été récompensé par Napoléon, qui se connaissait en valeur militaire. Quoi que Filloteau puisse faire désormais, cela lui reste ; rien ne peut lui ôter ce rang honorable : « Brave homme fait capitaine, en Égypte, par Napoléon. »

Cette leçon de modestie fut sérieuse, profonde et surtout pénible. Lucien avait de la vanité, et cette vanité avait été continuellement réveillée par une *excellente* éducation.

Peu de jours après les lettres anonymes, comme Lucien passait dans une rue déserte, il rencontra deux sous-officiers à la taille svelte et bien prise ; ils étaient vêtus avec un soin remarquable et le saluèrent d'une façon singulière. Lucien les regarda marcher de loin et bientôt les vit revenir sur leurs pas avec une sorte d'affectation. « Ou je me trompe fort, ou ces messieurs-là pourraient bien être Vindex et Julius : ils se seront placés là par honneur, comme pour signer leur lettre anonyme. C'est moi qui ai honte aujourd'hui, je voudrais les détromper. J'ai de l'estime pour leur opinion, leur ambition est honnête. Mais je ne puis préférer l'Amérique à la France ; l'argent n'est pas tout pour moi, et la démocratie est trop âpre pour ma façon de sentir. »

CHAPITRE VII

Cette discussion sur la république empoisonna plusieurs semaines de la vie intime de Lucien. La vanité, fruit amer de l'éducation de la meilleure compagnie, était son bourreau. Jeune, riche, heureux en apparence, il ne se livrait pas au plaisir avec feu : on eût dit un jeune protestant. L'abandon était rare chez lui ; il se croyait obligé à beaucoup de prudence. « Si tu te jettes à la tête d'une femme, jamais elle n'aura de considération pour toi », lui avait dit son père. En un mot, la société qui donne si peu de plaisir au dix-neuvième siècle, lui faisait peur à chaque instant. Comme chez la plupart de ses contemporains du balcon des *Bouffes*, une vanité puérile, une crainte extrême et continue de manquer aux mille petites règles établies par notre civilisation, occupait la place de tous les goûts impétueux qui, sous Charles X, agitaient le cœur d'un jeune Français. Il était fils unique d'un homme riche, et il faut bien des années pour effacer ce désavantage, si envié par la plupart des hommes.

Nous avouerons que la vanité de Lucien était agacée ; son genre de vie le plaçait huit ou dix heures de chaque journée au milieu d'hommes qui en savaient plus que lui sur la chose unique de laquelle il se permettait de parler avec eux. A chaque instant les camarades de Lucien lui faisaient sentir leur supériorité avec l'aigreur polie de l'amour-propre qui exerce une vengeance. Ces messieurs étaient furieux, car ils croyaient deviner que Lucien les prenait pour des sots. Aussi il fallait voir leur air hautain quand il se trompait sur la durée que, d'après les ordonnances, doit avoir le pantalon d'écurie ou le bonnet de police.

Lucien restait immobile et froid au milieu des gestes

affectés et des sourires poliment ironiques ; il croyait ses camarades méchants ; il ne voyait pas avec assez de clarté que toutes ces façons n'étaient qu'une petite vengeance de la dépense qu'il se permettait. « Après tout, ces messieurs ne peuvent me nuire, se disait-il, qu'autant que je parlerai ou agirai trop ; m'abstenir est le *mot d'ordre* ; agir le moins possible, le *plan de campagne*. » Lucien riait, en faisant usage, avec emphase, de ces mots de son nouveau métier ; ne parlant à cœur ouvert à personne, il était obligé de rire en se parlant à soi-même.

Pendant les huit ou dix heures qu'occupait chaque jour la vie d'homme gagnant quatre-vingt-dix-neuf francs par mois, impossible pour lui de parler d'autre chose que de manœuvre, de comptabilité de régiment, du prix des chevaux, de la grande question de savoir s'il valait mieux que les corps de cavalerie les achetassent directement des *éleveurs*, ou s'il était plus avantageux que le gouvernement donnât lui-même la première éducation dans les dépôts de remonte. Par cette dernière façon d'acheter, les chevaux revenaient à neuf cent deux francs ; mais il en mourait beaucoup, etc., etc.

Le lieutenant-colonel Filloteau lui avait donné un vieux lieutenant, officier de la Légion d'honneur, pour lui apprendre la grande guerre ; mais ce brave homme se crut obligé de faire des phrases, et quelles phrases ! Lucien, ne pouvant le remercier, se mit à lire avec lui la rapsodie ayant pour titre *Victoires et Conquêtes des Français*. Bientôt pourtant, M. Gauthier lui indiqua les excellents mémoires du maréchal Gouvion-Saint-Cyr. Lucien choisissait le récit des combats auxquels avait assisté le brave lieutenant, et celui-ci lui racontait ce qu'il avait vu, attendri jusqu'aux larmes d'entendre lire les récits imprimés des événements de sa jeunesse. Le vieux lieutenant était quelquefois sublime en racontant avec simplicité ce temps héroïque ; nul n'était hypocrite alors ! Ce simple paysan était admirable surtout pour dépeindre le site des combats et une foule de petites particularités dont un homme comme nous ne se fût pas souvenu, mais qui, dans sa bouche et avec son accent de vérité, portaient jusqu'à l'enthousiasme le plus fou l'amour de Lucien pour les armées de la République. Le lieutenant était fort plaisant, lorsque, dans des moments d'intimité, il racontait les révolutions arrivées dans le sein du régiment, à la suite des avancements imprévus, etc., etc.

Ces leçons, desquelles Lucien sortait avec l'œil en feu, furent tournées en ridicule par ses camarades. Un homme de vingt ans, se soumettre à étudier comme un enfant, et encore avec un vieux soldat, qui ne pouvait parler sans faire des *cuirs !* Mais sa réserve savante et son sérieux glacial déconcertèrent les plaisants et éloignèrent de lui toute expression directe de cette opinion générale.

Lucien ne voyait rien à reprendre à sa conduite, et, toutefois, il faut convenir qu'il eût été difficile d'accumuler plus de maladresses. Il n'y avait pas jusqu'au choix d'un appartement qui n'eût été une faute. Un simple sous-lieutenant, choisir le logement d'un lieutenant-colonel ! car il faut redire ce que tout le monde répétait. Avant lui, l'appartement du bon M. Bonard avait été occupé par M. le marquis Thomas de Busant de Sicile, lieutenant-colonel du régiment de hussards, que le 27ᵉ de lanciers venait de remplacer.

Lucien ne voyait rien de ces choses ; l'accueil plus que froid dont il était l'objet, il ne l'attribuait qu'à l'éloignement des êtres grossiers pour les gens de bonne compagnie. Il eût repoussé comme un leurre tout témoignage de bienveillance et, néanmoins, cette haine contenue, mais unanime, qu'il lisait dans tous les yeux, lui serrait le cœur. Le lecteur est supplié de ne pas le prendre tout à fait pour un sot : ce cœur était bien jeune encore. A l'École polytechnique, un travail ardu et de tous les instants, l'enthousiasme de la science, l'amour pour la liberté, la générosité naturelle à la première jeunesse, neutralisaient les passions haineuses et les effets de l'envie. La plus ennuyeuse oisiveté règne, au contraire, dans les régiments ; car, que faire au bout de six mois, lorsque les devoirs du métier ne sont plus une occupation ?

Quatre ou cinq jeunes officiers, aux manières plus gracieuses, et dont les noms ne se trouvaient pas dans la liste d'espions fournie par la lettre anonyme, eussent inspiré à notre héros quelques idées de liaisons ; mais ils lui témoignaient un éloignement peut-être plus profond, ou du moins marqué d'une façon plus piquante ; il ne trouvait de bienveillance que dans les yeux de quelques sous-officiers, qui le saluaient avec empressement et comme avec des façons particulières, surtout quand ils le rencontraient dans une rue écartée.

Outre le vieux lieutenant Joubert, le lieutenant-colonel Filloteau lui avait procuré un maréchal des logis, pour lui montrer les mouvements d'un peloton, d'un escadron, d'un régiment.

« Vous ne pouvez pas, lui avait-il dit, offrir à ce vieux brave moins de quarante francs par mois. »

Et Lucien, dont le cœur flétri se serait résigné à faire amitié avec M. Filloteau, qui, après tout, avait vu Desaix, Kléber, Michaud et les beaux jours de Sambre-et-Meuse, s'aperçut que le brave Filloteau, qu'il eût voulu faire héroïque, s'appropriait la moitié de la paie de quarante francs indiquée pour le maréchal des logis.

Lucien avait fait faire une immense table de sapin, et sur cette table, de petits morceaux de bois de noyer, taillés comme deux dés à jouer réunis ensemble, représentaient les cavaliers d'un régiment. Sous les ordres du maréchal des logis, il faisait manœuvrer ces soldats deux heures par jour ; c'était presque là son meilleur moment.

Peu à peu ce genre de vie devint une habitude. Toutes les sensations du jeune sous-lieutenant étaient ternes, rien ne lui faisait plus ni peine ni plaisir, et il n'apercevait aucune ressource ; il avait pris dans un profond dégoût les hommes et presque lui-même. Il avait refusé longtemps d'aller dîner le dimanche à la campagne avec son hôte, M. Bonard, le marchand de blé. Un jour il accepta, et il revint à la ville de compagnie avec M. Gauthier, que le lecteur connaît déjà comme le chef des républicains et le principal rédacteur du journal *L'Aurore*. Ce M. Gauthier était un gros jeune homme taillé en hercule ; il avait de beaux cheveux blonds qu'il portait trop longs : mais c'était là sa seule affectation ; les gestes simples, une énergie extrême qu'il mettait à tout, une bonne foi évidente le sauvaient de l'air vulgaire. La vulgarité la plus audacieuse et la plus plate faisait, au contraire, la physionomie de ses associés. Pour lui il était sérieux et ne mentait jamais ; c'était un fanatique de bonne foi. Mais à travers sa passion pour le gouvernement de la France *par elle-même*, on apercevait une belle âme. Lucien se fit un plaisir, pendant la route, de comparer cet être à M. Fléron, le chef du parti contraire. M. Gauthier, loin de voler, vivait tout juste de son métier d'arpenteur attaché au cadastre. Quant à son journal *L'Aurore*, il lui coûtait cinq ou six cents francs par an, outre les mois de prison.

Au bout de quelques jours, cet homme fit exception à tout ce que Lucien voyait à Nancy. Sur un corps énorme, comme celui de son oncle Bonard, Gauthier avait une tête de génie et de beaux cheveux blonds admirablement bouclés. Quelquefois il était vraiment éloquent ; c'était quand il parlait du bonheur futur de la France et de l'époque heureuse où toutes les fonctions seraient exercées gratuitement et payées par l'honneur.

L'éloquence touchait Lucien, mais Gauthier ne parvenait nullement à détruire sa grande objection contre la république : la nécessité de faire la cour aux gens médiocres.

Après six semaines de connaissance presque intime, Lucien s'aperçut, par hasard, que Gauthier était un géomètre de la première force ; cette découverte le toucha profondément : quelle différence avec Paris ! Lucien aimait avec passion les hautes mathématiques. Il passa désormais des soirées entières à discuter avec Gauthier, ou les idées de Fourier sur la chaleur de la terre, ou la réalité des découvertes d'Ampère, ou enfin cette question fondamentale : l'habitude de l'analyse empêchait-elle de voir les circonstances des expériences, etc., etc.

« Prenez garde, lui disait Gauthier, je ne suis pas seulement géomètre, je suis de plus républicain et l'un des rédacteurs de *L'Aurore*. Si le général Thérance ou votre colonel Malher de Saint-Mégrin découvrent nos conversations, ils ne me feront rien de neuf, car ils m'ont déjà fait tout le mal qu'ils peuvent, mais ils vous destitueront ou vous enverront à Alger comme mauvais sujet.

— En vérité, ce serait peut-être un bonheur pour moi, répondait Lucien ; ou, pour parler avec l'exactitude mathématique que nous aimons, rien ne peut être pour moi aggravation de peine ; je crois, sans trop présumer, être parvenu au comble de l'ennui. »

Gauthier ne bégayait point en cherchant à le convertir à la démocratie américaine ; Lucien le laissait parler longuement, puis lui disait avec toute franchise :

« Vous me consolez en effet, mon cher ami ; je conçois que si, au lieu d'être sous-lieutenant à Nancy, j'étais sous-lieutenant à Cincinnati ou à Pittsburg, je m'ennuierais encore davantage, et la vue d'un malheur pire est, comme vous savez, une consolation, la seule, peut-être, dont je sois susceptible. Pour me mettre en état de gagner quatre-vingt-dix-neuf francs par mois et ma propre estime, j'ai quitté une ville où je passais mon temps fort agréablement.

— Qui vous y forçait ?

— Je me suis jeté de ma pleine volonté dans cet enfer.

— Eh bien, sortez-en, fuyez.

— Paris est maintenant gâté pour moi ; je n'y serais plus, en y retournant, ce que j'étais avant d'avoir revêtu ce fatal habit vert : un jeune homme qui peut-être un jour sera quelque chose. On verrait en moi un homme incapable d'être rien, même sous-lieutenant.

— Que vous importe l'opinion des autres, si, au fond, vous vous amusez.

— Hélas ! j'ai une vanité que vous, mon sage ami, ne pouvez comprendre ; ma position serait intolérable ; je ne pourrais répondre à certaines plaisanteries. Je ne vois que la guerre pour me tirer du pot au noir où je me suis fourré sans savoir ce que je faisais. »

Lucien osa écrire toute cette confession et l'histoire de sa nouvelle amitié à sa mère ; mais il la supplia de lui renvoyer sa lettre ; ils étaient ensemble sur le ton de la plus franche amitié. Il lui écrivait : « Je ne dirai pas mon malheur, mais mon ennui serait redoublé si je devenais le sujet des plaisanteries de mon père et de ces hommes aimables dont l'absence me fait voir la vie en noir. »

Par bonheur pour Lucien, sa liaison avec M. Gauthier, qu'il rencontrait le soir chez M. Bonard, ne parvint pas jusqu'au colonel Malher. Mais, du reste, le mauvais vouloir de ce chef n'était plus un secret dans le régiment. Peut-être ce brave homme désirait-il qu'un duel le débarrassât de ce jeune républicain, trop protégé pour se permettre de le *vexer en grand*.

Un matin, le colonel le fit appeler, et Lucien ne fut introduit devant ce dignitaire qu'après avoir attendu trois grands quarts d'heure dans une antichambre malpropre, au milieu de vingt paires de bottes que ciraient trois lanciers. « Ceci est un fait exprès, se dit-il, mais je ne puis déjouer cette mauvaise volonté qu'en ne m'apercevant de rien. »

« On m'a fait rapport, monsieur, dit le colonel en serrant les lèvres et d'un ton de pédanterie marqué, on m'a fait rapport que vous mangez avec luxe chez vous, c'est ce que je ne puis souffrir. Riche ou non riche, vous devez manger à la pension de quarante-cinq francs, avec MM. les lieutenants vos camarades. Adieu, monsieur, n'ayant autre chose à vous dire. »

Le cœur de Lucien bondissait de rage ; jamais personne n'avait pris ce ton avec lui. « Donc, même pendant le temps des repas, je vais être obligé de me trouver avec ces aimables camarades, qui n'ont d'autre plaisir, quand nous sommes ensemble, que de m'écraser de leur supériorité. Ma foi, je pourrais dire comme Beaumarchais : *Ma vie est un combat.* Eh bien, s'écria-t-il en riant, je supporterai cela. Dévelroy n'aura pas la satisfaction de pouvoir répéter que je me suis donné la peine de naître ; je lui répondrai que je me donne aussi la peine de vivre. » Et Lucien alla de ce pas payer un mois à la pension ; le soir il y dîna, et fut d'une froideur et d'un dédain vraiment admirables.

Le surlendemain, il vit entrer chez lui, à six heures du matin, celui des adjudants sous-officiers du régiment qui passait pour le confident et l'âme damnée du colonel. Cet homme lui dit d'un air bénin :

« MM. les lieutenants et sous lieutenants ne doivent jamais s'écarter, sans la permission du colonel, d'un rayon de deux lieues autour de la place. »

Lucien ne répondit pas un seul mot. L'adjudant, piqué, prit un air rogue et offrit de laisser par écrit le signalement des accidents de terrain qui, sur les différentes routes, pouvaient aider à reconnaître la limite du rayon de deux lieues. Il faut savoir que la plaine exécrable, stérile, sèche où le génie de Vauban a placé Nancy, ne fait place à des collines un peu passables qu'à trois lieues de la ville. Lucien eût donné tout au monde, en ce moment, pour pouvoir jeter l'adjudant par la fenêtre.

« Monsieur, lui dit-il d'un air simple, quand MM. les sous-lieutenants montent à cheval pour se promener, peuvent-ils aller au trot ou seulement au pas ?

— Monsieur, je rendrai compte de votre question au colonel », répondit l'adjudant, rouge de colère.

Un quart d'heure après, une ordonnance au galop apporta à Lucien le billet suivant :

« Le sous-lieutenant Leuwen gardera les arrêts vingt-quatre heures, pour avoir déversé le ridicule sur un ordre du colonel.

« Malher de Saint-Mégrin. »

« O Galiléen ! tu ne prévaudras point contre moi ! » s'écria Lucien.

Cette dernière contrariété rappela la vie dans son cœur. Nancy était horrible, le métier militaire n'avait pour lui que le retentissement lointain de Fleurus et de Marengo ;

mais Lucien tenait à prouver à son père et à Dévelroy qu'il savait supporter tous les désagréments.

Le jour même que Lucien passa aux arrêts, les officiers supérieurs du régiment eurent la naïveté d'essayer une visite à Mmes d'Hocquincourt, de Chasteller, de Puylaurens, de Marcilly, de Commercy, etc., etc., chez lesquelles ils avaient su que se présentaient quelques officiers du 20ᵉ de hussards. Nous ne ferons pas à notre lecteur l'injure d'indiquer les vingt raisons qui faisaient de cette démarche une gaucherie incroyable, et dans laquelle ne fût pas tombé le plus petit jeune homme de Paris.

La visite de ces officiers appartenant à un régiment qui passait pour *juste-milieu* fut reçue avec un degré d'impertinence qui réjouit infiniment la prison de notre héros. A ses yeux, les détails faisaient beaucoup d'honneur à l'esprit de ces dames.

Mmes de Marcilly et de Commercy, qui étaient fort âgées, affectèrent, en voyant ces messieurs entrer dans leur salon, un sentiment d'effroi, comme si elles eussent vu paraître des agents de la terreur de 1793. La réception fut différente chez Mmes de Puylaurens et d'Hocquincourt ; leurs gens eurent ordre apparemment de se moquer des officiers supérieurs du 27ᵉ ; car leur passage dans l'antichambre, à leur sortie, fut le signal d'éclats de rire excessifs. Les rares propos qu'un étonnement extrême permit à Mmes d'Hocquincourt et de Puylaurens furent choisis de façon à pousser l'impertinence jusqu'au point précis où elle devient de la grossièreté, et peut déposer contre le savoir-vivre de la personne qui l'emploie. Chez Mme de Chasteller, où le service était mieux fait, la porte fut simplement refusée à ces messieurs.

« Eh bien, le colonel avalait tout cela comme de l'eau, dit Filloteau, qui, à la nuit serrée et quand sa démarche ne put plus être remarquée, vint voir Lucien et le consoler de ses arrêts. Le colonel n'a-t-il pas voulu nous persuader, en sortant de chez cette Mme d'Hocquincourt, qui n'a pas cessé de rire en nous regardant, qu'au fond nous avions été reçus avec bonté et gaieté, comme qui dirait sans façon, comme des amis, quoi !... Morbleu ! Dans le bon temps, quand nous traversâmes la France, de Mayenne à Bayonne, pour entrer en Espagne, comme nous eussions fait voler les vitres d'une madame comme celle-là ! Une damnée vieille, la comtesse de Marcilly, je crois, qui montre au moins quatre-vingt-dix ans, nous a offert à boire du vin, comme nous nous levions pour partir, comme on ferait à des voituriers. »

Lucien apprit bien d'autres détails quand il put sortir. Nous avons oublié de dire que M. Bonard l'avait présenté dans cinq ou six maisons de la bonne bourgeoisie. Il y avait trouvé la même affectation continue que chez Mlle Sylviane et les mêmes prétentions à la bonhomie. Il s'était aperçu, à son grand chagrin, que les maris bourgeois font réciproquement la police sur leurs femmes ; sans doute sans en être convenus et uniquement par envie et méchanceté. Deux ou trois de *leurs dames*, pour parler leur langage, avaient de fort beaux yeux, et ces yeux avaient daigné parler à Lucien ; mais comment arriver à les voir en tête-à-tête ? Et, d'ailleurs, quelle affectation autour d'elles et même chez elles ! Quelles éternelles parties de boston à faire en société avec les maris, et surtout quelle incertitude dans le succès ! Lucien, dénué de toute expérience, un peu abattu par ce qui lui arrivait, aimait mieux s'ennuyer tout seul les soirées que d'aller faire des parties de boston avec messieurs les maris, qui avaient toujours soin de le placer dos à dos avec la plus jolie femme du salon. Il se réduisit volontiers au rôle d'observateur. L'ignorance de ces pauvres femmes est inimaginable. Les fortunes sont bornées ; les maris lisent des journaux auxquels ils sont abonnés en commun, et que leurs *moitiés* ne voient jamais. Leur rôle est absolument réduit à celui de faire des enfants et de les soigner quand ils sont malades. Seulement, le dimanche, donnant le bras à leurs maris, elles vont étaler dans une promenade les robes et les châles de couleur voyante dont ceux-ci ont jugé à propos de récompenser leur fidélité à remplir les devoirs de mère et d'épouse.

Si Lucien avait été plus constant auprès de Mlle Sylviane Berchu, c'est que la société était plus commode ; il suffisait d'entrer dans une boutique. Notre héros finit par être de l'avis de M. le préfet, dont l'affectation marquée et l'air doucereux frappaient tous les soirs à la porte de derrière du magasin de spiritueux ; sans s'arrêter dans la boutique, le premier magistrat du département passait dans l'arrière-boutique. Là, il se trouvait chez l'un des propriétaires les plus imposés du département, ainsi qu'il avait le soin de l'écrire à son ministre.

Lucien ne paraissait que tous les huit jours chez Mlle Sylviane, et à chaque fois, en sortant, il se promettait bien de ne pas revenir d'un mois. Il y alla tous les jours pendant quelque temps. Le récit et la colère du bon Filloteau, la déconvenue de ces officiers supérieurs, dont les façons le reléguaient à une distance si incommensurable, avaient réveillé chez lui l'esprit de contradiction. « Il y a ici une société qui ne veut pas recevoir les gens qui portent mon habit, essayons d'y pénétrer. Peut-être, au fond, sont-ils aussi ennuyeux que les bourgeois ; mais enfin il faut voir ; il me restera du moins le plaisir d'avoir triomphé d'une difficulté ; il faut que je demande des lettres d'introduction à mon père. »

Mais écrire à ce père sur le ton sérieux n'était pas chose facile. Hors de son comptoir, M. Leuwen avait l'habitude de ne pas lire jusqu'au bout les lettres qui n'étaient pas amusantes. « Plus la chose lui est facile, se disait Lucien, plus facilement l'idée lui viendra de me faire quelque niche. Il fait les affaires de bourse de M. Bonpain, le notaire du noble faubourg, celui qui dirige toutes les quêtes faites en province pour les besoins du parti et tous les envois en Espagne. M. Bonpain peut, avec deux ou trois mots, m'assurer une réception brillante dans toutes les maisons nobles de la Lorraine. » Ce fut dans ces idées que Lucien écrivit à son père.

Au lieu du paquet énorme qu'il attendait avec impatience, il ne reçut de la sollicitude paternelle qu'une toute petite lettre écrite sur le papier le plus exigu possible.

« Très aimable sous-lieutenant, vous êtes jeune, vous passez pour riche, vous vous croyez beau sans doute, vous avez du moins un beau cheval, puisqu'il coûte cent cinquante louis. Or, dans les pays où vous êtes, le cheval fait plus de la moitié de l'homme. Il faut que vous soyez encore plus piètre qu'un saint-simonien ordinaire pour n'avoir pas su vous ouvrir les manoirs des *noblilions* de Nancy. Je parie que Mellinet (un domestique de Lucien) est plus avancé que vous et n'a que l'embarras du choix pour ses soirées. Mon cher Lucien, *studiate la matematica* et devenez profond. Votre mère se porte bien, ainsi que votre dévoué serviteur.

« François Leuwen. »

Lucien se serait donné au diable après une telle lettre. Pour l'achever, le soir, en rentrant de cette promenade qui ne pouvait se prolonger au-delà de deux lieues, il vit son domestique Mellinet assis dans la rue devant une boutique, au milieu d'un cercle de femmes, et l'on riait beaucoup.

« Mon père est un sage, se dit-il, et moi je suis un sot. »

Il remarqua presque au même instant un cabinet littéraire, dont on allumait les quinquets ; il renvoya son cheval et entra dans la boutique pour essayer de changer d'idées et de se dépiquer un peu. Le lendemain, à sept heures du matin, le colonel Malher le fit appeler.

« Monsieur, lui dit ce chef d'un air important, il peut y avoir des républicains, c'est un malheur pour la France ; mais j'aimerais autant qu'ils ne fussent pas dans le régiment que le roi m'a confié. »

Et, comme Lucien le regardait d'un air étonné :

« Il est inutile de le nier, monsieur ; vous passez votre vie au cabinet littéraire de Schmidt, rue de la Pompe, vis-à-vis de l'hôtel de Pontlevé. Ce lieu m'est signalé comme l'antre de l'anarchie, fréquenté par les plus effrontés *jacobins* de Nancy. Vous n'avez pas eu honte de vous lier avec les va-nu-pieds qui s'y donnent rendez-vous chaque soir. Sans cesse on vous voit passer devant cette boutique, et vous échangez des signes avec ces gens-là. On pourrait aller jusqu'à croire que c'est vous qui êtes le souscripteur anonyme de Nancy, signalé par le ministre à M. le général baron Thérance, comme ayant envoyé quatre-vingts francs pour la souscription à l'amende du *National*.

« Ne dites rien, monsieur, s'écria le colonel d'un air colère, comme Lucien semblait vouloir parler à son tour. Si vous aviez le malheur d'avouer une telle sottise je serais obligé de vous envoyer au quartier général à Metz, et je ne veux pas perdre un jeune homme qui, déjà une fois, a manqué son état. »

Lucien était furieux. Pendant que le colonel parlait, il eut deux ou trois fois la tentation de prendre une plume sur une large table de sapin, tachée d'encre et fort sale, derrière laquelle était retranché cet être grossier et despote de mauvais goût, et d'écrire sa démission. La perspective des plaisanteries de son père l'arrêta ; quelques minutes plus tard, il trouva plus digne d'un homme de forcer le colonel à reconnaître qu'on l'avait trompé ou qu'il voulait tromper.

« Colonel, dit-il d'une voix tremblante de colère, mais, du reste, en se contenant assez bien, j'ai été renvoyé de l'École polytechnique, il est vrai ; on m'a appelé républicain, je n'étais qu'étourdi. Excepté les mathématiques et la chimie, je ne sais rien. Je n'ai point étudié la politique et j'entrevois les plus graves objections à toutes les formes de gouvernement. Je ne puis donc avoir d'avis sur celui qui convient à la France...

— Comment, monsieur, vous osez avouer que vous ne comprenez pas que le seul gouvernement du roi... »

Nous supprimons ici trois pages que le brave colonel répéta tout d'un trait, et qu'il avait lues quelques jours auparavant dans un journal payé par le gouvernement.

« Je l'ai pris de trop haut avec cet espion sabreur », se dit Lucien pendant ce long sermon ; et il chercha une phrase qui dît beaucoup en peu de mots.

« Je suis entré hier pour la première fois de ma vie dans ce cabinet littéraire, s'écria-t-il enfin, et je donnerai cinquante louis à qui pourra prouver le contraire.

— Il ne s'agit pas ici d'argent, répliqua le colonel avec amertume ; on sait assez que vous en avez beaucoup, et il paraît que vous le savez mieux que personne. Hier, monsieur, dans le cabinet de Schmidt, vous avez lu *Le National*, et vous n'avez pris ni *Le Journal de Paris* ni *Les Débats*, qui tenaient le milieu de la table. »

« Il y avait là un observateur exact », pensa Lucien. Il se mit ensuite à raconter tout ce qu'il avait fait dans ce lieu-là, et, à force de petits détails terre à terre, il força le colonel à ne pas pouvoir disconvenir :

1º Que réellement la veille, lui, Lucien, avait lu un journal, pour la première fois, dans un lieu public, depuis son arrivée au régiment ;

2º Qu'il n'avait passé que quarante minutes au cabinet littéraire de Schmidt ;

3º Qu'il y avait été retenu tout ce temps uniquement par un grand feuilleton de six colonnes, sur le *Don Juan* de Mozart, ce qu'il offrit de prouver, en répétant les principales idées du feuilleton.

Après une séance de deux heures et de contre-examen le plus vétilleux de la part du colonel, Lucien sortit enfin, pâle de colère ; car la mauvaise foi du colonel était évidente : mais notre sous-lieutenant éprouvait le vif plaisir de l'avoir réduit au silence sur tous les points de l'accusation.

« J'aimerais mieux vivre avec les laquais de mon père, se dit Lucien en respirant sous la porte cochère. Quelle canaille ! se dit-il vingt fois pendant la journée. Mais toute ma vie je passerai pour un sot aux yeux de mes amis, si à vingt ans et avec le cheval le plus beau de la ville, je fais *fiasco* dans un régiment *juste-milieu*, et où, par conséquent, l'argent est tout. Pour qu'au moins, en cas de démission, on ait quelque action de moi à citer à Paris, il faut que je me batte. Cela est d'usage en entrant dans un régiment ; du moins, on le croit dans nos salons, et, ma foi, si je perds la vie, je ne perdrai pas grand-chose. »

L'après-dînée, après le pansement du soir, dans la cour de la caserne, il dit à quelques officiers qui sortaient en même temps que lui :

« Des espions, qui abondent ici, m'ont accusé auprès du colonel du plus plat de tous les péchés ; on veut que je sois républicain. Il me semble pourtant que j'ai un rang dans le monde et quelque fortune à perdre. Je voudrais connaître l'accusateur pour, d'abord, me justifier à ses yeux, et ensuite lui faire deux ou trois petites caresses avec ma cravache. »

Il y eut un moment de silence complet, et ensuite on parla d'autres choses.

Le soir, Lucien rentrait de la promenade ; dans la rue son domestique lui remit une jolie lettre fort bien pliée ; il l'ouvrit et vit un seul mot : *Renégat*. En ce moment, Lucien était peut-être l'homme le plus malheureux de tous les régiments de lanciers de l'armée.

« Voilà comment ils font toutes leurs affaires ! en enfants, pensa-t-il enfin. Qui avait dit à ces pauvres jeunes gens que je pense comme eux ? Le sais-je moi-même ce que je pense ? Je serais un grand sot de songer à gouverner l'État, je n'ai pas su gouverner ma propre vie. » Lucien eut, pour la première fois, quelque idée de se tuer ; l'excès de l'ennui le rendait méchant, il ne voyait plus les choses comme elles sont réellement. Par exemple, il y avait dans son régiment huit ou dix officiers fort aimables ; il était aveugle, il ne voyait pas leur mérite.

Le lendemain, comme Lucien parlait encore de républicanisme à deux ou trois officiers :

« Mon cher, lui dit l'un d'eux, vous nous ennuyez toujours de la même chanson ; que diable cela nous fait-il, à nous, que vous ayez été à l'École polytechnique, qu'on vous ait chassé, qu'on vous ait calomnié ? etc., etc. Moi aussi j'ai eu des malheurs, je me suis donné une entorse il y a six ans, mais je n'en ennuie pas mes amis. »

Lucien n'eût pas relevé l'accusation d'être ennuyeux. Dès les premiers jours de son arrivée au corps, il s'était dit : « Je ne suis pas ici pour faire l'éducation de tout ce qu'il peut y avoir au régiment de gens mal élevés ; il ne faut me récrier que si l'un d'eux me fait l'honneur d'être pour moi plus grossier qu'à l'ordinaire. » A l'imputation d'être ennuyeux, Lucien répondit, après un petit silence :

« Je crains bien d'être ennuyeux, cela peut m'arriver quelquefois, et je vous en crois sur parole, monsieur ; mais je suis déterminé à ne pas me laisser accuser de républicanisme ; je désire marquer ma déclaration par un coup d'épée, et je vous serai fort obligé, monsieur, si vous voulez bien mesurer la vôtre avec moi. »

Ce mot sembla rendre la vie à tous ces pauvres jeunes gens ; Lucien vit aussitôt vingt officiers autour de lui. Ce duel fut une bonne fortune pour tout le régiment. Il eut lieu le soir même, dans un recoin du rempart bien triste et bien sale. On se battit à l'épée, et les deux adversaires furent blessés, mais sans que l'État fût menacé de perdre aucun des deux. Lucien avait un grand coup dans le haut du bras droit. Il se permit sur sa blessure une plaisanterie qui sans doute était mauvaise, car elle ne fut pas comprise. Son témoin en fut choqué, et, lui ayant demandé s'il avait besoin de lui, sur sa réponse négative, le planta là.

Lucien s'assit sur une pierre ; quand il voulut se lever, il n'en eut plus la force, et bientôt se trouva mal ; il était presque nuit close. Lucien fut réveillé de sa stupeur par un petit bruit ; il ouvrit les yeux, il vit devant lui un lancier qui le regardait en riant.

« Voilà notre milord ivre mort, disait le lancier. Eh bien ! on a beau dire, moi je bois tout mon argent, mais jamais on ne m'a vu comme milord. Dame ! c'est qu'aussi il a plus de *quibus* que moi ; et, s'il met tout à boire, il doit être plus avancé que le lancier Jérôme Ménuel. » Lucien regardait le lancier, sans avoir la force de parler.

« Mon lieutenant, vous avez quelque difficulté à marcher ; vous serait-il agréable que je vous misse sur vos jambes ? »

Ménuel n'eût eu garde de se permettre ce langage si l'officier ne lui eût pas semblé ivre ; mais il riait de bon cœur de voir le milord, comme l'appelaient les soldats, hors d'état de se mettre debout, et, en véritable Français, il était ravi de pouvoir parler ainsi avec un supérieur. Lucien le regarda, et put trouver enfin la force de lui dire :

« Aidez-moi ; je vous prie. »

Ménuel plaça ses mains sous les bras du sous-lieutenant et l'aida à se mettre debout. Ménuel sentit sa main gauche mouillée ; il la regarda ; elle était pleine de sang.

« En ce cas, asseyez-vous », dit-il à Lucien.

Sa voix était pleine de respect et de cordialité. « Diable ! ce n'est pas de l'ivresse, se dit-il, c'est un bon coup d'épée. »

« Lieutenant, voulez-vous que je vous porte jusque chez vous ? Je suis fort. Mais il y a mieux que cela : permettez que je vous ôte votre habit, je serrerai votre blessure. »

Lucien ne répondant pas, en un instant Ménuel ôta l'habit, déchira la chemise, fit, avec une manche qu'il arracha, une compresse qu'il plaça sur la blessure, près de l'aisselle, et serra de toute sa force avec son mouchoir ; il courut à un cabaret voisin, et revint avec un verre d'eau-de-vie dont il mouilla le bandage. Il restait un peu d'eau-de-vie qu'il fit boire à Lucien.

« Restez là », lui dit celui-ci.

Un instant après il put ajouter :

« Ceci est un secret. Allez chez moi, faites atteler la calèche, mettez-vous dedans et venez me prendre. Vous me rendrez service si personne au monde ne se doute de ce petit accident, surtout le colonel. »

« Milord n'est pas bête, après tout », se disait Ménuel en allant chercher la calèche. Le lancier se sentait fier. « Je vais donner des ordres à ces beaux laquais qui ont des livrées si riches. » Ménuel avait méprisé Lucien, il le trouvait blessé et supportant bien son accident, il l'admirait avec autant de vivacité et de raison qu'il l'avait méprisé un quart d'heure auparavant.

CHAPITRE VIII

Une fois en calèche, Ménuel, au lieu de prendre le ton piteux, dit des choses plaisantes, moins par l'esprit que par l'accent dont elles étaient dites.

« Je vous demande votre parole d'honneur, mon camarade, de ne rien dire de ce que vous avez vu.

— Je vous donne toutes les paroles du monde, et, ce qui vaut un peu mieux, monsieur pourra se demander si je voudrais déplaire au Benjamin du lieutenant-colonel Filloteau. »

Ménuel alla chercher le chirurgien du régiment ; on ne le trouva pas ; il resta auprès du blessé, qui ne souffrait pas du tout. Lucien fut frappé de l'esprit naturel de Ménuel, espèce de pauvre diable, qui prenait tout gaiement et s'établit chez notre héros. Excédé d'ennui, entouré de gens empesés, et encore peu enthousiaste du caractère du simple soldat, Lucien, au lieu de se livrer à ses sombres pensées, écoutait volontiers les cent contes de Ménuel.

Le chirurgien-major du régiment, le chevalier Bilars, comme il se faisait appeler, sorte de charlatan assez bon homme, natif des Hautes-Alpes, parut le lendemain de bonne heure. L'épée de l'adversaire avait passé près de l'artère. Le chevalier Bilars exagéra le danger, qui était nul, et vint deux ou trois fois pendant la journée. La bibliothèque du brave sous-lieutenant, comme disait le chevalier, se trouvait fournie des meilleures éditions telles que kirschwasser de 1810, cognac de douze ans, anisette de Bordeaux de Marie Brizard, eau-de-vie de Dantzig chargée de paillettes d'or, etc. Le chevalier Bilars, qui aimait la *lecture*, passait chez le blessé des journées entières, ce qui ennuyait fort Lucien ; mais, par compensation, Lucien avait Ménuel, qui, prisant aussi l'excellence de la bibliothèque de notre héros, s'était tout à fait établi chez lui. Lucien se le fit donner par le lieutenant-colonel Filloteau en qualité de garde-malade.

Ménuel contait à notre héros blessé certaines parties de sa vie et se gardait bien de parler de certaines autres. Par forme d'épisode, nous conterons en passant cette vie d'un simple soldat. Si parfois les rôles d'un régiment contiennent des noms dont l'histoire est assez plate et toujours la même, d'autres fois aussi le simple habit de soldat recouvre des cœurs qui ont éprouvé de drôles de sensations.

Ménuel avait été ouvrier relieur à Saint-Malo, sa patrie. Amoureux de la soubrette d'une troupe de comédiens nomades, qui était venue donner des représentations à Saint-Malo, Ménuel avait déserté la boutique de son maître et s'était fait acteur. Un jour, à Bayonne, où il vivait depuis quelques mois, et où il s'était fait aimer et avait amassé quelque argent en donnant des leçons d'armes, Ménuel fut vivement pressé par un jeune homme de la ville auquel il devait cent cinquante francs prêtés par amitié. Son trésor était un peu supérieur à cette somme ; mais il se sentit une telle répugnance à l'entamer, ou, plutôt, à l'anéantir en payant sa dette, qu'il eut l'idée de faire un faux : c'était un reçu en deux mots, ainsi conçu : *Reçu du porteur les cent cinquante francs. Perret fils.* Quand un ami de M. Perret le créancier, qui était allé à Pau, vint le presser au nom de celui-ci, Ménuel eut l'audace de dire qu'il lui avait envoyé la somme avant son départ. Perret revint de son voyage et demanda ce qui lui était dû. Ménuel lui répondit mal ; Perret porta un défi à Ménuel, quoique celui-ci fût une sorte de maître d'armes.

Ménuel, déjà bourrelé par le remords, eut horreur de ce qu'il allait faire : tuer un homme pour voler cent cinquante francs ! Il offrit de payer. Perret lui dit qu'il était donc bien lâche. Ce mot rendit courage à Ménuel et lui fit du bien. Il se battit et se promit bien de chercher à ménager Perret. En allant au lieu du rendez-vous, Ménuel dit à Perret :

« Rompez toujours, ne vous *fendez* jamais, je ne pourrai vous tuer. »

Il disait ces mots de très bonne foi ; il parlait en maître d'armes. Par malheur, Perret lui crut une profondeur de caractère et de scélératesse dont le pauvre Ménuel était bien loin.

Après deux ou trois reprises, Perret crut devoir prendre le contre-pied de ce que lui avait dit son adversaire ; il se précipita sur Ménuel et s'enferra de lui-même. La blessure était dangereuse. Ménuel fut au désespoir, et sa douleur passa pour de l'hypocrisie et de la lâcheté. Honni, bafoué dans toute la ville, il fut poursuivi par le père de Perret comme ayant fabriqué une pièce fausse. Tout Bayonne était en colère, et comme tout se fait par mode en France, même les déclarations du jury, Ménuel fut condamné aux galères.

Ménuel, dans sa prison, faisait venir du vin et était presque toujours en pointe de gaieté ; il avait des remords, et, se regardant comme un homme à jamais perdu, il voulait passer gaiement le peu de jours qui lui restaient.

Les geôliers, les porte-clefs de la prison, tous l'aimaient. Un jour il vit apporter dans la loge du portier huit ou dix gros paquets de cordes, destinées à renouveler celles de toutes les jalousies de la prison. Une idée le saisit ; il vola à l'instant un écheveau de ces cordes. Il eut le bonheur de n'être pas vu et, la nuit même, en escaladant deux murailles d'une hauteur très respectable, il parvint à se sauver. Il courut remettre à un ami de Perret les cent cinquante francs qu'il devait ; cet ami était un de ceux qui avaient le plus aidé le père de Perret à le faire condamner. Mais à Bayonne, la mode changeant, on commençait à trouver sévère la condamnation de Ménuel. L'ami de Perret, en voyant Ménuel, eut pitié de lui, et à l'instant le plaça sur un bateau qui allait partir avant le jour pour la pêche.

Il y eut un coup de vent la nuit suivante ; le bateau de Bayonne fut jeté fort près de Saint-Sébastien. Ménuel héla un bateau espagnol et, le soir même, il errait sur le quai de Saint-Sébastien. Un recruteur lui proposa de se faire soldat de la *légitimité* et de don Carlos ; Ménuel accepta et, peu de jours après, arriva à l'armée du prétendant espagnol. Il prouva qu'il montait bien à cheval ; il avait du *bagou* ; on en fit un cavalier.

Un mois après, Ménuel sortit avec sa compagnie pour protéger un convoi ; les *Christinos* l'attaquèrent : Ménuel eut une peur effroyable. Après quelques coups de fusil, il s'enfuit au galop dans la montagne. Quand son cheval ne put plus avancer au milieu des rochers trop rapides, Ménuel attacha ensemble les deux jambes de devant de son cheval, le laissa dans le lit d'un torrent desséché, et continua de fuir à pied. Enfin, son oreille ne fut plus offensée par le bruit des coups de fusil. Alors il réfléchit.

« Après ce beau trait, comment oserais-je reparaître à l'armée, où je me suis fait une réputation de bravoure à *trois poils*, au moyen de trois petits duels ?

« Je suis donc un grand misérable ! se disait Ménuel. Faussaire, condamné aux galères et lâche, pour terminer l'affaire ! » Il eut l'idée de se tuer, mais quand il vint à penser aux moyens, cette idée lui fit horreur. Quand la nuit fut venue, notre homme, mourant de faim, songea que peut-être le mulet de quelque cantinière avait été blessé ou tué, en ce cas les paniers qu'il portait seraient restés sur le champ de bataille ; il y revint à pas de loup et non sans peur. A tous les instants, il faisait de longues haltes ; il se couchait et plaçait l'oreille contre terre ; il n'entendait aucun autre bruit que celui du petit vent de la nuit, qui agitait les broussailles [...] et les petits lièges.

Enfin il arriva, et, à son grand étonnement, il vit que cette grande affaire, après une fusillade de six heures, n'avait laissé sur le champ de bataille que deux morts. « Je suis donc un grand misérable, se dit-il, d'avoir eu une telle peur pour si peu de péril. » Il était au désespoir, quand il

trouva une outre à demi pleine, et plus loin un pain tout
entier. Par prudence, il alla souper à deux cents pas du
champ de bataille ; ensuite il revint, toujours prêtant l'oreille.

Un des morts était un jeune Français nommé Ménuel,
qui avait un portefeuille plein de lettres et renfermant un
beau passeport. Notre héros eut l'idée lumineuse de changer de nom ; il s'empara du passeport, des lettres, du
portefeuille, des chemises, meilleures que les siennes, et
enfin du nom de Ménuel : jusque-là son nom avait été tout
autre.

Une fois qu'il eut ce nom : « Pourquoi ne rentrerais-je
pas en France ? se dit-il. Je ne suis plus condamné aux
galères et signalé à toutes les gendarmeries ; pourvu que
j'évite Bayonne, où j'ai brillé d'un faux éclat, et Mont-
pellier, où ce pauvre Ménuel est né, je suis libre dans toute
la France. » L'aube commençait à paraître ; il avait trouvé
une centaine de francs dans la poche des deux morts et
continuait ses recherches, quand il vit deux paysans
s'approcher. Il songea à se dire blessé, alla chercher son
cheval et revint aux paysans ; mais il s'aperçut que, le
croyant affaibli par sa blessure, ces paysans voulaient le
traiter comme il avait traité les morts. A l'instant il se
trouva guéri, et, les paysans étant revenus à des sentiments plus naturels, l'un d'eux s'engagea, moyennant une
piastre payée chaque matin, et une autre piastre payée
chaque soir, à le conduire à la Bidassoa, torrent qui,
comme on sait, fait la limite de la France.

Ménuel fut bien heureux. Mais à peine en France, il
s'imagina (c'était un homme à imagination) que les gendarmes qu'il rencontrait le regardaient d'une façon singulière. Il alla sur son cheval jusqu'à Béziers ; là, il le vendit
et prit la diligence de Lyon ; mais ses fonds diminuaient
rapidement. Partie en bateau à vapeur, partie à pied, il
gagna Dijon, et quelques jours après Colmar. Arrivé dans
cette jolie ville, il ne lui restait plus que cinq francs. Il
réfléchissait beaucoup. « Je fais très bien des armes, se
dit-il ; je me bats très bien, pour peu que je sois en colère ;
je monte à cheval ; tous les journaux prétendent qu'il n'y
aura pas de guerre de longtemps ; d'ailleurs, en cas de
guerre, je puis déserter. Engageons-nous dans le régiment
de lanciers dont le dépôt est à Colmar. Je remettrai mon
passeport au commandant, et je tâcherai ensuite de l'enlever. Si je puis détruire cette pièce indiscrète, je me dirai né

à Lyon, que je viens de bien examiner ; je m'appellerai Ménuel, et, c'est bien le diable si on découvre un condamné ! »

Tout cela fut fait six mois après son entrée au dépôt. Ménuel, le modèle des soldats, avait lui-même brûlé son passeport, qu'il avait eu l'adresse de voler dans le bureau du capitaine de recrutement. Il était fort aimé et fameux maître d'armes ; il passait pour fort gai. Afin de se distraire de ses malheurs, il dépensait au cabaret tout l'argent qu'il gagnait le fleuret à la main. Il s'était promis deux choses : se faire beaucoup d'amis au régiment, en ne buvant jamais seul, et ne jamais s'enivrer tout à fait pour ne pas dire de parole indiscrète.

Depuis deux ans que Ménuel avait rejoint le régiment, sa vie était heureuse en apparence. S'il n'eût pas caché soigneusement qu'il savait écrire, les officiers de sa compagnie, qui étaient fort contents de sa tenue propre, et auxquels il cherchait à rendre service, l'auraient fait passer brigadier. Ménuel passait pour le *loustic* du régiment. Il eut un duel fort heureux contre un maître d'armes : sa bravoure, non moins que son adresse, avaient brillé aux yeux de toute la garnison. Mais toutes les fois qu'il voyait un gendarme, il frémissait malgré lui, et la rencontre de ces gens-là empoisonnait sa vie. Contre ce malheur, il n'avait d'autre ressource que le cabaret le plus prochain.

Quand il eut le bonheur de s'attacher à Lucien, son sort changea. « Un homme si riche, se dit-il, aurait ma grâce, quand même j'aurais été reconnu : il faut seulement qu'il le veuille. Il est fou pour l'argent, et, dans un bon moment, mille écus ne lui coûteraient rien pour acheter ma grâce de quelque chef de bureau ! »

Lucien apprit par le chevalier Bilars qu'il y avait à Nancy un médecin célèbre par un rare talent, et, de plus, fort bien venu dans la société à cause de son éloquence et de ses opinions furibondes de légitimité : on l'appelait M. Du Poirier. Par tout ce que disait le chevalier Bilars, Lucien comprit que ce docteur pourrait bien être le factotum de la ville, et, dans tous les cas, un intrigant amusant à voir.

« Il faut absolument, mon cher docteur, que vous m'ameniez demain ce monsieur Du Poirier ; dites-lui que je suis en danger.

— Mais vous n'êtes pas en danger !

— Mais n'est-il pas fort bien de commencer par un

mensonge nos relations avec un fameux intrigant ? Une fois qu'il sera ici, ne me contredisez en rien ; laissez-moi dire, nous en entendrons de belles sur Henri V, sur Louis XIX, et peut-être nous amuserons-nous un peu.

— Votre blessure est tout à fait chirurgicale, et je ne vois pas ce qu'un docteur en médecine, etc., etc. »

Le chevalier Bilars consentit enfin à aller chercher le docteur, parce qu'il comprit que, s'il ne l'amenait pas, Lucien pourrait bien lui écrire directement.

Le célèbre docteur vint le lendemain. « Cet homme a l'air sombre d'un énergumène », se dit Lucien. Le docteur n'eut pas été cinq minutes avec notre héros, qu'il lui frappa familièrement sur le ventre en lui parlant. Ce M. Du Poirier était un être de la dernière vulgarité, et qui semblait fier de ses façons basses et familières ; c'est ainsi que le cochon se vautre dans la fange avec une sorte de volupté insolente pour le spectateur. Mais Lucien n'eut presque pas le temps d'apercevoir ce ridicule extrême ; il était trop évident que ce n'était point par vanité, et pour se faire son égal ou son supérieur, que Du Poirier était familier avec lui. Lucien crut voir un homme de mérite, entraîné par le besoin d'exprimer vivement les pensées dont la foule et l'énergie l'oppriment. Un homme moins jeune que Lucien eût remarqué que la fougue de Du Poirier ne l'empêchait pas de se prévaloir de la familiarité qu'il avait usurpée et d'en sentir tous les avantages. Quand il ne parlait pas avec emportement, il avait autant de petite vanité que quelque Français que ce soit. Mais le chevalier Bilars ne vit point ces choses et trouva Du Poirier d'un mauvais ton à se faire chasser même d'un estaminet.

« Mais non, se dit Lucien, après avoir cru un moment à cette obsession d'un génie ardent, cet homme est un hypocrite ; il a trop d'esprit pour être entraîné ; il ne fait rien qu'après y avoir bien songé. Cet excès de vulgarité et de mauvais ton, avec cette élévation continue de pensée, doit avoir un but. » Lucien était tout oreille ; le docteur parlait de tout, mais notamment de politique, il prétendait avoir des anecdotes secrètes sur tout.

« Mais, monsieur, dit le docteur Du Poirier en interrompant tout à coup ses raisonnements infinis sur le bonheur de la France, vous allez me prendre pour un médecin de Paris qui fait de l'esprit et parle de tout à son malade, excepté de sa maladie. »

Le docteur vit le bras de Lucien et lui conseilla une immobilité absolue pendant huit jours.

« Laissez de côté tous les cataplasmes du monde, ne faites aucun remède, et s'il n'y a rien de nouveau alors, ne pensez plus à cette piqûre. »

Lucien trouva que, pendant que le docteur Du Poirier examinait sa blessure et observait les battements de l'artère, son regard était admirable. A peine sa blessure examinée, Du Poirier reprit le grand thème de l'impossibilité de la durée du gouvernement de Louis-Philippe.

Notre héros s'était figuré assez légèrement qu'il s'amuserait sans peine aux dépens d'une sorte de bel esprit de province, hâbleur de son métier ; il trouva que la logique de la province vaut mieux que ses petits vers. Loin de mystifier Du Poirier, il eut toutes les peines du monde à ne pas tomber lui-même dans quelque position ridicule. Ce qu'il y a de sûr, c'est qu'il fut complètement guéri de l'ennui par la vue d'un animal aussi étrange. Du Poirier pouvait avoir cinquante ans ; ses traits étaient grands et fort prononcés. Deux petits yeux gris-vert, fort enfoncés dans la tête, s'agitaient, se remuaient avec une activité étonnante et semblaient lancer des flammes : ils faisaient pardonner une longueur étonnante au nez qui les séparait. Dans beaucoup de positions, ce nez malheureux donnait au docteur la physionomie d'un renard alerte : c'[est] un désavantage pour un apôtre. Ce qui achevait la ressemblance, dès qu'on avait le malheur de l'apercevoir, c'était une épaisse forêt de cheveux d'un blond fort hasardé, qui hérissaient le front et les tempes du docteur. Au total, on ne pouvait oublier cette tête une fois qu'on l'avait vue ; à Paris, elle eût peut-être fait horreur aux sots ; en province, où l'on s'ennuie, tout ce qui promet une sensation est reçu avec empressement, et le docteur était à la mode.

Il avait une contenance vulgaire, et pourtant une physionomie extraordinaire et frappante. Quand le docteur croyait avoir convaincu son adversaire, et dès qu'il parlait à quelqu'un il avait un adversaire à convaincre et un partisan à gagner, ses sourcils se relevaient d'une façon démesurée et ses petits yeux gris ouverts comme ceux d'une hyène semblaient prêts à lui sortir de la tête. « Même à Paris, se dit Lucien, cette physionomie de sanglier, ce fanatisme furieux, ces façons impertinentes, mais pleines d'éloquence et d'énergie le sauveraient du ridicule. C'est là un apôtre, c'est un jésuite. » Et il le regardait avec une extrême curiosité.

Pendant ces réflexions, le docteur abordait la plus haute politique ; on le voyait entraîné. Il fallait abolir les partages du patrimoine à la mort du père de famille ; il fallait, avant tout, rappeler les jésuites. Quant à la branche aînée, il n'était pas légitime de boire un verre de vin en France jusqu'à ce qu'elle fût rétablie dans sa chose, c'est-à-dire aux Tuileries, etc., etc. Rien n'était dit par M. Du Poirier pour adoucir l'éclat de ces grandes vérités, ou pour ménager les préjugés de son adepte.

« Quoi ! dit tout à coup le docteur, vous, homme bien né, avec des mœurs élégantes, de la fortune, une jolie position dans le monde, une éducation délicate, vous vous jetez dans l'ignoble *juste-milieu* ! Vous vous faites son soldat, vous ferez ses guerres, non pas la guerre véritable, dont même les misères ont tant de noblesse et de charmes pour les cœurs généreux, mais la guerre de maréchaussée, la guerre de tronçon de choux, contre de malheureux ouvriers mourant de faim : pour vous, l'expédition de la rue Transnonain est la bataille de Marengo...

— Mon cher chevalier, dit Lucien au docteur Bilars, qui se scandalisait et se croyait obligé de défendre le *juste-milieu :* mon cher chevalier, il me vient fantaisie de raconter au docteur quelques petits écarts de jeunesse qui sont tout à fait du ressort de la médecine et dont je vous ferai confidence, mais un autre jour ; il y a des choses qu'on n'aime à dire qu'à une seule personne à la fois, etc., etc. »

Malgré une déclaration aussi vive, Lucien eut toutes les peines du monde à faire déguerpir le chevalier Bilars, qui se sentait une extrême démangeaison de parler de politique, et que Lucien soupçonnait à tort de pouvoir bien être un espion.

L'éloquence de Du Poirier ne fut nullement démontée par l'épisode de l'expulsion du chirurgien ; il continua à gesticuler avec feu et à parler à tue-tête.

« Quoi, vous allez végéter dans l'ennui et les petitesses d'une garnison ? Un tel rôle est-il fait pour un homme comme vous ? Quittez-le au plus vite. Le jour où l'on tirera le canon, non le plat canon d'Anvers, mais le canon national, celui qui fera palpiter tous les cœurs français, le mien, monsieur, tout comme le vôtre, vous distribuerez quelques louis dans les bureaux et vous serez sous-lieutenant comme devant ; et qu'importe à un homme de votre sorte de faire la guerre comme sous-lieutenant ou comme capitaine ? Laissez la petite vanité de l'épaulette aux demi-sots ; l'essentiel, pour une âme comme la vôtre, est de payer noblement votre dette à la patrie ; l'essentiel est de diriger avec esprit vingt-cinq paysans qui n'ont que du courage ; l'essentiel, pour votre amour-propre, est de faire preuve, dans ce siècle douteux, du seul genre de mérite que l'on ne puisse pas accuser d'hypocrisie. L'homme que le feu du canon prussien ne fait pas sourciller ne peut point être un hypocrite de bravoure ; tandis que tirer le sabre contre des ouvriers qui se défendent avec des fusils de chasse, et qui sont quatre cents contre dix mille, ne prouve absolument rien, que l'absence de noblesse dans le cœur et l'envie de s'avancer. Remarquez l'effet sur l'opinion : dans cet ignoble duel, l'admiration pour la bravoure sera toujours, comme à Lyon, pour le parti qui n'a ni canon ni pétard. Mais raisonnons comme Barrême ; même en tuant beaucoup d'ouvriers, il vous faudra six ans au moins, monsieur le sous-lieutenant, pour perdre ce *sous* fatal, etc., etc. »

« On dirait que cet animal-là me connaît depuis six mois », se disait Lucien. Ces choses, d'une nature si personnelle et qui peut-être paraissent offensantes, perdent tout à être écrites. Il fallait les voir dire par un fanatique plein de fougue, mais qui savait avoir de la grâce, et même, quand il le fallait, du respect pour le juste amour-propre d'un jeune homme bien né. Le docteur savait donner aux choses les plus personnelles, aux conseils intimes les moins sollicités, et qui eussent été les plus impertinents chez tout autre, un tour si vif, si amusant, si peu offensant, tellement éloigné de l'apparence de vouloir prendre un ton de supériorité, qu'il fallait tout lui passer. D'ailleurs, les façons qui accompagnaient ces étranges paroles étaient si burlesques, les gestes d'une vulgarité si plaisante, que Lucien, tout Parisien qu'il était, manqua tout à fait du courage nécessaire pour remettre le docteur à sa place, et c'est sur quoi Du Poirier comptait bien. D'ailleurs, je pense qu'il n'eût pas été au désespoir d'être sévèrement remis à sa place : ces gens hasardeux ont la peau dure.

Délivré tout à coup et d'une façon si imprévue, par un vieux médecin de province, de l'effroyable ennui qui l'accablait depuis deux mois, Lucien n'eut pas le courage de se priver d'une vision si amusante. « Je serais ridicule, se disait-il en pleurant presque à force de rire intérieur et contenu, si je faisais entendre à ce bouffon, prêchant la croisade, que ses façons ne sont pas précisément celles qui conviennent dans une première visite ; et, d'ailleurs, que gagnerais-je à l'effaroucher ? »

Tout ce que put faire Lucien, ce fut de frustrer l'attente de ce fougueux partisan des jésuites et de Henri V, qui voulait le confesser, et ne parvint tout au plus qu'à lui adresser, sans être interrompu ni contredit, une foule de phrases inconvenantes ; mais, comme un véritable apôtre, Du Poirier semblait accoutumé à cette absence de réponse, et n'en eut l'air nullement déferré.

Lucien ne put tromper ce savant médecin que dans ce qui avait rapport à sa santé. Il tint à ce que le docteur ne pût pas deviner qu'il ne l'appelait que par ennui. Il se prétendit fort tourmenté par la *goutte volante*, maladie qu'avait son père et dont il savait par cœur tous les symptômes. Le docteur l'interrogea avec attention et ensuite lui donna des avis sérieux.

Cette seconde consultation finie, Du Poirier était debout, mais ne s'en allait point ; il redoublait de flatteries brusques et incisives ; il voulait absolument faire parler Lucien. Notre héros se sentit tout à coup le courage de parler sans rire. « Si je ne prends pas position dès cette première visite, ce sycophante ne jouera pas tout son jeu avec moi et sera moins amusant. »

« Je ne prétends point le nier, monsieur ; je ne me regarde point comme né *sous un chou* ; j'entre dans la vie avec certains avantages ; je trouve en France deux ou trois grandes maisons de commerce qui se disputent le monopole des faveurs sociales ; dois-je m'enrôler dans la maison Henri V et Cie, ou dans la maison *Le National* et Cie ? En attendant le choix que je pourrai faire plus tard, j'ai accepté un petit intérêt dans la maison Louis-Philippe, la seule qui soit à même de faire des offres réelles et positives ; et moi, je vous l'avouerai, je ne crois qu'au positif : et même, en fait d'intérêt, je suppose toujours que la personne qui me parle veut me tromper, si elle ne me donne du positif. Avec le roi de mon choix j'ai l'avantage d'apprendre mon métier. Quelque respectable et considérable que soit le parti de la république, et celui de Henri V ou de Louis XIX, ni l'un ni l'autre ne peut me donner le moyen d'apprendre à faire agir un escadron dans la plaine. Quand je saurai mon métier, je me trouverai probablement plein de respect, comme je le suis aujourd'hui, pour les avantages de l'esprit, ainsi que pour les belles positions acquises dans la société ; mais, dans le but d'arriver, moi aussi, à une belle position, je m'attacherai définitivement à celle de ces trois maisons de commerce qui me fera les meilleures conditions. Vous conviendrez, monsieur, qu'un choix précipité serait une grande faute ; car, pour le moment, je n'ai rien à désirer ; c'est de l'avenir qu'il me faudra, si toutefois quelqu'un me fait l'honneur de songer à moi. »

A cette sortie imprévue et dite avec une véhémence extraordinaire, car Lucien mourait de peur de tomber dans un rire fou, le docteur, un instant, eut l'air interdit. Il répondit enfin, d'une voix pénible et du ton d'un curé de village :

« Je vois avec la joie la plus vive, monsieur, que vous respectez tout ce qui est respectable. »

Le changement du ton libre et satanique qui, jusque-là, avait été celui de la conversation, en cette manière paternelle et morale, fit rougir de plaisir Lucien. « J'ai été assez coquin pour cet homme-ci, se dit-il ; je le force à quitter le raisonnement politique et à faire un appel aux émotions. » Il se sentait en verve.

« Je respecte tout ou rien, mon cher docteur, répliqua Lucien d'un ton léger, et, comme le docteur avait l'air étonné : je respecte tout ce que respectent mes amis, ajouta Lucien, comme expliquant sa pensée ; mais quels seront mes amis ? »

A cette interrogation vive, le docteur tomba tout à coup dans le genre plat ; il fut réduit à parler d'idées antérieures à toute expérience dans la conscience de l'homme, de révélations intimes faites à chaque chrétien, de dévouement à la cause de Dieu, etc., etc.

« Tout cela est vrai, ou tout cela est faux, peu m'importe, continua Lucien de l'air le plus dégagé ; je n'ai pas étudié la théologie ; nous ne sommes encore que dans la [religion] des intérêts positifs ; si jamais nous avons du loisir nous pourrons nous enfoncer ensemble dans les profondeurs de la philosophie allemande, si aimable et si claire, aux yeux des privilégiés. Un savant de mes amis m'a dit que lorsqu'elle est à bout de raisonnements, elle explique fort bien, par un appel à la *foi*, ce dont elle ne peut rendre compte par la simple raison. Et, comme j'avais l'honneur de vous le dire, monsieur, je n'ai pas encore décidé si, par la suite, je prendrai de l'emploi avec la maison de commerce qui place la *foi* comme chose nécessaire dans la mise de fonds.

— Adieu, monsieur ; je vois que vous serez bientôt des nôtres, reprit le docteur de l'air le plus satisfait ; nous sommes tout à fait d'accord, ajouta-t-il en frappant sur la poitrine de Lucien ; en attendant, je vais chasser pour quelque temps, j'espère, les attaques de votre *goutte volante.* »

Il écrivit une ordonnance et disparut.

« Il est moins niais, se disait le docteur en s'en allant, que tous ces petits Parisiens qui passent ici, chaque année, pour aller voir le camp de Lunéville ou la vallée du Rhin. Il récite avec intelligence une leçon qu'il aura apprise à Paris, de quelqu'un de ces athées de l'Institut. Tout ce machiavélisme si joli n'est heureusement que du bavardage, et l'ironie qui est dans ces discours n'a pas encore pénétré dans son âme ; nous en viendrons à bout. Il faut le faire amoureux de quelqu'une de nos femmes : Mme d'Hocquincourt devrait bien se décider à quitter ce d'Antin, qui n'est bon à rien, car il se ruine », etc., etc.

Lucien se retrouvait avec [son] activité et sa gaieté de Paris ; il n'avait appris à songer à ces belles choses que depuis le vide affreux et le *désintérêt* universel qui l'avaient assailli à Nancy.

Le soir, très tard, M. Gauthier monta chez lui.

« Vous me voyez ravi de ce docteur, lui dit Lucien ; il n'y a pas au monde de charlatan plus amusant.

— C'est mieux qu'un charlatan, répondit le républicain Gauthier. Dans sa jeunesse, lorsqu'il avait encore peu de malades, il ordonnait un remède, et puis courait chez l'apothicaire le préparer lui-même. Deux heures après, il revenait chez le malade pour voir l'effet. Il est maintenant en politique ce qu'il fut jadis pour son métier ; c'est lui qui devrait être le préfet du département. Malgré ses cinquante ans, la base du caractère de cet homme est encore un besoin d'agir et une vivacité d'enfant. En un mot, il est amoureux fou de ce qui fait tant de peine au commun des hommes : le travail. Il a besoin de parler, de persuader, de faire naître des événements, et surtout de s'occuper à surmonter des difficultés. Il monte à un quatrième étage en courant, pour donner des conseils à un fabricant de parapluies sur ses affaires domestiques. Si le parti de la *légitimité* avait en France deux cents hommes comme celui-là et savait les placer, nous autres républicains, nous serions mieux traités par le gouvernement. Ce que vous ne savez pas encore, c'est que Du Poirier est vraiment éloquent ; s'il n'était pas peureux, mais peureux comme un enfant, peureux comme on ne l'est pas, ce serait un homme dangereux, même pour nous. Il mène, en se jouant, toute la noblesse de ce pays ; il balance le crédit de M. Rey, le grand vicaire jésuite de notre évêque ; et il n'y a pas huit jours encore que, dans une aventure que je vous conterai, il a eu l'avantage sur l'abbé Rey. J'éclaire ses démarches de près, parce que c'est l'ennemi acharné de notre journal *L'Aurore*. Aux prochaines élections, dont cette âme sans repos s'occupe déjà, il laissera passer un ou peut-être deux des candidats du gouvernement, si le préfet Fléron veut lui permettre de ruiner notre *Aurore* et de me mettre en prison : car il me rend justice, comme moi à lui, et nous argumentons ensemble dans l'occasion. Il a sur moi deux avantages incontestables ; il est éloquent et amusant, et il est premier dans son art ; il passe, avec raison, pour le plus habile médecin de l'Est de la France, et on l'appelle souvent de Strasbourg, de Metz, de Lille ; il est arrivé il y a trois jours de Bruxelles.

— Ainsi, vous le demanderiez si vous étiez dangereusement malade ?

— Je m'en garderais bien ; une bonne médecine donnée à contretemps ôterait à *L'Aurore* le seul de ses rédacteurs qui ait le diable au corps, comme il dit.

— Tous ont du courage, dites-vous ?

— Sans doute, plusieurs même ont plus d'esprit que moi ; mais tous n'ont pas pour unique amour au monde le bonheur de la France et la république. »

Lucien dut subir de la part du bon Gauthier ce que les jeunes gens de Paris appellent une *tartine* sur l'Amérique, la démocratie, les préfets choisis forcément par le pouvoir central parmi les membres des conseils généraux, etc.

En écoutant ces raisonnements imprimés partout, « quelle différence d'esprit, pensait-il, entre Du Poirier et Gauthier ! et cependant ce dernier est probablement aussi honnête que l'autre est fripon. Malgré ma profonde estime pour lui, je meurs de sommeil. Puis-je, après cela, me dire républicain ? Ceci me montre que je ne suis pas fait pour vivre sous une république ; ce serait pour moi la tyrannie de toutes les médiocrités, et je ne puis supporter de sang-froid même les plus estimables. Il me faut un premier ministre coquin et amusant, comme Walpole ou M. de Talleyrand. »

En même temps Gauthier finissait son discours par ces mots... *Mais nous n'avons pas d'Américains en France.*

« Prenez un petit marchand de Rouen ou de Lyon, avare et sans imagination, et vous aurez un Américain.

— Ah ! que vous m'affligez ! » s'écria Gauthier en se levant tristement et s'en allant comme une heure sonnait.

— Grenadier, que tu m'affliges !

chanta Lucien quand il fut parti ; « et cependant je vous estime de tout mon cœur ». Après quoi il réfléchit : « La visite du docteur, se dit-il, est le commentaire de la lettre de mon père... Il faut hurler avec les loups. M. Du Poirier veut évidemment me convertir. Eh bien, je leur donnerai le plaisir de me convertir... Je viens de trouver un moyen simple de mettre ces fripons au pied du mur : je répondrai à leur doctrine sublime, à leurs appels hypocrites à la conscience par ce mot bien humble : Que me donnez-vous ? »

CHAPITRE IX

Le lendemain, de fort bonne heure, le docteur Du Poirier, cette âme sans repos, frappa à la porte de Lucien ; il entrait dans ses projets d'éviter la présence de Bilars ; il comptait employer des arguments qu'il était bien aise de ne communiquer qu'à un seul interlocuteur à la fois ; il fallait rester maître de les nier au besoin.

« Si je cesse d'avoir les raisonnements d'un coquin, se dit Lucien en voyant Du Poirier, ce coquin-là va me mépriser. » Le docteur voulait le séduire, il étala devant ce jeune homme, privé de société et mourant probablement d'ennui, le nom des maisons de bonne compagnie et des jolies femmes de Nancy.

« Ah ! coquin, se dit Lucien, je te devine. »

« Ce qui m'intéresse surtout, mon cher monsieur, dit-il de l'air terne d'un marchand qui perd, ce qui m'intéresse surtout, ce sont vos projets de réforme dans le Code civil et pour les partages ; cela peut avoir des conséquences pour mes intérêts ! car je ne suis pas sans avoir *quelques arpents au soleil.* (C'était avec délices que Lucien empruntait au docteur les façons de parler de la province.) Vous voudriez donc qu'à la mort du père de famille il n'y eût pas de partage égal entre frères ?

— Certainement, monsieur ; ou nous allons tomber dans les horreurs de la démocratie. Un homme d'esprit devra, sous peine de mort, faire la cour au marchand d'allumettes, son voisin. Nos familles nobles et distinguées, l'espoir de la France, les seules qui aient des sentiments généreux et des idées élevées, vivent à la campagne en ce moment et font beaucoup d'enfants ; devons-nous voir leur fortune divisée, morcelée entre tous ces enfants ? Alors ils n'ont plus le loisir d'acquérir des sentiments distingués, de s'élever à de hautes pensées ; ils ne rêvent qu'à l'argent, ils deviennent de vils prolétaires, comme le fils de l'imprimeur leur voisin. Mais, d'un autre côté, que ferons-nous des fils cadets, et comment les placer sous-lieutenants dans l'armée, après le vol qu'on a laissé prendre à ces maudits sous-officiers ?

« Mais c'est une question à traiter plus tard, une question secondaire ; vous ne pouvez revenir à la monarchie qu'en organisant fortement l'Église, qu'en ayant un prêtre au moins pour contenir cent paysans, dont vos lois absurdes ont fait des anarchistes. Je placerai donc dans l'Église au moins un des fils de tout bon gentilhomme, comme l'Angleterre nous en donne l'exemple.

« Je dis que, même parmi la canaille, le partage ne doit pas être égal. Si vous n'arrêtez le mal, bientôt tous vos paysans sauront lire ; alors se présenteront, gardez-vous d'en douter, des écrivains incendiaires ; tout sera mis en discussion, et vous n'aurez bientôt plus aucun principe sacré. Il faut donc commencer par établir, sous prétexte des convenances de la bonne culture, que jamais la terre ne pourra être divisée en morceaux de moins d'un arpent...

« Prenons pour exemple ce que nous connaissons ; car, c'est là toujours la marche la plus sûre. Voyons de près les intérêts des familles nobles de Nancy. »

« Ah ! coquin », pensa Lucien.

Bientôt le docteur en fut à lui répéter que Mme de Sauve-d'Hocquincourt était la femme la plus séduisante de la ville ; qu'il était impossible d'avoir plus d'esprit que Mme de Puylaurens, qui avait brillé jadis dans la société de Mme de Duras, à Paris. Puis le docteur ajouta, d'un air bien plus sérieux, que Mme de Chasteller était un fort bon parti, et il se mit à détailler tous ses biens.

« Mon cher docteur, si j'étais d'humeur *mariante*, mon père a mieux que cela pour moi ; il est tel parti à Paris qui est aussi riche que toutes ces dames prises ensemble.

— Mais vous oubliez une petite circonstance, dit le docteur avec un sourire de supériorité : la naissance.

— Certainement elle a son prix, répliqua Lucien d'un air calculateur. Une jeune personne qui porte le nom de Montmorency ou de La Trémouille, dans ma position cela peut bien équivaloir à cent, même à deux cent mille francs. Si j'avais moi-même un nom susceptible de paraître noble, un grand nom chez ma femme pourrait même s'évaluer à cent mille écus. Mais, mon cher docteur, votre noblesse de province est inconnue à trente lieues du pays qu'elle habite.

— Comment, monsieur, reprit le docteur avec une sorte d'indignation, Mme de Commercy, cousine de l'empereur d'Autriche, qui descend des anciens souverains de la Lorraine ?

— Absolument, mon cher docteur, comme M. de Gontran ou M. de Berval, qui n'existent pas. Paris ne connaît la noblesse de province que par les discours ridicules des trois cents députés de M. de Villèle. Je ne songe nullement au mariage ; j'aimerais mieux pour le moment la prison. Si je pensais autrement, mon père me déterrerait quelque *banquière* hollandaise enchantée de venir régner dans le salon de ma mère, et fort empressée d'acheter cet avantage avec un million ou deux, ou même trois. »

Lucien était vraiment drôle pendant qu'il regardait le docteur en prononçant ces derniers mots.

Le son de ce mot *million* produisit un effet marqué dans la physionomie du docteur. « Il n'est pas assez impassible pour être bon politique », se dit Lucien. Jamais le docteur n'avait rencontré de jeune homme élevé au milieu d'une grande fortune et absolument sans hypocrisie ; il commençait à être étonné de Lucien et à l'admirer.

Le docteur avait infiniment d'esprit, mais il n'avait jamais vu Paris ; autrement il eût vu l'affectation ; Lucien n'était pas homme à pouvoir tromper un coquin de cette force ; notre sous-lieutenant n'était rien moins qu'un comédien consommé ; il n'avait que de l'aisance et du feu.

Le docteur, comme tous les gens qui font profession de jésuitisme, s'exagérait Paris ; il le voyait peuplé d'athées furibonds comme Diderot, ou ironiques comme Voltaire, et de pères jésuites fort puissants faisant bâtir des séminaires plus grands que des casernes. Il s'exagéra de même ce qu'il croyait de Lucien ; il le crut absolument *sans cœur*. « De tels propos ne s'apprennent pas », se dit le docteur. Et il commença à estimer notre héros. « Si ce garçon-là avait passé quatre ans dans un régiment et fait deux voyages à Prague ou à Vienne, il vaudrait mieux que nos d'Antin ou nos Roller. Du moins, quand nous sommes *entre nous*, il ne ferait pas de pathos. »

Après trois semaines de retraite forcée, rendue moins ennuyeuse par la présence presque continue du docteur, Lucien fit sa première sortie, et ce fut pour aller chez la directrice de la poste, la bonne Mlle Prichard, dévote célèbre. Là, il s'assit sous prétexte de fatigue, il entra en conversation d'un air sage et discret, et enfin s'abonna à *la Quotidienne*, à *la Gazette*, et à *la Mode*, etc. La bonne maîtresse de poste regardait avec vénération ce jeune homme en uniforme et fort élégant, qui prenait un si grand nombre d'abonnements et à de tels journaux.

Lucien avait compris que dans un régiment *juste-milieu* tous les rôles valaient mieux que celui de républicain, c'est-à-dire d'homme qui se bat pour un gouvernement qui n'a pas d'appointements à donner. Plusieurs *honorables* députés ne comprennent pas *à la lettre* un tel degré d'absurdité et trouvent cela *immoral*.

« Il est trop évident, se disait Lucien, que si je reste homme raisonnable, je ne trouverai pas ici un pauvre petit salon pour passer la soirée. D'après les dires du docteur, ces gens-ci m'ont l'air à la fois trop fous et trop bêtes pour comprendre la raison. Ils ne sortent pas du superlatif dans leurs discours. Il est aussi trop plat d'être *juste-milieu*, comme le colonel Malher, et d'attendre tous les matins, par la poste, l'annonce de la platitude qu'il faudra prêcher pendant les vingt-quatre heures. Républicain, je viens de me battre pour prouver que je ne le suis pas ; il ne me reste d'autre mascarade que celle d'ami des privilèges et de la religion qui les soutient.

« C'est le rôle indiqué par la fortune de mon père. A moins de beaucoup d'esprit, d'un esprit étonnant comme le sien, où est l'homme riche qui ne soit pas *conservateur ?* On m'objectera la nudité de mon nom bourgeois. Je répondrai en faisant allusion au nombre et à la qualité de mes chevaux. Dans le fait, le peu de distinction dont je jouis ici ne vient-il pas uniquement de mon cheval ? Et encore, non pas parce qu'il est bon, mais parce qu'il est cher. Le colonel Malher de Saint-Mégrin me pourchasse ; parbleu ! je vais essayer de le battre à coups de bonne compagnie.

« Ce docteur me sera probablement fort utile ; il m'a tout l'air de ces gens qui s'attachent aux privilégiés avec l'office de penser pour eux, comme MM. N. N... à Paris. Ce fut jadis le rôle de Cicéron auprès des patriciens de Rome, étiolés et amoindris par un siècle d'aristocratie heureuse. Il serait bien plaisant qu'au fond ce docteur amusant ne crût pas plus à Henri V qu'à Dieu le père. »

La sévère vertu de M. Gauthier eût peut-être proposé des objections graves à ce parti pris si gaiement ; mais M. Gauthier était un peu comme ces femmes honnêtes qui disent du mal des actrices ; il n'amusait pas, tout en parlant d'êtres qui passent pour fort amusants.

Le soir du jour où Lucien avait fait connaissance avec Mlle Prichard, le docteur se trouvait chez lui ; il prêchait sur les ouvriers du ton d'un Juvénal furieux ; il parlait de leur misère fort réelle qui, exaspérée par les pamphlets jacobins, doit renverser Louis-Philippe. Tout à coup, le docteur s'arrêta au milieu d'une phrase commencée, comme cinq heures sonnaient, et se leva.

« Qu'avez-vous donc, docteur ? dit Lucien, fort surpris.

— C'est le moment du *salut* », répondit le bon docteur d'une voix tranquille, en baissant pieusement ses petits yeux et quittant en un clin d'œil le ton d'un Juvénal furieux, déclamant contre la cour des Tuileries.

Lucien éclata de rire. Désolé de ce qui lui arrivait, il entreprit de faire des excuses au docteur ; mais le fou rire l'emporta de nouveau, les larmes lui vinrent aux yeux ; et enfin il pleurait tout à fait à force de rire, en répétant au docteur :

« De grâce, monsieur, où allez-vous ? je ne vous ai pas bien entendu.

— Au *salut*, à la chapelle des Pénitents » ; et le docteur lui expliqua gravement et doctement cette cérémonie religieuse, avec une voix pieuse, contrite, à peine articulée, qui faisait un étrange contraste avec la voix criarde, hardie et perçante qui lui était si naturelle.

« Ceci est divin, se dit Lucien, en cherchant à prolonger l'explication et à cacher le rire intérieur qui le suffoquait. Cet homme est mon bienfaiteur, sans lui je tombais dans le marasme. Il faut cependant que je trouve quelque chose à lui dire, ou il se piquera. »

« Que dirait-on de moi, cher docteur, si je vous accompagnais ?

— Rien ne vous ferait plus d'honneur, répondit tranquillement le docteur sans se fâcher le moins du monde du rire fou. Mais je dois, en conscience, m'opposer à cette seconde sortie, comme je l'ai fait à la première ; l'air frais du soir peut ramener l'inflammation, et, si nous arrivons à offenser l'artère, il faut songer au grand voyage.

— N'avez-vous pas d'autre objection ?

— Vous vous exposerez à des plaisanteries voltariennes de la part de messieurs vos camarades.

— Bah ! je ne les crains pas ; ils sont trop courtisans pour cela. Le colonel nous a dit à l'ordre, le premier samedi après notre arrivée et d'un air significatif, qu'il allait à la messe.

— Et toutefois neuf de messieurs vos camarades ont encore manqué à ce devoir dimanche dernier. Mais, au fait, que vous importent les plaisanteries ? On sait dans Nancy comment vous savez les réprimer. Et d'ailleurs votre sage conduite a déjà porté ses fruits.

« Pas plus tard qu'hier, comme on prétendait, chez M. le marquis de Pontlevé, que vous étiez un pilier du cabinet littéraire de ce polisson de Schmidt, Mme de Chasteller a daigné prendre la parole pour vous justifier. Sa femme de chambre, qui passe sa vie aux fenêtres, sur la rue de la Pompe, lui a dit que c'était bien à tort que le colonel Malher de Saint-Mégrin vous avait fait une scène sur cet article ; que jamais elle ne vous avait remarqué dans cette boutique ; et qu'à vous voir passer sur votre beau cheval de mille écus, avec votre air élégant et soigné, vous aviez l'air de tout... excusez le propos, plus juste qu'élégant, d'une femme de chambre... » Et le docteur hésitait.

« Allons, allons, cher docteur, je ne m'offense que de ce qui peut me nuire.

— Eh bien, puisque vous le voulez : vous aviez l'air de tout autre chose que d'un *manant de républicain*.

— Je vous avouerai, monsieur, reprit Lucien d'un grand sérieux, que je ne puis me faire à l'idée d'aller lire dans une *boutique*. » Ce dernier mot fut lancé avec bonheur ; un homme né du faubourg Saint-Germain n'eût pas mieux dit. « D'ici à peu de jours, continua Lucien, je pourrai vous offrir le petit nombre de journaux dont un honnête homme peut avouer la lecture.

— Je le sais, monsieur, je le sais, reprit le docteur, avec un petit air de satisfaction provinciale ; mademoiselle la directrice de la poste, qui *pense bien*, nous a dit ce matin que nous posséderions bientôt une cinquième *Quotidienne* dans Nancy. »

« Ceci est trop fort, pensa Lucien. Cette figure hétéroclite se moquerait-elle de moi ? » Ces mots *cinquième Quotidienne* avaient été dits avec un accent contrit, bien fait pour inquiéter la vanité de notre héros.

En ceci, comme en bien d'autres choses, Lucien était jeune, c'est-à-dire, injuste. Fort de ses loyales intentions, il croyait tout voir, et n'avait pas encore vu le quart des choses de la vie. Comment aurait-il su que ces petits coups de pinceau sont aussi nécessaires à l'hypocrisie de province qu'ils seraient ridicules à Paris ? et, comme c'est apparemment en province que vivait le docteur, il avait toute raison de parler le langage de son pays.

« Je vais voir bientôt si cet homme se moque de moi », pensa Lucien. Il appela son domestique pour attacher les élégants rubans noirs qui fermaient la manche droite de son habit, et suivit le docteur au *salut*. Cette cérémonie pieuse avait lieu aux Pénitents, jolie petite église, très proprement blanchie à la chaux, et sans autre ornement que quelques confessionnaux en bois de noyer bien luisant. « Ceci est une maison pauvre, mais d'un goût très pur », pensa Lucien. Il s'aperçut bien vite qu'il n'y avait là que la très bonne compagnie du pays. (Toute la bourgeoisie de l'Est de la France est patriote.)

Lucien vit le bedeau offrir un sou à une femme du peuple point mal mise, qui, voyant une église ouverte, fit mine d'entrer.

« Passez, la mère, dit le bedeau, ceci est une chapelle particulière. »

L'offre était évidemment une insulte ; la petite bourgeoise rougit jusqu'au blanc des yeux, et laissa tomber le sou ; le bedeau regarda s'il était vu et remit le sou dans sa poche.

« Toutes ces femmes qui m'entourent et le peu d'hommes qui les accompagnent ont une physionomie parfaitement convenable, se dit Lucien ; le docteur ne se moque pas plus de moi que de tout le monde ; c'est tout ce que je puis prétendre. » Sa vanité une fois rassurée, Lucien s'amusa infiniment. « C'est ici comme à Paris, se disait-il, la noblesse se figure que la religion rend les hommes plus faciles à gouverner. Et mon père dit que c'est la haine qu'on avait pour les prêtres qui a fait tomber Charles X ! En me montrant pieux, je vais me faire noble. »

Il vit que tout le monde avait un livre. « Ce n'est pas tout d'être venu ici, il faut y être comme tout le monde » ; il eut recours au docteur. Aussitôt celui-ci quitta sa place et alla demander un livre à Mme la comtesse de Commercy, qui en avait plusieurs portés dans un sac de velours par sa demoiselle de compagnie. Le docteur revint avec un petit in-quarto superbe et expliqua à Lucien les armes qui chamarraient cette reliure magnifique. Un coin de l'écusson était occupé par l'aigle de la maison de Habsbourg. Mme la comtesse de Commercy appartenait, en effet, à la maison de Lorraine, mais à une branche aînée, injustement dépossédée et, par une conséquence peu claire, se croyait plus noble que l'empereur d'Autriche. En écoutant ces belles choses, Lucien, persuadé qu'on le regardait et craignant par-dessus tout le rire fou, étudiait attentivement les alérions de Lorraine, frappés sur la couverture avec des fers à froid.

Vers la fin de l'office, Lucien, dont la chaise touchait presque à celle du docteur, s'aperçut que, sans être indiscret, il pouvait faire voir qu'il entendait la conversation qu'avaient avec lui cinq ou six dames ou demoiselles, toutes d'un âge mûr. Ces dames s'adressaient au bon docteur, comme elles l'appelaient ; mais il était plus qu'évident que tout l'édifice du dialogue était élevé en l'honneur du brillant uniforme dont la présence dans l'église des Pénitents faisait événement ce soir-là.

« C'est ce jeune officier millionnaire qui s'est battu il y a quinze jours, disait à voix basse une dame placée à trois pas du docteur ; il paraît qu'il *pense bien*.

— Mais on le disait blessé à mort ! répliqua sa voisine.

— Le bon docteur l'a sauvé des portes du tombeau, ajouta une troisième.

— Ne le disait-on pas républicain, et que son colonel avait cherché à le faire périr par un duel ?

— Vous voyez bien que non, reprit la première, avec un air de supériorité marquée. Vous voyez bien que non ; il est des nôtres. »

A quoi la seconde dame répliqua avec aigreur :

« Vous avez beau dire, ma chère ; on m'a assuré qu'il est proche parent de Robespierre, qui était d'Amiens : Leuwen est un nom du Nord. »

Lucien se voyait le héros de la conversation ; notre héros ne résista point à ce bonheur ; il y avait plusieurs mois que rien de semblable ne lui était arrivé. « J'occupe trop ces provinciaux, pensa-t-il, pour que tôt ou tard le docteur ne me présente pas à ces dames, qui me font l'honneur de me croire de la famille de feu M. de Robespierre. Je passerai mes soirées à entendre dans un salon les mêmes choses que je viens d'entendre ici, et mon père aura de la considération pour moi ; je serai aussi avancé que Mellinet. Avec ces figures respectables, on peut se livrer à toutes les idées qui passent par la tête ; il n'y a pas de ridicule à craindre en ce pays ; jamais ils ne se moqueront de ce qui flatte leur manie. » A ce moment, il était question d'une souscription en faveur du célèbre Cochin, qui, deux ou trois fois par an, montre un talent du premier ordre et sauve le parti du ridicule. Comme tous les hommes profondément occupés d'une grande pensée, et qui ont du génie, M. Cochin pouvait être obligé de vendre ses terres.

« Je donnerais bien la pièce d'or, disait une des figures singulières qui entouraient le docteur (Lucien apprit, en sortant, que c'était Mme la marquise de Marcilly) ; mais ce M. Cochin, après tout, n'est pas *né* (n'est pas noble). Je ne porte sur moi que de l'or, et je prie le bon docteur d'envoyer sa servante chez moi demain, après la messe de huit heures et demie, je remettrai quelque argent.

— Votre nom, madame la marquise, répondit le docteur d'un air comblé, commencera justement la page quatorze de mon grand registre à dos élastique, que j'ai reçu, ou plutôt que nous avons reçu en cadeau de nos amis de Paris. »

« Je suis ici comme M. Jabalot à Versailles : *Je fais mes farces* », se dit Lucien animé par le succès ; tous les yeux étaient, en effet, arrêtés sur son uniforme. Nous ferons remarquer, pour la justification de notre héros, que, depuis son départ de Paris, il ne s'était pas trouvé dans un salon ; et vivre sans conversation piquante *est-ce une vie heureuse ?*

« Et moi, ajouta-t-il tout haut, j'oserai prier M. Du Poirier de m'inscrire pour quarante francs. Mais j'aurais l'ambition de voir mon nom figurer immédiatement après celui de Mme la marquise ; cela me portera bonheur.

— Bien, fort bien, jeune homme », s'écria Du Poirier d'un air paterne et prophétique.

« Si mes camarades savent ceci, se dit Lucien, gare au deuxième duel ; les épithètes de *cafard* vont pleuvoir sur moi. Mais comment le sauraient-ils ? ils ne voient pas ce monde-ci ; tout au plus le colonel par ses espions ; et, ma foi, tant mieux : *cafard* vaut mieux que républicain. »

Vers la fin du service, le cœur de Lucien eut un grand sacrifice à faire ; malgré un pantalon blanc de la plus exquise fraîcheur, il fallut se mettre à deux genoux sur la pierre sale de la chapelle des Pénitents.

CHAPITRE X

On sortit bientôt après, et Lucien, voyant son pantalon terni sans ressource, rentra chez lui. « Mais ce petit malheur est peut-être un mérite », se dit-il. Et il affecta de marcher lentement et de façon à ne pas dépasser les groupes de saintes femmes qui s'avançaient au petit pas dans la rue solitaire et couverte d'herbes.

« Je suis curieux de savoir ce que le colonel pourra trouver à reprendre à ceci ? » se disait Lucien lorsque le docteur le rejoignit ; et, comme dissimuler n'était pas son fort, il laissa entrevoir quelque chose de cette idée à son nouvel ami.

« Votre colonel n'est qu'un plat *juste-milieu*, nous le connaissons bien, s'écria Du Poirier d'un air d'autorité. C'est un pauvre hère, toujours tremblant de trouver sa destitution dans *le Moniteur* ; mais je ne vois pas ici l'officier manchot, ce *libéral* décoré à Brienne, qui lui sert d'espion. »

On était arrivé à la fin de la rue, et Lucien, qui l'avait parcourue lentement et en prêtant l'oreille aux propos qu'on tenait sur son compte, craignit que sa joie ne se trahît par quelque mouvement imprudent. Il se permit de faire un demi-salut fort grave à trois dames qui marchaient presque sur la même ligne que lui et qui parlaient fort haut. Il serra la main avec affection au docteur et disparut. Il monta à cheval, en donnant un libre cours au rire fou qui l'obsédait depuis une heure. Comme il passait devant le cabinet littéraire de Schmidt : « Voilà le plaisir d'être savant », pensa-t-il. Il remarqua l'officier libéral, manchot, qui, placé derrière la vitre verdâtre du cabinet littéraire, tenait un numéro de *la Tribune* et le regarda du coin de l'œil comme il passait. Le lendemain il n'était bruit dans toute la haute société de Nancy que de la présence d'un uniforme dans l'église des Pénitents, et encore d'un uniforme dont le bras droit était décousu et attaché avec des rubans. Ce jeune homme venait d'être sur le point de paraître devant Dieu, ce fut un jour de triomphe pour Lucien. Il n'osa hasarder la messe basse de huit heures et demie. « Ceci aurait des conséquences, pensa-t-il ; il faudrait m'y trouver toutes les fois que je ne suis pas de service. »

Vers les dix heures, il alla en grande pompe acheter un eucologe, ou livre de prières, magnifiquement relié par Muller. Il ne voulut point permettre que le livre fût enveloppé dans du papier de soie ; il trouva plus drôle de le porter fièrement sous le bras gauche. « On n'eût pas mieux fait, se disait-il, en pleine *Restauration*, j'imite le maréchal N..., notre ministre de la guerre.

« On peut tout hasarder avec des provinciaux, pensait-il en riant ; c'est qu'il n'y a ici personne pour donner son nom au ridicule. » Il alla, toujours le livre sous le bras, porter lui-même ses quarante francs à M. Du Poirier, qui lui permit de lire la liste des souscripteurs. Le haut des pages était toujours tenu par les noms précédés d'un *de*, et, par un hasard flatteur, le seul nom de Lucien Leuwen fit exception et commença la page qui suivait immédiatement celle de Mme de Marcilly.

En le reconduisant, M. Du Poirier lui dit d'un air profond :

« Soyez assuré, cher monsieur, que monsieur votre colonel ne vous laissera plus debout quand il aura à vous parler chez lui ; il sera poli du moins ; quant à être bienveillant, c'est une autre affaire. »

Jamais prédiction ne sembla destinée à s'accomplir avec plus de promptitude. Quelques heures plus tard, le colonel, que Lucien vit de loin à la promenade, lui fit signe d'approcher et l'invita à dîner pour le lendemain. Lucien lui trouva les façons basses d'une intimité bourgeoise. « Malgré son brillant uniforme et sa bravoure, cet homme est un marguillier qui invite à dîner le procureur, son voisin. » Comme il allait s'éloigner :

« Votre cheval a des épaules admirables, lui dit le colonel ; deux lieues ne sont rien pour de tels jarrets ; je vous autorise à pousser vos promenades jusqu'à Darney. »

C'était un bourg à six lieues de Nancy.

« O toute-puissance de l'orviétan ! » se dit Lucien pouffant de rire et galopant du côté de Darney.

L'après-dînée fut encore plus triomphante pour Lucien ; le docteur Du Poirier voulut absolument le présenter chez Mme la comtesse de Commercy, la dame qui, la veille, avait prêté pour lui le livre de prières.

L'hôtel de Commercy, situé au fond d'une grande cour, pavée en partie et garnie de tilleuls taillés en mur, était, au premier aspect, fort triste ; mais, du côté opposé à la cour, Lucien aperçut un jardin anglais d'un vert charmant, et où il eût été heureux de se promener. Il fut reçu dans un grand salon tendu en damas rouge avec des baguettes d'or. Le damas était un peu passé, mais ce défaut était dissimulé par des portraits de famille qui avaient fort bonne mine. Ces héros avaient des perruques poudrées à frimas et des cuirasses d'acier. D'immenses fauteuils, dont les bois fort contournés offraient une dorure brillante, firent peur à Lucien quand il entendit Mme la comtesse de Commercy adresser au laquais ces paroles sacramentelles : « Un fauteuil pour monsieur. » Heureusement, l'usage de la maison n'était pas de déplacer ces vénérables machines ; on avança un fauteuil moderne et fort bien fait.

La comtesse était une grande femme maigre et se tenant fort droite, malgré son grand âge. Lucien remarqua que ses dentelles n'étaient point jaunies ; il avait en horreur les dentelles jaunies. Quant à la physionomie de la dame, elle n'en avait aucune. « Ses traits ne sont pas nobles, mais ils sont portés noblement », se dit Lucien.

La conversation, comme l'ameublement, fut noble, monotone, lente, mais sans ridicule trop marqué. Au total, Lucien aurait pu se croire dans une maison de gens âgés du faubourg Saint-Germain. Mme de Commercy ne parlait pas trop haut, elle ne gesticulait pas à outrance, comme les jeunes gens de la bonne compagnie que Lucien apercevait dans les rues. « C'est un débris du siècle de la politesse », se dit Lucien.

Mme de Commercy remarqua avec plaisir les regards d'admiration que Lucien jetait sur son jardin. Elle lui dit que son fils, qui avait habité douze ans de suite Hartwell (maison de Louis XVIII en Angleterre), en avait fait faire cette copie exacte et seulement un peu plus petite, comme il convient à un simple particulier. Mme de Commercy l'engagea à venir [se] promener quelquefois dans ce jardin.

« Plusieurs personnes y viennent et ne se croient point obligées, pour cela, à voir la vieille propriétaire : mon concierge a le nom des promeneurs. »

Lucien fut touché de cette attention, et, comme c'était une âme bien née et que trop bien née, sa réponse exprima bien sa reconnaissance. Après cette offre faite avec simplicité, il n'était plus question pour lui de se moquer ; il se sentait renaître. Depuis plusieurs mois Lucien n'avait pas vu de bonne compagnie.

Lorsqu'il se leva pour prendre congé, Mme de Commercy put lui dire, sans s'écarter du ton général de la conversation :

« Je vous avouerai, monsieur, que c'est pour la première fois que je vois dans mon salon la cocarde que vous portez ; mais je vous prie de l'y ramener souvent. Je me ferai toujours un plaisir de recevoir un homme qui a des manières aussi distinguées, et qui, d'ailleurs, pense aussi bien, quoiqu'il soit encore dans la première jeunesse. »

« Et tout cela pour être allé aux *Pénitents !* » Il avait tellement envie de rire que ce ne fut qu'à grand-peine qu'il ne suivit pas l'idée folle qui lui vint de distribuer des pièces de cinq francs aux laquais de la maison qu'il trouva dans l'antichambre rangés en haie sur son passage.

Il lut son devoir dans cette rangée de laquais. « Pour un homme qui commence à penser aussi bien que moi, c'est une inconséquence grave que de n'avoir qu'un seul domestique. » Il pria M. Du Poirier de lui trouver trois *garçons sûrs*, et surtout pensant bien.

En rentrant chez lui, Lucien était un peu comme le barbier du roi Midas : il mourait d'envie de raconter son bonheur. Il écrivit huit ou dix pages à sa mère et lui demanda des livrées brillantes pour cinq ou six domestiques. « Mon père verra bien, en les payant, que je ne suis pas encore un saint-simonien bien pur. »

Quelques jours après, Mme de Commercy invita Lucien à dîner ; il trouva dans le salon, où il eut soin de se rendre à trois heures et demie bien précises, M. et Mme de Serpierre, avec une seule de leurs six filles ; M. Du Poirier et deux ou trois femmes âgées, avec leurs maris, la plupart chevaliers de Saint-Louis. On attendait évidemment quelqu'un ; bientôt un laquais annonça M. et Mme de Sauve-d'Hocquincourt ; Lucien fut frappé. « Il est impossible d'être plus jolie, se dit-il, et, pour la première fois, la renommée n'a pas menti. » Il y avait dans ces yeux-là un velouté, une gaieté, un naturel, qui faisaient presque un bonheur du plaisir de les regarder. En cherchant bien, il trouva cependant un défaut à cette femme charmante. Quoique à peine âgée de vingt-cinq ou vingt-six ans, elle avait quelque tendance à l'embonpoint. Un grand jeune

106

homme blond, à moustaches presque diaphanes, fort pâle et à l'air hautain et taciturne, marchait après elle ; c'était son mari. M. d'Antin, son amant, était venu avec eux. A table, on le plaça à sa droite ; elle lui parlait bas assez souvent, et puis riait. « Ce rire de franche gaieté fait un étrange contraste, se dit Lucien, avec l'air morose et antique de toute la compagnie. Voilà ce que nous appellerions à Paris une gaieté bien hasardée. Que d'ennemis n'aurait pas cette jolie femme ! Les sages mêmes la blâmeraient de s'exposer à tous les terribles inconvénients de la calomnie, faute d'un peu de gêne. La province offre donc des dédommagements ! Au milieu de toutes ces figures nées pour l'ennui, l'essentiel n'est-il pas que la *jeune première* soit aimable ; et, ma foi, celle-ci est charmante ; pour un dîner comme celui-ci, j'irais vingt fois aux *Pénitents*. »

Lucien, en homme prudent, chercha à être poli pour M. de Sauve-d'Hocquincourt, car il tenait à porter les deux noms, illustrés le premier sous Charles IX et le second sous Louis XIV.

Tout en écoutant la parole lente, élégante et décolorée de M. d'Hocquincourt, Lucien examinait sa femme. Mme d'Hocquincourt pouvait avoir vingt-quatre ou vingt-cinq ans. Elle était blonde avec de grands yeux bleus, point langoureux et d'une vivacité charmante, quelquefois languissants quand on l'ennuyait ; bientôt après, fous de bonheur à la première apparition d'une idée gaie ou seulement singulière. Une bouche délicieuse de fraîcheur avait des contours fins, nobles, bien arrêtés, qui donnaient à toute la tête une noblesse admirable. Un nez légèrement aquilin complétait le charme de cette tête noble à la fois et cependant variant à chaque instant, comme les nuances de passion qui agitaient Mme d'Hocquincourt. Elle n'était point hypocrite ; ce genre de mérite eût été impossible avec une telle figure.

Mme d'Hocquincourt eût passé à Paris pour une beauté du premier ordre ; à Nancy, c'est tout au plus si l'on convenait qu'elle était belle. <D'abord, elle n'avait rien de cet air empesé si admiré en province, et ses façons d'agir gaies, libres, familières, sans façon, comme d'une princesse qui s'amuse, lui avaient valu l'aversion furibonde de toutes les femmes. Les dévotes surtout ne parlaient guère d'elle qu'avec fureur. Elles insinuaient, croyant la fâcher beaucoup, qu'elles la trouvaient presque laide. Mme d'Hocquincourt le savait, et c'était un de ses sujets

de joie.> Lucien reconnut toute la haine qu'on lui portait, en voyant Mme de Serpierre lui adresser la parole. Il trouva un peu trop marqués la haine des dévotes, et le *que m'importe !* de la jeune femme. <Cette jeune marquise n'avait rien du gourmé de son rang, elle était naturellement coquette, folle et gaie. Aussi sa réputation était-elle bien plus mauvaise qu'elle ne le méritait. Par un hasard bien étonnant en province et qui frappa profondément Lucien, Mme d'Hocquincourt ne pouvait se plier à la moindre hypocrisie. « Elle avait des yeux superbes et les faisait jouer avec une coquetterie si brillante de naturel que ce n'était plus de la coquetterie. » Elle se promenait en calèche avec son amant et son mari sur la route de Paris qui, à Nancy, est la promenade à la mode. Un des jeunes gens de la société passait à cheval. Il faisait exécuter à son cheval quelques mouvements singuliers et gracieux. Ou bien il disait un mot qui plaisait à Mme d'Hocquincourt. Aussitôt elle n'avait plus d'yeux que pour lui. Et si M. d'Antin s'avisait de parler avant que le souvenir de la grâce du passant fût oublié, il était sûr de voir l'impatience et le dégoût remplacer à l'instant dans ses beaux yeux le feu céleste dont ils brillaient un instant auparavant. Lucien découvrit une autre qualité bien rare et bien précieuse chez Mme d'Hocquincourt. Elle n'avait pas le moindre souvenir aujourd'hui de ce qu'elle avait dit ou fait hier. C'était un être gai qui vivait exactement au jour le jour. Elle est faite, pensait Lucien, pour être la maîtresse d'un grand roi ennuyé de l'ambition et des manèges de ses courtisanes et de ses maîtresses. Lucien songea souvent à s'attacher à cette aimable femme. « Peut-être alors, se disait-il, Nancy me semblerait-il moins exécrable. » Mais prendre une maîtresse n'était pas une petite affaire. En province, encore plus qu'à Paris, il faut commencer par devenir l'ami intime du mari, et le triste M. d'Hocquincourt toujours lamentable, toujours parlant de l'histoire de 93, et pour la défigurer, était peut-être de tous les habitants de Nancy, le plus ennuyeux pour Lucien.

« Voici les grands mobiles de ces gens-ci, pensait-il. Ils voient un Robespierre dans l'avenir et ils envient les gens qui ont pris leurs places dans le budget. L'éloignement marqué de tous ces jeunes gens vient surtout des 99 francs par mois que je leur vole. » Lucien surprenait tous les jours des sentiments d'envie pour les bourgeois qui, en se tuant de peine, font fortune par le commerce.> Vers la fin du dîner, Lucien se sentit une véritable bienveillance pour le marquis d'Antin et son aimable maîtresse. <Pour le mari, M. de Sauve-d'Hocquincourt, c'était un grand jeune homme blond, à moustaches presque diaphanes, très doux et très bon.>

Au café, M. Du Poirier eut la facilité de répondre avec prudence aux nombreuses questions que Lucien lui adressait sur Mme d'Hocquincourt.

« Elle adore sincèrement son ami et commet pour lui les plus grandes imprudences. Son malheur, ou plutôt celui de sa gloire, c'est qu'après deux ou trois ans d'admiration elle lui trouve des ridicules. Bientôt il lui inspire un ennui mortel et que rien ne peut vaincre. Alors, c'est à payer les places ; nous voyons cet ennui mettre sa bonté à la torture ; car c'est le meilleur cœur du monde et qui abhorre le plus d'être la cause d'un malheur réel. Ce qu'il y a eu de plaisant, je vous conterai ça en détail, c'est que le dernier de ses amis est devenu amoureux d'elle à la folie et jusqu'au tragique, précisément à l'instant où il commençait à l'ennuyer ; elle en fut mortellement peinée et ne sut, pendant six mois, comment se défaire de lui avec humanité. Je vis le moment où elle allait me demander une consultation à ce sujet ; dans ces moments elle a infiniment d'esprit.

— Et depuis combien de temps dure M. d'Antin ? dit Lucien avec une naïveté qui paya le docteur de tous ses soins.

— Depuis trente grands mois ; tout le monde s'en étonne ; mais il est d'un caractère aussi *braque* qu'elle : cela le soutient.

— Et le mari ? Il me semble qu'ils sont soupçonneux en diable dans la bourgeoisie de cette ville.

— En êtes-vous à vous apercevoir, dit M. Du Poirier avec une naïveté bien comique, qu'on n'a plus de gaieté ni de savoir-vivre que dans la noblesse ? Mme d'Hocquincourt a fait le sien amoureux d'elle à la folie ; elle l'a fait amoureux au point de ne pouvoir devenir jaloux. C'est elle qui ouvre toutes les lettres anonymes qu'on lui écrit. [...] C'est de bonne foi qu'il se prépare au martyre.

— Quel martyre ?

— Quatre-vingt-treize qui va revenir si Louis-Philippe tombe.

— Et vous prétendez le renverser ! voilà qui est plaisant. »

Ce futur martyr avait été capitaine de grenadiers dans la garde de Charles X et avait montré beaucoup de bravoure en Espagne et ailleurs. Ces joues pâles ne se coloraient un peu que lorsqu'il était question de l'ancienneté de sa maison, alliée en effet aux Vaudémont, aux Chastellux, aux Lillebonne, à tout ce qu'il y avait de mieux dans la Province. Lucien découvrit une singulière idée qu'avait ce brave gentilhomme. Il croyait son nom connu à Paris et, par une sorte de jalousie instinctive, il était furieux contre les gens qui se font un nom par leurs écrits. On vint à nommer Béranger, on le cita comme un démon puissant qui avait préparé la chute de Charles X.

« Il doit être fier, dit quelqu'un.

— Un peu moins pourtant, je m'imagine, reprit M. d'Hocquincourt avec une sorte d'énergie, que si ses ancêtres avaient suivi saint Louis à la croisade. »

Ce dialogue charmait Lucien, qui avait le double plaisir d'apprendre des choses intéressantes et de n'être pas dupe de qui les racontait. Il fut interrompu brusquement ; Mme de Commercy l'appelait ; elle le présenta formellement à Mme de Serpierre, grande femme sèche et dévote qui avait une fortune très bornée et six filles à marier. Celle qui était assise à ses côtés avait des cheveux d'un blond plus que hasardé, près de cinq pieds quatre pouces, une grande robe blanche et une ceinture verte de six doigts de hauteur, qui marquait admirablement une taille plate et maigre. Ce vert sur le blanc parut horriblement laid à Lucien ; mais ce ne fut point du tout comme homme politique qu'il fut choqué du mauvais goût que l'on a à l'étranger.

« Les cinq autres sœurs sont-elles aussi séduisantes ? » dit-il au docteur en revenant près de lui.

Tout à coup le docteur prit un air de gravité sombre ; sa figure changea comme par l'effet d'un commandement, au grand amusement du sous-lieutenant. Celui-ci se répétait mentalement un commandement ainsi conçu en deux temps : *fripon-sombre !*

Pendant ce temps, Du Poirier parlait longuement de la haute naissance et de la haute vertu de ces demoiselles, choses fort respectables et que Lucien ne songeait nullement à contester. Après une foule de paroles emphatiques, le docteur arriva à sa véritable pensée d'homme adroit :

« A quoi bon mal parler des femmes qui ne sont pas jolies ?

— Ah ! je vous y prends, monsieur le docteur ! voilà une parole imprudente ; c'est vous qui avez dit que Mlle de Serpierre n'est pas jolie, et je puis vous citer. »

Puis, d'un air grave et profond, il ajouta :

« Si je voulais mentir constamment et sur tout, j'irais dîner chez les ministres ; au moins ils peuvent donner des places ou de l'argent ; mais j'ai de l'argent et n'ambitionne pas d'autre place que la mienne. A quoi bon n'ouvrir la bouche que pour mentir, et au fond d'une province, et dans un dîner encore où il n'y a qu'une jolie femme ! C'est trop héroïque pour votre serviteur. »

Après cette sortie, notre héros se mit à suivre à la lettre l'indication du docteur. Il fit une cour assidue à Mme de Serpierre et à sa fille, et il abandonna d'une façon marquée la brillante Mme d'Hocquincourt.

Malgré ses cheveux de mauvais augure, Mme de Serpierre se trouva simple, raisonnable et même pas méchante, ce qui étonna fort Lucien. Après une demi-heure de conversation avec la mère et la fille, il les quitta à regret, pour suivre un conseil que Mme de Serpierre venait de lui donner ; il alla prier Mme de Commercy de le présenter aux autres dames âgées qui étaient dans le salon. Pendant l'ennui de ces conversations, il regardait de loin Mlle de Serpierre et la trouvait infiniment moins choquante. « Tant mieux, se dit-il, mon rôle en sera moins pénible ; il faut me moquer du docteur, mais le croire : je ne puis me tirer d'affaire dans cet enfer qu'en faisant la cour à la vieillesse, à la laideur et au ridicule. Parler souvent à Mme d'Hocquincourt, hélas ! c'est trop de prétention pour moi, inconnu dans cette société et non noble. La réception qu'on me fait aujourd'hui est étonnante de bonté ; il y a là-dessous quelque projet. »

Mme de Serpierre fut si édifiée de la politesse de ce sous-lieutenant, qui, bientôt, revint se placer auprès de sa table de boston, qu'au lieu de lui trouver l'air jacobin et *héros de Juillet* (tel avait été son premier mot sur lui), elle déclara qu'il avait des manières fort distinguées.

« Quel est donc son nom exactement ? » dit-elle à Mme de Commercy. Elle parut horriblement peinée quand la réponse lui donna la fatale certitude que ce nom était bourgeois.

« Pourquoi n'a-t-il pas pris le nom du village où il est né en guise de nom de terre, comme font tous ses pareils ? C'est une attention qu'ils doivent avoir, s'ils veulent être soufferts dans la bonne compagnie. »

L'excellente Théodelinde de Serpierre, à laquelle ce dernier mot était adressé, souffrait, depuis le commencement du dîner, de l'embarras qu'éprouvait Lucien, qui ne pouvait se servir de son bras droit.

Une dame considérable étant entrée, Mme de Serpierre dit à Lucien qu'elle allait le présenter, et, sans attendre sa réponse, elle se mit à lui expliquer l'antiquité de la maison de Furonière, à laquelle appartenait cette dame, qui entendait très bien tout ce qu'on disait d'elle.

« Ceci est bouffon, se dit Lucien, et adressé à moi, qui évidemment ne suis pas noble, qu'on voit pour la première fois et pour lequel on veut être obligeant ! A Paris, nous appellerions cela une maladresse ; mais il y a plus de naturel en province. »

La présentation à Mme de Furonière à peine terminée, Mme de Commercy envoya appeler Lucien pour le présenter encore à une dame qui arrivait. « Autant de visites à faire, se disait Lucien à chaque présentation. Il faut que j'écrive tous ces noms avec quelques détails héraldiques et historiques, sans quoi je les oublierai et je tomberai dans quelque maladresse épouvantable. Le fond de ma conversation avec toutes ces nouvelles connaissances sera de demander à ces dames, parlant à elles-mêmes, de nouveaux détails sur leur noblesse. »

Dès le lendemain, Lucien, en tilbury, et suivi de deux laquais à cheval, alla pour mettre des cartes chez les dames auxquelles il avait eu l'honneur d'être présenté la veille. A son grand étonnement, il fut reçu presque partout ; on voulait le voir de près, et toutes ces dames, qui savaient sa fortune, s'apitoyèrent infiniment sur sa blessure ; lui, fut parfaitement convenable, mais arriva excédé d'ennui chez Mme de Serpierre. Il se consolait un peu en songeant qu'il allait retrouver Mlle Théodelinde, la grande fille de la veille que d'abord il avait trouvée si laide.

Un laquais, vêtu d'un habit de livrée vert clair trop long de six pouces, l'introduisit dans un salon immense assez bien meublé, mais mal éclairé. Toute la famille se leva à son arrivée. « C'est l'effet de leur manie de gesticuler », pensa-t-il ; et quoique d'une taille assez honnête, il se trouva presque le moins grand de la réunion. « Je conçois maintenant l'immensité du salon, pensa-t-il ; la famille n'aurait pas pu tenir dans une pièce ordinaire. »

Le père, vieillard en cheveux blancs, étonna Lucien. C'était exactement, pour le costume et pour les manières, un *père noble* d'une troupe de comédiens de province. Il portait la croix de Saint-Louis suspendue à un très long ruban, avec un large liséré blanc indiquant apparemment l'ordre du Lis. Il parlait fort bien et avec une sorte de grâce, celle qui convient à un gentilhomme de soixante et douze ans. Tout alla à merveille jusqu'au moment, où, en parlant de sa vie passée, il dit à Lucien qu'il avait été lieutenant du roi à Colmar.

A ce mot, Lucien fut saisi d'un sentiment d'horreur, que sa physionomie simple et bonne dut trahir à son insu, car le vieil officier se hâta de faire entendre, mais d'un air honnête et nullement piqué, qu'il était absent lors de l'affaire du colonel Caron.

Cette émotion vive fit oublier à Lucien tous ses projets ; il était venu fort disposé à se moquer de ces sœurs aux cheveux rouges et à la taille de grenadier, et de cette mère toujours fâchée, toujours blâmant, et, avec ce bon petit caractère, cherchant à marier toutes ses filles.

Le mot honnête du vieil officier sur l'affaire de Colmar sanctifia toute la maison ; dès ce moment, il n'y eut plus là de ridicule à ses yeux.

Le lecteur bénévole est prié de considérer que notre héros est fort jeune, fort neuf et dénué de toute expérience ; tout cela ne nous empêche pas d'éprouver un sentiment pénible en nous voyant forcé d'avouer qu'il avait encore la faiblesse de s'indigner pour des choses politiques. C'était à cette époque une âme naïve et s'ignorant elle-même ; ce n'était pas du tout une tête forte, ou un homme d'esprit, se hâtant de tout juger d'une façon tranchante. Le salon de sa mère, où l'on se moquait de tout, lui avait appris à persifler l'hypocrisie et à la deviner assez bien ; mais, du reste, il ne savait pas ce qu'il serait un jour.

Lorsque, à quinze ans, il commença à lire les journaux, la mystification qui finit par la mort du colonel Caron était la dernière grande action du gouvernement d'alors ; elle servait de texte à tous les journaux de l'opposition. Cette coquinerie célèbre était, de plus, fort intelligible pour un enfant, et il en possédait tous les détails, comme s'il se fût agi d'une démonstration géométrique.

Revenu du moment de saisissement causé par le mot *Colmar*, Lucien observa avec intérêt M. de Serpierre. C'était un beau vieillard de cinq pieds huit pouces et se tenant fort droit ; de beaux cheveux blancs lui donnaient une mine tout à fait patriarcale. Il portait, en intimité, dans sa famille, un ancien habit bleu-de-roi, à collet droit et coupe toute militaire. « C'est apparemment pour l'user », se dit Lucien. Cette réflexion le toucha profondément. Il était accoutumé aux vieillards coquets de Paris. L'absence d'affectation et la conversation sage et nourrie de faits de M. de Serpierre achevèrent la conquête de Lucien ; l'absence d'affectation surtout lui parut chose incroyable en province.

Pendant une grande partie de la visite, Lucien avait fait beaucoup plus d'attention à ce brave militaire, qui lui contait longuement ses campagnes de l'*émigration* et les injustices des généraux autrichiens, cherchant à faire écraser les corps d'émigrés, qu'aux six grandes filles qui l'entouraient. « Il faut cependant s'occuper d'elles », se dit-il enfin. Ces demoiselles travaillaient autour d'une lampe unique ; car, cette année-là, l'huile était chère.

Leur manière de parler était simple. « On dirait, pensa Lucien, qu'elles demandent pardon de n'être pas jolies. »

Elles ne parlaient point trop haut ; elles ne penchaient point la tête sur l'épaule aux moments intéressants de leurs discours ; on ne les voyait point constamment occupées de l'effet produit sur les assistants ; elles ne donnaient pas de détails étendus sur la rareté ou le lieu de fabrique de l'étoffe dont leur robe était faite ; elles n'appelaient point un tableau *une grande page historique*, etc., etc. En un mot, sans la figure sèche et méchante de Mme de Serpierre la mère, Lucien eût été complètement heureux et bonhomme ce soir-là, et encore il oublia bien vite ses remarques ; ce fut avec un plaisir vrai qu'il parla avec Mlle Théodelinde.

CHAPITRE XI

Pendant cette visite, qui devait être de vingt minutes et qui dura deux heures, Lucien n'entendit d'autres propos désagréables que quelques mots haineux de Mme de Serpierre. Cette dame avait de grands traits flétris et imposants, mais immobiles. Ses grands yeux ternes et impassibles suivaient tous les mouvements de Lucien et le glaçaient. « Dieu ! quel être ! » se dit-il.

Par politesse, Lucien abandonnait de temps à autre le cercle formé par les demoiselles de Serpierre autour de la lampe, pour causer avec l'ancien lieutenant du roi. Celui-ci aimait à expliquer qu'il n'y avait de repos et de tranquillité pour la France qu'à la condition de remettre précisément toutes choses sur le pied où elles se trouvaient en 1786.

« Ce fut le commencement de notre décadence, répéta plusieurs fois le bon vieillard ; *inde mali labes*. »

Rien n'était plus plaisant, aux yeux de Lucien, qui croyait que c'était précisément à compter de 1786 que la France avait commencé à sortir un peu de la barbarie où elle est encore à demi plongée.

Quatre ou cinq jeunes gens, sans doute nobles, parurent successivement dans le salon. Lucien remarqua qu'ils prenaient des poses et s'appuyaient élégamment d'un bras à la cheminée de marbre noir, ou à une console dorée placée entre deux croisées. Quand ils abandonnaient une de ces poses gracieuses pour en prendre une autre non moins gracieuse, ils se mouvaient rapidement et presque avec violence, comme s'ils eussent obéi à un commandement militaire.

Lucien se disait : « Ces façons de se mouvoir sont peut-être nécessaires pour plaire aux demoiselles de province », lorsqu'il fut arraché aux considérations philosophiques par la nécessité de s'apercevoir que ces beaux messieurs à poses académiques cherchaient à lui témoigner beaucoup d'éloignement, ce qu'il essaya de leur rendre au centuple.

« Est-ce que vous seriez fâché ? » lui dit Mlle Théodelinde en passant près de lui.

Il y avait tant de simplicité et de bon naturel dans cette question, que Lucien répondit avec la même candeur :

« Si peu fâché, que je vais vous prier de me dire les noms de ces beaux messieurs, qui, si je ne me trompe, cherchent à vous plaire. Ainsi c'est peut-être à vos beaux yeux que je dois les marques d'éloignement dont ils m'honnorent en ce moment.

— Ce jeune homme qui parle à ma mère est M. de Lanfort.

— Il est fort bien, et celui-là a l'air civilisé ; mais ce monsieur qui s'appuie à la cheminée avec un air si terrible ?

— C'est M. Ludwig Roller, ancien officier de cavalerie. Les deux voisins sont ses frères, également officiers démissionnaires après la Révolution de 1830. Ces messieurs n'ont pas de fortune ; leurs appointements leur étaient nécessaires. Maintenant ils ont un cheval entre eux trois ; et, d'ailleurs, leur conversation est singulièrement appauvrie. Ils ne peuvent plus parler de ce que vous appelez, vous autres messieurs les militaires, le harnachement, la masse de linge et chaussures, et autres choses amusantes. Ils n'ont plus l'espoir de devenir maréchal de France, comme le maréchal de Larnac, qui fut le trisaïeul d'une de leurs grand-mères.

— Votre description les rend aimables à mes yeux ; et ce gros garçon, court et épais, qui me regarde de temps à autre d'un air si supérieur et en soufflant dans ses joues comme un sanglier ?

— Comment ! vous ne le connaissez pas ? C'est M. le marquis de Sanréal, le gentilhomme le plus riche de la province. »

La conversation de Lucien avec Mlle Théodelinde était fort animée ; c'est pourquoi elle fut interrompue par M. de Sanréal qui, contrarié de l'air heureux de Lucien, s'approcha de Mlle Théodelinde et lui parla à demi bas, sans faire la moindre attention à Lucien.

En province tout est permis à un homme riche et non marié.

Lucien fut rappelé aux convenances par cet acte de demi-hostilité. L'antique pendule attachée à la muraille, à huit pieds de hauteur, avait un cadran d'étain tellement découpé, que l'on ne pouvait voir ni l'heure, ni les aiguilles ; elle sonna, et Lucien vit qu'il était depuis deux grandes heures chez les Serpierre. Il sortit.

« Voyons, se dit-il, si j'ai ces préjugés aristocratiques dont mon père se moque tant tous les jours. » Il alla chez Mme Berchu ; il y trouva le préfet, qui achevait sa partie de boston.

En voyant entrer Lucien, M. Berchu père dit à sa femme, personne énorme de cinquante à soixante ans :

« Ma petite, offre une tasse de thé à M. Leuwen. »

Comme Mme Berchu n'écoutait pas, M. Berchu répéta deux fois sa phrase avec *ma petite*.

« Est-ce ma faute, pensait Lucien, si ces gens-là me donnent envie de rire ? » La tasse de thé prise, il alla admirer une robe vraiment jolie que Mlle Sylviane portait ce soir-là. C'était une étoffe d'Alger, qui avait des raies fort larges, marron, je crois, et jaune pâle ; à la lumière ces couleurs faisaient fort bien.

La belle Sylviane répondit à l'admiration de Lucien par

une histoire fort détaillée de cette robe singulière ; elle venait d'Alger ; il y avait longtemps que Mlle Sylviane l'avait dans son *armoire*, etc., etc. La belle Sylviane, ne se souvenant plus de sa taille un peu colossale, ne manquait pas de pencher la tête aux endroits les plus intéressants de cette histoire touchante. « Les belles formes ! » se disait Lucien pour prendre patience. « Sans doute Mlle Sylviane aurait pu figurer comme une de ces *déesses de la Raison* de 1793 dont M. de Serpierre vient de nous faire aussi la longue histoire. Mlle Sylviane aurait été toute fière de se voir promener sur un brancard, portée par huit ou dix hommes, par les rues de la ville. »

L'histoire de la robe rayée terminée, Lucien ne se sentit plus le courage de parler. Il écouta M. le préfet, qui répétait avec une fatuité bien lourde un article des *Débats* de la veille. « Ces gens-là professent, et ne font jamais de conversation, pensait Lucien. Si je m'assieds, je m'endors ; il faut fuir pendant que j'en ai encore la force. » Il regarda sa montre dans l'antichambre ; il n'était resté que vingt minutes chez Mme Berchu.

Afin de n'oublier aucune de ses nouvelles connaissances et surtout pour ne pas les confondre entre elles, ce qui eût été déplorable, avec des amours-propres de province, Lucien prit le parti de faire une liste de ses amis de fraîche date. Il la divisa d'après les rangs, comme celles que les journaux anglais donnent au public pour les bals d'Almack. Voici cette liste :

« Mme la comtesse de Commercy, maison de Lorraine.

« M. le marquis et Mme la marquise de Puylaurens.

« M. de Lanfort, citant Voltaire et répétant les raisonnements de Du Poirier sur le Code civil et les partages.

« M. le marquis et Mme la marquise de Sauve-d'Hocquincourt ; M. d'Antin, ami de madame. Le marquis, homme très brave, mourant habituellement de peur.

« Le marquis de Sanréal, court, épais, incroyable de fatuité, et cent mille livres de rente.

« Le marquis de Pontlevé et sa fille, Mme de Chasteller, le meilleur parti de la province, des millions et l'objet des vœux de MM. de Blancet, de Goello, etc., etc. On m'avertit que Mme de Chasteller ne voudra jamais me recevoir à cause de ma cocarde : il faudrait pouvoir y aller en habit bourgeois.

« La comtesse de Marcilly, veuve d'un cordon rouge ; un bisaïeul, maréchal de France.

« Les trois comtes Roller : Ludwig, Sigismond et André, braves officiers, chasseurs déterminés et fort mécontents. Les trois frères disent exactement les mêmes choses. Ludwig a l'air terrible, et me regarde de travers.

« Comte de Vassigny, ancien lieutenant-colonel, homme de sens et d'esprit ; tâcher de me lier avec lui. Ameublement de bon goût, valets bien tenus.

« Comte Génévray, petit bonhomme de dix-neuf ans, gros et trop serré dans un habit toujours trop étroit ; moustaches noires, répétant tous les soirs deux fois que sans *légitimité*, il n'y a pas de bonheur pour la France ; bon diable au fond ; beaux cheveux.

« Êtres que je connais, mais avec lesquels il faut éviter toute conversation particulière, car une première oblige à vingt autres, et ils parlent comme le journal de la veille :

« M. et Mme de Louvalle, Mme de Saint-Cyran ; M. de Bernheim, MM. de Jaurey, de Vaupoil, de Serdan, de Pouly, de Saint-Vincent, de Pelletier-Luzy, de Vinaert, de Charlemont », etc., etc.

C'est au milieu de tout cela que Lucien vivait. Il était bien rare qu'il passât une journée sans voir le docteur, et, même dans le monde, ce terrible docteur lui adressait souvent ses improvisations passionnées.

Lucien était si neuf, qu'il ne s'étonnait ni de l'excellente réception que lui faisait la bonne compagnie de Nancy (à l'exception des jeunes gens), ni de la constance de Du Poirier à le cultiver et à le protéger.

Au milieu de son éloquence passionnée et insolente, Du Poirier était un homme d'une timidité singulière ; il ne connaissait pas Paris et se faisait un monstre de la vie qu'on y menait ; cependant il brûlait d'y aller. Ses correspondants lui avaient appris, depuis longtemps, bien des choses sur M. Leuwen père. « Dans cette maison, se disait-il, je trouverai un excellent dîner gratis, des hommes considérables, à qui je pourrai parler et qui me protégeront en cas de malheur. Au moyen des Leuwen je ne serai pas isolé dans cette Babylone. Ce petit jeune homme écrit tout à ses parents ; ils savent déjà sans doute que je le protège ici. »

Mmes de Marcilly et de Commercy, âgées l'une et l'autre de bien plus de soixante ans, et chez lesquelles Lucien eut le bon esprit de se laisser fort souvent inviter à dîner, l'avaient présenté à toute la ville. Lucien suivait à la lettre les conseils que lui donnait Mlle Théodelinde.

Il n'eut pas passé huit jours dans la bonne compagnie qu'il s'aperçut qu'elle était déchirée par un schisme violent.

D'abord on eut honte de cette division, et on voulut la cacher à un étranger, mais l'animosité et la passion l'emportèrent ; car c'est là un des bonheurs de la province : on y a encore de la *passion*.

M. de Vassigny et les gens raisonnables croyaient vivre sous le règne de Henri V, tandis que Sanréal, Ludwig Roller et les plus ardents n'admettaient pas les abdications de Rambouillet et attendaient le règne de Louis XIX après la fin de celui de Charles X.

Lucien allait souvent à ce qu'on appelait l'hôtel de Puylaurens ; c'était une grande maison située à l'extrémité d'un faubourg occupé par des tanneurs et dans le voisinage d'une rivière de douze pieds de large, et fort odoriférante.

Au-dessus de petites fenêtres carrées, éclairant des remises et écuries, on voyait régner une longue file de grandes croisées, avec de petits toits en tuile au-dessus de chacune d'elles, ces petits toits destinés à garantir les verres de Bohême. Préservés ainsi de la pluie, depuis vingt ans, peut-être, ils n'avaient pas été lavés, et donnaient à l'intérieur une lumière jaune.

Dans la plus triste des chambres éclairées par ces vitres sales, on trouvait, devant un ancien bureau de Boule, un grand homme sec, portant, par principe politique, de la poudre et une queue ; car il avouait souvent et avec plaisir que les cheveux courts et sans poudre étaient bien plus commodes. Ce martyr des bons principes était fort âgé, et s'appelait le marquis de Puylaurens. Durant l'émigration, il avait été le compagnon fidèle d'un auguste personnage ; quand ce personnage fut tout-puissant, on lui fit honte de ne rien faire pour un homme que ses courtisans appelaient *un ami de trente ans*. Enfin, après bien des sollicitations, que M. de Puylaurens trouva souvent fort humiliantes, il fut nommé receveur général des finances à...

Depuis l'époque de ces sollicitations désagréables et aboutissant à un emploi de *finances*, M. de Puylaurens, outré contre la famille à laquelle il avait consacré sa vie, voyait tout en noir. Mais ses principes étaient restés purs et il eût, comme devant, sacrifié sa vie pour eux. « Ce n'est pas parce qu'il est homme aimable, répétait-il souvent, que Charles X est notre roi. Aimable ou non, il est fils du

Dauphin, qui était le fils de Louis XV : il suffit. » Il ajoutait, en petit comité : « Est-ce la faute de la *légitimité* si le légitime est un imbécile ? Est-ce que mon fermier sera dégagé du devoir de me payer le prix de sa ferme par la raison que je suis un sot ou un ingrat ? » M. de Puylaurens abhorrait Louis XVIII. « Cet égoïste *énorme*, répétait-il souvent, a donné une sorte de *légitimité* à la Révolution. Par lui, la révolte a un argument plausible, ridicule pour nous, ajoutait-il, mais qui peut entraîner les faibles. Oui, monsieur, disait-il à Lucien le lendemain du jour où celui-ci avait été présenté, la couronne étant un bien et une jouissance viagère, rien de ce que fait le détenteur actuel ne peut obliger le successeur, pas même le serment ; car ce serment, quand il le prêta, il était sujet et ne pouvait rien refuser au roi. »

Lucien écoutait ces choses et bien d'autres encore d'un air fort attentif et même respectueux, comme il convient à un jeune homme ; mais il avait grand soin que son air poli n'allât point jusqu'à l'approbation. « Moi, plébéien et libéral, je ne puis être quelque chose, au milieu de toutes ces vanités, que par la résistance. »

Quand Du Poirier se trouvait présent, il enlevait, sans façon, la parole au marquis. « La suite de tant de belles choses, disait-il, c'est que l'on en viendra à partager toutes les propriétés d'une commune également entre tous les habitants. En attendant ce but final de tous les *libéraux*, le Code civil se charge de faire de petits bourgeois de tous *nos enfants*. Quelle noble fortune pourrait se soutenir avec ce partage continu, à la mort de chaque père de famille ? Ce n'est pas tout ; l'armée nous restait pour nos cadets ; mais, comme ce Code civil, que j'appellerai, moi, infernal, prêche l'égalité dans les fortunes, la conscription porte le principe de l'égalité dans l'armée ; l'avancement est platement donné par une loi ; rien ne dépend plus de la faveur du monarque ; donc, à quoi bon plaire au roi ? Or, monsieur, du moment où l'on fait cette question, il n'y a plus de monarchie. Que vois-je d'un autre côté ? Absence de grandes fortunes héréditaires et par là encore point de monarchie. Il ne nous reste donc que la religion chez le paysan ; car, point de religion, point de respect pour l'homme riche et noble, un esprit d'examen infernal ; et, au lieu du respect, de l'*envie* ; et, à la moindre prétendue injustice, de la révolte. » Le marquis de Puylaurens reprenait alors : « Donc, il n'y a de ressource que dans le rappel des jésuites, et auxquels, pendant quarante ans, l'on donnera, par une loi, la dictature de l'éducation. »

Le plaisant, c'est qu'en soutenant ces opinions, le marquis se disait et se croyait patriote ; en cela bien inférieur au vieux coquin de Du Poirier, qui, sortant de chez M. de Puylaurens, dit un jour à Lucien :

« Un homme naît duc, millionnaire, pair de France ; ce n'est pas à lui à examiner si sa position est conforme ou non à la vertu, au bonheur général et autres belles choses. Elle est bonne, cette position ; donc il doit tout faire pour la soutenir et l'améliorer, autrement l'opinion le méprise comme un lâche ou un sot. »

Écouter de tels discours d'un air attentif et très poli, ne jamais bâiller quelque long et éloquent qu'en fût le développement, tel était le devoir *sine qua non* de Lucien, tel était le prix de la grâce extrême que lui avait faite la bonne compagnie de Nancy en l'admettant dans son sein. « Il faut convenir, se disait-il un soir en regagnant son logement et dormant presque debout dans la rue, il faut convenir que des gens cent fois plus nobles que moi daignent m'adresser la parole avec les formes les plus nobles et les plus flatteuses, mais ils m'assomment, les cruels ! Je n'y puis plus tenir. Je puis, il est vrai, en rentrant chez moi, monter au second, chez M. Bonard, mon hôte ; j'y trouverai peut-être son neveu Gauthier. C'est un honnête homme par excellence, qui va me jeter à la tête, dès l'abord, des vérités incontestables, mais relatives à des objets peu amusants, et avec des formes dont la simplicité admet quelquefois la rudesse, dans les moments de vivacité. Et que me ferait à moi la rudesse ? Elles admettent le bâillement.

« Mon sort est-il donc de passer ma vie entre des légitimistes fous, égoïstes et polis, adorant le passé, et des républicains fous, généreux et ennuyeux, adorant l'avenir ? Maintenant, je comprends mon père, quand il s'écrie : « Que ne suis-je né en 1710, avec cinquante mille livres de rente ! »

Les beaux raisonnements que Lucien endurait tous les soirs et que le lecteur n'a endurés qu'une fois étaient la profession de foi de tout ce qui, dans la noblesse de Nancy et de la province, s'élevait un peu au-dessus des innocentes répétitions des articles de *La Quotidienne*, de *La Gazette de France*, etc., etc. Après un mois de patience, Lucien arriva à trouver réellement intolérable la société de ces grands et nobles propriétaires, parlant toujours comme si eux seuls existaient au monde, et ne parlant jamais que de haute politique, ou du prix des avoines.

Cet ennui n'avait qu'une exception : Lucien était tout joyeux quand, arrivant à l'hôtel de Puylaurens, il était reçu par la marquise. C'était une grande femme de trente-quatre ou trente-cinq ans, peut-être davantage, qui avait des yeux superbes, une peau magnifique, et, de plus, l'air de se moquer fort de toutes les théories du monde. Elle contait à ravir, donnait des ridicules à pleines mains et presque sans distinction de parti. Elle frappait juste en général, et l'on riait toujours dans le groupe où elle était. Volontiers Lucien en eût été amoureux ; mais la place était prise, et la grande occupation de Mme de Puylaurens était de se moquer d'un fort aimable jeune homme, nommé M. de Lanfort. Les plaisanteries étaient sur le ton de l'intimité la plus tendre ; mais personne ne s'en scanda-lisait « Voici encore un des avantages de la province », se disait Lucien. Du reste, il aimait beaucoup à rencontrer M. de Lanfort ; c'était presque le seul de tous les *natifs* qui ne parlât pas trop haut.

Lucien s'attacha à la marquise, et, au bout de quinze jours, elle lui sembla jolie. On trouvait chez elle un mélange piquant de la vivacité des sensations de la pro-vince et de l'urbanité de Paris. C'était, en effet, à la cour de Charles X qu'elle avait achevé son éducation, pendant que son mari était receveur général dans un département assez éloigné.

Pour plaire à son mari et à son parti, Mme de Puylau-rens allait à l'église deux ou trois fois le jour ; mais, dès qu'elle y était entrée, le temple du Seigneur devenait un salon ; Lucien plaçait sa chaise le plus près possible de Mme de Puylaurens, et trouvait ainsi le secret de faire la cour aux exigences de la bonne compagnie avec le moins d'ennui possible.

Un jour que la marquise riait trop haut depuis dix minutes avec ses voisins, un prêtre s'approcha et voulut hasarder des représentations.

« Il me semblerait, madame la marquise, que la maison de Dieu...

— Est-ce à moi, par hasard, que s'adresse ce *madame* ? Je vous trouve plaisant, mon petit abbé ! Votre office est de sauver nos âmes, et vous êtes tous si éloquents, que si nous ne venions pas chez vous par principe, vous n'auriez pas un chat. Vous pouvez parler tant qu'il vous plaira dans votre chaire ; mais souvenez-vous que votre devoir est de répondre quand je vous interroge ; monsieur votre père, qui était laquais de ma belle-mère, aurait dû mieux vous instruire. »

Un rire général, quoique contenu, suivit cet avis charitable. Cela fut plaisant, et Lucien ne perdit pas une nuance de cette petite scène. Mais, par compensation, il l'entendit raconter au moins cent fois.

Il arriva une grande brouille entre Mme de Puylaurens et M. de Lanfort ; Lucien redoubla d'assiduité. Rien n'était plus plaisant que les sorties de deux parties belligérantes, qui continuaient à se voir chaque jour ; leur manière d'être ensemble faisait la nouvelle de Nancy.

Lucien sortait souvent de l'hôtel de Puylaurens avec M. de Lanfort : il s'établit entre eux une sorte d'intimité. M. de Lanfort était heureusement né, et, d'ailleurs, ne regrettait rien. Il se trouvait capitaine de cavalerie à la Révolution de 1830, et avait été ravi de l'occasion de quitter un métier qui l'ennuyait.

Un matin qu'il sortait, avec Lucien, de l'hôtel de Puylaurens, où il venait d'être fort maltraité et publiquement :

« Pour rien au monde, lui disait-il, je ne m'exposerais à égorger des tisserands ou des tanneurs, comme c'est votre affaire, par le temps qui court.

— Il faut avouer que le service ne vaut rien depuis Napoléon, répondit Lucien. Sous Charles X, vous étiez obligé de faire les agents provocateurs, comme à Colmar dans l'affaire Caron, ou d'aller en Espagne prendre le général Riego, pour le laisser pendre par le roi Ferdinand. Il faut convenir que ces belles choses ne conviennent guère à des gens tels que vous et moi.

— Il fallait vivre sous Louis XIV ; on passait son temps à la cour, dans la meilleure compagnie du monde, avec Mme de Sévigné, M. le duc de Villeroy, M. le duc de Saint-Simon, et l'on n'était avec les soldats que pour les conduire au feu et accrocher de la gloire, s'il y en avait.

— Oui, fort bien pour vous, M. le marquis, mais, moi, sous Louis XIV, je n'eusse été qu'un marchand, tout au plus un Samuel Bernard au petit pied. »

Le marquis de Sanréal les accosta, à leur grand regret, et la conversation prit un cours tout différent. On parla de la sécheresse qui allait ruiner les propriétaires des prairies non arrosées ; on se jeta dans la discussion de la nécessité d'un canal, qui irait prendre les eaux dans les bois de Baccarat.

Lucien n'avait d'autre consolation que d'examiner de près le Sanréal ; c'était à ses yeux le vrai type du grand propriétaire de province. Sanréal était un petit homme de trente-trois ans, avec des cheveux d'un noir sale, et d'une taille épaisse. Il affectait toutes sortes de choses et, par-dessus tout la bonhomie et le sans-façon ; mais sans renoncer pour cela, tant s'en faut, à la finesse et à l'esprit. Ce mélange de prétentions opposées, mis en lumière par une fortune énorme pour la province et une assurance correspondante, en faisait un sot singulier. Il n'était pas précisément sans idées, mais vain et prétentieux au possible, à se faire jeter par la fenêtre, surtout quand il visait particulièrement à l'esprit.

S'il vous prenait la main, une de ses gentillesses était de la serrer à vous faire crier ; il criait lui-même à tue-tête par plaisanterie, quand il n'avait rien à dire. Il outrait avec soin toutes les modes qui montrent la bonhomie et le laisser-aller, et l'on voyait qu'il se répétait cent fois le jour : « Je suis le plus grand propriétaire de la province, et, partant, je dois être autrement qu'un autre. »

Si un portefaix faisait une difficulté à un de ses gens dans la rue, il s'élançait en courant pour aller vider la querelle, et il eût volontiers tué le portefaix. Son grand titre de gloire, ce qui le plaçait à la tête des hommes énergiques et *bien pensants* de la province, c'était d'avoir arrêté de sa main un des malheureux paysans, fusillés sans savoir pourquoi, par ordre des Bourbons, à la suite d'une des conspirations, ou plutôt des émeutes qui éclatèrent sous leur règne. Lucien n'apprit ce détail que beaucoup plus tard. Le parti du marquis de Sanréal en avait honte pour lui, et lui-même, étonné de ce qu'il avait fait, commençait à douter qu'un gentilhomme, grand propriétaire, dût remplir l'office de gendarme, et, pire encore, choisir un malheureux paysan au milieu d'une foule pour le faire fusiller en quelque sorte sans jugement et après une simple comparution devant une commission militaire.

Le marquis, en cela seulement semblable aux aimables marquis de la Régence, était à peu près complètement ivre tous les jours, dès midi ou une heure ; or il était deux heures quand il accosta M. de Lanfort. Dans cette position, il parlait continuellement, et était le héros de tous ses contes. « Celui-ci ne manque pas d'énergie et ne tendrait pas le cou à la hache de 93, comme les d'Hocquincourt, ces moutons dévots », se dit Lucien.

Le marquis de Sanréal tenait table ouverte soir et matin, et, en parlant de politique, ne descendait jamais des hauteurs de la plus emphatique énergie. Il avait ses raisons pour cela ; il savait par cœur une vingtaine de phrases de M. de Chateaubriand ; celle, entre autres, sur le bourreau et les six autres personnes nécessaires pour gouverner le département.

Pour se soutenir à ce degré d'éloquence, il avait toujours sur une petite table d'acajou, placée à côté de son fauteuil, une bouteille de *Cognac*, quelques lettres d'outre-Rhin, et un numéro de la *France*, journal qui combat les abdications de Rambouillet en 1830. Personne n'entrait chez Sanréal sans boire à la santé du roi et de son héritier légitime, Louis XIX.

« Parbleu, monsieur, s'écria Sanréal, en se tournant vers Lucien, peut-être un jour ferons-nous le coup de fusil ensemble, si jamais les grands légitimistes de Paris ont l'esprit de secouer le joug des avocats. »

Lucien répondit d'une façon qui eut le bonheur de plaire au marquis plus qu'à demi ivre, et, à partir de cette matinée, qui se termina par du vin brûlé, dans le café *ultra* de la ville, Sanréal s'accoutuma tout à fait à Lucien.

Mais cet héroïque marquis avait des inconvénients : il n'entendait jamais nommer Louis-Philippe sans lancer d'une voix singulière et glapissante ce simple mot : *voleur*. C'était là son trait d'esprit, qui, à chaque fois, faisait rire à gorge déployée la plupart des nobles dames de Nancy, et cela dix fois dans une soirée. Lucien fut choqué de l'éternelle répétition et de l'éternelle gaieté.

CHAPITRE XII

C'est après avoir observé soixante ou quatre-vingts fois l'effet électrique de cette ingénieuse plaisanterie que Lucien se dit : « Je serais bien dupe de dire un mot de ce que je pense à ces comédiens de campagne ; tout, chez eux, même le rire, est une affectation ; jusque dans les moments les plus gais, ils songent à 93. »

Cette observation fut décisive pour le succès de notre

héros. Quelques mots trop sincères avaient déjà nui à l'engouement dont il commençait à être l'objet. Dès qu'il mentit à tout venant, comme chantait la cigale, l'engouement reprit de plus belle ; mais aussi, avec le naturel, le plaisir s'envola. Par une triste compensation, avec la prudence l'ennui commença pour Lucien. A la vue de chacun des nobles amis de Mme la comtesse de Commercy, il savait d'avance ce qu'il fallait dire et les réponses qui allaient suivre. Les plus aimables de ces messieurs n'avaient guère que huit ou dix plaisanteries à leur usage, et l'on peut juger de leur agrément par le mot du marquis de Sanréal, qui passait pour l'un des plus gais.

Au reste, l'ennui est si douloureux, même en province, même aux gens chargés de le distribuer le plus abondamment, que les vaniteux gentilshommes de Nancy aimaient assez à parler à Lucien et à s'arrêter dans la rue avec lui. Ce bourgeois, qui *pensait* assez bien malgré les millions de son père, faisait nouveauté. D'ailleurs, Mme de Puylaurens avait déclaré qu'il avait beaucoup d'esprit. Ce fut le premier succès de Lucien. Dans le fait, il était un peu moins neuf qu'à son départ de Paris.

Parmi les personnes qui s'attachèrent à lui, celle qu'il distinguait le plus était, sans comparaison, le colonel comte de Vassigny. C'était un grand homme blond, jeune encore, quoique fort ridé, qui avait l'air sage et non pas froid. Il avait été blessé en juillet 1830, et n'abusait pas trop de cet immense avantage. Rentré à Nancy, il avait eu le malheur d'inspirer une grande passion à la petite Mme de Ville-Belle, remplie d'esprit appris, et avec des yeux fort beaux, mais où brillait une ardeur désagréable et de mauvaise compagnie. Elle dominait M. de Vassigny, le vexait, l'empêchait d'aller à Paris, pays que sa curiosité brûlait de revoir et surtout voulait qu'il fît de Lucien son ami intime. M. de Vassigny venait chercher Lucien chez lui. « C'est trop d'honneur, pensait celui-ci ; mais que me restera-t-il en ce pays, si je n'ai pas du moins un peu de solitude chez moi ? » Enfin, Lucien s'aperçut qu'après l'avoir suffisamment *dulcifié* par les compliments les plus flatteurs et les mieux faits, le comte l'accablait de questions. Lucien tâchait de répondre en Normand, pour s'amuser un peu pendant ses visites si longues ; car le temps semble ne pas marcher à ces provinciaux, même aux plus polis ; une visite de deux heures est chose commune.

« Quelle est bien la profondeur du fossé creusé entre le palais des Tuileries et le jardin ? lui disait un jour le comte de Vassigny.

— Je l'ignore, répondit Lucien ; mais cela me paraît difficile à franchir les armes à la main.

— Quoi ! s'agirait-il de douze ou quinze pieds de profondeur ? Mais l'eau de la Seine pénétrerait au fond de ce fossé.

— Vous m'y faites penser... Il me semble que le fond est toujours humide ; mais peut-être aussi n'a-t-il que trois ou quatre pieds de profondeur. Je n'ai jamais songé à reconnaître ce fossé ; j'en ai cependant entendu parler comme d'une défense militaire. »

Et, pendant vingt minutes, Lucien chercha à s'amuser par ces propos ambigus.

Un jour, Lucien vit Mme d'Hocquincourt excédée de M. d'Antin. Ce bon jeune homme, si Français, si insouciant de l'avenir, si disposé à plaire, si enclin à la gaieté, était, ce jour-là, fou d'amour et de tendre mélancolie ; il avait perdu la tête, au point de chercher à être plus aimable qu'à l'ordinaire. Au lieu de comprendre les invitations polies d'aller se promener quelques instants et de revenir plus tard que Mme d'Hocquincourt lui adressait, M. d'Antin se bornait à arpenter le salon.

« J'ai grande envie, madame, lui dit Lucien, de vous faire cadeau d'une petite gravure anglaise, arrangée dans un cadre gothique délicieux ; je vous demanderai la permission de la placer dans votre salon, et, le jour où je ne la verrai plus à sa place ordinaire, pour vous marquer tout mon dépit d'une action aussi noire, je ne mettrai plus les pieds chez vous.

— C'est que vous êtes un homme d'esprit, vous, lui répondit-elle en riant ; vous n'êtes pas assez bête pour devenir amoureux... Grand Dieu ! peut-on voir rien de plus ennuyeux que l'amour ?... »

Mais de tels mots étaient rares pour le pauvre Lucien ; sa vie devenait bien terne et bien monotone. Il avait pénétré dans les salons de Nancy, il avait des domestiques avec des livrées charmantes ; son tilbury et sa calèche, que sa mère avait fait venir de Londres, pouvaient le disputer, par leur fraîcheur, aux équipages de M. de Sanréal et des plus riches propriétaires du pays ; il avait eu l'agrément d'adresser à son père des anecdotes sur les premières maisons de Nancy. Et, avec tout cela, il était aussi ennuyé, pour le moins, que lorsqu'il passait ses soirées à se promener dans les rues de Nancy, sans connaître personne.

Souvent, sur le point de monter dans une maison, il s'arrêtait dans la rue, avant de s'exposer au supplice de ces cris qui allaient lui percer l'oreille. « Monterai-je ? » se disait-il. Quelquefois même, de la rue, il entendait ces cris. Le provincial dissertant est terrible dans sa détresse ; quand il n'a plus rien à dire, il a recours à la force de ses poumons ; il en paraît fier, et avec raison ; car, par là, fort souvent, il l'emporte sur son adversaire et le réduit au silence.

« L'ultra de Paris est apprivoisé, se disait Lucien ; mais, ici, je le trouve à l'état de nature : c'est une espèce terrible, bruyante, *injuriante*, accoutumée à n'être jamais contredite, parlant trois quarts d'heure avec la même phrase. Les ultra les plus insupportables de Paris, ceux qui font déserter le salon de Mme Grandet, ici seraient des gens de bonne compagnie, modérés, parlant d'un ton de voix convenable. »

L'inconvénient de parler haut était le pire pour Julien ; il ne pouvait s'y faire. « Je devrais les étudier comme on étudie l'histoire naturelle. M. Cuvier nous disait, au Jardin des Plantes, qu'étudier avec méthode, en notant avec soin les différences et les ressemblances, était un moyen sûr de se guérir du dégoût qu'inspirent les vers, les insectes, les crabes hideux de la mer », etc., etc.

Quand Lucien rencontrait un de ses nouveaux amis, il ne pouvait guère se dispenser de s'arrêter avec lui dans la rue. Là, on se regardait, on ne savait que dire, on parlait de la chaleur et du froid, etc. ; car le provincial ne lit guère que les journaux, et, passé l'heure de la discussion sur le journal, il ne sait que dire. « Vraiment, ici c'est un malheur que d'avoir de la fortune, pensait Lucien ; les riches sont plus désoccupés que les autres, et, par là, en apparence, plus méchants. Ils passent leur vie à examiner avec un microscope les actions de leurs voisins ; ils ne connaissent d'autres remèdes à l'ennui que d'être ainsi les espions les uns des autres, et c'est ce qui, pendant les premiers mois, dérobe un peu à l'étranger la stérilité de leur esprit. Quand le mari s'apprête à faire à cet étranger une histoire connue de sa femme et de ses enfants, on voit ceux-ci brûlant de prendre la parole et de la voler à leur père, pour narrer eux-mêmes le conte ; et, souvent, sous prétexte d'ajouter une nouvelle circonstance oubliée, ils recommencent l'histoire. »

Quelquefois, de guerre lasse, au lieu de faire sa toilette en descendant de cheval et d'aller boire dans la noble société, Lucien restait à boire un verre de bière avec son hôte M. Bonard.

« J'irais offrir cent louis à M. le préfet lui-même, disait un jour Lucien à ce brave industriel, fort peu respectueux envers le pouvoir ; j'irais offrir cent louis pour obtenir la permission de faire entrer deux mille sacs de blé venant de l'étranger ; et cependant son père a vingt mille francs d'appointements. »

Bonard n'avait pas plus de respect pour la noblesse du pays que pour les magistrats.

« Sans le docteur Du Poirier, disait-il à Lucien, ces b...-là ne seraient pas trop méchants ; vous le recevez bien souvent, monsieur, prenez garde à vous ! Les nobles de ce pays-ci, ajoutait Bonard, crèvent de peur quand le courrier de Paris retarde de quatre heures ; alors ils viennent me vendre d'avance leur récolte de blé ; ils sont à mes genoux pour avoir de l'or, et, le lendemain, rassurés par le courrier qui, enfin, est arrivé, ils ne me rendent qu'à peine mon salut dans la rue. Moi, je ne crois pas manquer à la probité en tenant note de chaque impolitesse et la leur faisant payer un louis. Je m'arrange pour cela avec le valet de chambre qu'ils envoient me livrer leurs grains ; car, quoique fort avares, croiriez-vous, monsieur, qu'ils n'ont pas même le cœur de venir voir mesurer leur blé ? Au quatrième ou cinquième double décalitre, le gros M. de Sanréal prétend que la poussière lui fait mal à la poitrine ; drôle de *particulier* pour rétablir les corvées, les jésuites et l'ancien régime contre nous ! »

Un soir, comme les officiers se promenaient sur la place d'armes après l'ordre, le colonel Malher de Saint-Mégrin céda à un mouvement de haine contre notre héros.

« Qu'est-ce que ces quatre ou cinq livrées de couleur éclatante et avec des galons énormes que vous étalez dans les rues ? Cela fait un mauvais effet au régiment.

— Ma foi, colonel, aucun article du règlement ne défend de dépenser son argent quand on en a.

— Êtes-vous fou de parler ainsi au colonel ? lui dit tout bas son ami Filloteau en le prenant à part. Il vous fera un mauvais parti.

— Et quel mauvais parti voulez-vous qu'il me fasse ? Je pense qu'il me hait autant qu'on peut haïr un homme qu'on voit aussi rarement ; mais, certainement, je ne reculerai pas d'un pouce devant un homme qui me hait sans que je lui en aie donné aucune raison. *Mon idée* est pour les livrées, dans le *présent quart d'heure*, et j'ai fait venir de Paris, pour la même occasion, douze paires de fleurets.

— Ah ! mauvaise tête !

— Pas le moins du monde, mon colonel ; je vous donne ma parole d'honneur que vous n'avez pas un officier moins fat et plus pacifique. Je désire que personne ne me cherche et n'avoir personne à chercher ; je serai parfaitement poli, parfaitement sage avec tout le monde, mais si l'on me taquine, on me trouvera. »

Deux jours après, le colonel Malher fit venir Lucien, et lui défendit, mais d'un air embarrassé et faux, d'avoir plus de deux domestiques en livrée. Lucien fit habiller ses gens en bourgeois et avec la dernière élégance, ce qui contrastait plaisamment avec leur air gauche et commun. Il se servit, pour ces vêtements nouveaux, d'un tailleur du pays. Cette circonstance, à laquelle il n'avait pas songé, fit le succès de sa plaisanterie ; elle lui fit beaucoup d'honneur dans la société, et Mme de Commercy lui en adressa des compliments. Pour Mmes d'Hocquincourt et de Puylaurens, elles étaient folles de lui.

Lucien écrivit l'histoire des livrées à sa mère ; le colonel, de son côté, l'avait dénoncée au ministre : Lucien s'y attendait. Il crut remarquer vers cette époque que l'on prenait son mérite beaucoup plus au sérieux dans les salons de Nancy ; c'est que le docteur Du Poirier montrait les réponses de ses amis de Paris aux lettres par lesquelles il demandait des renseignements sur la position sociale et sur la fortune de la maison Van Peters, Leuwen et compagnie. Ces réponses avaient été on ne peut plus favorables. « Cette maison, lui disait-on, est du petit nombre de celles qui achètent, dans l'occasion, des nouvelles aux ministres, ou les exploitent de compte à demi avec eux. »

C'était particulièrement M. Leuwen père qui se livrait à ce mauvais genre d'affaires, qui ruinent à la longue, mais qui donnent des relations agréables et de l'importance. Il était au mieux avec les bureaux, et fut prévenu en temps utile de la dénonciation envoyée par le colonel Malher contre son fils.

Cette affaire à propos des livrées de son fils l'amusa beaucoup ; il s'en occupa, et, un mois après, le colonel Malher de Saint-Mégrin reçut à ce sujet une lettre ministérielle extrêmement désagréable.

Il eut bonne envie d'envoyer Lucien en détachement à une ville manufacturière dont les ouvriers commençaient à se former en société de *secours mutuel*. Mais enfin, comme quand on est chef de corps il faut savoir se mortifier, le colonel, rencontrant Lucien, lui dit avec le sourire faux d'un homme du commun qui veut faire de la finesse :

« Jeune homme, on m'a rendu compte de votre obéissance relativement aux livrées ; je suis content de vous ; ayez autant d'hommes en livrée qu'il vous conviendra ; mais gare la bourse de papa !

— Colonel, j'ai l'honneur de vous remercier, répondit Lucien avec lenteur, *mon papa* m'a écrit à ce sujet ; je parierais même qu'il a vu le ministre. »

Le sourire qui accompagna ce dernier mot choqua profondément le colonel. « Ah ! si je n'étais pas colonel, avec envie de devenir maréchal de camp, pensa Malher, quel bon coup d'épée te vaudrait ce dernier mot, fichu insolent ! » Et il salua le sous-lieutenant avec l'air franc et brusque d'un vieux soldat.

Ce fut ainsi, par un mélange de force et de prudence, comme on dit dans les livres graves, que Lucien laissa redoubler, à la vérité, la haine qu'on avait pour lui au régiment ; mais aucun mauvais propos ne fut entendu officiellement par lui. Plusieurs de ses camarades étaient aimables, mais il avait pris la mauvaise habitude de parler à ses camarades aussi peu que le pouvait admettre la politesse la plus exacte. Par cet aimable plan de vie, il s'ennuyait mortellement et ne contribuait en rien aux plaisirs des jeunes officiers de son âge ; il avait les défauts de son siècle.

Vers ce temps, l'effet de nouveauté de la société de Nancy sur l'âme de notre héros était tout à fait anéanti. Lucien connaissait par cœur tous les personnages. Il était réduit à philosopher. Il trouvait qu'il y avait plus de naturel qu'à Paris, mais, par une conséquence naturelle, les sots étaient bien plus incommodes à Nancy. « Ce qui manque tout à fait à ces gens-ci, même aux meilleurs, se disait Lucien, c'est l'imprévu. » Cet imprévu, Lucien l'entrevoyait quelquefois auprès du docteur Du Poirier et de Mme de Puylaurens.

CHAPITRE XIII

Lucien n'avait jamais rencontré dans la société cette Mme de Chasteller qui, autrefois, l'avait vu tomber de cheval à son arrivée à Nancy ; il l'avait oubliée ; mais par habitude, il passait presque tous les jours dans la rue de la Pompe. Il est vrai qu'il regardait plus souvent l'officier libéral, espion attaché au cabinet littéraire de Schmidt, que les persiennes vert perroquet.

Un après-midi, les persiennes étaient ouvertes ; Lucien vit un joli petit rideau de croisée en mousseline brodée ; il se mit aussitôt, sans presque y songer, à faire briller son cheval. Ce n'était point le cheval anglais du préfet, mais un petit bidet hongrois qui prit fort mal la chose. Le Hongrois se mit tellement en colère et fit des sauts si extraordinaires, que deux ou trois fois Lucien fut sur le point d'être désarçonné.

« Quoi, à la même place ! » se disait-il en rougissant de colère ; et, pour comble de misère, dans les moments les plus critiques, il vit le petit rideau s'écarter un peu du bois de la croisée. Il était évident que quelqu'un regardait. C'était, en effet, Mme de Chasteller qui se disait : « Ah ! voilà mon jeune officier qui va encore tomber ! » Elle le remarquait souvent, comme il passait : sa toilette était parfaitement élégante et pourtant il n'avait rien de gourmé.

Enfin, Lucien eut cette mortification extrême, que son petit cheval hongrois le jeta par terre à dix pas peut-être de l'endroit où il était tombé le jour de l'arrivée du régiment. « On dirait que c'est un sort ! se dit-il en remontant à cheval, ivre de colère ; je suis prédestiné à être ridicule aux yeux de cette jeune femme. »

De toute la soirée, il ne put se consoler de ce malheur. « Je devrais la chercher, pensa-t-il, pour voir si elle pourra me regarder sans rire. »

Le soir, chez Mme de Commercy, Lucien raconta son malheur, qui devint la nouvelle du jour, et il eut le plaisir de l'entendre répéter à chaque nouvel arrivant. Vers la fin de la soirée, il entendit nommer Mme de Chasteller ; il demanda à Mme de Serpierre pourquoi on ne la voyait jamais *dans le monde*.

« Son père, le marquis de Pontlevé, vient d'avoir un accès de goutte ; il a été du devoir de sa fille, quoique élevée à Paris, de lui faire compagnie ; et, d'ailleurs, nous n'avons pas le bonheur de lui plaire. »

Une dame, placée à côté de Mme de Serpierre, ajouta des paroles amères, sur lesquelles Mme de Serpierre renchérit encore.

« Mais, se disait Lucien, ceci est de l'envie toute pure ;

ou la conduite de Mme de Chasteller leur fournit-elle un heureux prétexte ? » Et il se rappela ce que M. Bouchard, le maître de poste, lui avait dit, le jour de son arrivée, au sujet de M. de Busant de Sicile, lieutenant-colonel au 20ᵉ de hussards.

Le lendemain matin, pendant toute sa manœuvre, Lucien ne put penser à autre chose qu'à son malheur de la veille... « Pourtant, monter à cheval est peut-être la seule chose au monde dont je m'acquitte bien. Je danse fort mal, je ne brille guère dans un salon ; c'est clair, la Providence a voulu m'humilier... Parbleu ! si je rencontre jamais cette jeune femme, il faut que je la salue ; mes chutes nous ont fait faire connaissance, et, si elle prend mon salut pour une impertinence ; tant mieux, ce souvenir mettra quelque chose entre le moment présent et l'image de mes chutes ridicules. »

Quatre ou cinq jours après, Lucien, allant à pied à la caserne pour le pansement du soir, vit à dix pas de lui, au détour d'une rue, une femme assez grande en chapeau fort simple. Il lui sembla reconnaître ces cheveux singuliers par la quantité et par la beauté de la couleur, comme lustrés, qui l'avaient frappé trois mois auparavant. C'était, en effet, Mme de Chasteller. Il fut tout surpris de revoir la démarche légère et jeune de Paris.

« Si elle me reconnaît, elle ne pourra pas s'empêcher de me rire au nez. »

Et il regarda ses yeux ; mais la simplicité et le sérieux de leur expression annonçaient une rêverie un peu triste, et pas du tout l'idée de se moquer. « Bien certainement, se dit-il, il n'y a rien eu de moqueur dans le regard qu'elle a été bien obligée de m'accorder en passant si près de moi. Elle a été forcée de me regarder comme on regarde un obstacle, comme une chose que l'on rencontre dans la rue... C'est flatteur ! j'ai joué le rôle d'une charrette... Il y avait même de la timidité dans ces yeux si beaux... Mais, après tout, m'a-t-elle reconnu pour le cavalier malencontreux ? »

Lucien ne se souvint de son projet de saluer Mme de Chasteller que longtemps après qu'elle fut passée ; son regard modeste et même timide avait été si noble, que quand elle contre-passa Lucien, malgré lui, il avait baissé les yeux.

Les trois grandes heures que la manœuvre prit ce matin-là à notre héros lui semblèrent moins longues qu'à l'ordinaire ; il se figurait constamment ce regard si peu provincial, qui était tombé en plein dans ses yeux. « Depuis que je suis à Nancy, mon âme ennuyée n'a eu qu'un désir : enlever à cette jeune femme le souvenir ridicule qu'elle a de moi... Je ne serais pas seulement un ennuyé, mais je serais de plus un sot, si je ne pouvais pas réussir, même dans cet innocent projet. »

Le soir, il redoubla de prévenance et d'attention envers Mme de Serpierre et cinq ou six de ses bonnes amies, réunies autour d'elle ; il écouta avec des regards fort animés une diatribe infinie et remplie d'aigreur contre la cour de Louis-Philippe, laquelle se termina par une critique amère de Mme de Sauve-d'Hocquincourt. Cette préparation savante permit à Lucien de se rapprocher, au bout d'une heure, de la petite table auprès de laquelle travaillait Mlle Théodelinde. Il donna à elle et à ses amies de nouveaux détails sur sa dernière chute.

« Ce qu'il y a de pis, ajouta-t-il, c'est qu'elle a eu des spectateurs, et pour qui un tel événement n'était point une nouveauté.

— Et quels sont-ils ? dit Mlle Théodelinde.

— Une jeune femme qui occupe le premier étage de l'hôtel de Pontlevé.

— Eh ! c'est Mme de Chasteller.

— Ceci me console un peu, on en dit beaucoup de mal.

— Le fait est qu'elle est haute comme les nues ; elle n'est pas aimée à Nancy ; nous ne la connaissons pourtant que par quelques visites de société, ou plutôt, ajouta la bonne Théodelinde, nous ne la connaissons pas du tout. Elle met beaucoup de lenteur à rendre les visites. Je croirais volontiers qu'elle a de la nonchalance dans le caractère, et qu'elle se déplaît loin de Paris.

— Souvent, dit une des jeunes amies de Mlle de Serpierre, elle fait mettre les chevaux à sa voiture, et, après une heure ou deux d'attente, on dételle ; on la dit bizarre, sauvage.

— C'est une chose contrariante, pour une âme un peu délicate, reprit Théodelinde, de ne pouvoir pas danser une seule fois avec un homme sans qu'il ne forme le projet d'épouser.

— C'est tout le contraire de ce qui nous arrive, à nous autres pauvres filles sans dot, reprit l'amie : dame, c'est la veuve la plus riche de la province. »

On parla du caractère excessivement impérieux de

M. de Pontlevé. Lucien attendait toujours un mot sur M. de Busant. « Mais je suis bien distrait, se dit-il enfin ; est-ce que des jeunes filles peuvent s'apercevoir de ces choses-là ? »

Un jeune homme blond, à l'air fade, entra dans le salon.

« Tenez, dit alors Théodelinde, voici probablement l'homme qui ennuie le plus Mme de Chasteller ; c'est M. de Blancet, son cousin, qui l'aime depuis quinze ou vingt ans, qui parle souvent et avec attendrissement de cet amour né dans l'enfance, amour qui a redoublé depuis que Mme de Chasteller est une veuve fort riche. Les prétentions de M. de Blancet sont protégées par M. de Pontlevé, dont il est le très humble serviteur, et qui le fait dîner trois fois la semaine avec la chère cousine.

— Et pourtant, mon père prétend, dit l'amie de Mlle Théodelinde, que M. de Pontlevé ne redoute qu'une chose au monde, c'est le mariage de sa fille. Il se sert de M. de Blancet pour éloigner les autres prétendants ; mais lui-même ne se verra jamais possesseur de cette belle fortune, dont M. de Pontlevé se réserve l'administration ; c'est pour cela qu'il ne veut pas qu'elle retourne à Paris.

— M. de Pontlevé a fait une scène horrible à sa fille, il y a quelques jours, dit Mlle Théodelinde, vers la fin de son accès de goutte, parce qu'elle n'a pas voulu renvoyer son cocher. « Je ne sortirai pas de longtemps le soir, disait « M. de Pontlevé, et mon cocher peut fort bien vous ser- « vir ; à quoi bon garder un mauvais sujet qui ne va « presque jamais ? » La scène a presque été aussi forte que celle qu'il fit à sa fille lorsqu'il voulut la brouiller avec son amie intime, Mme de Constantin.

— Cette femme d'esprit dont M. de Lanfort racontait des reparties si drôles l'autre jour ?

— Précisément. M. de Pontlevé est surtout avare et trembleur, et il redoutait l'influence du caractère décidé de Mme de Constantin. Il a des projets d'émigration, en cas de chute de Louis-Philippe et de proclamation de la République. Dans la première émigration, il a été réduit aux plus fâcheuses extrémités. Il a de grandes terres, mais peu d'argent comptant, dit-on, et, s'il passe le Rhin de nouveau, il compte beaucoup sur la fortune de sa fille. »

La conversation continuait ainsi agréablement entre Lucien, Théodelinde et son amie, lorsque Mme de Serpierre crut convenable à son rôle de rompre un peu cet aparté, que, d'ailleurs, elle voyait avec beaucoup de plaisir.

« Et de quoi parlez-vous donc là, vous autres ? dit-elle en s'approchant avec une sorte de gaieté. Vous avez l'air bien animés !

— Nous parlons de Mme de Chasteller », dit l'amie. Aussitôt la physionomie de Mme de Serpierre changea entièrement et prit l'expression de la plus haute sévérité. « Les aventures de cette dame, dit-elle, ne doivent point faire l'entretien de jeunes filles ; elle nous a apporté de Paris des manières bien dangereuses pour votre bonheur futur, jeunes filles, et pour votre considération dans le monde. Malheureusement sa fortune et le vain éclat dont elle l'environne peuvent faire illusion sur la gravité de ses fautes ; et vous m'obligerez beaucoup, monsieur, ajouta-t-elle d'un air sec en se tournant vers Lucien, en ne parlant jamais avec mes filles des aventures de Mme de Chasteller. »

« L'exécrable femme ! pensa Lucien ; nous nous amusions un peu, par hasard, et elle vient tout déranger ; et moi qui ai écouté tous ses contes tristes pendant une heure et avec tant de patience ! »

Lucien s'éloigna de l'air le plus hautain et le plus sec qu'il put trouver dans sa mémoire ; il rentra chez lui, et fut tout content d'y rencontrer son hôte, le bon M. Bonard, le marchand de blé.

Peu à peu, par ennui et sans songer le moins du monde à l'amour, Lucien prit les soins d'un amoureux ordinaire, ce qui lui sembla fort plaisant. Le dimanche matin, il plaça un de ses domestiques en faction vis-à-vis de la porte de l'hôtel de Pontlevé. Lorsque cet homme vint lui dire que Mme de Chasteller venait d'entrer à la Propagation, petite église du pays, il y courut.

Mais cette église était si exiguë, et les chevaux de Lucien, sans lesquels il s'était fait une loi de ne jamais sortir, faisaient tant de bruit sur le pavé de la rue, et sa présence en uniforme était si remarquée, qu'il eut honte de ce manque de délicatesse. Il ne put pas bien voir Mme de Chasteller, qui s'était placée au fond d'une chapelle assez obscure. Lucien crut remarquer beaucoup de simplicité chez elle. « Ou je me trompe fort, pensa-t-il, ou cette femme songe bien peu à tout ce qui l'entoure ; et, d'ailleurs, son maintien peut fort bien convenir à la plus haute piété. »

Le dimanche suivant, Lucien vint à pied à la Propagation ; mais, même ainsi, il était mal à son aise, il faisait trop d'effet.

Il eût été difficile d'avoir l'air plus distingué que Mme de Chasteller ; seulement Lucien, qui s'était placé de façon à la bien voir comme elle sortait, remarqua que, lorsqu'elle ne tenait pas les yeux strictement baissés, ils étaient d'une beauté si singulière, que, malgré elle, ils trahissaient sa façon de sentir actuelle. « Voilà des yeux, pensa-t-il, qui doivent souvent donner de l'humeur à leur maîtresse ; quoi qu'elle fasse, elle ne peut pas les rendre insignifiants. »

Ce jour-là ils exprimaient une attention et une mélancolie profondes. « Est-ce encore à M. de Busant de Sicile qu'il faut faire l'honneur de ces regards touchés ? »

Cette question, qu'il se fit, gâta tout son plaisir.

CHAPITRE XIV

« Je ne croyais pas les amours de garnison sujettes à ces inconvénients. » Cette idée raisonnable, mais vulgaire, mit un peu de sérieux dans l'âme de Lucien ; et il tomba dans une rêverie profonde.

« Eh bien, *facile* ou non, se dit-il après un long silence, il serait charmant de pouvoir causer de bonne amitié avec un tel être » ; mais l'expression de sa physionomie n'était point d'accord avec ce mot *charmant*. « Je ne puis pas me dissimuler, poursuivit-il avec plus de sang-froid, qu'il y a une cruelle distance d'un lieutenant-colonel à un simple sous-lieutenant ; et une distance plus alarmante encore du noble nom de M. de Busant de Sicile, compagnon de Charles d'Anjou, frère de saint Louis, à ce petit nom bourgeois : Leuwen... D'un autre côté, mes livrées si fraîches et mes chevaux anglais doivent me donner une demi-noblesse auprès de cette âme de province... Peut-être, ajouta-t-il en riant, une noblesse tout entière...

« Non, reprit-il en se levant avec une sorte de fureur, des pensées basses ne sauraient exister avec une physionomie si noble... Et quand elle les aurait, ces idées seraient celles de sa caste. Elles ne sont pas ridicules chez elle, parce qu'elle les a adoptées en étudiant son catéchisme, à six ans ; ce ne sont pas des idées, ce sont des sentiments. La noblesse de province fait grande attention aux livrées et au vernis des voitures.

« Mais pourquoi ces vaines délicatesses ? Il faut avouer

que je suis bien ridicule. Ai-je le droit de m'enquérir de qualités si intimes ? Je voudrais passer quelques soirées dans le salon où elle va le soir... Mon père m'a porté le défi de m'ouvrir les salons de Nancy, j'y suis admis. Cela était assez difficile ; mais il est temps d'avoir quelque chose à faire au milieu de ces salons. J'y meurs d'ennui, et l'excès de l'ennui pourrait me rendre inattentif ; ce que la vanité de ces hobereaux, même les meilleurs, ne me pardonnerait jamais.

« Pourquoi ne me proposerais-je pas, pour avoir un *but dans la vie*, comme dit Mlle Sylviane, de parvenir à passer quelques soirées avec cette jeune femme ? J'étais bien bon de penser à l'amour et de me faire des reproches ! Ce passe-temps ne m'empêchera pas d'être un homme estimable et de servir la patrie, si l'occasion s'en présente.

« D'ailleurs, ajouta-t-il en souriant avec mélancolie, ses propos *aimables* m'auront bien vite guéri du plaisir que je suppose trouver à la voir ; avec des façons un peu plus nobles, avec les propos convenus d'une autre position dans la vie, ce sera le second tome de Mlle Sylviane Berchu. Elle sera aigre et dévote comme Mme de Serpierre, ou ivre de gentilhommerie et me parlant des titres de ses aïeux, comme Mme de Commercy, qui me racontait hier, en brouillant toutes les dates et, qui plus est, bien longuement, comme quoi un de ses ancêtres, nommé Enguerrand, suivit François Ier à la guerre contre les Albigeois et fut connétable d'Auvergne... Tout cela sera vrai, mais elle est jolie ; que faut-il de plus pour passer une heure ou deux ? et, en écoutant ces balivernes, je serai à deux pas d'elle. Il serait même curieux d'observer philosophiquement comment des pensées ridicules ou basses peuvent ne pas gâter une telle physionomie. C'est qu'au fait rien n'est ridicule comme la science de Lavater. »

Ce qui répondit à tout, dans la tête de Lucien, ce fut la pensée qu'il y aurait de la gaucherie à ne pas pénétrer dans les salons où allait Mme de Chasteller, ou dans le sien, si elle n'allait nulle part. « Cela exigera quelques soins. Ce sera comme la prise d'assaut des salons de Nancy. » Par tous ces raisonnements philosophiques, le mot fatal d'amour fut éloigné, et il ne se fit plus de reproche. Il s'était moqué si souvent du piteux état où il avait vu Edgar, un de ses cousins ! Faire dépendre l'estime qu'on se doit à soi-même de l'opinion d'une femme qui s'estime, elle, parce que son bisaïeul a tué des Albigeois à la suite de François Ier : quelle complication de ridicule ! Dans ce conflit, l'homme est plus ridicule que la femme.

Malgré tous ces beaux raisonnements, M. de Busant de Sicile occupait l'âme de notre héros tout autant, pour le moins, que Mme de Chasteller. Il mettait une adresse prodigieuse à faire des questions indirectes au sujet de M. de Busant et de l'accueil dont il avait été l'objet. M. Gauthier, M. Bonard et leurs amis, et toute la société du second ordre, exagérant tout, comme à l'ordinaire, ne savaient rien de M. de Busant, sinon qu'il était de la plus haute noblesse, et qu'il avait été l'amant de Mme de Chasteller. On était loin de dire les choses aussi clairement dans les salons de Mmes de Commercy et de Puylaurens. Quand Lucien faisait des questions sur M. de Busant, on semblait se souvenir que lui, Lucien, était du camp ennemi, et jamais il ne put arriver à une réponse nette. Il ne pouvait aborder un tel sujet avec son amie Mlle Théodelinde, et c'était, en vérité, le seul être qui semblât ne pas désirer le tromper. Lucien n'arriva jamais à savoir la vérité sur M. de Busant. Le fait est que c'était un fort bon et fort brave gentilhomme, mais sans aucune sorte d'esprit. A son arrivée à Nancy, se méprenant sur l'accueil dont il était l'objet, et oubliant sa taille épaisse, son regard commun et ses quarante ans, il s'était porté amoureux de Mme de Chasteller. Il avait constamment ennuyé son père et elle de ses visites, et jamais elle n'avait pu parvenir à rendre ces visites moins fréquentes. Son père, M. de Pontlevé, tenait à être bien avec la force armée de Nancy. Si ses correspondances bien innocentes avec Charles X étaient découvertes, qui serait chargé de l'arrêter ? Qui pourrait protéger sa fuite ? Et si, tout à coup, l'on apprenait que la République était proclamée à Paris, qui pourrait le protéger contre le peuple du pays ?

Mais le pauvre Lucien était bien loin de pénétrer tout ceci. Il voyait constamment M. du Poirier éluder ses questions avec une adresse admirable.

Dans la bonne compagnie on lui répétait sans cesse : « Cet officier supérieur descend d'un des aides de camp du duc d'Anjou, frère de saint Louis, et qui l'a aidé à conquérir la Sicile. »

Il sut quelque chose de plus de M. d'Antin, qui lui dit un jour :

« Vous avez fort bien fait d'occuper son logement ; c'est un des plus passables de la ville. Ce pauvre Busant était fort brave, pas une idée, d'excellentes manières, donnant aux dames de fort jolis déjeuners, dans les bois de Burel-viller, ou au *Chasseur vert*, à un quart de lieue d'ici ; et presque tous les jours, sur le minuit, il se croyait gai, parce qu'il était un peu ivre. »

A force de s'occuper des moyens de rencontrer Mme de Chasteller dans un salon, le désir de briller aux yeux des habitants de Nancy, que Lucien commençait à mépriser plus peut-être qu'il ne fallait, fut remplacé, comme mobile d'actions, par l'envie d'occuper l'esprit, si ce n'est l'âme, de ce joli joujou. « Cela doit avoir de singulières idées ! pensa-t-il. Une jeune *ultra* de province, passant du Sacré-Cœur à la cour de Charles X, et chassée de Paris, dans les journées de Juillet 1830. » Telle était, en effet, l'histoire de Mme de Chasteller.

En 1814, après la première Restauration, M. le marquis de Pontlevé fut au désespoir de se voir à Nancy et de n'être pas de la cour.

« Je vois se rétablir, disait-il, la ligne de séparation entre nous autres et la noblesse de cour. Mon cousin, de même nom que moi, parce qu'il est de la cour, viendra à vingt-deux ans commander, comme colonel, le régiment où, par grâce, je serai capitaine à quarante. » C'était là le principal chagrin de M. de Pontlevé, et il n'en faisait mystère à personne. Bientôt il en eut un second. Il se présenta aux élections de 1816, pour la Chambre des députés, et il eut six voix en comptant la sienne. Il s'enfuit à Paris, déclarant qu'il quittait à jamais la province après cet affront, et emmenant sa fille, âgée de cinq ou six ans. Pour se donner une position à Paris, il sollicita la pairie. M. de Puylau-rens, alors fort bien en cour, lui conseilla de placer sa fille au couvent du Sacré-Cœur ; M. de Pontlevé suivit ce conseil et en sentit toute la portée. Il se jeta dans la haute dévotion, et parvint ainsi, en 1828, à marier sa fille à un des maréchaux de camp attachés à la cour de Charles X. Ce mariage fut considéré comme très avantageux. M. de Chasteller avait de la fortune. Il paraissait plus âgé qu'il ne l'était, parce qu'il manquait tout à fait de cheveux ; mais il avait une vivacité étonnante et portait la grâce dans les manières jusqu'au genre doucereux. Ses ennemis à la cour lui appliquaient le vers de Boileau sur les romans de son époque :

Et jusqu'à *je vous hais*, tout s'y dit tendrement.

Mme de Chasteller, bien dirigée par un mari idolâtre

des petits moyens qui font tant d'effet à la cour, fut bien reçue des princesses, et jouit bientôt d'une position fort agréable ; elle avait les loges de la cour aux Bouffes et à l'Opéra ; et, l'été, deux appartements, l'un à Meudon et l'autre à Rambouillet. Elle avait le bonheur de ne s'occuper jamais de politique et de ne pas lire de journaux. Elle ne connaissait la politique que par les séances publiques de l'Académie française, auxquelles son mari exigeait qu'elle assistât, parce qu'il avait de grandes prétentions au fauteuil ; il était grand admirateur des vers de Millevoye et de la prose de M. de Fontanes.

Les coups de fusil de juillet 1830 vinrent troubler ces innocentes pensées.

En voyant le *peuple dans la rue*, c'était son mot, il se rappela les meurtres de MM. Foulon et Berthier, aux premiers jours de la Révolution. Il pensa que le voisinage du Rhin était ce qu'il y avait de plus sûr, et vint se cacher dans une terre de sa femme, près de Nancy.

M. de Chasteller, homme peut-être un peu affecté, mais fort agréable et même amusant dans les positions ordinaires de la vie, n'avait jamais eu la tête bien forte ; il ne put jamais se consoler de cette troisième fuite de la famille qu'il adorait. « Je vois là le doigt de Dieu », disait-il en pleurant dans les salons de Nancy ; et il mourut bientôt, laissant à sa veuve vingt-cinq mille livres de rente dans les fonds publics. Cette fortune lui avait été faite par le roi à l'époque des emprunts de 1817, et les salons de Nancy, qui en étaient jaloux, la portaient sans façon à dix-huit cent mille francs ou deux millions.

Lucien eut toutes les peines du monde à réunir ces faits si simples. Quant à la conduite de Mme de Chasteller, la haine dont on l'honorait dans le salon de Mme de Serpierre et le bon sens de Mlle Théodelinde rendirent plus facile à Lucien de savoir la vérité.

Dix-huit mois après la mort de son mari, Mme de Chasteller osa prononcer ces mots : *Retour à Paris*. « Quoi ! ma fille, lui dit le grand M. de Pontlevé, avec le ton et les gestes d'Alceste *indigné*, dans la comédie : vos princes sont à Prague et l'on vous verrait à Paris ! Que diraient les mânes de M. de Chasteller ? Ah ! si nous quittons nos pénates, ce n'est pas de ce côté qu'il faut tourner la tête des chevaux. Soignez votre vieux père à Nancy, ou, si nous pouvons mettre un pied devant l'autre, volons à Prague », etc.

M. de Pontlevé avait ce parler long et figuré des gens diserts du temps de Louis XVI, qui passait alors pour de l'esprit.

Mme de Chasteller avait dû renoncer à l'idée de Paris. Au seul mot de Paris, son père lui parlait avec aigreur et lui faisait une scène. Mais, par compensation, Mme de Chasteller avait de beaux chevaux, une jolie calèche et des gens tenus avec élégance. Tout cela paraissait moins dans Nancy que sur les grandes routes du voisinage. Mme de Chasteller allait voir, le plus souvent qu'elle le pouvait, une amie du *Sacré-Cœur*, Mme de Constantin, qui habitait une petite ville à quelques lieues de Nancy ; mais M. de Pontlevé en était mortellement jaloux, et avait tout fait pour les brouiller.

Deux ou trois fois, dans ses grandes promenades, Lucien avait rencontré la calèche de Mme de Chasteller à plusieurs lieues de Nancy.

Le jour d'une de ces rencontres, sur le minuit, Lucien était allé fumer ses petits cigares de papier de réglisse dans la rue de la Pompe. Là il continuait à se réjouir de la faveur que les uniformes brillants trouvaient auprès de Mme de Chasteller. Il s'efforçait à bâtir quelque espérance sur l'élégance de ses chevaux et de ses gens. Il combattait cet espoir par le souvenir de la simplicité de son nom bourgeois ; mais, en se disant toutes ces belles choses il pensait à d'autres. Il ne s'était pas aperçu que, depuis quinze jours à peu près qu'il l'avait vue à la messe, Mme de Chasteller, qui pour lui, cependant, n'avait qu'une existence en quelque sorte idéale, avait changé de manières à son égard.

D'abord il s'était dit, après s'être fait conter son histoire : « Cette jeune femme est vexée par son père ; elle doit être blessée de l'attachement que celui-ci affiche pour sa fortune ; la province l'ennuie ; il est tout simple qu'elle cherche des distractions dans un peu de galanterie honnête. » Ensuite sa physionomie franche et chaste avait fait naître des doutes, même sur la galanterie.

Enfin, le soir dont nous parlons : « Mais que diable ! se dit Lucien, je suis un vrai nigaud ; je devrais me réjouir de ce bon vouloir pour l'uniforme. »

Plus il insistait sur ce motif d'espérer, plus il devenait sombre.

« Aurais-je la sottise d'être amoureux ? » se dit-il enfin à demi-haut ; et il s'arrêta comme frappé de la foudre, au milieu de la rue. Heureusement, à minuit, il n'y avait là personne pour observer sa mine et se moquer de lui.

Le soupçon d'aimer l'avait pénétré de honte, il se sentit dégradé. « Je serais donc comme Edgar, se dit-il. Il faut que j'aie l'âme naturellement bien petite et bien faible ! L'éducation a pu la soutenir quelque temps, mais le fond reparaît dans les occasions singulières et dans les positions imprévues. Quoi ! pendant que toute la jeunesse de France prend parti pour de si grands intérêts, toute ma vie se passera à regarder deux beaux yeux, comme les héros ridicules de Corneille ! Voilà le triste effet de cette vie sage et raisonnable que je mène ici.

> Qui n'a pas l'esprit de son âge,
> De son âge a tout le malheur. '

« Il valait bien mieux, comme j'en avais l'idée, aller enlever une petite danseuse à Metz ! Il valait bien mieux, du moins, faire une cour sérieuse à Mme de Puylaurens ou à Mme d'Hocquincourt. Je n'avais pas à craindre, auprès de ces dames, d'être entraîné au-delà d'un petit amour de société.

« Si ceci continue, je vais devenir fou et plat. C'est bien autre chose que le *saint-simonisme* dont m'accusait mon père ! Qui est-ce qui s'occupe des femmes aujourd'hui ? quelque homme comme le duc de..., l'ami de ma mère, qui au déclin d'une vie honorable, après avoir payé sa dette sur les champs de bataille et à la Chambre des pairs en refusant son vote, s'amuse à faire la fortune d'une petite danseuse, comme on joue avec un serin.

« Mais moi ! à mon âge ! quel est le jeune homme qui ose seulement parler d'un attachement sérieux pour une femme ? Si ceci est un amusement, bien ; si c'est un attachement sérieux, je suis sans excuse ; et la preuve que je mets du sérieux dans tout ceci, que cette folie n'est pas un simple amusement, c'est ce que je viens de découvrir : le faible de Mme de Chasteller pour les brillants uniformes, loin de me plaire, m'attriste. Je me crois des devoirs envers la patrie. Jusqu'ici je me suis principalement estimé parce que je n'étais pas un égoïste uniquement occupé à bien jouir du gros lot qu'il a reçu du hasard ; je me suis estimé parce que je sentais avant tout l'existence de ces devoirs envers la patrie et le besoin de l'estime des grandes âmes. Je suis dans l'âge d'agir ; d'un moment à l'autre la voix de la patrie peut se faire entendre ; je puis être appelé ; je devrais occuper tout mon esprit à découvrir les véritables intérêts de la France, que des fripons cherchent à embrouiller. Une seule tête, une seule âme ne suffisent pas pour y voir clair, au milieu de devoirs si compliqués. Et c'est le moment que je choisis pour me faire l'esclave d'une petite ultra de province ! Le diable l'emporte, elle et sa rue ! » Lucien rentra précipitamment chez lui ; mais le sentiment d'une honte vive lui ôta le sommeil. Le jour le trouva se promenant devant la caserne ; il attendait avec impatience l'heure de l'appel. L'appel fini, il accompagna pendant quelques centaines de pas deux de ses camarades ; pour la première fois leur société lui était agréable.

Rendu enfin à lui-même : « J'ai beau faire, se dit-il, je ne puis voir dans ces yeux si pénétrants, mais si chastes, le pendant d'une danseuse de l'Opéra, moins les grâces. » De toute la journée, il ne put arriver à prendre son parti sur Mme de Chasteller. Quoi qu'il fît, il ne pouvait voir en elle la maîtresse obligée de tous les lieutenants-colonels qui viendraient tenir garnison à Nancy. « Mais cependant, disait le parti de la raison, elle doit s'ennuyer beaucoup. Son père la force à bouder Paris ; il veut la brouiller avec une amie intime ; un peu de galanterie est la seule consolation pour cette pauvre âme. »

Cette excuse si raisonnable ne faisait que redoubler la tristesse de notre héros. Au fond, il entrevoyait le ridicule de sa position : il aimait, sans doute avec l'envie de réussir, et cependant il était malheureux et prêt à mépriser sa maîtresse, précisément à cause de cette possibilité de réussir.

La journée fut cruelle pour lui ; tout le monde semblait d'accord pour lui parler de M. Thomas de Busant et de la vie agréable qu'il avait su mener à Nancy. On comparaît cette existence avec la vie de cabaret et de café que menaient le lieutenant-colonel Filloteau et les trois chefs d'escadron.

La lumière lui arrivait de toutes parts ; car le nom de Mme de Chasteller était sur toutes les lèvres, à propos de M. de Busant ; et cependant son cœur s'obstinait à la lui montrer comme un ange de pureté.

Il ne trouva plus aucun plaisir à faire admirer dans les rues de Nancy ses livrées élégantes, ses beaux chevaux, sa calèche qui ébranlait en passant toutes les maisons de bois du pays. Il se méprisait presque pour s'être amusé de ces pauvretés ; il oubliait l'excès d'ennui dont elle l'avaient distrait.

Pendant les jours qui suivirent, Lucien fut extrêmement agité. Ce n'était plus cet être léger et distrait par la moindre bagatelle. Il y avait des moments où il se méprisait de tout son cœur ; mais malgré ses remords, il ne pouvait s'empêcher de passer plusieurs fois le jour dans la rue de la Pompe.

Huit jours après que Lucien avait fait dans son cœur une découverte si humiliante, comme il entrait chez Mme de Commercy, il y trouva établie, en visite, Mme de Chasteller ; il ne put dire un mot, il devint de toutes les couleurs, et se trouvant seul homme dans le salon, il n'eut pas l'esprit d'offrir son bras à Mme de Chasteller pour la reconduire à sa voiture. Il sortit de chez Mme de Commercy se méprisant un peu plus soi-même.

Ce réprublcain, cet homme d'action, qui aimait l'exercice du cheval comme une préparation au combat, n'avait jamais songé à l'amour que comme à un précipice dangereux et méprisé, où il était sûr de ne pas tomber. D'ailleurs, il croyait cette passion extrêmement rare, partout ailleurs qu'au théâtre. Il s'était étonné de tout ce qui lui arrivait, comme l'oiseau sauvage qui s'engage dans un filet et que l'on met en cage ; ainsi que ce captif effrayé, il ne savait que se heurter la tête avec furie contre les barreaux de sa cage. « Quoi ! se disait-il, ne pas savoir dire un seul mot ; quoi ! oublier même les usages les plus simples ! Ainsi ma faible conscience cède à l'attrait d'une faute, et je n'ai pas même le courage de la commettre ! »

Le lendemain Lucien n'était pas de service ; il profita de la permission donnée par le colonel et s'enfonça fort loin dans les bois de Burelviller... Vers le soir, un paysan lui apprit qu'il était à sept lieues de Nancy.

« Il faut convenir que je suis encore plus sot que je ne l'imaginais ! Est-ce en courant les bois que j'obtiendrai la bienveillance des salons de Nancy et que je pourrai trouver la chance de rencontrer Mme de Chasteller et de réparer ma sottise ? » Il revint précipitamment à la ville ; il alla chez les Serpierre. Mlle Théodelinde était son amie, et cette âme, qui se croyait si ferme, avait besoin ce jour-là d'un regard ami. Il était bien loin d'oser lui parler de sa faiblesse ; mais, auprès d'elle, son cœur trouvait quelque repos. M. Gauthier avait toute son estime, mais il était prêtre de la République, et tout ce qui ne tendait pas au bonheur de la France se gouvernant elle-même lui semblait indigne d'attention et puéril. Du Poirier eût fait un conseiller parfait ; outre ses connaissances générales des hommes et des choses de Nancy, il dînait une fois la semaine avec la personne que Lucien avait tant d'intérêt à connaître. Mais Lucien n'était attentif qu'à ne pas lui donner l'occasion de le trahir.

Comme Lucien racontait à Mlle Théodelinde ce qu'il avait remarqué dans sa longue promenade, on annonça Mme de Chasteller. A l'instant Lucien devint emprunté dans tous ses mouvements ; il essaya vainement de parler ; le peu qu'il dit était à peu près inintelligible.

Il n'eût pas été plus surpris si, en allant au feu avec le régiment, au lieu de galoper en avant sur l'ennemi, il se fût mis à fuir. Cette idée le plongea dans le trouble le plus violent, il ne pouvait donc se répondre de rien sur son propre compte ! Quelle leçon de modestie ! Quel besoin d'agir pour être enfin sûr de soi-même, non plus par une vaine probabilité, mais d'après des faits !

Lucien fut tiré de sa rêverie profonde par un événement bien étonnant : Mme de Serpierre le présentait à Mme de Chasteller, et accompagnait cette cérémonie des louanges les plus excessives, Lucien était rouge comme un coq, et cherchait en vain à trouver un mot poli, tandis qu'on exaltait surtout son esprit aimable, admirable d'à-propos et d'élégance parisienne. Enfin, Mme de Serpierre elle-même s'aperçut de l'état où il se trouvait.

Mme de Chasteller eut recours à un prétexte pour faire sa visite extrêmement courte. Quand elle se leva, Lucien eut bien l'idée de lui offrir son bras jusqu'à sa voiture, mais il se sentit trembler de telle sorte qu'il trouva imprudent d'essayer de quitter sa chaise ; il craignait de donner une scène publique. Mme de Chasteller aurait pu lui dire : « C'est à moi, monsieur, à vous offrir le bras. »

CHAPITRE XV

« Je ne vous croyais pas si sensible au ridicule, lui dit Mlle Théodelinde, quand Mme de Chasteller eut quitté le salon ; est-ce parce que Mme de Chasteller vous a vu dans la situation peu brillante de saint Paul, lorsqu'il eut la vision du troisième ciel, que sa présence vous a interdit à ce point ? »

Lucien accepta cette interprétation ; il craignait de se trahir en entreprenant la moindre discussion, et, quand il put espérer que sa sortie n'aurait rien d'étrange, il se hâta de fuir. Une fois seul, l'excès du ridicule de ce qui venait de lui arriver le consola un peu. « Est-ce que j'aurais la peste ? se dit-il. Puisque l'effet physique est si fort, je ne suis donc pas blâmable moralement ! Si j'avais la jambe cassée, je ne pourrais pas non plus marcher avec mon régiment. »

Il y eut un dîner chez les Serpierre, fort simple, car ils n'étaient rien moins que riches ; mais, grâce aux préjugés de la noblesse, si vivaces en province, et qui seuls pouvaient marier les six filles du vieux *lieutenant du roi*, ce n'était pas un petit honneur que d'être invité à dîner dans cette maison. Aussi Mme de Serpierre balança-t-elle long-temps avant d'inviter Lucien, son nom était bien bourgeois ; mais enfin l'utilité l'emporta, comme il est d'usage au dix-neuvième siècle : Lucien était un jeune homme à marier.

La bonne et simple Théodelinde n'approuvait point du tout cette politique ; mais il fallait obéir. La place de Lucien fut indiquée à côté de la sienne, par les petits billets placés sur les serviettes. Le vieux *lieutenant du roi* avait écrit : « M. le *chevalier* Leuwen. » Théodelinde comprit que Lucien serait choqué de cet anoblissement impromptu.

On avait engagé Mme de Chasteller parce qu'elle n'avait pu venir à un autre dîner donné deux mois auparavant, quand M. de Pontlevé avait la goutte. Théodelinde, toute honteuse de la haute politique de sa mère, obtint avec beaucoup de peine, au moment où les hôtes allaient arriver, que la place de Mme de Chasteller fût marquée à droite de M. le *chevalier* Leuwen, tandis qu'elle occuperait la gauche.

Lorsque Lucien arriva, Mme de Serpierre le prit à part et lui dit avec toute la fausseté d'une mère qui a six filles à marier :

« Je vous ai placé à côté de la belle Mme de Chasteller ; c'est le meilleur parti de la province, et elle ne passe pas pour haïr les uniformes ; vous aurez ainsi une occasion de cultiver la connaissance que je vous ai fait faire. »

Au dîner, Théodelinde trouva Lucien assez maussade ; il parlait peu, et ce qu'il disait, en vérité, ne valait pas la peine d'être dit.

Mme de Chasteller parla à notre héros de ce qui faisait alors le sujet de toutes les conversations à Nancy. Mme Grandet, la femme du receveur général, allait arriver de Paris, et, sans doute, donnerait des fêtes superbes. Son mari était fort riche, et elle passait pour être une des plus jolies femmes de Paris. Lucien se rappela le propos qui le faisait parent de Robespierre, et il eut le courage de dire qu'il voyait souvent Mme Grandet chez sa mère, Mme Leuwen. Ce sujet de conversation ne fut que pauvrement suivi par notre sous-lieutenant ; il prétendait parler avec vivacité, et, comme son esprit ne fournissait rien, il arrivait presque à faire des questions sèches à Mme de Chasteller.

Après dîner, on proposa une grande promenade, et Lucien eut l'honneur de conduire Mlle Théodelinde et Mme de Chasteller dans une excursion sur l'étang qui est décoré du nom de *lac de la Commanderie*. Il s'était chargé de manœuvrer la barque, et Lucien, qui avait mené cinq ou six fois fort bien les demoiselles de Serpierre, fut sur le point de faire chavirer, dans les quatre pieds d'eau de ce lac, Mlle Théodelinde et Mme de Chasteller.

Le surlendemain était le jour de fête d'une auguste personne, maintenant hors de France.

Mme la marquise de Marcilly, veuve d'un cordon rouge, se crut obligée de donner un bal ; mais le motif de la fête ne fut point exprimé dans le billet d'invitation ; ce qui parut une timidité coupable à sept ou huit dames pensant supérieurement, et qui, pour cette raison, n'honorèrent point le bal de leur présence.

De tout le 27ᵉ de lanciers, il n'y eut d'invités que le colonel, Lucien et le petit Riquebourg. Mais, une fois dans les salons de la marquise, l'esprit de parti fit oublier les plus simples convenances à des gens d'ailleurs si polis, polis jusqu'à fatiguer. Le colonel Malher de Saint-Mégrin fut traité en intrus et presque en homme de police ; Lucien comme l'enfant de la maison ; il y avait réellement de l'engouement pour ce joli sous-lieutenant.

La société réunie, on passa dans la salle de bal. Au milieu du jardin planté jadis par le roi Stanislas, beau-père de Louis XV, et représentant, suivant le goût du temps, un labyrinthe de charmilles, s'élevait un kiosque fort élégant, mais très négligé depuis la mort de l'ami de Charles XII. Pour dissimuler les ravages du temps, on l'avait transformé en tente magnifique. Le commandant de la place, très fâché de ne pouvoir pas venir au bal et célébrer la fête de l'auguste personnage, avait prêté, des magasins de la place, deux de ces grandes tentes nommées *marquises*. On les avait dressées à côté du kiosque, avec lequel elles communiquaient par de grandes portes ornées de trophées indiens, mais où la couleur blanche dominait ; on n'eût pas mieux fait, même à Paris ; c'étaient MM. Roller qui s'étaient chargés de toute la partie des décorations.

Le soir, grâce à ces jolies tentes, à l'aspect animé du bal et aussi sans doute à l'accueil vraiment flatteur dont il était l'objet, Lucien fut complètement distrait de sa tristesse et de ses remords. La beauté du jardin et de la salle où l'on dansait le charmèrent comme un enfant ; ces premières sensations en firent un autre homme.

Ce grave républicain se donna un plaisir d'écolier : celui de passer souvent devant le colonel Malher sans lui parler, ni même daigner le regarder. En cela, il suivait l'exemple général ; pas une parole ne fut adressée à ce colonel, si fier de son crédit, et il restait isolé comme une *brebis galeuse* ; c'était le mot dont on se servait généralement, dans le bal, pour désigner sa position fâcheuse. Et il n'eut pas l'esprit de quitter le bal et de se soustraire à une impolitesse si unanime. « Ici, c'est lui *qui ne pense pas bien*, se disait Lucien, et je lui rends la monnaie de la scène qu'il me fit jadis au sujet du cabinet littéraire. Avec ces êtres grossiers, il ne faut pas perdre l'occasion de placer une marque de mépris ; quand les honnêtes gens les dédaignent, ils se figurent qu'on les redoute. »

Lucien remarqua, en entrant, que toutes les femmes étaient parées de rubans verts et blancs, ce qui ne l'offensa pas le moins du monde. Cette insulte s'adresse au chef de l'État, et à un chef perfide. La nation est trop haut placée pour qu'une famille quelconque, fût-elle de héros, puisse l'insulter.

Au fond d'une des tentes adjacentes était comme un petit réduit, qui resplendissait de lumière ; il y avait peut-être quarante bougies allumées, et Lucien fut attiré par leur éclat. « Cela a l'air d'un reposoir des processions de la Fête-Dieu », pensa-t-il. Au milieu des bougies, dans le lieu le plus noble, était placé, comme une sorte d'ostensoir, le portrait d'un jeune Écossais. Dans la physionomie de cet enfant, le peintre, qui *pensait* mieux sans doute qu'il ne dessinait, avait cherché à réunir aux sourires aimables du premier âge, un front chargé des hautes pensées du génie. Le peintre était ainsi parvenu à faire une caricature étonnante et qui tenait du monstre.

Toutes les femmes qui entraient dans la salle de bal la traversaient rapidement pour aller se placer devant le portrait du jeune Écossais. Là, on restait un instant en silence, et l'on affectait un air fort sérieux. Puis, en s'en allant, on reprenait la physionomie plus gaie du bal, et on allait saluer la maîtresse de la maison. Deux ou trois dames qui s'approchèrent de Mme de Marcilly avant d'être allées au portrait, en furent reçues fort sèchement et parurent tellement ridicules, que l'une d'elles jugea à propos de se trouver mal. Lucien ne perdait pas un détail de tout ce cérémonial. « Nous autres aristocrates, se disait-il en riant, en nous tenant unis, nous ne craignons personne ; mais aussi que de sottises il faut regarder sans rire ! Il est plaisant, pensait-il, que ces deux rivaux, Charles X et Louis-Philippe, payés par la nation, et en payant les serviteurs de la nation avec l'argent de la nation, prétendent que nous leur devons personnellement quelque chose. »

Après une revue générale du bal, qui était fort beau, la reconnaissance marqua la place de Lucien sur une chaise à côté du boston de Mme la comtesse de Commercy, cette cousine de l'Empereur. Pendant une mortelle demi-heure, Lucien lui entendit donner cinq ou six fois ce titre en parlant d'elle à elle-même.

« La vanité de ces provinciaux leur inspire des idées incroyables, pensait-il ; il me semble voyager en pays étranger. »

« Vous êtes admirable, monsieur, lui dit la cousine de l'Empereur, et, certainement, je ne voudrais pas me séparer d'un aussi *aimable cavalier*. Mais je vois d'ici des demoiselles qui ont bonne envie de danser ; elles me regarderont avec des yeux ennemis si je vous retiens plus longtemps. »

Et Mme de Commercy lui indiqua plusieurs demoiselles de la *première qualité*.

Notre héros prit son parti en brave : non seulement il dansa, mais il parla ; il trouva quelques petites idées à la portée de ces intelligences, non cultivées, exprès, des jeunes filles de la noblesse de province. Son courage fut récompensé par les louanges unanimes de Mmes de Commercy, de Marcilly, de Serpierre, etc. ; il se sentit à la mode. On aime les uniformes dans l'Est de la France, pays profondément militaire ; et c'est en grande partie à cause de son uniforme porté avec grâce, et presque unique dans cette société, que Lucien pouvait passer pour le personnage le plus brillant du bal.

Enfin, il obtint une contredanse de Mme d'Hocquincourt : il eut de l'à-propos, du brillant, de l'esprit. Mme d'Hocquincourt lui faisait des compliments fort vifs.

« Je vous ai toujours vu fort aimable ; mais, ce soir, vous êtes un autre homme », lui dit-elle.

Ce propos fut entendu par M. de Sanréal, et Lucien commença à déplaire beaucoup aux jeunes gens de la société.

« Vos succès donnent de l'humeur à ces messieurs », dit Mme d'Hocquincourt ; et, comme MM. Roller et d'Antin s'approchaient d'elle, elle rappela Lucien qui s'éloignait.

« Monsieur Leuwen, lui dit-elle de loin, je vous demande de danser avec moi la première contredanse. »

« C'est charmant, se dit Lucien, et voilà ce qu'on n'oserait pas se permettre à Paris. Réellement, ces pays étrangers ont du bon ; ces gens-ci sont moins timides que nous. »

Pendant qu'il dansait avec Mme d'Hocquincourt, M. d'Antin s'approcha d'elle. Mme d'Hocquincourt feignit d'avoir oublié un engagement pris avec lui et se mit à lui faire des excuses en termes si plaisants et si piquants pour lui, que Lucien, toujours dansant avec elle, eut toutes les peines du monde à ne pas éclater de rire. Mme d'Hocquincourt cherchait évidemment à mettre en colère M. d'Antin, qui protestait en vain que jamais il n'avait compté sur cette contredanse.

« Comment un homme peut-il se laisser traiter ainsi ? pensait Lucien. Que de bassesses fait faire l'amour ! » Mme d'Hocquincourt lui adressait des mots fort aimables et ne parlait presque qu'à lui ; mais Lucien était aigri par la position où il voyait le pauvre M. d'Antin. Il alla à l'autre bout du salon et dansa des valses avec Mme de Puylaurens, qui, elle aussi, fut charmante pour lui. Il était l'homme à la mode de ce bal, lui qui dansait fort mal ; il le savait bien, et c'était pour la première fois de sa vie qu'il goûtait ce plaisir. Il dansait une galope avec Mlle Théodelinde de Serpierre, lorsque, dans un angle de la salle, il aperçut Mme de Chasteller.

Tout le brillant courage, tout l'esprit de Lucien disparurent en un clin d'œil. Elle avait une simple robe blanche, et sa toilette montrait une simplicité qui eût semblé bien ridicule aux jeunes gens de ce bal, si elle eût été sans fortune. Les bals sont des jours de bataille dans ces pays de puérile vanité, et négliger un avantage passe pour une affectation marquée. On eût voulu que Mme de Chasteller portât des diamants ; la robe modeste et peu chère qu'elle avait choisie était un acte de singularité qui fut blâmé avec affectation de douleur profonde par M. de Pontlevé, et désapprouvé, en secret, même par le timide M. de Blancet, qui lui donnait le bras avec une dignité plaisante.

Ces messieurs n'avaient pas tout à fait tort ; le trait le plus marquant du caractère de Mme de Chasteller était une nonchalance profonde. Sous l'aspect d'un sérieux complet et que sa beauté rendait imposant, elle avait un caractère heureux et même gai. Rêver était son plaisir suprême. On eût dit qu'elle ne faisait aucune attention aux petits événements qui l'environnaient ; aucun ne lui échappait au contraire : elle les voyait fort bien, et c'étaient même ces petits événements qui servaient d'aliment à cette rêverie, qui passait pour de la hauteur. Aucun détail de la vie ne lui échappait, pourtant il était donné à très peu d'événements de l'émouvoir, et ce n'étaient pas les choses importantes qui la touchaient.

Par exemple, le matin même du bal, M. de Pontlevé lui avait fait une querelle sérieuse pour l'indifférence avec laquelle elle avait lu une lettre qui lui annonçait une banqueroute. Et, peu d'instants après, la rencontre, dans la rue, d'une femme fort petite, vieille, marchant à peine, mal vêtue, au point de laisser voir une chemise déchirée, et, sous cette chemise, une peau noircie par le soleil, l'avait émue jusqu'aux larmes. Personne à Nancy n'avait deviné ce caractère ; une amie intime, Mme de Constantin, recevait seule quelquefois ses confidences, et souvent s'en moquait.

Avec tout le reste du monde, Mme de Chasteller parlait assez pour fournir son contingent à la conversation ; mais se mettre à parler était toujours une corvée pour elle.

Elle ne regrettait qu'une chose de Paris, la musique italienne, qui avait le pouvoir d'augmenter d'une façon surprenante l'intensité de ses accès de rêverie. Elle pensait fort peu à elle-même, et même le bal que nous décrivons n'avait pu la rappeler assez au rôle qu'elle devait jouer pour lui donner la quantité d'honnête coquetterie que le vulgaire croit inhérente au caractère de toutes les femmes.

Comme Lucien ramenait Mlle Théodelinde à sa mère :

« Que veut dire cette petite robe blanche de mousse-line ? disait tout haut Mme de Serpierre. Est-ce ainsi qu'on se *présente* un jour tel que celui-ci ? Elle est veuve d'un officier général attaché à la propre personne du roi ; elle jouit d'une fortune triplée et quadruplée par la bien-veillance de nos Bourbons. Mme de Chasteller eût dû comprendre que venir chez Mme de Marcilly le jour de la fête de notre adorable princesse, c'est se présenter aux Tuileries. Que diront les républicains en nous voyant trai-ter avec légèreté les choses les plus sacrées ? Et n'est-ce pas quand le flot de tout le vulgaire d'une nation vient attaquer les choses saintes que chaque être, selon sa posi-tion, doit avoir du courage et faire strictement son devoir ? Et elle encore, ajoutait-elle, fille unique de M. de Pontlevé, qui, à tort ou à raison, se voit à la tête de la noblesse de la province, ou, du moins, nous donne des instructions comme commissaire du roi ! Cette petite tête n'a rien entrevu de tout cela ! »

Mme de Serpierre avait raison ; Mme de Chasteller était blâmable ; mais pas tant qu'elle en fut blâmée. « Que vont dire les républicains ? » s'écriaient toutes les nobles dames ; et elles songeaient au numéro de *L'Aurore* qui devait paraître le surlendemain.

CHAPITRE XVI

Mme de Chasteller se rapprocha du groupe de Mme de Serpierre comme celle-ci continuait à très haute voix ses réflexions critiques et monarchiques. Cette critique amère fut brusquement coupée par les compliments fades et exagérés qui passent pour du savoir-vivre en province. Lucien fut heureux de trouver Mme de Serpierre bien ridicule. Un quart d'heure plus tôt, il eût ri de grand cœur ; maintenant cette femme méchante lui fit l'effet d'une pierre de plus que l'on trouve dans un mauvais chemin de montagne. Pendant toutes ces politesses infi-nies auxquelles Mme de Chasteller était bien obligée de répondre, Lucien eut tout le loisir de la regarder. Le teint de Mme de Chasteller avait cette fraîcheur inimitable qui semble annoncer une âme trop haut placée pour être troublée par les minutes vaniteuses et les petites haines d'un bal de province. Lucien lui sut gré de cette expression, toute de son invention. Il était absorbé dans son admiration, lorsque les yeux de cette beauté pâle se tournèrent sur lui ; il ne put soutenir leur éclat ; ils étaient tellement beaux et simples dans leurs mouvements ! Sans y songer, Lucien restait immobile, à trois pas de Mme de Chasteller, à la place où son regard l'avait surpris.

Il n'y avait plus rien chez lui de l'enjouement et de l'assurance brillante de l'homme à la mode ; il ne songeait plus à plaire au public, et, s'il se souvenait de l'existence de ce monstre, ce n'était que pour craindre ses réflexions. N'était-ce pas ce public qui lui nommait sans cesse M. Thomas de Busant ? Au lieu de soutenir son courage par l'action, Lucien, en ce moment critique, avait la faiblesse de réfléchir, de philosopher. Pour se justifier de la faiblesse et du malheur d'aimer, il se disait qu'il n'avait jamais rencontré une physionomie aussi céleste ; il se livrait au plaisir de détailler cette beauté, et sa gaucherie s'en augmentait.

Sous ses yeux, Mme de Chasteller promit une contredanse à M. d'Antin, et, depuis un quart d'heure, Lucien avait décidé de solliciter cette contredanse. « Jusqu'ici, se dit-il en se voyant enlever Mme de Chasteller, l'affectation ridicule, pour moi, des jolies femmes que j'ai rencontrées m'a servi de bouclier contre leurs charmes. Cette froideur parfaite de Mme de Chasteller se change, lorsqu'elle est obligée de parler ou d'agir, en une grâce dont je n'avais pas même l'idée. »

Nous avouerons que, pendant ces raisonnements admiratifs, Lucien, immobile et droit comme un piquet, avait tout l'air d'un niais.

Mme de Chasteller avait la main fort bien. Comme ses yeux faisaient peur à Lucien, les yeux de notre héros s'attachaient à cette main, qu'il suivait constamment. Toute cette timidité fut remarquée par Mme de Chasteller, chez laquelle on parlait tous les jours de Lucien. Notre sous-lieutenant fut réveillé de son bonheur par l'idée cruelle que tout ce qui ne dansait pas l'observait avec des yeux ennemis et lui cherchait des ridicules. Son uniforme seul et sa brillante cocarde suffisaient pour indisposer contre lui, et jusqu'à la violence, tout ce qui, dans ce bal, n'appartenait pas à la très haute société. C'était une remarque déjà ancienne pour Lucien, que moins il y a d'esprit dans l'ultracisme, plus il est furibond.

Mais toutes ces réflexions prudentes furent bien vite oubliées ; il trouvait trop de plaisir à chercher à deviner le caractère de Mme de Chasteller.

« Quelle honte, dit tout à coup le parti contraire à l'amour ; quelle honte pour un homme qui a aimé le devoir et la patrie avec un dévouement qu'il pouvait dire sincère ! Il n'a plus d'yeux que pour les grâces d'une petite légitimiste de province, garnie d'une âme qui préfère bassement les intérêts particuliers de sa caste à ceux de la France entière. Bientôt, sans doute, à son exemple, je placerai le bonheur de deux cent mille nobles ou... avant celui des autres trente millions de Français. Ma grande raison sera que ces deux cent mille privilégiés ont les salons les plus élégants, des salons qui semblent m'offrir des jouissances délicates, que je chercherais vainement ailleurs ; en un mot, des salons qui sont utiles à mon bonheur privé. Le plus vil des courtisans de Louis-Philippe ne raisonne pas autrement. » Ce moment fut cruel, et la physionomie de Lucien n'était rien moins que riante, tandis qu'il cherchait à réfuter, à repousser cette terrible vision. Il était alors debout et immobile, près de la contredanse où figurait Mme de Chasteller. Aussitôt le parti de l'amour, pour réfuter la raison, le porta à prier Mme de Chasteller à danser. Elle le regarda ; mais, pour cette fois, Lucien fut incapable de juger ce regard ; il en fut comme brûlé, enflammé. Ce regard, pourtant, ne voulait rien dire autre chose que le plaisir de curiosité de voir de près un jeune homme qui avait des passions extrêmes, qui, tous les jours, avait un duel, dont on parlait beaucoup, et qui passait fort souvent sous ses fenêtres. Et le beau cheval de ce jeune officier devenait ombrageux précisément quand elle pouvait l'apercevoir ! Il était clair que le maître du cheval voulait faire croire qu'il était occupé d'elle au moins lorsqu'il passait dans la rue de la Pompe, et elle n'en était point scandalisée ; elle ne le trouvait point impertinent. Il est vrai que placé auprès d'elle au dîner chez Mme de Serpierre, il avait paru absolument dénué d'esprit et même gauche dans ses manières. Il avait été brave en conduisant la barque sur l'étang de *la Commanderie*, mais c'était de cette bravoure froide que peut avoir un homme de cinquante ans.

De tout cet ensemble d'idées, il résultait qu'en dansant avec Lucien, sans le regarder et sans s'écarter du sérieux le plus convenable, Mme de Chasteller était fort occupée de lui. Bientôt elle s'aperçut qu'il était timide jusqu'à la gaucherie.

« Son amour-propre se rappelle sans doute, pensa-t-elle, que je l'ai vu tomber de cheval le jour de l'arrivée du régiment de lanciers. » Ainsi Mme de Chasteller ne faisait aucune difficulté d'admettre que Lucien était timide à cause d'elle. Cette défiance de soi-même avait de la grâce dans un homme jeune et placé au milieu de tous ces provinciaux, si sûrs de leur mérite et qui ne perdaient pas un pouce de leur taille en dansant. Ce jeune officier, du moins, n'était pas timide à cheval ; chaque jour il la faisait trembler par sa hardiesse et une hardiesse si souvent malheureuse, ajoutait-elle presque en riant.

Lucien était tourmenté du silence qu'il gardait ; à la fin il se fit violence, il osa adresser un mot à Mme de Chasteller, et n'arriva qu'avec beaucoup de peine à exprimer très mal des idées fort communes, juste châtiment de qui n'exerce pas sa mémoire.

Mme de Chasteller évita quelques invitations des jeunes gens de la société, dont elle savait par cœur les mots les plus jolis, et, après un moment, par une de ces adresses de femmes que nous ne devinons que lorsque nous n'avons plus d'intérêt à les deviner, elle se trouva danser à la même contredanse que Lucien ; mais, après cette contredanse, elle décida que réellement il n'avait aucune distinction dans l'esprit, et elle cessa presque de penser à lui. « Ce ne sera qu'un homme de cheval, comme tous les autres ; seulement il monte avec plus de grâce et a plus de physionomie. » Ce n'était plus ce jeune homme vif, leste, à l'air insouciant et supérieur à tout, qui passait souvent sous sa croisée. Contrariée de cette découverte, qui augmentait pour elle l'ennui de Nancy, Mme de Chasteller adressa la parole à Lucien et fut presque coquette avec lui. Elle le regardait passer depuis si longtemps, que, quoique à elle présenté depuis huit jours seulement, il lui faisait presque l'effet d'une vieille connaissance.

Lucien, qui n'osait que rarement regarder la figure parfaitement froide de la belle personne qui lui parlait, était bien loin de se douter des bontés qu'on avait pour lui. Il dansait, et en dansant faisait trop de mouvements, et ces mouvements manquaient de grâce.

« Décidément ce joli Parisien n'est bien qu'à cheval ; en se mettant à pied, il perd la moitié de son mérite, et, s'il se met à danser, il perd son mérite tout entier. Il n'a pas d'esprit : c'est dommage, sa physionomie annonçait tant de finesse et de naturel ! Ce sera le *naturel* du manque d'idées. » Et elle respira plus librement. Cependant elle n'était pas envieuse ; mais elle aimait sa liberté, et elle avait eu peur.

Tout à fait rassurée sur les moyens de plaire de Lucien, et peu touchée de l'unique avantage de bien monter à cheval : « Ce beau jeune homme, se dit-elle, veut faire l'homme ébahi de mes grâces, comme les autres. » Et elle songea librement à ces autres qui l'environnaient et cherchaient à lui dire des choses aimables. M. d'Antin y réussissait quelquefois. Tout en lui rendant justice, Mme de Chasteller fut impatientée de ce qu'au lieu de lui adresser la parole, Lucien se bornait à sourire des mots aimables de M. d'Antin. Pour comble de déplaisance, il la regardait avec des yeux dont l'expression était exagérée et pouvait être remarquée.

Notre pauvre héros était trop profondément occupé, et de ses remords d'aimer, et de l'impossibilité absolue de trouver un mot passable à dire, pour surveiller ses yeux. Depuis qu'il avait quitté Paris, il n'avait rien vu au moral que de contourné, de sec, et de désagréable pour lui. Je ménage les termes : la platitude des désirs, les prétentions puériles, et, plus que tout, la gauche hypocrisie de la province allaient jusqu'à produire le dégoût chez cet être accoutumé à toute l'élégance des vices de Paris.

Au lieu de cette disposition satirique et malheureuse, depuis une heure, Lucien n'avait pas assez d'yeux pour voir, pas assez d'âme pour admirer. Ses remords d'aimer étaient battus en brèche et détruits avec une rapidité délicieuse. Sa vanité de jeune homme l'avertissait bien, de temps à autre, que le silence continu dans lequel il se renfermait avec délice n'était pas fait pour augmenter sa réputation d'homme aimable ; mais il était si étonné, si transporté, qu'il n'avait pas le courage de donner une audience sérieuse au soin de sa gloire.

Par un charmant contraste avec tout ce qui offensait ses yeux depuis si longtemps, il voyait à six pas de lui une femme adorable par une beauté céleste ; mais cette beauté était presque son moindre charme. Au lieu de cette politesse empressée, incommode, empreinte de fausseté, puante de mensonge, qui faisait la gloire de la maison de Serpierre ; au lieu de cette fureur de faire de l'esprit à tout propos de Mme de Puylaurens, Mme de Chasteller était simple et froide, mais de cette simplicité qui charme parce qu'elle daigne ne pas cacher une âme faite pour les émotions les plus nobles, mais de cette froideur voisine des flammes, qui semble prête à se changer en bienveillance et même en transports, si vous savez les inspirer.

CHAPITRE XVII

Mme de Chasteller s'était éloignée pour faire un tour dans la salle. M. de Blancet avait repris son poste et lui donnait le bras d'un air entrepris ; on voyait qu'il songeait au bonheur de lui donner le bras comme son mari. Le hasard amena Mme de Chasteller du côté où se trouvait Lucien. En le retrouvant sous ses yeux, elle eut un mouvement d'impatience contre elle-même. Quoi ! elle s'était donné la peine de regarder si souvent un être aussi vulgaire et dont le sublime mérite consistait, comme celui des héros de l'Arioste, à être un bon homme de cheval ! Elle lui adressa la parole et chercha à l'émoustiller, à le faire parler.

Au mot que lui adressa Mme de Chasteller, Lucien devint un autre homme. Par le noble regard qui daignait s'arrêter sur lui, il se crut affranchi de tous les lieux communs, qui l'ennuyaient à dire, qu'il disait mal, et qui, à Nancy, font encore l'élément essentiel de la conversation entre gens qui se voient pour la huit ou dixième fois. Tout à coup il osa parler, et beaucoup. Il parlait de tout ce qui pouvait intéresser ou amuser la jolie femme qui, tout en donnant le bras à son grand cousin, daignait l'écouter avec des yeux étonnés. Sans perdre rien de sa douceur et de son accent respectueux, la voix de Lucien s'éclaircit et prit de l'éclat. Les idées nettes et plaisantes ne lui manquèrent pas plus que les paroles vives et pittoresques pour les peindre. Dans la simplicité noble du ton qu'il osa prendre spontanément avec Mme de Chasteller, il sut faire apparaître, sans se permettre assurément rien qui pût choquer la délicatesse la plus scrupuleuse, cette nuance de familiarité délicate qui convient à deux âmes de même portée, lorsqu'elles se rencontrent et se reconnaissent au milieu des masques de cet ignoble bal masqué qu'on appelle le monde. Ainsi des anges se parleraient qui, partis du ciel pour quelque mission, se rencontreraient par hasard, ici-bas.

Cette simplicité noble n'est pas, il est vrai, sans quelque rapport avec la simplicité de langage autorisée par une ancienne connaissance ; mais, comme correctif, chaque mot semble dire : « Pardonnez-moi pour un moment ; dès qu'il vous plaira reprendre le masque, nous redeviendrons complètement étrangers l'un à l'autre, ainsi qu'il convient. Ne craignez pas de ma part, pour demain, aucune prétention à la connaissance, et daignez vous amuser un instant sans tirer à conséquence. »

Les femmes sont un peu effrayées de l'ensemble de ce genre de conversation ; mais, en détail, elles ne savent où l'arrêter. Car, à chaque instant, l'homme qui a l'air si heureux de leur parler semble dire : « Une âme de notre portée doit négliger des considérations qui ne sont faites que pour le vulgaire, et sans doute vous pensez avec moi que... »

Mais, au milieu de sa brillante faconde, il faut rendre justice à l'inexpérience de Lucien. Ce n'était point par un effort de génie qu'il s'était élevé tout à coup à ce ton si convenable pour son ambition ; il pensait tout ce que ce ton semblait dire ; et ainsi, mais par une cause peu honorable pour son habileté, sa façon de le dire était parfaite. C'était l'illusion d'un cœur naïf. Il y avait toujours chez Lucien une certaine horreur instinctive pour les choses basses qui s'élevait, comme un mur d'airain, entre l'expérience et lui. Il détournait les yeux de tout ce qui lui semblait trop laid, et il se trouvait, à vingt-trois ans, une naïveté qu'un jeune Parisien de bonne maison trouve déjà bien humiliante à seize, à sa dernière année de collège. C'était par un pur hasard qu'il avait pris le ton d'un homme habile. Certainement il n'était pas expert dans l'art de disposer d'un cœur de femme et de faire naître des sensations.

Ce ton si singulier, si attrayant, si dangereux, n'était que choquant et à peu près inintelligible pour M. de Blancet, qui, toutefois, tenait à mêler son mot dans la conversation. Lucien s'était emparé d'autorité de toute l'attention de Mme de Chasteller. Quelque effrayée qu'elle fût, elle ne pouvait se défendre d'approuver beaucoup les idées de Lucien, et quelquefois répondait presque sur le même ton ; mais, sans cesser précisément d'écouter avec plaisir, elle finit par tomber dans un profond étonnement.

Elle se disait pour justifier ses sourires un peu approbateurs : « Il parle de tout ce qui se passe au bal et jamais de soi. » Mais, dans le fait, la manière dont Lucien osait l'entretenir de toutes ces choses si indifférentes était parler de soi et usurper un rang qui n'était pas peu de chose auprès d'une femme de l'âge de Mme de Chasteller, et surtout accoutumée à autant de retenue : ce rang eût été unique, rien de moins.

D'abord Mme de Chasteller fut étonnée et amusée du changement dont elle était témoin ; mais bientôt elle ne sourit plus, elle eut peur à son tour. « De quelle façon de parler il ose se servir avec moi, et je n'en suis point choquée ! je ne me sens point offensée ! Grand Dieu ! ce n'est point un jeune homme simple et bon... que j'étais sotte de le penser ! J'ai affaire à un de ces hommes adroits, aimables, et profondément dissimulés, que l'on voit dans les romans. Ils savent plaire, mais précisément parce qu'ils sont incapables d'aimer. M. Leuwen est là, devant moi, heureux et gai, occupé à me réciter un rôle aimable, sans doute ; mais il est heureux uniquement parce qu'il sent qu'il parle bien... Apparemment qu'il avait résolu de débuter par une heure de ravissement profond et allant jusqu'à l'air stupide. Mais je saurai bien rompre toute relation avec cet homme dangereux, habile comédien. »

Et, tout en faisant cette belle réflexion, tout en formant cette magnifique résolution, son cœur était déjà occupé de lui ; elle l'aimait déjà. On peut attribuer à ce moment la naissance d'un sentiment de distinction et de faveur pour Lucien. Tout à coup Mme de Chasteller se repentit vivement d'être restée si longtemps à parler avec Lucien, assise sur une chaise, éloignée de toutes les femmes et n'ayant pour tout chaperon que le bon M. de Blancet, qui pouvait fort bien ne rien comprendre à tout ce qu'il entendait. Pour sortir de cette position embarrassante, elle accepta une contredanse que Lucien la pria de danser avec lui.

Après la contredanse et pendant la valse qui suivit, Mme d'Hocquincourt appela Mme de Chasteller à une place à côté d'elle, où il y avait de l'air et où l'on était un peu à l'abri de l'extrême chaleur qui commençait à s'emparer de la salle du bal.

Lucien, fort lié avec Mme d'Hocquincourt, ne quitta pas ces dames. Là, Mme de Chasteller put se convaincre qu'il était à la mode de ce soir-là. « Et, en vérité, on a raison, se disait-elle, car, indépendamment de ce joli uniforme qu'il porte si bien, il est source de joie et gaieté pour tout ce qui l'environne. »

On se prépara à passer dans une tente voisine, où le souper était servi. Lucien arrangea les choses de façon à ce qu'il pût offrir son bras à Mme de Chasteller. Il semblait à celle-ci être séparée par des journées entières de l'état où se trouvait son âme au commencement de la soirée. Elle avait presque oublié jusqu'au souvenir de l'ennui, qui éteignait presque sa voix après la première heure passée au bal.

Il était minuit ; le souper était préparé dans une charmante salle, formée par des murs de charmille de douze ou quinze pieds de hauteur. Pour mettre le souper à l'abri de la rosée du soir, s'il en survenait, ces murs de verdure supportaient une tente à larges bandes rouge et blanc. C'étaient les couleurs de la personne exilée dont on célébrait la fête. Au travers des murs de charmille on apercevait çà et là, par les trouées du feuillage, une belle lune éclairant un paysage étendu et tranquille. Cette nature ravissante était d'accord avec les nouveaux sentiments qui cherchaient à s'emparer du cœur de Mme de Chasteller, et contribuait puissamment à éloigner et à affaiblir les objections de la raison. Lucien avait pris son poste ; non pas précisément à côté de Mme de Chasteller (il fallait avoir des ménagements pour les anciens amis de sa nouvelle connaissance, un regard plus amical qu'il n'eût osé l'espérer lui avait appris cette nécessité), mais il se plaça de façon à pouvoir fort bien la voir et l'entendre.

Il eut l'idée d'exprimer ses sentiments réels par des mots qu'il adressait, en apparence, aux dames assises auprès de lui. Pour cela il fallait beaucoup parler : il y réussit sans dire trop d'extravagances. Il domina bientôt la conversation ; bientôt, tout en amusant les dames assises auprès de Mme de Chasteller, il osa faire entendre de loin des choses qui pouvaient avoir une application fort tendre, ce qu'il n'aurait jamais pensé pouvoir tenter de sitôt. Il est sûr que Mme de Chasteller pouvait fort bien feindre de ne pas comprendre ces mots indirects. Lucien parvint à amuser même les hommes placés près de ces dames, et qui ne regardaient pas encore ses succès avec le sérieux de l'envie.

Tout le monde parlait, et on riait fort souvent du côté de la table où Mme de Chasteller était assise. Les personnes placées aux autres parties de la table firent silence, pour tâcher de prendre part à ce qui amusait si fort les voisines de Mme de Chasteller. Celle-ci était très occupée, et de ce qu'elle entendait, qui la faisait rire quelquefois, et de ses réflexions fort sérieuses, qui formaient un étrange contraste avec le ton si gai de cette soirée.

« C'est donc là cet homme timide et que je croyais sans idées ? Quel être effrayant ! » C'était pour la première fois, peut-être, de sa vie, que Lucien avait de l'esprit, et du plus brillant. Vers la fin du souper, il vit que le succès passait ses espérances. Il était heureux, extrêmement animé, et pourtant, par miracle il ne dit rien d'inconvenant. Là cependant, parmi ces fiers Lorrains, il se trouvait en présence de trois ou quatre préjugés féroces, dont nous n'avons à Paris que la pâle copie : Henri V, la noblesse, la duperie et la sottise, et presque le crime de l'humanité envers le petit peuple. Aucune de ces grandes vérités, fondement du *credo* du faubourg Saint-Germain, et qui ne se laissent pas offenser impunément, ne reçut la plus petite égratignure de la gaieté de Lucien.

C'est que son âme noble avait au fond un respect infini pour la situation malheureuse de tous ces pauvres jeunes gens qui l'entouraient. Ils s'étaient privés quatre ans auparavant, par fidélité à leurs croyances politiques et aux sentiments de toute leur vie, d'une petite part au budget utile, si ce n'est nécessaire, à leur subsistance. Ils avaient perdu bien plus encore : l'unique occupation au monde qui pût les sauver de l'ennui et par laquelle ils ne crussent pas déroger.

Les femmes décidèrent que Lucien était *parfaitement bien*. Ce fut Mme de Commercy qui prononça le mot sacramentel dans la partie de la salle qui était réservée à la plus haute noblesse. Car il y avait une petite réunion de sept ou huit dames qui méprisaient toute cette société, qui, à son tour, méprisait tout le reste de la ville, à peu près comme la garde impériale de Napoléon eût fait peur, en cas de révolte, à cette armée de 1810, qui faisait peur à toute l'Europe.

Au mot si décisif de Mme de Commercy, la jeunesse dorée de Nancy se révolta presque. Ces messieurs, qui savaient être élégants et se bien placer sur la porte d'un café, se taisaient ordinairement au bal, et ne savaient montrer que le mérite de danseurs vigoureux et infatigables. Lorsqu'ils virent que Lucien parlait beaucoup, contre son ordinaire, et que, de plus, il était écouté, ils commencèrent à dire qu'il était fort bruyant et fort déplaisant ; que cette amabilité criarde pouvait être à la mode parmi les bourgeois de Paris et dans les arrière-boutiques de la rue Saint-Honoré, mais ne prendrait jamais dans la bonne société de Nancy.

Pendant cette déclaration de ces messieurs, les mots plaisants de Lucien prenaient fort bien, et leur donnaient un démenti. Ils furent réduits à répéter entre eux, d'un air tristement satisfait : « Après tout, ce n'est qu'un bourgeois, né on ne sait où, et qui ne peut jouir que de la noblesse personnelle que lui confère son épaulette de sous-lieutenant. »

Ce mot de nos officiers démissionnaires lorrains résume la grande dispute qui attriste le dix-neuvième siècle : c'est la colère du rang contre le mérite.

Mais aucune des dames ne songeait à ces idées tristes ; elles échappaient complètement, en ce moment, à la triste civilisation qui pèse sur les cerveaux mâles de la province. Le souper finissait tout brillant de vin de Champagne ; il avait porté plus de gaieté et de liberté sans conséquence dans les manières de tous. Pour notre héros, il était exalté par les choses assez tendres que, sous le masque de la gaieté, il avait osé adresser de loin à la dame de ses pensées. C'était la première fois de sa vie que le succès le jetait dans une telle ivresse.

En revenant dans la salle de bal, Mme de Chasteller dansa une valse avec M. de Blancet, auquel Lucien succéda, suivant l'usage allemand, après quelques tours. Tout en dansant, et avec une adresse sans adresse, fille du hasard et de la passion, il sut reprendre la conversation sur un ton fort respectueux, mais qui était, cependant, sous plus d'un rapport, celui d'une ancienne connaissance.

Profitant d'un grand *cotillon* que ni Mme de Chasteller ni lui ne voulurent danser, il put lui dire, en riant et sans trop faire tache sur le ton général de l'entretien : « Pour me rapprocher de ces beaux yeux, j'ai acheté un missel, je suis allé me battre, je me suis lié avec M. Du Poirier. » Les traits fort pâles en ce moment de Mme de Chasteller, ses yeux étonnés exprimaient une surprise profonde et presque de la terreur. Au nom de Du Poirier, elle répondit à mi-voix et comme hors d'état de prononcer complètement les mots : « C'est un homme bien dangereux ! »

A ces mots, Lucien fut ivre de joie : on ne se fâchait pas des motifs qu'il donnait de sa conduite à Nancy. Mais oserait-il croire ce qu'il lui semblait voir ?

Il y eut un silence expressif de deux ou trois secondes : les yeux de Lucien étaient fixés sur ceux de Mme de Chasteller ; après quoi il osa répondre :

« Il est adorable à mes yeux ; sans lui je ne serais pas ici... D'ailleurs, j'ai un affreux soupçon, ajouta la naïveté imprudente de Lucien.

— Lequel ? Et quoi donc ? » dit Mme de Chasteller.

Elle sentit aussitôt qu'une réplique aussi directe, aussi vive de sa part, était une haute inconvenance ; mais elle avait parlé avant de réfléchir. Elle rougit profondément. Lucien fut tout troublé en remarquant que la rougeur s'étendait jusqu'à ses épaules.

Mais il se trouva que Lucien ne pouvait répondre à la question si simple de Mme de Chasteller. « Quelle idée va-t-elle prendre de moi ? » se dit-il. A l'instant sa figure changea d'expression ; il pâlit, comme s'il eût éprouvé une attaque de quelque mal vif et soudain ; ses traits trahissaient l'affreuse douleur que lui causait le souvenir de M. de Busant de Sicile, qui, après plusieurs heures d'oubli, se présentait à lui tout à coup.

Quoi ! ce qu'il obtenait n'était donc qu'une faveur banale, tout acquise à l'uniforme, par quelque personne qu'il fût porté ! La soif qu'il avait d'arriver à la vérité et l'impossibilité de trouver des termes présentables pour exprimer une idée si offensante le jetaient dans le dernier embarras. « Un mot peu me perdre à jamais », se disait-il.

L'émotion imprévue qui semblait le glacer passa en un instant à Mme de Chasteller. Elle pâlit de la peine si cruelle, et sans doute à elle relative, qui se manifestait subitement dans la physionomie si ouverte et si jeune de Lucien : ses traits étaient comme flétris ; ses yeux, si brillants naguère, semblaient ternis et ne plus y voir.

Il y eut entre eux un échange de deux ou trois mots insignifiants.

« Mais qu'est-ce donc ? dit Mme de Chasteller.

— Je ne sais, répondit machinalement Lucien.

— Mais comment, monsieur, vous ne savez pas ?

— Non, madame... Mon respect pour vous... »

Le lecteur pourra-t-il croire que Mme de Chasteller, de plus en plus émue, eut l'affreuse imprudence d'ajouter :

« Ce soupçon aurait-il quelque rapport à moi ?

— Est-ce que je m'y serais arrêté un centième de seconde ? reprit Lucien avec tout le feu du premier malheur vivement senti ; est-ce que je m'y serais arrêté, s'il

164

n'était relatif à vous, à vous uniquement au monde ? A qui puis-je penser, sinon à vous ? Et ce soupçon ne me perce-t-il pas le cœur vingt fois le jour, depuis que je suis à Nancy ? »

Il ne manquait à l'intérêt naissant de Mme de Chasteller que de voir son honneur soupçonné. Elle n'eut pas même l'idée de masquer son étonnement du ton que Lucien avait pris dans sa réponse. Le feu avec lequel il venait de lui parler, l'évidence de l'extrême sincérité dans les propos de ce jeune homme, la firent passer d'une pâleur mortelle à une rougeur imprudente ; ses yeux même rougirent. Mais, oserais-je bien le dire, en ce siècle gourmé et qui semble avoir contracté mariage avec l'hypocrisie, ce fut d'abord de bonheur que rougit Mme de Chasteller, et non à cause des conjectures que pouvaient former les danseurs qui, en suivant les diverses figures du cotillon, passaient, sans cesse devant eux.

Elle pouvait choisir de répondre ou de ne pas répondre à cet amour ; mais combien il était sincère ! avec quel dévouement elle était aimée ! « Peut-être, probablement même, se dit-elle, ce transport ne durera-t-il pas ; mais comme il est vrai ! comme il est exempt d'exagération et d'emphase ! C'est sans doute là la vraie passion ; c'est sans doute ainsi qu'il est doux d'être aimée. Mais être soup-çonnée par lui au point que son amour en soit arrêté ! Mais l'imputation est donc infâme ? »

Mme de Chasteller restait pensive, la tête appuyée sur son éventail. De temps en temps, ses yeux se tournaient vers Lucien, qui était immobile, pâle comme un spectre, tout à fait tourné vers elle. Les yeux de Lucien étaient d'une indiscrétion qui l'eût fait frémir, si elle y eût pensé.

CHAPITRE XVIII

Une incertitude bien autrement inquiétante était venue agiter son cœur. « Au commencement de la soirée, quand il ne parlait pas, ce n'était donc pas faute d'idées, comme j'avais la simplicité de le penser : c'était peut-être le soup-çon ! cet affreux soupçon qui l'arrêtait dans son estime pour moi... Et le soupçon de quoi ? Quelle calomnie peut être assez noire pour produire un tel effet chez un être si jeune et si bon ? »

Pendant cette immobilité apparente, Mme de Chasteller était tellement agitée, que, sans songer à ce qu'elle osait dire, et entraînée à son insu par le ton de gaieté que la conversation avait pris au souper, cette étrange question arriva jusqu'aux oreilles de Lucien :

« Mais quoi ! vous ne trouviez que des mots... peu significatifs à me dire au commencement de la soirée ! Était-ce un sentiment de politesse exagérée ? était-ce... la retenue si naturelle quand on se connaît aussi peu ? (ici sa voix baissa malgré elle) ou était-ce l'effet de ce soupçon ? dit-elle enfin, et sa voix, pour ces deux derniers mots reprit subitement un timbre contenu, mais fort marqué.

— C'était l'effet d'une extrême timidité : je n'ai point d'expérience de la vie, je n'avais jamais aimé ; vos yeux vus de près m'effrayaient, je ne vous avais vue jusqu'ici qu'à une grande distance. »

Ce mot fut dit avec un accent si vrai, avec une intimité si tendre : il montrait tant d'amour, qu'avant qu'elle y songeât, les yeux de Mme de Chasteller, ces yeux dont l'expression était profonde et vraie, avaient répondu : « J'aime comme vous. »

Elle revint comme d'une extase, et, après une demi-seconde, elle se hâta de détourner les yeux ; mais ceux de Lucien avaient recueilli en plein ce regard décisif.

Il devint rouge à en être ridicule. Il n'osait presque pas croire à tout son bonheur. Mme de Chasteller, de son côté, sentait que ses joues se couvraient d'une rougeur brûlante. « Grand Dieu ! je me compromets d'une manière affreuse ; tous les regards doivent être dirigés sur cet étranger, auquel je parle depuis si longtemps et avec un tel air d'intérêt ! »

Elle appela M. de Blancet, qui dansait le cotillon.

« Conduisez-moi jusqu'à la terrasse du jardin : je lutte depuis cinq minutes contre un accès de chaleur qui me suffoque... J'ai pris un demi-verre de vin de Champagne ; je crois en vérité que je suis enivrée. »

Mais ce qu'il y eut de terrible pour Mme de Chasteller, c'est qu'au lieu de prendre le ton de l'intérêt, M. le vicomte de Blancet ricanait en écoutant ces mensonges. Il était jaloux jusqu'à la folie de l'air d'intimité, de plaisir, avec lequel on parlait à Lucien depuis si longtemps, et on lui avait dit au régiment qu'il ne fallait pas croire aux indispositions des belles dames.

Il avait offert son bras à Mme de Chasteller et la conduisait hors de la salle de bal, lorsqu'une autre idée, tout aussi lumineuse, vint s'emparer de son attention. Mme de Chasteller s'appuyait sur son bras en marchant avec un abandon bien étrange.

« Ma belle cousine voudrait-elle enfin me faire entendre qu'elle me paie de retour, ou, du moins, qu'elle a pour moi quelque sentiment tendre ? » se dit M. de Blancet. Mais, dans la soirée, dont il passa en revue tous les petits événements, rien n'avait semblé présager un aussi heureux changement. Était-il imprévu, ou Mme de Chasteller voulait-elle dissimuler avec lui ? Il la conduisit de l'autre côté du parterre à fleurs. Il trouva une table de marbre placée devant un grand banc de jardin à dossier et à marchepied. Il eut quelque peine à y établir Mme de Chasteller, qui semblait presque hors d'état de se mouvoir.

Pendant que le vicomte de Blancet, au lieu de voir ce qui se passait autour de lui, discutait des chimères, Mme de Chasteller était au désespoir. « Ma conduite est affreuse ! se disait-elle ; je me suis compromise aux yeux de toutes ces dames, et, en ce moment, je sers de texte aux remarques les plus désobligeantes et les plus humiliantes. J'en ai agi, pendant je ne sais combien de temps, comme si personne ne m'eût regardée, moi ni M. Leuwen. Ce public ne me passe rien... Et M. Leuwen ? »

Ce nom, prononcé mentalement, la fit frémir : « *Et je me suis compromise aux yeux de M. Leuwen !* »

Ce fut là le véritable chagrin qui, à l'instant, fit oublier tous les autres ; il ne put être diminué par aucune des réflexions qui se présentaient en foule sur ce qui venait de se passer.

Bientôt un autre soupçon vint augmenter le malheur de Mme de Chasteller. « Si M. Leuwen a tant d'assurance, c'est qu'il aura su que je passe des heures entières cachée par la persienne de ma fenêtre et attendant son passage dans la rue. »

On prie le lecteur de ne pas trouver trop ridicule Mme de Chasteller ; elle n'avait aucune expérience des fausses démarches dans lesquelles peut entraîner un cœur aimant ; jamais elle n'avait éprouvé rien de semblable à ce qui venait de lui arriver pendant cette cruelle soirée. Elle ne trouvait guère de raison dans sa tête pour venir à son secours, et n'avait aucune expérience réelle. Jamais elle n'avait été troublée par un sentiment autre que celui de la timidité en étant présentée à quelque grande princesse, ou celui d'une indignation profonde contre les Jacobins qui cherchaient à ébranler le trône des Bourbons. Au-delà de toutes ces théories, qui étaient un sentiment pour elle et ne parvenaient à troubler son cœur que pour un instant, Mme de Chasteller avait un caractère sérieux et tendre qui, dans ce moment, n'était propre qu'à augmenter son malheur. Malheureusement pour sa prudence, les petits intérêts journaliers de la vie ne pouvaient l'émouvoir. Elle avait toujours vécu ainsi dans une sécurité trompeuse ; car les caractères qui ont le malheur d'être au-dessus des misères qui font l'occupation de la plupart des hommes n'en sont que plus disposés à s'occuper uniquement des choses qui, une fois, ont pu parvenir à les toucher.

Mme de Chasteller avait reçu du ciel un esprit vif, clairvoyant, profond, mais elle était bien loin de se croire un tel esprit. Les Bourbons étaient malheureux, et elle ne songeait qu'au moyen de les servir. Elle se figurait qu'elle leur devait tout. Discuter ce qu'elle leur devait eût été une lâcheté et une bassesse à ses yeux.

Elle ne se croyait aucun talent, elle s'objectait le nombre de fois qu'elle s'était trompée en politique et jusque dans les moindres affaires. Elle ne voyait pas que c'était en suivant les avis des autres qu'elle se trompait ; si elle eût suivi dans les petites choses comme dans les grandes le premier aperçu de son esprit, rarement elle eût eu à s'en repentir. Un froid philosophe qui eût voulu juger cette âme cachée derrière une si jolie figure y eût remarqué une disposition singulière au dévouement profond et une horreur également irraisonnable pour tout ce qui était faux ou hypocrite. Depuis la chute des Bourbons à la Révolution de juillet, elle n'avait eu qu'un sentiment : une admiration sans bornes pour ces êtres célestes. Elle songeait sans cesse aux objets de son dévouement. Comme elle avait l'âme naturellement élevée, les petites choses lui paraissaient ce qu'elles sont, c'est-à-dire peu dignes de voler l'attention d'un être né pour les grandes. Cette disposition lui donnait de l'indifférence et de la négligence pour toutes les petites choses ; et comme rien de secondaire ne la touchait, elle avait un fond de gaieté presque inaltérable. Son père appelait cela de l'enfantillage. Ce père, M. de Pontlevé, passait sa vie à avoir peur d'un nouveau 93 et à songer à la fortune de sa fille, qui était son paratonnerre contre ce malheur trop certain. Sa fille, fort riche, pensait rarement à l'argent, et tant d'imprudence donnait au vieillard une mauvaise humeur incessante. L'indifférence ou plutôt la philosophie de sa fille pour un misérable détail défavorable ne la mettait point aux abois comme son père. On pouvait dire de celui-ci qu'il n'aimait pas tant les Bourbons qu'il n'avait peur de 93. Mme de Chasteller se fût sentie humiliée de prendre de la joie pour un détail favorable à son courage.

La politique constante de son père avait été de l'éloigner peu à peu d'une amie intime qu'elle avait, Mme de Constantin, et de lui donner pour compagnon de tous les instants un M. de Blancet, son cousin, brave officier, excellent homme, mais qui ennuyait Mme de Chasteller. M. de Pontlevé était bien sûr qu'elle ne ferait jamais un mari de l'ennuyeux Blancet, et ce que la méfiance de M. de Pontlevé redoutait le plus au monde, c'était de voir sa fille se remarier. Toute sa conduite à son égard était basée sur cette crainte.

Mme de Chasteller parlait naturellement avec une grâce charmante. Ses idées étaient nettes, brillantes, et surtout obligeantes pour qui l'écoutait. Pour peu qu'elle pût voir deux ou trois fois dans un salon l'indifférent le plus égoïste ou l'*idéologue* le plus enclin à la République, elle le convertissait à l'amour des Bourbons, ou du moins émoussait toute la haine qu'on pouvait avoir contre eux. Par amour pour les Bourbons comme par générosité naturelle, elle tenait à Nancy un grand état de maison. Malgré les sollicitations de M. de Pontlevé, elle n'avait voulu renvoyer aucun des domestiques de M. de Chasteller. Ses mardis avaient toute cette apparence de bien-être et de bon ton que l'on trouve dans les bonnes maisons de Paris, et qui paraît miraculeuse en province. Les samedis, qui étaient son petit jour, son salon réunissait ce qu'il y avait de plus noble et de plus riche à Nancy et à trois lieues à la ronde. Tout cela n'allait pas sans un peu d'envie de la part des autres dames nobles, mais elle était si bonne, et les dames rivales voyaient si clairement que, si elle eût suivi son penchant, elle eût habité la campagne tête à tête avec son amie Mme de Constantin, que tout ce luxe ne faisant pas son bonheur, n'excitait pas trop d'envie. C'est une belle exception en province.

Mme de Chasteller n'était réellement haïe que des jeunes républicains, qui sentaient trop que jamais il ne leur serait donné de lui adresser la parole.

Mme de Chasteller savait se présenter d'une façon

convenable, et même avec grâce, dans le grand salon des Tuileries, saluer le roi et les princesses, faire la cour aux grandes dames ; mais au-delà de ces choses essentielles, elle n'avait aucune expérience de la vie. Aussitôt qu'elle se sentait émue, sa tête se perdait, et elle n'avait d'autre prudence, dans ces cas extrêmes, que de ne rien dire et de rester immobile.

« Plût à Dieu que je n'eusse adressé aucune parole à M. Leuwen », disait-elle aujourd'hui. Au *Sacré-Cœur*, une religieuse qui s'était emparée de son esprit en caressant tous ses petits caprices d'enfance, lui faisait remplir tous ses devoirs avec une sorte de religion par ces simples mots : « Faites cela par amitié pour moi. » Car c'est une impiété, une témérité menant au *protestantisme*, que de dire à une petite fille : « Faites telle chose parce qu'elle est raisonnable. » *Faites cela par amitié pour moi* répond à tout, et ne conduit pas à examiner ce qui est raisonnable ou non. Mais aussi, avec les meilleures intentions du monde, dès qu'elle était un peu émue, Mme de Chasteller ne savait où prendre une règle de conduite.

En arrivant sur le banc, près de la table de marbre, Mme de Chasteller était au désespoir, elle ne savait où trouver un refuge contre le terrible reproche d'avoir pu paraître, aux yeux de Leuwen, manquer de retenue. Sa première idée fut de se retirer pour toujours dans un couvent.

« Il verra bien par le vœu de cette retraite éternelle que je n'ai pas le projet d'attenter à sa liberté. »

La seule objection contre ce projet, c'est que tout le monde allait parler d'elle, discuter ses raisons, lui supposer des motifs secrets, etc.

« Que m'importe ! Je ne les reverrai jamais... Oui, mais je saurai qu'ils s'occupent de moi, et avec malveillance, et cela me rendra folle. Un tel éclat serait intolérable pour moi... Ah ! s'écria-t-elle avec une augmentation de douleur, est-ce qu'il ne confirmerait pas M. Leuwen dans l'idée, qu'il n'a peut-être que trop, que je suis une femme hardie, incapable de me renfermer dans les bornes sacrées de la retenue féminine ? »

Mme de Chasteller était tellement troublée, et si peu accoutumée à calculer froidement ses démarches, qu'elle oubliait en ce moment les détails de l'action qui faisait la base de son désespoir et de sa honte. Jamais elle ne s'était placée à un métier à broder, derrière sa persienne, sans avoir renvoyé sa femme de chambre et fermé sa porte à clef.

« *Je me suis compromise aux yeux de M. Leuwen* », se répétait-elle d'une façon presque convulsive, appuyée sur la table de marbre près de laquelle M. de Blancet l'avait conduite. « Il y a eu un moment fatal pendant lequel j'ai pu oublier auprès de ce jeune homme cette sainte et... retenue sans laquelle mon sexe ne peut aspirer ni au respect du monde, ni presque à sa propre estime. Si M. Leuwen a un peu de cette présomption si naturelle à son âge, et que je croyais lire dans ses façons quand je le voyais passer sous ma fenêtre, j'ai forfait à jamais, j'ai détruit par un seul instant d'oubli la pureté de la pensée qu'il put avoir de moi. Hélas ! mon excuse, c'est que c'est le premier mouvement de passion désordonnée que j'ai eu de ma vie. Mais cette excuse peut-elle se dire ? Peut-elle même s'imaginer ? Oui, j'ai oublié toutes les lois de la pudeur ! »

Elle osa se dire ce mot terrible. Aussitôt, les larmes qui remplissaient ses yeux se séchèrent subitement.

« Mon cher cousin, dit-elle au vicomte de Blancet avec une certaine assurance convulsive (mais il ne sut point voir cette nuance, il n'était attentif qu'au degré d'intimité qu'on aurait avec lui), ceci est une attaque de nerfs dans toutes les règles. Faites, au nom de Dieu, que personne dans le bal ne s'en aperçoive, et allez me chercher un verre d'eau. » Elle lui dit de loin : « *D'eau à la glace, s'il se peut.* »

Les soins nécessaires pour jouer cette petite comédie firent quelque diversion à son affreuse douleur ; son œil hagard suivait au loin les mouvements du vicomte. Quand il fut absolument hors de portée de l'entendre, le désespoir le plus vif et des sanglots qui semblaient devoir l'étouffer s'emparèrent d'elle ; c'étaient les larmes brûlantes du malheur extrême, et surtout de la honte.

« Je me suis compromise à jamais dans l'esprit de M. Leuwen. Mes yeux lui ont dit : « Je vous aime follement. » Et j'ai fait entendre cette cruelle vérité à un jeune homme léger, fier de ses avantages, peu discret, et j'ai parlé ainsi dès le premier jour qu'il m'adressa la parole. Dans ma folie, j'ai osé lui adresser des questions que six mois de connaissance et de bonne amitié justifieraient à peine. Dieu ! Où avais-je la tête ?

« *Quand vous ne trouviez rien à me dire au commencement de la soirée*, c'est-à-dire pendant ce siècle d'attente durant lequel je désirais avec passion un mot de vous, *était-ce timidité ?* — Timidité, grand Dieu ! (Et ses sanglots menacèrent de l'étouffer.) *Était-ce timidité*, répétait-elle, l'œil hagard et secouant la tête, *était-ce timidité*, ou *était-ce l'effet de ce soupçon ?* On dit qu'une femme est folle une fois en sa vie ; apparemment que mon heure était arrivée. »

Et tout à coup son esprit vit le sens de ce mot : soupçon.

« Et, avant que je me jetasse à sa tête avec cette horrible indécence, il avait déjà un *soupçon*. Et moi, je descendais *bassement* à me justifier de ce *soupçon*. Et envers un *inconnu ?* Si quelque chose, grand Dieu, peut lui faire croire à tout, n'est-ce pas mon atroce conduite ? »

CHAPITRE XIX

Pour comble de misère, et par suite de ce savoir-vivre qui fait des provinces un si aimable séjour, plusieurs femmes, qui certes n'avaient aucune amitié bien intime pour Mme de Chasteller, quittèrent le bal, et toutes à la fois firent irruption auprès de la table de marbre. Plusieurs apportèrent des bougies. Chacune criait une phrase sur son amitié pour Mme de Chasteller et le désir qu'elle avait de la secourir. M. de Blancet n'avait pas eu assez de caractère pour tenir ferme à une porte du bosquet de charmille et les empêcher de passer.

L'excès de la contrariété et du malheur, aidés par le tapage abominable, furent sur le point de donner à Mme de Chasteller une véritable attaque de nerfs.

« Voyons ce que cette femme si fière de ses richesses et de ses manières froides peut faire quand elle se trouve mal », pensaient les bonnes amies.

« Si j'agis, je vais tomber encore dans quelque horrible faute », se dit rapidement Mme de Chasteller en les entendant venir. Elle prit le parti de fermer les yeux et de ne pas répondre.

Mme de Chasteller ne voyait aucune excuse à ses torts prétendus, elle était aussi malheureuse que l'on puisse l'être dans les situations agitées de la vie. Si le malheur des âmes tendres n'arrive pas alors au comble de ce que la force de l'âme peut endurer, c'est peut-être que la nécessité d'agir empêche que tout l'âme ne soit tout entière à la vue de son malheur.

Leuwen mourait d'envie de pénétrer sur la terrasse à la suite des dames indiscrètes ; il fit quelques pas, mais bientôt il eut horreur de cet acte d'égoïsme grossier, et pour fuir toute tentation il sortit du bal, mais à pas lents. Il regrettait la fin de soirée qu'il abandonnait. Leuwen était étonné, et même, au fond du cœur, inquiet ; il était bien éloigné d'apercevoir toute l'étendue de sa victoire. Il éprouvait comme une soif d'instinct de repasser dans sa tête et de peser, avec tout le calme de la raison, tous les événements qui venaient de se passer avec tant de rapidité. Il avait besoin de réfléchir et de voir ce qu'il devait penser.

Ce cœur si jeune encore était étourdi des grands intérêts qu'il venait de manier comme si c'eussent été des vétilles ; il ne distinguait rien. Pendant tout le temps du combat, il ne s'était pas permis de réfléchir de peur de laisser se perdre l'occasion d'agir. Maintenant, il voyait en gros qu'il venait de se passer des choses de la plus haute importance. Il n'osait se livrer aux apparences de bonheur qu'il entrevoyait confusément, et frémissait de découvrir tout à coup, à l'examen, quelque mot, quelque fait, qui le séparât à jamais de Mme de Chasteller. Pour les remords de l'aimer, il n'en était plus question en ce moment.

M. du Poirier, qui, en homme vraiment habile, ne négligeait point les petits intérêts tout en s'occupant sérieusement des grands, craignit que quelque jeune médecin beau danseur ne s'emparât de l'accident arrivé à Mme de Chasteller. Il parut bientôt dans la charmille auprès de la table de marbre qui protégeait encore un peu Mme de Chasteller contre le zèle de ses bonnes amies. Les yeux fermés, la tête appuyée sur ses mains, immobile et silencieuse, environnée de vingt bougies entassées par la curiosité, Mme de Chasteller servait de centre d'attaque à un cercle de douze ou quinze femmes parlant toutes à la fois de leur amitié pour elle et des meilleurs remèdes contre les évanouissements.

Comme M. de Poirier n'avait aucun intérêt contraire, il dit, ce qui était vrai, que Mme de Chasteller avait besoin surtout de tranquillité et de silence.

« Il faut, mesdames, que vous preniez la peine de retourner au bal. Laissez Mme de Chasteller seule avec son médecin et avec M. le vicomte. Nous allons la reconduire bien vite à son hôtel. »

La pauvre affligée, qui entendit cet avis du médecin, en fut bien reconnaissante.

« Je me charge de tout », s'écria M. de Blancet, qui triomphait dans les moments trop rares qui donnent de l'importance à la force physique. Il partit comme un trait, fut en moins de cinq minutes à l'autre extrémité de la ville, à l'hôtel de Pontlevé ; il fit atteler, ou plutôt attela lui-même les chevaux, et bientôt on l'entendit amenant lui-même au galop la voiture de Mme de Chasteller. Jamais service ne fut plus agréable.

Mme de Chasteller en marqua sa vive reconnaissance à M. de Blancet lorsqu'il lui offrit son bras pour la conduire à sa voiture. Se sentir seule, séparée de ce public cruel dont le souvenir redoublait son malheur, pouvoir songer en paix à sa faute fut pour elle, en cet instant, presque du bonheur.

<C'était une âme simple, sans expérience des choses de la vie ni d'elle-même. Elle avait passé dix ans au couvent et seize mois dans le grand monde. Mariée à dix-sept ans, veuve à vingt, rien de tout ce qu'elle voyait à Nancy ne lui semblait agréable.

Pendant longtemps, Leuwen n'avait rien su de Mme de Chasteller. Ce que l'on vient de dire en deux lignes et les mauvais propos de M. Bouchard, le maître de poste, composaient toute sa science sur ce sujet délicat.

Rempli de remords sur son amour, souvent il se refusait à faire ce que demandait le service de cette passion. En d'autres moments, il s'imaginait qu'on lisait son amour dans ses yeux et n'osait hasarder des questions directes.>

A peine rentrée chez elle, Mme de Chasteller eut assez de force de volonté pour éloigner sa femme de chambre, qui ne demandait rien de moins qu'un récit complet de l'accident. Enfin, elle fut seule. Elle pleura longtemps. Elle songea avec amertume à son amie intime, Mme de Constantin, que la politesse savante de son père était parvenue à éloigner. Mme de Chasteller n'osait confier à la poste que de vagues assurances d'affection : elle avait lieu de croire que son père se faisait [communiquer] toutes ses lettres. La directrice de la poste de Nancy pensait bien, et M. de Pontlevé avait la première place dans une sorte de commission établie au nom de Charles X pour la Lorraine, l'Alsace et la Franche-Comté.

« Ainsi, je suis seule, seule au monde, avec ma honte », se disait Mme de Chasteller.

Après avoir beaucoup pleuré dans le silence et l'obscurité, devant une grande fenêtre ouverte qui lui laissait voir à deux lieues vers l'orient les bois noirs de la forêt de Burelviller, et au-dessus un ciel pur et sombre parsemé d'étoiles scintillantes, son attaque de nerfs se calma, et elle eut le courage d'appeler sa femme de chambre et de l'envoyer se coucher. Jusqu'à ce moment, la présence d'un être humain lui eût semblé redoubler d'une façon trop cruelle sa honte et son malheur. Une fois qu'elle eut entendu la bonne monter à sa chambre, elle osa se livrer avec moins de timidité à l'examen de toutes ses fautes durant cette fatale soirée.

D'abord, son trouble et sa confusion furent extrêmes. Il lui semblait ne pouvoir tourner la vue d'aucun côté sans apercevoir une nouvelle raison de se mépriser soi-même, et une humiliation sans bornes. Le soupçon dont Leuwen avait osé lui parler la frappait surtout : un homme, un jeune homme, se permettre une telle liberté avec elle ! Leuwen paraissait bien élevé, il fallait donc qu'elle lui eût donné d'étranges encouragements. Quels étaient-ils ? Elle ne se souvenait de rien, que de l'espèce de pitié et de découragement qu'avait fait naître chez elle, au commencement de la soirée, la singulière absence d'idées de ce jeune homme qu'elle trouvait aimable. « Je l'ai pris pour un homme *fort* à cheval, comme M. de Blancet ! »

Mais quel pouvait être ce soupçon dont il lui avait parlé ? C'était là son chagrin le plus apparent. Elle pleura longtemps. Ces larmes étaient comme une réparation d'honneur qu'elle se faisait à elle-même.

« Mais enfin, qu'il ait des soupçons tant qu'il voudra, se dit-elle, indignée, c'est une calomnie qu'on lui aura dite. S'il la croit, tant pis pour lui ; il manque d'esprit et de discernement, voilà tout ! Je suis innocente. »

La fierté de ce mouvement était sincère. Peu à peu, elle cessa de rêver à ce que pouvait être ce soupçon. Ses fautes réelles lui semblèrent alors bien autrement pesantes ; elle les voyait sans nombre. Alors, elle pleura de nouveau. Enfin, après des angoisses d'une amertume extrême, faible et comme à demi morte de douleur, elle crut distinguer qu'elle avait surtout deux choses à se reprocher : premièrement, elle avait laissé entrevoir ce qui se passait dans son cœur à un public mesquin, platement méchant, et qu'elle méprisait de tout son cœur. Elle sentit redoubler son malheur en repassant sur toutes les raisons qu'elle avait de redouter la cruauté de ce public et de le mépriser. Ces messieurs à genoux devant un écu ou la plus petite apparence de faveur auprès du roi ou du ministre, comme ils sont impitoyables pour les fautes qui n'ont pas l'amour de l'argent pour principe ! La revue de son mépris pour cette haute société de Nancy devant laquelle elle s'était compromise lui donnait une douleur détaillée, si j'ose parler ainsi, et cuisante comme le toucher d'un fer rouge. Elle se figurait les regards [que chacune des femmes dont elle se figurait le mépris] devait lui avoir adressés en dansant le cotillon.

Après que Mme de Chasteller se fut exposée aux traits de cette douleur, comme à plaisir, elle revint à une peine bien autrement profonde, et qui en un clin d'œil sembla éteindre tout son courage. C'était l'accusation d'avoir violé, aux yeux de Leuwen, cette retenue féminine sans laquelle une femme ne peut être estimée d'un homme digne, à son tour, de quelque estime. En présence de ce chef d'accusation, sa douleur lui donna comme des moments de répit. Elle en vint à se dire tout haut et d'une voix à demi étouffée par les sanglots :

« *S'il ne me méprisait pas, je le mépriserais lui-même.*

— Quoi ! reprenait-elle après un moment de silence, et comme cédant à sa fureur contre elle-même, un homme a osé me dire qu'il avait des soupçons sur ma conduite, et loin de détourner les yeux, je lui ai demandé de me justifier ! Non contente de cette indignité, je me suis donnée en spectacle, j'ai laissé deviner mon cœur par ces êtres vils, dont le seul souvenir, quand je viens à penser sérieusement à eux, me fait prendre la vie en mépris pour des journées entières. Enfin, mes regards sans prudence m'ont mérité d'être rangée par M. Leuwen parmi ces femmes qui se jettent à la tête du premier homme qui leur plaît. Car pourquoi n'aurait-il pas la présomption de son âge ? N'a-t-il pas tout ce qui la justifie ? »

Mais son imagination abandonna bientôt le plaisir de penser à Leuwen, pour en revenir à ces mots affreux : *se jeter à la tête du premier venu.*

« Mais M. Leuwen a raison, reprit-elle avec un courage barbare. Je vois clairement moi-même que je suis un être corrompu. Je ne l'aimais pas avant cette soirée fatale : je ne pensais à lui que raisonnablement, et comme à un jeune homme qui semblait se distinguer un peu de tous ces messieurs que les événements nous ont renvoyés. Il me parle quelques instants, je le trouve d'une timidité singulière. Une sotte présomption me fait jouer avec lui comme avec un être sans conséquence que je voudrais voir parler, et tout à coup il se trouve que je ne songe plus qu'à lui. C'est apparemment parce qu'il me semblait un joli homme. Que ferait de pis la femme la plus corrompue ? »

Cette reprise de désespoir fut plus violente que toutes les autres. Enfin, comme l'aube du jour blanchissait le ciel au-dessus des bois noirs de Burelviller, la fatigue et le sommeil vinrent suspendre enfin les remords et le malheur de Mme de Chasteller.

Pendant cette même nuit, Leuwen avait pensé constamment à elle [et avec des sentiments d'adoration bien flatteurs en un sens]. Quel sujet de [consolation] si elle avait pu voir toute la timidité de cet homme qui paraissait à ses yeux comme un Don Juan terrible et accompli ! Lucien n'était point sûr de la façon dont il devait juger les événements qui venaient de se passer durant cette soirée décisive. Ce dernier mot, il ne le prononçait qu'en tremblant. Il croyait avoir lu dans ses yeux qu'elle l'aimerait un jour.

« Mais, grand Dieu ! je n'ai donc d'autre avantage auprès de cet être angélique que de faire exception à la règle qui la porte à aimer des lieutenants-colonels ! Grand Dieu ! Comment une vulgarité de conduite si réelle peut-elle s'unir à toutes les apparences d'une âme si noble ? Je vois bien que le Ciel ne m'a pas donné le talent de lire dans les cœurs de femme. Dévelroy avait raison : je ne serai qu'un nigaud toute ma vie, encore plus étonné de mon propre cœur que de tout ce qui m'arrive. Ce cœur devrait être au comble du bonheur, et il est navré ! Ah ! que ne puis-je la voir ? je lui demanderais conseil ; l'âme que ses yeux semblent annoncer comprendrait mes chagrins : ils sembleraient trop ridicules aux âmes vulgaires. Quoi ! Je gagne cent mille francs à la loterie, et me voici au désespoir de n'avoir pas gagné un million ! Je m'occupe d'une façon exagérée d'une des plus jolies femmes de la ville où le hasard m'a jeté. Première faiblesse ; je veux la combattre, je suis battu, et me voilà désirant de lui plaire, comme un de ces petits hommes faibles et manqués qui peuplent les salons de femmes à Paris. Enfin, la femme que j'ai l'insigne faiblesse d'aimer, j'espère pour peu de temps, semble recevoir mes soins avec plaisir et avec une coquetterie dont la forme, du moins, est délicieuse : elle joue le sentiment comme si elle avait deviné que c'est avec une passion sérieuse que j'ai la faiblesse de l'aimer. Au lieu de jouir de mon bonheur, qui n'est pas mal comme cela, je tombe dans une fausse délicatesse. Je me forge des supplices, parce que le cœur d'une femme de la cour a été sensible pour d'autres que pour moi ! Eh ! grand Dieu ! ai-je le talent qu'il faut pour séduire une femme vraiment vertueuse ? Toutes les fois que j'ai voulu m'adresser à quelque femme un peu différente du vulgaire des grisettes, n'ai-je pas échoué de la façon la plus ridicule ? Ernest, qui, après tout, est une bonne tête malgré son pédantisme, ne m'a-t-il pas expliqué comme quoi je n'ai pas assez de sang-froid ? On voit dans ma figure d'enfant de chœur tout ce que je pense... Au lieu de profiter de mes petits succès et de marcher en avant, je reste comme un benêt, occupé à les savourer, à en jouir. Un serrement de main est une ville de Capoue pour moi ; je m'arrête extasié dans les rares délices d'une faveur si décisive au lieu de marcher en avant. Enfin, je n'ai aucun talent pour cette guerre, et je fais le difficile ! Mais, animal, si tu plais, c'est par hasard, uniquement par hasard... »

Après cent tours dans sa chambre :

« Je l'aime, se dit-il, tout haut, ou du moins je désire lui plaire. Je me figure qu'elle m'aime. Si elle n'était pas pleine d'humanité pour les lieutenants-colonels, et même pour les lieutenants tout court, ai-je le talent qu'il faut pour réussir auprès d'une femme vraiment délicate ? Saurais-je exalter sa tête jusqu'au point de lui faire oublier complètement ce qu'elle se doit à elle-même ? »

Mais cette répétition du même raisonnement, si elle rendait témoignage de la modestie sincère de notre héros, n'avançait en rien son bonheur. Son cœur avait besoin de trouver à Mme de Chasteller un mérite sans tache. Il l'aimait ainsi, il la fallait sublime, et cependant sa raison la lui montrait fort différente. Furieux contre lui-même, il s'écriait :

« Ai-je le talent qu'il faut pour réussir auprès d'une femme de bonne compagnie ? Cela m'est-il jamais arrivé ? Et cependant, je suis malheureux. Voilà bien le vrai portrait de la tête d'un fou. Apparemment que dans mon projet de la séduire, je voudrais d'abord qu'elle ne m'aimât pas. Quoi ! Je désire être aimé d'elle, et je suis triste parce qu'il semble qu'elle me distingue ! Quand on est un sot, il faut du moins n'être pas un lâche. »

Il s'endormit au jour sur cette belle pensée, et avec le

demi-projet de demander au colonel Malher d'être envoyé à vingt lieues de Nancy, à N..., où le régiment avait un détachement occupé à observer les ouvriers *mutuellistes*.

Quelle n'eût pas été l'augmentation du supplice de Mme de Chasteller, qui, presque à la même heure, cédait à la fatigue, si elle eût vu cette apparence d'affreux mépris pour elle, qui, retournée de cent façons et vue sous toutes les faces, ôtait le sommeil à l'homme qui l'occupait malgré elle !

CHAPITRE XX

Quelles que fussent les idées de Lucien, il n'était pas maître de ses actions. Le lendemain, de bonne heure, après s'être mis en tenue pour se présenter chez le colonel Malher, il aperçut de loin la rue sur laquelle donnaient les fenêtres de Mme de Chasteller. Il ne put résister à l'envie de passer sous ces fenêtres qu'il ne devait plus revoir si le colonel lui accordait sa demande. A peine fut-il dans la rue, qu'il sentit son cœur battre au point de lui ôter la respiration : la seule possibilité d'entrevoir Mme de Chasteller le mettait hors de lui. Il fut presque bien aise de ne pas la voir à sa fenêtre.

« Et que deviendrai-je, se dit-il, si, après avoir obtenu de quitter Nancy, je viens à désirer d'y revenir avec la même folie ? Depuis hier, je ne suis plus maître de moi, j'obéis à des idées qui me viennent tout à coup, et que je ne puis pas prévoir une minute à l'avance. »

Après ce raisonnement digne d'un ancien élève de l'École polytechnique, Leuwen monta à cheval et fit cinq ou six lieues en deux heures. Il se fuyait lui-même : ce que la soif physique a de plus poignant, il l'éprouvait au moral par le besoin de soumettre sa raison à celle d'un autre homme et de demander conseil. Il se sentait juste assez de raison pour croire et sentir qu'il devenait fou ; cependant, tout son bonheur au monde dépendait de l'opinion qu'il devait se former de Mme de Chasteller.

Il avait eu le bon esprit de ne pas sortir des bornes de la plus étroite réserve avec aucun des officiers du régiment. Il n'avait donc personne auprès de qui il pût se fortifier, même de la ressource du raisonnement le plus vague et le plus lointain. M. Gauthier était absent, et d'ailleurs, croyait-il, n'eût compris sa folie que pour l'en gronder et l'engager à s'éloigner.

En revenant de sa promenade, il éprouva, en repassant dans la rue de la Pompe, un mouvement de folie qui l'étonna. Il lui semblait que s'il eût rencontré les yeux de Mme de Chasteller, il fût tombé de cheval pour la troisième fois. Il ne se sentit pas le courage de fuir, et n'alla point chez le colonel.

M. Gauthier arriva le même soir de la campagne. Leuwen voulut lui parler en termes éloignés de sa position, le tâter, comme on dit. Voici ce que lui dit Gauthier, après quelques phrases de transition :

« Je ne suis pas sans chagrin non plus. Ces ouvriers de N... me chiffonnent. Que va leur dire l'armée ?... »

Dès le lendemain du bal, le docteur Du Poirier vint faire une longue visite à son jeune ami, et sans trop de préambules se mit à lui parler de Mme de Chasteller. Leuwen sentit qu'il rougissait jusqu'au blanc des yeux. Il ouvrit la fenêtre et se plaça derrière les persiennes, de façon à n'être que difficilement examiné par le docteur.

« Ce cuistre vient ici me faire subir un interrogatoire. Voyons. »

Leuwen se répandit en admiration sur la beauté du pavillon où l'on avait dansé la veille. De la cour, il passa à l'escalier magnifique, aux vases de plantes exotiques qui en faisaient l'ornement ; ensuite, suivant un ordre mathématique et logique, de l'escalier il passa à l'antichambre, de là aux deux premiers salons...

A chaque instant le docteur l'interrompait pour lui parler de l'indisposition de Mme de Chasteller, la veille, et pour raisonner sur ce qui avait pu la causer, etc., etc. Leuwen n'avait garde de l'interrompre ; chaque mot était un trésor pour lui : le docteur sortait de l'hôtel de Pontlevé. Mais Leuwen sut se contenir ; au moindre petit silence, il reprenait gravement sa dissertation sur ce qu'avait pu coûter la tente élégante rayée de cramoisi et de blanc de la veille. Le son de ces mots étrangers à sa langue habituelle semblait redoubler son sang-froid et l'empire qu'il avait sur soi-même. Jamais il n'en eut autant de besoin : le docteur, qui à tout prix voulait le faire parler, lui disait les choses les plus précieuses sur Mme de Chasteller, des choses sur lesquelles il eût payé au poids de l'or un mot de plus. Et le cas était tentant : il lui semblait qu'avec de la flatterie un peu adroite le docteur trahirait tous les secrets du monde. Mais il fut sage jusqu'à la timidité ; jamais le nom de Mme de Chasteller ne fut prononcé par lui que pour répondre au docteur ; c'eût été une maladresse ailleurs. Leuwen forçait son rôle, mais Du Poirier avait trop peu d'habitude de gens répondant juste à ce qu'on leur dit pour saisir cette nuance. Leuwen se promit bien d'être malade le lendemain ; il espérait savoir par le docteur bien des détails sur M. de Pontlevé et la vie habituelle de Mme de Chasteller.

Le lendemain, le docteur avait changé de batterie : Mme de Chasteller, suivant lui, était prude, remplie d'un orgueil insupportable, beaucoup moins riche qu'on ne le disait. Elle avait tout au plus dix mille francs de rente sur le Grand-Livre. Et, au milieu d'un mauvais vouloir si peu déguisé, pas un mot sur le lieutenant-colonel. Ce moment fut bien doux pour Leuwen, presque plus doux que celui où, l'avant-veille, Mme de Chasteller l'avait regardé après lui avoir demandé si le soupçon était relatif à elle. Il n'y avait donc pas eu scandale dans son affaire avec M. Thomas de Busant.

Leuwen fit beaucoup de visites ce soir-là, mais ne dit pas un mot au-delà des insipides demandes sur l'état de la santé après un bal aussi étonnamment fatigant.

« Quel spectacle admirable ne donnerait pas à ces provinciaux si ennuyés ma préoccupation, s'ils pouvaient la deviner ! »

Tout le monde lui dit du mal de Mme de Chasteller, à l'exception de la bonne Théodelinde ; elle était cependant bien laide, et Mme de Chasteller bien jolie. Leuwen se sentit pour Théodelinde une amitié qui allait presque jusqu'à la passion.

« Mme de Chasteller ne partage pas les façons de s'amuser de ces gens-ci ; voilà ce qu'on ne pardonne nulle part ; à Paris, on ignore ces différences. »

Pendant les dernières de ces visites, Leuwen, sûr de ne pas rencontrer Mme de Chasteller, qui était indisposée chez elle, pensait à la douceur de voir de loin son petit rideau de mousseline brodée éclairé par la lumière de ses bougies.

« Je suis un lâche, se dit-il enfin. Eh bien, je me livrerai de bon cœur à ma lâcheté. »

> Si vous vous damnez,
> Damnez-vous [donc] au moins pour des péchés aimables.

Ce furent presque là les derniers soupirs de son remords

d'aimer et de son amour pour cette pauvre patrie trahie, vendue, etc. On ne peut pas avoir deux amours à la fois.

« Je suis un lâche », se dit-il en sortant du salon de Mme d'Hocquincourt. Et comme à Nancy à dix heures et demie on éteint les réverbères par ordre de M. le maire et qu'à l'exception de la noblesse tout le monde va se coucher, sans être trop ridicule à ses propres yeux, il put se promener une grande heure, sous les persiennes vertes, quoique presque à son arrivée les lumières de la petite chambre eussent été éteintes. Honteux du bruit de ses pas, Leuwen profitait de l'obscurité profonde, s'arrêtait longtemps, assis sur la pierre d'un plombier situé vis-à-vis de la fenêtre qu'il regardait presque à chaque instant.

Son cœur n'était pas le seul à être agité par le bruit de ses pas. Jusqu'à dix heures et demie, Mme de Chasteller avait eu une soirée sombre et pleine de remords. Certainement, elle eût été moins triste en allant dans le monde ; mais elle ne voulait pas s'exposer à le rencontrer ou à entendre prononcer son nom. A dix heures et demie, en le voyant arriver dans la rue, sa tristesse sombre et morne fut remplacée par le battement de cœur le plus vif. Elle se hâta de souffler ses bougies, et malgré toutes les remontrances qu'elle se faisait à elle-même, elle n'avait pas quitté ses persiennes. Ses yeux étaient guidés dans l'obscurité par le feu du cigare de Leuwen. Celui-ci achevait de triompher de ses remords :

« Eh bien ! je l'aimerai et je la mépriserai, se dit-il. Et quand elle m'aimera, je lui dirai : « Ah ! si votre âme eût « été plus pure, c'est pour la vie que je vous eusse été « attaché. »

Le lendemain matin, réveillé à cinq heures pour la manœuvre, Leuwen se trouva un désir passionné de voir Mme de Chasteller. Il ne doutait nullement de son cœur.

« Un regard m'a tout dit, se répétait-il quand le bon sens qui lui était naturel voulait élever quelque objection. Et plût à Dieu qu'il fût moins facile de lui plaire ! Ce n'est pas de cela que je me plaindrais ! »

Enfin, cinq jours après le bal, qui parurent cinq semaines à Leuwen, il rencontra Mme de Chasteller chez Mme la comtesse de Commercy. Mme de Chasteller était ravissante, sa pâleur naturelle avait disparu à la voix du laquais annonçant : M. Leuwen. Lui, de son côté, pouvait à peine respirer. Toutefois, la parure de Mme de Chasteller lui parut trop brillante, trop gaie, de trop bon goût. Il est vrai que Mme de Chasteller était mise à ravir, comme il faut pour plaire à Paris.

« Tant de soins pour une simple visite à une femme âgée rappellent un peu trop, se disait-il, le faible pour les lieutenants-colonels. »

Cependant, malgré l'amertume de cette censure, il ajoutait :

« Eh bien ! je l'aimerai, mais sans conséquence. »

Pendant tous ces beaux raisonnements, il était à trois pas d'elle, tremblant comme la feuille, mais de bonheur.

A ce moment, Mme de Chasteller répondait à je ne sais quelle question de politesse sur son indisposition que Leuwen lui avait adressée, avec une politesse et un son de voix d'une grâce parfaite, mais en même temps avec une tranquillité d'autant plus inaltérable qu'elle n'était point triste et sombre, mais au contraire affable et sur le bord de la gaieté. Leuwen déconcerté ne vit toute l'étendue du malheur que lui annonçait ce ton qu'après la fin de la visite, et en y réfléchissant. Quant à lui, il fut commun et presque plat devant Mme de Chasteller. Il le sentit, et en arriva à ce point de misère de chercher à donner de la grâce à ses mouvements et au son de sa voix, et l'on devine avec quel succès !

« Me voici tout à fait revenu au degré de gaucherie dont je jouissais dans les premiers moments de notre conversation au bal... », pensa-t-il en se jugeant lui-même. Et il avait raison, il ne s'exagérait nullement le manque de grâce et d'esprit. Mais ce qu'il ne se disait pas, c'est que le seul être aux yeux duquel il désirât ne pas paraître un sot jugeait bien autrement de son embarras.

« M. Leuwen, se disait Mme de Chasteller, s'attendait à trouver la suite de mon inconcevable légèreté du bal, ou du moins il avait droit d'espérer des façons douces et presque affectueuses, rappelant le ton de l'amitié. Il rencontre des façons extrêmement polies, mais qui, au fond, le renvoient bien au-delà du rang d'une simple connaissance. »

Leuwen, pour dire quelque chose, ne trouvant absolument pas une idée, s'avisa d'entreprendre une explication du mérite de Mme Malibran, qui chantait à Metz, et que la bonne compagnie de Nancy annonçait l'intention d'aller entendre. Mme de Chasteller, enchantée de n'avoir plus à se faire violence pour trouver des mots polis et froids, le regardait parler. Bientôt, il s'embrouilla tout à fait, il fut ridicule d'embarras, et à un point tel que Mme de Commercy s'en aperçut.

« Ces jeunes gens à la mode ont des mérites bien sujets au changement, dit-elle tout bas à Mme de Chasteller. Ce n'est plus du tout le joli sous-lieutenant qui vient souvent chez moi. »

Ce mot fut le bonheur parfait pour Mme de Chasteller : une femme de bon sens, d'un bon sens célèbre dans la ville, et de sang-froid, venait confirmer ce qu'elle se disait à elle-même depuis quelques minutes, et avec quel plaisir !

« Quelle différence avec cet homme enjoué, vif, étincelant d'esprit, embarrassé seulement par la foule et la vivacité de ses aperçus, que j'ai vu au bal ! Le voilà qui parle d'une chanteuse et ne peut pas trouver une phrase passable. Et tous les jours il lit des feuilletons sur le mérite de Mme Malibran. »

Mme de Chasteller se sentait si heureuse qu'elle se dit tout à coup :

« Je vais tomber dans quelque mot ou quelque sourire de bonne amitié qui gâtera tout mon bonheur de ce soir. Ceci est bien doux, mais pour n'être pas mécontente de moi-même, il faut finir ici. »

Elle se leva et sortit.

Bientôt après, Leuwen quitta Mme de Commercy ; il avait besoin de rêver en [paix] à l'étendue de sa sottise et à la parfaite froideur de Mme de Chasteller. Après cinq ou six heures de réflexions déchirantes, il arriva à cette belle conclusion :

Il n'était pas lieutenant-colonel, et, comme tel, digne de l'attention de Mme de Chasteller. Sa conduite au bal avec lui avait été une velléité, une fantaisie passagère, à laquelle ces femmes un peu trop tendres sont sujettes. L'uniforme lui avait fait un instant illusion ; faute de mieux, elle l'avait pris un instant pour un colonel. Ces consolations désolaient Leuwen :

« Je suis un sot complet, et cette femme une coquette de théâtre, seulement étonnamment belle. Du diable si jamais je regarde ses fenêtres ! »

Après cette grande résolution, si l'on eût offert à Leuwen de le mener pendre, sa manière d'être eût été plus heureuse. Malgré l'heure avancée, il monta à cheval. A peine hors de la ville, il s'aperçut qu'il n'avait pas la force de guider son cheval. Il le rendit au domestique, et se promena à pied. A quelques minutes de là, comme minuit sonnait, malgré les injures qu'il adressait à Mme de Chasteller il était assis sur la pierre vis-à-vis de sa fenêtre.

CHAPITRE XXI

Son arrivée la combla de joie. Elle s'était dit, en sortant de chez Mme de Commercy :

« Il doit être si fort mécontent de lui et de moi, qu'il prendra le parti de m'oublier ; ou, si je le revois encore, ce ne sera que dans quelques jours. »

Dans l'obscurité profonde, Mme de Chasteller distinguait quelquefois le feu du cigare de Leuwen. Elle l'aimait à la folie en ce moment. Si, dans ce silence profond et universel, Leuwen eût eu le génie de s'avancer sous sa fenêtre et de lui dire à voix basse quelque chose d'ingénieux et de frais, par exemple :

« Bonsoir, madame. Daignerez-vous me montrer que je suis entendu ? »

Très probablement, elle lui eût dit : « Adieu, monsieur Leuwen. » Et l'intonation de ces trois mots n'eût rien laissé à désirer à l'amant le plus exigeant. Prononcer le nom de Leuwen, en parlant à lui-même, eût été la suprême volupté pour Mme de Chasteller.

Leuwen, après avoir assez fait le sot, comme il se le disait à soi-même, alla chercher un certain billard, au fond d'une cour sale, où il était sûr de trouver quelques lieutenants du régiment. Il était si à plaindre, que les rencontrer fut un bonheur pour lui. Ce bonheur parut et fit plaisir ; ces jeunes gens furent bons enfants ce soir-là, sauf à reprendre le lendemain la froideur du bon ton.

Leuwen eut le bonheur de jouer et de perdre. Il fut décidé que l'on n'emporterait pas les quelques napoléons que l'on s'était gagnés ; on fit venir du vin de Champagne, et Leuwen eut le bon esprit de s'enivrer, au point que le garçon du billard et un voisin qu'il appela le reconduisirent chez lui.

C'est ainsi qu'un amour véritable éloigne de la crapule.

Le lendemain, Leuwen agit absolument comme un fou. Les lieutenants, ses camarades, redevenus méchants, se disaient :

« Ce beau dandy de Paris n'est pas accoutumé au champagne, il est encore détraqué d'hier ; il faudra l'engager à boire souvent. Nous nous moquerons de lui avant, pendant, et après ; c'est parfait. »

Ce lendemain de sa première rencontre avec cette femme de laquelle Leuwen se croyait si sûr, il fut absolument hors de lui. Il ne comprenait rien à tout ce qui lui arrivait, pas plus aux sentiments qu'il voyait naître dans son cœur qu'aux actions des autres avec lui. Il lui semblait qu'on faisait allusion à ses sentiments pour Mme de Chasteller, et il avait besoin de toute sa raison pour ne pas se fâcher.

« J'agirai au jour le jour, se dit-il enfin, me jetant à chaque moment à l'action qui me fera le plus plaisir. Pourvu que je ne fasse de confidence à qui que ce soit au monde et que je n'écrive à personne sur ma folie, personne ne pourra me dire un jour : « Tu as été fou. » Si cette maladie ne m'emporte pas, du moins elle ne pourra me faire rougir. Une folie bien cachée perd la moitié de ses mauvais effets. L'essentiel est qu'on ne devine pas ce que je sens. »

En peu de jours, il s'opéra chez Leuwen un changement complet. Dans le monde, on fut émerveillé de sa gaieté et de son esprit.

« Il a de mauvais principes, il est immoral, mais il est vraiment éloquent », disait-on chez Mme de Puylaurens.

« Mon ami, vous vous gâtez », lui dit un jour cette femme d'esprit.

Il parlait pour parler, il soutenait le pour et le contre, il exagérait et chargeait les circonstances de tout ce qu'il racontait, et il racontait beaucoup et longuement. En un mot, il parlait comme un homme d'esprit de province, aussi son succès fut-il immense : les habitants de Nancy reconnaissaient ce qu'ils avaient l'habitude d'admirer ; auparavant, on le trouvait singulier, original, affecté, souvent obscur.

Le fait est qu'il avait une frayeur mortelle de laisser deviner ce qui se passait dans son cœur. Il se voyait espionné et surveillé de près par le docteur Du Poirier, qu'il commençait de soupçonner d'avoir fait son marché avec M. Thiers, homme d'esprit, ministre de la police de Louis-Philippe. Mais Leuwen ne pouvait rompre avec Du Poirier. Il ne fût pas même parvenu à l'éloigner de lui en cessant de lui parler. Du Poirier était ancré dans cette société, il y avait présenté Leuwen, et rompre avec lui eût été fort ridicule, et de plus fort embarrassant. Ne rompant pas avec un homme aussi actif, aussi entrant, aussi facile à se piquer, il fallait le traiter en ami intime, en père.

« On ne peut trop charger un rôle avec ces gens-ci » ; et il se mit à parler comme un véritable comédien. Toujours il récitait un rôle, et le plus bouffon qui lui venait à l'esprit ; il se servait exprès d'expressions ridicules. Il aimait à se trouver avec quelqu'un, la solitude lui était devenue insupportable. Plus la thèse qu'il soutenait était saugrenue, plus il était distrait de la partie sérieuse de sa vie, qui n'était pas satisfaisante, et son esprit était le bouffon de son âme.

Ce n'était pas un Don Juan, bien loin de là, nous ne savons pas ce qu'il sera un jour, mais, pour le moment, il n'avait pas la moindre habitude d'agir avec une femme, en tête-à-tête, contrairement à ce qu'il sentait. Il avait honoré jusqu'ici du plus profond mépris ce genre de mérite dont il commençait à regretter l'absence. Du moins, il ne se faisait pas la moindre illusion à cet égard.

Le mot terrible d'Ernest, son savant cousin, sur son peu d'esprit avec les femmes, retentissait toujours dans son âme, presque autant que le mot affreux de Bouchard, le maître de poste, sur le lieutenant-colonel et Mme de Chasteller.

Vingt fois sa raison lui avait dit qu'il fallait se rapprocher de ce Bouchard, qu'avec de l'argent ou des complaisances on en pourrait tirer des détails. Cela lui était impossible : rien que d'apercevoir cet homme de loin dans la rue lui donnait la chair de poule.

Son esprit se croyait fondé à mépriser Mme de Chasteller, et son âme avait de nouvelles raisons chaque jour de l'adorer comme l'être le plus pur, le plus céleste, le plus au-dessus des considérations de vanité et d'argent, qui sont comme la seconde religion de la province.

Le combat de son âme et de son esprit le rendait presque fou à la lettre, et certainement un des hommes les plus malheureux. C'était justement à l'époque où ses chevaux, son tilbury, ses gens en livrée, faisaient de lui l'objet de l'envie des lieutenants du régiment et de tous les jeunes gens de Nancy et des environs qui, le voyant riche, jeune, assez bien, brave, le regardaient sans aucun doute comme l'être le plus heureux qu'ils eussent jamais rencontré. Sa noire mélancolie, lorsqu'il était seul dans la rue, ses distractions, ses mouvements d'impatience avec apparence de méchanceté, passaient pour de la fatuité de l'ordre le plus relevé et le plus noble. Les plus éclairés y voyaient une imitation savante de Lord Byron, dont on parlait encore beaucoup à cette époque.

Cette visite au billard ne fut pas la seule. La renommée s'en empara ; et comme tout Nancy avait porté à douze ou quinze les quatre habits de livrée que Mme Leuwen avait envoyés de Paris à son fils, tout le monde dit, que chaque soir, depuis un mois, on rapportait Leuwen ivre mort à son logis. Les indifférents en étaient étonnés, les officiers démissionnaires carlistes charmés. Un seul cœur en était percé jusqu'au vif :

« Me serais-je trompée sur son compte ? » Cette ressource de perdre la raison pour oublier son chagrin n'était pas belle, mais elle était la seule dont Leuwen eût pu s'aviser, ou plutôt il y avait été entraîné ; la vie de garnison s'était offerte à lui, et il y avait cédé. Comment faire autrement, pour ne pas avoir une fin de soirée abominable ?

C'était son premier chagrin, la vie n'avait été jusque-là pour lui que travail ou plaisir. Depuis longtemps, il était reçu, et avec distinction, dans toutes les maisons de Nancy ; mais la même raison qui lui assurait des succès lui ôtait tout plaisir. Leuwen était comme une vieille coquette : comme il jouait toujours la comédie, rien ne lui faisait plaisir.

« Si j'étais en Allemagne, s'était-il dit, je parlerais allemand ; à Nancy, je parle provincial. »

Il lui eût semblé s'entendre jurer s'il leur eût dit d'une belle matinée : « C'est une belle matinée. » Il s'écriait en fronçant le sourcil et [épaississant] le front, de l'air important d'un gros propriétaire : « Quel beau temps pour les foins ! »

Ses excès du soir au billard Charpentier vinrent ébranler un peu sa considération. Mais peu de jours avant que sa mauvaise conduite éclatât, il avait acheté une calèche, immense, très propre à recevoir les familles nombreuses, dont Nancy abondait, et c'était en effet à cet usage qu'il la destinait. Les six demoiselles de Serpierre et leur mère « étrennèrent » cette voiture, comme on dit dans le pays. Plusieurs autres familles aussi nombreuses osèrent la demander, et l'obtinrent à l'instant.

« Ce M. Leuwen est bien bon enfant, disait-on de toutes parts ; il est vrai que cela coûte peu : son père joue à la rente avec le ministre de l'Intérieur, c'est la pauvre rente qui paie tout cela. »

C'était de la même façon obligeante que M. Du Poirier expliquait le *joli cadeau* que Leuwen lui avait fait à la suite de sa goutte volante.

Le docteur Du Poirier passait pour avide et était le meneur de Nancy. Leuwen le regardait comme le coquin le plus dangereux du pays, il croyait même avoir lieu de supposer que depuis que les chances d'Henri V semblaient avoir diminué, Du Poirier avait traité avec le ministre de l'Intérieur et lui adressait des rapports tous les quinze jours. Mais enfin, ce coquin, pour le moment, lui était favorable.

Tout allait au gré des désirs de Leuwen, même son père, qui ne se plaignait point de sa dépense. Leuwen était sûr que tout le monde disait du bien de lui à Mme de Chasteller ; mais la maison du marquis de Pontlevé n'en était pas moins la seule de Nancy où Lucien semblât faire des pas rétrogrades. En vain Leuwen avait essayé d'y faire des visites ; Mme de Chasteller, plutôt que de le recevoir, avait fermé sa porte sous prétexte de maladie. Elle avait trompé le docteur Du Poirier lui-même, qui disait à Leuwen que Mme de Chasteller ferait mieux de ne pas sortir de longtemps. Aidée par ce prétexte que lui fournissait le docteur Du Poirier, Mme de Chasteller faisait un petit nombre de visites, sans s'exposer à être accusée de fierté et de sauvagerie par les dames de Nancy.

La seconde fois que Leuwen la vit après le bal, il en fut traité à peine comme une simple connaissance, même il lui sembla qu'elle ne répondait pas au peu de mots qu'il lui adressait autant que la politesse la plus simple aurait semblé l'exiger. Pour cette seconde entrevue, Leuwen avait formé les résolutions les plus héroïques. Son mépris pour soi-même fut augmenté par le complet manque de courage qu'il reconnut en lui au moment d'agir.

« Grand Dieu ! un tel accident m'arrivera-t-il au moment où mon régiment chargera l'ennemi ? »

Leuwen se fit les reproches les plus amers.

Le lendemain, il était à peine arrivé chez Mme de Marcilly que Mme de Chasteller fut annoncée.

L'indifférence qu'on lui marqua fut si excessive que vers la fin de la visite il se révolta. Pour la première fois, il profita de la position qu'il avait prise dans le monde : il donna la main à Mme de Chasteller pour la conduire à sa voiture, quoiqu'il fût évident que cette prétendue politesse la contrariait beaucoup.

« Pardonnez-moi, madame, si je suis peu discret : je suis bien malheureux !

— Ce n'est pas ce qu'on dit, monsieur, répondit Mme de Chasteller avec une aisance qui n'était rien moins que naturelle, et en pressant le pas pour gagner sa voiture.

— Je me fais le flatteur de tous les habitants de Nancy dans l'espoir que peut-être ils vous diront du bien de moi, et le soir, pour vous oublier, je cherche à perdre la raison.

— Je ne crois pas, monsieur, vous avoir donné lieu... »

A ce moment, le laquais de Mme de Chasteller s'avança pour fermer la portière, et ses chevaux l'emportèrent plus morte que vive.

CHAPITRE XXII

« Peut-il y avoir rien de plus déshonorant au monde, s'écria Leuwen, immobile à sa place, que de s'obstiner à lutter ainsi contre l'absence de rang ! Ce démon ne me pardonnera jamais l'absence des épaulettes à graines d'épinards. »

Rien n'était plus décourageant que cette réflexion, mais justement, durant la visite qui avait fini par le petit dialogue que nous venons de rapporter, Leuwen avait été comme enivré par la divine pâleur et l'étonnante beauté des yeux de Bathilde (c'était un des noms de Mme de Chasteller).

« On ne peut pas reprocher à sa froideur glaciale d'avoir eu un regard animé pour quoi que ce soit, pendant une grande demi-heure qu'on a parlé de tant de choses. Mais je vois briller au fond de ses yeux, malgré toute la prudence qu'elle se commande, quelque chose de mystérieux, de sombre, d'animé, comme s'ils suivaient une conversation bien autrement intime et relevée que celle qu'écoutent nos oreilles. »

Pour qu'aucun ridicule ne lui manquât, même à ses propres yeux, le pauvre Leuwen, encouragé comme on vient de le voir, eut l'idée d'écrire. Il fit une fort belle lettre, qu'il alla jeter à la poste lui-même, à Darney, bourg à six lieues de Nancy, sur la route de Paris. Une seconde lettre n'obtint pas plus de réponse que la première. Heureusement, dans la troisième il glissa par hasard, et non par une adresse dont nous ne pouvons le soupçonner en conscience, le mot *soupçon*. Ce mot fut précieux pour le parti de l'amour, qui soutenait des combats continus dans le cœur de Mme de Chasteller. Le fait est qu'au milieu des reproches cruels qu'elle s'adressait sans cesse, elle aimait Leuwen de toutes les forces de son âme. Les journées ne marquaient pour elle, n'avaient de prix à ses yeux que par les heures qu'elle passait le soir près de la persienne de son salon, à épier les pas de Leuwen, qui bien loin de se douter de tout le succès de sa démarche, venait passer des heures entières dans la rue de la Pompe.

Bathilde (car le nom de madame est trop grave pour un tel enfantillage), Bathilde passait les soirées derrière sa persienne à respirer à travers un petit tuyau de papier de réglisse qu'elle plaçait entre ses lèvres comme Leuwen faisait pour ses cigares. Au milieu du profond silence de la rue de la Pompe, déserte toute la journée, et encore plus à onze heures du soir, elle avait le plaisir, peu criminel sans doute, d'entendre dans les mains de Leuwen le bruit du papier de réglisse que l'on déchire en l'ôtant du petit cahier et que l'on plie, quand Leuwen faisait son *cigarito* artificiel. M. le vicomte de Blancet avait eu l'honneur et le bonheur de procurer à Mme de Chasteller ces petits cahiers de papier que, comme vous savez, l'on fait venir de Barcelone.

Dans les premiers jours qui suivirent le bal, se reprochant avec amertume d'avoir manqué à ce qu'une femme se doit à soi-même, et, bien plus par respect pour Leuwen, dont elle voulait l'estime avant tout, que, pour sa propre réputation, elle s'était imposé l'ennui de se dire malade et de sortir fort rarement. Il est vrai qu'au moyen de cette sage conduite elle était parvenue à faire oublier entièrement l'aventure du bal. On l'avait bien vue rougir en parlant à Leuwen, mais comme en deux mois elle ne l'avait pas reçu une seule fois chez elle quand rien au monde n'eût été plus simple, on avait fini par supposer qu'en parlant à Leuwen au bal, elle commençait à éprouver les effets de l'indisposition qui peu après l'avait forcée à rentrer chez elle. Depuis son évanouissement du bal, elle avait dit en confidence à deux ou trois dames de sa connaissance :

« Je n'ai plus retrouvé ma santé ordinaire ; elle a péri dans un verre de vin de Champagne. »

Effarouchée par la vue de Leuwen et par ce qu'il avait osé lui dire à leur dernière rencontre, elle fut de plus en plus fidèle à son vœu de solitude parfaite.

Mme de Chasteller avait donc satisfait à la prudence ; personne ne soupçonnait une cause morale à son indisposition du bal, mais son cœur souffrait cruellement. Elle manquait de l'estime pour soi-même, et la paix intérieure, qui était le seul bien dont elle eût joui depuis la révolution de 1830, lui était devenue tout à fait étrangère. Cet état moral et la retraite forcée dans laquelle elle vivait commençaient à altérer sa santé. Toutes ces circonstances, et sans doute aussi l'ennui qui en résultait, donnèrent de la valeur aux lettres de Leuwen.

Depuis un mois, Mme de Chasteller avait fait beaucoup pour la vertu, ou du moins ce qui en est le signe le plus direct : elle s'était infiniment contrariée. Que pouvait demander de plus la voix sévère du devoir ? Ou, pour arriver sur-le-champ au mot décisif : Leuwen pouvait-il encore penser qu'elle avait manqué à la retenue féminine ? Quoi que pût vouloir dire ce mot affreux : *soupçon*, prononcé par lui, Leuwen pouvait-il trouver dans sa conduite quelque chose qui pût le fortifier ? Depuis plusieurs jours, elle avait le plaisir de répondre franchement : non, à cette question qu'elle se faisait sans cesse.

« Mais quel était donc ce soupçon qu'il avait sur moi ? Il fallait qu'il fût d'une nature bien grave... Comme il changea en un clin d'œil toute l'apparence de sa figure !... Et, ajoutait-elle en rougissant, quelle question ce changement me porta-t-il à faire ! »

Alors le vif remords inspiré par le souvenir de la question qu'elle avait osé faire venait rompre pour longtemps toute la chaîne de ses idées.

« Combien j'eus peu d'empire sur moi-même !... Combien il fallait que ce changement se physionomie fût marqué ! Le soupçon qui l'arrêtait ainsi au milieu des transports de la sympathie la plus vive était donc quelque chose de bien grave ? »

En ce moment fortuné arriva la troisième lettre de Leuwen. Les premières avaient fait un vif plaisir, mais on n'avait pas eu la moindre tentation d'y répondre. Après avoir lu cette dernière, Bathilde courut chercher son écritoire, la plaça sur une table, l'ouvrit, et commença à écrire, sans se permettre de raisonner avec soi-même.

« C'est envoyer une lettre, et non l'écrire, qui fait la démarche condamnable », se disait-elle vaguement à elle-même.

A quoi bon noter que la réponse fut écrite avec la

recherche des tournures les plus altières ? On recommandait trois ou quatre fois à Leuwen de perdre tout espoir, le mot même d'espoir était évité avec une adresse infinie, dont Mme de Chasteller se sut bon gré. Hélas ! Elle était sans le savoir la victime de son éducation jésuitique : elle se trompait elle-même, s'appliquant mal à propos, et à son insu, l'art de tromper les autres qu'on lui avait enseigné au *Sacré-Cœur*. Elle *répondait :* tout était dans ce mot-là, qu'elle ne voulait pas regarder.

La lettre d'une page et demie terminée, Mme de Chasteller [se] promenait dans sa chambre, presque en sautant de joie. Après une heure de réflexion, elle demanda sa voiture, et, en passant devant le bureau de poste de Nancy, elle tira le cordon :

« A propos, dit-elle au domestique, jetez cette lettre à la poste... Vite ! »

Le bureau était à trois pas, elle suivit cet homme de l'œil ; il ne lut pas l'adresse, où une écriture un peu différente de celle qu'elle avait d'ordinaire avait écrit :

A M. Pierre Lafont,

Poste restante,

à Darney.

C'était le nom d'un domestique de Leuwen et l'adresse indiquée par lui, avec toute la modestie et le manque d'espoir convenables.

Rien ne saurait exprimer la surprise de Leuwen, et presque sa terreur quand, le lendemain, étant allé comme par manière d'acquit jusqu'à un quart de lieue de Darney avec le domestique Lafont, il vit celui-ci, à son retour, tirer une lettre de sa poche. Il tomba à bas de son cheval plutôt qu'il n'en descendit, et s'enfonça, sans ouvrir la lettre et sans savoir presque ce qu'il faisait, dans un bois voisin. Quand il se fut assuré qu'un taillis de châtaigniers, au centre duquel il se trouvait le cachait bien de tous les côtés, il s'assit et se plaça bien à son aise, comme un homme qui s'apprête à recevoir le coup de hache qui doit le dépêcher dans l'autre monde, et qui veut le savourer.

Quelle différence avec la sensation d'un homme du monde ou d'un homme qui n'a pas reçu du hasard ce don incommode, père de tant de ridicules, que l'on appelle une âme ! Pour ces gens raisonnables, faire la cour à une femme, c'est un duel agréable. Le grand philosophe Kant ajoute : « Le sentiment de la *dualité* est puissamment réveillé quand le bonheur parfait que l'amour peut donner ne peut se trouver que dans la sympathie *complète* ou l'absence totale du sentiment d'être deux. »

« Ah ! Mme de Chasteller répond ! aurait dit le jeune homme de Paris un peu plus vulgairement élevé que Leuwen. Sa grandeur d'âme s'y est enfin décidée. Voilà le premier pas. Le reste est une affaire de forme ; ce sera un mois ou deux, suivant que j'aurai plus ou moins de savoir-faire, et elle des idées plus ou moins exagérées sur ce que doit être la défense d'une femme de la première vertu. »

Leuwen, abandonné sur la terre en lisant ces lignes terribles, ne distinguait point encore l'idée principale, qui eût dû être : « Mme de Chasteller répond ! » Il était effrayé de la sévérité du langage et du ton de persuasion profonde avec lequel elle l'exhortait à ne plus parler de sentiments de cette nature, tout en lui intimant l'ordre, au nom de l'honneur, au nom de ce que les honnêtes gens réputent le plus sacré dans leurs relations réciproques, d'abandonner les idées singulières avec lesquelles il avait sans doute voulu sonder son cœur (d'elle, Mme de Chasteller) avant de s'abandonner à une folie qui, dans leur position réciproque, et surtout avec sa façon de penser à elle, était une aberration, elle osait le dire, on ne peut plus difficile à comprendre.

« C'est un congé bien en forme, se dit Leuwen après avoir relu cette lettre terrible au moins cinq ou six fois. Je ne suis guère en état de faire une réponse quelconque, pensa-t-il ; cependant, le courrier de Paris passe demain matin à Darney, et si ma lettre n'est pas ce soir à la poste, Mme de Chasteller ne la lira que dans quatre jours. »

Cette raison le décida. Là, au milieu du bois, avec un crayon qu'il se trouva par bonheur, et en appuyant sur le haut de son shako la troisième page de la lettre de Mme de Chasteller qui était restée en blanc, il fabriqua une réponse qu'avec la même sagacité qui dirigeait toutes ses pensées depuis une heure, il jugea fort mauvaise. Elle lui déplaisait surtout parce qu'elle n'indiquait aucune espérance, aucun moyen de retour à l'attaque. Tant il y a toujours du fat dans le cœur d'un enfant de Paris ! Cependant, malgré lui et les corrections qu'il y fit en la relisant, elle montrait un cœur navré de l'insensibilité et de la hauteur de Mme de Chasteller.

Il revint sur la route pour envoyer son domestique chercher un cahier de papier à Darney et ce qu'il fallait pour écrire. Il écrivit sa réponse, et après qu'il eut envoyé le domestique la porter au bureau de la poste, il fut deux ou trois fois sur le point de galoper après lui pour la reprendre, tant cette lettre lui semblait maladroite et peu propre à amener le succès. Il ne fut arrêté que par l'impossibilité absolue où il se trouvait d'en composer une autre plus passable.

« Ah ! combien Ernest a raison ! pensa-t-il. Le Ciel n'a pas fait de moi un être destiné à avoir des femmes ! Je ne m'élèverai jamais au-dessus des demoiselles de l'Opéra qui estimeront en moi mon cheval et la fortune de mon père. J'y pourrais peut-être ajouter des marquises de province, si l'amitié intime des marquis n'était pas trop fastidieuse. »

Tout en faisant ces réflexions sur son peu de talent, et en attendant son domestique, Leuwen avait profité de son cahier de papier blanc pour composer une seconde lettre qu'il trouva plus céladon encore et plus plate que celle qui était à la poste.

Ce soir-là, il n'alla point au billard Charpentier, son amour-propre d'auteur était trop humilié du ton dont il s'était trouvé incapable de sortir dans ses deux lettres. Il passa la nuit à en composer une troisième qui, mise au net convenablement et écrite en caractères lisibles, se trouva avoir atteint la formidable longueur de sept pages. Il y travailla jusqu'à trois heures ; à cinq, en allant à la manœuvre, il eut le courage de l'envoyer à la poste à Darney.

« Si le courrier de Paris retarde un peu, Mme de Chasteller recevra celle-ci en même temps que mon petit barbouillage écrit sur la route, et peut-être me trouvera-t-elle un peu moins imbécile. »

Par bonheur pour lui, le courrier de Paris avait passé quand cette seconde lettre arriva à Darney, et Mme de Chasteller ne reçut que la première.

Le trouble, la simplicité presque enfantine de cette lettre, le dévouement parfait, simple, sans effort, sans espérance, qu'elle respirait, firent un contraste charmant aux yeux de Mme de Chasteller avec la prétendue fatuité de l'élégant sous-lieutenant. Était-ce bien là l'écriture et les sentiments de ce jeune homme brillant, qui ébranlait les rues de Nancy par la rapidité de sa calèche ? <Mme de

Chasteller n'en fut point effrayée. Les gens d'esprit de Nancy appelaient Leuwen un fat et, qui plus est, ne doutaient pas qu'il ne le fût parce que, avec les avantages d'argent dont ils le voyaient jouir, ils eussent été des fats.

Leuwen était bien plutôt modeste que fat, il avait le bon esprit de ne savoir ce qu'il était en rien, excepté en mathématiques, chimie et équitation.

Avec quelle joie il eût donné le talent qu'on lui accordait en ces trois choses pour l'art de se faire aimer des dames qu'il trouvait chez plusieurs autres de ses connaissances de Paris.

« Ah ! si je pouvais être délivré de ma folie pour cette femme, comme je me garderais à l'avenir ! S'il pouvait arriver un jeune lieutenant-colonel à notre régiment !... Que ferais-je ?... Me battrais-je ?... Non, parbleu ! je déserterais... »>

Mme de Chasteller s'était repentie bien souvent d'avoir écrit ; la réponse qu'elle pouvait recevoir de Leuwen lui inspirait une sorte de terreur. Toutes ses craintes se trouvaient démenties de la manière la plus aimable.

Mme de Chasteller eut bien des affaires ce jour-là ; il lui fallut lire cinq ou six fois cette lettre, après avoir fermé à clef trois ou quatre portes de son appartement, avant de pouvoir se former une esquisse juste de l'idée qu'elle devait avoir du caractère de Leuwen. Elle croyait y voir des contradictions : sa conduite à Nancy était d'un fat, sa lettre était d'un enfant.

Mais non : cette lettre n'était pas d'un homme à prétentions, encore moins d'un homme vain. Mme de Chasteller avait assez d'usage et d'esprit pour être sûre qu'il y avait dans cette lettre une simplicité charmante, au lieu de l'affectation et de la fatuité plus ou moins déguisée d'un homme *à la mode* ; car tel eût été le rôle de Leuwen à Nancy, s'il eût eu l'esprit de connaître et de saisir sa fortune.

CHAPITRE XXIII

La seule chose adroite que Leuwen eût mise dans sa lettre était de supplier pour une réponse.

« Accordez-moi mon pardon, et je vous jure, madame, un silence éternel. »

« Dois-je faire cette réponse ? se disait Mme de Chasteller. Ne serait-ce pas commencer une correspondance ? »

Un quart d'heure après, elle se disait :

« Résister toujours au bonheur qui se présente, même le plus innocent, quelle vie triste ! A quoi bon être toujours sur des échasses ? Ne suis-je pas déjà assez ennuyée par deux années de bouderie contre Paris ? Quel mal de faire cette dernière lettre qu'il recevra de moi, si elle est écrite de façon à pouvoir être examinée et commentée sans danger, même par les femmes qui se réunissent chez Mme de Commercy ? »

Cette réponse si méditée, si occupante à faire, partit enfin ; c'étaient des conseils sages donnés sur le ton de l'amitié. On exhortait à se garantir ou à se guérir d'une velléité que l'on ne croyait tout au plus qu'une fantaisie sans conséquence, si ce n'était même une petite fiction que l'on avait eu le petit tort de se permettre pour amuser le désœuvrement d'une garnison. Le ton de la lettre n'était pas tragique ; Mme de Chasteller avait même voulu prendre celui d'une correspondance ordinaire, et éviter les grandes phrases de la vertu outragée. Mais à son insu des phrases d'un sérieux profond s'étaient glissées dans cette lettre, écho des sentiments, des chagrins et des pressentiments de cette âme agitée. Leuwen sentit cette nuance plutôt qu'il ne l'aperçut ; une lettre écrite par une âme complètement sèche l'eût tout à fait découragé.

Cette lettre était à peine à la poste que Mme de Chasteller reçut la grande lettre de sept pages écrite avec tant de soin par Leuwen. Elle fut outrée de colère et se repentit amèrement du ton de bonté qu'elle avait pris dans la sienne. Croyant bien faire, Leuwen avait suivi, sans trop s'en douter, les leçons vagues de fatuité et de politique grossière envers les femmes, qui forment la partie sublime de la conversation des jeunes gens de vingt ans quand ils ne parlent pas politique.

Mme de Chasteller écrivit aussitôt quatre lignes pour prier M. Leuwen de ne pas continuer une correspondance sans objet ; dans le cas contraire, Mme de Chasteller serait forcée au procédé désagréable de renvoyer ses lettres sans les ouvrir. Elle se hâta d'envoyer ce mot à la poste, rien n'était plus sec.

Forte de cette belle résolution invariablement arrêtée,

puisqu'elle l'avait écrite, de renvoyer sans les ouvrir les lettres que Leuwen pourrait lui adresser désormais, et croyant avoir entièrement rompu avec lui, Mme de Chasteller se trouva de mauvaise compagnie pour elle-même. Elle demanda ses chevaux et voulut se débarrasser de quelques visites d'obligation. Elle débuta par les Serpierre. Il lui sembla recevoir comme un coup dans la poitrine, près du cœur, en trouvant Leuwen comme établi dans le salon de ces dames et jouant avec les demoiselles en présence du père et de la mère comme s'il eût été un véritable enfant.

« Eh bien, la présence de Mme de Chasteller vous déconcerte ? lui dit après un moment Mlle Théodelinde, ce qu'elle dit parce qu'elle le voyait, et sans y attacher aucune idée d'épigramme. Vous n'êtes plus bon enfant. Est-ce que Mme de Chasteller vous intimide ?

— Eh bien ! oui, puisqu'il faut que je l'avoue », répondit Leuwen.

Mme de Chasteller ne put se défendre de prendre la parole, et le ton général de cette famille l'entraînant à son insu, elle parla sans sévérité. Leuwen put répondre, et pour la seconde fois de sa vie, les idées lui vinrent en foule en s'adressant à Mme de Chasteller, et il sut les exprimer.

« Il y aurait de la gaucherie à montrer ici à M. Leuwen la froideur sévère que je dois avoir, se dit Mme de Chasteller pour se justifier à ses propres yeux. M. Leuwen ne peut avoir reçu mes lettres... D'ailleurs, je le vois peut-être pour la dernière fois. Si mon indigne cœur continue à s'occuper de lui, je saurai bien quitter Nancy. » L'image présentée par ces deux mots attendrit Mme de Chasteller malgré elle ; c'était presque comme si elle se fût dit :

« Je quitterai le seul pays où il puisse exister pour moi un peu de bonheur. »

Au moyen de ce raisonnement, Mme de Chasteller se pardonna d'être aimable et gaie sans conséquence, comme la bonne famille au milieu de laquelle elle était tombée. La gaieté gagna si bien tout le monde et l'on se trouva si bien ensemble que Mlle Théodelinde songea à la grande calèche de M. Leuwen, de laquelle on se servait sans façon ; elle alla parler bas à sa mère.

« Allons au *Chasseur vert* », dit-elle ensuite tout haut.

Cette idée fut approuvée par acclamation. Mme de Chasteller était si triste chez elle qu'elle n'eut pas le courage de se refuser cette promenade. Elle prit dans sa voiture deux des demoiselles de Serpierre, et tous ensemble on alla à un joli café établi à une lieue et demie de la ville, au milieu des premiers grands arbres de la forêt de Burelviller. Ces sortes de cafés dans les bois, où l'on trouve ordinairement le soir de la musique exécutée par des instruments à vent, et la facilité avec laquelle on y va, sont un usage allemand qui, heureusement, commence à pénétrer dans plusieurs villes de l'est de la France.

Dans les bois du *Chasseur vert*, la gaieté douce et la bonhomie de la conversation furent extrêmes. Pour la première fois pendant un aussi long temps, Leuwen osait parler devant Mme de Chasteller, et à elle-même. Elle lui répondit et, à plusieurs reprises, elle ne put se défendre de sourire en le regardant, et ensuite de lui donner le bras. Il était parfaitement heureux.

Mme de Chasteller voyait l'aînée des demoiselles de Serpierre sur le point, tout au moins, de devenir amoureuse de Leuwen.

Il y avait ce soir-là, au *café-hauss* du *Chasseur vert*, des cors de Bohême qui exécutaient d'une façon ravissante une musique douce, simple, un peu lente. Rien n'était plus tendre, plus occupant, plus d'accord avec le soleil qui se couchait derrière les grands arbres de la forêt. De temps à autre, il lançait quelque rayon qui perçait au travers des profondeurs de la verdure et semblait animer cette demi-obscurité si touchante des grands bois. C'était une de ces soirées enchanteresses, que l'on peut compter au nombre des plus grands ennemis de l'impassibilité du cœur. Ce fut peut-être à cause de tout cela que Leuwen, moins timide sans pourtant être hardi, dit à Mme de Chasteller, comme entraîné par un mouvement involontaire :

« Mais, madame, pouvez-vous douter de la sincérité et de la pureté du sentiment qui m'anime ? Je vaux bien peu sans doute, je ne suis rien dans le monde, mais ne voyez-vous pas que je vous aime de toute mon âme ? Depuis le jour de mon arrivée que mon cheval tomba sous vos fenêtres, je n'ai pu penser qu'à vous, et bien malgré moi, car vous ne m'avez pas gâté par vos bontés. Je puis vous jurer, quoique cela soit bien enfant et peut-être ridicule à vos yeux, que les moments les plus doux de ma vie sont ceux que je passe sous vos fenêtres, quelquefois, le soir. »

Mme de Chasteller, qui lui donnait le bras, le laissait dire et s'appuyait presque sur lui ; elle le regardait avec des yeux attentifs, si ce n'est attendris. Leuwen le lui reprocha presque :

« Quand nous serons de retour à Nancy, quand les vanités de la vie vous auront saisie de nouveau, vous ne verrez en moi qu'un petit sous-lieutenant. Vous serez sévère et j'ose dire méchante pour moi. Vous n'aurez pas beaucoup à faire pour me rendre malheureux : la seule peur de vous avoir déplu suffit pour m'ôter toute tranquillité. »

Ce mot fut dit avec une vérité et une simplicité si touchantes, que Mme de Chasteller répondit aussitôt :

« Ne croyez pas à la lettre que vous recevrez de moi. »

Cela fut dit rapidement. Leuwen répondit de même :

« Grand Dieu ! Aurais-je pu vous déplaire ?

— Oui ; votre grande lettre datée de mardi a l'air d'être écrite par un autre : c'est une âme sèche et à projets hostiles contre moi, c'est presque un petit homme fat et vaniteux qui me parle.

— Vous voyez si j'ai des prétentions avec vous ! Vous voyez bien que vous êtes la maîtresse de mon sort, et apparemment vous me rendez fort malheureux.

— Non, ou votre bonheur ne dépendra pas de moi. »

Leuwen s'arrêta involontairement, il la regarda ; il vit ces yeux tendres et amis de la conversation au bal ; mais, cette fois, ils semblaient voilés de tristesse. S'ils n'eussent pas été dans une clairière du bois, à cent pas des demoiselles de Serpierre qui pouvaient les voir, Leuwen l'eût embrassée, et en vérité elle l'eût laissé faire. Tel est le danger de la sincérité, de la musique et des grands bois.

Mme de Chasteller vit son imprudence dans les yeux de Leuwen et eut peur.

« Songez où nous sommes... »

Et, honteuse de ce mot et de ce qu'il semblait faire entendre :

« N'ajoutez pas une syllabe, dit-elle avec une résolution sévère, ou vous allez me déplaire ; et promenons-[nous]. »

Leuwen obéit, mais il la regardait, et elle voyait toute la peine qu'il avait à lui obéir et à garder le silence. Peu à peu elle s'appuya sur son bras avec intimité. Des larmes, de bonheur apparemment, vinrent mouiller les yeux de Leuwen.

« Eh bien ! je vous crois sincère, mon ami, lui dit-elle, après un grand quart d'heure de silence.

— Je suis bien heureux ! Mais à peine je ne serai plus avec vous, que je tremblerai. Vous m'inspirez de la terreur. A peine rentrée dans les salons de Nancy, vous redeviendrez pour moi cette divinité implacable et sévère...

— J'avais peur de moi-même. Je tremblais que vous n'eussiez plus d'estime pour moi, après la sotte question que j'avais osé vous adresser au bal. »

A ce moment, au détour d'un petit chemin dans le bois, ils ne se trouvèrent plus qu'à vingt pas de deux des demoiselles de Serpierre, qui [se] promenaient en se donnant le bras. Leuwen craignit de voir tout finir pour lui, comme après le regard du bal ; il fut illuminé par le danger et dit fort vite :

« Permettez-moi de vous voir, demain chez vous.

— Grand Dieu ! répondit-on avec terreur.

— De grâce !

— Eh bien ! je vous recevrai demain. »

Après avoir prononcé ces mots, Mme de Chasteller était plus morte que vive. Les demoiselles de Serpierre la trouvèrent pâle, respirant à peine, et remarquèrent que ses yeux étaient éteints. Mme de Chasteller leur demanda leur bras à toutes les deux.

« Croiriez-vous, mes amies, que la fraîcheur du soir me fait mal ? Si vous voulez, nous irons aux voitures. »

C'est ce qu'on fit. Mme de Chasteller prit dans la sienne les plus jeunes des demoiselles de Serpierre, et la nuit qui tombait tout à fait lui permit de ne plus craindre les regards.

Dans sa vie de savant et d'étourdi, jamais Leuwen n'avait rencontré de sensation qui approchât le moins du monde de celle qui l'agitait. C'est pour ces rares moments qu'il vaut la peine de vivre.

« Vous êtes stupide, vraiment ! lui dit, en voiture, Mlle Théodelinde.

— Mais songez, ma fille, que vous êtes peu polie ! dit Mme de Serpierre.

— C'est qu'il est insupportable ce soir », répliqua la bonne provinciale.

Et c'est à cause de cette naïveté, encore possible en province, que l'on peut quelquefois l'aimer. Il y a des mouvements de naturel et de vérité entre jeunes gens, sans conséquence, ni petites mines à la Sophie après se les être permis.

A peine Mme de Chasteller fut-elle rendue à la solitude et au raisonnement qu'elle eut des remords effroyables de la visite qu'elle venait de permettre à Leuwen. Elle eut recours à un personnage que le lecteur connaît déjà ; il a peut-être gardé quelque souvenir méprisant d'un de ces êtres fréquents en province, où ils sont respectés, et qui se cachent à Paris, où le ridicule les poursuit, d'une Mlle Bérard, bourgeoise que nous avons rencontrée fourrée parmi les grandes dames, dans la chapelle des *Pénitents*, la première fois que Leuwen eut l'esprit d'y aller. C'était une fort petite personne, de quarante-cinq à cinquante ans, au nez pointu, au regard faux, et toujours mise avec beaucoup de soin, usage qu'elle avait rapporté d'Angleterre, où elle avait été vingt ans dame de compagnie de milady Beatown, riche pairesse catholique. Mlle Bérard semblait née pour cet état abominable que les Anglais, grands peintres pour tout ce qui est désagréable, désignent par le nom de *toad-eater*, avaleur de crapauds. Les mortifications sans nombre qu'une pauvre dame de compagnie doit supporter sans mot dire d'une femme riche et de mauvaise humeur contre le monde qu'elle ennuie, ont donné naissance à ce bel emploi. Mlle Bérard, naturellement méchante, atrabilaire et bavarde, trop peu riche pour être dévote en titre avec quelque considération, avait besoin d'une maison opulente pour lui fournir des faits à envenimer, des rapports à faire, et de l'importance dans le monde des sacristies. Il y avait une chose que tous les trésors de la terre et les ordres même de notre saint-père le pape n'auraient pu obtenir de la bonne Mlle Bérard : c'était une heure de discrétion sur un fait désavantageux à quelqu'un et qui serait venu à sa connaissance. Ce manque absolu de discrétion fut ce qui décida Mme de Chasteller. Elle fit annoncer à Mlle Bérard qu'elle acceptait ses soins comme dame de compagnie.

« Cet être si méchant me répondra de moi-même », pensa Mme de Chasteller. Et la sévérité de cette punition tranquillisa sa conscience : Mme de Chasteller se pardonna presque l'entrevue si légèrement accordée à Leuwen.

La réputation de Mlle Bérard était si bien établie que le docteur Du Poirier lui-même, qui fut l'intermédiaire dont Mme de Chasteller se servit, ne put retenir une exclamation :

« Mais, madame, voyez quel serpent vous introduisez chez vous ! »

Mlle Bérard arriva ; l'extrême curiosité, plus que le plaisir de sa promotion, rendait hagard son regard oblique, qui d'ordinaire n'était que faux et méchant. Elle arrivait avec une liste de conditions pécuniaires et autres. Après y avoir donné son assentiment, Mme de Chasteller ajouta :

« Je vous engagerai à vous établir dans ce salon, où je reçois les visites.

— J'aurai l'honneur de faire observer à madame que chez Lady Beatown ma place était assignée dans le second salon, correspondant au salon occupé par les dames pour accompagner chez les princesses, ce qui est peut-être plus dans les convenances. Ma naissance...

— Eh bien ! soit, mademoiselle, dans le second salon. »

Mme de Chasteller s'enfuit et courut s'enfermer dans sa chambre : le regard de Mlle Bérard lui faisait mal.

« Mon imprudence d'hier est en partie réparée », pensa-t-elle. Tant qu'elle n'avait pas eu chez elle Mlle Bérard, Mme de Chasteller avait frémi au moindre bruit : il lui semblait entendre un laquais venant annoncer M. Leuwen.

CHAPITRE XXIV

Le pauvre sous-lieutenant était loin de prévoir l'étrange société qu'on lui préparait. Il avait pensé avec beaucoup de finesse qu'il ne devait se présenter chez Mme de Chasteller qu'après avoir demandé M. le marquis de Pontlevé, et, pour être sûr de ne pas trouver le vieux marquis, il avait besoin de voir le marquis hors de son hôtel, qu'il quittait chaque jour vers les trois heures pour se rendre au club Henricinquiste.

A peine Leuwen vit-il le marquis passer sur la place d'Armes, que son cœur commença à battre avec force. Il vint frapper à la porte de l'hôtel. Il était tellement déconcerté qu'il parla avec respect à la vieille portière paralytique, et put à peine trouver assez de voix pour s'en faire entendre.

En montant au premier étage, ce fut avec une sorte de terreur qu'il regarda le grand escalier en pierre grise avec sa rampe de fer à dessins vernissés en noir et dorés dans les endroits qui représentaient des fruits. Il arriva enfin à la porte de l'appartement occupé par Mme de Chasteller. En étendant la main vers la sonnette de laiton anglais, il désirait presque qu'on lui annonçât qu'elle était sortie. De sa vie, Leuwen n'avait été à ce point dominé par la peur.

Il sonna. Le bruit des sonnettes, répondant aux divers étages, lui fit mal. On ouvrit enfin. Le domestique alla l'annoncer en le priant d'attendre dans le second salon, où il trouva Mlle Bérard. Mlle Bérard avait une ceinture formée d'un ruban vert fané. Il remarqua qu'elle n'était point en visite, mais établie comme pour rester. Cette vision acheva de le déconcerter, il salua profondément, et alla à l'autre extrémité du salon regarder attentivement une gravure.

Mme de Chasteller parut après quelques minutes. Son teint était animé, sa contenance agitée ; elle alla prendre place sur un canapé tout près de Mlle Bérard. Elle engagea Leuwen à s'asseoir. Jamais homme ne trouva moins de facilité à prendre place et à parcourir les formules ordinaires de politesse. Pendant qu'il prononçait peu nettement des paroles assez vulgaires, Mme de Chasteller était devenue excessivement pâle, sur quoi Mlle Bérard mit ses lunettes pour les considérer.

Leuwen promenait des yeux incertains de la charmante figure de Mme de Chasteller à ce petit visage jaune et luisant, dont le nez pointu, surchargé de lunettes d'or, était tourné vers lui. Même dans les moments les plus désagréables, telle qu'était, grâce à la prudence de Mme de Chasteller, cette première entrevue de deux êtres, le lendemain du jour où ils s'étaient presque avoué qu'ils s'aimaient, il y avait au fond des traits de Mme de Chasteller une expression de bonheur simple, une facilité à être entraînée à un enthousiasme tendre. Leuwen fut sensible à cette expression si noble, elle lui fit un peu oublier Mlle Bérard.

Il goûtait avec délices le vif plaisir de découvrir une nouvelle perfection dans la femme qu'il aimait. Ce sentiment rendit un peu de vie à son cœur, il put respirer ; il commençait à sortir de l'abîme de désappointement où l'avait jeté la présence imprévue de Mlle Bérard.

Il restait toujours une grande difficulté à vaincre : que dire ? Et il fallait parler, le silence, en se prolongeant, allait devenir une imprudence en présence de cette dévote si méchante. Mentir était affreux pour Leuwen, cependant il ne fallait pas que Mlle Bérard pût répéter les mots dont Leuwen se serait servi.

« Il fait un temps magnifique, madame, dit-il enfin. (La respiration lui manqua après cette terrible phrase. Il prit courage et bientôt put ajouter :)... Et vous avez là une magnifique gravure de Morghen.

— Mon père l'aime beaucoup, monsieur. Il l'a rapportée de Paris à son dernier voyage. » Et ses yeux troublés cherchaient à ne pas se fixer sur ceux de Leuwen.

Le comique de cette entrevue et ce qui la rendait humiliante pour l'intime conscience de Leuwen, c'est qu'il avait employé une nuit sans sommeil à préparer une douzaine de phrases charmantes, touchantes, peignant avec esprit, admirablement, l'état de son cœur. Il avait surtout songé à donner à l'expression de la simplicité et de la grâce, et à éviter avec soin tout ce qui aurait pu impliquer le plus faible rayon d'espérance.

Après avoir parlé de la gravure de Morghen :

« Le temps se passe, pensa-t-il, et je le perds dans ces pauvretés insignifiantes, comme si je ne voulais qu'amener la fin de cette visite. Que de reproches ne me ferai-je pas dès que je serai hors de cet hôtel ! »

Avec un peu de sang-froid, rien n'eût été plus dans les habitudes de Leuwen que de trouver des choses agréables à dire, même en présence d'une vieille fille, sans doute méchante, mais probablement pas très intelligente. Mais il se trouva qu'il était impossible à Leuwen de rien inventer. Il avait peur de soi-même, il avait une bien plus grande peur de Mme de Chasteller, et il avait une grande peur aussi de Mlle Bérard. Or, rien n'est moins favorable au génie d'invention que la peur. Ce qui augmentait cette difficulté à trouver quelque chose de passable dont Leuwen était affligé en ce moment, c'est qu'il jugeait fort bien, et même s'exagérait, le ridicule de l'aridité de son esprit. Il lui vint enfin une pauvre petite idée :

« Je serai bien heureux, madame, si je puis parvenir à être un bon officier de cavalerie, car il paraît que le Ciel ne m'a pas destiné à être un orateur éloquent dans la Chambre des députés. »

Il vit que Mlle Bérard ouvrait ses petits yeux autant qu'il était possible. « Bien, se dit-il, elle croit que je parle politique, et songe à faire son rapport. »

« Je ne saurais plaider à la Chambre les causes dont je serais le plus profondément pénétré. Loin de la tribune, je serais tourmenté par la vivacité des sentiments qui enflammeraient mon âme ; mais en ouvrant la bouche devant ce juge suprême, et sévère surtout, auquel je tremblerais de déplaire, je ne pourrais que lui dire : « Voyez mon trouble, vous remplissez tellement tout mon cœur qu'il ne lui reste pas même la force de se représenter lui-même à vos yeux. »

Mme de Chasteller avait écouté d'abord avec plaisir, mais vers la fin de ce discours, elle eut peur de Mlle Bérard ; les phrases de Leuwen lui semblèrent beaucoup trop transparentes. Elle se hâta de l'interrompre.

« Avez-vous en effet, monsieur, quelque espérance de vous faire élire à la Chambre des députés ?

— Mon père me laisse toute liberté, madame ; c'est un excellent père, et comme je désire cette élection avec la plus vive passion, je ne doute pas qu'il y consente.

— Mais vous êtes, ce me semble, bien jeune, monsieur. Je crains bien que ce ne soit une objection sans réplique... »

Leuwen cherchait à répondre avec modestie sur ses espérances, lorsqu'une idée lui vint :

« Voilà donc cette entrevue que j'avais considérée comme le bonheur suprême ! »

Cette réflexion le glaça. Il ajouta quelques phrases dont la platitude lui fit pitié. Tout à coup il se leva et se hâta de sortir. C'était avec empressement qu'il quittait cet appartement dans lequel l'espérance de pénétrer avait été le bonheur suprême.

A peine arrivé dans la rue, il se trouva bien étonné, et comme stupide.

« Je suis guéri, s'écria-t-il après avoir fait quelques pas. Mon cœur n'est pas fait pour l'amour. Quoi ! C'est là la première entrevue, le premier rendez-vous avec une femme que l'on aime ! Mais comme j'avais tort de mépriser mes petites danseuses de l'Opéra ! Leurs pauvres petits rendez-vous me faisaient seulement penser à ce que serait un tel bonheur avec une femme que l'on aimerait d'amour. Cette idée me rendait sombre quelquefois dans ces moments si gais, que j'étais fou ! Mais peut-être je n'ai point d'amour... Je m'étais trompé... Quel ridicule ! Quelle impossibilité ! Moi ! Aimer une femme ultra, avec ces idées égoïstes, méchantes, à cheval sur leurs privilèges, irritée vingt fois le jour parce qu'on s'en moque ! Avoir un privilège dont tout le monde se moque, le joli plaisir ! »

En se disant tout cela, il pensait à Mlle Bérard, il la voyait devant ses yeux, avec son petit bonnet de dentelles jaunes, retenu par un ruban vert fané. Cette magnificence peu propre et en décadence était pour lui comme l'idée d'une masure sale.

« Voilà ce que j'aurais trouvé dans ce parti en le voyant de plus près. »

Il était à cent lieues du souvenir de Mme de Chasteller ; il y revint :

« ... Et non seulement je croyais l'aimer, mais je croyais voir clairement qu'elle avait pour moi un commencement d'affection. »

En ce moment il eût pensé à tout avec plus de plaisir qu'à Mme de Chasteller. C'était la première fois depuis trois mois qu'il se trouvait en présence de cette étrange sensation.

« Quoi ! se dit-il avec une sorte d'horreur, il y a dix minutes qu'en adressant des paroles tendres à Mme de Chasteller j'étais obligé de mentir ! Et cela, après ce qui m'est arrivé hier dans les bois du *Chasseur vert*, après les transports de bonheur qui, depuis cet instant, m'ont agité, qui ce matin, à la manœuvre, m'ont fait manquer deux ou trois fois mes distances ! Grand Dieu ! Puis-je me répondre de rien sur moi-même ? Qui me l'eût dit hier ? Mais je suis donc un fou, un enfant ! »

Ces reproches qu'il se faisait étaient sincères, mais il n'en sentait pas moins fort clairement qu'il n'aimait plus Mme de Chasteller. Penser à elle était ennuyeux. Cette dernière découverte acheva d'accabler Leuwen ; il se méprisait soi-même :

« Demain, je puis être un assassin, un voleur, tout au monde. Je ne suis sûr de rien sur mon compte. »

En avançant dans la rue, Leuwen remarqua qu'il pensait à toutes les petites choses de Nancy avec un intérêt bien nouveau.

Il y avait, fort près de la rue de la Pompe, une petite chapelle gothique fondée par un René, duc de Lorraine, que les habitants admiraient avec des transports d'artistes depuis trois ans qu'ils avaient lu dans une revue de Paris que c'était une belle chose. Avant cette époque, un marchand de fer s'en servait pour y appuyer ses barres de fer. Jamais Leuwen n'avait arrêté les yeux sur les petites arêtes grises de cette chapelle obscure, ou, s'il la regardait un instant, bientôt l'idée de Mme de Chasteller venait le distraire. Le hasard, en ce moment, le plaça vis-à-vis de ce monument gothique, grand comme l'une des plus petites chapelles de Saint-Germain-l'Auxerrois. Il s'y arrêta long-temps et avec plaisir, son attention pénétra dans les moindres détails ; en un mot, ce fut une distraction agréable. En examinant les petites têtes de saints et d'animaux, il était étonné à la fois de ce qu'il sentait et de ce qu'il ne sentait plus.

Il se souvint tout à coup, avec une vraie joie, que ce soir-là il y avait poule et concours pour une queue d'honneur au billard Charpentier. Dans l'aridité de son cœur, il attendit l'heure du billard avec impatience, et y arriva le premier. Il joua avec un plaisir vif, n'eut pas de distraction, et, par hasard, gagna. Mais il n'eut garde de s'enivrer : boire avec excès lui parut ce jour-là un fort sot plaisir. Seulement, par un reste d'habitude, il cherchait à ne pas se trouver seul avec soi-même.

CHAPITRE XXV

Tout en plaisantant avec ses camarades, il lui venait des pensées philosophiques et sombres :

« Ces pauvres femmes, se disait-il, qui sacrifient toute leur destinée à nos fantaisies, qui comptent sur notre amour ! Et comment n'y compteraient-elles pas ? Ne sommes-nous pas sincères quand nous le leur jurons ? Hier, au *Chasseur vert*, je pouvais être imprudent, mais j'étais le plus sincère des hommes. Grand Dieu ! Qu'est-ce que la vie ? Il faut être indulgent désormais. »

Leuwen eut l'attention d'un enfant pour tout ce qui se passait au billard Charpentier, il examinait tout avec intérêt.

« Mais sur quelle herbe avez-vous donc marché ? lui dit un de ses camarades. Vous êtes gai et bon enfant ce soir.

— Point bizarre, point hautain, reprit l'autre.

— Les autres jours, ajouta un troisième, le poète du régiment, vous étiez comme une ombre envieuse qui revient sur la terre pour se moquer des plaisirs des vivants. Aujourd'hui, les jeux et les ris semblent voler sur vos traces... », etc., etc.

Tous ces propos assez vifs, car ces messieurs manquaient de tact, ne donnèrent pas à Leuwen le plus petit sentiment désagréable ni la moindre idée de se fâcher.

A une heure du matin, quand il fut seul avec lui-même :

« Il n'y a donc au monde que la seule Mme de Chasteller, se dit-il, à laquelle je n'aie aucun plaisir à penser ? Comment vais-je me tirer de l'espèce d'engagement où je suis avec elle ? Je pourrai prier le colonel de m'envoyer à N... faire la guerre de tronçons de chou avec les ouvriers. Il serait impoli de ne plus lui parler de rien, j'aurais l'air de m'être fait un jeu de...

« Si je vais lui dire avec sincérité qu'à la vue de son abominable petite dévote mon cœur s'est glacé, elle me méprisera comme un imbécile ou un menteur, et ne me reparlera de la vie.

« Mais quoi ! se disait Leuwen en revenant sur le principe de sa conduite, un sentiment si vif, si extraordinaire, qui remplissait ma vie à la lettre, les journées, les nuits, qui m'ôtait le sommeil, qui peut-être m'eût fait oublier la patrie, arrêté, anéanti par une misère !... Grand Dieu ! Tous les hommes sont-ils ainsi ? Ou suis-je plus fou qu'un autre ? Qui me résoudra ce problème ? »

Le lendemain, cette aubade de trompettes qu'on appelle la *diane* dans les régiments réveilla Leuwen à cinq heures, mais il se mit à se promener gravement dans sa chambre. Il était plongé dans un étonnement profond : ne plus penser uniquement à Mme de Chasteller lui laissait un vide immense.

« Quoi ! se dit-il, Bathilde n'est plus rien pour moi ! » Et ce nom charmant, qui autrefois produisait un effet magique sur lui, ne lui semblait plus différent d'un autre. Son esprit se mit à se détailler les bonnes qualités de Mme de Chasteller, mais il en était moins sûr que de sa céleste beauté, et revint bientôt à celle-ci.

« Quels cheveux magnifiques, avec le brillant de la plus belle soie, longs, abondants ! Quelle admirable couleur ils avaient hier, sous l'ombre de ces grands arbres ! Quel blond charmant ! Ce ne sont point ces cheveux couleur d'or vantés par Ovide, ni ces cheveux couleur d'acajou que Raphaël et Carlo Dolci ont donnés à leurs plus belles têtes. Le nom que je donnerais à ceux-ci peut n'être pas fort élégant, mais réellement, sous le brillant de la plus belle soie, ils ont la couleur de la noisette. Et ce contour admirable du front ! Que de pensée dans le haut de ce front, peut-être trop !... Comme il me faisait peur autrefois ! Quant aux yeux, qui en vit jamais de pareils ? L'infini est dans ce regard, même quand il n'est arrêté que par un objet sans intérêt. Comme elle regardait sa voiture au *Chasseur vert* quand nous nous en approchâmes ! Et quelle coupe admirable ont les paupières de ces yeux si beaux ! Comme ils sont entourés ! Son regard est surtout céleste quand il ne s'arrête sur rien. Alors, c'est le don de son âme qu'il semble exprimer. Elle a le nez un peu aquilin ; je n'aime pas ce trait chez une femme, je ne l'ai jamais aimé chez elle, même quand je l'aimais... Quand je l'aimais ! Grand Dieu ! Mais où me cacher ! que devenir ? que lui dire ? Et si elle était à moi ?... Eh bien, je serais honnête homme, là comme ailleurs. « Je suis fou, ma chère amie, lui dirais-je. Indiquez-moi un lieu d'exil, et, quelque affreux qu'il soit, j'y cours. »

Ce sentiment rendit un peu de vie à l'âme de Leuwen.

« Oui, se dit-il en reprenant son examen critique comme pour se distraire, oui, le nez aquilin aspirant à la tombe, comme dit l'emphatique Chactas, donne trop de sérieux à une tête. Le sérieux ne serait rien, mais les reparties graves, et surtout quand elles refusent, prennent de ce trait un air de pédanterie, surtout vu de trois quarts.

« Quelle bouche ! Est-il possible de concevoir un contour plus fin et mieux dessiné ? Elle est belle comme les plus beaux camées antiques. Ce contour si délicat, si fin, trahit Mme de Chasteller. Souvent, à son insu, quelle forme charmante prend cette lèvre supérieure qui avance un peu et semble perdre son contour, si l'on vient à dire quelque chose qui la touche ! Elle n'est point moqueuse, elle se reproche le moindre mot de ce genre, et cependant, à la plus petite expression emphatique, à la moindre nuance exagérée dans les récits de ces provinciaux, comme le coin de sa jolie bouche se relève ! C'est pour cela uniquement que les dames la trouvent méchante, comme M. de Sanréal le répétait l'autre jour chez Mme d'Hocquincourt. Elle a réellement un esprit charmant, rieur, amusant, mais on dirait qu'elle se repent toujours de l'avoir montré. »

Mais tout ce détail de beautés et d'avantages ne faisait rien pour l'amour de Leuwen ; il ne renaissait point. Il se parlait de Mme de Chasteller comme un connaisseur se parle d'une belle statue qu'il veut vendre.

« Après tout, il faut qu'elle soit dévote au fond : avoir déterré cette exécrable demoiselle de compagnie le prouve de reste. En ce cas, je l'aurais bientôt vue blâmante, méchante, acariâtre... Et à propos, et les lieutenants-colonels ?... »

Leuwen resta longtemps sur cette pensée.

« Je l'aimerais mieux, se dit-il enfin avec distraction, un peu trop avenante pour MM. les lieutenants-colonels que dévote ; il n'y a rien de pis, à ce que dit ma mère. Peut-être, continua-t-il du même air, n'est-ce qu'une affaire de rang. Depuis 1830, les gens de sa caste se persuadent que s'ils peuvent parvenir à mettre la piété à la mode, ils trouveront les Français plus faciles à plier devant leurs privilèges. Le vrai dévot est patient... »

Mais il était évident que Leuwen ne pensait plus même à ce qu'il se disait à lui-même.

A ce moment, un domestique arrivant de Darney lui remit la réponse de Mme de Chasteller à sa lettre de sept pages. C'était, comme on sait, quatre lignes fort sèches. Elles le frappèrent vivement.

« Je n'ai que faire de me donner tant d'embarras et d'avoir tant de remords parce que je ne l'aime plus ; elle n'en sera point en peine. Voilà l'expression de ses vrais sentiments. »

Il savait bien que le premier mot de Mme de Chasteller, au *Chasseur vert*, avait été un désaveu de cette lettre. Cependant, elle était si courte et si vive ! Il en resta frappé, et frappé au point qu'il oublia la manœuvre. Son chasseur Nicolas vint le chercher au galop.

« Ah ! lieutenant, vous allez en avoir une fameuse du colonel ! »

Leuwen, sans mot dire, sauta à cheval et galopa.

Dans le courant de la manœuvre, le colonel vint à passer derrière la septième compagnie, où il était en serre-file.

« A mon tour, maintenant », pensa Leuwen. A son grand étonnement, aucun mot grossier ne lui fut adressé. « Mon père aura fait écrire à cet animal-là. »

Cependant, la crainte vive de mériter quelque blâme le rendait fort attentif ce matin-là, et, peut-être par malice, le colonel fit recommencer plusieurs mouvements où la septième compagnie se trouvait en tête.

« Que je suis fou de me faire centre de tout ! se dit Leuwen. Le colonel est comme moi, il aura aussi ses chagrins, et, s'il ne me gronde pas, c'est qu'il m'a oublié. »

Pendant tout le temps de la manœuvre, Leuwen n'avait pu penser de suite à rien : il craignait quelque distraction. Une fois chez lui, quand il osa revoir son cœur, il se trouva tout différent à l'égard de Mme de Chasteller. Ce jour-là, il arriva le premier à la pension, quoique l'on ne pût guère se présenter chez les Serpierre avant quatre heures et demie. Il demanda sa calèche à quatre heures. Il était mal à son aise, il alla voir atteler les chevaux, et trouva vingt choses à reprendre dans l'écurie. Enfin, ce fut avec un plaisir sensible qu'à quatre heures et un quart il se trouva au milieu des demoiselles de Serpierre. Leur conversation rendit le mouvement à son âme, il le leur dit avec grâce.

Mlle Théodelinde, qui avait du penchant pour lui, fut fort gaie, et il prit une partie de cette gaieté.

Mme de Chasteller entra. On ne l'attendait point ce jour-là. Jamais il ne l'avait vue si jolie ; elle était pâle et un peu timide.

« Et malgré cette timidité, se dit Leuwen, elle se *livre* à des lieutenants-colonels ! »

Ces mots grossiers semblèrent lui rendre toute sa passion. Mais Leuwen était trop jeune, pas assez fait au monde. Sans s'en apercevoir, il fut rude et nullement gracieux pour Mme de Chasteller. Son amour tenait du tigre : ce n'était plus l'homme de la veille.

Les demoiselles de Serpierre étaient fort gaies : un domestique de Leuwen venait de leur apporter des bouquets magnifiques, qu'il avait fait prendre dans les serres de Darney, pays célèbre pour les fleurs. Il se trouva qu'il n'y avait point de bouquet pour Mme de Chasteller ; on fut obligé de diviser en deux le plus beau.

« C'est d'un triste augure », pensa-t-elle.

Pendant toute la joie des demoiselles de Serpierre, elle fut un peu interdite. Ce qu'il y avait de brusque et de peu gracieux dans les regards de Leuwen l'étonnait. Elle se demandait si, pour conserver son estime et ne pas manquer à ce juste soin de son honneur sans lequel une femme ne saurait être aimée sérieusement d'un homme lui-même un peu délicat, elle ne devait pas quitter cette maison, ou du moins paraître offensée.

« Non, se dit-elle, puisque je ne le suis pas en effet. Dans le trouble où je me trouve je ne puis manquer à quelque devoir que si je me permets la plus petite hypocrisie. »

Je trouve qu'il y eut une haute raison à Mme de Chasteller de se parler ainsi, et beaucoup de courage à suivre le parti que montrait la raison. De sa vie, elle n'avait été aussi surprise.

« M. Leuwen ne serait-il qu'un fat, après tout, comme on le dit ? Et son seul but aurait-il été d'obtenir de moi le mot imprudent que j'ai dit avant-hier ? »

Mme de Chasteller repassait dans sa tête toutes les marques d'un cœur vraiment touché qu'elle avait cru voir.

« Me serais-je trompée ? La vanité m'aurait-elle abusée à ce point ? Il n'y a plus rien de vrai pour moi au monde, se dit-elle tout à coup, si M. Leuwen n'est pas un être sincère et bon. »

Puis, elle retombait dans de cruelles incertitudes, elle

repoussait avec peine le mot de *fat* que tout Nancy atta-chait au nom de Leuwen.

« Mais non, je me le suis dit mille fois, et dans des moments où j'avais tout le sang-froid désirable : c'est le tilbury de M. Leuwen, et surtout les livrées de ses gens, qui le font appeler fat, et non son caractère réel ; il leur est invisible. Ces bourgeois sentent qu'à sa place ils seraient fats, voilà tout. Pour lui, il a tout au plus l'innocente vanité de son âge. Il aime à voir de jolis chevaux, de belles livrées, qui lui appartiennent. Ce mot : fat, n'exprime que l'envie que ces officiers démissionnaires ont pour lui. »

Cependant, malgré la forme tranchante de ces raisonne-ments et leur clarté frappante, en ce moment de trouble le nom de fat avait un poids terrible dans le jugement de Mme de Chasteller.

« Je lui ai parlé cinq fois dans ma vie ; je suis bien éloignée d'avoir une grande connaissance du monde. Il faudrait une étrange confiance en soi pour prétendre connaître le cœur d'un homme après cinq conversations... Et encore, se dit Mme de Chasteller en s'attristant de plus en plus, quand je lui parlais j'étais bien plus attentive à ne pas trahir mes propres sentiments qu'à regarder les siens... Il faut convenir qu'il y a quelque présomption à une femme de mon âge de croire avoir mieux jugé un homme que toute une ville. »

Mme de Chasteller à cette observation devint décidé-ment sombre. Leuwen commençait à la regarder de nou-veau avec l'anxiété d'autrefois ; il se dit :

« Voilà le peu d'importance de mon grade et l'exiguïté de mon épaulette qui font leur effet. De quelle considéra-tion peut-on se flatter dans la *haute* société de Nancy, en ayant pour attentif un mince sous-lieutenant, surtout quand on est accoutumé à vous voir donner le bras à un colonel, ou, quand celui-ci n'est pas potable, à un lieute-nant-colonel, ou du moins à un chef d'escadron ? Il faut les épaulettes à graines d'épinards. »

On voit que notre héros était assez sot en faisant ce raisonnement, et il faut avouer qu'il n'était pas plus heu-reux que clairvoyant. A peine son raisonnement fini, il eût voulu être à cent pieds sous terre, car il commençait à aimer de nouveau.

Le cœur de Mme de Chasteller n'était pas dans un état beaucoup plus enviable. Ils payaient tous les deux, et chèrement, le bonheur rencontré l'avant-veille au *Chas-*

seur vert. Et si les romanciers avaient encore, comme autrefois, l'heureux privilège de faire la morale dans les grandes occasions, on s'écrierait ici : « Juste punition de l'imprudence d'aimer un être que l'on connaît réellement aussi peu ! Quoi ! rendre en quelque sorte maître de son bonheur un être que l'on n'a vu que cinq fois ! » Et si le conteur pouvait traduire ces pensées en style pompeux et finir même par quelque allusion religieuse, les sots se diraient entre eux : « Voilà un livre moral, et l'auteur doit être un homme bien respectable. » Les sots ne se diraient pas, parce qu'ils ne l'ont encore lu que dans peu de livres recommandés par l'Académie : « Avec l'élégance actuelle de nos façons polies, qu'est-ce qu'une femme peut connaître d'un jeune homme *correct*, après cinquante visites, si ce n'est son degré d'esprit et le plus ou moins de progrès qu'il a pu faire dans l'art de dire élégamment des choses insignifiantes ? Mais de son cœur, de sa façon particulière d'aller à la chasse du bonheur ? Rien, ou il n'est pas correct. »

Pendant cette observation morale, les deux amants avaient un air fort triste. Un peu avant l'arrivée de Mme de Chasteller, Leuwen, pour excuser le prématuré de sa visite, avait proposé aux dames de Serpierre du café au *Chasseur vert* ; on avait accepté. Après quelques mots de politesse à Mme de Chasteller et le récit de la proposition faite et acceptée, ces demoiselles quittèrent le jardin en courant, pour aller prendre leurs chapeaux. Mme de Serpierre les suivit d'un pas plus sage, et Mme de Chasteller et Leuwen restèrent seuls dans une grande allée d'acacias assez large ; ils se promenaient silencieusement ensemble, mais aux deux bords opposés de l'allée.

« Convient-il à ce que je me dois, se disait Mme de Chasteller, de suivre ces demoiselles au *Chasseur vert*, ce qui a l'air d'admettre M. Leuwen dans ma société intime ? »

CHAPITRE XXVI

Il n'y avait qu'un instant pour se décider ; l'amour tira parti de ce surcroît de trouble. Tout à coup, au lieu de continuer à marcher en silence et les yeux baissés pour éviter les regards de Leuwen, Mme de Chasteller se tourna vers lui :

« Monsieur Leuwen a-t-il eu quelque sujet de chagrin à son régiment ? Il semble plongé dans les ombres de la mélancolie.

— Il est vrai, madame, je suis profondément tourmenté depuis hier. Je ne conçois rien à ce qui m'arrive. »

Et ses yeux, qu'il tourna en plein sur Mme de Chasteller, montraient qu'il disait vrai par leur sérieux profond. Mme de Chasteller fut frappée et s'arrêta comme fixée au sol ; elle ne put plus faire un pas.

« Je suis honteux de ce que j'ai à dire, madame, reprit Leuwen, mais enfin mon devoir d'homme d'honneur veut que je parle. »

A ce préambule si sérieux, les yeux de Mme de Chasteller rougirent.

« La forme de mon discours, les mots que je dois employer sont aussi ridicules que le fond même de ce que j'ai à dire est bizarre et même sot. »

Il y eut un petit silence. Mme de Chasteller regardait Leuwen avec anxiété ; il avait l'air très peiné. Enfin, comme dominant péniblement beaucoup de mauvaise honte, il dit en hésitant, et d'une voix faible et mal articulée :

« Le croirez-vous, madame ? Pourrez-vous l'entendre sans vous moquer de moi et sans me croire le dernier des hommes ? Je ne puis chasser de ma pensée la personne que j'ai rencontrée hier chez vous. La vue de cette figure atroce, de ce nez pointu avec des lunettes, semble avoir empoisonné mon âme. »

Mme de Chasteller eut envie de sourire.

« Non, madame, jamais depuis mon arrivée à Nancy je n'ai éprouvé ce que j'ai senti après la vision de ce monstre, mon cœur en a été glacé. J'ai pu passer quelquefois jusqu'à une heure entière sans penser à vous, et, ce qui pour moi est encore plus étonnant, il m'a semblé que je n'avais plus d'amour. »

Ici, la figure de Mme de Chasteller devint fort sérieuse ; Leuwen n'y vit plus la moindre velléité d'ironie et de sourire.

« Vraiment, je me suis cru fou, ajouta-t-il, reprenant toute la naïveté de son ton habituel, qui aux yeux de Mme de Chasteller excluait jusqu'à la moindre idée de mensonge et d'exagération. Nancy m'a semblé une ville nouvelle que je n'avais jamais vue, car autrefois dans tout au monde c'était vous seule que je voyais ; un beau ciel me faisait dire : « Son âme est plus pure », la vue d'une triste maison : « Si Bathilde habitait là, comme cette maison me plairait ! » Daignez pardonner cette façon de parler trop intime. »

Mme de Chasteller fit un signe d'impatience qui semblait dire : « Continuez ; je ne m'arrête point à ces misères. »

« Eh bien ! madame, reprit Leuwen qui semblait étudier dans les yeux de Mme de Chasteller l'effet produit par ses paroles, ce matin la maison triste m'a paru ce qu'elle est, le beau ciel m'a semblé beau sans me rappeler une autre beauté, en un mot, j'avais le malheur de ne plus aimer. Tout à coup, quatre lignes fort sévères que j'ai reçues en réponse à une lettre, sans doute beaucoup trop longue, ont semblé dissiper un peu l'effet du venin. J'ai eu le bonheur de vous voir, cet affreux malheur s'est dissipé et j'ai repris mes chaînes, mais je me sens encore comme glacé par le poison... Je vous parle, madame, d'une façon un peu emphatique, mais en vérité je ne sais comment expliquer en d'autres mots ce qui m'arrive depuis la vue de votre demoiselle de compagnie. Le signe fatal en est que, pour vous parler un peu le langage de l'amour, il faut que je fasse effort sur moi-même. »

Après cet aveu sincère, il sembla à Leuwen avoir un poids de deux quintaux de moins sur la poitrine. Il avait si peu d'expérience de la vie qu'il ne s'attendait nullement à ce bonheur.

Mme de Chasteller, au contraire, semblait atterrée. « C'est clair, ce n'est qu'un fat. Y a-t-il moyen, se disait-elle, de prendre ceci au sérieux ? Dois-je croire que c'est l'aveu naïf d'une âme tendre ? »

Les façons de parler habituelles de Leuwen étaient si simples quand il s'adressait à Mme de Chasteller, qu'elle penchait pour ce dernier avis. Mais elle avait souvent remarqué qu'en s'adressant à toute autre personne qu'elle Leuwen disait souvent exprès des choses ridicules ; ce souvenir de tromperie habituelle lui fit mal. D'un autre côté, les manières de Leuwen, l'accent de ses paroles étaient changés à un tel point, la fin de cette harangue avait l'air si vraie, qu'elle ne voyait pas comment faire pour ne pas y croire. A son âge, serait-il déjà un comédien aussi parfait ? Mais si elle ajoutait foi à cette étrange confidence, si elle la croyait sincère, d'abord elle ne devait pas paraître fâchée, encore moins attristée, et comment faire pour ne paraître ni l'un ni l'autre ?

Mme de Chasteller entendait les demoiselles de Serpierre qui revenaient au jardin en courant. M. et Mme de Serpierre étaient déjà dans la grande calèche de Leuwen. Mme de Chasteller ne voulut pas se donner le temps d'écouter la raison.

« Si je ne vais pas au *Chasseur vert*, deux de ces pauvres petites perdront cette partie de plaisir. »

Et elle monta en voiture avec les plus jeunes.

« J'aurai du moins, pensa-t-elle, quelques moments pour réfléchir. »

Ses réflexions furent douces.

« M. Leuwen est un honnête homme, et ce qu'il dit, quoique bizarre et incroyable en apparence, est vrai. Sa physionomie, toute sa manière d'être me l'annonçaient avant qu'il eût parlé. »

Quand on descendit de voiture à l'entrée des bois de Burelviller, Leuwen était un autre homme ; Mme de Chasteller le vit au premier coup d'œil. Son front avait repris la sérénité de son âge, ses manières avaient de l'aisance.

« Il y a de l'honnêteté dans ce cœur-là, pensa-t-elle avec délices ; le monde n'en a point fait encore un être apprêté et faux, c'est étonnant à vingt-trois ans ! Et il a vécu dans la haute société ! »

En quoi Mme de Chasteller se trompait fort : dès l'âge de dix-huit ans, Leuwen n'avait point vécu dans la société de la cour et du faubourg Saint-Germain, mais au milieu des cornues et des alambics d'un cours de chimie.

Il se trouva au bout de quelques instants que Leuwen donnait le bras à Mme de Chasteller, et deux des demoiselles de Serpierre marchaient à leurs côtés ; le reste de la famille était à dix pas. Il prit un ton fort gai pour ne pas trop attirer l'attention de ces demoiselles.

« Depuis que j'ai osé dire la vérité à la personne que j'estime le plus au monde je suis un autre homme. Il me semble déjà que les paroles dont je me suis servi, en parlant de cette demoiselle dont la vue m'avait empoisonné, sont ridicules. Je trouve qu'il fait ici un temps aussi beau qu'avant-hier. Mais avant de me livrer au bonheur inspiré par ce beau lieu, j'aurais besoin, madame, d'avoir votre opinion sur le ridicule de cette harangue, où il y avait des chaînes, du poison, et bien d'autres mots tragiques.

— Je vous avouerai, monsieur, que je n'ai pas d'opinion bien arrêtée. Mais en général, ajouta-t-elle après un petit silence et d'un air sévère, je crois avoir de la sincérité ; si l'on se trompe, du moins l'on ne veut pas tromper. Et la vérité fait tout passer, même les chaînes, le poison, etc. »

Mme de Chasteller avait envie de sourire en prononçant ces mots.

« Quoi donc, se dit-elle avec un vrai chagrin, je ne pourrai jamais conserver un ton convenable en parlant à M. Leuwen ! Lui parler est-il donc un si grand bonheur pour moi ! Et qui peut me dire que ce n'est pas un fat qui a voulu jouer en moi une pauvre provinciale ? Peut-être, sans être précisément un malhonnête homme, il n'a pour moi que des sentiments fort ordinaires, et cet amour-là est fils de l'ennui d'une garnison. »

C'était ainsi que parlait encore dans le cœur de Mme de Chasteller l'avocat contraire à l'amour, mais déjà il avait étonnamment perdu de sa force. Elle trouvait un plaisir extrême à rêver, et ne parlait que juste autant qu'il le fallait pour ne pas se donner en spectacle à la famille de Serpierre qui s'était réunie autour d'eux. Enfin, heureusement pour Leuwen, les cors allemands arrivèrent et se mirent à jouer des valses de Mozart, et ensuite des duos tirés de *Don Juan* et des *Nozze di Figaro*. Mme de Chasteller devint plus sérieuse encore, mais peu à peu elle fut bien plus heureuse. Leuwen était lui-même tout à fait transporté dans le roman de la vie, l'espérance du bonheur lui semblait une certitude. Il osa lui dire, dans un de ces courts instants de demi-liberté qu'on pouvait avoir en [se] promenant avec toutes ces demoiselles :

« Il ne faut pas tromper le Dieu qu'on adore. J'ai été sincère, c'était la plus grande marque de respect que je puisse donner ; m'en punira-t-on ?

— Vous êtes un homme étrange !

— Il serait plus poli de vous dire oui. Mais, en vérité, je ne sais pas ce que je suis, et je donnerais beaucoup à qui pourrait me le dire. Je n'ai commencé à vivre et à chercher à me connaître que le jour où mon cheval est tombé sous des fenêtres qui ont des persiennes vertes. »

Ces paroles furent dites comme quelqu'un qui les trouve à mesure qu'il les prononce. Mme de Chasteller ne put s'empêcher d'être profondément touchée de cet air à la fois sincère et noble ; Leuwen avait senti une certaine pudeur à parler de son amour plus ouvertement, et on l'en remercia par un sourire tendre.

« Oserai-je me présenter demain ? ajouta-t-il. Mais je

218

demanderai une autre faveur, presque aussi grande, celle de n'être pas reçu en présence de cette demoiselle.

— Vous n'y gagnerez rien, lui répondit Mme de Chasteller avec tristesse. J'ai une trop grande répugnance à vous entendre traiter, en tête-à-tête, un sujet qui semble être le seul dont vous puissiez me parler. Venez, si vous êtes assez honnête homme pour me promettre de me parler de toute autre chose. »

Leuwen promit. Ce fut là à peu près tout ce qu'ils purent se dire pendant cet après-midi. Il fut heureux pour tous les deux d'être environnés, et en quelque sorte empêchés de se parler. Ils auraient eu toute liberté qu'ils n'auraient pas dit beaucoup plus, et ils n'étaient pas, à beaucoup près, assez intimes, pour ne pas en avoir éprouvé un certain embarras, Leuwen surtout. Mais s'ils ne se dirent rien, leurs yeux semblèrent convenir qu'il n'y avait aucun sujet de querelle entre eux. Ils s'aimaient d'une manière bien différente de l'avant-veille. Ce n'étaient plus des transports de ce bonheur jeune et sans soupçons, mais plutôt de la passion, de l'intimité, et le plus vif désir de pouvoir avoir de la confiance.

« Que je vous croie, et je suis à vous », semblaient dire les yeux de Mme de Chasteller ; et elle serait morte de honte, si elle eût vu leur expression. Voilà un des malheurs de l'extrême beauté, elle ne peut voiler ses sentiments. Mais ce langage ne peut être compris avec certitude que par l'indifférence observatrice. Leuwen croyait l'entendre pendant quelques instants, et un moment après doutait de tout.

Leur bonheur de se trouver ensemble était intime et profond. Leuwen avait presque les larmes aux yeux. Plusieurs fois, dans le courant de la promenade, Mme de Chasteller avait évité de lui donner le bras, mais sans affectation aux yeux de Serpierre ni dureté pour lui.

A la fin, comme il était déjà nuit tombante, on quitta le *café-hauss* pour revenir aux voitures, que l'on avait laissées à l'entrée du bois. Mme de Chasteller lui dit :

« Donnez-moi le bras, monsieur Leuwen. »

Leuwen serra le bras qu'on lui offrait, et le mouvement fut presque rendu.

Les cors bohêmes étaient délicieux à entendre dans le lointain. Il s'établit un profond silence.

Par bonheur, lorsqu'on arriva aux voitures, il se trouva qu'une des demoiselles de Serpierre avait oublié son mouchoir dans le jardin du *Chasseur vert* ; on proposa d'y envoyer un domestique, ensuite d'y retourner en voiture.

Leuwen, revenant de bien loin à la conversation, fit observer à Mme de Serpierre que la soirée était superbe, qu'un vent chaud et à peine sensible empêchait le *serein*, que Mlles de Serpierre avaient moins couru que l'avant-veille, que les voitures pouvaient suivre, etc., etc. Enfin, par une foule de bonnes raisons, il concluait que si ces dames ne se trouvaient pas fatiguées, il serait peut-être plus agréable de retourner à pied. Mme de Serpierre renvoya la décision à Mme de Chasteller.

« A la bonne heure, dit-elle, mais à condition que les voitures ne suivront pas ; ce bruit de roues qui s'arrêtent si vous vous arrêtez est désagréable. »

Leuwen pensa que les musiciens, étant payés, allaient quitter le jardin ; il envoya un domestique les engager à recommencer les morceaux de *Don Juan* et des *Nozze*. Il revint auprès de ces dames et reprit sans difficulté le bras de Mme de Chasteller. Les demoiselles de Serpierre étaient enchantées de cette augmentation de promenade. On marchait tous ensemble, la conversation générale était aimable et gaie. Leuwen parlait pour la soutenir et ne pas faire remarquer son silence. Mme de Chasteller et lui n'avaient garde de se rien dire : ils étaient trop heureux ainsi.

Bientôt on entendit les cors recommencer. En arrivant au jardin, Leuwen prétendit que M. de Serpierre et lui avaient grande envie de prendre du punch, qu'on en ferait un très doux pour les dames. Comme l'on se trouvait bien ensemble, la motion du punch passa, malgré l'opposition de Mme de Serpierre qui prétendit que rien n'était plus nuisible au teint des jeunes filles. Cet avis fut soutenu par Mlle Théodelinde, trop attachée à Leuwen pour n'être pas peut-être un peu jalouse.

« Plaidez votre cause auprès de Mlle Théodelinde », lui dit Mme de Chasteller avec enjouement et bonne amitié.

Enfin, on ne rentra à Nancy qu'à neuf heures et demie du soir.

CHAPITRE XXVII

Leuwen avait manqué à un devoir de caserne : l'appel du soir avait eu lieu sans lui, et il était de semaine. Il courut bien vite chez l'adjudant, qui lui conseilla de s'aller dénoncer au colonel. Ce colonel était ce qu'on appelait en 1834 un *juste-milieu* forcené, et comme tel, fort jaloux de l'accueil que Leuwen recevait dans la bonne compagnie. Le manque de succès dans ce quartier, comme disent les Anglais, pourrait retarder le moment où ce colonel si dévoué serait fait général, aide de camp du roi, etc., etc. Il ne répondit à la démarche du sous-lieutenant que par quelques mots fort secs qui le mettaient aux arrêts pour vingt-quatre heures.

C'était tout ce que celui-ci craignait. Il rentra chez lui pour écrire à Mme de Chasteller ; mais quel supplice de lui écrire une lettre officielle, et quelle imprudence de lui écrire sur les choses dont il osait lui parler ! Cette idée l'occupa toute la nuit.

Après mille incertitudes, Leuwen envoya tout simplement un domestique porter à l'hôtel de Pontlevé une lettre qui pouvait être vue de tous. Il n'osait en vérité écrire autrement à Mme de Chasteller : tout son amour était revenu, et avec lui l'extrême terreur qu'elle lui inspirait.

Le surlendemain, à quatre heures du matin, Leuwen fut réveillé par l'ordre de monter à cheval. Il trouva tout en émoi à la caserne. Un sous-officier d'artillerie était fort affairé à distribuer des cartouches aux lanciers. Les ouvriers d'une ville à huit ou dix lieues de là venaient, dit-on, de s'organiser et de se confédérer.

Le colonel Malher parcourait la caserne en disant aux officiers de façon à être entendu des lanciers :

« Il s'agit de leur donner une leçon qui compte au piquet. Pas de pitié pour ces b...-là. Il y aura des croix à gagner. »

En passant sous les fenêtres de Mme de Chasteller, Leuwen regarda beaucoup, mais il ne put rien apercevoir derrière les rideaux de mousseline brodée parfaitement fermés. Leuwen ne put pas blâmer Mme de Chasteller : le moindre signe pouvait être aperçu et commenté par tous les officiers du régiment.

« Mme d'Hocquincourt n'eût pas manqué de se trouver à la fenêtre. Mais aimerais-je Mme d'Hocquincourt ? »

Si Mme de Chasteller se fût trouvée à sa fenêtre, Leuwen eût trouvé adorable cette marque d'attention. Le fait est que toutes les dames de la ville occupaient les fenêtres de la rue de la Pompe, et de la suivante, que le régiment avait à parcourir pour sortir de la ville.

La septième compagnie, où était Leuwen, précédait

immédiatement une demi-batterie d'artillerie, mèches allumées. Les roues des pièces et des caissons ébranlaient les maisons de bois de Nancy et causaient à ces dames une terreur pleine de plaisir. Leuwen salua Mmes d'Hocquincourt, de Puylaurens, de Serpierre, de Marcilly.

« Je voudrais bien savoir, pensait Leuwen, qui elles haïssent le plus de Louis-Philippe ou des ouvriers... Et Mme de Chasteller n'a pas su partager la curiosité de toutes ces dames et me donner cette petite marque d'intérêt ! Me voilà allant sabrer des tisserands, comme dit élégamment M. de Vassignies. Si l'affaire est chaude, le colonel sera fait commandeur de la Légion d'honneur, et moi je gagnerai un remords. »

Le 27e de lanciers employa six heures pour faire les huit lieues qui séparent Nancy de N... Le régiment étant retardé par la demi-batterie d'artillerie. Le colonel Malher reçut trois estafettes et, à chaque fois, il fit changer les chevaux des pièces de canon ; on mettait à pied les lanciers dont les chevaux paraissaient les plus propres à tirer les canons.

A moitié chemin, M. Fléron, le sous-préfet, rejoignit le régiment au grand trot ; il le longea de la queue à la tête, pour parler au colonel, et eut l'agrément d'être hué par les lanciers. Il avait un sabre que sa taille exiguë faisait paraître immense. Le murmure sourd se changea en éclats de rire, qu'il chercha à éviter en mettant son cheval au galop. Le rire redoubla avec les cris ordinaires : « Il tombera ! Il ne tombera pas ! »

Mais le sous-préfet eut bientôt sa revanche ; à peine engagés dans les rues étroites et sales de N..., les lanciers furent hués par les femmes et les enfants des ouvriers placés aux fenêtres des pauvres maisons, et par les ouvriers eux-mêmes, qui de temps en temps paraissaient au coin des ruelles les plus étroites. On entendait les boutiques se fermer rapidement de toutes parts.

Enfin, le régiment déboucha dans la grande rue marchande de la ville ; tous les magasins étaient fermés, pas une tête aux fenêtres, un silence de mort. On arriva sur une place irrégulière et fort longue, garnie de cinq ou six mûriers rabougris et traversée dans toute sa longueur par un ruisseau infect chargé de toutes les immondices de la ville ; l'eau était bleue, parce que le ruisseau servait aussi d'égout à plusieurs ateliers de teinture.

<Le linge étendu aux fenêtres pour sécher faisait hor-

reur par sa pauvreté, son état de délabrement et sa saleté. Les vitres des fenêtres étaient sales et petites, et beaucoup de fenêtres avaient, au lieu de vitre, du vieux papier écrit et huilé. Partout une vive image de la pauvreté qui saisissait le cœur, mais non pas les cœurs qui espéraient gagner la croix en distribuant des coups de sabre dans cette pauvre petite ville.>

Le colonel mit son régiment en bataille le long de ce ruisseau. Là, les malheureux lanciers, accablés de soif et de fatigue, passèrent sept heures, exposés à un soleil brûlant du mois d'août, sans boire ni manger. Comme nous l'avons dit, à l'arrivée du régiment toutes les boutiques s'étaient fermées, et les cabarets plus vite que le reste.

« Nous sommes frais, criait un lancier.

— Nous voici en bonne odeur, répondait une autre voix.

— Silence, f...e ! » glapissait quelque lieutenant juste-milieu.

Leuwen remarqua que tous les officiers qui se respectaient gardaient un silence profond et avaient l'air fort sérieux.

« Nous voici à l'ennemi », pensait Leuwen.

Il s'observait [soi]-même et se trouvait de sang-froid, comme à une expérience de chimie à l'École polytechnique. Ce sentiment égoïste diminuait beaucoup de son horreur pour ce genre de service.

Le grand lieutenant grêlé dont le lieutenant-colonel Filloteau lui avait parlé vint lui parler en jurant des ouvriers. Leuwen ne répondit pas un mot et le regarda avec un mépris inexprimable. Comme ce lieutenant s'éloignait, quatre ou cinq voix prononcèrent assez haut : « Espion ! Espion ! »

Les hommes souffraient horriblement, deux ou trois avaient été forcés de descendre de cheval. On envoya des hommes de corvée à la grande fontaine ; dans le bassin, qui était immense, on trouva trois ou quatre cadavres de chats récemment tués, et qui avaient rougi l'eau de leur sang. Le filet d'eau tiède qui tombait du « triomphe » était fort exigu ; il fallait plusieurs minutes pour remplir une bouteille, et le régiment avait 380 hommes sous les armes.

Le sous-préfet réuni au maire repassait souvent sur la place et cherchait, disait-on dans les rangs, à acheter du vin.

« Si je vous vends, répondaient les propriétaires, ma maison sera pillée et détruite. »

Le régiment commençait à être salué toutes les demi-heures par un redoublement de huées.

Au moment où le lieutenant espion le quittait, Leuwen avait eu l'idée d'envoyer ses domestiques à deux lieues de là, dans un village qui devait être paisible, car il n'y avait ni métiers, ni ouvriers. Ces domestiques avaient la commission d'acheter à tout prix une centaine de pains et trois ou quatre faix de fourrage. Les domestiques réussirent et, vers les quatre heures, on vit arriver sur la place quatre chevaux chargés de pain et deux autres chargés de foin. A l'instant il se fit un profond silence. Ces paysans vinrent parler à Leuwen, qui les paya bien et eut le plaisir de faire une petite distribution de pain aux soldats de sa compagnie.

« Voilà le républicain qui commence ses menées », dirent plusieurs officiers qui ne l'aimaient pas.

Filloteau vint, plus simplement, lui demander deux ou trois pains pour lui et du foin pour ses chevaux.

« Ce qui m'inquiète, ce sont mes chevaux », dit spirituellement le colonel en passant devant ses hommes.

Un instant plus tard, Leuwen entendit le sous-préfet qui disait au colonel :

« Quoi ! Nous ne pourrons pas appliquer un coup de sabre à ces gredins-là ? »

« Il est beaucoup plus furibond que le colonel, se dit Leuwen. Le Malher ne peut guère espérer d'être fait général pour avoir tué douze ou quinze tisserands, et M. Fléron peut fort bien être nommé préfet, et il sera sûr de sa place pour deux ou trois ans. »

La distribution faite par Leuwen avait révélé cette idée ingénieuse qu'il y avait des villages dans les environs de la ville. Vers les cinq heures, on distribua une livre de pain noir à chaque lancier et un peu de viande aux officiers.

A la nuit tombante, on tira un coup de pistolet, mais personne ne fut atteint.

« Je ne sais pourquoi, pensait Leuwen, mais je parierais que ce coup de pistolet est tiré par ordre du sous-préfet. »

Sur les dix heures du soir, on s'aperçut que les ouvriers avaient disparu. A onze heures, il arriva de l'infanterie, à laquelle on remit les canons et l'obusier, et à une heure du matin le régiment de lanciers, mourant de faim, hommes et chevaux, repartit pour Nancy. On s'arrêta six heures dans un village fort paisible, où le pain se vendit bientôt huit sous la livre et le vin cinq francs la bouteille ; le belliqueux sous-préfet avait oublié d'y faire venir des vivres. Pour les détails militaires, stratégiques, politiques, etc., etc., de cette grande affaire, voir les journaux du temps. Le régiment s'était couvert de gloire, et les ouvriers avaient fait preuve d'une insigne lâcheté.

Telle fut la première campagne de Leuwen.

« En revenant à Nancy, se disait-il, et en supposant que nous arrivions de jour, oserai-je me présenter à l'hôtel de Pontlevé ? »

Il osa, mais il mourait de peur en frappant à la porte cochère. Le cœur lui battait tellement en sonnant à la porte de l'appartement de Mme de Chasteller, qu'il se dit :

« Mon Dieu ! est-ce que je vais encore cesser de l'aimer ? »

Elle était seule, sans Mlle Bérard. Leuwen prit sa main avec passion. Deux minutes après, il fut sublime quand il se fut aperçu qu'il l'aimait plus que jamais. S'il avait eu un peu plus d'expérience, il se serait fait dire qu'on l'aimait. Avec de l'audace, il aurait pu se jeter dans les bras de Mme de Chasteller et n'être pas repoussé. Il pouvait du moins établir un traité de paix fort avantageux pour les intérêts de son amour. Au lieu de tout cela, il n'avança point ses affaires et fut parfaitement heureux.

On avait dit et cru à Nancy que le coup de pistolet tiré par les ouvriers à N... avait tué un jeune officier de lanciers. Bientôt, Mme de Chasteller eut peur, elle comprenait la situation et se sentait attendrie.

« Il faut que je vous renvoie », lui dit-elle d'un air triste qui voulait être sévère.

Leuwen eut peur de la fâcher, et il céda.

« Ai-je l'espoir, madame, de vous revoir chez Mme d'Hocquincourt ? C'est son jour.

— Peut-être bien, et vous n'y manquerez pas ; je sais que vous ne haïssez pas de vous trouver avec cette jeune femme si jolie. »

Une heure après, Leuwen était chez Mme d'Hocquincourt, mais Mme de Chasteller n'y vint que fort tard.

Le temps s'envolait rapidement pour notre héros. Mais les amants sont si heureux dans les scènes qu'ils ont ensemble que le lecteur, au lieu de sympathiser avec la peinture de ce bonheur, en devient jaloux et se venge d'ordinaire en disant : « Bon Dieu ! Que ce livre est fade ! »

CHAPITRE XXVIII

Nous prendrons la liberté de sauter à pieds joints sur les deux mois qui suivirent. Cela nous sera d'autant plus facile que Leuwen, au bout de ces deux mois, n'était pas plus avancé d'un pas que le premier jour. Bien convaincu qu'il n'avait pas le talent de faire vouloir une femme, surtout s'il en était sérieusement amoureux, il se bornait à tenter de faire chaque jour ce qui, à l'heure même, lui faisait le plus de plaisir. Jamais il n'imposait une gêne, une peine, un acte de prudence au présent quart d'heure pour être plus avancé dans ses prétentions amoureuses auprès de Mme de Chasteller dans le quart d'heure suivant. Il lui disait la vérité sur tout ; par exemple :

« Mais il me semble, lui disait-elle un soir, que vous dites à M. de Serpierre des choses absolument opposées à celles que vous pensez et que vous me dites à moi. Seriez-vous un peu faux ? En ce cas, les personnes qui s'intéressent à vous seraient bien malheureuses. »

Mlle Bérard ayant usurpé le second salon, Mme de Chasteller recevait Leuwen dans un grand cabinet ou bibliothèque qui suivait le salon, dont la porte restait toujours ouverte. Quand le soir Mlle Bérard se retirait, la femme de chambre de Mme de Chasteller s'établissait dans ce salon. Le soir dont nous parlons, on osait parler de tout fort clairement, nommer tout en toutes lettres ; Mlle Bérard était allée faire des visites et la femme de chambre qui la remplaçait était sourde.

« Madame, reprit Leuwen avec feu et une sorte d'indignation vertueuse, j'ai été jeté au milieu de la mer. Je nage pour ne pas me noyer, et vous me dites du ton du reproche : « Il me semble, monsieur, que vous remuez les « bras ! » Avez-vous une assez bonne opinion de la force de mes poumons pour croire qu'ils puissent suffire à refaire l'éducation de tous les habitants de Nancy ? Voulez-vous que je me ferme toutes les portes et que je ne vous voie plus que chez vous ? Et encore, bientôt on vous fera honte de me recevoir, comme on vous a fait honte de votre désir de retourner à Paris. Il est vrai que sur toutes choses, même sur l'heure qu'il est, je crois, je pense le contraire des habitants de ce pays. Voulez-vous que je me réduise à un silence complet ?

« A vous seule, madame, je dis ce que je pense sur tout,

même sur la politique, où nous sommes si ennemis ; et pour vous seule, pour me rapprocher de vous, j'ai perfectionné cette habitude de mentir que j'adoptai le jour, où, pour me défaire de la réputation de républicain, j'allai aux Pénitents guidé par l'honnête docteur Du Poirier ! Voulez-vous que dès demain je dise ce que je pense et que je rompe en visière à tout le monde ? Je n'irai plus à la chapelle des Pénitents, chez Mme de Marcilly je ne regarderai plus le portrait de Henri V, comme chez Mme de Commercy je n'écouterai plus les homélies absurdes de M. l'abbé Rey ; et en moins de huit jours je ne pourrai plus vous voir.

— Non, je ne veux pas cela, répondit-elle avec tristesse ; et cependant, j'ai été profondément affligée depuis hier soir. Quand je vous ai engagé à aller parler un peu à Mlle Théodelinde et à Mme de Puylaurens, je vous ai entendu dire à M. de Serpierre le contraire de ce que vous me dites.

— M. de Serpierre m'a intercepté au passage. Maudissez la province, où l'on ne peut vivre sans être hypocrite sur tout, ou maudissez l'éducation que j'ai reçue et qui m'a ouvert les yeux sur les trois quarts des sottises humaines. Vous me reprochez quelquefois que l'éducation de Paris empêche de *sentir* ; cela est possible mais, par compensation, elle apprend à y voir clair. Je n'y ai aucun mérite, et vous auriez tort de m'accuser de pédantisme ; la faute en est aux gens d'esprit que réunit le salon de ma mère. Il suffit d'y voir clair pour être frappé de l'absurdité de MM. de Puylaurens, Sanréal, Serpierre, d'Hocquincourt, pour comprendre l'hypocrisie de MM. Du Poirier, Fléron le sous-préfet, le colonel Malher, tous coquins plus méprisables que les premiers, lesquels, plus par bêtise que par égoïsme, préfèrent naïvement le bonheur de deux cent mille privilégiés à celui de trente-deux millions de Français. Mais me voici faisant de la propagande, ce qui serait employer bien gauchement mon temps auprès de vous. Hier, lequel vous semblait avoir raison, de M. de Serpierre dont je ne combattais pas les raisonnements, ou de moi, dont vous connaissez les véritables pensées ?

— Hélas ! tous les deux. Vous me changez, peut-être est-ce en mal. Quand je suis seule, je me surprends à croire que l'on m'a enseigné exprès de singuliers mensonges au couvent du Sacré-Cœur. Un jour que j'étais en différend avec le général (c'était M. de Chasteller), il me le dit presque en toutes lettres, et ensuite parut se repentir.

— Il venait de blesser son intérêt de mari. Il vaut mieux qu'une femme ennuie son mari faute d'esprit et qu'elle soit fidèle à ses devoirs. Là, comme ailleurs, la religion est le plus ferme appui du pouvoir despotique. Moi, je ne crains pas de blesser mes intérêts d'amant, ajouta Leuwen avec une noble fierté ; et après cette épreuve je suis sûr de moi dans tous les cas possibles. »

Prendre un amant est une des actions les plus décisives que puisse se permettre une jeune femme. Si elle ne prend pas d'amant, elle meurt d'ennui, et vers les quarante ans devient imbécile ; elle aime un chien dont elle s'occupe, ou un confesseur qui s'occupe d'elle, car un vrai cœur de femme a besoin de la sympathie d'un homme, comme nous d'un partenaire pour faire la conversation. Si elle prend un amant malhonnête homme, une femme se précipite dans la possibilité des malheurs les plus affreux..., etc., etc. Rien n'était plus naïf, et quelquefois plus tendre dans l'intonation de voix, que les objections de Mme de Chasteller.

C'était après des conversations de ce genre qu'il semblait impossible à Leuwen que Mme de Chasteller eût eu une affaire avec le lieutenant-colonel du 20ᵉ régiment de hussards.

« Grand Dieu ! Que ne donnerais-je pas pour avoir, pendant une journée, le coup d'œil et l'expérience de mon père ! »

<Il aimait pour la première fois. Mme de Chasteller avait cette simplicité de caractère qui s'allie si bien avec la vraie noblesse. Elle se fût reproché comme un crime avilissant la moindre fausseté, la moindre affectation envers les personnes qu'elle chérissait. Hors le seul fait de préférence passionnée qu'elle accordait à Leuwen, elle lui disait la vérité sur tout avec un naturel, une vivacité que l'on rencontre rarement chez une femme de vingt-deux ans.

« Je ne l'aimerais pas, se disait Leuwen, que les soirées que je passe près d'elle seraient encore les plus amusantes de ma vie. »

Elle ne lui avait jamais dit précisément qu'elle l'aimait, mais quand il raisonnait de sang-froid, ce qui, à la vérité, était fort rare, il en était bien sûr. Mme de Chasteller avait la récompense d'une âme pure : quand elle n'était point effarouchée par la présence ou le souvenir d'êtres malveillants, elle avait encore la gaieté folle de la jeunesse. A la fin des visites de Leuwen, quand, depuis trois quarts d'heure ou une heure, il ne lui parlait pas précisément d'amour, elle était d'une gaieté folle avec lui. Oserai-je le dire ? Au point quelquefois de lui jouer des tours d'écoliers, qui seraient indécents à Paris, par exemple de lui cacher son shako. Mais si en cherchant ensemble ce shako Leuwen avait l'indiscrétion de lui prendre la main, à l'instant Mme de Chasteller se relevait de toute sa hauteur. Ce n'était plus une jeune fille étourdie et heureuse, on eût dit une femme sévère de trente ans. C'était le remords qui contractait ses traits à ce point.

Leuwen était fort sujet à ce genre d'imprudence ; et, nous le dirons à sa honte, quelquefois, assez rarement, l'éducation de Paris prenait le dessus. Ce n'était pas pour le bonheur de serrer la main d'une femme qu'il aimait qu'il prenait celle de Mme de Chasteller, mais parce que je ne sais quoi en lui lui disait qu'il était ridicule de passer deux heures tête-à-tête avec une femme dont les yeux montraient quelquefois tant de bienveillance, sans au moins lui prendre la main une fois.

Ce n'est pas impunément que l'on habite Paris depuis l'âge de dix ans. Dans quelque salon que l'on vive, dans quelque honneur qu'y soient tenus la simplicité et le naturel, quelque mépris que l'on y montre pour les grandes hypocrisies, l'affectation et la vanité du pays, avec ses petits projets, arrive jusqu'à l'âme qui se croit la plus pure.

Il résultait de ces imprudences de Leuwen, et surtout de la franchise habituelle de sa manière d'être avec une femme pour laquelle son cœur n'avait aucun secret, et qui lui semblait avoir infiniment d'esprit, que ces entreprises hardies faisaient tache au milieu de sa conduite de tous les jours.

Mme de Chasteller voyait dans ces prétendus transports d'amour l'exécution d'un projet formé. Dans ces instants, elle remarquait avec effroi, chez Leuwen, un certain changement de physionomie sinistre pour elle. Cette expression singulière rappelait à Mme de Chasteller les soupçons les plus sinistres et les plus faits pour reculer les espérances de Leuwen auprès d'une femme de ce caractère.

A l'instant où Leuwen venait troubler un bonheur tranquille et intime par ces entreprises ridicules, les idées les plus fâcheuses se présentaient en foule à l'esprit troublé de Mme de Chasteller. Tout le bonheur de sa vie dépendait de la probité de Leuwen. Elle lui trouvait des manières charmantes, elle connaissait son esprit ; mais sentait-il tout ce qu'il exprimait ou joignait-il à ses autres qualités celle de comédien habile ?

« Il est jeune, il est riche, il porte un uniforme brillant, il vient de Paris, ne serait-ce après tout qu'un fat ? Tout le monde le dit à Nancy. Il afficherait la timidité au lieu de la confiance naturelle à ces messieurs, parce qu'il me suppose un caractère sérieux ; et moi j'ai la simplicité d'avoir en lui une confiance sans bornes ! Que deviendrai-je si jamais je suis réduite à le mépriser ? »

La possibilité de la fausseté chez l'homme qu'elle aimait allait jusqu'à inspirer à Mme de Chasteller des moments de fureur contre elle-même qu'elle n'avait jamais connus. Dans les moments où elle était assaillie de ces soupçons on eût dit qu'elle était malade, tant le changement que ces idées imprimaient à ses traits était prompt, subit et profond. La physionomie qu'elle prenait tout d'un coup était faite pour ôter tout courage à l'amant le plus confiant, et Leuwen était bien loin d'être cet amant confiant. Il n'avait pas même l'esprit de voir combien ces imprudences irritaient profondément Mme de Chasteller.>

Quoique bien traité en général, et se croyant aimé quand il était de sang-froid, Leuwen n'abordait cependant Mme de Chasteller qu'avec une sorte de terreur. Il n'avait jamais pu se guérir d'un certain sentiment de trouble en sonnant à sa porte. Il n'était jamais sûr de la façon dont il allait être reçu. A deux cents pas de l'hôtel de Pontlevé, aussitôt qu'il l'apercevait, il n'était plus soi-même. Un fat du pays l'eût salué qu'il lui eût rendu son salut avec trouble. La vieille portière de l'hôtel de Pontlevé était pour lui un être fatal, auquel il ne pouvait parler sans que la respiration lui manquât.

Souvent, ses phrases s'embrouillaient en parlant à Mme de Chasteller, chose qui ne lui arrivait avec personne. C'était cet être-là que Mme de Chasteller soupçonnait d'être un fat, et qu'elle regardait, elle aussi, avec terreur. Il était à ses yeux le maître absolu de son bonheur.

Un soir, Mme de Chasteller eut à écrire une lettre pressée.

« Voilà un journal pour amuser vos loisirs », dit-elle en riant et en jetant à Leuwen un numéro des *Débats* ; et elle alla en sautant prendre un pupitre fermé qu'elle vint poser sur la table placée entre Leuwen et elle.

Comme elle ouvrait le pupitre, en se penchant, avec une petite clef attachée à la chaîne de sa montre, Leuwen se baissa un peu sur la table et lui baisa la main.

Mme de Chasteller releva la tête : ce n'était plus la même femme.

« Il eût pu tout aussi bien me baiser le front », pensa-t-elle. La pudeur blessée la mit hors d'elle-même.

« Je ne pourrai donc jamais avoir la moindre confiance en vous ? » Et ses yeux exprimaient la plus vive colère. « Quoi ! je veux bien vous recevoir, quand j'aurais dû fermer ma porte pour vous, comme pour tout le monde ; je vous admets à une intimité dangereuse pour ma réputation et dont vous auriez dû respecter les lois (ici sa physionomie comme sa voix prirent l'air le plus altier) ; je vous traite en frère, je vous engage à lire un moment, pendant que j'écris une lettre indispensable, et sans à-propos, sans grâce, vous profitez de mon peu de défiance pour vous permettre un geste aussi humiliant, à le bien prendre, pour vous que pour moi ! Allez, monsieur ; je me suis trompée en vous recevant chez moi. »

Il y avait dans le ton de sa voix et dans son air toute la froideur et toute la résolution prise que son orgueil pouvait désirer. Leuwen sentait fort bien tout cela et était atterré.

Cette lâcheté de sa part augmenta le courage de Mme de Chasteller. Il aurait dû se lever, saluer froidement Mme de Chasteller, et lui dire :

« Vous exagérez, madame. D'une petite imprudence sans conséquence, et peut-être sotte chez moi, vous faites un crime in-folio. J'aimais une femme aussi supérieure par l'esprit que par la beauté, et, en vérité, je ne vous trouve que jolie en ce moment. »

En disant ces belles paroles, il fallait prendre son sabre, l'attacher tranquillement et sortir.

Bien loin de là : sans songer à ce parti, qu'il eût trouvé trop cruel pour soi et trop dangereux, Leuwen se bornait à être désolé d'être renvoyé. Il s'était bien levé mais il ne partait point ; il cherchait évidemment un prétexte pour rester.

« Je vous céderai la place, monsieur », reprit Mme de Chasteller avec une politesse parfaite, au travers de laquelle perçait bien de la hauteur, et comme le méprisant de ce qu'il n'était point parti.

Comme elle repliait son pupitre pour le transporter ailleurs, Leuwen, tout à fait en colère, lui dit :

« Pardon, madame, je m'oubliais. »

Et il sortait, outré de dépit contre soi-même et contre elle.

Il n'y avait eu de bon dans sa conduite que le ton de ces deux derniers mots, mais encore ce n'était pas talent, c'était hasard tout pur.

Une fois hors de cet hôtel fatal et délivré des regards curieux des domestiques, peu accoutumés à le voir sortir à cette heure :

« Il faut convenir, se dit-il, que je suis un bien petit garçon de me laisser traiter ainsi ! Je n'ai absolument que ce que je mérite. Quand je suis auprès d'elle, au lieu de chercher à me faire une position un peu convenable, je ne songe qu'à la regarder comme un enfant. A mon retour de l'expédition de N..., il y a eu un moment où il n'eût dépendu que de moi de m'assurer les privilèges les plus solides. J'aurais pu obtenir qu'elle me dît nettement qu'elle m'aime, et de l'embrasser chaque jour en entrant et en sortant. Et je ne puis pas même lui baiser la main ! O grand sot ! »

C'est ainsi que se parlait Leuwen en fuyant par la principale rue de Nancy. Il se faisait bien d'autres reproches encore.

Plein de mépris pour soi-même, il eut cependant l'esprit de se dire :

« Il faut faire quelque chose. »

Il était assez embarrassé de sa soirée, car c'était le jour de Mme de Marcilly, maison d'une haute vertu, où, en présence du buste de Henri V, les bonnes têtes du pays se réunissaient pour commenter *La Quotidienne* et perdre trente sous au whist.

Leuwen se sentait absolument hors d'état de jouer la comédie. Il eut l'idée heureuse de monter chez Mme d'Hocquincourt. De toutes les provinciales qui existèrent jamais, c'était elle qui avait le plus de naturel. Elle eût fait pardonner à la province ; elle avait un naturel impossible à Paris, il y ferait *perdre la cote*.

CHAPITRE XXIX

« Ah ! vous me décidez, monsieur ! s'écria-t-elle en le voyant entrer. Que je suis heureuse de vous voir ! Je n'irai pas chez Mme de Marcilly. »

Et elle rappela le domestique qui sortait pour dire de faire dételer les chevaux.

« Mais comment faites-vous pour n'être pas aux pieds de la sublime Chasteller ? Est-ce qu'il y aurait brouille dans le ménage ? »

Mme d'Hocquincourt examinait Leuwen d'un air riant et malin.

« Ah ! c'est clair, s'écria-t-elle en riant. Cet air contrit m'a tout dit. Mon malheur est écrit dans ces traits altérés, dans ce sourire forcé ; je ne suis qu'un pis-aller. Allons, puisque je ne suis qu'une humble confidente, contez-moi vos chagrins. Sous quel prétexte vous a-t-on chassé ? Vous chasse-t-on pour recevoir un homme plus aimable, ou vous chasse-t-on parce que vous l'avez mérité ? Mais d'abord, soyez sincère, si vous voulez être consolé. »

Leuwen eut beaucoup de peine à se tirer passablement des questions de Mme d'Hocquincourt. Elle ne manquait point d'esprit, et, cet esprit se trouvant tous les jours au service d'une volonté ferme et d'une passion vive, il avait acquis toutes les habitudes du bon sens. Leuwen était d'abord trop occupé de sa colère pour savoir donner le change. Dans un moment où, tout en répondant à Mme d'Hocquincourt, il pensait malgré lui à ce qui lui arrivait avec Mme de Chasteller, il se surprit adressant des propos galants, presque des choses aimables et personnelles à la jeune femme qui, dans un négligé élégant et dans l'attitude de l'intérêt le plus vif, se trouvait à demi couchée sur un canapé, à deux pas devant lui.

Dans la bouche de Leuwen, ce langage avait pour Mme d'Hocquincourt tout le mérite de la nouveauté. Leuwen remarqua que Mme d'Hocquincourt, occupée de l'effet d'une attitude charmante qu'elle regardait dans une armoire à glace voisine, cessait de le tourmenter sur Mme de Chasteller. Leuwen, devenu machiavélique par le malheur, se dit :

« Le langage de la galanterie, en tête-à-tête avec une jeune femme qui lui fait l'honneur de l'écouter d'un air presque sérieux, ne peut guère se dispenser de prendre un ton hardi et presque passionné. »

Il faut avouer que Leuwen, en faisant ce raisonnement, touvait un vif plaisir à n'être pas un petit garçon avec tout le monde. Pendant ce temps Mme d'Hocquincourt allait sur son compte de découvertes en découvertes. Elle commençait à le trouver l'homme le plus aimable de

Nancy. Cela était d'autant plus dangereux qu'il y avait déjà plus de dix-huit mois que durait M. d'Antin, c'était un règne bien long et qui étonnait tout le monde.

Heureusement pour sa durée, le tête-à-tête fut interrompu par l'arrivé de M. de Murcé. C'était un grand jeune homme maigre, qui portait avec fierté une petite tête surmontée de cheveux très noirs. Fort taciturne au commencement d'une visite, son mérite consistait en une gaieté parfaitement naturelle et fort drôle à cause de sa naïveté, mais qui ne le prenait que lorsque depuis une heure ou deux il se trouvait avec des gens gais. C'était un être profondément provincial, mais cependant fort aimable. Aucune de ses gaietés ne se serait dite à Paris, mais elles étaient fort drôles et lui allaient fort bien.

Bientôt après survint un autre habitué de la maison, M. de Goëllo. C'était un gros homme blond et pâle, de beaucoup d'instruction et d'un peu d'esprit, qui s'écoutait parler et disait une fois au moins par jour qu'il n'avait pas encore quarante ans, ce qui était vrai : il avait trente-neuf ans passés. Du reste, c'était un être prudent : répondre oui à la question la plus simple, ou avancer, dans l'occasion, une chaise à quelqu'un était un sujet de délibération qui l'occupait un quart d'heure. Quand il agissait ensuite, il affectait les formes de la bonhomie et de l'étourderie la plus enfantine. Depuis cinq ou six ans, il était amoureux de Mme d'Hocquincourt, il espérait toujours que son tour viendrait, et quelquefois cherchait à faire croire aux nouveaux arrivants que son tour était déjà venu et passé.

Un jour, au cabaret, Mme d'Hocquincourt, le voyant occupé de ce rôle, lui dit :

« Tu es un futur, mon pauvre Goëllo, qui se fait passé, mais qui ne sera jamais présent. » Car dans ses moments de fougue d'esprit elle tutoyait ses amis sans que personne y trouvât rien d'indécent ; on voyait que c'était l'[intensité] du brio, qui est à mille lieues des sentiments tendres.

M. de Goëllo fut suivi, à intervalles pressés, de quatre ou cinq jeunes gens.

« C'est, en vérité, tout ce qu'il y a de mieux et de plus gai dans la ville », se disait Leuwen en les voyant arriver.

« Je sors de chez Mme de Marcilly, dit l'un d'eux, où ils sont tout tristes, et affectent d'être encore plus tristes qu'ils ne le sont.

— C'est ce qui est arrivé à N... qui les rend si aimables.

— Moi, disait un autre, choqué de la façon dont

Mme d'Hocquincourt regardait Leuwen, quand j'ai vu que nous n'avions ni Mme d'Hocquincourt, ni Mme de Puylaurens, ni Mme de Chasteller, j'ai pensé que je n'avais d'autre ressource que d'enterrer ma soirée dans une bouteille de champagne ; et c'était le parti que j'allais prendre si j'avais trouvé la porte de Mme d'Hocquincourt fermée au vulgaire.

— Mais, mon pauvre Téran, reprit Mme d'Hocquincourt à cette allusion hostile à la réputation de Leuwen, on ne menace pas de s'enivrer, on s'enivre. Il faut avoir l'esprit de voir cette différence.

— Rien de plus difficile, en effet, que de savoir boire, reprit le pédant Goëllo. (On craignit une anecdote.)

— Qu'allons-nous faire ? Qu'allons-nous faire ? » s'écrièrent à la fois Murcé et un des comtes Roller.

C'était la question que tout le monde faisait sans que personne trouvât la réponse, quand parut M. d'Antin. Son air riant éclaircit tous les fronts. C'était un grand jeune homme blond de vingt-huit à trente ans, pour qui l'air sérieux et important était une impossibilité. Il eût annoncé l'incendie de la rue, que sa figure n'eût pas été lugubre. Il était fort joli homme, mais quelquefois on eût pu reprocher à sa charmante figure l'expression un peu louche et stupide de l'homme qui commence à s'enivrer. Quand on le connaissait, c'était une grâce de plus. Le fait est qu'il n'avait pas le sens commun, mais le meilleur cœur du monde et un fond de gaieté incroyable. Il achevait de manger une grande fortune, qu'un père fort avare lui avait laissée depuis trois ou quatre ans. Il avait quitté Paris où on l'avait pourchassé pour des plaisanteries sur un personnage auguste. C'était un homme unique pour organiser les parties de plaisir, rien ne pouvait languir dans les lieux où il se trouvait. Mais Mme d'Hocquincourt connaissait toutes ces grâces, et la surprise, élément si essentiel de son bonheur, était impossible. Goëllo, qui avait appris ce mot de Mme d'Hocquincourt, plaisantait lourdement M. d'Antin sur ce qu'il ne faisait plus rien de neuf, lorsque le comte de Vassignies entra.

« Vous n'avez qu'un moyen de durer, mon cher d'Antin, lui dit Vassignies, devenez raisonnable.

— Je m'ennuierais moi-même. Je n'ai pas votre courage, moi. J'aurai bien le temps d'être sérieux quand je serai ruiné ; alors, pour m'ennuyer d'une manière utile, je compte me jeter dans la politique et dans les sociétés secrètes en l'honneur de Henri V, qui est mon roi à moi. Me donnerez-vous une place ? En attendant, messieurs, comme vous êtes fort sérieux et encore tout endormis de l'amabilité de l'hôtel Marcilly, jouons à ce jeu italien que je vous ai appris l'autre jour, le pharaon. M. de Vassignies, qui ne le sait pas, taillera ; Goëllo ne pourra pas dire que j'arrange les règles du jeu pour gagner toujours. Qui sait le pharaon ici ?

— Moi, dit Leuwen.

— Eh bien ! soyez assez bon pour surveiller M. de Vassignies et lui faire suivre les règles du jeu. Vous, Roller, vous serez le croupier.

— Je ne serai rien, dit Roller d'un ton sec, car je file. »

Le fait est que le comte Roller croyait s'apercevoir que Leuwen, qu'il n'avait jamais rencontré chez Mme d'Hocquincourt, allait jouer un rôle agréable dans cette soirée, ce que ne pouvant digérer il sortit.

Une bonne partie de la société de Nancy, surtout les jeunes gens, ne pouvait souffrir Leuwen. Il avait eu le triste avantage de leur faire deux ou trois réponses insolentes qui passèrent, même à leurs yeux, pour fort spirituelles, et lui en firent des ennemis à la vie et à la mort.

« Après le jeu, à minuit, reprit d'Antin, quand vous serez ruinés comme de braves jeunes gens bien rangés, nous irons souper à la *Grande Chaumière*. (C'est le meilleur cabaret de Nancy, établi dans le jardin d'un ancien couvent de Chartreux.)

— J'y consens, dit Mme d'Hocquincourt, si c'est un pique-nique.

— Sans doute, reprit d'Antin ; et comme M. Lafiteau, qui a d'excellents vins de Champagne, et M. Piébot, le seul glacier du pays, pourraient se coucher, je vais m'occuper, au nom du pique-nique, d'avoir du vin et de le faire frapper. J'enverrai à la *Grande Chaumière*. En attendant, monsieur Leuwen, voilà cent francs ; faites-moi l'honneur de jouer pour moi, et tâchez de ne pas séduire Mme d'Hocquincourt, ou je me venge, et je passe à l'hôtel de Pontlevé pour vous dénoncer. »

Tout le monde obéit à ce qu'avait décidé d'Antin, même le politique Vassignies. On joua, et après un quart d'heure le jeu fut très animé. C'était sur quoi d'Antin avait compté pour chasser à jamais l'envie de bâiller, prise chez Mme de Marcilly.

« Je jette les cartes par la fenêtre, dit Mme d'Hocquincourt, si quelqu'un ponte plus de cinq francs. Est-ce que vous voulez faire de moi une marquise brelandière ? »

D'Antin revint ; on partit à minuit et demi pour le jardin de la *Grande Chaumière*. Un petit oranger en fleurs, l'unique qui fût dans Nancy, se trouvait placé au milieu de la table. Le vin était parfaitement frappé. Le souper fut fort gai, personne ne s'enivra, et l'on se sépara les meilleurs amis du monde à trois heures du matin.

C'est ainsi qu'une femme se perd de réputation en province ; c'est ce dont Mme d'Hocquincourt se moquait parfaitement. En se levant, le lendemain matin, elle alla voir son mari, qui lui dit en l'embrassant :

« Tu fais bien de t'amuser, ma pauvre petite, puisque tu en as le courage. Sais-tu ce qui est arrivé à X... ? Ce roi que nous haïssons tant se perd, et après lui la république, qui coupera le cou à lui et à nous.

— A lui, non ; il a trop d'esprit. Et quant à vous, je vous enlève au-delà du Rhin. »

Leuwen prolongea le plus possible sa demeure à l'hôtel d'Hocquincourt ; il sortit avec les derniers de ses compagnons de soirée, il s'attacha à leur petite troupe qui s'allait diminuant à chaque coin de rue à mesure que chacun prenait le chemin de sa maison ; enfin, il accompagna fidèlement celui de ces messieurs qui demeurait le plus loin. Il parlait beaucoup, et éprouvait une répugnance mortelle à se trouver seul avec soi-même. C'est que, à l'hôtel d'Hocquincourt, tout en écoutant les contes et l'amabilité de ces messieurs, et, cherchant à conserver, par des mots bien placés, la position que Mme d'Hocquincourt semblait lui donner et qui n'était pas d'un petit garçon, il avait pris une résolution pour le lendemain.

Il s'agissait de ne pas se présenter à l'hôtel de Pontlevé. Il souffrait.

« Mais il faut, se disait-il, avoir soin de son honneur, et si je m'abandonne moi-même, je verrai s'éteindre dans le mépris la préférence qu'il me semble quelquefois évident qu'elle a pour moi. D'un autre côté, Dieu sait quelle nouvelle insulte elle me prépare si j'arrive chez elle demain ! »

Ces deux pensées, qui se présentaient successivement, furent un enfer pour lui.

Ce lendemain arriva bien vite, et avec lui parut le sentiment vif du bonheur dont il allait se priver s'il n'allait pas à l'hôtel de Pontlevé. Tout lui semblait fade, décoloré, odieux, en comparaison de ce trouble délicieux qu'il trouverait dans la petite bibliothèque, en face de cette petite table d'acajou devant laquelle elle travaillait en l'écoutant parler. La seule résolution de s'y présenter changeait sa position dès ce moment.

« D'ailleurs, si je n'y vais pas ce soir, ajoutait Leuwen, comment m'y présenter demain ? (Son embarras mortel avait recours aux lieux communs.) Veux-je, après tout, me fermer cette maison ? Et pour une sottise encore, dans laquelle peut-être j'avais tort. Je puis demander une permission au colonel et aller passer trois jours à Metz... Je me punirais moi-même, j'y périrais de douleur. »

D'un autre côté, dans ses sentiments exagérés de délicatesse féminine, Mme de Chasteller n'avait-elle point voulu lui faire entendre qu'il fallait rendre ses visites plus rares, par exemple les réduire à une par semaine ? En se présentant si tôt dans une maison de laquelle il avait été exclu en termes si formels, ne s'exposait-il pas à redoubler la colère de Mme de Chasteller, et, bien plus, à lui donner de justes motifs de plainte ? Il savait combien elle était susceptible pour ce qu'elle appelait les égards dus à son sexe. Il est très vrai que dans sa lutte désespérée contre le sentiment qu'elle avait pour Leuwen, Mme de Chasteller, mécontente du peu de confiance qu'elle pouvait avoir dans ses résolutions les plus arrêtées, était souvent irritée contre elle-même, et lui faisait alors de bien mauvaises querelles.

Avec un peu plus d'expérience de la vie, ces querelles, sans sujet raisonnable de la part d'une femme qui avait autant d'esprit et dont la modestie et l'équité naturelles étaient bien loin de s'exagérer les torts des autres, ces querelles auraient montré à Leuwen de quels combats était le théâtre ce cœur qu'il assiégeait. Mais ce cœur *politique* avait toujours méprisé l'amour et ignorait l'art d'aimer, chose si nécessaire. Jusqu'au hasard qui lui avait fait voir Mme de Chasteller et au mouvement de vanité qui lui avait rendu désagréable l'idée qu'une des plus jolies femmes de la ville pût avoir de justes raisons de se moquer de lui, il s'était dit :

« Que penserait-on d'un homme qui, en présence d'une éruption du Vésuve, serait tout occupé à jouer au bilboquet ? »

Cette image imposante a l'avantage de résumer son caractère et celui de ce qu'il y a de mieux parmi les jeunes gens de son âge. Quand l'amour était venu remplacer dans le cœur de ce jeune Romain un sentiment plus sévère, ce qui restait de l'adoration du devoir s'était transformé en honneur mal entendu.

Dans la position actuelle de Leuwen, le plus petit jeune homme de dix-huit ans, pour peu qu'il eût eu quelque sécheresse d'âme et un peu de ce mépris pour les femmes, si à la mode aujourd'hui, se fût dit : Quoi de plus simple que de se présenter chez Mme de Chasteller sans avoir l'air d'attacher la moindre importance à ce qui s'est passé hier, sans même [...] faire mine de se souvenir le moins du monde de cette petite boutade d'humeur, mais prêt à faire toutes les excuses possibles de ce qui s'était passé et ensuite à parler d'autre chose, s'il se trouvait que Mme de Chasteller voulût encore attacher quelque importance au crime affreux de lui avoir baisé la main.>

Mais Leuwen était bien loin de ces idées. Au point de bon sens et de vieillesse morale où nous sommes, il faut, j'en conviens, faire un effort sur soi-même pour pouvoir comprendre les affreux combats dont l'âme de notre héros était le théâtre, et ensuite pour ne pas en rire.

Vers le soir, Leuwen, ne pouvant plus tenir en place, se promenait à pas inquiets sur un bout de rempart solitaire, à trois cents pas de l'hôtel de Pontlevé. Comme Tancrède, il se battait contre des fantômes, et il avait besoin d'un grand courage. Il était plus incertain que jamais, lorsqu'une certaine horloge qu'il entendait de fort près lorsqu'il se trouvait dans la petite chambre de Mme de Chasteller vint à sonner sept heures et demie avec cette foule de quarts et de demi-quarts dont les heures sont entourées dans les horloges presque allemandes de l'est de la France.

Le son de cette cloche décida Leuwen. Sans se rendre compte de rien, il eut le vif souvenir de l'état de bonheur qu'il goûtait tous les soirs en entendant ces quarts et ces demi-quarts, et il prit en dégoût profond les sentiments tristes, cruels, égoïstes, auxquels il était en proie depuis la veille. Il est sûr qu'en se promenant sur ce triste rempart, il voyait tous les hommes bas et méchants. La vie lui semblait aride et dépouillée de tout plaisir et de ce qui fait qu'il vaut la peine de vivre. Mais, au son de la cloche, électrisé par cette communauté de sentiments de deux âmes grandes et généreuses, qui fait qu'elles s'entendent à demi-mot, il précipita ses pas vers l'hôtel de Pontlevé.

Il passa rapidement devant la portière.

« Où allez-vous, monsieur ? lui cria-t-elle de sa petite voix tremblante et en se levant de son rouet comme pour lui courir après. Madame est sortie.

— Quoi ! elle est sortie ? Vraiment ? » dit Lucien. Et il resta anéanti et comme pétrifié.

La portière prit son immobilité pour de l'incrédulité.

« Il y a près d'une heure, reprit-elle avec un air de candeur, car elle aimait Leuwen ; vous voyez bien la remise ouverte, et le coupé n'y est pas. »

Leuwen prit la fuite à ces paroles, et en deux minutes il fut de nouveau sur son rempart. Il regardait sans voir le fossé fangeux, et au-delà la plaine aride et désolée.

« Il faut avouer que j'ai fait là une jolie expédition ! Elle me méprise... et au point de sortir exprès une heure avant celle où elle me reçoit tous les jours. Digne punition d'une lâcheté ! Ceci doit me servir de règle pour l'avenir. Si je n'ai pas le courage de résister de près, eh bien, il faut solliciter une permission pour Metz. Je souffrirai, mais personne ne voit l'intérieur de mon cœur, et l'éloignement des lieux me sauvera [de] la possibilité de commettre ces sortes de fautes qui déshonorent. Oublions cette femme orgueilleuse... Après tout, je ne suis pas colonel ; il y a plus que de la folie à moi, il y a insensibilité au mépris de s'obstiner à lutter contre l'absence de rang. »

Il vola chez lui, attela lui-même les chevaux à sa calèche en maudissant la lenteur du cocher, et se fit conduire chez Mme de Serpierre. Madame était sortie, et la porte était fermée.

« C'est évident, toutes les portes sont fermées pour moi aujourd'hui. »

Il monta sur le siège et alla au galop au *Chasseur vert* ; les dames de Serpierre n'y étaient point. Il parcourut avec fureur les allées de ce beau jardin. Les musiciens allemands buvaient dans un cabaret voisin ; ils l'aperçurent et coururent après lui.

« Monsieur, monsieur, voulez-vous les duos de Mozart ?

— Sans doute. »

Il les paya et se jeta dans sa voiture pour regagner Nancy.

Il fut reçu chez Mme de Commercy, où il fut d'une gravité parfaite. Il y fit deux robs de whist avec M. Rey, grand vicaire de Mgr l'évêque de Nancy, sans que [ce] vieux partenaire grognon pût lui reprocher la moindre étourderie.

CHAPITRE XXX

Après les deux robs, qui avaient paru à Leuwen d'une longueur interminable, il eut encore à soutenir sa partie dans l'histoire de l'enterrement d'un cordonnier auquel l'un des curés de la ville avait refusé le matin l'entrée de l'église.

Leuwen écoutait en pensant à autre chose cette dégoûtante histoire, quand le grand vicaire s'écria :

« Je n'en veux pour juge que M. Leuwen lui-même, quoique engagé au service. »

La patience échappa à Leuwen :

« C'est précisément parce que je suis engagé à ce service et non pas *quoique*, que j'ai l'honneur de prier M. le grand vicaire de ne rien dire qui me force à faire une réponse désagréable.

— Mais, monsieur, cet homme réunissait les quatre qualités : acquéreur de biens nationaux, détenteur [de robe]... à l'époque du décès, marié devant la municipalité, n'ayant pas voulu contracter un nouveau mariage à son lit de mort.

— Vous en oubliez une cinquième, monsieur : payant une part de l'impôt qui pourvoit à vos appointements et aux miens. »

Et il partit.

Cependant, ce mot eût fini par le perdre, ou du moins par diminuer de moitié la considération dont il jouissait dans Nancy, s'il eût dû habiter encore longtemps cette ville.

Il rencontra dans cette maison son ami le docteur Du Poirier qui le prit par un bouton de son uniforme et, bon gré, mal gré, l'emmena se promener sur la place d'armes pour achever de lui expliquer son système de restauration pour la France : le Code civil, par les partages qui suivent le décès de chaque père de famille, va amener la division des terres à l'infini. La population augmentera, mais ce sera une population malheureuse et manquant de pain. Il faut rétablir en France les grands ordres religieux ; ils auront de vastes propriétés et feront le bonheur du petit nombre de paysans nécessaires à la culture de ces vastes domaines.

« Croyez-moi, monsieur, rien de funeste comme une population trop nombreuse et trop instruite... »

Leuwen se conduisit fort bien.

« Cela est plausible, répondait-il... Il y a beaucoup à dire... Je ne suis point assez préparé sur ces hautes questions... »

Il fit quelques objections, mais ensuite eut l'air d'admettre les grands principes du docteur.

« Mais ce coquin-là, se disait-il tout en écoutant, croit-il à ce qu'il me dit ? (Il examinait attentivement cette grosse tête sillonnée de rides si profondes.) Je vois bien là-dessous la finesse cauteleuse d'un procureur bas-normand, mais non la bonhomie nécessaire pour croire à ces bourdes. Du reste, on ne peut refuser à cet homme un esprit vif, une parole chaleureuse, un grand art à tirer tout le parti possible des plus mauvais raisonnements, des suppositions les plus gratuites. Les formes sont grossières, mais, en homme d'esprit et qui connaît son siècle, loin de vouloir corriger cette grossièreté, il s'y complaît ; elle fait son originalité, sa mission et sa force ; on dirait qu'il l'exagère à dessein. C'est un moyen de succès. La noble fierté de ces hobereaux ne peut pas craindre qu'on le confonde avec eux. Le plus sot peut se dire : « Quelle différence de cet homme à moi ! » Et il en admet plus volontiers les bourdes du docteur. S'ils triomphent contre 1830, ils en feront un ministre, ce sera leur Corbière. »

« ... Mais neuf heures sonnent, dit-il tout à coup au docteur Du Poirier. Adieu, cher docteur, il faut que je quitte ces raisonnements sublimes qui vous porteront à la Chambre et que vous finirez par mettre à la mode. Vous êtes vraiment l'homme éloquent et persuasif par excellence, mais il faut que j'aille faire ma cour à Mme d'Hocquincourt.

— C'est-à-dire à Mme de Chasteller. Ah ! jeune tête ! Vous prétendez me donner le change, à moi ? »

Et le docteur Du Poirier, avant de se coucher, alla encore dans cinq ou six maisons savoir les affaires de tous, les diriger, les aider à comprendre les choses les plus simples, tout en ménageant leur vanité infinie et parlant de leurs aïeux au moins une fois la semaine à chacun, et prêcher sa doctrine des grands établissements de moines quand il n'avait rien de mieux à faire ou quand l'enthousiasme l'emportait.

<Il décida chez l'un le jour où l'on ferait la lessive, chez l'autre... Et il décidait bien, car il avait du sens, beaucoup de sagacité, un grand respect pour l'argent, et était sans passion à l'égard de la lessive et de...>

242

Pendant que le docteur parlait [...], Leuwen, la tête haute, marchait d'un pas ferme, avec la mine intrépide de la résignation et du vrai courage. Il était satisfait de la façon dont il remplissait son devoir. Il monta chez Mme d'Hocquincourt, que ses amis de Nancy appelaient familièrement Mme d'Hocquin.

Il y trouva le bon M. de Serpierre et le comte de Vassignies. On parlait de l'éternelle politique : M. de Serpierre expliquait longuement, et malheureusement avec preuves, comment les choses allaient au mieux, avant la Révolution, à l'Intendance de Metz, sous M. de Calonne, depuis ministre si célèbre.

« Ce courageux magistrat, disait M. de Serpierre, qui sut poursuivre ce malheureux La Chalotais, le premier des Jacobins. On était alors en 1779... »

Leuwen se pencha vers Mme d'Hocquincourt et lui dit gravement :

Quel langage, madame, et pour vous et pour moi !

Elle éclata de rire. M. de Serpierre s'en aperçut.

« Savez-vous bien, monsieur... », reprit-il d'un air piqué, en s'adressant à Leuwen.

« Ah ! mon Dieu ! me voici en scène, pensa celui-ci. Il était écrit que je tomberais du Du Poirier dans le Serpierre. »

« Savez-vous bien, monsieur, continuait M. de Serpierre d'une voix tonnante, que les gentilshommes un peu titrés ou parents des titrés faisaient modérer les tailles et capitations de leurs protégés ainsi que leurs propres vingtièmes ? Savez-vous que quand j'allais à Metz, je n'avais point d'autre auberge, moi qui vous parle, ainsi que tout ce qu'il y avait de comme il faut en Lorraine, que l'hôtel de l'Intendance de M. de Calonne ? Là, table somptueuse, des femmes charmantes, les premiers officiers de la garnison, des tables de jeu, un ton parfait. Ah ! c'était le beau temps ! Au lieu de cela, vous avez un petit préfet morne et sombre, en habit râpé, qui dîne tout seul, et fort mal, en supposant qu'il dîne ! »

« Grand Dieu ! pensait Leuwen ; celui-ci est encore plus ennuyeux que le Du Poirier. »

Tandis que pour amener la fin de l'allocution il se contentait de répondre au discours de M. de Serpierre par une pantomime admirative, le peu d'attention qu'il donnait et à ce qu'il écoutait et à ce qu'il faisait laissèrent reprendre tout leur empire aux pensées tendres.

« Il est évident, se disait-il, que, sans être le dernier des hommes, je ne puis plus me présenter chez Mme de Chasteller. Tout est fini entre nous. Je ne puis plus me permettre, tout au plus, que quelque rare visite de convenance de temps à autre. En termes de l'art, j'ai eu mon congé. Les comtes Roller, mes ennemis, le grand cousin Blancet, mon rival, qui dîne cinq jours de la semaine à l'hôtel de Pontlevé et prend du thé, tous les soirs, avec le père et la fille, tout cela va bientôt s'apercevoir de ma disgrâce, et je vais être tympanisé d'importance. Gare le mépris, monsieur aux belles livrées jaunes et aux chevaux fringants ! Tous ceux dont vous avez fait trembler les vitres par le retentissement des roues de vos voitures qui ébranlent le pavé, célébreront à l'envi votre échec ridicule. Vous tomberez bien bas, mon ami ! Peut-être les sifflets vous chasseront-ils de ce Nancy que vous méprisez tant. Jolie façon pour cette ville de se graver dans votre souvenir ! »

Tout en se livrant à ces réflexions agréables, les yeux de Leuwen étaient fixés sur les jolies épaules de Mme d'Hocquincourt, qu'une charmante camisole d'été, arrivée de Paris la veille, laissait fort découvertes. Tout à coup, il fut éclairé par une idée :

« Voilà mon bouclier contre le ridicule. Attaquons ! »

Il se pencha vers Mme d'Hocquincourt et lui dit tout bas :

« Ce qu'il pense de M. de Calonne qu'il regrette tant, je le pense, moi, de notre joli tête-à-tête de l'autre jour. Je fus bien gauche de ne pas profiter de l'attention sérieuse que je lisais dans vos yeux pour essayer de deviner si vous voudriez de moi pour l'ami de votre cœur.

— Tâchez de me rendre folle, je ne m'y oppose pas », dit Mme d'Hocquincourt d'un air simple et froid. Elle le regardait en silence avec beaucoup d'attention et une petite moue philosophique charmante. Sa beauté, en ce moment, était relevée par un petit air de grave impartialité, délicieux.

« Mais, ajouta-t-elle, quand il eut fait tout son effet, comme ce que vous me demandez n'est point un devoir, au contraire, tant que je ne serai pas folle de vos beaux yeux, mais folle à lier, n'attendez rien de moi. »

Le reste de la conversation à mi-voix répondit à un début aussi vif.

M. de Serpierre cherchait toujours à engager Leuwen

dans des raisonnements. Lucien l'avait accoutumé à beaucoup de complaisance de sa part quand il le rencontrait chez lui sans Mme de Chasteller. A la fin, M. de Serpierre vit bien aux sourires de Mme d'Hocquincourt que l'attention que lui prêtait Leuwen ne devait être que de la politesse pénible. Le vénérable vieillard prit le parti de se rabattre complètement sur M. de Vassignies, et ces messieurs se mirent à se promener dans le salon.

Leuwen était du plus beau sang-froid ; il cherchait à s'enivrer de la peau si blanche et si fraîche et des formes si voluptueuses qui étaient à deux pieds de ses yeux. Tout en les louant beaucoup, il entendit que le Vassignies répondait à son partenaire en tâchant de lui inculquer les grands ordres religieux de M. Du Poirier, et les inconvénients de la division des terres et d'une population trop nombreuse.

La promenade politique de ces messieurs et la conversation galante de Leuwen duraient depuis un quart d'heure, lorsque Leuwen s'aperçut que Mme d'Hocquincourt n'était pas sans intérêt pour les propos tendres qu'il débitait à grand effort de mémoire. En un clin d'œil, cet intérêt lui fournit des idées nouvelles et des paroles qui ne furent pas sans grâce. Elles exprimaient ce qu'il sentait.

« Quelle différence de cet air riant, poli, plein de considération, avec lequel elle m'écoute, et de ce que je rencontre ailleurs ! Et ces bras potelés qui brillent sous cette gaze si transparente ! ces jolies épaules dont la molle blancheur flatte l'œil ! Rien de tout cela auprès de l'autre ! Un air hautain, un regard sévère et une robe qui monte jusqu'au cou. Plus que tout cela, un penchant décidé pour les officiers d'un rang supérieur. Ici l'on me fait entendre, à moi non noble, et sous-lieutenant seulement, que je suis l'égal de tout le monde, au moins. »

La vanité blessée de Leuwen rendait bien vif, chez lui, le plaisir de réussir. MM. de Serpierre et de Vassignies, dans le feu de leur discussion, s'arrêtaient souvent à l'autre bout du salon. Leuwen sut profiter de ces instants de liberté complète, et on l'écoutait avec une admiration tendre.

Ces messieurs étaient à l'autre bout du salon depuis plusieurs minutes, arrêtés apparemment par quelque raisonnement frappant de M. de Vassignies en faveur des vastes terres et de la culture en grand, si favorables à la noblesse, quand arriva tout à coup, jusqu'à deux pas de

Mme d'Hocquincourt, Mme de Chasteller, suivant de près, avec sa démarche jeune et légère, le laquais qui l'annonçait et que l'on n'avait pas écouté.

Il lui fut impossible de ne pas voir dans les yeux de Mme d'Hocquincourt, et même dans ceux de Leuwen, combien elle arrivait peu à propos. Elle se mit à parler beaucoup, avec gaieté et à voix haute, de ce qu'elle avait remarqué dans ses visites de la soirée. De cette façon, Mme d'Hocquincourt ne fut point embarrassée. Mme de Chasteller fut même mauvaise langue et commère, choses que jamais Leuwen n'avait vues chez elle.

« De la vie je ne lui aurais pardonné, se dit-il, si elle s'était mise à faire de la vertu et à embarrasser cette pauvre petite d'Hocquincourt. Au milieu de tout cela, elle a fort bien vu la nuance de trouble que commençait à créer mon talent pour la séduction. »

Leuwen était à demi sérieux en se prononçant cette phrase.

Mme de Chasteller lui parla avec liberté et grâce, comme à l'ordinaire. Elle ne disait rien qui fût remarquable, mais, grâce à elle, la conversation était vivante, et même brillante, car rien n'est amusant comme le commérage bien fait.

MM. de Vassignies et de Serpierre avaient quitté leur politique et s'étaient rapprochés, attirés par les grâces de la médisance. Leuwen parlait assez souvent.

« Il ne faut pas qu'elle s'imagine que je suis absolument au désespoir parce qu'elle m'a fermé sa porte. »

Mais en parlant et tâchant d'être aimable, il oublia jusqu'à l'existence de Mme d'Hocquincourt. Sa grande affaire au milieu de son air riant et désoccupé était d'observer du coin de l'œil si ses beaux propos avaient quelques succès auprès de Mme de Chasteller.

« Quels miracles mon père ne ferait-il pas à ma place, pensait Leuwen, dans une conversation ainsi adressée à une personne pour être entendue par une autre ! Il trouverait encore le moyen de la faire satirique ou complimenteuse pour une troisième. Je devrais par le même mot qui doit agir sur Mme de Chasteller continuer à faire la cour à Mme d'Hocquincourt. »

Ce fut la seule fois qu'il pensa à celle-ci, et encore à travers son admiration pour l'esprit de son père.

L'unique soin de Mme de Chasteller était, de son côté, de voir si Leuwen s'apercevait de la vive peine qu'elle avait éprouvée en le trouvant établi ainsi d'un air d'intimité auprès de Mme d'Hocquincourt.

« Il faudrait savoir s'il s'est présenté chez moi avant de venir ici », pensait-elle.

Peu à peu, il vint beaucoup de monde : MM. de Murcé, de Sanréal, Roller, de Lanfort, et quelques autres inconnus au lecteur, et dont, en vérité, il ne vaut pas la peine de lui faire faire la connaissance. Ils parlaient trop haut et gesticulaient comme des acteurs. Bientôt parurent Mmes de Puylaurens, de Saint-Cyran, enfin M. d'Antin lui-même.

Malgré elle, Mme de Chasteller regardait toujours les yeux de sa brillante rivale. Après avoir répondu à tout le monde et fait rapidement le tour du salon, ces yeux, qui ce soir-là avaient presque le feu de la passion, revenaient toujours à Leuwen et semblaient le contempler avec une curiosité vive.

« Ou, plutôt, ils lui demandent de l'amuser, se disait Mme de Chasteller. M. Leuwen lui inspire plus de curiosité que M. d'Antin, voilà tout. Ses sentiments ne vont pas au-delà *pour aujourd'hui ;* mais chez une femme de ce caractère, les incertitudes ne sont pas de longue durée. »

Rarement Mme de Chasteller avait eu une sagacité aussi rapide. Ce soir-là, un commencement de jalousie la vieillissait.

Quand la conversation fut bien animée et que Mme de Chasteller put se taire sans inconvénient, sa physionomie devint assez sombre ; ensuite, elle s'éclaircit tout à coup :

« M. Leuwen, se dit-elle, ne parle pas à Mme d'Hocquincourt avec le son de voix qu'on a en parlant à ce qu'on aime. »

Pour se soustraire un peu aux compliments de tous les arrivants, Mme de Chasteller s'était rapprochée d'une table sur laquelle était jetée une foule de caricatures contre l'ordre des choses. Leuwen bientôt cessa de parler ; elle s'en aperçut avec délices.

« Serait-il vrai ? se dit-elle. Quelle différence cependant de ma sévérité, qui peut-être est un peu rude et tient à mon caractère trop sérieux, avec la joie, le laisser-aller, les grâces toujours nouvelles, toujours naturelles, de cette brillante d'Hocquincourt ! Elle a eu trop d'amants, mais d'abord est-ce un défaut aux yeux d'un sous-lieutenant de vingt-trois ans, et qui a des opinions si singulières ? Et d'ailleurs, le sait-il ? »

Leuwen changeait fort souvent de position dans le salon. Il était enhardi à ces mouvements fréquents parce qu'il voyait tout le monde fort occupé de la nouvelle qui venait de se répandre qu'un camp de cavalerie allait être formé près de Lunéville. Cette nouvelle imprévue fit entièrement oublier Leuwen et l'attention que Mme d'Hocquincourt lui accordait ce soir-là. Lui, de son côté, avait également oublié les personnes présentes. Il ne se souvenait d'elles que pour craindre les regards curieux. Il brûlait de s'approcher de la table des caricatures, mais il trouvait que de sa part ce serait un manque de dignité impardonnable.

« Peut-être même un manque d'égards envers Mme de Chasteller, ajoutait-il avec amertume. Elle a voulu m'éviter chez elle, et j'abuse de ma présence dans le même salon qu'elle pour la forcer à m'écouter ! »

Tout en trouvant ce raisonnement sans réplique, au bout de quelques minutes Leuwen se vit si rapproché de la table sur laquelle Mme de Chasteller était un peu penchée, que ne pas lui parler du tout eût été une chose marquée.

« Ce serait du dépit, se dit Leuwen, et c'est ce qu'il ne faut pas. »

Il rougit beaucoup. Le pauvre garçon n'était pas assez sûr dans ce moment des règles du savoir-vivre, elles disparaissaient à ses yeux, il les oubliait.

Mme de Chasteller, en éloignant une caricature pour en prendre une autre, leva un peu les yeux et vit bien cette rougeur, qui ne fut pas sans influence sur elle. Mme d'Hocquincourt, de loin, voyait fort bien aussi tout ce qui se passait près de la table verte, et M. d'Antin, qui cherchait à l'amuser, dans ce moment, par une histoire plaisante, lui parut un conteur infini dans ses développements.

Leuwen osa lever les yeux sur Mme de Chasteller, mais il tremblait de rencontrer les siens, ce qui l'eût forcé de parler à l'instant. Il trouva qu'elle regardait une gravure, mais d'un air hautain et presque en colère. La pauvre femme avait eu la mauvaise pensée de prendre la main de Leuwen, qu'il appuyait sur la table en tenant de l'autre une gravure, et de la porter à ses lèvres. Cette idée lui avait fait horreur et l'avait mise dans une véritable colère contre elle-même.

« Et j'ose quelquefois blâmer avec hauteur Mme d'Hocquincourt ! se dit-elle ; dans le moment encore j'osais la mépriser. Je jurerais bien qu'une aussi infâme tentation ne s'est pas présentée à elle de toute la soirée. Dieu ! D'où de telles horreurs peuvent-elles me venir ? »

« Il faut en finir, se dit Leuwen, un peu choqué de cet air hautain, et puis n'y plus songer. »

« Quoi ! madame, serais-je assez malheureux pour vous inspirer encore de la colère ? S'il en est ainsi, je m'éloigne à l'instant. »

Elle leva les yeux, et ne put s'empêcher de lui sourire avec une extrême tendresse.

« Non, monsieur, lui dit-elle quand elle put parler. J'avais de l'humeur contre moi-même, pour une sotte idée qui m'était venue. »

« Dieu ! Dans quelle histoire est-ce que je m'engage ? Il ne me manque plus que de lui en faire confidence ! »

Elle devint si excessivement rouge que Mme d'Hocquincourt, dont l'œil ne les avait pas quittés, se dit :

« Les voilà réconciliés, et mieux que jamais. En vérité, s'ils l'osaient, ils se jetteraient dans les bras l'un de l'autre. »

Leuwen allait s'éloigner. Mme de Chasteller le vit.

« Restez auprès de moi, là, lui dit-elle ; mais, en vérité, je ne saurais vous parler en ce moment. »

Et ses yeux se remplirent de larmes. Elle se baissa beaucoup et regarda attentivement une gravure.

« Ah ! nous en sommes aux larmes ! » se dit Mme d'Hocquincourt.

Leuwen était tout interdit, et se disait :

« Est-ce amour ? Est-ce haine ? Mais il me semble que ce n'est pas de l'indifférence. Raison de plus pour m'éclaircir, et en finir. »

« Vous me faites tellement peur que je n'ose vous répondre, lui dit-il d'un air en effet fort troublé.

— Et que pourriez-vous me dire ? reprit-elle avec hauteur.

— Que vous m'aimez, mon ange. Dites-le-moi, je n'en abuserai jamais. »

Mme de Chasteller allait dire : « Eh bien ! oui, mais ayez pitié de moi », lorsque Mme d'Hocquincourt, qui s'approchait rapidement, frôla la table avec sa robe de toile anglaise toute raide d'apprêt, et ce fut par ce bruit seulement que Mme de Chasteller s'aperçut de sa présence. Un dixième de seconde de plus, et elle répondait à Leuwen devant Mme d'Hocquincourt.

« Dieu ! Quelle horreur ! pensa-t-elle. Et à quelle infamie suis-je donc réservée ce soir ? Si je lève les yeux, Mme d'Hocquincourt, lui-même, tout le monde, verra que je l'aime. Ah ! quelle imprudence j'ai commise en venant ici ce soir ! Je n'ai plus qu'un parti à prendre : dussé-je périr à cette place, je vais rester ici, immobile et en silence. Peut-être ainsi parviendrai-je à ne plus rien faire dont je doive rougir. »

Les yeux de Mme de Chasteller restèrent en effet fixés sur une gravure, et elle se baissa extrêmement sur la table.

Mme d'Hocquincourt attendit un instant que Mme de Chasteller relevât les yeux, mais sa méchanceté n'alla pas plus loin. Elle n'eut point l'idée de lui adresser quelque parole piquante qui, tout en augmentant son trouble, l'eût forcée à relever les yeux et à se donner en spectacle. Elle oublia Mme de Chasteller et n'eut plus d'yeux que pour Leuwen. Elle le trouva ravissant en ce moment : il avait des yeux tendres, et cependant un petit air mutin. Lorsqu'elle ne pouvait pas s'en moquer chez un homme, cet air mutin décidait de la victoire.

CHAPITRE XXXI

<Dans ses promenades aux environs de Nancy, Lucien remarqua un magnifique cheval anglais.

« Ce cheval vaut dix, douze, quinze mille francs, qui sait ? se disait-il. Mais peut-être il a des défauts... Il me semble un peu serré des épaules. »

L'homme qui le montait était fort à cheval, mais la tournure était celle d'un palefrenier qui a gagné un gros lot à une loterie de Vienne, en Autriche.

« Le cheval serait-il à vendre ? pensait Lucien. Mais jamais je n'oserai, cela est trop cher. »

A la seconde ou troisième fois que Lucien vit ce cheval, il se trouva plus près et remarqua la figure du cavalier, qui était mis avec une recherche extraordinaire, et dont la mine lui sembla affectée, précisément parce qu'elle cherchait à conserver l'expression non affectée qu'un homme a quand il est seul dans sa chambre à se faire la barbe.

« Ma mère a raison, se dit Lucien. Ces Anglais sont les rois de l'affectation. » Et il ne pensa plus qu'au cheval ; mais son admiration croissait à chaque fois qu'il le rencontrait.

Mme d'Hocquincourt lui faisant compliment, un jour, sur le sien :

« Il n'est pas mal, je lui suis réellement attaché. Mais j'en rencontre un quelquefois qui, s'il n'a pas quelque défaut caché, est pour la légèreté des mouvements de beaucoup supérieur. Ce cheval semble ne pas toucher terre ou plutôt on croirait que la terre est élastique et dans les mouvements vifs, par exemple, au trot, le lance en l'air.

— Vous perdez terre vous-même, mon cher lieutenant. Quel feu ! Les beaux yeux que vous avez quand vous parlez de ce que vous aimez ! Vous êtes un autre homme. En vérité, par pure coquetterie, vous devriez aimer, et être amant indiscret, et parler de votre objet.

— Ce que j'aime dans ce moment n'abuse pas de son empire sur moi ; j'aurais peur de mes folies si j'aimais réellement : elles éteindraient bientôt l'amour qu'on pourrait avoir pour moi, et le malheur ne se ferait pas long-temps attendre. Vous autres femmes, vous ne passez pas pour vous exagérer le mérite de ce qu'on vous offre sans cesse, et de trop grand cœur. »

Mme d'Hocquincourt fit une petite mine très agréable pour Lucien :

« Et ce cheval aimé est monté par un grand homme blond, de moyen âge, menton en avant et figure d'enfant ?

— Qui monte fort bien, mais en se donnant trop de mouvements des bras.

— Lui, de son côté, prétend que les Français ont l'air raides à cheval. Je le connais assez, c'est un milord *anglais* dont le nom s'écrit avec une orthographe extraordinaire, mais se prononce à peu près Link.

— Et que fai-il ici ?

— Il monte à cheval. On le dit exilé d'Angleterre. Voici trois ou quatre ans qu'il nous a fait l'honneur de s'établir parmi nous. Mais comment n'avez-vous pas été à son bal du samedi ?

— Il y a si peu de temps que j'ai l'honneur d'être admis dans la société de Nancy !

— Ce sera donc moi qui aurai celui de vous mener au bal qu'il nous donne régulièrement le premier samedi de chaque mois, hiver comme été. Il n'y en a pas eu il y a quinze jours parce que c'était l'Avent, et que M. Rey ne veut pas.

— C'est un drôle d'homme que votre M. Rey et l'empire qu'il exerce sur vous !

— Ah ! mon Dieu ! Pourquoi n'avez-vous pas dit cela à Mme de Serpierre, que vous aimez tant ? Quel sermon vous auriez eu !

— C'est votre maître à toutes que ce M. Rey !

— Que voulez-vous ? Il nous répète sans cesse que nos pauvres privilèges ne peuvent redevenir ce qu'ils étaient dans le bon temps que par le retour des jésuites. C'est bien triste à penser, mais enfin, l'indispensable avant tout ; il ne faut que la république revienne pour nous envoyer à l'échafaud, comme en 93. D'ailleurs M. Rey, personnellement, n'est point ennuyeux ; il m'amuse toujours pendant vingt minutes au moins. Ce sont ses lieutenants qui sont pesants ; lui est homme de mérite, amusant même ; du moins, on ne s'ennuie pas quand il parle. Il a voyagé : il a été employé quatre ans en Russie, et deux ou trois fois en Amérique. On l'emploie dans les postes difficiles. Il nous est venu depuis les *glorieuses*.

— Je lui trouve l'air un peu américain.

— C'est un Américain de Toulouse.

— Me présenterez-vous aussi à M. Rey ?

— Non, vraiment ! Il trouverait cette présentation tout à fait *impropre !* C'est un homme qu'il nous faut ménager, cela a du crédit sur les maris. Mais je vous présenterai au milord Link, lequel est remarquable par ses dîners.

— J'avais compris qu'il ne recevait jamais.

— Ce sont des dîners qu'il se donne à lui-même. On dit qu'il en a chaque jour trois ou quatre de préparés à Nancy et dans les villages environnants ; il va manger celui dont il se trouve le plus rapproché à l'heure de l'appétit.

— Pas mal inventé !

— M. de Vassignies, qui est un savant, dit que Lord Link est un grand partisan du système de l'*utile* en toutes choses, et avant tout prêché par un Anglais célèbre... un nom de prophète...

— Jérémie Bentham, peut-être ?

— Justement !

— C'est un ami de mon père.

— Eh bien ! ne vous en vantez pas aux milords anglais. M. de Vassignies dit que c'est leur *bête noire*, et M. Rey nous assurait l'autre jour que ce Jérémie anglais serait cent fois pis que Robespierre s'il avait le pouvoir. Et le milord Link est détesté de ses collègues pour être partisan de ce terroriste anglais. Enfin, pour comble de ridicule, il est ruiné et ne peut plus vivre dans le *vouest ind (west end)*, c'est le quartier à la mode de Londres, car il a tout juste quatre mille livres de rente, c'est-à-dire cent mille francs.

— Et il les mange ici ?

— Non, il fait des économies malgré ses quatre dîners, et va de temps à autre à Paris manger son argent en fort mauvaise compagnie. Il prétend lui-même qu'il n'aime la bonne compagnie qu'en province. On dit qu'à Paris il parle ; ici, il nous fait bien l'honneur de passer toute une soirée sans desserrer les dents. Mais il perd toujours à tous les jeux, et je vous dirai un soupçon qui m'est venu, mais gardez-moi le secret : j'ai cru voir qu'il perd exprès. Il est homme à se dire : Je ne suis pas aimable, surtout pour les sots, eh bien ! je perdrai ! Les vieilles femmes de l'hôtel de Marcilly l'adorent.

— Pas mal en vérité !... Mais c'est vous qui lui prêtez de l'esprit. A présent que vous m'expliquez le personnage, il me semble que je l'ai vu chez Mme de Serpierre. Je disais un jour que, quelque esprit qu'ait un Anglais, il a toujours l'air quand on le rencontre le matin de venir d'apprendre à l'instant même qu'il est compris dans une banqueroute ; Mlle Théodelinde me fit des yeux terribles de réprimande, et plus tard j'oubliai de lui en demander la raison.

— Elle avait tort, le milord ne se serait point fâché ; il dit, quand on le lui demande, qu'il méprise tant les hommes qu'à moins qu'on ne le prenne par le bouton de son habit pour lui dire une injure, il ne demande jamais la parole. Est-ce que le Père éternel me paie pour redresser les sottises du genre humain ? disait-il un jour à M. de Sanréal, qui ne savait pas trop s'il ne devait se fâcher, car il venait de dire coup sur coup trois ou quatre sottises bien insipides. Il y a Ludwig Roller qui prétend que le milord n'est pas sujet à se fâcher, en vérité, je ne vois pas pour-quoi. Depuis Juillet, ce pauvre Ludwig n'a pas *décoléré* (n'est pas sorti de colère). Les deux mille francs de sa place de lieutenant sont un objet pour lui, d'ailleurs il ne sait plus de quoi parler ; il étudiait beaucoup son métier, et prétendait devenir maréchal de France. Ils ont eu un cordon rouge dans la famille.

— Je ne sais pas s'il sera maréchal, mais il est assom-mant, avec les théories de M. Rey, dont il s'est fait le répétiteur. Il prétend que le code civil est horriblement immoral, à cause de l'égale division des biens du père de famille entre les enfants. Il faut absolument rétablir les ordres monastiques et mettre toutes les terres de France en pâturages. Je ne m'oppose point à ce que la France soit un pâturage, mais je m'oppose à ce qu'on parle vingt minutes de la même chose.

— Eh bien ! tout cela n'est point ennuyeux dans la bouche de M. Rey.

— En revanche, son élève M. Roller m'a fait déserter deux ou trois fois, dès neuf heures, le salon de Mme de Serpierre, où il avait pris la parole ; et, ce qu'il y a de pis, c'est qu'il ne savait rien répondre aux objections. »

On revint au milord Link.

« Le milord aussi, dit Mme d'Hocquincourt, fait de bonnes critiques de notre France.

— Bah ! Je les entends d'ici : pays de démocratie, d'ironie, de mauvaises mœurs politiques. Nous manquons de bourgs pourris, et chez nous on trouve toujours des terres à vendre. Donc nous ne valons rien. Oh ! rien n'est ennuyeux comme l'Anglais qui se prend de colère parce que toute l'Europe n'est pas une servile copie de son Angleterre. Ces gens n'ont de bon que les chevaux et leur patience à conduire un vaisseau.

— Eh bien ! c'est vous qui blâmez *ab hoc et ab hac*. D'abord, ce pauvre milord dit toujours ce qu'il a à dire en deux mots, et puis il dit des choses si vraies qu'on ne les oublie plus. Enfin, il n'est pas Anglais en un point : s'il trouve que vous montez bien à cheval, il vous fera monter les siens, et même le fameux *Soliman*, c'est apparemment celui que vous admirez.

— Diable ! dit Lucien ; ceci change la thèse : je vais faire la cour à ce pauvre mari trompé.

— Venez dîner après-demain, je vais l'engager ; il ne refuse jamais, et il refuse presque toujours Mme de Puylaurens.

— Ma foi, la raison n'est pas difficile à deviner !

— Eh bien ! je ne sais quel insipide flatteur répétait cela, un beau jour, devant lui et devant moi ; je cherchais une réponse à un compliment aussi fort, quand il me tira d'embarras en disant simplement : Mme de Puylaurens a trop d'esprit. Il fallait voir la mine de d'Antin, qui était entre le milord et moi ; malgré son esprit, il devint rouge comme un coq.

Mme de Puylaurens et d'Antin font profession de se tout dire ; je voudrais bien savoir s'il aura conté ce beau dialogue. Qu'auriez-vous fait à sa place ? Etc. Etc. Etc.

— Cela ne prépare point, je l'avoue, à l'aveu d'un tendre penchant. Mais je me garderais bien de vous parler sur ce ton : j'ai trop peur de vous aimer. Quand vous m'auriez rendu tout à fait fou, vous vous moqueriez de moi. »>

CHAPITRE XXXII

Mme de Chasteller avait oublié son amour pour être uniquement attentive au soin de sa gloire. Elle prêta l'oreille à la conversation générale. <On disait du mal de Louis-Philippe. Milord Link, qui était au milieu d'eux depuis une heure sans ouvrir la bouche, leur dit avec son air inanimé : « Un homme avait un bel habit ; son cousin le lui vola. Les amis du premier, en voulant faire la guerre au second, perçaient et abîmaient le bel habit. Qu'aurai-je donc si vous triomphez ? s'écriait le volé. — Que restera-t-il donc de la royauté ? pourrait vous dire Henri V. L'illusion qui est nécessaire à ce genre de comédie, où la prendrai-je ? Quel Français sera aux anges parce que le *roi* lui a parlé ? » Cela dit, milord Link crut avoir payé son billet d'entrée et ne desserra plus les dents.>

Le camp de Lunéville et ses suites probables, qui n'étaient rien moins que la chute immédiate du pouvoir usurpateur qui avait l'imprudence d'en ordonner la formation, occupaient encore toutes les attentions. Mais on en était à répéter des idées et des faits déjà dits plusieurs fois : on était beaucoup plus sûr de la cavalerie que de l'infanterie, etc., etc.

« Ce rabâchage, pensa Mme de Chasteller, va bientôt impatienter Mme de Puylaurens ; elle va prendre un parti pour ne pas s'ennuyer. Placée auprès d'elle et dans les rayons de sa gloire, je pourrai écouter et me taire, et surtout M. Leuwen ne pourra plus me parler. »

Mme de Chasteller traversa le salon sans rencontrer Leuwen. Ce fut un grand point. Si ce beau jeune homme avait eu un peu de talent, il se faisait dire qu'on l'aimait et se fût fait donner parole qu'on le recevrait tous les jours de la vie.

On connaissait le goût de Mme de Chasteller pour l'esprit brillant de Mme de Puylaurens ; elle se plaça auprès d'elle. Mme de Puylaurens décrivait l'abandon malséant et la solitude ennuyeuse où la désertion de la bonne compagnie des environ allait laisser [la ville].

Réfugiée dans ce port, Mme de Chasteller, qui se sentait presque les larmes aux yeux et qui surtout était hors d'état de regarder Leuwen, rit beaucoup des ridicules que Mme de Puylaurens donnait à tout ce qui se mêlerait du camp de Lunéville.

Mme de Chasteller, une fois remise du mauvais pas et du moment de terreur qui lui avait fait tout oublier, remarqua que Mme d'Hocquincourt ne quittait plus d'un pas M. Leuwen. Elle semblait vouloir le faire parler, mais Mme de Chasteller croyait voir, à la vérité de fort loin, qu'il était assez taciturne.

« Serait-il choqué du ridicule que l'on veut jeter sur le prince qu'il sert ? Mais, il me l'a dit cent fois, il ne sert aucun prince ; il sert la patrie, et trouve fort ridicule la prétention du premier magistrat qui fait appeler ce métier *être à son servie*. « C'est ce que je prétends lui montrer, ajoute souvent M. Leuwen, [...] en aidant à le détrôner s'il continue à fausser ses paroles, si seulement nous pouvons nous trouver mille citoyens à penser de même ! » Tout cela était pensé avec un petit acte d'admiration pour son amant, sans quoi tous ces détails de politique eussent été bien vite écartés. Lucien lui avait fait le sacrifice de son libéralisme, et elle à lui celui de son ultracisme ; ils étaient depuis longtemps parfaitement d'accord là-dessus.

« Ce silence, continua Mme de Chasteller, voudrait-il montrer de l'insensibilité pour la cour marquée que lui fait Mme d'Hocquincourt ? Il doit se croire bien maltraité par moi ; serait-il malheureux ? En serais-je la cause ? »

Mme de Chasteller n'osait le croire, et cependant son attention avait redoublé. Leuwen parlait fort peu en effet, il fallait [vraiment] lui arracher les paroles. Sa vanité lui avait dit : « Il est possible que Mme de Chasteller se moque de vous. S'il en est ainsi, bientôt tout Nancy l'imitera. Mme d'Hocquincourt serait-elle du complot ? En ce cas, auprès d'elle je ne dois montrer des prétentions que le lendemain de la victoire, et ici, si l'on songe à moi, quarante personnes peuvent m'observer. Dans tous les cas, mes ennemis ne manqueront pas de dire que je lui fais la cour pour masquer ma déconvenue auprès de Bathilde. Il faut montrer à ces bourgeois malveillants que c'est elle qui me fait la cour, et pour ce faire je ne dirai pas un mot du reste de la soirée. J'irai jusqu'au manque de politesse. »

Ce caprice de Leuwen redoubla celui de Mme d'Hocquincourt. Elle n'eut plus d'yeux ni d'oreilles pour

M. d'Antin ; elle lui dit deux ou trois fois d'un air bref et comme pressée de s'en délivrer :

« Mon cher d'Antin, ce soir vous êtes ennuyeux ! »

Puis, elle revenait bien vite à l'examen de ce problème si intéressant :

« Quelque chose a choqué Leuwen ; ce silence ne lui est pas naturel. Mais qu'ai-je pu faire qui ait pu lui déplaire ? »

Comme Leuwen ne s'approcha pas une seule fois de Mme de Chasteller, Mme d'Hocquincourt en conclut aisément que tout était fini entre eux. D'ailleurs, elle devait à [son heureux caractère], ce point de dissemblance marqué avec la province : elle s'occupait infiniment peu des affaires des autres, et poursuivait en revanche avec une activité incroyable les projets qui se présentaient à sa tête folle. Les siens sur Leuwen furent facilités par une circonstance grave : c'était vendredi le lendemain, et pour ne pas participer à la profanation de cette journée de pénitence, M. d'Hocquincourt, jeune homme de vingt-huit ans aux belles moustaches châtaines, s'était allé coucher longtemps avant minuit. A l'instant de son départ, Mme d'Hocquincourt avait fait servir du vin de Champagne et du punch.

« On dit, pensait-elle, que mon bel officier aime à s'enivrer ; il doit être bien joli dans cet état-là. Voyons-le. »

Mais Leuwen ne se départit point d'une fatuité digne de sa patrie ; pendant toute la fin de cette soirée, il ne daigna pas dire trois mots de suite ; ce fut là tout le spectacle qu'il présenta à Mme d'Hocquincourt. Elle en fut étonnée au dernier point et à la fin ravie.

« Quel être étonnant, et à vingt-trois ans ! pensait-elle. Quelle différence avec les autres ! »

L'autre partie du duetto pensé par Leuwen était celle-ci : « On ne saurait être trop chargé avec ces hobereaux-ci. C'est pour le coup qu'il faut *frapper fort*. »

La bêtise des raisonnements qu'il entendait faire sur le camp de Lunéville, d'où devait sortir évidemment la chute du roi, ne le piquait nullement à cause de l'habit qu'il portait, mais deux ou trois fois elle lui arracha, sur le ton d'une prière [éjaculatrice] :

« Grand Dieu ! Dans quelle plate compagnie le hasard m'a-t-il jeté ! Que ces gens sont bêtes, et s'ils en avaient l'esprit, peut-être encore plus méchants ! Comment faire pour être plus sot et plus mesquinement bourgeois ? Quel attachement farouche au plus petit intérêt d'argent ! Et ce sont là les descendants des vainqueurs de Charles le Téméraire ! »

Telles étaient ses pensées en buvant avec gravité les verres de vin de Champagne que Mme d'Hocquincourt lui versait avec ravissement.

« Est-ce que je ne pourrai donc pas lui faire quitter cet air hautain ? » pensait-elle.

Et Leuwen ajoutait tout bas :

« Les domestiques de ces gens-ci, après deux ans de guerre dans un régiment commandé par un colonel juste, vaudraient cent fois mieux que leurs maîtres. On trouverait chez ces domestiques un dévouement sincère à quelque chose. Et pour comble de ridicule, ces gens-ci parlent sans cesse de *dévouement*, c'est-à-dire justement de la chose au monde dont ils sont le plus incapables. »

Ces pensées égoïstes, philosophiques, politiques, très fausses peut-être, étaient la seule ressource de Leuwen quand Mme de Chasteller le rendait malheureux. Ce qui faisait de Leuwen un sous-lieutenant philosophique, c'est-à-dire triste et assez plat sous l'effet d'un vin de Champagne admirablement frappé, comme c'était la mode alors, c'était une idée fatale qui commençait à poindre dans son esprit.

« Après ce que j'ai osé dire à Mme de Chasteller, après ce mot de *mon ange*, d'une familiarité si crue (en vérité, quand je lui parle je n'ai pas le sens commun, je devrais écrire ce que je veux lui dire ; où est la femme, quelque indulgente qu'elle soit, qui ne s'offenserait pas d'être appelée *mon ange*, surtout quand elle ne répond pas du même ton ?), après ce mot si cruellement imprudent, le premier qu'elle m'adressera va décider de mon sort. Elle me chassera, je ne la verrai plus... Il faudra voir Mme d'Hocquincourt. Et combien je vais être excédé par ces empressements continus et sans mesure, et il faudra m'y soumettre tous les soirs. Si je m'approche de Mme de Chasteller, mon sort peut se décider ici. Et je ne pourrais pas répliquer. D'ailleurs, elle peut être encore dans le premier transport de la colère. Si ce mot est : « Je ne serai pas chez moi avant le 15 du mois prochain ? »

Cette idée fit tressaillir Leuwen.

« Sauvons du moins la gloire. Il faut redoubler de fatuité atroce envers ces noblilions. Leur haine pour moi ne peut pas être augmentée, et ces âmes basses me respecteront en raison directe de mon insolence. »

A ce moment, un des comtes Roller disait à M. de San-réal, déjà fort animé par le punch :

« Suis-moi. Il faut que je m'approche de ce fat-là, et lui dise deux mots fermes sur son roi Louis-Philippe. »

Mais alors précisément cette horloge à l'allemande, qui avait tant de pouvoir sur le cœur de Leuwen, sonnait avec tous ses carillons une heure du matin. Mme la marquise de Puylaurens elle-même, malgré son amour pour les heures avancées, se leva, et tout le monde la suivit. Ainsi notre héros n'eut point à montrer sa bravoure ce soir-là.

« Si j'offre mon bras à Mme de Chasteller, elle peut me dire un mot décisif. »

Il se tint immobile à la porte et il la vit passer devant lui, les yeux baissés et fort pâle, donnant le bras à M. de Blancet.

« Et c'est là le premier peuple de l'univers ! pensait Leuwen en traversant les rues solitaires et puantes de Nancy pour revenir à son logement. Grand Dieu ! Que doit-il se passer dans les soirées des petites villes de Russie, d'Allemagne, d'Angleterre ! Que de bassesses ! Que de cruautés froidement atroces ! Là règne ouvertement cette classe privilégiée que je trouve, ici, à demi engourdie et *matée* par son exil du budget. Mon père a raison : il faut vivre à Paris, et uniquement avec les gens qui mènent joyeuse vie. Ils sont heureux, et par là moins méchants. L'âme de l'homme est comme un marais infect : si l'on ne passe vite, on enfonce. »

Un mot de Mme de Chasteller eût changé ces idées philosophiques en extases de bonheur. L'homme malheureux cherche à se fortifier par la philosophie, mais pour premier effet elle l'empoisonne jusqu'à un certain degré en lui faisant voir le bonheur impossible.

Le lendemain matin, le régiment eut beaucoup d'affaires : il fallait préparer le livret de chaque lancier pour l'inspection qui devait avoir lieu avant le départ pour le camp de Lunéville ; on devait inspecter leur habillement pièce par pièce.

« Ne dirait-on pas, se disaient les vieilles moustaches, que nous allons passer la revue de Napoléon ?

— C'est plus qu'il n'en faut, disaient les jeunes sous-officiers, pour la guerre de pots de chambre et de pommes cuites à laquelle nous sommes appelés. Quel dégoût ! Mais si jamais il y a guerre, il faut se trouver ici, et savoir le *métier*. »

Après le travail d'inspection dans les chambres de la caserne, le colonel donna une heure pour la soupe, fit sonner à cheval, et tint le régiment quatre heures à la manœuvre. Leuwen porta dans ces diverses occupations un sentiment de bienveillance pour les soldats ; il se sentait une tendre pitié des faibles, et, au bout de quelques heures, il n'était plus qu'amant passionné. Il avait oublié Mme d'Hocquincourt ou, s'il s'en souvenait, ce n'était que comme d'un pis aller qui sauverait sa gloire, mais en l'accablant d'ennui. Son affaire sérieuse, à laquelle il revenait dès que le mouvement actuel ne s'emparait pas de force de toute son attention, c'était ce problème : « Comment Mme de Chasteller me recevra-t-elle ce soir ? »

Dès que Leuwen fut seul, son incertitude à cet égard alla jusqu'à l'anxiété. Après la pension, il tira sa montre en montant à cheval.

« Il est cinq heures ; je serai de retour ici à sept heures et demie, et à huit mon sort sera décidé. Cette façon de parler : *mon ange*, est peut-être de mauvais goût avec tout le monde. Envers une femme légère, comme Mme d'Hocquincourt, elle pourrait passer ; un mot galant et vif sur sa beauté l'excuserait. Mais avec Mme de Chasteller ! Par quelle imprudence ce mot si cru a-t-il été mérité par cette femme sérieuse, raisonnable, sage ?... Oui, *sage*. Car enfin, je n'ai pas vu son intrigue avec le lieutenant-colonel du régiment de hussards, et ces gens-ci sont si menteurs, si calomniateurs ! Quelle foi peut-on ajouter à ce qu'ils disent ?... D'ailleurs, voici longtemps que je n'en entends plus parler... Enfin, pour le trancher net, je ne l'ai pas *vu*, et désormais je ne veux croire que ce que *j'aurai vu*. Il y a peut-être des nigauds parmi ces gens d'hier, qui, voyant le ton que j'ai pris avec Mme d'Hocquincourt et ses prévenances incroyables, diront que je suis son amant... Eh bien ! tel pauvre diable qui en serait amoureux croirait à leurs rapports... Non, un homme sensé ne croit qu'à ce qu'il a vu, et encore bien vu. Dans les façons de Mme de Chasteller, qu'est-ce qui trahit une femme habituée à ne pas vivre sans amant ?... On pourrait au contraire l'accuser d'un excès de réserve, de pruderie. La pauvre femme ! Hier, plusieurs fois, elle a été gauche par timidité... Avec moi, souvent, en tête à tête, elle rougit et ne peut pas terminer sa phrase ; évidemment, la pensée qu'elle voulait exprimer l'a abandonnée... Comparée à toutes ces dames d'hier soir, la pauvre femme a l'air de la déesse de la chasteté. Les demoiselles de Serpierre, dont la vertu est proverbiale dans le pays, à l'esprit près n'ont pas un ton différent du sien. La moitié des idées de Mme de Chasteller leur sont invisibles, voilà tout, et ces idées ne peuvent s'exprimer qu'avec un langage un peu philosophique, et qui, par là, a l'air moins retenu. Même, je puis dire à ces demoiselles bien des choses dont Mme de Chasteller conçoit la portée et qu'elle ne souffre pas. En un mot, de tous ces gens d'hier soir, à peine croirais-je leur témoignage, quand il s'agirait d'un fait matériel. Je n'ai contre Mme de Chasteller de témoignage explicite que celui du maître de poste Bouchard. J'ai eu tort de ne pas cultiver cet homme ; quoi de plus simple que de prendre des chevaux chez lui, et d'aller les choisir dans son écurie ? C'est lui qui m'a donné mon marchand de foin, mon maréchal, ses gens me voient d'un bon œil. Je suis un nigaud. »

Leuwen ne s'avouait pas que la personne de Bouchard lui faisait horreur : c'était le seul homme qui eût parlé ouvertement mal de Mme de Chasteller. Les demi-mots qu'il avait surpris un jour chez Mme de Serpierre étaient fort indirects. Sa hauteur, à laquelle personne, dans Nancy, se fût bien gardé d'assigner une autre cause que les quinze ou vingt mille francs de rente que son mari lui avait laissés en mourant, n'était que l'impression de l'impatience que lui causaient les compliments un peu trop directs dont cette fortune la rendait l'objet.

Tout en faisant ces tristes raisonnements, Leuwen maintenait son cheval au grand trot. Il entendit sonner six heures et demie à l'horloge d'un petit village à mi-chemin de Darney.

« Il faut retourner, pensa-t-il, et dans une heure et demie mon sort sera décidé. »

Tout à coup, au lieu de tourner la tête de son cheval, il le poussa au galop. Il ne cessa de galoper qu'à Darney, cette petite ville où autrefois il était allé chercher une lettre de Mme de Chasteller. Il tira sa montre, il était huit heures.

« Impossible de voir ce soir Mme de Chasteller », se dit-il en respirant plus librement. C'était un malheureux condamné qui vient d'obtenir [un] sursis.

Le lendemain soir, après la journée la plus occupée de sa vie et pendant laquelle il avait changé deux ou trois fois de projets Leuwen fut cependant forcé de se présenter chez Mme de Chasteller. Elle le reçut avec ce qui lui sembla une froideur extrême : c'était de la colère contre soi-même, et de la gêne avec Leuwen.

CHAPITRE XXXIII

S'il se fût présenté la veille, Mme de Chasteller s'était décidée : elle l'eût prié de ne venir chez elle, à l'avenir, qu'une fois la semaine. Elle était encore sous l'empire de la terreur causé par le mot que, la veille, Mme d'Hocquincourt avait été sur le point d'entendre, et elle de prononcer. Sous l'empire de la soirée terrible passée chez Mme d'Hocquincourt, à force de se dire qu'il lui serait impossible, à la longue, de cacher à Leuwen ce qu'elle sentait pour lui, Mme de Chasteller s'était arrêtée, avec assez de facilité, à la résolution de le voir moins souvent. Mais à peine ce parti pris, elle en sentit toute l'amertume. Jusqu'à l'apparition de Leuwen à Nancy, elle avait été en proie à l'ennui, mais cet ennui eût été maintenant pour elle un état délicieux, comparé au malheur de voir rarement cet être qui était devenu l'objet unique de ses pensées. La veille, elle l'avait attendu avec impatience ; elle désirait avoir eu le courage de parler. Mais l'absence de Leuwen dérangea tous ses sentiments. Son courage avait été mis aux plus rudes épreuves ; vingt fois, pendant trois mortelles heures d'attente, elle avait été sur le point de changer de résolution. D'un autre côté, le péril pour l'honneur était immense.

« Jamais mon père, pensait-elle, ni aucun de mes parents ne consentira à ce que j'épouse M. Leuwen, un homme du parti contraire, un *bleu*, et qui n'est pas noble. Il n'y faut pas même penser ; lui-même n'y pense pas. Que fais-je donc ? Je ne puis plus penser qu'à lui. Je n'ai point de mère pour me garder, je manque d'une amie à qui je puisse demander des conseils : mon père m'a séparée violemment de Mme de Constantin. A qui, dans Nancy, oserais-je seulement faire entrevoir l'état de mon cœur ? [Je n'en dois veiller qu'avec plus de vigilance sur la situation dangereuse dans laquelle je me trouve.] »

Ces raisonnements se soutenaient assez bien, quand enfin dix heures sonnèrent, ce qui est, à Nancy, le moment après lequel il n'est plus permis de se présenter dans une maison non ouverte.

« C'en est fait, se dit Mme de Chasteller, il est chez Mme d'Hocquincourt. Puisqu'il ne vient plus, ajouta-t-elle avec un soupir, en perdant toute occasion de le voir il est inutile de tant m'interroger moi-même pour savoir si j'aurai le courage de lui parler sur la fréquence de ses visites. Je puis me donner quelque répit. Peut-être même ne viendra-t-il pas demain. Peut-être ce sera lui qui, sans effort de ma part, et tout naturellement, cessera de venir ici tous les jours. »

Lorsque Leuwen parut enfin le lendemain, elle aussi, deux ou trois fois depuis la veille, avait entièrement changé de pensée à son égard. Il y avait des moments où elle voulait lui faire confidence de ses embarras comme à son meilleur ami, et lui dire ensuite : « Décidez. » « Si comme en Espagne, je le voyais au travers d'une grille par la fenêtre, moi au rez-de-chaussée de ma maison, et lui dans la rue, à minuit, je pourrais lui dire ces choses dangereuses. Mais si tout à coup il me prend la main en me disant, comme avant-hier, d'un ton si simple et si vrai : « Mon ange, vous m'aimez », puis-je répondre de moi ? »

Après les salutations d'usage, une fois assis l'un vis-à-vis de l'autre, ils étaient pâles, ils se regardaient, ils ne trouvaient rien à se dire.

« Vous étiez hier, monsieur, chez Mme d'Hocquincourt ?

— Non, madame, dit Leuwen, honteux de son embarras et reprenant la résolution héroïque d'en finir et de faire décider son sort une fois pour toutes. Je me trouvais à cheval sur la route de Darney lorsqu'a sonné l'heure à laquelle j'aurais pu avoir l'honneur de me présenter chez vous. Au lieu de revenir, j'ai poussé mon cheval comme un fou pour me mettre dans l'impossibilité de vous voir. Je manquais de courage ; il était au-dessus de mes forces de m'exposer à votre sévérité habituelle pour moi. Il me semblait entendre mon arrêt de votre bouche. »

Il se tut, puis ajouta d'une voix mal articulée et qui peignait la timidité la plus complète :

« La dernière fois que je vous ai vue, auprès de la petite table verte, je l'avouerai..., j'ai osé, en vous parlant, me servir d'un mot qui, depuis, m'a causé bien des remords. Je crains d'être puni par vous d'une façon sévère, car vous n'avez pas d'indulgence pour moi.

— Oh ! monsieur, puisque vous avez le repentir, je vous pardonne ce mot, dit Mme de Chasteller en essayant de prendre une manière d'être gaie et sans conséquence. Mais j'ai à vous parler, monsieur, d'objets bien plus importants pour moi. »

Et son œil, incapable de soutenir plus longtemps l'apparence de la gaieté, prit un sérieux profond.

Leuwen frémit ; il n'avait point assez de vanité pour que le dépit d'avoir peur lui donnât le courage de vivre séparé de Mme de Chasteller. Que devenir les jours où il ne lui serait pas permis de la voir ?

« Monsieur, reprit Mme de Chasteller avec gravité, je n'ai point de mère pour me donner de sages avis. Une femme qui vit seule, ou à peu près, dans une ville de province, doit être attentive aux moindres apparences. Vous venez souvent chez moi...

— Eh bien ? » dit Leuwen, respirant à peine.

Jusque-là, le ton de Mme de Chasteller avait été convenable, sage, froid, aux yeux de Leuwen du moins. Le son de voix avec lequel il prononça ce mot : *eh bien*, eût manqué peut-être au Don Juan le plus accompli ; chez Leuwen il n'y avait aucun talent, c'était l'impulsion de la nature, le naturel. Ce [simple] mot de Leuwen changea tout. Il y avait tant de malheur, tant d'assurance d'obéir ponctuellement dans ce mot, que Mme de Chasteller en fut comme désarmée. Elle avait rassemblé tout son courage pour combattre un être fort, et elle trouvait l'extrême faiblesse. En un instant tout changeait, elle n'avait plus à craindre de manquer de résolution, mais bien plutôt de prendre un ton trop ferme, d'avoir l'air d'abuser de la victoire. Elle eut pitié du malheur qu'elle causait à Leuwen.

Il fallait continuer cependant. D'une voix éteinte et avec des lèvres pâles et comprimées avec effort pour tâcher d'avoir l'air de la fermeté, elle expliqua à notre héros les raisons qui lui faisaient désirer de le voir moins souvent et moins longtemps, tous les deux jours par exemple. Il s'agissait d'éviter de faire naître des idées, bien peu fondées sans doute, au public qui commençait à s'occuper de ces visites, et à Mlle Bérard surtout, qui était un témoin bien dangereux.

Mme de Chasteller eut à peine la force d'achever ces deux ou trois phrases. La moindre objection, le moindre mot, quel qu'il fût, de Leuwen, renversait tout ce projet. Elle avait une vive pitié du malheur où elle le voyait, elle n'eût jamais eu le courage de persister, elle le sentait. Elle ne voyait plus que lui dans la nature entière. Si Leuwen eût eu moins d'amour ou plus d'esprit, il eût agi tout autrement ; mais le fait difficile à excuser en ce siècle, c'est que ce sous-lieutenant de vingt-trois ans se trouva incapable d'articuler un mot contre ce projet qui le tuait. Figurez-vous un lâche qui adore la vie, et qui entend son arrêt de mort.

Mme de Chasteller voyait clairement l'état de son cœur ; elle était elle-même sur le point de fondre en larmes, elle se sentait saisie de pitié pour le malheur extrême qu'elle causait.

« Mais, se dit-elle tout à coup, s'il voit une larme, me voici plus engagée que jamais. Il faut à tout prix mettre fin à cette visite pleine de dangers. »

« D'après le vœu que je vous ai exprimé..., monsieur..., il y a déjà longtemps que je puis supposer que Mlle Bérard compte les minutes que vous passez avec moi... Il serait plus prudent d'abréger. »

Leuwen se leva ; il ne pouvait parler, à peine si sa voix fut capable d'articuler à demi :

« Je serais au désespoir, madame... »

Il ouvrit une porte de la bibliothèque qui donnait sur un petit escalier intérieur qu'il prenait souvent pour éviter de passer dans le salon et sous les yeux de la terrible Mlle Bérard.

Mme de Chasteller l'accompagna, comme pour adoucir par cette politesse ce qu'il pouvait y avoir de blessant dans la prière qu'elle venait de lui adresser. Sur le palier de ce petit escalier, Mme de Chasteller dit à Leuwen :

« Adieu, monsieur. A après-demain. »

Leuwen se retourna vers Mme de Chasteller. Il appuya la main droite sur la rampe d'acajou ; il chancelait évidemment. Mme de Chasteller eut pitié de lui, elle eut l'idée de lui prendre la main à l'anglaise, en signe de bonne amitié. Leuwen, voyant la main de Mme de Chasteller s'approcher de la sienne, la prit et la porta lentement à ses lèvres. En faisant ce mouvement, sa figure se trouva tout près de celle de Mme de Chasteller ; il quitta sa main et la serra dans ses bras, en collant ses lèvres sur sa joue. Mme de Chasteller n'eut pas la force de s'éloigner et resta immobile et presque abandonnée dans les bras de Leuwen. Il la serrait avec extase et redoublait ses baisers. A la fin, Mme de Chasteller s'éloigna doucement, mais ses yeux baignés de larmes montraient franchement la plus vive tendresse. Elle parvint à lui dire pourtant :

« Adieu, monsieur... »

Et comme il la regardait, éperdu, elle se reprit :

« Adieu, *mon ami*, à demain... Mais laissez-moi. »

Et il la laissa, et il descendit l'escalier en se retournant, il est vrai, pour la regarder.

Leuwen descendit l'escalier dans un trouble inexprimable. Bientôt, il fut ivre de bonheur, ce qui l'empêcha de voir qu'il était bien jeune, bien sot.

Quinze jours ou trois semaines suivirent ; ce fut peut-être le plus beau moment de la vie de Leuwen, mais jamais il ne retrouva un tel instant d'abandon et de faiblesse. Vous savez qu'il était incapable de le faire naître à force d'en sentir le bonheur.

Il voyait Mme de Chasteller tous les jours ; ses visites duraient quelquefois deux ou trois heures, au grand scandale de Mlle Bérard. Quand Mme de Chasteller se sentait hors d'état de [soutenir] une conversation un peu passable avec lui, elle lui proposait de jouer aux échecs. Quelquefois, il lui prenait timidement la main, un jour même, il tenta de l'embrasser ; elle fondit en larmes, sans le fuir pourtant, elle lui demanda grâce et se mit sous la sauvegarde de son honneur. Comme cette prière était faite de bonne foi, elle fut écoutée de même. Mme de Chasteller exigeait qu'il ne lui parlât pas ouvertement de son amour, mais en revanche souvent elle plaçait la main dans son épaulette et jouait avec la frange d'argent. Quand elle était tranquille sur ses entreprises, elle était avec lui d'une gaieté douce et intime qui, pour cette pauvre femme, était le bonheur parfait.

Ils se parlaient de tout avec une sincérité parfaite, qui quelquefois eût semblé bien impolie à un indifférent, et toujours trop naïve. Il fallait l'intérêt de cette franchise sans bornes sur tout pour faire oublier un peu le sacrifice qu'on faisait en ne parlant pas d'amour. Souvent un petit mot indirect amené par la conversation les faisait rougir ; alors, il y avait un petit silence. C'était lorsqu'il se prolongeait trop que Mme de Chasteller avait recours aux échecs.

Mme de Chasteller aimait surtout que Leuwen lui confiât ses idées sur elle-même, à diverses époques, dans le premier mois de leur connaissance, à cette heure... Cette confidence tendait à affaiblir une des suggestions de ce grand ennemi de notre bonheur nommé la prudence. Elle disait, cette prudence :

« Ceci est un jeune homme d'infiniment d'esprit et fort adroit qui joue la comédie avec vous. »

Jamais Leuwen n'osa lui confier le propos de Bouchard sur le lieutenant-colonel de hussards et l'absence de toute feinte était si complète entre eux que deux fois ce sujet, approché par hasard, fut sur le point de les brouiller. Mme de Chasteller vit dans ses yeux qu'il lui cachait quelque chose.

« Et c'est ce que je ne pardonnerai pas », lui dit-elle avec fermeté.

Elle lui cachait, elle, que presque tous les jours son père lui faisait une scène à son sujet.

« Quoi ! ma fille, passer deux heures tous les jours avec un homme de ce parti, et encore auquel sa naissance ne permet pas d'aspirer à votre main ! »

Venaient ensuite les paroles attendrissantes sur un vieux père presque octogénaire abandonné par sa fille, par son unique appui.

Le fait est que M. de Pontlevé avait peur du père de Leuwen. Le docteur Du Poirier lui avait dit que c'était un homme de plaisir et d'esprit, dominé par ce penchant infernal, le plus grand ennemi du trône et de l'autel : *l'ironie*. Ce banquier pouvait être assez méchant pour deviner quel était le motif de son attachement passionné pour l'argent comptant de sa fille, et, qui plus est, le dire.

CHAPITRE XXXIV

Pendant que la pauvre Mme de Chasteller oubliait le monde et croyait en être oubliée, tout Nancy s'occupait d'elle. Grâce aux plaintes de son père, elle était devenue pour les habitants de la ville le remède qui les *guérissait de l'ennui*. A qui peut comprendre l'ennui profond d'une ville du second ordre, c'est tout dire.

Mme de Chasteller était aussi maladroite que Leuwen : lui, ne savait pas s'en faire aimer tout à fait ; pour elle, comme la société de Nancy était tous les jours moins amusante pour une femme occupée avec passion d'une seule idée, on ne la voyait presque plus chez Mmes de Commercy, de Marcilly, de Puylaurens, de Serpierre, etc., etc. Cet oubli passa pour du mépris et donna des ailes à la calomnie.

On s'était flatté, je ne sais à propos de quoi, dans la famille de Serpierre, que Leuwen épouserait Mlle Théodelinde ; car, en province, une mère ne rencontre jamais un homme jeune et noble sans voir en lui un mari pour sa fille.

Quand toute la société retentit des plaintes que M. de Pontlevé faisait à tout venant de l'assiduité de Leuwen chez sa fille, Mme de Serpierre en fut choquée infiniment plus que ne le comportait même sa vertu si sévère. Leuwen fut reçu dans cette maison avec cette aigreur de l'*espoir de mariage trompé* qui sait se présenter avec tant de variété et sous des formes si aimables dans une famille composée de six demoiselles peu jolies.

Mme de Commercy, fidèle à la politesse de la cour de Louis XVI, traita toujours Leuwen également bien. Il n'en était pas de même du salon de Mme de Marcilly : depuis la réponse indiscrète faite, à propos de l'enterrement d'un cordonnier, à M. le grand vicaire Rey, ce digne et prudent ecclésiastique avait entrepris de ruiner la position que notre sous-lieutenant avait obtenue à Nancy. En moins de quinze jours, M. Rey eut l'art de faire pénétrer de toutes parts et d'établir dans le salon de Mme de Marcilly que le ministre de la Guerre avait une peur particulière de l'opinion publique de Nancy, ville voisine de la frontière, ville considérable, centre de la noblesse de Lorraine, et peut-être surtout de l'opinion telle qu'elle se manifestait dans le salon de Mme de Marcilly. Cela posé, le ministre avait expédié à Nancy un jeune homme, évidemment d'un autre bois que ses camarades, pour bien voir la manière d'être de cette société et pénétrer ses secrets : y avait-on du mécontentement simple, ou était-il question d'agir ? « La preuve de tout ceci, c'est que Leuwen entend sans sourciller des choses sur le duc d'Orléans (Louis-Philippe) qui compromettraient tout autre qu'un observateur. » Il avait été précédé à son régiment d'une réputation de républicanisme que rien ne justifiait, et dont il semblait faire bon marché devant le portrait d'Henri V. Etc., etc.

Cette découverte flattait l'amour-propre de ce salon, dont jusque-là les plus grands événements avaient été neuf à dix francs perdus par M. Un Tel au whist, un jour de guignon marqué. Le ministre de la Guerre, qui sait ? peut-être Louis-Philippe lui-même, songeait à leur opinion !

Leuwen était donc un espion du *juste-milieu*. M. Rey avait trop de sens pour croire à une telle sottise, et comme il se pouvait faire qu'il eût besoin de quelque histoire un peu mieux bâtie pour détruire la position de Leuwen dans les salons de Mmes de Puylaurens et d'Hocquincourt, il avait écrit à M. ***, chanoine de ***, à Paris. Cette lettre avait été renvoyée à un vicaire de la paroisse sur laquelle résidait la famille de Leuwen, et M. Rey attendait chaque jour une réponse détaillée.

Par les soins du même M. Rey, Leuwen vit tomber son crédit dans la plupart des salons où il se présentait. Il y fut peu sensible, et ne s'arrêta même pas trop à cette idée, car le salon d'Hocquincourt faisait exception, et une brillante exception. Depuis le départ de M. d'Antin, Mme d'Hocquincourt avait si bien fait que son tranquille mari avait pris Leuwen en amitié particulière. M. d'Hocquincourt avait su un peu de mathématiques dans sa jeunesse ; l'histoire, loin de le distraire de ses idées noires sur l'avenir, l'y replongeait plus avant.

« Voyez les marges de l'*Histoire d'Angleterre* de Hume ; à chaque instant, vous y lisez une petite note marginale, disant : *N. se distingue, Ses actions, Ses grandes qualités, Sa condamnation, Son exécution*. Et nous copions cette Angleterre ; nous avons commencé par le meurtre d'un roi, nous avons chassé son frère, comme elle son fils. » Etc., etc.

Pour éloigner la conclusion qui, revenant sans cesse : *la guillotine nous attend*, lui avait persuadé de revenir à la géométrie, qui d'ailleurs peut être utile à un militaire, il acheta des livres, et quinze jours après découvrit par hasard que Leuwen était précisément l'homme fait pour le diriger. Il avait bien songé à M. Gauthier, mais M. Gauthier était un républicain ; mieux valait cent fois renoncer au calcul intégral. On avait sous la main M. Leuwen, homme charmant et qui venait tous les soirs dans l'hôtel. Car voici ce qui s'était établi :

A dix heures ou dix heures et demie au plus tard, la décence et la peur de Mlle Bérard forçaient Leuwen à quitter Mme de Chasteller. Leuwen était peu accoutumé à se coucher à cette heure ; il allait chez Mme d'Hocquincourt. Sur quoi il arriva deux choses : M. d'Antin, homme d'esprit, qui ne tenait pas infiniment à une femme plutôt qu'à l'autre, voyant le rôle que Mme d'Hocquincourt lui préparait, reçut une lettre de Paris qui le força à un petit voyage. Le jour du départ, Mme d'Hocquincourt le trouva bien aimable ; mais à partir du même moment, Leuwen le devint beaucoup moins. En vain, le souvenir des conseils d'Ernest Dévelroy lui disait : « Puisque Mme de Chasteller est une vertu, pourquoi ne pas avoir une maîtresse en deux volumes ? Mme de Chasteller pour les plaisirs du cœur, et Mme d'Hocquincourt pour les instants moins métaphysiques. » Il lui semblait qu'il mériterait d'être trompé par Mme de Chasteller s'il la trompait lui-même. La vraie raison de la vertu héroïque de notre héros, c'est que Mme de Chasteller, elle seule au monde, semblait une femme à ses yeux. Mme d'Hocquincourt n'était [qu'une] importune pour lui, et il redoutait mortellement les tête-à-tête avec cette jeune femme, la plus jolie de la province. Jamais il n'avait éprouvé cette folie, et il s'y livrait tête baissée.

La froideur subite de ses discours après le départ de d'Antin porta presque jusqu'à la passion le caprice de Mme d'Hocquincourt ; elle lui disait, même devant sa société, les choses les plus tendres. Leuwen avait l'air de les recevoir avec un sérieux glacial que rien ne pouvait dérider.

Cette folie de Mme d'Hocquincourt fut peut-être ce qui fit le plus haïr Leuwen parmi les hommes prétendus raisonnables de Nancy. M. de Vassignies lui-même, homme de mérite, M. de Puylaurens, personnage d'une tout autre force de tête que MM. de Pontlevé, de Sanréal, Roller, et parfaitement inaccessibles aux idées adroitement semées par M. Rey, commencèrent à trouver fort incommode ce petit étranger grâce auquel Mme d'Hocquincourt n'écoutait plus un seul mot de tout ce qu'on pouvait lui dire. Ces messieurs aimaient à parler un quart d'heure tous les soirs à cette femme si jeune, si appétissante, si bien mise. M. d'Antin ni aucun de ses prédécesseurs n'avaient donné à Mme d'Hocquincourt la mine froide et distraite qu'elle avait maintenant en écoutant leurs propos galants.

« Il nous confisque cette jolie femme, notre unique ressource, disait le grave M. de Puylaurens. Impossible de faire avec une autre une partie de campagne passable. Or, maintenant, quand on propose une course, au lieu de saisir avec enthousiasme une occasion de faire trotter des chevaux, Mme d'Hocquincourt refuse tout net. »

Elle savait bien qu'avant dix heures et demie Leuwen n'était pas libre. D'ailleurs, M. d'Antin savait tout mettre en train, la joie redoublait dans les lieux où il paraissait, et Leuwen, sans doute par orgueil, parlait fort peu et ne mettait rien en train. C'était un éteignoir.

Telle commençait à être sa position, même dans le salon de Mme d'Hocquincourt, et il n'avait plus pour lui absolument que l'amitié de M. de Lanfort et le cas que Mme de Puylaurens, inexorable sur l'esprit, faisait de son esprit.

Lorsqu'on sut que Mme Malibran, allant ramasser des thalers en Allemagne, allait passer à deux lieues de Nancy, M. de Sanréal eut l'idée d'organiser un concert. Ce fut une grande affaire, qui lui coûta cher. Le concert eut lieu, Mme de Chasteller n'y vint pas, Mme d'Hocquincourt y parut environnée de tous ses amis. On vint à parler d'ami de cœur, on fit sur ce thème de la morale de concert.

« Vivre sans un ami de cœur, disait M. de Sanréal plus qu'à demi ivre de gloire et de punch, ce serait la plus grande des sottises, si ce n'était pas une impossibilité.

— Il faut se hâter de choisir », dit M. de Vassignies.

Mme d'Hocquincourt se pencha vers Leuwen, qui était devant elle.

« Et si celui qu'on a choisi, lui dit-elle à voix basse, porte un cœur de marbre, que faut-il faire ? »

Leuwen se retourna en riant, il fut bien surpris de voir qu'il y avait des larmes dans les yeux qui étaient fixés sur les siens. Ce miracle lui ôta l'esprit, il songea au miracle au lieu de songer à la réponse. Elle se borna de sa part à un sourire banal.

En quittant le concert on revint à pied, et Mme d'Hocquincourt prit son bras. Elle ne parlait guère. Au moment où tout le monde la saluait, dans la cour de son hôtel, elle serra le bras de Leuwen ; il la quitta avec les autres.

Elle monta chez elle et fondit en larmes, mais elle ne le haït point, et le lendemain, à une visite du matin, comme Mme de Serpierre blâmait avec la dernière aigreur la conduite de Mme de Chasteller, Mme d'Hocquincourt se tut et ne dit pas un mot contre sa rivale. Le soir, Leuwen, pour dire quelque chose, lui faisait compliment sur sa toilette :

« Quel admirable bouquet ! Quelles jolies couleurs ! Quelle fraîcheur ! C'est l'emblème de la beauté qui le porte !

— Vous croyez ? Eh bien ! soit ; il représente mon cœur, et je vous le donne. »

Le regard qui accompagna ce dernier mot n'avait plus rien de la gaieté qui avait régné jusque-là dans la conversation. Il ne manquait ni de profondeur ni de passion, et à un homme sensé ne pouvait laisser aucun doute sur le sens du don du bouquet. Leuwen le prit, ce bouquet, dit des choses plus ou moins dignes de Dorat sur ces jolies fleurs, mais ses yeux furent gais, légers. Il comprenait fort bien, et ne voulut pas comprendre.

Il fut violemment tenté, mais il résista. Le soir du lendemain, il eut l'idée de conter son aventure à Mme de Chasteller avec l'air de lui dire : « Rendez-moi ce que vous me coûtez », mais il n'osa pas.

Ce fut une de ses erreurs : en amour, il faut oser ou l'on s'expose à d'étranges revers. Mme de Chasteller avait déjà appris avec douleur le départ de M. d'Antin. Le lendemain du concert Mme de Chasteller sut par les plaisanteries fort claires de son cousin Blancet que, la veille, Mme d'Hocquincourt s'était *donnée en spectacle* ; le goût qu'elle commençait à prendre pour Leuwen était *une vraie fureur*, disait le cousin. Le soir, Leuwen trouva Mme de Chasteller fort sombre ; elle le traita mal. Cette humeur sombre ne fit que s'accroître les jours suivants, et il régna entre eux des moments de silence d'un quart d'heure ou vingt minutes. Mais ce n'était plus ce silence délicieux d'autrefois, qui forçait Mme de Chasteller à avoir recours à une partie d'échecs.

Étaient-ce là les mêmes êtres qui, huit jours auparavant, n'avaient pas assez de toutes les minutes de deux longues heures pour s'apprendre tout ce qu'ils avaient à se dire ?

CHAPITRE XXXV

Le surlendemain, Mme de Chasteller fut saisie d'une fièvre violente. Elle avait des remords affreux, elle voyait sa réputation perdue. Mais tout cela n'était rien : elle doutait du cœur de Leuwen.

Sa dignité de femme était effrayée par la nouveauté du sentiment qu'elle éprouvait, et surtout par la violence de ses transports. Ce sentiment était d'autant plus vif qu'elle ne craignait plus pour sa vertu. Dans un cas d'extrême danger, un voyage à Paris, où Leuwen ne pouvait la suivre, la mettait à l'abri de tous les périls, tout en la séparant violemment du seul lieu de la terre où elle crût le bonheur possible.

Depuis quelques jours, la possibilité de ce remède l'avait rassurée, lui avait rendu en quelque sorte une vie tranquille. Une lettre, envoyée à l'insu du marquis, et par un exprès, à Mme de Constantin, son amie intime, pour lui demander conseil, lui avait rapporté une réponse favorable et approuvé le voyage de Paris en un cas extrême. Ses remords une fois adoucis, Mme de Chasteller était heureuse.

Tout à coup, aux [plaisanteries] grossières, quoique exprimées en bons termes, dont, le lendemain du concert de Mme Malibran, M. de Blancet fut prodigue sur ce qui s'était passé la veille, elle fut surprise d'une douleur atroce, et dont son âme pure avait honte.

« Blancet n'a pas de tact, se dit-elle, il est au nombre de ceux qui sentent péniblement la supériorité de M. Leuwen. Il exagère peut-être ; comment M. Leuwen, si sincère avec moi, qui m'a avoué un jour qu'il avait cessé de m'aimer, me tromperait-il aujourd'hui ?...

« Rien de plus facile à expliquer, reprit avec amertume le parti de la prudence. Il est agréable et de bon goût pour un jeune homme d'avoir deux maîtresses à la fois, surtout si l'une d'elles est triste, sévère, se retranchant toujours derrière les craintes d'une ennuyeuse vertu, tandis que l'autre est gaie, aimable, jolie, et ne passe pas pour désespérer ses amants par sa sévérité. M. Leuwen peut me dire : Ou ne soyez pas pour moi d'une si haute vertu, ne me faites pas une scène lorsque j'essaie de vous prendre la main... (Il est vrai que je l'ai traité bien mal pour un mince sujet !...) »

Après un silence, elle continua avec un soupir :

« ... Ne soyez pas de cette vertu outrée, ou permettez-moi de profiter d'un moment d'admiration que Mme d'Hocquincourt peut éprouver pour mon petit mérite.

« Mais quelque peu délicat que soit ce raisonnement, reprit avec rage le parti de l'amour, encore fallait-il me faire cette déclaration. Tel était le rôle d'un honnête homme. Mais M. de Blancet exagère peut-être... Il faut éclaircir tout ceci. »

Elle demanda ses chevaux et se fit conduire précipitamment chez Mmes de Serpierre et de Marcilly. Tout fut confirmé ; Mme de Serpierre alla même bien plus loin que M. de Blancet.

En rentrant chez elle, Mme de Chasteller ne pensait presque plus à Leuwen ; toute son imagination, enflammée par le désespoir, était occupée à se figurer les

charmes et l'amabilité séduisante de Mme d'Hocquincourt. Elle les comparait à sa manière d'être retirée, triste,
sévère. Cette comparaison la poursuivit toute la nuit ; elle
passa par tous les sentiments qui font l'horreur de la plus
noire jalousie.

Tout l'étonnait, tout effrayait sa retenue de femme dans
la passion dont elle était victime. Elle n'avait eu que de
l'amitié pour le général de Chasteller et de la reconnaissance pour ses procédés parfaits. Elle n'avait pas même
l'expérience des livres : on lui avait peint tous les romans,
au *Sacré-Cœur*, comme des livres obscènes. Depuis son
mariage, elle ne lisait presque pas de romans ; il ne fallait
pas connaître ce genre de livres quand on était admis à la
conversation d'une auguste princesse. D'ailleurs, les
romans lui semblaient grossiers.

« Mais puis-je dire même que je suis fidèle à ce qu'une
femme se doit à elle-même ? se dit-elle vers le matin de
cette nuit cruelle. Si M. Leuwen était là, vis-à-vis de moi,
me regardant en silence, comme il fait quand il n'ose me
dire tout ce qu'il pense, malheureux par les folles exigences que prescrit ma vertu, c'est-à-dire mon intérêt personnel, pourrais-je supporter ses reproches muets ? Non,
je céderais... Je n'ai aucune vertu, et je fais le malheur de
ce que j'aime... »

Cette complication de douleurs fut trop forte pour sa
santé ; une fièvre se déclara.

La tête exaltée par la fièvre, qui dès le premier jour alla
jusqu'au délire, elle voyait sans cesse sous ses yeux
Mme d'Hocquincourt gaie, aimable, heureuse, parée de
fleurs charmantes à ce concert de Mme Malibran (on lui
avait parlé du fameux bouquet), ornée de mille grâces
séduisantes, et Leuwen était à ses pieds. Ensuite, revenait
ce raisonnement :

« Mais, malheureuse que je suis, qu'ai-je accordé à
M. Leuwen qui puisse l'engager avec moi ? A quel titre
puis-je prétendre l'empêcher de répondre aux prévenances
d'une femme charmante, plus jolie que moi, et surtout
bien autrement aimable, et aimable comme il faut l'être
pour plaire à un jeune homme habitué à la société de
Paris : une gaieté toujours nouvelle et jamais méchante ? »

En suivant ces tristes raisonnements, Mme de Chasteller ne put s'empêcher de demander un petit miroir ovale.
Elle s'y regardait. A chaque expérience de ce genre, elle se
trouva moins bien. Enfin, elle conclut qu'elle était décidé-

ment laide, et en aima davantage Leuwen du bon goût qu'il avait de lui préférer Mme d'Hocquincourt.

Le second jour, la fièvre fut terrible et les chimères qui déchiraient le cœur de Mme de Chasteller encore plus sombres. La vue seule de Mlle Bérard lui donnait des convulsions. Elle ne voulut point voir M. de Blancet ; elle avait horreur de lui, elle le voyait sans cesse lui racontant ce concert fatal. M. de Pontlevé lui faisait deux visites de cérémonie chaque jour. Le docteur Du Poirier la soigna avec l'activité et la suite qu'il mettait à tout ce qu'il entreprenait ; il venait trois fois le jour à l'hôtel de Pontlevé. Ce qui frappa surtout Mme de Chasteller dans ses soins, c'est qu'il lui défendit absolument de se lever ; dès lors, elle ne put plus espérer de voir Leuwen. Elle n'osait prononcer son nom et demander à sa femme de chambre s'il venait demander de ses nouvelles. Sa fièvre était augmentée par l'attention continue et impatiente avec laquelle elle prêtait l'oreille pour chercher à entendre le bruit des roues de son tilbury, qu'elle connaissait si bien.

Leuwen se permettait de venir chaque matin. Le troisième jour de la maladie, il quittait l'hôtel de Pontlevé fort inquiet des réponses ambiguës de M. Du Poirier. En montant en tilbury, il lança son cheval avec trop de rapidité, et, sur la place garnie de tilleuls taillés en parasol qu'on appelait promenade publique, passa fort près de M. de Sanréal. Celui-ci sortait de déjeuner et, en attendant le dîner, s'appuyant sur le bras du comte Ludwig Roller, promenait son oisiveté dans les rues de Nancy.

Ce couple formait un contraste burlesque. Sanréal, quoique fort jeune, était énorme, haut en couleur, n'avait pas cinq pieds de haut, et portait d'énormes favoris d'un blond hasardé. Ludwig Roller, long, blême, malheureux, avait l'air d'un moine mendiant qui a déplu à son supérieur. Au haut d'un grand corps de cinq pieds dix pouces au moins, une petite tête blême recouverte de cheveux noirs retombant sur les oreilles en couronne, comme ceux d'un moine ; des traits maigres et immobiles entouraient un œil éteint et insignifiant ; un habit noir, serré et râpé, achevait le contraste entre l'ex-lieutenant de cuirassiers, pour qui sa solde était une fortune, et l'heureux Sanréal, dont depuis [de] longues années l'habit ne pouvait plus se boutonner, et qui jouissait de quarante mille livres de rente au moins. A l'aide de cette fortune il passait pour fort brave, car il avait des éperons en fer brut longs de trois pouces, ne pouvait pas dire trois mots sans jurer, et ne parlait guère un peu au long que pour s'embarquer dans quelque histoire de duel à faire frémir. Il était donc fort brave, quoique ne s'étant jamais battu, apparemment à cause de la peur qu'on avait de lui. D'ailleurs, il possédait l'art de lancer les frères Roller sur les gens qui lui déplaisaient.

Depuis les journées de Juillet, suivies de leur démission, ces messieurs s'ennuyaient bien plus qu'auparavant ; entre eux trois ils avaient un cheval, et ne sortaient guère avec plaisir de leur apathie que pour se battre en duel, ce dont ils s'acquittaient fort bien, et ce talent faisait leur considération.

Comme il n'était que midi quand le tilbury de Leuwen fit trembler le pavé sous les pas de l'énorme Sanréal, il n'était encore entré dans aucun café et ne se trouvait pas tout à fait gris. Soutenu par Ludwig Roller, il s'amusait à prendre sous le menton les jeunes paysannes qui passaient à sa portée. Il donnait des coups de cravache aux tentes placées devant la porte des cafés et aux chaises rangées sous ces tentes ; il effeuillait aussi les branches des tilleuls de la promenade publique qui pendaient trop bas.

Le passage rapide du tilbury le tira de ces aimables passe-temps.

« Crois-tu qu'il ait voulu nous braver ? dit-il à Ludwig Roller en le regardant avec un sérieux de matamore.

— Écoute, lui dit le comte Ludwig en pâlissant, ce fat-là est assez poli, et je ne crois pas qu'il ait voulu nous offenser avec son tilbury ; mais je ne l'en déteste que plus, à cause de sa politesse. Il sort de l'hôtel de Pontlevé ; il prétend nous enlever en toute douceur, et sans nous fâcher, la plus jolie femme de Nancy et la plus riche héritière, du moins dans la classe où toi et moi pouvons choisir une femme... Et cela, ajouta Roller d'un ton ferme, je ne le souffrirai pas.

— Dis-tu vrai ? répondit Sanréal, enchanté.

— Dans ces choses-là, mon cher, répliqua Roller d'un ton sec et piqué, tu dois savoir que je ne dis jamais faux.

— Est-ce que tu vas me faire des phrases, à moi ? répondit Sanréal d'un air de spadassin. Nous nous connaissons. L'essentiel est qu'il ne nous échappe pas ; l'animal est futé et s'est bien tiré de deux duels qu'il a eus à son régiment...

— Des duels à l'épée ! C'est une belle affaire ! On a appliqué deux sangsues à la blessure qu'il a faite au capitaine Bobé. Mais avec moi, morbleu ! ce sera un bon duel au pistolet, et à dix pas ; et s'il ne me tue pas, je te réponds qu'il lui faudra plus de deux sangsues.

— Allons chez moi ; il ne faut pas parler de ces choses devant les espions du juste-milieu qui remplissent notre promenade. J'ai reçu hier une caissette de kirschwasser de Fribourg-en-Brisgau. Envoyons prévenir tes frères et Lanfort.

— Ai-je besoin de tant de monde, moi ? Une demi-feuille de papier va faire l'affaire. Et le comte Ludwig marchait vivement vers un café.

— Si tu veux faire le brutal avec moi, je te plante là... Il s'agit d'empêcher que, par quelque tour de passe-passe, ce maudit Parisien ne nous mette dans notre tort, et par suite ne se moque de nous. Qui l'empêche de répandre dans son régiment que nous avons formé entre nous, jeune noblesse lorraine, une société d'assurances pour ne pas nous laisser enlever les veuves qui ont de bonnes dots ? »

Les trois Roller, Murcé et Goëllo, que le garçon de café trouva à dix pas de là, faisant une poule au billard, furent bientôt rassemblés dans le bel hôtel de M. de Sanréal, enchantés d'avoir à parler de quelque chose ; aussi parlaient-ils tous ensemble. Le conseil se tenait autour d'une superbe table d'acajou massif. Il n'y avait pas de nappe, pour imiter les dandys anglais, mais sur l'acajou circulaient de magnifiques flacons de cristal de la manufacture voisine de Baccarat. Un kirschwasser limpide comme de l'eau de roche, une eau-de-vie d'un jaune ardent comme le madère brillaient dans ces flacons. Il se trouva bientôt que chacun des trois frères Roller voulait se battre avec Leuwen. M. de Goëllo, fat de trente-six ans sec et ridé, qui dans sa vie avait prétendu à tout, et même à la main de Mme de Chasteller, plaidait sa cause avec poids et mesure, et voulait se battre le premier avec Leuwen, car enfin il se trouvait lésé plus qu'aucun.

« Est-ce qu'avant son arrivée je ne prêtais pas à la dame des romans anglais de Baudry ?

— Baudry toi-même, dit M. de Lanfort, qui était survenu. Ce beau monsieur nous a tous offensés, et personne plus que le pauvre d'Antin, mon ami, qui est allé se dépiquer.

— Digérer ses cornes, interrompit Sanréal en riant très fort.

— D'Antin est mon ami de cœur, reprit Lanfort choqué de ce ton grossier. S'il était ici, il se battrait avec vous tous, plutôt que de n'avoir pas affaire le premier à cet aimable vainqueur. Et pour toutes ces raisons, moi aussi je veux me battre. »

Le courage de Sanréal se trouvait depuis vingt minutes dans une situation pénible. Il voyait fort bien que tout le monde voulait se battre, lui seul n'avait point annoncé de prétention. Celle de Lanfort, être doux, aimable, élégant par excellence, le poussa à bout.

« Dans tous les cas, messieurs, dit-il enfin d'une voix contrainte et criarde, je me trouve le second sur la liste : c'est Roller et moi qui avons fait le projet dans la grande promenade, sous les jeunes tilleuls.

— Il a raison, dit M. de Goëllo ; tirons au sort à qui défera le pays de cette peste publique. (Et il se rengorgea, fier de la beauté de la phrase.)

— A la bonne heure, dit Lanfort ; mais, messieurs, qu'on ne se batte qu'une fois. Si M. Leuwen doit avoir affaire à quatre ou cinq d'entre nous, *L'Aurore* s'emparera de cette histoire, je vous en avertis, et vous vous verrez dans les journaux de Paris.

— Et s'il tue un de nos amis ? dit Sanréal. Faudra-t-il donc laisser le mort sans vengeance ? »

La discussion se prolongea jusqu'au dîner, que Sanréal avait fait préparer abondant et excellent. On se donna parole d'honneur en se quittant, à six heures, de ne parler de cette affaire à qui que ce soit ; et, avant huit heures, M. Du Poirier savait tout.

Or, il y avait ordre précis de Prague d'éviter toute querelle entre la noblesse et les régiments du camp de Lunéville ou des villes voisines. Le soir, M. Du Poirier s'approcha de Sanréal avec la grâce d'un bouledogue en colère ; ses petits yeux avaient le brillant de ceux d'un chat irrité.

« Demain, vous me donnez à déjeuner à dix heures. Invitez MM. Roller, de Lanfort, de Goëllo, et tous ceux qui sont du projet. Il faut qu'ils m'entendent. »

Sanréal eût bien voulu se fâcher, mais il craignit un mot piquant de Du Poirier qui serait répété par tout Nancy. Il accepta d'un signe de tête presque aussi gracieux que la mine du docteur.

Le lendemain, tous les convives du déjeuner firent la mine quand ils apprirent à qui ils auraient affaire. Il arriva d'un air affairé.

« Messieurs, dit-il aussitôt et sans saluer personne, la religion et la noblesse ont bien des ennemis ; les journaux entre autres, qui racontent à la France et enveniment tout ce que nous faisons. S'il ne s'agissait ici que de bravoure chevaleresque, je me contenterais d'admirer et je me garderais bien d'ouvrir la bouche, moi, pauvre plébéien, fils d'un petit marchand, et qui ai l'honneur de m'adresser aux représentants de tout ce qu'il y a de plus noble en Lorraine. Mais, messieurs, il me semble que vous êtes un peu en colère. La colère seule, sans doute, vous a empêchés de faire une réflexion qui est de mon domaine à moi. Vous ne voulez pas qu'un petit officier vous enlève Mme de Chasteller ? Eh bien ! quelle force au monde peut empêcher Mme de Chasteller de quitter Nancy et de s'établir à Paris ? Là, environnée de ses amies qui lui donneront de la force, elle adressera à M. de Pontlevé les lettres les plus touchantes du monde. « Je ne puis être heureuse qu'avec M. Leuwen », dira-t-elle, et elle le dira bien parce que, d'après ce que vous avez observé, elle le pense. M. de Pontlevé refuse-t-il, ce qui est douteux, car sa fille parle sérieusement, et il ne voudra pas rompre avec une personne qui a 400 000 francs dans les fonds publics. M. de Pontlevé refuse-t-il ? Mme de Chasteller, fortifiée par les conseils de ses amies de Paris, parmi lesquelles nous comptons des dames de la plus haute distinction, Mme de Chasteller se passe fort bien du consentement d'un père de province.

« Êtes-vous sûrs de tuer M. Leuwen raide ? En ce cas, je n'ai rien à dire ; Mme de Chasteller ne l'épousera pas. Mais croyez-moi, elle n'épousera, pour cela, aucun de vous ; c'est, selon moi, une femme d'un caractère sérieux, tendre, obstiné. Une heure après la mort de M. Leuwen, elle fait mettre ses chevaux, en va prendre d'autres à la poste prochaine, et Dieu sait où elle s'arrêtera ! A Bruxelles, à Vienne peut-être, si son père a des objections invincibles contre Paris. Quoi qu'il en soit, tenez-vous-en à ceci : si Leuwen est mort, vous la perdez pour toujours. S'il est blessé, tout le département saura la cause du duel ; avec sa timidité, elle se croit déshonorée, et le jour où Leuwen est hors de danger elle s'enfuit à Paris, où un mois après il la rejoint. En un mot, la seule timidité de Mme de Chasteller la retient à Nancy ; donnez-lui un prétexte, et elle part.

« En tuant Leuwen, vous satisfaites un bel accès de

colère, je l'avoue, et à vous sept vous le tuerez sans doute, mais les beaux yeux et la dot de Mme de Chasteller s'éloignent de vous à tout jamais. »

Ici l'on murmura, mais l'audace de Du Poirier en fut doublée.

« Si deux ou trois de vous, reprit-il avec énergie et en élevant la voix, se battent successivement contre Leuwen, vous passez pour des assassins, et le régiment tout entier prend parti contre vous.

— C'est justement ce que nous demandons, s'écria Ludwig Roller avec toute la fureur d'une colère longtemps contenue.

— C'est cela, dirent ses frères. Nous verrons les bleus.

— Et c'est justement ce que je vous défends, messieurs, au nom de M. le commissaire du roi en Alsace, Franche-Comté et Lorraine. »

Tout le monde se leva à la fois. On s'insurgea contre l'audace de ce petit bourgeois qui prenait ce ton avec la fleur de la noblesse du pays. C'était précisément dans ces occasions que jouissait la vanité de Du Poirier ; son génie fougueux aimait ces sortes de batailles. Il n'était pas sans sentir vivement les marques de mépris, et avait besoin, dans l'occasion, d'écraser l'orgueil des gentilshommes.

Après des torrents de paroles insensées, dictées par la vanité puérile qu'on appelle orgueil de la naissance, la présente bataille tourna tout à fait à l'avantage du tacticien Du Poirier.

« Voulez-vous désobéir non à moi qui suis un ver de terre, mais à notre roi légitime, Charles X ? leur dit-il quand il vit que chacun à son tour s'était donné le plaisir de parler de ses aïeux, de sa bravoure, et de la place qu'il avait occupée dans l'armée avant les fatales journées de 1830... Le roi ne veut pas se brouiller avec ses régiments. Rien de plus impolitique qu'une querelle entre son corps de noblesse et un régiment. »

Du Poirier répéta cette vérité si souvent et avec tant de termes différents qu'elle finit par pénétrer dans ces têtes peu habituées à comprendre le nouveau. Les amours-propres capitulèrent au moyen d'un bavardage dont Du Poirier calcula la durée à trois quarts d'heure ou une heure.

Pour tâcher de perdre moins de temps, Du Poirier, dont l'âpre vanité commençait à être calmée par l'ennui, prit sur soi d'adresser un mot aimable à tout le monde. Il fit la conquête de M. de Sanréal, qui fournissait des raisons aux Roller, en lui demandant du vin brûlé. Sanréal avait inventé une façon nouvelle de faire ce breuvage adorable et courut à l'office le préparer lui-même.

Quand tout le monde eut accordé la dictature à Du Poirier :

« Voulez-vous réellement, messieurs, éloigner M. Leuwen de Nancy et ne pas perdre Mme de Chasteller ?

— Sans doute, répondit-on avec humeur.

— Eh bien ! j'en sais un moyen assuré... Vous le devinerez probablement en y songeant. »

. Et son œil malin jouissait de leur air attentif.

« Demain à pareille heure, je vous dirai quel est ce moyen ; il n'y a rien de plus simple. Mais il a un défaut, il exige un secret profond pendant un mois. Je demande de ne m'ouvrir qu'à deux commissaires désignés par vous, messieurs. »

En disant ces paroles, il sortit brusquement, et à peine sorti Ludwig Roller le chargea d'injures atroces. Tous suivirent cet exemple, à l'exception de Lanfort, qui dit :

« Il a un fichu physique, il est laid, malpropre, son chapeau a bien dix-huit mois de date, il est familier jusqu'à la grossièreté. La plupart de ses défauts tiennent à sa naissance : son père était marchand de chanvre, comme il nous l'a dit. Mais les plus grands rois se sont servis d'ignobles conseillers. Du Poirier est plus fin que moi, car du diable si je devine son moyen infaillible. Et toi, Ludwig, qui parles tant, le devineras-tu ? »

Tout le monde rit, excepté Ludwig, et Sanréal, enchanté de la tournure que prenaient les affaires, les engagea à déjeuner pour le lendemain. Mais avant de se séparer, quelque piqué que l'on fût contre Du Poirier, on désigna les deux commissaires qui devaient s'aboucher avec lui, et naturellement le choix tomba sur les deux personnes qui auraient le plus crié de n'être pas nommées, MM. de Sanréal et Ludwig Roller.

En quittant ces fougueux gentilshommes, Du Poirier alla d'un pas pressé chercher, au fond d'une rue étroite, un petit prêtre que le sous-préfet croyait son espion dans la bonne compagnie et qui, comme tel, accrochait un assez bon lopin des *fonds secrets*.

« Vous allez dire à M. Fléron, mon cher Olive, que nous avons reçu une dépêche de Prague, sur laquelle nous avons délibéré cinq heures, en séance, chez M. de Sanréal ; mais cette dépêche est d'une telle importance que demain, à dix heures et demie, nous nous réunissons de nouveau au même lieu. »

L'abbé Olive avait de Mgr l'évêque la permission de porter un habit bleu extrêmement râpé et des bas gris de fer. Ce fut dans ce costume qu'il alla trahir M. Du Poirier et annoncer à M. l'abbé Rey, grand vicaire, la commission qu'il venait de recevoir du docteur. Ensuite, il se glissa chez le sous-préfet qui, sur cette grande nouvelle, ne dormit pas de la nuit.

Le lendemain, de grand matin, il fit dire à l'abbé Olive qu'il paierait cinquante écus une copie fidèle de la dépêche de Prague, et il osa écrire directement au ministre de l'Intérieur, au risque de déplaire à son préfet, M. Dumoral, ancien libéral renégat et homme toujours inquiet. M. Fléron écrivit aussi à ce dernier, mais la lettre fut jetée à la boîte une heure trop tard et de façon à laisser vingt-quatre heures d'avance à l'avis important donné au ministre par le simple sous-préfet.

CHAPITRE XXXVI

« Quoi ! se dit Du Poirier en apprenant le choix des commissaires qu'on lui avait donnés, ces animaux-là ne sauront pas même nommer deux commissaires ! Du diable si je leur raconte mon projet ! »

A la réunion du lendemain, Du Poirier, plus grave et plus rogue que de coutume, prit par le bras MM. Ludwig Roller et de Sanréal et les conduisit dans le cabinet du dernier, qu'il ferma à clef. Du Poirier fut avant tout fidèle aux formes, il savait que c'était la seule chose que Sanréal [comprendrait] dans cette affaire.

Une fois placés dans trois fauteuils, Du Poirier dit après un petit silence :

« Messieurs, nous sommes ici réunis pour le service de Sa Majesté Charles X, notre roi légitime. Vous me jurez un secret absolu, même sur le peu qu'il m'est permis de vous révéler aujourd'hui ?

— Parole d'honneur ! dit Sanréal, ahuri de respect et de curiosité.

— Eh ! f... ! dit Roller, impatienté.

— Messieurs, vos domestiques sont payés par les répu-

282

blicains ; cette secte se glisse partout, et sans un secret absolu, même envers nos meilleurs amis, le bon parti ne pourrait parvenir à rien et vous, messieurs, ainsi que moi, pauvre plébéien, nous nous verrions villipendés dans *L'Aurore*. »

En faveur du lecteur, j'abrège infiniment le discours que Du Poirier se vit dans la nécessité de débiter à cet homme riche et à cet homme brave. Comme il ne voulait leur rien dire, il allongea encore plus qu'il n'était nécessaire.

« Le secret que j'espérais pouvoir vous soumettre, dit-il enfin, n'est plus à moi. Pour le moment, je ne suis chargé que de demander à votre bravoure, dit-il en s'adressant surtout à Sanréal, une trêve qui lui coûtera beaucoup.

— Certes ! dit Sanréal.

— Mais, messieurs, quand on est membre d'un grand parti, il faut savoir faire des sacrifices à la volonté générale, eût-elle tort. Autrement, on *n'est rien*, on ne parvient à rien. On ne mérite que le nom d'enfant perdu. Il faut, messieurs, que personne d'entre vous ne provoque M. Leuwen avant quinze grands jours.

— Il faut... Il faut..., répéta Ludwig Roller avec amertume.

— Vers cette époque, M. Leuwen quittera Nancy, ou du moins il n'ira plus chez Mme de Chasteller. C'est, ce me semble, ce que vous désirez, et ce que je vous ai montré que vous n'obtiendriez pas par un duel. »

Il fallut répéter cela en termes différents pendant une heure. Les deux commissaires prétendaient que leur droit, comme leur devoir, étaient de savoir un secret.

« Quel rôle jouerons-nous, disait Sanréal, si ces messieurs qui nous attendent dans mon salon apprennent que nous sommes restés ici une heure entière pour ne rien apprendre ?

— Eh bien ! laissez croire que vous savez, dit froidement Du Poirier ; je vous seconderai. »

Il fallut encore une bonne heure pour faire accepter ce *mezzo termine* à la vanité de ces messieurs.

Le docteur Du Poirier se tira bien de cette épreuve de patience, au milieu de laquelle son orgueil jouissait. Il aimait surtout à parler et à avoir à convaincre des personnages ennemis. C'était un homme d'un extérieur repoussant mais d'un esprit ferme, vif, entreprenant. Depuis qu'il se mêlait d'intrigues politiques, l'art de guérir, où il avait obtenu l'une des premières places, l'ennuyait. Le service de Charles X, ou ce qu'il appelait *la politique*, donnait un aliment à son envie de faire, de travailler, d'être compté. Ses flatteurs lui disaient : « Si des bataillons prussiens ou russes nous ramènent Charles X, vous serez député, ministre, etc. Vous serez le Villèle de cette nouvelle position. »

« Alors comme alors », répondait Du Poirier.

En attendant, il avait tous les plaisirs de l'ambition conquérante. Voici comment : MM. de Puylaurens et de Pontlevé avaient reçu des pouvoirs de qui de droit pour diriger les efforts des royalistes dans la province dont Nancy était le chef-lieu ; Du Poirier ne devait être que l'humble secrétaire de cette commission ou plutôt de ce pouvoir occulte, lequel n'avait qu'une chose de raisonnable : il ne se divisait pas. Il était confié à M. de Puylaurens, en son absence à M. de Pontlevé, en l'absence de ce dernier à M. Du Poirier, et cependant depuis un an Du Poirier faisait tout. Il rendait des comptes fort légers aux deux titulaires de l'emploi et ceux-ci ne se fâchaient pas trop. C'est qu'il avait l'art de leur faire entrevoir la guillotine, ou tout au moins le château de Ham, au bout de leurs menées, et ces messieurs, qui n'avaient ni zèle, ni fanatisme, ni dévouement, étaient bien aises, au fond, de laisser se compromettre ce bourgeois hardi et grossier, sauf à se brouiller avec lui et à tâcher de le jeter au bas de l'échelle, s'il y avait succès quelconque ou troisième restauration.

Du Poirier n'avait nulle haine contre Leuwen ; mais dans son ardeur de faire, puisqu'il s'était chargé de le faire déguerpir, il voulait, et voulait fermement, en venir à bout.

Le premier jour, lorsqu'il demanda deux commissaires à la réunion Sanréal, le second lorsqu'il se débarrassa de la curiosité inquiète de ces deux commissaires, il n'avait encore aucun plan bien arrêté. Celui qu'il suivit ne se présenta à lui que par parties successives, et à mesure qu'il se persuada que laisser avoir lieu ce duel qu'il avait défendu au nom du roi serait une défaite marquée, un *fiasco* pour sa réputation et son influence en Lorraine dans la moitié jeune du parti.

Il commença par confier, sous le sceau du secret, à Mmes de Serpierre, de Marcilly et de Puylaurens que Mme de Chasteller était plus malade qu'on ne le pensait, et que sa maladie serait longue tout au moins. Il engagea

Mme de Chasteller à souffrir un vésicatoire à la jambe et l'empêcha ainsi de marcher pendant un mois. Peu de jours après, il arriva chez elle d'un air sérieux qui devint sombre en lui tâtant le pouls, et il l'engagea à toutes les cérémonies religieuses qui, en province, sont comprises dans ce seul mot : se faire administrer. Tout Nancy retentit de ce grand événement, et l'on peut juger de l'impression qu'il fit sur Leuwen : Mme de Chasteller était donc en danger de mort ?

« Mourir n'est donc que cela ? se disait Mme de Chasteller, qui était loin de se douter qu'elle n'avait qu'une fièvre ordinaire. La mort ne serait rien absolument si j'avais M. Leuwen là, auprès de moi. Il me donnerait du courage si je venais à en manquer. Au fait, sans lui la vie aurait eu peu de charmes pour moi. On me fait bouder au fond de cette province, où avant lui ma vie était si triste... Mais il n'est pas noble, mais il est soldat du juste-milieu ou, ce qui est encore pis, de la république... »

Mme de Chasteller parvint à désirer la mort.

Elle était sur le point de haïr Mme d'Hocquincourt, et quand elle surprenait ce commencement de haine dans son cœur, elle se méprisait. Comme depuis quinze grands jours elle ne voyait plus Leuwen, le sentiment qu'elle avait pour lui ne lui donnait que du malheur.

Leuwen, dans son désespoir, était allé mettre à la poste à Darney trois lettres, heureusement fort prudentes, lesquelles avaient été interceptées par Mlle Bérard, maintenant parfaitement d'accord avec le docteur Du Poirier.

Leuwen ne quittait plus le docteur. Ce fut une fausse démarche. Leuwen était loin d'être assez savant en hypocrisie pour pouvoir se permettre la société intime d'un intrigant sans moralité. Sans s'en douter, il l'offensa mortellement. Le docteur, piqué de la naïveté du mépris de Leuwen pour les fripons, les renégats, les hypocrites, parvint à le haïr. Étonné de la chaleur de son bon sens lorsqu'il était question entre eux du peu d'apparence du retour des Bourbons :

« Mais à ce compte, moi, lui dit un jour le docteur poussé à bout, je ne suis donc qu'un imbécile ? »

Il continua tout bas :

« Nous allons voir, jeune insensé, ce qu'il va advenir de ton plus cher intérêt. Raisonne sur l'avenir, répète des idées que tu trouves toutes faites dans ton Carrel, moi je suis maître de ton présent et vais te le faire sentir. Moi, vieux, ridé, mal mis, homme de mauvaises manières à tes yeux, je vais t'infliger la douleur la plus cruelle, à toi beau, jeune, riche, doué par la nature de manières si nobles, et en tout si différent de moi, Du Poirier. J'ai usé les trente premières années de ma vie mourant de froid dans un cinquième étage, en tête-à-tête avec un squelette ; toi, tu t'es donné la peine de naître, et tu prétends en secret que quand ton *gouvernement raisonnable* sera établi on ne punira que par le mépris les hommes forts tels que moi ! Cela serait bête à ton parti ; en attendant, c'est bête à toi de ne pas deviner que je vais te faire du mal, et beaucoup. Souffre, jeune bambin ! »

Et le docteur se mit à parler à Leuwen de la maladie de Mme de Chasteller dans les termes les plus inquiétants. S'il voyait le sourire effleurer les lèvres de Leuwen, il lui disait :

« Tenez, c'est dans cette église qu'est le caveau de famille des Pontlevé. Je crains bien, ajoutait-il avec un soupir, que bientôt il ne soit rouvert. »

Il attendait depuis plusieurs jours que Leuwen, fou comme le sont les amants, entreprît de voir en secret Mme de Chasteller.

Depuis la conférence avec les jeunes gens du parti chez M. de Sanréal, Du Poirier, qui méprisait assez la méchanceté plate et sans but de Mlle Bérard, s'était rapproché d'elle. Il chercha à lui faire jouer un rôle dans la famille : c'était à elle de préférence, et non pas à M. de Pontlevé, à M. de Blancet ou aux autres parents, qu'il s'ouvrait sur le prétendu danger de Mme de Chasteller.

Il y avait une grande difficulté au projet qui peu à peu se débrouillait dans la tête de M. Du Poirier : c'était la présence continuelle de Mlle Beaulieu, femme de chambre de Mme de Chasteller, et qui adorait sa maîtresse.

Le docteur la gagna en lui témoignant toute confiance, et fit consentir Mlle Bérard à ce que souvent, en sa présence, il s'entretînt de préférence avec Mlle Beaulieu sur les soins nécessaires à la malade jusqu'à la prochaine visite de lui, docteur.

Cette bonne femme de chambre comme la très peu bonne Mlle Bérard croyaient également Mme de Chasteller fort dangereusement malade.

Le docteur confia à la femme de chambre qu'il supposait qu'un chagrin de cœur augmentait la maladie de sa maîtresse. Il insinua qu'il trouverait *naturel* que M. Leuwen cherchât à voir encore une fois Mme de Chasteller.

« Hélas ! monsieur le docteur, il y a quinze jours que M. Leuwen me tourmente pour le laisser venir ici pour cinq minutes. Mais que dirait le monde ? J'ai refusé absolument. »

Le docteur répondit par une quantité de phrases arrangées de façon à ce que l'intelligence de la femme de chambre fût hors d'état de jamais les répéter, mais dans le fait ces phrases engageaient indirectement cette bonne fille à permettre l'entrevue demandée.

Enfin, il arriva qu'un soir M. de Pontlevé, d'après l'ordre du docteur, alla faire sa partie de whist chez Mme de Marcilly, partie interrompue par deux ou trois accès de larmes. Justement, M. le vicomte de Blancet n'avait pu résister à une partie de chasse pour le passage des bécasses. Leuwen vit à la fenêtre de Mlle Beaulieu le signal dont l'espérance donnait encore à la vie quelque intérêt pour lui. Leuwen vola chez lui, revint habillé en bourgeois, et enfin, annoncé avec des précautions infinies par la bonne femme de chambre, qui ne quitta pas le voisinage du lit, il put passer dix minutes avec Mme de Chasteller.

[Détails d'amour... Mme d'Hocquincourt nommée à la fin par Mme de Chasteller :]

« Je ne m'y suis pas présenté depuis que vous êtes malade. »

CHAPITRE XXXVII

Le lendemain, le docteur trouva Mme de Chasteller sans fièvre et tellement bien, qu'il eut peur d'avoir perdu tous les soins qu'il se donnait depuis trois semaines. Il affecta l'air très inquiet devant la bonne Mlle Beaulieu. Il partit comme un homme pressé, et revint une heure après, à une heure insolite.

« Beaulieu, lui dit-il, votre maîtresse tombe dans le marasme.

— Oh ! mon Dieu, monsieur ! »

Ici, le docteur expliqua longuement ce que c'est que le marasme.

« Votre maîtresse a besoin de lait de femme. Si quelque chose peut lui sauver la vie, c'est l'usage du lait d'une jeune et fraîche paysanne. Je viens de faire courir dans tout Nancy, je ne trouve que des femmes d'ouvriers, dont le lait ferait plus de mal que de bien à Mme de Chasteller. Il faut une jeune paysanne... »

Le docteur remarqua que Beaulieu regardait attentivement la pendule.

« Mon village, Chefmont, n'est qu'à cinq lieues d'ici. J'arriverai de nuit, mais n'importe...

— Bien, très bien, brave et excellente Beaulieu. Mais si vous trouvez une jeune nourrice, ne lui faites pas faire les cinq lieues tout d'une traite. N'arrivez qu'après-demain matin ; le lait échauffé serait un poison pour votre pauvre maîtresse.

— Croyez-vous, monsieur le docteur, que voir encore une fois M. Leuwen puisse faire du mal à madame ? Elle vient en quelque sorte de m'ordonner de le faire entrer ce soir s'il se présente. Elle lui est si attachée !... »

Le docteur croyait à peine au bonheur qui lui arrivait.

« Rien de plus *naturel*, Beaulieu. (Il insistait toujours sur le mot *naturel*.) Qui est-ce qui vous remplacera ?

— Anne-Marie, cette brave fille si dévote.

— Eh bien ! donnez vos instructions à Anne-Marie. Où M. Leuwen se place-t-il en attendant le moment où vous pouvez l'annoncer ?

— Dans la soupente où couchait Joseph autrefois, dans l'antichambre de madame.

— Dans l'état où est votre maîtresse, elle n'a pas besoin de trop d'émotions à la fois. Si vous m'en croyez, vous ferez défendre la porte pour tout le monde absolument, même pour M. de Blancet. »

Ce détail et beaucoup d'autres furent convenus entre le docteur et Mlle Beaulieu. Cette bonne fille quitta Nancy à cinq heures, laissant ses fonctions à Anne-Marie.

Or, depuis longtemps, Anne-Marie, que Mme de Chasteller ne gardait que par bonté et qu'elle avait été sur le point de renvoyer une ou deux fois, était entièrement dévouée à Mlle Bérard, et son espion contre Beaulieu.

Voici ce qui arriva : à huit heures et demie, dans un moment où Mlle Bérard parlait à la vieille portière, Anne-Marie fit passer dans la cour Leuwen qui, deux minutes après, fut placé dans un retranchement en bois peint qui occupait la moitié de l'antichambre de Mme de Chasteller. De là, Leuwen voyait fort bien ce qui se passait dans la pièce voisine et entendait presque tout ce qui se disait dans l'appartement entier.

Tout à coup, il entendit les vagissements d'un enfant à peine né. Il vit arriver dans l'antichambre le docteur essoufflé portant l'enfant dans un linge qui lui parut taché de sang.

« Votre pauvre maîtresse, dit-il en toute hâte à Anne-Marie, est enfin sauvée. L'accouchement a eu lieu sans accident. M. le marquis est-il hors de la maison ?

— Oui, monsieur.

— Cette maudite Beaulieu n'y est pas ?

— Elle est en route pour son village.

— Sous un prétexte je l'ai envoyée chercher une nourrice, puisque celle que j'ai retenue au faubourg ne veut pas d'un enfant clandestin.

— Et M. de Blancet ?

— Ce qu'il y a de bien singulier, c'est que votre maîtresse ne veut pas le voir.

— Je le crois pardieu bien, dit Anne-Marie, après un tel cadeau !

— Après tout, peut-être l'enfant n'est pas de lui.

— Ma foi ! ces grandes dames, ça ne va pas souvent à l'église, mais en revanche cela a plus d'un amoureux.

— Je crois entendre gémir Mme de Chasteller, je rentre, dit le docteur. Je vais vous envoyer Mlle Bérard. »

Mlle Bérard arriva. Elle exécrait Leuwen, et dans une conversation d'un quart d'heure eut l'art, en disant les mêmes choses que le docteur, d'être bien plus méchante. Mlle Bérard était d'avis que ce gros poupon, comme elle l'appelait, appartenait à M. de Blancet ou au lieutenant-colonel de hussards.

« Ou à M. de Goëllo, dit naturellement Anne-Marie.

— Non, pas à M. de Goëllo, dit Mlle Bérard, madame ne peut plus le souffrir. C'était de lui la fausse couche qui faillit, dans les temps, la brouiller avec ce pauvre M. de Chasteller. »

On peut juger de l'état où se trouvait Leuwen. Il fut sur le point de sortir de sa cachette et de s'enfuir, même en présence de Mlle Bérard.

« Non, se dit-il ; elle s'est moquée de moi comme d'un vrai blanc-bec que je suis. Mais il serait indigne de la compromettre. »

A ce moment, le docteur, craignant de la part de Mlle Bérard quelque raffinement de méchanceté trop peu vraisemblable, vint à la porte de l'antichambre.

« Mlle Bérard ! Mlle Bérard ! dit-il d'un air alarmé, il y a une hémorragie. Vite, vite, le seau de glace que j'ai apporté sous mon manteau. »

Dès qu'Anne-Marie fut seule, Leuwen sortit en remettant sa bourse à Anne-Marie, en quoi faisant il vit, bien malgré lui, l'enfant qu'elle portait avec ostentation et qui, au lieu de quelques minutes de vie, avait bien un mois ou deux. C'est ce que Leuwen ne remarqua pas. Il dit avec beaucoup de tranquillité apparente à Anne-Marie :

« Je me sens un peu indisposé. Je ne verrai Mme de Chasteller que demain. Voulez-vous venir parler à la portière pendant que je sortirai ? »

Anne-Marie le regardait avec des yeux extrêmement ouverts :

« Est-ce qu'il est d'accord, lui aussi ? » pensait-elle.

Heureusement pour le succès des projets du docteur, comme le geste de Leuwen la pressait fort, elle n'eut pas le temps de commettre une indiscrétion ; elle ne dit rien, alla déposer l'enfant sur un lit dans la chambre voisine, descendit chez la portière.

« Cette bourse si pesante, se disait-elle, est-elle remplie d'argent ou de jaunets ? »

Elle conduisit la portière au fond de sa loge, et Leuwen put sortir inaperçu.

Il courut chez lui et s'enferma à clef dans sa chambre. Ce ne fut qu'à ce moment qu'il se permit de considérer en plein tout son malheur. Il était trop amoureux pour être furieux, dans ce premier moment, contre Mme de Chasteller.

« M'a-t-elle jamais dit qu'elle n'eût aimé personne avant moi ? D'ailleurs, vivant avec moi comme avec un frère par ma sottise et ma très grande sottise, me devait-elle une telle confidence ?... Mais, ma chère Bathilde, je ne puis donc plus t'aimer ? » s'écria-t-il tout à coup en fondant en larmes.

« Il serait digne d'un homme, pensa-t-il au bout d'une heure, d'aller chez Mme d'Hocquincourt que j'abandonne sottement depuis un mois, et de chercher à prendre une revanche. »

Il s'habilla en se faisant une violence mortelle et, comme il allait sortir, il tomba évanoui dans le salon.

Il revint à lui quelques heures après ; un domestique le heurta du pied, en allant voir à trois heures du matin s'il était rentré.

« Ah ! le voilà encore ivre mort ! Quelle saleté pour un maître ! » dit cet homme.

Leuwen entendit fort bien ces paroles ; il se crut d'abord dans l'état que disait ce domestique ; mais tout à coup l'affreuse vérité lui apparut, et il fut bien plus malheureux que dans la soirée.

Le reste de la nuit se passa dans une sorte de délire. Il eut un instant l'ignoble idée d'aller faire des reproches à Mme de Chasteller ; il eut horreur de cette tentation. Il écrivit au lieutenant-colonel Filloteau qui, par bonheur, commandait le régiment, qu'il était malade, et sortit de Nancy fort matin, espérant n'être pas vu.

Ce fut dans cette promenade solitaire qu'il sentit en plein toute l'étendue de son malheur.

« Je ne puis plus aimer Bathilde ! » se disait-il tout haut de temps en temps.

A neuf heures du matin, comme il se trouvait à six lieues de Nancy, l'idée d'y rentrer lui parut horrible.

« Il faut que j'aille à Paris à franc étrier, voir ma mère. »

Ses devoirs comme militaire avaient disparu à ses yeux, il se sentait comme un homme qui approche des derniers moments. Toutes les choses du monde avaient perdu leur importance à ses yeux, deux objets surnageaient seuls : sa mère et Mme de Chasteller.

Pour cette âme épuisée par la douleur, l'idée folle de ce voyage fut comme une consolation, la seule qu'il entrevît. C'était une distraction.

Il renvoya son cheval à Nancy et écrivit au colonel Filloteau pour le prier de ne pas faire parler de son absence.

« Je suis mandé secrètement par le ministre de la Guerre. »

Ce mensonge se trouva sous sa plume parce qu'il eut la crainte folle d'être poursuivi.

Il demanda un cheval à une poste. Comme, sur son air égaré, on lui faisait quelques objections, il se dit envoyé par le colonel Filloteau, du 27e de lanciers, à une compagnie du régiment qui était détachée à Reims pour faire la guerre aux ouvriers.

Les difficultés qu'il eut pour obtenir le premier cheval ne se renouvelèrent plus, et trente-deux heures après il était à Paris.

Près d'entrer chez sa mère, il pensa qu'il lui ferait peur ; il alla descendre à un hôtel garni voisin, et ne revint chez lui que quelques heures plus tard.

<« Maman, je suis fou. Je n'ai pas manqué à l'honneur, mais à cela près je suis le plus malheureux des hommes.

— Je vous pardonne tout, lui dit-elle en lui sautant au cou. Ne crains aucun reproche, mon Lucien. Est-ce une affaire d'argent ? J'en ai.

— C'est bien autre chose. J'aimais, et j'ai été trompé. »>

SECONDE PARTIE

Lecteur bénévole,

En arrivant à Paris, il me faut faire de grands efforts pour ne pas tomber dans quelque personnalité. Ce n'est pas que je n'aime beaucoup la satire, mais en fixant l'œil du lecteur sur la figure grotesque de quelque ministre, le cœur de ce lecteur fait banqueroute à l'intérêt que je veux lui inspirer pour les autres personnages. Cette chose si amusante, la satire personnelle, ne convient donc point, par malheur, à la narration d'une histoire. Le lecteur est tout occupé à comparer mon portrait à l'original grotesque, ou même odieux, de lui bien connu. Il le voit sale ou noir, comme le peindra l'histoire.

Les personnalités sont charmantes quand elles sont vraies et point exagérées, et c'est une tentation que ce que nous voyons depuis vingt ans est bien fait pour nou: ôter.

« Quelle duperie, dit Montesquieu, que de calomnier l'Inquisition ! » Il eût dit de nos jours : « Comment ajouter à l'amour de l'argent, à la crainte de perdre sa place, et au désir de tout faire pour deviner la fantaisie du maître, qui font l'âme de tous les discours hypocrites de tout ce qui mange plus de cinquante mille francs au budget ? »

Je professe qu'au-dessus de cinquante mille francs la vie privée doit cesser *d'être murée*.

Mais la satire de ces heureux du budget n'entre point dans mon plan. Le vinaigre est en soi une chose excellente, mais mélangé avec une crème il gâte tout. J'ai donc fait tout ce que j'ai pu pour que vous ne puissiez reconnaître, ô lecteur bénévole, un ministre de ces derniers temps qui voulut jouer de mauvais tours à Leuwen. Quel plaisir auriez-vous à voir en détail que ce ministre était voleur, mourant de peur de perdre sa place, et ne se permettant pas un mot qui ne fût une fausseté ? Ces gens-là ne sont bons que pour leur héritier. Comme rien d'un peu spontané n'est jamais entré dans leur âme, la vue intérieure de cette âme vous donnerait du dégoût, ô lecteur bénévole, et bien plus encore si j'avais le malheur de vous faire deviner les traits doucereux ou ignobles qui recouvraient cette âme plate.

C'est bien assez de voir ces gens-là quand on va les solliciter le matin.

Non ragioniam di loro, ma guarda e passa.

CHAPITRE XXXVIII

« Je ne veux point abuser de mon titre de père pour vous contrarier ; soyez libre, mon fils.

<— Mon cher Lucien, j'ai chargé votre mère de vous gronder, s'il y a lieu. J'ai rempli les devoirs d'un bon père, je vous ai mis à même de recevoir deux coups d'épée. Vous connaissez la vie de régiment, vous connaissez la province ; préférez-vous la vie de Paris ? Donnez vos ordres, mon prince. Il n'y a qu'une chose à laquelle on ne consentira pas : c'est le mariage.

— Il n'en est pas question, mon père. »>

<M. Leuwen père. Une autre fois :

« On voit trop d'âme à travers vos paroles. Vous ne manquez pas d'esprit, mais vous parlez trop de ce que vous sentez, trop. Cela attire les fourbes de toute espèce. Tâchez donc d'amuser en parlant aux autres de ce qui ne vous intéresse nullement. »>

Ainsi, établi dans un fauteuil admirable, devant un bon feu, parlait d'un air riant M. Leuwen père, riche banquier déjà sur l'âge, à Lucien Leuwen, son fils et notre héros.

Le cabinet où avait lieu la conférence entre le père et le fils venait d'être arrangé avec le plus grand luxe sur les dessins de M. Leuwen lui-même. Il avait placé dans ce nouvel ameublement les trois ou quatre bonnes gravures qui avaient paru dans l'année en France et en Italie, et un admirable tableau de l'école romaine dont il venait de faire l'acquisition. La cheminée de marbre blanc contre laquelle s'appuyait Leuwen avait été sculptée à Rome, dans l'atelier de Tenerani, et la glace de huit pieds de haut sur six de large, placée au-dessus, avait figuré dans l'exposition de 1834 comme absolument sans défaut. Il y avait loin de là au misérable salon dans lequel, à Nancy, Lucien promenait ses inquiétudes. En dépit de sa douleur profonde, la partie parisienne et vaniteuse de son âme était sensible à cette différence. Il n'était plus dans des pays barbares, il se trouvait de nouveau au sein de sa patrie.

« Mon ami, dit M. Leuwen père, le thermomètre monte trop vite, faites-moi le plaisir de pousser le bouton de ce ventilateur numéro 2... là... derrière la cheminée... Fort bien. Donc, je ne prétends nullement abuser de mon titre pour *abréger* votre liberté. Faites absolument ce qui vous conviendra. »

Lucien, debout contre la cheminée, avait l'air sombre, agité, tragique, l'air en un mot que nous devrions trouver à un jeune premier de tragédie malheureux par l'amour. Il cherchait avec un effort pénible et visible à quitter l'air farouche du malheur pour prendre l'apparence du respect et de l'amour filial le plus sincère, sentiments très vivants dans son cœur. Mais l'horreur de sa situation depuis la dernière soirée passée à Nancy avait remplacé sa physionomie de bonne compagnie par celle d'un jeune brigand qui paraît devant ses juges.

« Votre mère prétend, continua M. Leuwen père, que vous ne voulez pas retourner à Nancy ? Ne retournez pas en province ; à Dieu ne plaise que je m'érige en tyran. Pourquoi ne feriez-vous pas des folies, et même des sottises ? Il y en a une, pourtant, mais une seule, à laquelle je ne consentirai pas, parce qu'elle a des suites : c'est le mariage. Mais vous avez la ressource des *sommations respectueuses*... et pour cela je ne me brouillerai pas avec vous. Nous plaiderons, mon ami, en dînant ensemble.

— Mais, mon père, répondit Lucien revenant de bien loin, il n'est nullement question de mariage.

— Eh bien ! si vous ne songez pas au mariage, moi j'y songerai. Réfléchissez à ceci : je puis vous marier à une fille riche et pas plus sotte qu'une pauvre, et il est fort possible qu'après moi vous ne soyez pas riche. Ce peuple-ci est si fou, qu'avec une épaulette, une fortune bornée est très supportable pour l'amour-propre. Sous l'uniforme, la pauvreté n'est que la pauvreté, ce n'est pas grand-chose, il n'y a pas le mépris. Mais tu croiras ces choses-là, dit M. Leuwen en changeant de ton, quand tu les auras vues toi-même... Je dois te sembler un radoteur... Donc, brave sous-lieutenant, vous ne voulez plus de l'état militaire ?

— Puisque vous êtes si bon que de raisonner avec moi au lieu de commander, non, je ne veux plus de l'état militaire en temps de paix, c'est-à-dire : passer ma soirée à jouer au billard et à m'enivrer au café, et encore avec défense de prendre sur la table de marbre mal essuyée d'autre journal que le *Journal de Paris*. Dès que nous sommes trois officiers à [nous] promener ensemble, un au moins peut passer pour espion dans l'esprit des deux autres. Le colonel, autrefois intrépide soldat, s'est transformé, sous la baguette du juste-milieu, en sale commissaire de police. »

M. Leuwen père sourit comme malgré lui. Lucien le comprit, et ajouta avec empressement :

« Je ne prétends point tromper un homme aussi clair-voyant ; je ne l'ai jamais prétendu ; croyez-le bien, mon père ! Mais enfin il fallait bien commencer mon conte par un bout. Ce n'est donc point pour des motifs raisonnables que, si vous le permettez, je quitterai l'état militaire. Mais cependant c'est une démarche raisonnable. Je sais donner un coup de lance, et commander à cinquante hommes qui donnent des coups de lance, je sais vivre convenablement avec trente-cinq camarades, dont cinq ou six font des rapports de police. Je sais donc le *métier*. Si la guerre survient, mais une vraie guerre, dans laquelle le général en chef ne trahisse pas son armée, et que je pense comme aujourd'hui, je vous demanderai la permission de faire une campagne ou deux. La guerre, suivant moi, ne peut pas durer davantage, si le général en chef ressemble un peu à Washington. Si ce n'est qu'un pillard habile et brave, comme Soult, je me retirerai une seconde fois.

— Ah ! c'est là votre politique ! reprit son père avec ironie. Diable ! c'est de la haute vertu ! Mais la politique, c'est bien long ! Que voulez-vous pour vous personnellement ?

— Vivre à Paris, ou faire de grands voyages : l'Amérique, la Chine.

— Vu mon âge et celui de votre mère, tenons-nous-en à Paris. Si j'étais l'enchanteur Merlin et que vous n'eussiez qu'un mot à dire pour arranger le matériel de votre destinée, que demanderiez-vous ? Voudriez-vous être commis dans mon comptoir, ou employé dans le bureau particulier d'un ministre qui va se trouver en possession d'une grande influence sur les destinées de la France, M. de Vaize, en un mot ? Il peut être ministre de l'Intérieur demain.

— M. de Vaize ? Ce pair de France qui a tant de génie pour l'administration ? Ce grand travailleur ?

— Précisément, répondit M. Leuwen en riant et admirant la haute vertu des intentions et la bêtise des perceptions.

— Je n'aime pas assez l'argent pour entrer au comptoir, répondit Lucien. Je ne pense pas assez au *métal*, je n'ai jamais senti vivement et longtemps son absence. Cette absence terrible ne sera pas toujours là, en moi, pour répondre victorieusement à tous les dégoûts. Je craindrais de manquer de persévérance une seconde fois si je nommais le comptoir.

— Mais si après moi vous êtes pauvre ?

— Du moins à la dépense que j'ai faite à Nancy, maintenant je suis riche ; et pourquoi cela ne durerait-il pas bien longtemps encore ?

— Parce que 65 n'est pas égal à 24.

— Mais, cette différence... »

La voix de Lucien se voilait.

« Pas de phrases, monsieur ! Je vous rappelle à l'ordre. La politique et le sentiment nous écartent également de l'objet à l'ordre du jour :

Sera-t-il dieu, table ou cuvette ?

C'est de vous qu'il s'agit, et c'est à quoi nous cherchons une réponse. Le comptoir vous ennuie et vous aimez mieux le bureau particulier du comte de Vaize ?

— Oui, mon père.

— Maintenant paraît une grande difficulté : serez-vous assez coquin po·r cet emploi ? »

Lucien tressaillit ; son père le regarda avec le même air gai et sérieux tout à la fois. Après un silence, M. Leuwen père reprit :

« Oui, monsieur le sous-lieutenant, serez-vous assez coquin ? Vous serez à même de voir une foule de petites manœuvres ; voulez-vous, vous subalterne, aider le ministre dans ces choses ou le contrecarrer ? Voudrez-vous *faire aigre*, comme un jeune républicain qui prétend repétrir les Français pour en faire des anges ? *That is the question*, et c'est là-dessus que vous me répondrez ce soir, après l'Opéra, car ceci est un secret : pourquoi n'y aurait-il pas crise ministérielle en ce moment ? La Finance et la Guerre ne se sont-elles pas dit les gros mots pour la vingtième fois ? Je suis fourré là-dedans, je puis ce soir, je puis demain, et peut-être je ne pourrai plus après-demain vous nicher d'une façon brillante.

« Je ne vous dissimule pas que les mères jetteront les yeux sur vous pour vous faire épouser leurs filles ; en un mot, la position *la plus honorable*, comme disent les sots, mais serez-vous assez coquin pour la remplir ? Réfléchissez donc à ceci : jusqu'à quel point vous sentez-vous la force d'être un coquin, c'est-à-dire d'aider à faire une petite coquinerie, car depuis quatre ans il n'est plus question de verser du sang...

— Tout au plus de voler l'argent, interrompit Lucien.

— *Du pauvre peuple !* interrompit à son tour M. Leuwen père d'un air piteux : ou de l'employer un peu différemment qu'il ne l'emploierait lui-même, ajouta-t-il du même ton. Mais il est un peu bête, et ses députés un peu sots et pas mal intéressés...

— Et que désirez-vous que je sois ? demanda Lucien, d'un air simple.

— Un coquin, reprit le père, je veux dire un homme politique, un Martignac, je n'irai pas jusqu'à dire un Talleyrand. A votre âge et dans vos journaux on appelle cela être un coquin. Dans dix ans, vous saurez que Colbert, que Sully, que le cardinal [de] Richelieu, en un mot que tout ce qui a été homme politique, c'est-à-dire *dirigeant les hommes*, s'est élevé au moins à ce premier degré de coquinerie que je désire vous voir. N'allez pas faire comme N... qui, nommé secrétaire général de la police, au bout de quinze jours donna sa démission parce que cela était trop sale. Il est vrai que dans ce temps on faisait fusiller *Frotté* par des gendarmes chargés de le conduire de sa maison en prison, et qu'avant que de partir les gendarmes savaient qu'il [tenterait de fuir, et les obligerait à le tuer].

— Diable ! dit Lucien.

— Oui. Le Préfet C..., ce brave homme préfet à Troyes et mon ami, dont vous vous souvenez peut-être, un homme de cinq pieds six pouces à cheveux gris, à Plancy.

— Oui, je m'en souviens très bien. Ma mère lui donnait la belle chambre à damas rouge, à l'angle du château.

— C'est cela. Eh bien ! il perdit sa préfecture dans le Nord, à Caen ou environs, enfin, parce qu'il ne voulut pas être assez coquin, et je l'approuvai fort : un autre fit l'affaire Frotté. Ah ! diable, *mon jeune ami*, comme disent les pères nobles, vous êtes étonné ?

— *On le serait à moins*, répond souvent le jeune premier, dit Lucien. Je croyais que les jésuites seuls et la Restauration...

— Ne croyez rien, mon ami, que ce que vous aurez vu, et vous en serez plus sage. Maintenant, à cause de cette maudite liberté de la presse, dit M. Leuwen en riant, il n'y a plus moyen de traiter les gens à la Frotté. Les ombres les plus noires du tableau actuel ne sont plus fournies que par des pertes d'argent ou de place...

— Ou par quelques mois de prison préventive !

— Très bien. A ce soir réponse décisive, claire, nette, sans phrases sentimentales surtout. Demain peut-être je ne pourrai plus *rien pour mon fils*. »

Ces mots furent dits d'une façon à la fois noble et sentimentale, comme eût fait Monvel, le grand acteur.

« A propos, dit M. Leuwen père en revenant, vous savez sans doute que *sans votre père* vous seriez à l'*Abbaye*. J'ai écrit au général D... ; j'ai dit que je vous avais envoyé un courrier parce que votre mère était fort malade. Je vais passer à la Guerre pour que votre congé antidaté arrive au colonel. Écrivez-lui, de votre côté, et tâchez de le séduire.

— Je voulais vous parler de l'Abbaye. Je pensais à deux jours de prison et à remédier à tout par ma démission...

— Pas de démission, mon ami ; il n'y a que les sots qui donnent leur démission. Je prétends bien que vous serez toute votre vie un jeune militaire de la plus haute distinction attiré par la politique, une véritable *perte pour l'armée*, comme disent les *Débats*. »

CHAPITRE XXXIX

La distraction violente causée par la réponse catégorique, décisive, demandée par son père fut une première consolation pour Lucien. Pendant le voyage de Nancy à Paris, il n'avait pas réfléchi : il fuyait la douleur, le mouvement physique lui tenait lieu de mouvement moral. Depuis son arrivée, il était dégoûté de soi-même et de la vie. Parler avec quelqu'un était un supplice pour lui, à peine pouvait-il prendre assez sur soi pour parler une heure de suite avec sa mère.

Dès qu'il était seul, ou il était plongé dans une sombre rêverie, dans un océan sans limites de sentiments déchirants ; ou, raisonnant un peu, il se disait :

« Je suis un grand sot, je suis un grand fou ! J'ai estimé ce qui n'est pas estimable : le cœur d'une femme ; et, le désirant avec passion, je n'ai pas pu l'obtenir. Il faut ou quitter la vie, ou me corriger profondément. »

Dans d'autres moments, où un attendrissement ridicule prenait le dessus :

« Peut-être l'eussé-je obtenue, se disait-il, sans la cruauté de l'aveu à faire : « Un autre m'a aimée, et je suis... »

« Car il y a des jours où elle m'aimait vraiment... Sans le cruel état où elle se trouvait, elle m'eût dit : « Eh bien ! oui, je vous aime ! » Mais alors il fallait ajouter : « L'état où je me trouve... » Car elle a de l'honneur, j'en suis sûr... Elle m'a mal connu ; cet aveu n'eût pas détruit l'étrange sentiment que j'ai pour elle. Toujours j'en ai eu honte, et toujours il m'a dominé.

« Elle a été faible, et moi, suis-je parfait ? Mais pourquoi m'abuser ? disait-il en s'interrompant avec un sourire amer.

Pourquoi parler le langage de la raison ? Quand j'aurais trouvé en elle des défauts choquants, que dis-je ? des vices déshonorants, j'aurais été cruellement combattu, mais je n'aurais pu cesser de l'aimer. Désormais, qu'est-ce que la vie pour moi ? Un long supplice. Où trouver le plaisir, où trouver seulement un état exempt de peines ? »

Cette sensation triste finissait par amortir toutes les autres. Il parcourait tous les états de la vie, les voyages comme le séjour à Paris, la richesse extrême, le pouvoir, partout il trouvait un dégoût invincible. L'homme qui venait lui parler lui semblait toujours le plus ennuyeux de tous.

Une seule chose le tirait de l'inaction profonde et faisait agir son esprit : c'était de revenir sur les événements de Nancy. Il frémissait en rencontrant sur une carte géographique le nom de cette petite ville ; ce nom le poursuivait dans les journaux : tous les régiments qui revenaient de Lunéville semblaient devoir passer par là. Le nom de Nancy ramenait toujours invariablement cette idée :

« Elle n'a pu se résoudre à me dire : "J'ai un grand secret que je ne puis vous confier... Mais à cela près, je vous aime uniquement." » Souvent, en effet, je la voyais profondément triste, cet état me semblait extraordinaire, inexplicable... Si j'allais à Nancy me jeter à ses pieds ?... Et lui demander pardon de ce qu'elle m'a fait cocu », ajoutait le parti Méphistophélès en ricanant.

Après avoir quitté le cabinet de son père, cet ordre de pensées semblait s'être attaché au cœur de Lucien avec plus d'acharnement que jamais.

« Et il faut qu'avant demain matin, se disait-il avec terreur, je prenne une décision, que *j'aie foi en moi-même*... Est-il un être au monde dont j'estime aussi peu le jugement ? »

Il était extrêmement malheureux ; le fond de tous ses raisonnements était cette folie :

« A quoi bon choisir un état pour la troisième fois ? Puisque je n'ai pas su plaire à Mme de Chasteller, que saurai-je jamais ? Quand on possède une âme comme la mienne, à la fois faible et impossible à contenter, on va se jeter à la Trappe. »

Le plaisant, c'est que toutes les amies de Mme Leuwen lui faisaient compliment sur l'excellente tenue que son fils avait acquise. « C'est maintenant l'homme sage, disait-on de toutes parts, l'homme fait pour satisfaire l'ambition d'une mère. »

Dans son dégoût pour les hommes, Lucien n'avait garde de leur laisser [deviner] ses pensées ; il ne leur répondait que par des lieux communs bien maniés.

Tourmenté par la nécessité de donner le soir même une réponse décisive, il alla dîner seul, car il fallait parler et *être aimable* à la maison ou bien il pleuvait des épigrammes, et l'usage était de n'épargner personne.

Après dîner, Lucien erra sur le boulevard et ensuite dans les rues ; il craignait de rencontrer des amis sur le boulevard, et chaque minute était précieuse et pouvait lui donner l'idée d'une réponse. En passant dans la [place de Beauvau], il entra machinalement dans un cabinet de lecture mal éclairé et où il espérait trouver peu de monde. Un domestique rendait un livre à la demoiselle du comptoir ; il lui trouva une mise d'une fraîcheur charmante et de la grâce (Lucien rentrait de province).

Il ouvrit le livre au hasard ; c'était un ennuyeux moraliste qui avait divisé sa drogue par portraits détachés, comme Vauvenargues : *Edgar, ou le Parisien de vingt ans*.

« Qu'est-ce qu'un jeune homme qui ne connaît pas les hommes ? qui n'a vécu qu'avec des gens polis, ou des subordonnés, ou des gens dont il ne choquait pas les intérêts ? Edgar n'a pour garant de son mérite que les magnifiques promesses qu'il se fait à soi-même. Edgar a reçu l'éducation la plus distinguée, il monte à cheval, il mène admirablement son cabriolet, il a, si vous l'exigez, toute l'instruction de Lagrange, toutes les vertus de Lafayette, qu'importe ! Il n'a point éprouvé l'effet des autres sur lui-même, il n'est sûr de rien ni sur les autres ni, à plus forte raison, sur soi-même. Ce n'est tout au plus qu'un brillant *peut-être*. Que sait-il au fond ? Monter à cheval, parce que son cheval n'est pas poli et le jette par terre s'il fait un faux mouvement. Plus sa société est polie, moins elle ressemble à son cheval, moins il vaut. Laisse-t-il s'enfuir ces rapides années de dix-huit à trente sans *se colleter avec la nécessité*, comme dit Montaigne, il n'est plus même un *peut-être* ; l'opinion le dépose dans l'ornière des gens communs, elle cesse de le regarder, elle ne voit plus en lui qu'un être comme tout le monde, important seulement par le nombre de billets de mille francs que ses fermiers placent sur son bureau.

« Moi, philosophe, je néglige le bureau chargé de billets, je regarde l'homme qui les compte. Je ne vois en lui qu'un être jaune, ennuyé, réduit quelquefois par son ineptie à se faire l'*exagéré* d'un parti, l'*exagéré* des Bouffes et de Rossini, l'*exagéré* du juste-milieu se réjouissant du nombre des morts sur les quais de Lyon, l'*exagéré* de Henri V répétant que Nicolas va lui prêter deux cent mille hommes et quatre cents millions. Que m'importe, qu'importe au monde ? Edgar s'est laissé tomber à n'être qu'un sot !

« S'il va à la messe, s'il proscrit autour de lui toute conversation gaie, toute plaisanterie sur quoi que ce soit, s'il fait des aumônes bien entendues, vers cinquante ans les charlatans de toutes les sortes, ceux de l'Institut comme ceux de l'archevêché, proclameront qu'il a toutes les vertus ; par la suite, ils le porteront peut-être à être l'un des douze maires de Paris. Il finira par fonder un hôpital. *Requiescat in pace*. Colas vivait, Colas est mort. »

Lucien relisait chaque phrase de cette morale deux et même trois fois ; il en examinait le sens et la portée. Sa rêverie sombre fit lever le nez aux lecteurs du *Journal du soir* ; il s'en aperçut, paya avec humeur, sortit. Il se promenait sur la place Beauvau, devant le cabinet littéraire.

« *Je serai un coquin* », s'écria-t-il tout à coup. Il passa encore un quart d'heure à bien tâter son courage, puis appela un cabriolet et courut à l'Opéra.

« Je vous cherchais », lui dit son père qu'il trouva errant dans le foyer.

Ils montèrent rapidement dans la loge de M. Leuwen père, ils y trouvèrent trois demoiselles, et Raimonde en costume de sylphide.

« *They can not, understand.* (Elles ne comprendront pas un mot de ce que nous dirons ; ainsi, ne nous gênons pas.)

— Messieurs, nous lisons dans vos yeux, dit Mlle Raimonde, des choses beaucoup trop sérieuses pour nous ; nous allons sur le théâtre. Soyez heureux, si vous le pouvez sans nous.

— Eh bien ! vous sentez-vous l'âme assez scélérate pour entrer dans la carrière des honneurs ?

— Je serai sincère avec vous, mon père. L'excès de votre indulgence m'étonne et augmente ma reconnaissance et mon respect. Par l'effet de malheurs sur lesquels je ne puis m'expliquer, même avec mon père, je me trouve dégoûté de moi-même et de la vie. Comment choisir telle ou telle carrière ? tout m'est également indifférent, et je puis dire odieux. Le seul état qui me conviendrait serait d'abord celui d'un mourant à l'Hôtel Dieu, ensuite peut-être celui d'un sauvage qui est obligé de chasser ou de pêcher pour sa subsistance de chaque jour. Cela n'est ni beau ni honorable pour un homme de vingt-quatre ans, aussi personne au monde n'aura jamais cette confidence...

— Quoi ! pas même votre mère ?

— Ses consolations augmenteraient mon martyre ; elle souffrirait trop de me voir dans ce malheureux état... »

L'égoïsme de M. Leuwen eut une jouissance qui l'attacha un peu à son fils. « Il a, se dit-il, des secrets pour sa mère qui n'en sont pas pour moi. »

« ... Si je reviens à la sensibilité pour les choses extérieures, il se peut que je me trouve étrangement choqué des exigences de l'état que j'aurai choisi. Une place dans votre comptoir pouvant se quitter sans scandaliser personne, je devrais peut-être la choisir.

— Je dois vous mettre en possession d'une donnée importante de plus : vous serez plus utile à mes intérêts comme secrétaire du ministre de l'Intérieur que comme chef de correspondance dans mon bureau. Vos qualités comme homme du monde me seraient inutiles dans mon bureau. »

Lucien fut adroit pour la première fois depuis *son cocuage* (c'était le mot qu'il employait avec une amère ironie, car, pour torturer davantage son âme, il se regardait comme un mari trompé et s'appliquait la masse de ridicule et d'antipathie dont le théâtre et le monde vulgaire affublent cet état. Comme s'il y avait encore des caractères d'état !)

Lucien allait conclure pour la place au ministère, principalement par curiosité : il connaissait le comptoir, et n'avait pas la moindre idée de l'intérieur intime d'un ministre. Il se faisait une fête d'approcher M. le comte de Vaize, travailleur infatigable et le premier administrateur de France, disaient les journaux, un homme qu'on comparait au comte Daru de l'Empereur.

A peine son père eut-il cessé de parler :

« Ce mot me décide, s'écria-t-il avec une fausseté naïve qui pouvait donner de l'espoir pour l'avenir. Je penchais pour le comptoir, mais je m'engage au ministère, sous la condition que je ne contribuerai à aucun assassinat comme le maréchal Ney, le colonel Caron, Frotté, etc. Je m'engage tout au plus pour des friponneries d'argent ; et enfin, peu sûr de moi-même, je ne m'engage que pour un an.

— C'est bien peu pour le monde. On dira : « Il ne « peut pas tenir en place plus de six mois ». Peut-être aurez-vous du dégoût dans les commencements, et de l'indulgence pour les faiblesses et les friponneries des hommes six mois plus tard. Pouvez-vous, par amitié pour moi, me sacrifier six mois de plus et me promettre de ne pas quitter les bureaux de la rue de Grenelle avant dix-huit mois ?

— Je vous donne ma parole pour dix-huit mois, toujours à moins d'assassinat, par exemple si mon ministre engageait quatre ou cinq officiers à se battre en duel successivement contre un député trop éloquent, incommode pour le budget.

— Ah ! mon ami, dit M. Leuwen en riant de tout son cœur, d'où sortez-vous ? Allez, il n'y aura jamais de ces duels-là, et pour cause.

— Ce serait là, continuait son fils fort sérieusement, un cas rédhibitoire. Je partirais à l'instant pour l'Angleterre.

— Mais qui sera juge des crimes, homme vertueux ?

— Vous, mon père.

— Les friponneries, les mensonges, les manœuvres d'élections ne rompront pas notre marché ?

— Je ne ferai pas les pamphlets menteurs...

— Fi donc ! Cela regarde les gens de lettres. Dans le genre sale, vous dirigez, vous ne faites jamais. Voici le principe : tout gouvernement, même celui des États-Unis, ment toujours et en tout ; quand il ne peut pas mentir au fond, il ment sur les détails. Ensuite, il y a les bons mensonges et les mauvais ; les *bons* sont ceux que croit le petit public de cinquante louis de rente à douze ou quinze mille francs, les *excellents* attrapent quelques gens à voiture, les *exécrables* sont ceux que personne ne croit et qui ne sont répétés que par les ministériels éhontés. Ceci est entendu. Voilà une première *maxime d'État* ; cela ne doit jamais sortir de votre mémoire ni de votre bouche.

— J'entre dans une caverne de voleurs, mais tous leurs secrets, petits et grands, sont confiés à mon honneur.

— Doctement. Le gouvernement escamote les droits et l'argent du populaire tout en jurant tous les matins de les respecter. Vous souvenez-vous du fil rouge que l'on trouve au centre de tous les cordages, gros ou petits, appartenant à la marine royale d'Angleterre, ou plutôt vous souvenez-vous de *Werther*, je crois, où j'ai lu cette belle chose ?

— Très bien.

— Voilà l'image d'une corporation ou d'un homme qui a un mensonge *de fond* à soutenir. Jamais de vérité *pure et simple*. Voyez les doctrinaires.

— Le mensonge de Napoléon n'était pas aussi grossier, à beaucoup près.

— Il n'y a que deux choses sur lesquelles on n'ait pas encore trouvé le moyen d'être hypocrite : amuser quelqu'un dans la conversation, et gagner une bataille. Du reste, ne parlons pas de Napoléon. Laissez le sens moral à la porte en entrant au ministère, comme de son temps on laissait l'amour de la patrie en entrant dans sa garde. Voulez-vous être un *joueur d'échecs* pendant dix-huit mois et n'être rebuté par aucune affaire d'argent ? Le sang seul vous arrêterait ?

— Oui, mon père.

— Eh bien ! n'en parlons plus. »

Et M. Leuwen père s'enfuit de sa loge. Lucien remarqua qu'il marchait comme un homme de vingt ans. C'est que cette conversation avec un niais l'avait mortellement excédé.

Lucien, étonné d'avoir pris intérêt à la politique, regardait la salle de l'Opéra.

« Me voici au milieu de ce qu'il y a de plus élégant à Paris. Je vois ici à profusion tout ce qui me manquait à Nancy. »

A ce nom chéri, il tira sa montre.

« Il est onze heures. Dans nos jours de confiance intime ou de grande gaieté, je prolongeais jusqu'à onze heures ma visite du soir. »

Une idée bien lâche, qu'il avait déjà repoussée plusieurs fois, se présenta avec une vivacité à laquelle il ne put résister :

« Si je campais là le ministère, et retournais à Nancy et au régiment ? Si je lui demandais pardon du secret qu'elle m'a fait, ou plutôt si je ne lui parlais pas de ce que j'ai vu, ce qui est plus juste, pourquoi ne me recevrait-elle pas comme la veille de ce jour fatal ? En quoi puis-je être offensé raisonnablement, moi qui ne suis point son amant, de rencontrer la preuve qu'elle a eu un amant avant de me connaître ?

« Mais ma façon d'être avec elle serait-elle la même ? Tôt ou tard, elle saurait la vérité ; je ne pourrais m'empêcher de la lui dire si elle me la demandait et là, comme il m'est arrivé plusieurs fois, *l'absence de vanité* me ferait mépriser comme un homme sans cœur. Serai-je tranquille avec le sentiment que si l'on me connaissait l'on me mépriserait, et surtout moi ne pouvant pas lui en faire confidence ? »

Cette grande question agitait le cœur de Leuwen, tandis que ses yeux s'arrêtaient avec une sorte d'attention machinale sur chacune des femmes qui remplissaient les loges à la mode. Il en reconnut plusieurs, elles lui semblèrent des comédiennes de campagne.

« Mais, grand Dieu ! je deviens fou à la lettre, se dit-il quand sa lorgnette fut arrivée au bout du rang des loges. J'appliquais absolument le même mot de *comédiennes de campagne* aux femmes qui remplissaient le salon de Mmes de Puylaurens ou d'Hocquincourt. Un homme opprimé par une fièvre dangereuse peut trouver amère la saveur de l'eau sucrée ; l'essentiel est que personne ne s'aperçoive de ma folie. Je ne dois dire absolument que des choses communes, et jamais rien qui s'écarte le moins du monde de l'opinion reçue dans la société où je me trouverai. Le matin, une grande assiduité dans mon bureau, si j'ai un bureau, ou de longues promenades à cheval ; le soir, afficher une passion pour le spectacle, fort naturelle après huit mois d'exil en province ; dans les salons, quand je ne pourrai absolument éviter d'y paraître, un goût démesuré pour l'*écarté*. »

Les réflexions de Lucien furent interrompues par une obscurité soudaine : c'est qu'on éteignait les lampes de toutes parts.

« Bon, se dit-il avec un sourire amer, le spectacle m'intéresse tellement, que je suis le dernier à le quitter. »

<Dans le fait, il était moins malheureux. Dix fois par jour, la pensée de Nancy était remplacée par celle-ci : « A quel genre de besogne est-ce qu'ils vont me mettre ? » Il lisait tous les journaux avec un intérêt bien nouveau pour lui. Le seul indice politique qu'il eut fut celui-ci : sa mère lui dit :

« Tu écris bien mal ; tu ne formes pas tes lettres.

— Il n'est que trop vrai.

— Eh bien ! si tu vas rue de Grenelle, écris encore plus mal ; que jamais ton écriture ne puisse passer sous les yeux du roi sans être recopiée, cela te sauvera de l'ennui de transcrire des pièces secrètes et, ce qui vaut mieux, ton écriture ne restera pas attachée à des choses qui peuvent être un souvenir pénible dans dix ans. Grâce à Dieu, mon cher Lucien, tu as trente-huit ans de moins que le roi. Vois les changements qui ont eu lieu en France depuis trente-huit ans. Pourquoi l'avenir ne ressemblerait-il pas au passé ? La révolution est faite dans les choses, dit toujours ton père pour me tranquiliser. Mais une ambition effrénée n'est-elle pas descendue dans les rangs les plus infimes ? Un garçon cordonnier veut devenir un Napoléon. »

Une conversation politique ne finit jamais, celle-ci se prolongea à l'infini entre une mère femme d'esprit et un fils inquiet de ce qu'on allait faire de lui. Pour la première fois, le fantôme importun de Nancy ne vint pas emporter l'attention de Leuwen.>

Huit jours après l'entretien à l'Opéra, *Le Moniteur* portait l'acceptation de la démission de M. N..., ministre de l'Intérieur, la nomination à cette place de M. le comte de Vaize, pair de France, des ordonnances analogues pour quatre autres ministères et, beaucoup plus bas, dans un coin obscur :

« Par ordonnance du... MM. N..., N..., et Lucien Leuwen ont été nommés maîtres des requêtes. M. L. Leuwen est chargé du bureau particulier de M. le comte de Vaize, ministre de l'Intérieur. »

CHAPITRE XL

Pendant que Leuwen recevait de son père les premières leçons de sens commun, voilà ce qui se passait à Nancy :

Quand, le surlendemain du brusque départ de Lucien, ce grand événement fut connu de M. de Sanréal, du comte Roller et des autres conspirateurs qui avaient dîné ensemble pour arranger un duel contre lui, ils pensèrent tomber de leur haut. Leur admiration pour M. Du Poirier fut sans bornes ; ils ne pouvaient deviner ses mouyens de succès.

Suivant un premier mouvement toujours généreux et dangereux, ces messieurs oublièrent leur répugnance pour ce bourgeois aux mauvaises manières, et allèrent en corps lui faire une visite. Et comme le provincial est avide de tout ce qui peut prendre un air officiel et le tirer de la monotonie de sa vie habituelle, ces messieurs montèrent avec gravité au troisième étage du docteur. Ils entrèrent en saluant sans mot dire, et s'étant rangés en haie contre la muraille, M. de Sanréal porta la parole. Parmi beaucoup de lieux communs, la phrase suivante frappa Du Poirier :

« Si vous songez à la Chambre des députés de Louis-Philippe et qu'il vous convienne de paraître aux élections, nous vous promettons nos voix et toutes celles dont chacun de nous peut disposer. »

Le discours fini, M. Ludwig Roller s'avança d'un air gauche, et ensuite se tut par timidité. Sa figure blonde et sèche se couvrit d'un nombre infini de rides nouvelles, il fit une grimace et enfin dit d'un air piqué :

« Moi seul, peut-être, je ne dois pas de remerciements à M. Du Poirier ; il m'a privé du plaisir de punir un insolent, ou du moins de l'essayer. Mais je devais ce sacrifice aux ordres de S. M. Charles X et, quoique partie lésée dans cette circonstance, je n'en fais pas moins à M. Du Poirier les mêmes offres de service que ces messieurs, quoique, à vrai dire, je ne sache pas si, à cause du serment à Louis-Philippe, ma conscience me permettra de paraître aux élections. »

L'orgueil de Du Poirier et sa manie de parler en public triomphaient. Il faut avouer qu'il parla admirablement ; il se garda bien d'expliquer pourquoi et comment Lucien était parti, et cependant sut attendrir ses auditeurs : Sanréal pleurait tout à fait ; Ludwig Roller lui-même serra la main du docteur avec cordialité en quittant son cabinet.

La porte fermée, Du Poirier éclata de rire. Il venait de parler pendant quarante minutes, il avait eu beaucoup de succès, il se moquait parfaitement des gens qui l'avaient écouté. C'était là, pour ce coquin singulier, les trois éléments du plaisir le plus vif.

« Voilà une vingtaine de voix qui me sont acquises, si toutefois d'ici aux élections ces animaux-là ne prennent pas la mouche à propos de quelqu'une de mes démarches ; cela peut mériter considération. J'apprends de tous les côtés que M. de Vassignies n'a pas plus de cent vingt voix assurées, et il y aura trois cents électeurs présents ; ce qu'il y a de plus pur dans notre saint parti lui reproche le serment qu'il devra prêter en entrant à la Chambre, lui serviteur particulier d'Henri V. Pour moi, je suis plébéien ; c'est un avantage. Je loge au troisième étage, je n'ai pas de voiture. Les amis de M. de Lafayette et de la révolution de Juillet doivent, à haine égale, me préférer à M. de Vassignies, cousin de l'empereur d'Autriche et qui a en poche le brevet de gentilhomme de la chambre... si jamais il y a une chambre du roi... Je leur jouerai ici la farce d'être libéral, comme Dupont [de l'Eure], l'honnête homme du parti maintenant qu'ils ont enterré M. de Lafayette.

Un autre chef de parti, aussi honnête que Du Poirier l'était peu, mais bien plus fou, car il s'agitait beaucoup sans le moindre espoir de gagner de l'argent, M. Gauthier, le républicain, était resté fort étonné et encore plus affligé du départ de Lucien.

« Ne m'avoir rien dit, à moi qui l'aimais ! Ah ! cœurs parisiens ! politesse infinie et sentiment nul ! Je le croyais un peu différent des autres, je croyais voir qu'il y avait de la chaleur et de l'enthousiasme au fond de cette âme !... »

Les mêmes sentiments, mais poussés à un bien autre degré d'énergie, agitaient le cœur de Mme de Chasteller.

« ... Ne m'avoir pas écrit, à moi qu'il jurait de tant aimer, à moi, hélas, dont il voyait bien la faiblesse ! »

Cette idée était trop horrible. Mme de Chasteller finit par se persuader que la lettre de Lucien avait été interceptée.

« Est-ce que je reçois une réponse de Mme de Constantin ? se disait-elle ; et je lui ai écrit six fois au moins depuis que je suis malade. »

Le lecteur doit savoir que Mme Cunier, la directrice de la poste aux lettres de Nancy, pensait bien. A peine M. le marquis de Pontlevé vit-il sa fille malade et dans l'impossibilité de sortir, qu'il se transporta chez Mme Cunier, petite dévote de trois pieds et demi de haut. Après les premiers compliments :

« Vous êtes trop bonne chrétienne, madame, et trop bonne royaliste, lui dit-il avec onction, pour n'avoir pas une idée juste de ce que doit être l'autorité du roi (*id est* Charles X) et des commissaires établis par lui durant son absence. Les élections vont avoir lieu, c'est un événement décisif. La prudence oblige, de vrai, à certains ménagements ; mais là est le droit, madame : Prague avant tout. Et, n'en doutez pas, on tient un registre fidèle de tous les services, et..., madame la directrice, il entre dans mon pénible devoir de le dire, tout ce qui ne nous aide pas dans ces temps difficiles est contre nous. Etc., etc. »

A la suite de ce dialogue entre ces deux graves personnages, d'une longueur et d'une prudence infinies et d'un ennui encore plus grand pour le lecteur s'il lui était présenté (car aujourd'hui, après quarante ans de comédie, qui ne se figure ce que peut donner l'entretien d'un vieux marquis égoïste et d'une dévote de profession ?), après qu'une hypocrisie habituelle et savante eut développé les pensées d'un père qui veut hériter de sa fille, et qu'une fausseté plus plate et moins déguisée eut emmiellé les réponses de Mme Cunier, dame de charité, dévote de profession, timide encore plus et qui songe avant tout à ne pas perdre une bonne place de onze cents francs dans le cas où Charles X ou Henri V remonterait sur le trône de ses pères ; après avoir parlé, pour débuter, de franchise, de cordialité, de vertu pendant sept quarts d'heure on en vint à la conclusion des articles suivants :

1º Aucune lettre du sous-préfet, du maire, du lieutenant de gendarmerie, etc., ne sera jamais livrée à M. le marquis.

Mme Cunier lui montrera seulement, sans s'en dessaisir, les lettres écrites par M. le grand vicaire Rey, par M. l'abbé Olive, etc.

Toute la conversation de M. de Pontlevé avait porté sur ce premier article. En cédant, il obtint un triomphe complet sur le second :

2° Toutes les lettres adressées à Mme de Chasteller seront remises à M. le marquis qui se charge de les donner à madame sa fille, qui est retenue au lit par la maladie.

3° Toutes les lettres écrites par Mme de Chasteller seront montrées à M. le marquis.

Il fut tacitement convenu que le marquis pourrait s'en saisir pour les faire parvenir par une voie plus économique que la poste. Mais dans ce cas, qui entraînait une perte de derniers pour le gouvernement, Mme Cunier, sa représentante dans la présente affaire, pouvait naturellement s'attendre à un cadeau d'un panier de bon vin du Rhin de seconde qualité.

Dès le surlendemain de cette conversation, Mme Cunier remit un paquet, fermé par elle, au vieux Saint-Jean, valet de chambre du marquis. Ce paquet contenait une toute petite lettre de Mme de Chasteller à Mme de Constantin. Le ton en était doux et tendre ; Mme de Chasteller aurait voulu demander des conseils à son amie, mais n'osait s'expliquer.

« Bavardage insignifiant », se dit le marquis en la serrant dans son bureau. Et, un quart d'heure après, on vit passer le vieux valet de chambre portant à Mme Cunier un panier de seize bouteilles de vin du Rhin.

Le caractère de Mme de Chasteller était la douceur et la nonchalance. Rien ne parvenait à agiter cette âme douce, noble, amante de ses pensées et de la solitude. Mais placée par le malheur hors de son état habituel, les décisions ne lui coûtaient rien : elle envoya son valet de chambre jeter à la poste, au bourg de Darney, une lettre adressée à Mme de Constantin.

Une heure après le départ du valet de chambre, quelle ne fut pas la joie de Mme de Chasteller en voyant Mme de Constantin entrer dans sa chambre. Ce moment fut bien doux pour les deux amies.

« Quoi ! ma chère Bathilde, dit enfin Mme de Constantin, quand on put parler après les premiers transports, six semaines sans un mot de toi ! Et c'est par hasard que j'apprends d'un des agents que M. le préfet emploie pour les élections que tu es malade et que ton état donne des inquiétudes...

— Je t'ai écrit huit lettres au moins.

— Ma chère, ceci est trop fort ; il est un point où la bonté devient duperie...

— Il croit bien faire... »

Ceci voulait dire : « Mon père croit bien faire », car l'indulgence de Mme de Chasteller n'allait pas jusqu'à ne pas voir ce qui se passait autour d'elle ; mais le dégoût inspiré par les petites manœuvres dont elle suivait le développement n'avait ordinairement d'autre effet que de redoubler son amour pour l'isolement. Ce qui lui convenait de la société, c'était les plaisirs des beaux-arts, le spectacle, une promenade brillante, un bal très nombreux. Quand elle voyait un salon avec six personnes, elle frémissait, elle était sûre que quelque chose de bas allait la blesser vivement. La crainte de cette sensation désagréable lui faisait redouter tout dialogue entre elle et une seule personne.

C'était un caractère tout opposé qui faisait compter pour beaucoup dans la société Mme de Constantin. Une humeur vive et entreprenante, s'attaquant aux difficultés et aimant à se moquer de tous les ridicules ennemis, faisait considérer Mme de Constantin comme l'une des femmes du département qu'il était le plus dangereux d'offenser. Son mari, très bel homme et assez riche, s'occupait avec passion de tout ce qu'elle lui indiquait. Depuis deux ans, par exemple, il ne songeait qu'à un moulin à vent, en pierre, qu'il faisait construire sur une vieille tour voisine de son château et qui devait lui rapporter quarante pour cent. Depuis trois mois, il négligeait le moulin et ne songeait qu'à la Chambre des députés. Comme il n'avait point d'esprit, n'avait jamais offensé personne, et passait pour s'acquitter avec complaisance et exactitude des petites commissions qu'on lui donnait, il avait des chances.

« Nous croyons être assurés de l'élection de M. de Constantin. Le préfet le porte en seconde ligne par la peur qu'il a du marquis de Croisans, *notre rival*, ma chère. »

Mme de Constantin dit ce mot en riant.

« Le candidat ministériel sera perdu. C'est un friponneau assez méprisé, et la veille de l'élection on fera courir trois lettres de lui qui prouvent clairement qu'il s'adonne un peu au noble métier d'espion. Cela explique sa croix du 1er de mai dernier, qui a outré d'envie jalouse tout l'arrondissement de Beuvron. Je te dirai en grand secret, ma chère Bathilde, que nos malles sont faites ; quel ridicule si nous ne l'emportons pas ! ajouta-t-elle en riant. Mais aussi, si nous réussissons, le lendemain du grand jour nous partons pour Paris, où nous passons au moins six grands mois. Et tu viens avec nous. »

Ce mot fit rougir Mme de Chasteller.

« Eh ! bon Dieu, ma chère, dit Mme de Constantin en s'interrompant, que se passe-t-il donc ? »

Mme de Chasteller était pourpre. Elle aurait été heureuse en ce moment que Mme de Constantin eût reçu la lettre que le valet de chambre portait à Darney ; là se trouvait le mot fatal : « Une [femme] que tu aimes a donné son cœur. »

Mme de Chasteller dit enfin avec une honte infinie :

« Hélas, mon amie, il y a un homme qui doit croire que je l'aime, et, ajouta-t-elle en baissant tout à fait la tête, il ne se trompe guère.

— Que tu es folle ! s'écria Mme de Constantin en riant. Réellement, si je te laisse encore un an ou deux à Nancy, tu vas prendre toutes les manières de sentir d'une religieuse. Et où est le mal, grand Dieu ! qu'une jeune veuve de vingt-quatre ans, qui n'a pour unique soutien qu'un père de soixante-dix ans, qui par excès de tendresse intercepte toutes ses lettres, songe à choisir un mari, un appui, un soutien ?...

— Hélas ! ce ne sont pas toutes ces bonnes raisons ; je mentirais si j'acceptais tes louanges. Il se trouve par hasard qu'il est riche et bien né, mais il aurait été pauvre et fils d'un fermier qu'il en eût été tout de même. »

Mme de Constantin exigea une histoire suivie ; rien ne l'intéressait comme les histoires d'amour sincères, et elle avait une amitié passionnée pour Mme de Chasteller.

« Il commença par tomber deux fois de cheval sous mes fenêtres... »

Mme de Constantin fut saisie d'un rire fou ; Mme de Chasteller fut très scandalisée. Enfin, les yeux remplis de larmes, Mme de Constantin put dire en s'interrompant vingt fois :

« Ainsi, ma chère Bathilde..., tu ne peux pas appliquer... à ce puissant vainqueur... le mot obligé de la province : *c'est un beau cavalier !* »

L'injustice faite à Lucien ne fit que redoubler l'intérêt avec lequel Mme de Chasteller raconta à son amie tout ce qui s'était passé depuis six mois. Mais toute la partie tendre ne toucha guère Mme de Constantin : elle ne croyait pas aux grandes passions. Cependant, sur la fin du récit, qui fut infini, elle devint pensive. Le récit terminé, elle se taisait.

« Ton M. Leuwen, dit-elle enfin à son amie, est-il un Don Juan terrible pour nous autres pauvres femmes, ou est-ce un enfant sans expérience ? Sa conduite n'a rien de naturel.

— Dis qu'elle n'a rien de commun, rien de convenu d'avance, reprit Mme de Chasteller avec une vivacité bien rare chez elle ; et elle ajouta avec une sorte d'enthousiasme : « C'est pour cela qu'il m'est cher. Ce n'est point un nigaud qui a lu des romans. »

Le discours des deux amies fut infini sur ce point. Mme de Constantin garda ses méfiances, elles furent même augmentées par le profond intérêt qu'à son grand chagrin elle découvrait chez son amie.

Mme de Constantin avait espéré d'abord un petit amour bien convenable pouvant conduire à un mariage avantageux si toutes les convenances se rencontraient ; sinon, un voyage en Italie ou les distractions d'un hiver à Paris effaçait le reste de ravage produit par trois mois de visites journalières. Au lieu de cela, cette femme douce, timide, indolente et que rien ne pouvait émouvoir, elle la trouvait absolument folle et prête à prendre tous les partis.

« Mon cœur me dit, disait de temps en temps Mme de Chasteller, qu'il m'a lâchement abandonnée. Quoi ! ne pas m'écrire !

— Mais de toutes les lettres que je t'ai écrites, pas une seule n'est arrivée », disait avec feu Mme de Constantin ; car elle avait une qualité bien rare en ce siècle : elle n'était jamais de mauvaise foi avec son amie, même pour son bien ; à ses yeux, mentir eût tué l'amitié.

« Comment n'a-t-il pas dit à un postillon, reprenait Mme de Chasteller avec un feu bien singulier, comment n'a-t-il pas dit à un postillon, à dix lieues d'ici : « Mon ami, « voilà cent francs, allez vous-même remettre cette lettre à « Mme de Chasteller, à Nancy, rue de la Pompe. Donnez la « lettre à elle-même, et non à une autre. »

— Il aura écrit en partant, écrit de nouveau en arrivant à Paris.

— Et voilà neuf jours qu'il est parti ! Jamais je ne lui ai avoué tout à fait mes soupçons sur le sort de mes lettres ; mais il sait ce que je pense sur toutes choses. Mon cœur me le dit, il sait que mes lettres sont ouvertes. »

CHAPITRE XLI

Les soupçons de Mme de Chasteller lui fournirent une objection décisive à la proposition de suivre Mme de Constantin à Paris si son mari était nommé député.

« N'aurais-je pas l'air, lui dit-elle, de *courir après* M. Leuwen ? »

Pendant les quinze jours qui suivirent, cette objection occupa seule les moments les plus intimes de la conversation des deux amies.

Trois jours après l'arrivée de Mme de Constantin, Mlle Bérard fut payée magnifiquement et renvoyée. Mme de Constantin, avec son activité ordinaire, interrogea la bonne Mlle Beaulieu et renvoya Anne-Marie.

M. le marquis de Pontlevé, extrêmement attentif à ces petits événements domestiques, comprit qu'il avait une rivale invincible dans l'amie de sa fille.

C'était un peu l'espoir de Mme de Constantin : son activité continue rendit la santé à Mme de Chasteller. Elle voulut être menée dans le monde et, sous ce prétexte, elle força son amie à paraître presque chaque soir chez Mmes de Puylaurens, d'Hocquincourt, de Marcilly, de Serpierre, de Commercy, etc.

Mme de Constantin voulait bien établir que Mme de Chasteller n'était pas au désespoir du départ de M. Leuwen.

« Sans s'en douter, se disait-elle, cette pauvre Bathilde aura commis quelque imprudence. Et si nous ne détruisons pas ce mauvais bruit ici, il peut nous poursuivre jusqu'à Paris. Ses yeux sont si beaux qu'ils en sont parlants malgré elle.

E sotto l'usbergo del sentirsi pura

317

ils auront regardé ce jeune officier avec un de ces regards qu'aucune explication au monde ne peut justifier. »

En voiture, un soir, en allant chez Mme de Puylaurens :

« Quel est l'homme le plus actif, le plus impertinent, le plus influent de toute votre jeunesse ? dit Mme de Constantin.

— C'est M. de Sanréal, sans doute, répondit Mme de Chasteller en souriant.

— Eh bien ! je vais attaquer ce grand cœur dans ton intérêt. Dans le mien, dis-moi, dispose-t-il de quelques voix ?

— Il a des notaires, un agent, des fermiers. Cet homme est aimable parce qu'il a quarante mille livres de rente au moins.

— Et qu'en fait-il ?

— Il s'enivre soir et matin, et il a des chevaux.

— C'est-à-dire qu'il s'ennuie. Je vais le séduire. Est-ce que jamais une femme un peu bien a voulu le séduire ?

— J'en doute. Il faudrait d'abord trouver le secret de ne pas mourir d'ennui en l'écoutant. »

Les jours de mélancolie profonde, où Mme de Chasteller éprouvait une répugnance invincible à sortir, Mme de Constantin s'écriait :

« Il faut que j'aille chasser aux voix pour mon mari. *Dans le vaste champ de l'intrigue, il ne faut rien négliger*. Quatre voix, trois voix nous venant de l'arrondissement de Nancy peuvent tout décider. Songe que je meurs d'envie d'entendre Rubini, et que du vivant d'un beau-père avare je n'ai qu'un moyen au monde de retourner à Paris : la députation. »

En peu de jours, Mme de Constantin devina, sous une écorce grossière, impatientante, mais point ennuyeuse, l'esprit supérieur du docteur Du Poirier, et se lia tout à fait avec lui. Cet ours n'avait jamais vu une jolie femme non malade lui adresser la parole deux fois de suite. En province, les médecins n'ont pas encore succédé aux confesseurs.

« Vous serez notre collègue, cher docteur, lui disait-elle ; nous voterons ensemble, nous ferons et déferons les ministres... Nos dîners vaudront bien les leurs, et vous me donnerez votre voix, n'est-ce pas ? Douze voix toujours bien unies se feraient compter... Mais j'oubliais : vous êtes légitimiste furibond, et nous antirépublicains modérés... »

Au bout de quelques jours, Mme de Constantin fit une

découverte bien utile : Mme d'Hocquincourt était au déses-poir du départ de Leuwen. Le silence farouche de cette femme si gaie, si parlante, qui autrefois était l'âme de la société, sauvait Mme de Chasteller ; personne presque ne songeait à dire qu'elle aussi avait perdu *son attentif*. Mme d'Hocquincourt n'ouvrait la bouche que pour parler de Paris et de ses projets de voyage aussitôt après les élections.

Un jour, Mme de Serpierre dit méchamment à Mme d'Hocquincourt, qui parlait de Paris :

« Vous y retrouverez M. d'Antin. »

Mme de Constantin ne trouva de propos réellement dan-gereux pour son amie que dans le salon de Mme de Ser-pierre.

Mme d'Hocquincourt la regarda avec un étonnement profond qui fut bien amusant pour Mme de Constantin : Mme d'Hocquincourt avait oublié l'existence de M. d'Antin !

« Mais, disait Mme de Constantin à son amie, comment peut-on avoir la prétention de marier une fille aussi cruelle-ment, aussi ridiculement laide à un jeune homme riche de Paris, et sans que ce jeune homme ait jamais dit un seul mot encourageant ? Cela est fou réellement. Il faudrait des millions pour qu'un Parisien osât entrer dans un salon avec une telle figure.

— M. Leuwen n'est pas ainsi, tu ne le connais pas. S'il l'aimait, le blâme de la société serait méprisé par lui, ou plutôt il ne le verrait pas. »

Et elle expliqua pendant cinq minutes le caractère de Lucien. Ces explications avaient le pouvoir de rendre Mme de Constantin très pensive.

Mais à peine Mme de Constantin eut-elle vu cinq ou six fois la bonne Théodelinde qu'elle fut touchée de la tendre amitié qu'elle avait prise pour Leuwen. Ce n'était pas de l'amour, la pauvre fille n'osait pas ; elle connaissait et s'exa-gérait peut-être tous les désavantages de sa taille et de sa figure. C'était sa mère qui avait des prétentions, fondées sur ce que sa haute noblesse lorraine honorait trop un petit roturier.

« Mais que fait-on à Paris de ce lustre-là ? » lui disait un jour Théodelinde.

Le vieux M. de Serpierre plut aussi beaucoup à Mme de Constantin : il avait un cœur admirable de bonté et passait son temps à soutenir des doctrines atroces.

« Ceci me rappelle, disait Mme de Constantin à son amie, ce qu'on nous faisait tant admirer au *Sacré-Cœur* : le bon duc N. faisant atteler son carrosse à sept heures du matin, au mois de février, pour aller solliciter le *poing coupé*. On discutait alors la loi du sacrilège à la Chambre des Pairs, et il s'agissait d'établir la pénalité pour les voleurs des vases sacrés dans les églises. »

Mme de Constantin, avec sa jolie figure un peu commune, mais si appétissante à regarder, avec son activité, sa politesse parfaite, son adresse insinuante, eut bientôt fait la paix de son amie avec la maison Serpierre. Mme de Serpierre dit bien d'un air mutin, la dernière fois qu'on traita cette question délicate :

« Je garde ma pensée.

— A la bonne heure, ma chère amie, dit le bon lieutenant du roi à Colmar ; mais ne parlons plus de cela, autrement les méchants diront que nous allons à la chasse aux maris. »

Il·y avait bien six ans que le bon M. de Serpierre n'avait trouvé un mot aussi dur. Celui-ci fit époque dans sa famille et la réputation de Leuwen, jusque-là séducteur de mauvaise foi de Mlle Théodelinde, fut restaurée.

Tous les jours, pour fuir le malheur d'être rencontrées par des *électeurs* auxquels il eût fallu faire [bon] accueil, les deux amies faisaient de grandes promenades au *Chasseur vert*. Mme de Chasteller aimait à revoir ce charmant *café-hauss*. Ce fut là que l'ultimatum sur le voyage de Paris fut arrêté.

« Ta conscience elle-même, si timorée, ne pourra t'appliquer ce mot si humiliant et si vulgaire : *courir après un amant*, si tu te jures à toi-même de ne jamais lui parler.

— Eh bien ! soit ! dit Mme de Chasteller saisissant cette idée. A ces conditions, je consens, et mes scrupules s'évanouissent. Si je le rencontrais au bois de Boulogne, s'il s'approchait de moi et m'adressait la parole, je ne lui répondrais pas un seul mot avant d'avoir revu le *Chasseur vert*. »

Mme de Constantin la regardait étonnée.

« Si je voulais lui parler, continua Mme de Chasteller, je partirais pour Nancy, et ce n'est qu'après avoir touché barre ici que je me permettrais de lui répondre. »

Il y eut un silence.

« Ceci est un vœu », reprit Mme de Chasteller avec un sérieux qui fit sourire Mme de Constantin, et puis la jeta dans une humeur sombre.

Le lendemain, en allant au *Chasseur vert*, Mme de Constantin remarqua un cadre dans la voiture. C'était une belle sainte Cécile, gravée par Perfetti, offerte jadis à Mme de Chasteller par Leuwen. Mme de Chasteller pria le maître du café de placer cette gravure au-dessus de son comptoir.

« *Je vous la redemanderai peut-être un jour*. Et jamais, dit-elle tout bas en s'éloignant avec Mme de Constantin, je n'aurai la faiblesse d'adresser même un seul mot à M. Leuwen tant que cette gravure sera ici. C'est ici qu'a commencé cette préoccupation *fatale*.

— Halte-là sur ce mot *fatal* ! Grâce au Ciel, l'amour n'est point un *devoir*, c'est un plaisir ; ne le prenons donc point au tragique. Quand ton âge réuni au mien fera cinquante ans, alors nous serons tristes, raisonnables, lugubres, tant qu'il te plaira ; nous ferons ce beau raisonnement de mon beau-père. « Il pleut, tant pis ! Il fait beau, tant pis encore ! » Tu t'ennuyais à périr, jouant la colère contre Paris sans être en colère. Arrive un beau jeune homme...

— Mais il n'est pas très bien...

— Arrive un jeune homme, sans épithète ; tu l'aimes, tu es occupée, l'ennui s'envole bien loin, et tu appelles cet amour-là *fatal* ! »

Le départ arrêté, il y eut de grandes scènes à ce sujet avec M. de Pontlevé. Heureusement, Mme de Constantin soutint la plus grande part du dialogue, et le marquis avait une peur mortelle de sa gaieté quelquefois ironique.

« Cette femme-là *dit tout* ; il n'est pas difficile d'être aimable quand on ne se refuse rien, répétait-il un soir, fort piqué, à Mme de Puylaurens. Il n'est pas difficile d'avoir de l'esprit quand on se permet tout.

— Eh bien ! mon cher marquis, engagez Mme de Serpierre, que voilà là-bas, à ne se rien refuser, et nous allons voir si nous serons amusés.

— Des propos toujours ironiques, répliqua le marquis avec humeur ; rien n'est sacré aux yeux de cette femme-là !

— Jamais personne au monde n'eut l'esprit de Mme de Constantin, dit M. de Sanréal, prenant la parole d'un air imposant, et si elle se moque des prétentions ridicules, à qui la faute ?

— Aux prétentions ! dit Mme de Puylaurens, curieuse de voir ces deux êtres se gourmer.

— Oui, ajouta Sanréal, d'un air pesant, aux prétentions, aux tyrannies. »

Heureux d'avoir une idée, plus heureux d'être approuvé par Mme de Puylaurens, ce qui ne lui était peut-être jamais arrivé, M. de Sanréal tint la parole pendant un gros quart d'heure, et retourna sa pauvre idée dans tous les sens.

« Y a-t-il rien de plus plaisant, madame, dit tout bas Mme de Constantin à Mme de Puylaurens, qu'un homme sans esprit qui rencontre une idée ! Cela est scandaleux ! » Et le rire fou de ces deux dames fut pris pour une marque d'approbation par Sanréal. « Cet être aimable doit m'adorer. » Mme de Constantin avait raison.

Elle accepta deux ou trois dîners magnifiques qui réunirent toute la bonne compagnie de Nancy. Quand M. de Sanréal, faisant sa cour à Mme de Constantin, ne trouvait rien absolument à dire, Mme de Constantin lui demandait sa voix au collège électoral pour la centième fois. Elle était sûre de quelque protestation bizarre ; il lui jurait qu'il lui était dévoué, lui, son homme d'affaires, son notaire et ses fermiers.

— Et de plus, madame, j'irai vous voir à Paris.

— A Paris, je ne vous recevrai qu'une fois par semaine, disait-elle en regardant Mme de Puylaurens. Ici, nous nous connaissons tous, là vous me compromettriez. Un jeune homme, votre fortune, vos chevaux, votre état dans le monde ! Une fois la semaine, je dis trop : deux visites par mois, tout au plus. »

Jamais Sanréal ne s'était trouvé à pareille fête. Il eût volontiers pris acte, par-devant notaire, des choses aimables que lui adressait Mme de Constantin, une femme d'esprit. Il lui donnait ce titre au moins vingt fois par jour, et avec une voix de stentor, ce qui faisait beaucoup d'effet et faisait croire à ses paroles.

A cause de ces beaux yeux il eut une querelle avec M. de Pontlevé, auquel il déclara tout net qu'il prétendait aller au collège électoral, sauf à prêter serment à Louis-Philippe.

« Qui croit *au serment* en France aujourd'hui ? Louis-Philippe même croit-il aux siens ? Des voleurs m'arrêtent au coin d'un bois, ils sont trois contre un et me demandent un serment. Irai-je le refuser ? Ici, le gouvernement est le voleur qui prétend me voler ce droit d'élire un député qu'a tout Français. Le gouvernement a ses préfets, ses gendarmes, irai-je le combattre ? Non, ma foi ! Je le paierai en monnaie de singe, comme lui-même paie les partisans des glorieuses journées. »

Dans quel pamphlet M. de Sanréal avait-il pris ces trois

phrases ? Car personne ne le soupçonna jamais de les avoir inventées. Mme de Constantin, qui lui donnait des idées tous les soirs, se serait bien gardée de répandre des raisonnements qui eussent pu choquer le préfet du département. C'était le fameux M. Dumoral, renégat célèbre, autrefois, avant 1830, libéral déclamateur, mais allant fort bien en prison. Il parlait sans cesse de huit mois de séjour à Sainte-Pélagie faits sous Charles X. Le fait est qu'il était beaucoup moins bête, qu'il avait même acquis quelque finesse, depuis son changement de religion, et pour tout au monde Mme de Constantin n'eût pas hasardé un mot réellement imprudent.

M. Dumoral voulait une direction générale de 40 000 francs et Paris, pour y arriver il était réduit à mâcher du mépris deux ou trois fois la semaine.

Mme de Constantin savait qu'un homme qui est à ce régime est peu sensible aux grâces d'une jolie femme. Dans le moment actuel, M. Dumoral voulait se tirer d'une façon brillante des élections et passer à une autre préfecture ; les sarcasmes de *L'Aurore* (le journal libéral de M. Gauthier), ses éternelles citations des opinions autrefois libérales de M. Dumoral l'avaient tout à fait *démoralisé* dans le département, c'est le mot du pays.

Nous supprimons ici huit ou dix pages sur les faits et gestes de M. Dumoral préparant les élections ; cela est vrai, mais vrai comme la Morgue, et c'est un genre de vérité que nous laissons aux romans in-12 pour femmes de chambre. Retournons à Paris, chez le ministre de M. Dumoral. A Paris, les manœuvres des gens du pouvoir sont moins dégoûtantes.

CHAPITRE XLII

Le soir du jour où le nom de Leuwen avait paru si glorieux dans *Le Moniteur*, ce maître des requêtes, outré de fatigue et de dégoût, était assis chez sa mère dans un petit coin sombre du salon, comme le Misanthrope. Accablé des compliments auxquels il avait été en butte toute la journée, les mots de carrière superbe, de bel avenir, de premier pas brillant, papillonnaient devant ses yeux et lui faisaient mal à la tête. Il était horriblement fatigué des réponses, la plupart de mauvaise grâce et mal tournées, qu'il avait faites à tant de compliments, tous fort bien faits et encore mieux dits : c'est le talent de l'habitant de Paris.

« Maman, voilà donc le bonheur ! dit-il à sa mère quand ils furent seuls.

— Mon fils, il n'y a point de bonheur avec l'extrême fatigue, à moins que l'esprit ne soit amusé ou que l'imagination ne se charge de peindre vivement le bonheur à venir. Des compliments trop répétés sont fort ennuyeux et vous n'êtes ni assez enfant, ni assez vieux, ni assez ambitieux, ni assez vaniteux, pour rester ébahi devant un uniforme de maître des requêtes. »

M. Leuwen père ne parut qu'une bonne heure après la fin de l'Opéra.

« Demain, à huit heures, dit-il à son fils, je vous présente à votre ministre, si vous n'avez rien de mieux à faire. »

Le lendemain, à huit heures moins cinq minutes, Lucien était dans la petite antichambre de l'appartement de son père.

Huit heures sonnèrent, huit heures un quart.

« Pour rien au monde, monsieur, dit à Leuwen Anselme,

l'ancien valet de chambre, je n'entrerais chez monsieur avant qu'il ne sonne. »

Enfin, la sonnette se fit entendre à dix heures et demie.

« Je suis fâché de t'avoir fait attendre, mon ami, dit M. Leuwen avec bonté.

— Moi, peu importe, mais le ministre.

— Le ministre est fait pour m'attendre quand il le faut. Il a, ma foi, plus affaire de moi que moi de lui ; il a besoin de ma banque et peur de mon salon. Mais te donner deux heures d'ennui à toi, mon fils, un homme que j'aime *et que j'estime*, ajouta-t-il en riant, c'est fort différent. J'ai bien entendu sonner huit heures, mais je me sentais un peu de transpiration, j'ai voulu attendre qu'elle fût bien passée. A soixante-cinq ans, la vie est un problème..., et il ne faut pas l'embrouiller par des difficultés imaginaires.

« ... Mais comme te voilà fait ! dit-il en s'interrompant. Tu as l'air bien jeune ! Va prendre un habit moins frais, un gilet noir, arrange mal tes cheveux..., tousse quelquefois..., tâche de te donner vingt-huit ou trente ans. La première impression fait beaucoup avec les imbéciles, et il faut toujours traiter un ministre comme un imbécile, il n'a pas le temps de penser. Rappelle-toi de n'être jamais très bien vêtu tant que tu seras dans les affaires. »

On partit après une grande heure de toilette. Le comte de Vaize n'était point sorti. L'huissier accueillit avec empressement le nom de MM. Leuwen, et les annonça sans délai.

« Son Excellence nous attendait », dit M. Leuwen à son fils en parcourant trois salons où les solliciteurs étaient étagés suivant leur mérite et leur rang dans le monde.

MM. Leuwen trouvèrent Son Excellence fort occupée à mettre en ordre, sur un bureau de citronnier chargé de ciselures de mauvais goûts, trois ou quatre cents lettres.

« Vous me trouvez occupé de ma circulaire, mon cher Leuwen. Il faut que je fasse une circulaire qui sera déchiquetée par le *National*, par la *Gazette*, etc., et messieurs mes commis me font attendre depuis deux heures la collection des circulaires de mes prédécesseurs. Je suis curieux de savoir comment ils ont passé le pas. Je suis fâché de ne pas l'avoir faite, un homme d'esprit comme vous m'avertirait des phrases qui peuvent donner prise. »

Son Excellence continua ainsi pendant vingt minutes. Pendant ce temps, Lucien l'examinait. M. de Vaize annonçait une cinquantaine d'années, il était grand et assez bien fait. De beaux cheveux grisonnants, des traits fort réguliers, une tête portée haute prévenaient en sa faveur. Mais cette impression ne durait pas. Au second regard, on remarquait un front bas, couvert de rides, excluant toute idée de pensée. Lucien fut tout étonné et fâché de trouver à ce grand administrateur l'air plus que commun, l'air valet de chambre. Il avait de grands bras dont il ne savait que faire ; et, ce qui est pis, Lucien crut entrevoir que Son Excellence cherchait à se donner des grâces imposantes. Il parlait trop haut et s'écoutait parler.

M. Leuwen père, presque en interrompant l'éloquence du ministre, trouva le moment de dire les paroles sacramentelles :

« J'ai l'honneur de présenter mon fils à Votre Excellence.

— J'en veux faire un ami, il sera mon premier aide de camp. Nous aurons bien de la besogne : il faut que je me fourre dans la tête le caractère de mes quatre-vingt-six préfets, stimuler les flegmatiques, retenir le zèle imprudent qui donne la colère pour auxiliaire aux intérêts du parti contraire, éclairer les esprits plus courts. Ce pauvre N... (le prédécesseur) a tout laissé dans un désordre complet. Les commis, qu'il a fourrés ici, au lieu de me répondre par des faits et des notions exactes, me font des phrases.

« Vous me trouvez ici devant le bureau de ce pauvre Corbière. Qui m'eût dit, quand je combattais à la Chambre des Pairs sa petite voix de chat qu'on écorche, que je m'assoirais dans son fauteuil un jour ? C'était une tête étroite, sa vue était courte, mais il ne manquait pas de sens dans les choses qu'il apercevait. Il avait de la sagacité, mais c'était bien l'antipode de l'éloquence, outre que sa mine de chat fâché donnait au plus indifférent l'envie de le contredire. M. de Villèle eût mieux fait de s'adjoindre un homme éloquent, Martignac par exemple. »

Ici, dissertation sur le système de M. de Villèle. Ensuite, M. de Vaize prouva que la justice est le premier besoin des sociétés. De là, il passa à expliquer comment la bonne foi est la base du crédit. Il dit ensuite à ces messieurs qu'un gouvernement partial et injuste *se suicide* de ses propres mains, etc., etc.

La présence de M. Leuwen père avait semblé lui imposer d'abord, mais bientôt, enivré de ses paroles, il oublia qu'il parlait devant un homme dont Paris répétait les épigrammes ; il prit des airs importants et finit par [faire] l'éloge de la probité de son prédécesseur, qui passait généralement pour avoir économisé huit cent mille francs pendant un ministère d'une année.

« Ceci est trop magnanime pour moi, mon cher comte », lui dit M. Leuwen, et il s'évada.

Mais le ministre était en train de parler ; il prouva à son secrétaire intime que sans probité l'on ne peut pas être un grand ministre. Pendant que Lucien était l'unique objet de l'éloquence du ministre, il lui trouva l'air commun.

Enfin, Son Excellence installa Lucien à un magnifique bureau, à vingt pas de son cabinet particulier. Lucien fut surpris par la vue d'un jardin charmant sur lequel donnaient ses croisées ; c'était un contraste piquant avec la sécheresse de toutes les sensations dont il était assailli. Lucien se mit à considérer les arbres avec attendrissement.

En s'asseyant, il remarqua de la poudre sur le dossier de son fauteuil.

« Mon prédécesseur n'avait pas de ces idées-là », se dit-il en riant.

Bientôt, en voyant l'écriture sage, très grosse et très bien formée de ce prédécesseur, il eut le sentiment de la *vieillerie* au suprême degré.

« Il me semble que ce cabinet sent l'éloquence vide et l'emphase plate. »

Il décrocha deux ou trois gravures de l'école française : Ulysse arrêtant le char de Pénélope, par MM. Fragonard ou le Barbier..., et les envoya dans les bureaux. Plus tard, il les remplaça par des gravures d'Anderloni et de Morghen.

Le ministre revint une heure après et lui remit une liste de vingt-cinq personnes qu'il fallait inviter pour le lendemain.

« J'ai décidé qu'au moment où l'horloge du ministère sonne l'heure, le portier vous apportera toutes les lettres arrivées à mon adresse. Vous me donnerez sans délai ce qui viendra des Tuileries ou des ministères, vous ouvrirez tout le reste et m'en ferez un extrait en une ligne, ou deux tout au plus ; mon temps est précieux. »

A peine le ministre sorti, huit ou dix commis vinrent faire connaissance avec M. le maître des requêtes, dont l'air déterminé et froid leur parut de bien mauvais augure.

Pendant toute cette journée, remplie presque exclusivement d'un cérémonial faux à couper au couteau, Lucien fut plus froid encore et plus ironique qu'au régiment. Il lui semblait être séparé par dix années d'une expérience impitoyable de ce moment de premier début à Nancy, où il était froid pour éviter une plaisanterie qui aurait pu conduire à un coup d'épée. Souvent alors il avait toutes les peines du monde à réprimer une bouffée de gaieté ; au risque de toutes les plaisanteries grossières et de tous les coups d'épée du monde, il aurait voulu jouer aux barres avec ses camarades du 27ᵉ. Aujourd'hui, il n'avait besoin que de ne pas trop déguiser le profond dégoût que lui inspiraient tous les hommes. Sa froideur d'alors lui semblait la bouderie joyeuse d'un enfant de quinze ans ; maintenant, il avait le sentiment de s'enfoncer dans la boue. En rendant le salut à tous les commis qui venaient le voir, il se disait :

« J'ai été dupe à Nancy parce que je n'étais pas assez méfiant. J'avais la naïveté et la duperie d'un cœur honnête, je n'étais pas assez coquin. Oh ! que la question de mon père avait un grand sens : *Es-tu assez coquin ?* Il faut courir à la Trappe, ou me faire aussi adroit que tous ces chefs et sous-chefs qui viennent donner la bienvenue à M. le maître des requêtes. Sans doute, les premiers vols à favoriser sur quelque fourniture de foin pour les chevaux ou de linge pour les hôpitaux me répugneront. Mais à la Trappe, menant une vie innocente et dont tout le crime est de mystifier quelques paysans des environs ou quelques novices, ma vanité blessée me laisserait-elle un moment de repos ? Comment digérer cette idée d'être inférieur par l'esprit à tous ses contemporains ?... Apprenons donc sinon à voler, du moins à *laisser passer le vol de Son Excellence*, comme tous ces commis dont je fais la connaissance aujourd'hui. »

La physionomie que donnent de pareilles idées n'est pas précisément celle qu'il faut pour faire naître un dialogue facile et de bon goût entre gens qui se voient pour la première fois. Après cette première journée de ministère, la misanthropie de Lucien était de cette forme : il ne songeait pas aux hommes quand il ne les voyait pas, mais leur présence un peu prolongée lui était importune et bientôt insupportable.

<M. Leuwen père dit à Mme Leuwen : « Il est trop malléable, il ne fait d'objection à rien, cela me fait peur.>

Pour l'achever de peindre, il trouva, en rentrant à la maison, son père d'une gaieté parfaite.

« Voici deux petites assignations, lui dit-il, qui sont les suites naturelles de vos dignités du matin. »

C'étaient deux cartes d'abonnement à l'Opéra et aux Bouffes.

« Ah ! mon père, ces plaisirs me font peur.

— Vous m'avez accordé dix-huit mois au lieu d'un an

pour une certaine position dans le monde. Pour rendre la grâce complète, promettez-moi de passer une demi-heure chaque soir dans ces *temples du plaisir*, particulièrement vers la fin des plaisirs, à onze heures.

— Je le promets. Ainsi, je n'aurai pas une pauvre petite heure de tranquillité dans toute la journée ?

— Et le dimanche donc ! »

Le second jour, le ministre dit à Lucien :

« Je vous charge d'accorder des rendez-vous à cette foule de figures qui affluent chez le ministre nouvellement nommé. Éloignez l'intrigant de Paris faufilé avec des femmes de moyenne vertu ; ces gens-là sont capables de tout, même de ce qu'il y a de plus noir. Faites accueil au pauvre diable de provincial entêté de quelque idée folle. Le solliciteur portant avec une élégance parfaite un habit râpé est un fripon ; il habite Paris ; s'il valait quelque chose, je le rencontrerais dans quelque salon, il trouverait quelqu'un pour me le présenter et répondre de lui. »

Peu de jours après, Lucien invita à dîner un peintre, homme de beaucoup d'esprit, Lacroix, qui portait le nom d'un préfet destitué par M. de Polignac, et justement ce jour-là le ministre n'avait que des préfets.

Le soir, quand le comte de Vaize se trouva seul dans son salon avec sa femme et Leuwen, il rit beaucoup de la mine attentive des préfets dînant qui, voyant dans le peintre un candidat à préfecture destiné à les remplacer, l'observaient d'un œil jaloux.

« Et pour fortifier le quiproquo, disait le ministre, j'ai adressé dix fois la parole à Lacroix, et toujours sur de graves sujets d'administration.

— C'est donc pour cela qu'il avait l'air si ennuyé et si ennuyeux, dit la petite comtesse de Vaize de sa voix douce et timide. C'était à ne pas le reconnaître ; je voyais sa petite figure spirituelle par-dessus un des bouquets du plateau. Je ne pouvais deviner ce qui lui arrivait. Il maudira votre dîner.

— On ne maudit point un dîner chez un ministre », dit le comte de Vaize, à demi sérieux.

« Voilà la griffe du lion », pensa Leuwen.

Mme de Vaize, fort sensible à ces coups de boutoir, avait pris un air morne.

« Ce petit Leuwen va me faire jouer un sot rôle chez son père. »

« Il veut avoir des tableaux, reprit-il d'un air gai ; et

parbleu, à votre recommandation je lui en donnerai. Je remarque que, de façon ou d'autre, il vient ici deux fois la semaine.

— Dites-vous vrai ? Me promettez-vous des tableaux pour lui, et cela sans qu'il soit besoin de vous solliciter ?

— Ma parole !

— En ce cas, j'en fais un ami de la maison.

— Ainsi, madame, vous aurez deux hommes d'esprit : MM. Lacroix et Leuwen. »

Le ministre partit de ce propos gracieux pour plaisanter Lucien un peu trop rudement sur la méprise qui l'avait fait inviter à dîner M. Lacroix, le peintre d'histoire. Lucien, réveillé, répondit à Son Excellence sur le ton de la parfaite égalité, ce qui choqua beaucoup le ministre. Lucien le vit et continua à parler avec une aisance qui l'étonna et l'amusa.

Il aimait à se trouver avec Mme de Vaize, jolie, très timide, bonne, et qui en lui parlant oubliait parfaitement qu'elle était une jeune femme et lui un jeune homme. Cet arrangement convenait beaucoup à notre héros.

« Ainsi, me voilà, se disait-il, sur le ton de l'intimité avec deux êtres dont je ne connaissais pas la figure il y a huit jours, et dont l'un m'amuse surtout quand il m'attaque et l'autre m'intéresse. »

Il mit beaucoup d'attention à sa besogne ; il lui sembla que le ministre voulait prendre avantage de l'erreur de nom dans l'invitation à dîner pour lui attribuer l'aimable légèreté de la première jeunesse.

« Vous êtes un grand administrateur, monsieur le comte : en ce sens, je vous respecte ; mais l'épigramme à la main je suis votre homme et, vu vos honneurs, j'aime mieux risquer d'être un peu trop ferme que vous laisser empiéter sur ma dignité. Cela vous indiquera d'ailleurs que je me moque parfaitement de ma place, tandis que vous adorez la vôtre. »

Au bout de huit jours de cette vie-là, Lucien fut de retour sur la terre ; il avait surmonté l'ébranlement produit par la dernière soirée à Nancy. Son premier remords fut de n'avoir pas écrit à M. Gauthier ; il lui fit une lettre infinie, et il faut l'avouer, assez imprudente. Il signa d'un nom en l'air et chargea le préfet de Strasbourg de la mettre à la poste.

« Venant de Strasbourg, se dit-il, peut-être elle échappera à Mme Cunier et au commissaire de police du renégat Dumoral. »

Il fut curieux de suivre dans les divers bureaux la correspondance de Dumoral, dont le comte de Vaize semblait avoir peur. On était alors dans tout le feu des élections et des affaires d'Espagne. La correspondance de M. Dumoral, parlant de Nancy, l'amusa infiniment ; il s'agissait de M. de Vassignies, homme très dangereux ; de M. Du Poirier, personnage moins à craindre dont on aurait raison avec une croix et un bureau de tabac pour sa sœur, etc. etc. Ces pauvres préfets, mourant de peur de manquer leurs élections et exagérant leur embarras à leur ministre, avaient le pouvoir de le tirer de sa mélancolie.

Telle était la vie de Leuwen : six heures au bureau de la rue de Grenelle le matin, une heure au moins à l'Opéra le soir. Son père, sans le lui dire, l'avait précipité dans un travail de tous les moments.

« C'est l'unique moyen, disait-il à Mme Leuwen, de parer au coup de pistolet, si toutefois nous en sommes là, ce que je suis loin de croire. Sa vertu si ennuyeuse l'empêcherait seule de nous laisser seuls et, outre cela, il y a l'amour de la vie et la curiosité de lutter avec le monde. »

Par amitié pour sa femme, M. Leuwen s'était entièrement appliqué à résoudre ce problème.

« Vous ne pouvez vivre sans votre fils, lui disait-il, et moi sans vous. Et je vous avouerai que depuis que je le suis de près il ne me semble plus aussi plat. Il répond quelquefois aux épigrammes de son ministre, et la ministresse l'admire. Et, à tout prendre, les jeunes reparties un peu trop vertes de Lucien valent mieux que les vieilles épigrammes sans pointe du de Vaize... Reste à voir comment il prendra la première friponnerie de Son Excellence.

— Lucien a toujours la plus haute idée des talents de M. de Vaize.

— C'est là notre seule ressource ; c'est une admiration qu'il faut soigneusement entretenir. Cela est capital pour nous. Mon unique ressource, après avoir nié tant que je pourrai le coup de canif donné à la probité, sera de dire : Un ministre de ce talent est-il trop payé à 400 000 francs par an ? Là-dessus, je lui prouverai que Sully a été un voleur. Trois ou quatre jours après, je paraîtrai avec ma *réserve*, qui est superbe : le général Bonaparte, en 1796, en Italie, volait. Auriez-vous préféré un honnête homme comme Moreau, se laissant battre en 1799 à Cassano, à Novi, etc. Moreau coûtait au trésor 200 000 francs peut-être, et Bonaparte trois millions..., etc. J'espère que Lucien ne trouvera pas de réponse, et je vous réponds de son séjour à Paris tant qu'il admirera M. de Vaize.

— Si nous pouvons gagner le bout de l'année, dit Mme Leuwen, il aura oublié sa Mme de Chasteller.

— Je ne sais, vous lui avez fait un cœur si constant ! Vous n'avez jamais pu vous déprendre de moi, vous m'avez toujours aimé en dépit de ma conduite abominable. Pour un cœur tout d'une pièce tel que celui que vous avez fait à votre fils, il faudrait un nouveau goût. J'attends une occasion favorable pour le présenter à Mme Grandet.

— Elle est bien jolie, bien jeune, bien brillante.

— Et de plus veut absolument avoir une grande passion.

— Si Lucien voit l'affectation, il prendra la fuite. Etc., etc., etc. »

Un jour de grand soleil, vers les deux heures et demie, le ministre entra dans le bureau de Leuwen la figure fort rouge, les yeux hors de la tête et comme hors de lui.

« Courez auprès de M. votre père... Mais d'abord copiez cette dépêche télégraphique... Veuillez prendre copie aussi de cette note que j'envoie au *Journal de Paris*... Vous sentez toute l'importance et le secret de la chose... »

Il ajouta pendant que Lucien copiait :

« Je ne vous engage pas à prendre le cabriolet du ministère, et pour cause. Prenez un cabriolet sous la porte cochère en face, donnez-lui six francs d'avance et, au nom de Dieu, trouvez M. votre père avant la clôture de la Bourse. Elle ferme à trois heures et demie, comme vous le savez. »

Lucien, prêt à partir et son chapeau à la main, regardait le ministre tout haletant et qui avait peine à parler. En le voyant entrer, il l'avait cru remplacé, mais le mot *télégraphe* l'avait bientôt mis sur la voie. Le ministre s'enfuit, puis rentra ; il dit d'un ton impérieux :

« Vous me remettrez à moi, à moi, monsieur, les deux copies que vous venez de faire, et, sur votre vie, vous ne les montrerez qu'à M. votre père. »

Cela dit, il s'enfuit de nouveau.

« Voilà un ton qui est bien grossier et bien ridicule, se dit Lucien. Ce ton si offensant n'est propre qu'à suggérer l'idée d'une vengeance trop facile.

« Voilà donc tous mes soupçons avérés, pensait Lucien en courant au cabriolet. Son Excellence joue à la Bourse à coup sûr... Et me voilà bel et bien complice d'une friponnerie. »

Lucien eut beaucoup de peine à trouver son père ; enfin, comme il faisait un beau froid et encore un peu de soleil, il eut l'idée de le chercher sur le boulevard, et il le trouva en contemplation devant un énorme poisson exposé au coin de la rue de Choiseul.

M. Leuwen le reçut assez mal et ne voulut point monter en cabriolet.

« Au diable, ton casse-cou ! Je ne monte que dans ma voiture quand toutes les Bourses du monde devraient fermer sans moi ! »

Lucien courut chercher cette voiture au coin de la rue de la Paix, où elle attendait. Enfin, à trois heures un quart, au moment où la Bourse allait fermer, M. Leuwen y entra.

Il ne parut chez lui qu'à six heures.

« Va chez ton ministre, donne-lui ce mot, et attends-toi à être mal reçu.

— Eh bien ! tout ministre qu'il est, je vais lui répondre ferme », dit Lucien fort piqué de jouer un rôle dans une friponnerie.

Il trouva le ministre au milieu de vingt généraux. « Raison de plus pour être ferme », se dit-il. On venait d'annoncer le dîner. Déjà le maréchal N... donnait le bras à Mme de Vaize. Le ministre, debout au milieu du salon, faisait de l'éloquence ; mais, en voyant Lucien, il n'acheva pas sa phrase. Il partit comme un trait en lui faisant signe de le suivre ; arrivé dans son cabinet, il ferma la porte à clef et enfin se jeta sur le billet. Il faillit devenir fou de joie, il serra Lucien dans ses grands bras vivement et à plusieurs reprises. Leuwen, debout, son habit noir boutonné jusqu'au menton, le regardait avec dégoût.

« Voilà donc un voleur, se disait-il, et un voleur en action ! Dans sa joie comme dans son anxiété, il a des gestes de laquais. »

Le ministre avait oublié son dîner ; c'était la première affaire qu'il faisait à la Bourse, et il était hors de lui du gain de quelques milliers de francs. Ce qui est plaisant, c'est qu'il en avait une sorte d'orgueil, il se sentait ministre dans toute l'étendue du mot.

« Cela est divin, mon ami, dit-il à Lucien en revenant avec lui vers la salle à manger... Au reste, il faudra voir demain à la revente. »

Tout le monde était à table, mais, par respect pour Son Excellence, on n'avait pas osé commencer. La pauvre Mme de Vaize était rouge et transpirait d'anxiété. Les vingt-cinq convives, assis en silence, voyaient bien que c'était le cas de parler, mais ne trouvaient rien à dire et faisaient la plus sotte figure du monde pendant ce silence forcé qu'interrompait de temps à autre les mots timides et à peine articulés de Mme de Vaize qui offrait une assiette de soupe au maréchal son voisin, et les mines de refus de ce dernier formaient le centre d'attention le plus comique.

Le ministre était tellement ému qu'il en avait perdu cette assurance si vantée dans ses journaux ; d'un air fort ahuri, il balbutia quelques mots en prenant place : « Une dépêche des Tuileries... »

Les potages se trouvèrent glacés, et tout le monde avait froid. Le silence était si complet et tout le monde tellement mal à son aise, que Lucien put entendre ces mots :

« Il est bien troublé, disait à voix basse à son voisin un colonel assis près de Leuwen ; serait-il chassé ?

— La joie surnage », lui répondit du même ton un vieux général en cheveux blancs. »

Le soir, à l'Opéra, toute l'attention de Lucien était pour cette triste pensée :

« Mon père participe à cette manœuvre... On peut répondre qu'il fait son métier de banquier. Il sait une nouvelle, il en profite, il ne trahit aucun serment... Mais sans le receleur il n'y aurait pas de voleur. »

Cette réponse ne lui rendait point la paix de l'âme. Toutes les grâces de Mlle Raimonde, qui vint dans sa loge dès qu'elle le vit, ne purent en tirer un mot. L'*ancien homme* prenait le dessus.

« Le matin avec des voleurs, et le soir avec des catins ! se disait-il amèrement. Mais qu'est-ce que l'opinion ? Elle m'estimera pour ma matinée, et me méprisera parce que je passe la soirée avec cette pauvre fille. Les belles dames sont comme l'Académie pour le romantisme : elles sont juges et parties... Ah ! si je pouvais parler de tout ceci avec... »

Il s'arrêta au moment où il prononçait mentalement le nom de Chasteller.

Le lendemain, le comte de Vaize entra en courant dans le bureau de Leuwen. Il ferma la porte à clef. L'expression de ses yeux était étrange.

« Dieu ! que le vice est laid ! » pensa Lucien.

« Mon cher ami, courez chez M. votre père, dit le ministre d'une voix entrecoupée. Il faut que je lui parle... *absolument*... Faites tout au monde pour l'emmener au ministère, puisque, enfin, moi, je ne puis pas me montrer dans le comptoir de MM. Van Peters et Leuwen. »

Lucien le regardait attentivement.

« Il n'a pas la moindre vergogne en me parlant de son vol ! »

Lucien avait tort. M. de Vaize était tellement agité par la cupidité (il s'agissait de réaliser un bénéfice de 17 000 francs), qu'il en oubliait la timidité qu'il souffrait fort grande en parlant à Lucien, non par pudeur morale, mais il le croyait un homme à épigrammes comme son père, et redoutait un mot désagréable. Le ton de M. de Vaize était, dans ce moment, celui d'un maître parlant à son valet. D'abord, il ne se serait pas aperçu de la différence, un ministre honorait tellement selon lui l'être auquel il adressait la parole qu'il ne pouvait pas manquer de politesse. Ensuite, dès qu'il s'agissait d'affaires d'argent, dans l'excès de son trouble, il ne s'apercevait de rien.

M. Leuwen reçut en riant la communication que son fils était chargé de lui faire.

« Ah ! parce qu'il est ministre il voudrait me faire courir ? Dis-lui de ma part que je n'irai pas à son ministère, et que je le prie instamment de ne pas venir chez moi. L'affaire d'hier est terminée ; j'en fais d'autres aujourd'hui. »

Comme Lucien se hâtait de partir :

« Reste donc un peu. Ton ministre a du génie pour l'administration, mais il ne faut pas gâter les grands hommes, autrement ils se négligent... Tu me dis qu'il prend un ton familier et même grossier avec toi. *Avec toi* est de trop. Dès que cet homme ne déclame pas au milieu de son salon, comme un préfet accoutumé à parler tout seul, il est grossier avec tout le monde. C'est que toute sa vie s'est passée à réfléchir sur le grand art de mener les hommes et de les conduire au bonheur par la vertu. »

M. Leuwen regardait son fils pour voir si cette phrase passerait. Lucien ne fit pas attention au ridicule des mots.

« Comme il est encore loin d'écouter son interlocuteur et de savoir profiter de ses fautes ! pensa M. Leuwen. C'est un artiste, mon fils. Son art exige un habit brodé et un carrosse, comme l'art d'Ingres et de Prudhon exige un chevalet et des pinceaux. »

« Aimerais-tu mieux un artiste parfaitement poli, gracieux, d'un ton parfait, faisant des croûtes, ou un homme au ton grossier occupé du fond des choses et non de la forme, mais produisant des chefs-d'œuvre ? Si après deux ans de ministère M. de Vaize te présente vingt départements où l'agriculture ait fait un pas, trente autres dans lesquels la moralité publique se soit augmentée, ne lui

pardonneras-tu pas une inflexion négligée ou même grossière en parlant à son premier aide de camp, jeune homme
qu'il aime et estime, et qui d'ailleurs lui est nécessaire ?
Pardonne-lui le ton ridicule dans lequel il tombe sans s'en
douter, car il est né ridicule et emphatique. Ton rôle à toi
est de rappeler son attention à ce qu'il te doit par une
conduite ferme et des mots bien placés et perçants. »

M. Leuwen père parla longtemps sans pouvoir engager la
conversation avec son fils. Il n'aimait pas cet air rêveur.

« J'ai vu trois ou quatre agents de change attendre dans le
premier salon, dit Lucien ; et il se levait pour retourner à la
rue de Grenelle.

— Mon ami, lui dit son père, toi qui as de bons yeux,
lis-moi un peu *Les Débats, La Quotidienne* et *Le National.* »

Lucien se mit à lire haut et, malgré lui, ne put s'empêcher
de sourire : « Et les agents de change ? Leur métier est
d'attendre. Et le mien de lire le journal ! »

M. de Vaize était comme hors de lui quand Lucien rentra
enfin vers les trois heures. Leuwen le trouva dans son
bureau, où il était venu plus de dix fois, lui dit le garçon de
bureau, parlant à mi-voix et de l'air du plus profond respect.

« Eh bien ! monsieur ? lui dit le ministre d'un air hagard.

— Rien de nouveau, répondit Lucien avec la plus belle
tranquillité. Je quitte mon père, par ordre duquel j'ai
attendu. Il ne viendra pas et vous prie instamment de ne
pas aller chez lui. L'affaire d'hier est terminée, et il en fait
d'autres aujourd'hui. »

M. de Vaize devint pourpre et se hâta de quitter le bureau
de son secrétaire.

Tout émerveillé de sa nouvelle dignité, qu'il adorait en
perspective depuis trente ans, il voyait pour la première fois
que M. Leuwen était tout aussi fier de la position qu'il
s'était faite dans le monde.

« Je vois l'argument sur lequel se fonde l'insolence de cet
homme, se disait M. de Vaize en se promenant à grands pas
dans son cabinet. Une ordonnance du roi fait un ministre,
une ordonance ne peut faire un homme comme M. Leuwen. Voilà à quoi en arrive le gouvernement en ne nous
laissant en place qu'un an ou deux. Est-ce qu'un banquier
eût osé refuser à Colbert de passer chez lui ? »

Après cette comparaison judicieuse, le colérique ministre
tomba dans une rêverie profonde.

« Ne pourrais-je pas me passer de cet insolent ? Mais sa

probité est célèbre, presque autant que sa méchanceté. C'est un homme de plaisir, un *viveur*, qui depuis vingt ans se moque de ce qu'il y a de plus respectable : le roi, la religion... C'est le Talleyrand de la Bourse ; ses épigrammes font foi dans ce monde-là, et depuis la révolte de juillet, *ce monde-là* se rapproche tous les jours davantage du grand monde, du seul qui devrait avoir de l'influence. Les gens à argent sont aux lieu et place des grandes familles du faubourg Saint-Germain... Son salon réunit tout ce qu'il y a d'hommes d'esprit parmi les gens d'affaires..., il est faufilé avec tous les diplomates qui vont à l'Opéra... Villèle le consultait. »

A ce nom, M. de Vaize s'inclina presque. Il avait le ton fort haut, quelquefois il poussait l'assurance jusqu'au point où elle prend un autre nom, mais, par un contraste étrange, il était sujet à des *bouffées* de timidité incroyables. Par exemple, il lui eût été extrêmement pénible et presque impossible de faire des ouvertures à une autre maison de banque. Il réunissait à un âpre amour pour le gain l'idée fantasque que le public lui croyait une probité sans tache ; sa grande raison, c'est qu'il succédait à un voleur.

Après une grande heure de promenade agitée dans son cabinet et [après] avoir envoyé au diable fort énergiquement son huissier qui annonçait des chefs de bureau et même un aide de camp du roi, il sentit que l'effort de prendre un autre banquier était au-dessus de son courage. Les journaux faisaient trop de peur à Son Excellence. Sa vanité plia devant la paresse épigrammatique d'un homme de plaisir, il y eut alors capitulation avec la vanité.

« Après tout, je l'ai connu avant d'être ministre... Je ne compromets point ma dignité en souffrant chez ce vieillard caustique le ton de presque égalité auquel je l'ai laissé s'accoutumer. »

M. Leuwen avait prévu tous ces mouvements. Le soir, il dit à son fils :

« Ton ministre m'a écrit, comme un amant à sa maîtresse, des picoteries. J'ai été obligé de lui répondre, et cela me pèse. Je suis comme toi, je n'aime pas assez le *métal* pour me beaucoup gêner. Apprends à faire l'opération de bourse ; rien n'est plus simple pour un grand géomètre, élève chassé de l'École polytechnique. Il n'y a qu'un principe : la bêtise du petit joueur à la Bourse est une quantité infinie. M. Métral, mon commis, te donnera des leçons, non pas de bêtise, mais de l'art de la manier. (Lucien avait l'air très froid.) Tu me rendras un service personnel si tu te fais capable d'être l'intermédiaire habituel entre M. de Vaize et moi. La morgue de ce grand administrateur lutte contre l'immobilité de mon caractère. Il tourne autour de moi, mais depuis notre dernière opération je n'ai voulu lui livrer que des mots gais. Hier soir, sa vanité était furibonde, il voulait me réduire au sérieux. C'était plaisant. D'ici à huit jours, s'il ne peut te mater, il te fera la cour. Comment vas-tu recevoir un ministre homme de mérite te faisant la cour ? Sens-tu l'avantage d'avoir un père ? C'est une chose fort utile à Paris.

— J'aurais trop à dire sur ce dernier article, et vous n'aimez pas le provincial tendre. Quant à l'Excellence, pourquoi ne serais-je pas naturel avec lui comme envers tout le monde ?

— Ressource de paresseux. Fi donc !

— Je veux dire que je serai froid, respectueux, en laissant toujours paraître, même fort clairement, le désir de voir se terminer la communication sérieuse avec un si grand personnage.

— Serais-tu de force à hasarder le propos léger et un peu moqueur ? Il dirait : Digne fils d'un tel père !

— L'idée plaisante qui vous vient en une seconde ne se présente à moi qu'au bout de deux minutes.

— Bravo ! Tu vois les choses par le côté utile et, ce qui est pis encore, par le *côté honnête*. Tout cela est déplacé et ridicule en France. Vois ton saint-simonisme ! Il avait du bon, et pourtant il est resté odieux et inintelligible au premier étage, au second, et même au troisième ; on ne s'en occupe un peu que dans la mansarde. Vois l'Église française, si raisonnable, et la fortune qu'elle fait. Ce peuple-ci ne sera à la hauteur de la raison que vers l'an 1900. Jusque-là, il faut voir d'instinct les choses par le côté plaisant, et n'apercevoir l'*utile* ou l'*honnête* que par un effort de volonté. Je me serais gardé d'entrer dans ces détails avant ton voyage à Nancy, maintenant je trouve du plaisir à parler avec toi.

« Connais-tu cette plante de laquelle on dit que plus elle est foulée aux pieds plus elle prospère ? Je voudrais en avoir, si elle existe, j'en demanderai à mon ami Thouin et je t'en enverrai un bouquet. Cette plante est l'image de ta conduite envers M. de Vaize.

— Mais mon père, la reconnaissance...

— Mais, mon fils, c'est un animal. Est-ce sa faute si le

hasard a jeté chez lui le génie de l'administration ? Ce n'est pas un homme comme nous, sensible aux bons procédés, à l'amitié continue envers lequel on puisse se permettre des procédés délicats : il les prendrait pour de la faiblesse. C'est un préfet insolent après dîner qui, pendant vingt années de sa vie, a tremblé tous les matins de lire sa destitution dans *Le Moniteur* ; c'est encore un procureur bas-normand sans cœur ni âme, mais doué en revanche du caractère inquiet, timide et emporté d'un enfant. Insolent comme un préfet en crédit deux heures tous les matins, et penaud comme un courtisan novice qui se voit de trop dans un salon pendant deux heures tous les soirs. Mais les écailles ne sont pas encore tombées de tes yeux ; ne crois aveuglément personne, pas même moi. Tu verras tout cela dans un an. Quant à la reconnaissance, je te conseille de rayer ce mot de tes papiers. Il y a eu convention, *contrat bilatéral* avec le de Vaize aussitôt après ton retour à Paris (ta mère a prétendu qu'elle mourrait si tu allais en Amérique). Il s'est engagé : 1° à arranger ta désertion avec son collègue de la Guerre ; 2° à te faire maître des requêtes, secrétaire particulier, avec la croix au bout de l'année. Par contre, mon salon et moi nous sommes engagés à vanter son crédit, ses talents, ses vertus, sa probité surtout. J'ai fait réussir son ministère, sa nomination à la Bourse, et à la Bourse aussi, je me charge de faire, de compte à demi, toutes les affaires de Bourse basées sur les dépêches télégraphiques. Maintenant, il prétend que je me suis engagé pour les affaires de Bourse basées sur les délibérations du Conseil des ministres, mais cela n'est point. J'ai M. N..., le ministre de..., qui ne sait rien administrer mais qui sait *deviner* et lire sur les physionomies. Lui, N..., voit l'intention du roi huit jours à l'avance ; le pauvre de Vaize ne sait pas la voir à une heure de distance. Il a déjà été battu à plate couture dans deux conseils depuis un mois à peine qu'il est au ministère. Mets-toi bien dans la tête que M. de Vaize ne peut se passer de mon fils. Si je devenais un imbécile, si je fermais mon salon, si je n'allais plus à l'Opéra, il pourrait peut-être songer à s'arranger avec une autre maison, encore je ne le crois pas de cette force de tête-là. Il va te battre froid cinq ou six jours, après quoi il y aura explosion de confiance. C'est le moment que je crains. Si tu as l'air comblé, reconnaissant, d'un commis à cent louis, ces sentiments louables, joints à ton air si jeune, te classent à jamais parmi les dupes que l'on peut accabler de travail, compromettre, humilier à merci et miséricorde, comme jadis on *taillait le tiers-état*, et qui n'en sont que plus reconnaissants.

— Je ne verrai dans l'épanchement de [ce] sot-là que de l'enfantillage mêlé de fausseté.

— Auras-tu l'esprit de suivre ce programme ? »

Pendant les jours qui suivirent cette leçon paternelle, le ministre parlait à Lucien d'un air distrait, comme un homme accablé de hautes affaires. Lucien répondait le moins possible et faisait la cour à Mme la comtesse de Vaize.

Un matin, le ministre arriva dans le bureau de Leuwen suivi d'un garçon de bureau qui portait un énorme porte-feuille. Le garçon de bureau sorti, le ministre poussa lui-même le verrou de la porte et, s'asseyant familièrement à côté de Lucien :

« Ce pauvre N..., mon prédécesseur, était sans doute un fort honnête garçon, lui dit-il. Mais le public a d'étranges idées sur son compte. On prétend qu'il faisait des affaires. Voici, par exemple, le portefeuille de l'Administration de... C'est un objet de sept ou huit millions. Puis-je de bonne foi demander au chef de bureau qui conduit tout cela depuis dix ans s'il y a eu des abus ? Je ne puis qu'essayer de deviner ; M. Crapart (c'était le chef de la police du minis-tère) me dit bien que Mme M..., la femme du chef de bureau susdit, dépense quinze ou vingt mille francs, les appointements du mari sont de douze et ils ont deux ou trois petites propriétés sur lesquelles j'attends des rensei-gnements. Mais tout cela est bien éloigné, bien vague, bien peu concluant, et à moi il me faut des faits. Donc, pour lier M. N..., je lui ai demandé un rapport général et approfondi ; le voici, avec les pièces à l'appui. Enfermez-vous, *cher ami*, comparez les pièces au rapport, et dites-moi votre avis. »

Lucien admira la physionomie du ministre ; elle était convenable, raisonnable, sans morgue. Il se mit sérieuse-ment au travail. Trois heures après, Lucien écrivit au ministre :

« *Ce rapport n'est point approfondi* ; ce sont des phrases. M. N... ne convient franchement d'aucun fait, je n'ai pas trouvé une seule assertion sans quelque faux-fuyant. M. N... ne se *lie* nullement. C'est une dissertation bien écrite, redondante d'humanités, c'est un article de journal, mais l'auteur semble brouillé avec Barrême. »

Quelques minutes après le ministre accourut, ce fut une explosion de tendresse. Il serrait Lucien dans ses bras :

« Que je suis heureux d'avoir un tel capitaine dans mon régiment ! Etc. »

Leuwen s'attendait à avoir beaucoup de peine à être hypocrite. Ce fut sans la moindre hésitation qu'il prit l'air d'un homme qui désire voir finir l'accès de confiance ; c'est qu'à cette seconde entrée M. de Vaize lui parut un comédien de campagne qui charge beaucoup trop. Il le trouva manquant de noblesse presque autant que le colonel Malher, mais l'air faux était bien plus visible chez le ministre.

La froideur de Lucien écoutant les éloges de son talent était tellement glaciale, sans s'en douter, lui aussi outrait tellement son rôle, que le ministre déconcerté se mit à dire du mal du chef de bureau N... Une chose frappa Leuwen : le ministre n'avait pas lu le travail de M. N... « Parbleu, je vais le lui dire, pensa Lucien. Où est le mal ? »

« Votre Excellence est tellement accablée par les grandes discussions du Conseil et par la préparation du budget de son département, qu'elle n'a pas eu le temps de lire même ce rapport de M. N... qu'elle censure, et avec raison. »

Le ministre eut un mouvement de vive colère. Attaquer son aptitude au travail, douter des quatorze heures que de jour ou de nuit, disait-il, il passait devant son bureau, c'était attaquer son palladium.

« Parbleu, monsieur, prouvez-moi cela », dit-il en rougissant.

« A mon tour », pensa Leuwen ; et il triompha par la modération, par la clarté, par la respectueuse politesse. Il démontra clairement au ministre qu'il n'avait pas lu le rapport du pauvre M. N..., si injurié. Deux ou trois fois, le ministre voulut tout terminer en embrouillant la question.

« Vous et moi, mon cher ami, avons tout lu.

— Votre Excellence me permettra de lui dire que je serais tout à fait indigne de sa confiance, moi mince débutant dans la carrière, qui n'ai autre chose à faire, si je lisais mal ou trop vite un document qu'elle daigne me confier. Il y a ici, au cinquième alinéa... Etc., etc. »

Après avoir ramené trois fois la question à son véritable point, Lucien finit par avoir ce succès, qui eût été si fatal à tout autre bureaucrate : il réduisit son ministre au silence. Son Excellence sortit du cabinet en fureur, et Lucien l'entendit maltraiter le pauvre chef de division qu'en l'entendant revenir l'huissier avait introduit dans son cabinet. La voix redoutable du ministre passa jusqu'à l'antichambre répondant à la porte dérobée par laquelle on entrait dans le bureau de Lucien. Un ancien domestique, placé là par le ministre de l'Intérieur Crétet, et que Leuwen soupçonnait fort d'être espion, entra sans être appelé.

« Est-ce que Son Excellence a besoin de quelque chose ?

— Non pas Son Excellence, mais moi. J'ai à vous prier fort sérieusement de n'entrer ici que quand je vous sonne. »

Telle fut la première bataille de Leuwen.

CHAPITRE XLIII

Un des bonheurs de Lucien avait été de ne pas trouver à Paris son cousin Ernest Dévelroy, futur membre de l'Académie des Sciences morales et politiques. Un des académiciens moraux, qui donnait quelques mauvais dîners et disposait de trois voix, outre la sienne, avait eu besoin d'aller aux eaux de Vichy, et M. Dévelroy s'était donné le rôle de garde-malade. Cette abnégation de deux ou trois mois avait produit le meilleur effet dans l'Académie morale.

« C'est un homme à côté duquel il est agréable de s'asseoir, disait M. Bonneau, l'un des meneurs de cette société.

— La campagne d'Ernest aux eaux de Vichy, disait M. Leuwen, avance de quatre ans son entrée à l'Institut.

— Ne vaudrait-il pas mieux pour vous, mon père, avoir un tel fils ? dit Lucien presque attendri.

— *Troppo aiuto a sant'Antonio*, dit M. Leuwen. Je t'aime encore mieux avec ta vertu. Je ne suis pas en peine de l'avancement d'Ernest, il aura bientôt pour 30 000 fr. de places, comme le philosophe N... Mais j'aimerais autant avoir pour fils M. de Talleyrand. »

Il y avait dans les bureaux du comte de Vaize un M. Desbacs, dont la position sociale avait quelques rapports avec celle de Lucien. Il avait de la fortune, M. de Vaize l'appelait mon cousin, mais il n'avait pas un salon accrédité et un dîner renommé toutes les semaines pour le soutenir dans le monde. Il sentait vivement cette différence et résolut de s'accrocher à Lucien.

M. Desbacs avait le caractère de Blifil (de *Tom Jones*), et c'est ce qui malheureusement se lisait trop sur sa figure extrêmement pâle et fort marquée de la petite vérole. Cette figure n'avait guère d'autre expression que celle d'une politesse forcée et d'une bonhomie qui rappelait celle de Tartuffe. Des cheveux extrêmement noirs sur cette face blême fixaient trop les regards. Avec ce désavantage, qui était grand, comme M. Desbacs disait toujours tout ce qui était convenable et jamais rien au-delà, il avait fait des progrès rapides dans les salons de Paris. Il avait été sous-préfet destitué par M. de Martignac comme trop jésuite, et c'était un des commis les plus habiles qu'eût le ministère de l'Intérieur.

Lucien était, comme toutes les âmes tendres, au désespoir, tout lui était indifférent ; il ne choisissait pas les hommes et se liait avec ce qui se présentait : M. Desbacs se présentait de bonne grâce.

Lucien ne s'aperçut pas seulement que Desbacs lui faisait la cour. Desbacs vit que Lucien désirait réellement s'instruire et travailler, et il se donna à lui comme chercheur de renseignements non seulement dans les bureaux du ministère de l'Intérieur, mais dans tous les bureaux de Paris. Rien n'est plus commode et n'abrège plus les travaux.

En revanche, Desbacs ne manquait jamais au dîner que Mme Leuwen avait établi une fois la semaine pour les employés du ministère de l'Intérieur qui se lieraient avec son fils.

« Vous nous liez là avec d'étranges figures, dit son mari ; des espions subalternes, peut-être.

— Ou bien des gens de mérite inconnus : Béranger a été commis à 1 800 francs. Mais quoi qu'il en soit, on voit trop dans les façons de Lucien que la présence des hommes l'importune et l'irrite. C'est le genre de misanthropie que l'on pardonne le moins.

— Et vous voulez fermer la bouche à ses collègues de l'Intérieur. Mais au moins tâchez qu'ils ne viennent pas à nos mardis. »

Le but de M. Leuwen était de ne pas laisser un quart d'heure de solitude à son fils. Il trouva qu'avec son heure d'Opéra tous les soirs le pauvre garçon n'était pas assez bouclé.

Il le rencontra au foyer des Bouffes.

« Voulez-vous que je vous mène chez Mme Grandet ? Elle est éblouissante ce soir, c'est sans contredit la plus jolie femme de la salle. Et je ne veux pas vous vendre chat en poche : je vous mène d'abord chez Duvernoy, dont la loge est à côté de celle de Mme Grandet.

— Je serais si heureux, mon père, de n'adresser la parole qu'à vous ce soir !

— Il faut que le monde connaisse votre figure du vivant de mon salon. »

Déjà plusieurs fois M. Leuwen avait voulu le conduire dans vingt maisons du juste-milieu, fort convenables pour le chef de bureau particulier du ministre de l'Intérieur. Lucien avait toujours trouvé des prétextes pour différer. Il disait :

« Je suis encore trop sot. Laissez-moi me guérir de ma distraction ; je tomberais dans quelque gaucherie qui s'attacherait à mon nom et me discréditerait à jamais... C'est une grande chose que de débuter. Etc., etc. »

Mais comme une âme au désespoir n'a de forces pour rien, ce soir-là il se laissa entraîner dans la loge de M. Duvernoy, receveur général, et ensuite, une heure plus tard, dans le salon de M. Grandet, ancien fabricant fort riche et juste-milieu furibond. L'hôtel parut charmant à Lucien, le salon magnifique, mais M. Grandet lui-même d'un ridicule trop noir.

« C'est le Guizot moins l'esprit, pensa Lucien. Il tend au sang, ceci sort de mes conventions avec mon père. »

Le soir du dîner qui suivit la présentation de Lucien, M. Grandet exprima tout haut, devant trente personnes au moins, le désir que M. N..., de l'opposition, mourût d'une blessure qu'il venait de recevoir dans un duel célèbre.

La beauté célèbre de Mme Grandet ne put faire oublier à Lucien le dégoût profond inspiré par son mari. C'était une femme de vingt-trois à vingt-quatre ans au plus ; il était impossible d'imaginer des traits plus réguliers, c'était [une] beauté délicate et parfaite, on eût dit une figure d'ivoire. Elle chantait fort bien, c'était une élève de Rubini. Son mérite pour les aquarelles était célèbre, son mari lui faisait quelquefois le compliment de lui en voler une qu'il envoyait vendre, et on les payait 300 francs.

Mais elle ne se contentait pas du mérite d'excellent peintre d'aquarelles, c'était une bavarde effrénée. Malheur à la conversation si quelqu'un venait à prononcer les mots terribles de bonheur, religion, civilisation, pouvoir légitime, mariage, etc., etc.

« Je crois, Dieu me pardonne, qu'elle vise à imiter Mme de Staël, se dit Lucien écoutant une de ces *tartines*. Elle ne laisse rien passer sans y clouer son mot. Ce mot est juste, mais il est d'un plat à mourir, quoique exprimé avec noblesse et délicatesse. Je parierais qu'elle fait provision d'esprit dans les manuels à trois francs. »

Malgré son dégoût parfait pour la beauté aristocratique et les grâces imitatives de Mme Grandet, Lucien était fidèle à sa promesse et, deux fois la semaine, il paraissait dans le salon le plus aimable du *juste-milieu*.

Un soir que Lucien rentrait à minuit et qu'il répondait à sa mère qu'il avait été chez les Grandet :

« Qu'as-tu fait pour te tirer de pair aux yeux de Mme Grandet ? lui dit son père.

— J'ai imité les talents qui la font si séduisante : j'ai fait une aquarelle.

— Et quel sujet a choisi ta galanterie ? dit Mme Leuwen.

— Un moine espagnol monté sur un âne et que Rodil envoie pendre.

— Quelle horreur ! Quel caractère vous vous donnez dans cette maison ! s'écria Mme Leuwen. Et encore, ce caractère n'est pas le vôtre. Vous en avez tous les inconvénients sans les avantages. Mon fils, un bourreau !

— Votre fils, un héros : voilà ce que Mme Grandet voit dans les supplices décernés sans ménagement à qui ne pense pas comme elle. Une jeune femme qui aurait de la délicatesse, de l'esprit, qui verrait les choses comme elles sont, enfin qui aurait le bonheur de vous ressembler un peu, me prendrait pour un vilain être, par exemple pour un séide des ministres qui veut devenir préfet et chercher en France des « rues Transnonain ». Mais Mme Grandet vise au génie, à la grande passion, à l'esprit brillant. Pour une pauvre petite femme qui n'a que du bon sens, et encore du plus plat, un moine envoyé à la mort, dans un pays superstitieux, et par un général juste-milieu, c'est sublime. Mon aquarelle est un tableau de Michel-Ange.

— Ainsi, tu vas prendre le triste caractère d'un Don Juan », dit Mme Leuwen avec un profond soupir.

M. Leuwen éclata de rire.

« Ah ! que cela est bon ! Lucien un Don Juan ! Mais, mon ange, il faut que vous l'aimiez avec bien de la passion : vous déraisonnez tout à fait ! Recevez-en mon compliment. Heureux qui bat la campagne par l'effet d'une passion ! Et mille fois heureux qui déraisonne par amour, dans ce siècle où l'on ne déraisonne que par impuissance et médiocrité d'esprit ! Le pauvre Lucien sera toujours dupe de toutes les femmes qu'il aimera. Je vois dans ce cœur-là du fonds pour être dupe jusqu'à cinquante ans...

— Enfin, dit Mme Leuwen, souriant de bonheur, tu as vu que l'horrible et le plat étaient le sublime de Michel-Ange pour cette pauvre petite Mme Grandet.

— Je parie que tu n'as pas eu une seule de ces idées en faisant ton moine, dit M. Leuwen.

— Il est vrai. J'ai pensé tout simplement à M. Grandet qui, ce soir-là, voulait faire pendre tout simplement tous les journalistes de l'opposition. D'abord, mon moine sur son âne ressemblait à M. le baron Grandet.

— As-tu deviné quel est l'amant de la dame ?

— Ce cœur est si sec que je le croyais sage.

— Mais sans amant il manquerait quelque chose à son état de maison. Le choix est tombé sur M. Crapart.

— Quoi ! le chef de la police de mon ministère ?

— *The same* (lui-même) ! et par lequel vous pourrez faire espionner votre maîtresse aux frais de l'État. »

Sur ce mot, Lucien devint fort taciturne, sa mère devina son secret.

« Je te trouve pâle, mon ami. Prends ton bougeoir et, de grâce, sois toujours dans ton lit avant une heure. »

« Si j'avais eu M. Crapart à Nancy, se disait Lucien, j'aurais su autrement qu'en le voyant ce qui arrivait à Mme de Chasteller. Et que fût-il arrivé si je l'eusse connu un mois plus tôt ? J'aurais perdu un peu plus tôt les plus beaux jours de ma vie... J'aurais été condamné un mois plus tôt à vivre le matin avec un fripon Excellence, et le soir avec une coquine, la femme la plus considérée de Paris. »

On voit par l'exagération en noir de ces jugements combien l'âme de Lucien souffrait encore. Rien ne rend méchant comme le malheur. Voyez les prudes.

CHAPITRE XLIV

Un soir, vers les cinq heures, en revenant des Tuileries, le ministre fit appeler Lucien dans son cabinet. Notre héros le trouva pâle comme la mort.

« Voici une affaire, mon cher Leuwen. Il s'agit pour vous de la mission la plus délicate... »

A son insu, Lucien prit l'air altier du refus, et le ministre se hâta d'ajouter :

« ... et la plus honorable. »

Après ces mots, l'air sec et hautain de Lucien ne se radoucit pas beaucoup. Il n'avait pas grande idée de l'honneur que l'on peut acquérir en servant avec 900 francs.

Son Excellence continua :

« Vous savez que nous avons le bonheur de vivre sous cinq polices..., mais vous savez comme le public et non comme il faut savoir pour agir avec sûreté. Oubliez donc, de grâce, tout ce que vous croyez savoir là-dessus. Pour être lus, les journaux de l'opposition enveniment toutes choses. Gardez-vous de confondre ce que le public croit vrai avec ce que je vous apprendrai, autrement vous vous tromperez en agissant. N'oubliez pas surtout, mon cher Leuwen, que le plus vil coquin a de la vanité et de l'honneur à sa manière. Aperçoit-il le mépris chez vous, il devient intraitable... Pardonnez ces détails, mon ami, je désire vivement vos succès... »

« Ah ! se dit Lucien, j'ai aussi de la vanité, comme un vil coquin. Voilà deux phrases trop rapprochées, il faut qu'il soit bien ému ! »

Le ministre ne songeait déjà plus à amadouer Lucien ; il était tout à sa douleur. Son œil hagard se détachait sur des joues d'une pâleur mortelle ; en tout, c'était l'air du plus grand trouble. Il continua :

« Ce diable de général N... ne pense qu'à se faire lieutenant général. Il est, comme vous le savez, chef de la police du Château. Mais ce n'est pas tout : il veut être ministre de la Guerre, et comme tel, se montrer habile dans la partie la plus difficile ; et, à vrai dire, la seule difficile de ce pauvre ministère, ajouta avec mépris le grand administrateur : veiller à ce que trop d'intimité ne s'établisse pas entre les soldats et les citoyens, et cependant maintenir entre eux les duels suivis de mort à moins de six par mois. »

Lucien le regarda.

« Pour toute la France, reprit le ministre ; c'est le taux arrêté dans le Conseil des ministres. Le général N... s'était contenté jusqu'ici de faire courir dans les casernes ces bruits d'attaques et de guets-apens commis par des gens du bas peuple, par des ouvriers, sur des militaires isolés. Ces classes sont sans cesse rapprochées par la *douce égalité* ; elles s'estiment ; il faut donc, pour les désunir, un soin continu dans la police militaire. Le général N... me tourmente sans cesse pour que je fasse insérer dans *mes journaux* des récits exacts de toutes les querelles de cabaret, de toutes les grossièretés de corps de garde, de toutes les rixes d'ivrognes, qu'il reçoit de ses sergents déguisés. Ces messieurs sont chargés d'observer l'ivresse sans jamais se laisser tenter. Ces choses font le supplice de nos gens de lettres. « Comment espérer, disent-ils, quelque effet d'une phrase « délicate, d'un trait d'ironie de bon goût, après ces saletés ? « Qu'importent à la bonne compagnie des succès de caba- « ret, toujours les mêmes ? A l'exposé de ces vilenies, le « lecteur un peu littéraire jette le journal et ajoute, non sans « raison, quelque mot de mépris sur les gens de lettres « salariés. »

« Il faut avouer, continua le ministre en riant, que quelque adresse qu'y mettent messieurs de la littérature, le public ne lit plus ces querelles dans lesquelles deux ouvriers maçons auraient assassiné trois grenadiers, armés de leurs sabres, sans l'intervention miraculeuse du poste voisin. Les soldats, même dans les casernes, se moquent de cette partie de nos journaux, que je fais jeter dans les corridors. Dans cet état de choses, ce diable de N..., tourmenté par les deux étoiles qui sont sur ses épaulettes, a entrepris d'avoir des faits. Or, mon ami, ajouta le ministre en baissant la voix, l'affaire Kortis, si vertement démentie dans nos journaux d'hier matin, n'est que trop vraie. Kortis, l'un des hommes les plus dévoués du général N..., un homme à 300 francs par mois, a entrepris mercredi passé de désarmer un conscrit bien niais qu'il guettait depuis huit jours. Ce conscrit fut mis en sentinelle au beau milieu du pont d'Austerlitz à minuit. Une demi-heure après, Kortis s'avance en imitant l'ivrogne. Tout à coup, il se jette sur le conscrit et veut lui arracher son fusil. Ce diable de conscrit, si niais en apparence et choisi sur sa mine, recule deux pas et campe au Kortis un coup de fusil dans le ventre. Le conscrit s'est trouvé être un chasseur des montagnes du Dauphiné. Voilà Kortis blessé mortellement, mais le diable c'est qu'il n'est pas mort.

« Voici l'affaire. Maintenant le problème à résoudre : Kortis sait qu'il n'a que trois ou quatre jours à vivre, *qui nous répond de sa discrétion ?*

« *On* (*id est* le roi) vient de faire une scène épouvantable au général N... Malheureusement je me suis trouvé sous la main, *on* a prétendu que moi seul avais le tact nécessaire pour faire finir cette cruelle affaire comme il faut. Si j'étais moins connu, j'irais voir Kortis, qui est à l'hôpital de..., et étudier les personnes qui approchent son lit. Mais ma présence seule centuplerait le venin de cette affaire.

« Le général N... paie mieux ses employés de police que moi les miens ; c'est tout simple : les garnements qu'il surveille inspirent plus de crainte que ceux qui sont la pâture ordinaire de la police du ministère de l'Intérieur. Il n'y a pas un mois que le général N... m'a enlevé deux hommes ; ils avaient cent francs de traitement chez nous, et quelques pièces de cinq francs par-ci, par-là quand il leur arrivait de faire de bons rapports. Le général leur a donné deux cent cinquante francs par mois, et je n'ai pu lui parler qu'en riant de ces moyens d'embauchage fort ridicules. Il doit être furieux de la scène de ce matin et des éloges dont j'ai été l'objet en sa présence, et presque à ses dépens. Un homme d'esprit comme vous devine la suite : si mes agents font quelque chose qui vaille auprès du lit de douleur de Kortis, ils auront soin de remettre leur rapport dans mon cabinet cinq minutes après qu'ils m'auront vu sortir de l'hôtel de la rue de Grenelle, et une heure auparavant le général N... les aura interrogés tout à son aise.

« Maintenant, mon cher Leuwen, voulez-vous me tirer d'un grand embarras ? »

Après un petit silence, Lucien répondit :

« Oui, monsieur. »

Mais l'expression de ses traits était infiniment moins rassurante que sa réponse. Lucien continua d'un air glacial :

« Je suppose que je n'aurai pas à parler au chirurgien.

— Très bien, mon ami, très bien ; vous devinez le point de la question, se hâta de répondre le ministre. Le général N... a déjà agi, et trop agi. Ce chirurgien est une espèce de colosse, un nommé Monod, qui ne lit que *Le Courrier français* au café près l'hôpital, et qui enfin, à la troisième tentative de l'homme de confiance de N..., a répondu à l'offre de la croix par un coup de poing effectif qui a considérablement refroidi le zèle de l'homme de N... et, qui plus est, fait scène dans l'hôpital.

« — Voilà un jean-foutre, s'est écrié Monod, qui me pro-
« pose simplement d'empoisonner avec de l'opium le blessé
« du numéro 13 ! »

Le ministre, dont le ton avait été jusque-là vif, serré, sincère, se crut obligé de faire deux ou trois phrases éloquentes comme le *Journal de Paris* sur ce que, quant à lui, jamais il n'eût fait parler au chirurgien.

Le ministre ne parlait plus. Lucien était violemment agité. Après un silence inquiétant, il finit par dire au ministre :

« Je ne veux pas être un être inutile. Si j'obtiens de Votre Excellence de me conduire envers Kortis comme ferait le parent le plus tendre, j'accepte la mission.

— Cette condition me fait injure », s'écria le ministre d'un air affectueux. Et réellement les idées d'empoisonnement ou seulement d'opium lui faisaient horreur.

Lorsqu'il avait été question, dans le conseil, d'opium pour calmer les douleurs du malheureux Kortis, il avait pâli.

« Rappelons-nous, ajouta-t-il avec effusion, l'opium tant reproché au général Bonaparte sous les murs de Jaffa. Ne nous exposons pas à être en butte pour toute la vie aux calomnies des journaux républicains et, ce qui est bien pis, des journaux légitimistes, qui pénètrent dans les salons. »

Ce mouvement vrai et vertueux diminua l'angoisse horrible de Lucien. Il se disait :

« Ceci est bien pis que tout ce que j'aurais pu rencontrer au régiment. Là, sabrer ou même fusiller, comme à..., un pauvre ouvrier égaré, ou même innocent ; ici, se trouver mêlé toute la vie à un affreux récit d'empoisonnement. Si j'ai du courage, qu'importe la forme du danger ? »

Il dit d'un ton résolu :

« Je vous seconderai, monsieur le comte. Je me repentirai peut-être toute ma vie de ne pas tomber malade à l'instant, garder le lit réellement huit jours, ensuite revenir au bureau, et, si je vous trouvais trop changé, donner ma démission. Le ministre est trop honnête homme (et il pensait : trop engagé avec mon père) pour me persécuter avec les grands bras de son pouvoir, mais je suis las de reculer devant le danger. (Ceci fut dit avec une chaleur contenue.) Puisque la vie, au XIXᵉ siècle, est si pénible, je ne changerai pas d'état pour la troisième fois. Je vois très bien à quelle affreuse calomnie j'expose tout le reste de ma vie ; je sais comment est mort M. de Caulaincourt. Je vais donc agir avec la vue continue, à chaque démarche, de la possibilité de la justifier dans un mémoire imprimé. Peut-être, monsieur le comte, eût-il été mieux, même pour vous, de laisser ces démarches à des agents recouverts par l'épaulette : le Français pardonne beaucoup à l'uniforme... »

Le ministre fit un mouvement.

« Je ne veux, monsieur, ni vous donner des conseils, non demandés et d'ailleurs tardifs, ni encore moins vous insulter. Je n'ai pas voulu vous demander une heure pour réfléchir, et naturellement j'ai pensé tout haut. »

Cela fut dit d'un ton si simple, mais en même temps si mâle que la figure morale de Lucien changea aux yeux du ministre.

« C'est un homme, et un homme ferme, pensa-t-il. Tant mieux ! J'en maudirai moins l'effroyable paresse de son père. Nos affaires de télégraphe sont enterrées à jamais, et je puis en conscience fermer la bouche à celui-ci par une préfecture. Ce sera une façon fort honnête de m'acquitter avec le père, s'il ne meurt pas d'indigestion d'ici là, et en même temps de *lier* son salon. »

Ces réflexions furent faites plus vite qu'elles ne sont lues.

Le ministre prit le ton le plus mâle et le plus généreux qu'il put. Il avait vu la veille la tragédie *Horace* de Corneille, fort bien jouée.

« Il faut se rappeler, pensa-t-il, des intonations d'Horace et de Curiace s'entretenant ensemble après que Flavian leur a annoncé leur combat futur. »

Sur quoi le ministre, usant de sa supériorité de position, se mit à se promener dans son cabinet, et à se dire :

(Ici deux vers.)

Lucien avait pris son parti.

« Tout retard, se dit-il, est un reste d'incertitude ; et une lâcheté, pourrait ajouter une langue ennemie. »

A ce nom terrible qu'il se prononça à soi-même, il se tourna vers le ministre qui se promenait d'un air héroïque.

« Je suis prêt, monsieur. Le ministère de l'Intérieur a-t-il fait quelque chose dans cette affaire ?

— En vérité, je l'ignore.

— Je vais voir où en sont les choses, et je reviens. »

Lucien courut dans le bureau de M. Desbacs et, sans se compromettre en aucune façon, l'envoya aux informations dans les bureaux. Il rentra bien vite.

« Voici, dit le ministre, une lettre qui place sous vos ordres tout ce que vous rencontrerez dans les hôpitaux, et voici de l'or. »

Lucien s'approcha d'une table pour écrire un mot de reçu.

« Que faites-vous là, mon cher ? Un reçu entre nous ? dit le ministre avec une légèreté guindée.

— Monsieur le comte, tout ce que nous faisons ici peut un jour être imprimé », répondit Lucien avec le sérieux d'un homme qui dispute sa tête à l'échafaud.

Ce regard ôta toute leur facilité aux manières de Son Excellence.

« Attendez-vous à trouver auprès du lit de Kortis un agent du *National* ou de la *Tribune*. Surtout, pas d'emportements, pas de duel avec ces messieurs. Vous sentez quel immense avantage pour eux, et comme le général N... triompherait de mon pauvre ministère.

— Je vous réponds que je n'aurai pas de duel, du moins du vivant de Kortis.

— Ceci est l'affaire du jour. Dès que vous aurez fait ce qui est possible, cherchez-moi partout. Voici mon itinéraire. Dans une heure, j'irai aux Finances, de là chez..., chez... Vous m'obligerez sensiblement en me tenant au courant de tout ce que vous ferez.

— Votre Excellence m'a-t-elle mis au courant de tout ce qu'Elle a fait ? dit Lucien d'un air significatif.

— D'honneur ! dit le ministre. Je n'ai pas dit un mot à Crapart. De mon côté, je vous livre l'affaire vierge.

— Votre Excellence me permettra de lui dire, avec tout le respect que je lui dois, que dans le cas où j'aperçois quelqu'un de la police, je me retire. Un tel voisinage n'est pas fait pour moi.

— De ma police, oui, mon cher aide de camp. Mais

puis-je être responsable envers vous des sottises que peuvent faire les autres polices ? Je ne veux ni ne puis rien vous cacher. Qui me répond qu'aussitôt après mon départ *on* n'a pas donné la même commission à un autre ministre ? L'inquiétude est grande au Château. L'article du *National* est abominable de modération. Il y a une finesse, une hauteur de mépris... On le lira jusqu'au bout dans les salons. Ce n'est point le ton de la *Tribune*... Ah ! ce Guizot qui n'a pas fait M. Carrel conseiller d'État !

— Il eût refusé [ce me semble]. Il vaut mieux être candidat à la Présidence de la République française que conseiller d'État. Un conseiller d'État a douze mille francs, et il en reçoit trente-six pour dire ce qu'il pense. D'ailleurs, son nom est dans toutes les bouches. Mais fût-il lui-même auprès du lit de Kortis, je n'aurai pas de duel. »

Cet épisode de vrai jeune homme, dit avec feu, ne parut pas plaire infiniment à Son Excellence.

« Adieu, adieu, mon cher, bonne chance. Je vous ouvre un crédit illimité, et tenez-moi au courant. Si je ne suis pas ici, soyez assez bon pour me chercher. »

Lucien retourna à son cabinet avec le pas résolu d'un homme qui marche à l'assaut d'une batterie. Il n'y avait qu'une petite différence : au lieu de penser à la gloire, il voyait l'infamie.

Il trouva Desbacs dans son bureau.

« La femme de Kortis a écrit. Voici sa lettre. » Lucien la prit.

« ... Mon malheureux époux n'est pas entouré de soins suffisants à l'hôpital. Pour que mon cœur puisse lui prodiguer les soins que je lui dois, il faut de toute nécessité que je puisse me faire remplacer auprès de ses malheureux enfants qui vont être orphelins... Mon mari est frappé à mort sur les marches du trône et de l'autel... Je réclame de la justice de Votre Excellence... »

« Au diable l'Excellence ! pensa Lucien. Je ne pourrai pas dire que la lettre m'est adressée... »

« Quelle heure est-il ? dit-il à Desbacs. Il voulait avoir un témoin irrécusable.

— Six heures moins un quart. Il n'y a plus un chat dans les bureaux. »

Lucien marqua cette heure sur une feuille de papier. Il appela le garçon de bureau espion.

« Si l'on vient me demander dans la soirée, dites que je suis sorti à six heures. »

Lucien remarqua que l'œil de Desbacs, ordinairement si calme, était étincelant de curiosité et d'envie de se mêler.

« Vous pourriez bien n'être qu'un coquin, mon ami, pensa-t-il, ou peut-être même un espion du général N... »

« C'est que tel que vous me voyez, reprit-il d'un air assez indifférent, j'ai promis d'aller dîner à la campagne. On va croire que je me fais attendre comme un grand seigneur. »

Il regardait l'œil de Desbacs, qui à l'instant perdit tout son feu.

CHAPITRE XLV

Lucien vola à l'hôpital de N... Il se fit conduire par le portier au chirurgien de garde. Dans les cours de l'hôpital, il rencontra deux médecins, il déclina ses nom et qualités, et pria ces messieurs de l'accompagner un instant. Il mit tant de politesse dans ses manières que ces messieurs n'eurent pas l'idée de le refuser.

« Bon, se dit Lucien ; je n'aurai pas été en tête à tête avec qui que ce soit : c'est un grand point. »

« Quelle heure est-il, de grâce ? demanda-t-il au portier qui marchait devant eux.

— Six heures et demie. »

« Ainsi, je n'aurai mis que dix-huit minutes du ministère ici, et je puis le prouver. »

En arrivant auprès du chirurgien de garde, il le pria de prendre communication de la lettre du ministre.

« Messieurs, dit-il aux trois médecins qu'il avait auprès de lui, on a calomnié l'administration du ministère de l'Intérieur à propos d'un blessé, nommé Kortis, qui appartient, dit-on, au parti républicain... Le mot d'*opium* a été prononcé. Il convient à l'honneur de votre hôpital et à votre responsabilité comme employés du gouvernement d'entourer de la plus grande publicité tout ce qui se passera autour du lit de ce blessé Kortis. Il ne faut pas que les journaux de l'opposition puissent calomnier. Peut-être enverront-ils des agents. Ne trouveriez-vous pas convenable, messieurs, d'appeler M. le médecin et M. le chirurgien en chef ? »

On expédia des élèves internes à ces deux messieurs.

« Ne serait-il pas à propos de mettre dès cet instant auprès du lit de Kortis deux infirmiers, gens *sages et incapables de mensonge ?* »

Ces mots furent compris par le plus âgé des médecins présents dans le sens qu'on leur eût donné quatre ans plus tôt. Il désigna deux infirmiers appartenant jadis à la Congrégation et coquins consommés ; l'un des chirurgiens se détacha pour aller les installer sans délai.

Les médecins et chirurgiens affluèrent bien vite dans la salle de garde, mais il régnait un grand silence et ces messieurs avaient l'air morne. Quand Lucien vit sept médecins ou chirurgiens réunis :

« Je vous propose, messieurs, leur dit-il, au nom de M. le ministre de l'Intérieur, dont j'ai l'ordre dans ma poche, de traiter Kortis comme s'il appartenait à la classe la plus riche. Il me semble que cette marche convient à tous. »

Il y eut un assentiment méfiant, mais général.

« Ne conviendrait-il pas, messieurs, de nous rendre *tous* autour du lit du blessé, et ensuite de faire une consultation ? Je ferai dresser un bout de procès-verbal de ce qui sera dit, et je le porterai à M. le ministre de l'Intérieur. »

L'air résolu de Lucien en imposa à ces messieurs, dont la plupart avaient disposé de leur soirée et comptaient la passer d'une façon plus profitable ou plus gaie.

« Mais, monsieur, j'ai vu Kortis ce matin, dit d'un air résolu une petite figure sèche et avare. C'est un homme mort ; à quoi bon une consultation ?

— Monsieur, je placerai votre observation au commencement du procès-verbal.

— Mais, monsieur, je ne parlais pas dans l'intention que mon observation fût répétée...

— *Répétée*, monsieur, vous vous oubliez ! J'ai l'honneur de vous donner ma parole que tout ce qui est dit ici sera fidèlement reproduit dans le procès-verbal. Votre dire, monsieur, comme ma réponse. »

Les paroles du rôle de Lucien n'étaient pas mal ; mais il devint fort rouge en les prononçant, ce qui pouvait envenimer la chose.

« Nous ne voulons tous certainement que la guérison du blessé », dit le plus âgé des médecins pour mettre le holà. Il ouvrit la porte, l'on se mit à marcher dans les cours de l'hôpital, et le médecin objectant fut éloigné de Lucien. Trois ou quatre personnes se joignirent au cortège dans les cours. Enfin, le chirurgien en chef arriva comme on ouvrait la porte de la salle où était Kortis. On entra chez un portier voisin.

Lucien pria M. le chirurgien en chef de s'approcher avec

lui d'un quinquet, lui fit lire la lettre du ministre et raconta en deux mots ce qui avait été fait depuis son arrivée à l'hôpital. Ce chirurgien en chef était un fort honnête homme, et malgré un ton d'emphase bourgeoise, ne manquait pas de tact. Il comprit que l'affaire pouvait être importante.

« Ne faisons rien sans M. Monod, dit-il à Leuwen. Il loge à deux pas de l'hôpital. »

« Ah ! pensa Lucien ; c'est le chirurgien qui a repoussé par un coup de poing l'idée de l'opium. »

Au bout de quelques minutes, M. Monod arriva en grommelant ; on avait interrompu son dîner, et il songeait un peu aux suites du coup de poing du matin. Quand il sut de quoi il s'agissait :

« Eh bien ! messieurs, dit-il à Lucien et au chirurgien en chef, c'est un homme mort, voilà tout. C'est un miracle qu'il vive avec une balle dans le ventre, et non seulement la balle, mais des lambeaux de drap, la bourre du fusil, et que sais-je, moi ? Vous sentez bien que je ne suis pas allé sonder une telle blessure. La peau a été brûlée par la chemise, qui a pris feu. »

En parlant ainsi, on arriva au malade. Lucien lui trouva la physionomie résolue et l'air pas trop coquin, moins coquin que Desbacs.

« Monsieur, lui dit Lucien, en rentrant chez moi, j'ai trouvé cette lettre de Mme Kortis...

— Madame ! Madame ! Une drôle de madame, qui mendiera son pain dans huit jours...

— Monsieur, à quelque parti que vous apparteniez, *res sacra miser*, le ministre ne veut voir en vous qu'un homme qui souffre. On dit que vous êtes ancien militaire... Je suis lieutenant au 27ᵉ de lanciers... En qualité de camarade, permettez-moi de vous offrir quelques petits secours temporaires... »

Et il plaça deux napoléons dans la main que le malade sortit de dessous sa couverture. Cette main était brûlante, ce contact donna mal au cœur à Lucien.

« Voilà qui s'appelle parler, dit le blessé. Ce matin, il est venu un monsieur avec l'espérance d'une pension... Eau bénite de cour..., rien de comptant. Mais vous, mon lieutenant, c'est bien différent et *je vous parlerai*... »

Lucien se hâta d'interrompre le blessé, et se tournant vers les médecins et chirurgiens présents, au nombre de sept :

« Monsieur, dit Lucien au chirurgien en chef, je suppose que la présidence de la consultation vous appartient.

— Je le pense aussi, dit le chirurgien en chef, si ces messieurs n'ont pas d'objection...

— En ce cas, comme mon devoir est de prier celui de ces messieurs que vous aurez la bonté de désigner de dresser un procès-verbal fort circonstancié de tout ce que nous faisons, il serait peut-être bien que vous fissiez la désignation de la personne qui voudra bien écrire... »

Et comme Lucien entendait une conversation peu agréable pour le pouvoir qui commençait à s'établir à voix basse, il ajouta, de l'air le plus poli qu'il put :

« Il faudrait que chacun de nous parlât à son tour. »

Cette gravité ferme en imposa enfin. Le blessé fut examiné et interrogé régulièrement. M. Monod, chirurgien de la salle et du lit numéro 13, fit un rapport succinct. Ensuite, on quitta le lit du malade et dans une salle à part on fit la consultation que M. Monod écrivit, pendant qu'un jeune médecin, portant un nom bien connu dans les sciences, écrivait le procès-verbal sous la dictée de Leuwen.

Sur sept médecins ou chirurgiens, cinq conclurent à la mort possible à chaque instant, et certaine avant deux ou trois jours. Un des sept proposa l'opium.

« Ah ! voilà le coquin gagné par le général N.... », pensa Leuwen.

C'était un monsieur fort élégant, avec de beaux cheveux blonds, et portant à la boutonnière deux rubans énormes.

Lucien lut sa pensée dans les yeux de la plupart de ces messieurs. On fit justice de cette proposition en deux mots :

« Le blessé n'éprouve pas de douleurs atroces », dit le médecin âgé.

Un autre proposa une saignée abondante au pied, pour prévenir l'hémorragie dans les entrailles. Lucien ne voyait rien de politique dans cette mesure, mais M. Monod lui fit changer d'avis en disant de sa grosse voix et d'un ton significatif :

« Cette saignée n'aurait qu'un effet hors de doute, celui d'ôter la parole au blessé.

— Je la repousse de toutes mes forces, dit un chirurgien honnête homme.

— Et moi.

— Et moi.

— Et moi.

— Il y a majorité, ce me semble », dit Lucien d'un ton fort animé.

« Il vaudrait mieux être impassible, se disait-il, mais comment y tenir ? »

La consultation et le procès-verbal furent signés à dix heures un quart. MM. les chirurgiens et médecins, parlant tous de malades à voir, se sauvaient à mesure qu'ils avaient signé. Lucien resta seul avec le chirurgien géant.

« Je vais revoir le blessé, dit Lucien.

— Et moi achever de dîner. Vous le trouverez mort peut-être : il peut passer comme un poulet. Au revoir ! »

Lucien rentra dans la salle des blessés. Il fut choqué de l'obscurité et de l'odeur. On entendait de temps à autre un gémissement faible. Notre héros n'avait jamais rien vu de semblable ; la mort était pour lui quelque chose de terrible, sans doute, mais de propre et de bon ton. Il s'était toujours figuré mourir sur le gazon, la tête appuyée contre un arbre, comme Bayard. C'est ainsi qu'il avait vu la mort dans ses duels.

Il regarda sa montre.

« Dans une heure, je serai à l'Opéra... Mais je n'oublierai jamais cette soirée... *Au revoir !* » dit-il. Et il s'approcha du lit du blessé.

Les deux infirmiers étaient à demi couchés sur leur chaise, et les pieds étendus sur la chaise percée. Ils dormaient à peu près, et lui semblèrent à demi ivres.

Lucien passa de l'autre côté du lit. Le blessé avait les yeux bien ouverts.

« Les parties nobles ne sont pas offensées, ou bien vous seriez mort dans la première nuit. Vous êtes bien moins dangereusement blessé que vous ne le croyez.

— Bah ! dit le blessé avec impatience, comme se moquant de l'espérance.

— Mon cher camarade, ou vous mourrez, ou vous vivrez, reprit Lucien d'un ton mâle, résolu et même affectueux. Il trouvait ce blessé bien moins dégoûtant que le beau monsieur aux deux croix. Vous vivrez, ou vous mourrez.

— Il n'y a pas de *ou*, mon lieutenant. Je suis un homme *frit*.

— Dans tous les cas, regardez-moi comme votre ministre des Finances.

— Comment ? le ministre des Finances me donnerait une pension ? Quand je dis *moi*..., à ma pauvre femme ! »

Lucien regarda les deux infirmiers : ils ne jouaient pas l'ivresse, ils étaient bien hors d'état d'entendre, ou du moins de comprendre.

« Oui, mon camarade, *si vous ne jasez pas.* »

Les yeux du mourant s'éclaircirent et se fixèrent sur Leuwen avec une expression étonnante.

« Vous m'entendez, mon camarade ?

— Oui, mais à condition que je ne serai pas empoisonné... Je vais mourir, je suis f..., mais, voyez-vous, j'ai l'idée que dans ce qu'on me donne...

— Vous vous trompez. D'ailleurs, n'avalez rien de ce que fournit l'hôpital. Vous avez de l'argent...

— Dès que j'aurai tapé de l'œil, ces b...-là vont me le voler.

— Voulez-vous, mon camarade, que je vous envoie votre femme ?

— F..., mon lieutenant, vous êtes un brave homme, je donnerai vos deux napoléons à ma pauvre femme.

— N'avalez que ce que votre femme vous présentera. J'espère que c'est parler, cela ?... D'ailleurs, je vous donne ma parole d'honneur qu'il n'y a rien de suspect...

— Voulez-vous approcher votre oreille, mon lieutenant ? Sans vous commander !... Mais quoi ! le moindre mouvement me tue le ventre.

— Eh bien ! comptez sur moi, dit Lucien en s'approchant.

— Comment vous appelez-vous ?

— Lucien Leuwen, sous-lieutenant au 27ᵉ de lanciers.

— Pourquoi n'êtes-vous pas en uniforme ?

— Je suis en permission à Paris, et détaché près le ministre de l'Intérieur.

— Où logez-vous ? Pardon, excuse, voyez-vous...

— Rue de Londres, numéro 43.

— Ah ! le fils de ce riche banquier Van Peters et Leuwen ?

— Précisément. »

Après un petit silence :

« Enfin, quoi ! je vous crois. Ce matin, pendant que j'étais évanoui après le pansement, j'ai entendu qu'on proposait de me donner de l'*opium* à ce grand chirurgien si puissant. Il a juré, et puis ils se sont éloignés. J'ai ouvert les yeux, mais j'avais la vue trouble : la perte de sang... Enfin, suffit !... Le chirurgien a-t-il topé à la proposition, ou n'a-t-il pas voulu ?

— Êtes-vous bien sûr de cela ? dit Lucien fort embarrassé. Je ne croyais pas le parti républicain si alerté... »

Le blessé le regarda.

« Mon lieutenant, sauf votre respect, vous savez aussi bien que moi d'où ça vient.

— Je déteste ces horreurs, j'abhorre et je méprise les

hommes qui ont pu se les permettre, s'écria Lucien, oubliant presque son rôle. Comptez sur moi. Je vous ai amené sept médecins, comme on ferait pour un général. Comment voulez-vous que tant de gens s'entendent pour une manigance ? Vous avez de l'argent ; appelez votre femme, ou un parent, ne buvez que ce que votre femme aura acheté... »

Lucien était ému, et le malade le regardait fixement ; la tête restait immobile, mais ses yeux suivaient tous les mouvements de Leuwen.

« Enfin, quoi ! dit le malade ; j'ai été caporal au 3e de ligne à Montmirail. Je sais bien qu'il faut sauter le pas, mais on n'aime pas à être empoisonné... Je ne suis pas honteux..., et, ajouta-t-il en changeant de physionomie, *dans mon métier* il ne faut pas être honteux. S'il avait du sang dans les veines, après ce que j'ai fait pour lui et à sa demande vingt fois répétée, le général N... devrait être là à votre place. Êtes-vous son aide de camp ?

— Je ne l'ai jamais vu.

— L'aide de camp s'appelle Saint-Vincent et non pas Leuwen, dit le blessé comme se parlant à lui-même... Il y a une chose que j'aimerais mieux que votre argent.

— Dites.

— Si c'était un effet de votre bonté, je ne me laisserai panser que quand vous serez là... Le fils de M. Leuwen, le riche banquier qui entretient Mlle Des Brins, de l'Opéra... Car, voyez-vous, mon lieutenant, dit-il en élevant de nouveau la voix..., quand ils verront que je ne veux pas boire leur opium... en me pansant, crac !... un coup de lancette est bien vite donné, là, dans le ventre. Et ça me brûle ! ça me brûle... Ça ne durera pas, ça ne peut pas durer. Pour demain, voulez-vous ordonner, car il me semble que vous commandez ici... Et pourquoi commandez-vous ? Et sans uniforme, encore !... Enfin, au moins pansé sous vos yeux... Et le grand chirurgien puissant, a-t-il dit oui ou non ? Voilà le fait. »

La tête s'embarrassait.

« *Ne jasez pas*, dit Lucien, et je vous prends sous ma protection. Je vais vous envoyer votre femme.

— Vous êtes un bien brave homme... Le riche banquier Leuwen, avec Mlle Des Brins, ça ne triche pas... Mais le général N... ?

— Certainement, je ne triche pas. Et tenez, ne parlez jamais du général N... ni de personne, et voilà dix napoléons.

« — Comptez-les-moi dans la main... Lever la tête me fait trop mal au ventre. »

Lucien compta les napoléons à voix basse, et en les faisant sentir comme il les mettait dans la main du blessé.

« Motus, dit celui-ci.

— Motus, bien dit. Si vous parlez, on vous vole vos napoléons. Ne parlez qu'à moi, et quand nous sommes seuls. Je viendrai vous voir tous les jours jusqu'à ce que vous soyez en convalescence. »

Il passa encore quelques instants auprès du blessé, dont la tête semblait se perdre. Il courut ensuite dans la rue de Braque, où logeait Kortis. Il trouva Mme Kortis entourée de commères, qu'il eut assez de peine à faire retirer.

Cette femme se mit à pleurer, voulut montrer à Lucien ses enfants, qui dormaient paisiblement.

« Ceci est moitié nature, moitié comédie, pensa Lucien. Il faut la laisser parler, et qu'elle se lasse. »

Après vingt minutes de monologue et de précautions oratoires infinies, car le peuple de Paris a pris à la bonne compagnie 'sa haine pour les idées présentées brusquement, Mme Kortis parla d'opium ; Lucien écouta cinq minutes d'éloquence conjugale et maternelle sur l'opium.

« Oui, dit Lucien négligemment, on dit que les républicains ont voulu donner de l'opium à votre mari. Mais le gouvernement du roi veille sur les citoyens. A peine ai-je eu reçu votre lettre que j'ai mené sept médecins ou chirurgiens auprès du lit de votre mari. Et voici leur consultation », dit-il en plaçant le papier dans les mains de Mme Kortis.

Il vit qu'elle ne savait pas trop lire.

« Qui osera maintenant donner de l'opium à votre mari ? Toutefois, il est préoccupé de cette idée, cela peut empirer son état...

— C'est un homme confisqué, dit-elle assez froidement.

— Non, madame ; puisqu'il n'y a pas eu gangrène dans les vingt-quatre heures, il peut fort bien en revenir. Le général Michaud a eu la même blessure. Etc., etc.

« Mais il ne faut pas parler d'opium, tout cela ne sert qu'à envenimer les partis. Il ne faut pas que Kortis jase. D'ailleurs, donnez le soin de vos enfants à une voisine à laquelle vous passerez quarante sous par jour ; je vais payer la semaine d'avance. Vous, madame, vous pouvez aller vous établir auprès du lit de votre mari. »

A ce mot, toute l'éloquence de la physionomie pathétique de Mme Kortis sembla l'abandonner. Lucien continua :

« Votre mari ne boira rien, ne prendra rien, que vous ne l'ayez préparé de vos propres mains...

— Dame ! monsieur, un hôpital, c'est bien dégoûtant... D'ailleurs mes pauvres enfants, mes orphelins, loin des yeux d'une mère comment seront-ils soignés ?... Etc., etc.

— Comme vous voudrez, madame, vous êtes si bonne mère !... Ce qui me fâche, c'est qu'on peut le voler...

— Qui ?

— Votre mari.

— Le plus souvent ! Je lui ai pris vingt-deux livres et sept sous qu'il avait sur lui. Je lui ai rempli sa tabatière, à ce pauvre [cher] homme, et j'ai donné dix sous à l'infirmier...

— A la bonne heure ! Rien de plus sage... Mais sous la condition qu'il ne bavardera pas politique, qu'il ne parlera pas d'*opium*, ni lui, ni vous, j'ai remis à M. Kortis douze napoléons.

— Des napoléons d'or ? interrompit Mme Kortis d'une voix aigre.

— Oui, madame, deux cent quarante francs, dit Lucien avec beaucoup d'indifférence.

— Et il ne faut pas qu'il jase ?...

— Si je suis content de lui et de vous, je vous passerai un napoléon chaque jour.

— Je dis vingt francs ? dit Mme Kortis avec des yeux extrêmement ouverts.

— Oui, vingt francs, si vous ne parlez jamais d'opium. D'ailleurs moi, tel que vous me voyez, j'ai pris de l'opium pour une blessure, et on ne voulait pas me tuer. Toutes ces idées sont des chimères. Enfin, si vous parlez, si cela est imprimé dans quelque journal que Kortis a craint l'opium ou a parlé de sa blessure et de sa dispute avec le conscrit sur le pont d'Austerlitz, plus de vingt francs ; autrement, si vous ni lui ne jasez, vingt francs par jour.

— A compter de quand ?

— De demain.

— Si c'est un effet de votre bonté, à compter de ce soir, et avant minuit je vais à l'hôpital. Le pauvre cher homme, il n'y a que moi qui puisse l'empêcher de jaser... Madame Morin ! madame Morin ! » dit Mme Kortis en criant...

C'était une voisine à laquelle Lucien compta quatorze francs pour soigner les enfants pendant sept jours. Leuwen donna aussi quarante sous pour le fiacre qui allait conduire Mme Kortis à l'hôpital de...

<Il sembla à Lucien qu'il s'était servi de façons de parler

qui, étant répétées, ne pouvaient nullement prouver qu'il était complice de la proposition d'opium.

En quittant la rue de Braque, Lucien était heureux, il avait supposé au contraire qu'il serait horriblement malheureux jusqu'à la fin de cette affaire.

Je côtoie le mépris public, et la mort, se répétait-il souvent, mais j'ai bien mené ma barque. »>

CHAPITRE XLVI

Enfin, comme onze heures trois quarts sonnaient [à Saint-Gervais], Lucien remonta dans son cabriolet. Il s'aperçut qu'il mourait de faim ; il n'avait pas dîné et presque toujours parlé.

« Actuellement, il faut chercher mon ministre. »

Il ne le trouva pas à l'hôtel de la rue de Grenelle. Il écrivit un mot, fit changer le cheval du cabriolet et le domestique, et alla au ministère des Finances ; M. de Vaize en était sorti depuis longtemps.

« C'est assez de zèle comme cela », pensa Lucien. Et il s'arrêta dans un café pour dîner. Il remonta en voiture après quelques minutes et fit deux courses inutiles dans la Chaussée d'Antin. Comme il passait devant le ministère des Affaires étrangères, il eut l'idée de faire frapper. Le portier répondit que M. le ministre de l'Intérieur était chez Son Excellence.

L'huissier ne voulait pas annoncer Leuwen et interrompre la conférence des deux Excellences. Lucien, qui savait qu'il y avait une porte dérobée, eut peur que son ministre ne lui échappât ; il était las de courir et n'avait pas envie de retourner à la rue de Grenelle. Il insista, l'huissier refusa avec hauteur. Lucien se mit en colère.

« Parbleu, monsieur, j'ai l'honneur de vous répéter que je suis porteur de l'ordre exprès de M. le ministre de l'Intérieur. J'entrerai. Appelez la garde si vous voulez, mais j'entrerai de force. J'ai l'honneur de vous répéter que je suis M. Leuwen, maître des requêtes..., etc. »

Quatre ou cinq domestiques étaient accourus sur la porte du salon. Lucien vit qu'il allait avoir à combattre cette canaille, il était fort attrapé et fort en colère. Il eut l'idée d'arracher les cordons des deux sonnettes à force de sonner.

Au mouvement de respect que firent les laquais, il s'aperçut que M. le comte de Beausobre, ministre des Affaires étrangères, entrait dans le salon. Lucien ne l'avait jamais vu.

« Monsieur le comte, je me nomme Lucien Leuwen, maître des requêtes. J'ai un million d'excuses à demander à Votre Excellence. Mais je cherche M. le comte de Vaize depuis deux heures, et par son ordre exprès ; il faut que je lui parle pour une affaire importante et pressée.

— *Quelle affaire... pressée ?* » dit le ministre avec une fatuité rare et en redressant sa petite personne.

« Parbleu, je vais te faire changer de ton », pensa Lucien. Et il ajouta d'un grand sang-froid et avec une prononciation marquée :

« L'affaire Kortis, monsieur le comte, cet homme blessé sur le pont d'Austerlitz par un soldat qu'il voulait désarmer.

— Sortez », dit le ministre aux valets. Et, comme l'huissier restait : « Sortez donc ! »

L'huissier sorti, il dit à Leuwen :

« Monsieur, le mot Kortis eût suffi sans les explications. (L'impertinence du ton de voix et des mouvements était rare.)

— Monsieur le comte, je suis nouveau dans les affaires, dit Lucien d'un ton marqué. Dans la société de mon père, M. Leuwen, je n'ai pas été accoutumé à être reçu avec l'accueil que Votre Excellence me faisait. J'ai voulu faire cesser aussi rapidement que possible un état de choses désagréable et peu convenable.

— Comment, monsieur, *peu convenable ?* dit le ministre en prononçant du nez, relevant la tête encore plus et redoublant d'impertinence. Mesurez vos paroles.

— Si vous en ajoutez une seule sur ce ton, monsieur le comte, je donne ma démission et nous mesurerons nos épées. La fatuité, monsieur, ne m'en a jamais imposé. »

M. de Vaize venait d'un cabinet éloigné savoir ce qui se passait ; il entendit les derniers mots de Lucien et vit que lui, de Vaize, pouvait être la cause indirecte du bruit.

« De grâce, mon ami, de grâce, dit-il à Lucien. Mon cher collègue, c'est un jeune officier, dont je vous parlais. N'allons pas plus loin.

— Il n'y a qu'une façon de ne pas aller plus loin, dit

Lucien avec un sang-froid qui cloua les ministres dans le silence. Il n'y a absolument qu'une façon, répéta-t-il d'un air glacial : c'est de ne pas ajouter un seul *petit* mot sur cet incident, et de supposer que l'huissier m'a annoncé à Vos Excellences.

— Mais, monsieur, dit M. de Beausobre, ministre des Affaires étrangères, en se redressant excessivement.

— J'ai un million de pardons à demander à Votre Excellence ; mais si elle ajoute un mot, je donne ma démission à M. de Vaize, que voilà, et je vous insulte, vous, monsieur, de façon à rendre une réparation nécessaire à vous.

— Allons-nous-en, allons-nous-en ! » s'écria M. de Vaize fort troublé en entraînant Lucien. Celui-ci prêtait l'oreille pour entendre ce que dirait M. le comte de Beausobre. Il n'entendit rien.

Une fois en voiture, il pria M. de Vaize, qui commençait un discours dans un genre paternel, de lui permettre de lui rendre compte d'abord de l'affaire Kortis. Ce compte rendu fut très long. En le commençant, Lucien avait parlé du procès-verbal et de la consultation. A la fin du récit, le ministre lui demanda ces pièces.

« Je vois que je les ai oubliées chez moi », dit Lucien. « Si le comte de Beausobre veut faire le méchant, avait-il pensé, ces pièces peuvent prouver que j'avais raison de vouloir rendre un compte immédiat au ministre de l'Intérieur, et que je ne suis pas un solliciteur forçant la porte. »

Comme on arrivait dans la rue de Grenelle, l'affaire Kortis étant finie, M. le comte de Vaize essaya de revenir à l'éloquence onctueuse et paternelle.

« Monsieur le comte, dit Lucien en l'interrompant, je travaille pour Votre Excellence depuis cinq heures du soir. Une heure sonne, souffrez que je monte dans mon cabriolet, qui suit votre carrosse. Je suis mort de fatigue. »

M. de Vaize voulut revenir au genre paternel.

« N'ajoutons pas un mot sur l'incident, dit Lucien ; un seul petit mot peut tout envenimer. »

Le ministre se laissa quitter ainsi ; Lucien monta en cabriolet et dit à son domestique de monter et de conduire : il était réellement fatigué. En passant sur le pont Louis XV, son domestique lui dit :

— Voilà le ministre. »

« Il retourne chez son collègue malgré l'heure avancée, et sûrement je vais faire les frais de la conversation. Parbleu, je ne tiens pas à ma place ; mais s'ils me destituent, je force ce fat à mettre l'épée à la main. Ces messieurs peuvent être mal élevés et impertinents tant qu'il leur plaira, mais il faut choisir les gens. Avec des Desbacs, qui veulent faire fortune à tout prix, à la bonne heure ; mais avec moi, c'est impossible. »

En rentrant, Lucien trouva son père, le bougeoir à la main, qui montait se coucher. Malgré l'envie passionnée d'avoir l'avis d'un homme de tant d'esprit :

« Par malheur, il est vieux, se dit Leuwen, et il ne faut pas l'empêcher de dormir. A demain les affaires. »

Le lendemain, à dix heures, il conta tout à son père, qui se mit à rire.

« M. de Vaize te mènera dîner demain chez son collègue des Affaires étrangères. Mais voilà assez de duels dans ta vie comme ça, maintenant ils seraient de mauvais ton pour toi... Ces messieurs se seront promis de te destituer dans deux mois, ou de te faire nommer préfet à Briançon ou à Pondichéry. Mais si cette place éloignée ne te convient pas plus qu'à moi, je leur ferai peur et j'empêcherai cette disgrâce..., ou du moins, je le tenterai avec quelque apparence de succès. »

Le dîner chez Son Excellence des Affaires étrangères se fit attendre jusqu'au lendemain, et dans l'intervalle Lucien, toujours très occupé de l'affaire Kortis, ne permit pas que M. de Vaize lui reparlât de l'*incident*.

Le lendemain du dîner, M. Leuwen père raconta l'anecdote à trois ou quatre diplomates. Il ne tut que le nom de Kortis et le genre de l'affaire importante qui obligeait Lucien à chercher son ministre à une heure du matin.

« Tout ce que je puis dire sur l'heure avancée, c'est que ce n'était pas une affaire de télégraphe », dit-il à l'ambassadeur de Russie.

Quinze jours après, M. Leuwen surprit dans le monde un léger bruit qui supposait que son fils était saint-simonien. Sur quoi, à l'insu de Lucien, il pria M. de Vaize de le conduire un jour chez son collègue des Affaires étrangères.

« Et pourquoi, cher ami ?

— Je tiens beaucoup à laisser à Votre Excellence le plaisir de cette surprise. »

Tout le long du chemin, en allant à cette audience, M. Leuwen se moqua de la curiosité de son ami le ministre.

Il commença sur un ton fort peu sérieux la conversation que Son Excellence des Affaires étrangères daignait lui accorder.

« Personne, monsieur le comte, ne rend plus de justice que moi à l'habileté de Votre Excellence ; mais il faut convenir aussi qu'elle a de grands moyens. Quarante personnages couverts de titres et de cordons, que je lui nommerais au besoin, cinq ou six grandes dames appartenant à la première noblesse et assez riches grâce aux bienfaits de Votre Excellence, peuvent faire l'honneur à mon fils Lucien Leuwen, maître des requêtes indigne, de s'occuper de lui. Ces personnages respectables peuvent répandre tout doucement qu'il est saint-simonien. On pourrait dire à aussi peu de frais qu'il a manqué de cœur dans une occasion essentielle. On pourrait faire mieux, et lui lâcher deux ou trois de ces personnages recommandables dont j'ai parlé qui, étant jeunes encore, cumulent et sont aussi bretteurs. Ou bien, si l'on voulait user d'indulgence et de bonté envers mes cheveux blancs, ces personnages, tels que M. le comte de..., M. de..., M. le baron de... qui a 40 000 francs de rente, M. le marquis..., pourraient se borner à dire que ce petit Leuwen gagne toujours à l'écarté. Sur quoi, je viens, monsieur le comte, en votre qualité de ministre des Affaires étrangères, vous offrir la guerre ou la paix. »

M. Leuwen prit un malin plaisir à prolonger beaucoup l'entretien ainsi commencé. Au sortir de l'hôtel des Affaires étrangères, M. Leuwen alla chez le roi, duquel il avait obtenu une audience. Il répéta exactement au roi la conversation qu'il venait d'avoir avec son ministre des Affaires étrangères.

« Viens ici, dit M. Leuwen à son fils en rentrant chez lui, que je répète pour la seconde fois la conversation que j'ai eu l'honneur d'avoir avec les ministres auxquels tu manques de respect. Mais pour ne pas m'exposer à une troisième répétition, allons chez ta mère. »

A la fin de la conférence chez Mme Leuwen, notre héros crut pouvoir hasarder un mot de remerciement à son père.

« Tu deviens commun, mon ami, sans t'en douter. Tu ne m'as jamais autant amusé que depuis un mois. Je te dois l'intérêt de *jeunesse* avec lequel je suis les affaires de Bourse depuis quinze jours, car il fallait me mettre en position de jouer quelque bon tour à mes deux ministres s'ils se permettent à ton égard quelque trait de fatuité. Enfin, je t'aime, et ta mère te dira que jusqu'ici, pour employer une phrase des livres ascétiques, je l'aimais en toi. Mais il faut payer mon amitié d'un peu de gêne.

— De quoi s'agit-il ?

— Suis-moi. »

Arrivé dans sa chambre :

« Il est capital de te laver de la calomnie qui t'impute d'être saint-simonien. Ton air sérieux, et même imposant, peut lui donner cours.

— Rien de plus simple : un bon coup d'épée...

— Oui, pour te donner la réputation de duelliste, presque aussi triste ! Je t'en prie, plus de duel sous aucun prétexte.

— Et que faut-il donc ?

— Un amour célèbre. »

Lucien pâlit.

« Rien de moins, continua son père. Il faut séduire Mme Grandet, ou, ce qui serait plus cher mais peut-être moins ennuyeux, faire des folies d'argent pour Mlle Julie, ou Mlle Gosselin, ou Mlle..., et passer quatre heures tous les jours avec elle. Je ferai les frais de cette passion.

— Mais, mon père, est-ce que je n'ai pas déjà l'honneur d'être amoureux de Mlle Raimonde ?

— Elle n'est pas assez connue. Voici le dialogue : « Leuwen fils est décidément avec la petite Raimonde. — Et qu'est-ce que c'est que Mlle Raimonde ?... » « Il faut qu'il soit ainsi : « Leuwen fils est actuellement avec Mlle Gosselin. — Ah ! diable, et est-il amant en pied ? — Il en est fou, jaloux..., etc. Il veut être seul. »

« Et, de plus, il faut forcément que je te présente dans dix maisons au moins où l'on tâtera le pouls à ta tristesse saint-simonienne. »

Cette alternative de Mme Grandet ou de Mlle Gosselin embarrassa beaucoup Leuwen.

L'affaire Kortis s'était fort bien terminée, et le comte de Vaize lui avait fait des compliments. Cet agent trop zélé n'était mort qu'au bout de huit jours et n'avait pas parlé.

Lucien demanda au ministre un congé de quatre jours pour terminer quelques affaires d'intérêt à Nancy. Il se sentait depuis quelque temps une envie folle de revoir la petite fenêtre de Mme de Chasteller. Après avoir obtenu le congé du ministre, Lucien en parla à ses parents qui ne trouvèrent pas d'inconvénient à un petit voyage à Strasbourg ; jamais Leuwen n'eut le courage de prononcer le nom de Nancy.

« Pour que ton absence ne paraisse pas longue, tous les jours de soleil, vers les deux heures, j'irai voir ton ministre », dit M. Leuwen.

Lucien était encore à dix lieues de Nancy que son cœur battait à l'incommoder. Il ne respirait plus d'une façon naturelle. Comme il fallait entrer la nuit dans Nancy et n'être vu de personne, Lucien s'arrêta à un village situé à une lieue. Même à cette distance, il n'était pas maître de ses transports ; il n'entendait pas une charrette venir de loin sur le chemin, qu'il ne crût reconnaître le bruit de la voiture de Mme de Chasteller...

« ... J'ai gagné bien de l'argent par ton télégraphe, dit M. Leuwen à son fils, et jamais ta présence n'eût été plus nécessaire. »

Lucien trouva à dîner chez son père son ami Ernest Dévelroy. Il était fort triste : son savant moral, qui lui avait promis quatre voix à l'Académie des Sciences politiques, était mort aux eaux de Vichy et, après l'avoir dûment enterré, Ernest s'était aperçu qu'il venait de perdre quatre mois de soins ennuyeux et de gagner un ridicule.

« Car il faut réussir, disait-il à Lucien. Et parbleu, si jamais je me dévoue à un membre de l'Institut, je le prendrai de meilleure santé !... Etc., etc. »

Lucien admirait le caractère de son cousin : il ne fut triste que huit jours, et puis fit un nouveau plan et recommença sur nouveaux frais. Ernest disait dans les salons :

« Je devais quelques jours de regrets sans limites à la mémoire du savant Descors. L'amitié de cet excellent homme et sa perte feront époque dans ma vie, il m'a appris à mourir, etc., etc... J'ai vu le sage à sa dernière heure entouré des consolations du christianisme ; c'est auprès du lit d'un mourant qu'il faut apprécier cette religion... Etc., etc. »

Peu de jours après sa rentrée dans le monde, Ernest dit à Leuwen :

« Tu as une grande passion. (Lucien pâlit.) Parbleu ! tu es bien heureux : on s'occupe de toi ! Il ne s'agit plus que de deviner l'objet. Je ne te demande rien, je te dirai bientôt quels sont les beaux yeux qui t'ont enlevé ta gaieté. Fortuné Lucien, tu occupes le public ! Ah ! grand Dieu ! qu'on est heureux d'être né d'un père qui donne à dîner et qui voit M. Pozzo di Borgo et la haute diplomatie ! Si j'avais un tel père, je serais pour tout cet hiver le héros de l'amitié, et la mort de Descors dans mes bras me serait peut-être plus utile que sa vie. Faute d'un père tel que le tien, je fais des miracles, et cela ne compte pas, ou ne compte que pour me faire appeler intrigant. »

Lucien trouva le même bruit sur son compte chez trois dames, anciennes amies de sa [mère], qui avaient des salons de second ordre où il était reçu avec amitié.

Le petit Desbacs, auquel il donna exprès quelque liberté de parler de choses étrangères aux affaires, lui avoua que les personnes les mieux instruites parlaient de lui comme d'un jeune homme destiné aux plus grandes choses, mais arrêté tout court par une grande passion.

« Ah ! mon cher, que vous êtes heureux, surtout si vous n'avez pas cette *grande passion* ! Quel parti ne pourrez-vous pas en tirer ? Ce vernis vous rend pour longtemps imperméable au ridicule. »

Lucien se défendait du mieux qu'il pouvait, mais il se dit :

« Mon malheureux voyage à Nancy a tout découvert. »

Il était loin de deviner qu'il devait cette grande passion à son père, qui réellement, depuis l'aventure du ministre des Affaires étrangères, avait pris de l'amitié pour lui, jusqu'au point d'aller à la Bourse même les jours froids et humides, chose à laquelle, depuis le jour où il avait eu soixante ans, rien au monde n'avait pu le déterminer.

« Il finira par me prendre en guignon, disait-il à Mme Leuwen, si je le dirige trop et lui parle sans cesse de ses affaires. Je dois me garder du rôle de père, si ennuyeux pour le fils quand le père s'ennuie ou quand il aime vivement. »

La tendresse timide de Mme Leuwen s'opposa de toute sa force à ce qu'il affublât son fils d'une grande passion ; elle voyait dans ce bruit une source de dangers.

« Je voudrais pour lui, disait-elle, une vie tranquille et non brillante.

— Je ne puis, répondait M. Leuwen, je ne puis, en conscience. Il faut qu'il ait une grande passion, ou tout ce sérieux que vous prisez tant tournerait contre lui, ce ne serait qu'un plat saint-simonien, et qui sait même, plus tard, à trente ans, un inventeur de quelque nouvelle religion. Tout ce que je puis faire, c'est de lui laisser le choix de la belle pour laquelle il aura ce grand et sérieux attachement. Sera-ce Mme de Chasteller, Mme Grandet, Mlle Gosselin, ou cette ignoble petite Raimonde, une actrice à 6 000 francs de gages ? » (il n'ajoutait pas la fin de sa pensée... : et qui, toute la journée, se permet des épigrammes sur mon compte, car Mlle Raimonde avait beaucoup plus d'esprit que Mlle Des Brins et la voyait souvent.)

« Ah ! ne prononcez pas le nom de Mme de Chasteller ! s'écria Mme Leuwen. Vous lui feriez faire de vraies folies. »

M. Leuwen songeait à Mmes de Thémines et Toniel, ses amies depuis vingt ans et toutes deux fort liées avec Mme Grandet. Depuis bien des années il prenait soin de la fortune de M. de Thémines ; c'est un grand service à Paris et pour lequel la reconnaissance est sans bornes, car, dans la déroute des dignités et de la noblesse d'origine, l'argent est resté la seule chose, et l'argent sans inquiétude est la belle chose des belles choses. Il alla lui demander des nouvelles du cœur de Mme Grandet.

Nous ôterons à leurs réponses les formes trop longues de la narration, et même nous réunirons les renseignements donnés par les deux dames, qui vivaient dans le même hôtel et n'avaient qu'une voiture, mais ne se disaient pas tout. Mme Toniel avait du caractère, mais une certaine âpreté, elle était le conseil de Mme Grandet dans les grandes circonstances. Pour Mme de Thémines, elle avait une douceur infinie, beaucoup d'à-propos dans l'esprit, et était l'arbitre souverain de ce qui convient ou ne convient pas : sa lunette ne voyait pas très loin, mais elle apercevait parfaitement ce qui était à sa portée. Née dans la haute société, elle avait fait des fautes qu'elle avait su réparer et il y avait quarante ans qu'elle ne se trompait guère dans ses jugements qu'elle portait sur l'effet que devaient produire les choses dans les salons de Paris. Depuis quatre ans, la sérénité était un peu troublée par deux malheurs : l'apparition dans la société de noms qu'on n'eût dû jamais voir et qu'on n'eût jamais dû voir annoncés par des laquais de bonne maison, et le chagrin de ne plus voir de places dans les régiments à tous ces jeunes gens de bonne maison qui avaient été autrefois les amis de ses petits-fils que depuis longtemps elle avait perdus.

M. Leuwen père, qui voyait Mme de Thémines une fois la semaine ou chez lui ou chez elle, pensa qu'il fallait auprès d'elle prendre le rôle de père au sérieux. Il alla plus loin, il jugea qu'à son âge il pouvait entreprendre de la tromper net et de supprimer, dans l'histoire de son fils, le nom de Mme de Chasteller. Il fit des aventures de son fils une histoire fort jolie et, après avoir amusé Mme de Thémines pendant toute la fin d'une soirée, finit par lui avouer des inquiétudes sérieuses sur son fils qui, depuis trois mois qu'il était admis dans le salon de Mme Grandet, était d'une tristesse mortelle ; il craignait un amour pris au sérieux, et qui dérangeait tous ses projets pour ce fils chéri. Car il faut le marier... Etc.

« Ce qu'il y a de singulier, lui dit Mme de Thémines, c'est que depuis son retour d'Angleterre Mme Grandet est fort changée ; il y a aussi du chagrin dans cette tête-là. »

Mais, pour prendre les choses par ordre, voici ce que M. Leuwen apprit de Mmes de Thémines et Toniel, qu'il vit séparément et ensuite réunies, et nous y ajouterons tout de suite ce que des mémoires particuliers nous ont appris sur Mme Grandet, cette femme célèbre.

Mme Grandet se voyait à peu près la plus jolie femme de Paris, ou du moins on ne pouvait citer les six plus jolies femmes sans la mettre du nombre. Ce qui brillait surtout en elle, c'était une taille élancée, souple, charmante. Elle avait les plus beaux cheveux blonds du monde et beaucoup de grâce à cheval, comme le plus grand courage. C'était une beauté élancée et blonde comme les jeunes Vénitiennes de Paul Véronèse. Les traits étaient jolis, mais pas très distingués. Pour son cœur il était à peu près l'opposé de ce que l'on se figure comme étant le cœur italien. Le sien était parfaitement étranger à tout ce que l'on appelle émotions tendres et enthousiasme, et cependant elle passait sa vie à jouer ces sentiments. Lucien l'avait trouvée dix fois s'apitoyant sur les infortunes de quelque prêtre prêchant l'évangile à la Chine, ou sur la misère de quelque famille appartenant dans sa province *à tout ce qu'il y a de mieux*. Mais dans le secret du cœur de Mme Grandet rien ne lui semblait bas, ridicule, bourgeois en un mot, comme d'être attendrie. Elle voyait en cela la marque la plus sûre d'une âme faible. Elle lisait souvent les *Mémoires* du cardinal de Retz : ils avaient pour elle le charme qu'elle cherchait vainement dans les romans. Le rôle politique de Mmes de Longueville et de Chevreuse était pour elle ce que sont les aventures de tendresse et de danger pour un jeune homme de dix-huit ans.

« Quelles positions admirables, se disait Mme Grandet, si elles eussent su se garantir de ces erreurs de conduite qui donnent tant de prise sur nous ! »

L'amour même, dans ce qu'il a de plus réel, ne lui semblait qu'une corvée, qu'un ennui. C'était peut-être à cette tranquillité d'âme qu'elle devait son étonnante fraîcheur, ce teint admirable qui la mettait en état de lutter avec les plus belles Allemandes, et un air de première jeunesse et de santé qui était comme une fête pour les yeux. Aussi aimait-elle à se laisser voir à neuf heures du matin, au sortir de son lit. C'est alors surtout qu'elle était incomparable ; il fallait songer au ridicule du mot pour résister au plaisir de la comparer à l'aurore. Aucune de ses rivales ne pouvait approcher d'elle sous le rapport de la fraîcheur des teintes. Aussi son bonheur était-il de prolonger jusqu'au grand jour les bals qu'elle donnait et de faire déjeuner les danseurs au soleil, les volets ouverts. Si quelque jolie femme, sans se douter de ce coup de Jarnac, était restée, à l'étourdie, entraînée par le plaisir de la danse, Mme Grandet triomphait ; c'était le seul moment dans la vie où son âme perdît terre, et ces humiliations de ses rivales étaient l'unique chose à quoi sa beauté lui semblât bonne. La musique, la peinture, l'amour lui semblaient des niaiseries inventées par et pour les petites âmes. Et elle passait sa vie à goûter un plaisir sérieux, disait-elle, dans sa loge aux Bouffes, car, avait-elle soin d'ajouter, les chanteurs italiens ne sont pas excommuniés. Le matin, elle peignait des aquarelles avec un talent vraiment fort distingué ; cela lui semblait aussi nécessaire à une femme du grand monde qu'un métier à broder, et bien moins ennuyeux. Une chose marquait qu'elle n'avait pas l'âme noble, c'était l'habitude, et presque la nécessité, de se comparer à quelque chose ou à quelqu'un pour s'estimer et se juger, par exemple se comparer aux nobles dames du faubourg Saint-Germain.

Elle avait engagé son mari à la conduire en Angleterre pour voir si elle trouverait une blonde qui eût plus de fraîcheur, et pour savoir si elle aurait peur à cheval. Elle avait rencontré dans les élégants *country seats* où elle avait été invitée l'ennui, mais non le sentiment de la crainte.

Quand Lucien lui fut présenté, elle revenait d'Angleterre, et son séjour en ce pays venait d'envenimer le sentiment d'admiration voisin de l'envie qu'elle éprouvait pour la noblesse d'origine ; son âme n'avait pas la supériorité qu'il faut pour chercher l'estime des gens qui estiment peu la noblesse. Mme Grandet n'avait été en Angleterre que la femme d'un des *juste-milieu* de Juillet les plus distingués par la faveur de Louis-Philippe, mais à chaque instant elle s'était sentie une *femme de marchand*. Ses cent mille livres de rente, qui la tiraient si fort du pair à Paris, en Angleterre n'étaient presque qu'une vulgarité de plus. Elle revenait d'Angleterre avec ce grand souci : « Il faut n'être plus femme de marchand, et devenir une Montmorency. »

Son mari était un gros et grand homme de quarante ans, fort bien portant, et il n'y avait pas de veuvage à espérer. Même elle ne s'arrêta pas à cette idée : sa grande fortune l'avait éloignée de bonne heure, et par orgueil, des voies obliques et elle méprisait tout ce qui était crime. Il s'agissait de devenir une Montmorency sans rien se permettre que l'on ne pût avouer. C'était comme la diplomatie de Louis XIV quand il était heureux.

Son mari, colonel de la garde nationale, avait bien remplacé les Rohan et les Montmorency, politiquement parlant, mais quant à elle, personnellement, sa fortune était encore à faire.

Qu'est-ce qu'une Montmorency, à peine âgée de vingt-trois ans, et avec une immense fortune ferait de son bonheur ?

Et même, ce n'était pas encore là toute la question :

Ne fallait-il pas faire encore autre chose pour arriver à être regardée dans le monde à peu près comme cette Montmorency l'eût été ?

Une haute et sublime dévotion, ou bien avoir de l'esprit comme Mme de Staël, ou bien une illustre amitié ; devenir l'amie intime de la reine ou de Mme Adélaïde et une sorte de Mme de Polignac de 1785, être ainsi à la tête de la cour des femmes et donner des soupers à la reine ; ou bien il fallait au moins une illustre amitié dans le faubourg Saint-Germain.

Toutes ces possibilités, tous ces partis, occupaient tour à tour son esprit et l'accablaient, car elle avait plus de persévérance et de courage que d'esprit. Et elle ne savait pas se faire aider ; elle avait bien deux amies, Mmes de Thémines et Toniel, mais elle n'accordait sa confiance que pour une partie seulement des projets qui l'empêchaient de dormir. Plusieurs des idées dont nous avons parlé, et des plus brillantes encore dont la possibilité absolue s'était présentée à son ambition, étaient hors de toute probabilité.

Quand Lucien lui fut présenté, il la trouva faisant la Mme de Staël, et de là le dégoût que nous lui avons vu pour son effroyable bavardage à propos de tout et sur tous les sujets.

Un peu avant le voyage de Lucien à Nancy, Mme Grandet, ne voyant rien se présenter pour la mise à exécution de ses grands projets, s'était dit :

« Ne serait-ce pas négliger un avantage actuel et perdre une grande chance de distinction que de ne pas inspirer quelque grand amour célèbre par le malheur de l'amoureux ? Ne serait-il pas admirable, dans toutes les suppositions, qu'un homme distingué allât voyager en Amérique pour m'oublier, moi qui ne lui accorderait jamais un instant d'attention ? »

Cette grande question avait été mûrement pesée sans le moindre grain de faiblesse féminine, et même d'autant plus sévèrement pesée qu'elle avait toujours été l'écueil des femmes dont Mme Grandet admirait le plus la fortune [et la niche qu'elles s'étaient faite dans l'histoire].

« Ce serait négliger un avantage actuel et bien passager, s'était-elle dit enfin, que de ne pas inspirer une grande passion ; mais le choix est scabreux : que n'ai-je pas fait pour conquérir simplement pour ami un homme qui fût de haute naissance ? Les agréments, la jeunesse et, à plus forte raison, la fortune, n'ont rien été pour moi ; je ne voulais qu'un sang pur et une réputation sans tache. Mais aucun homme appartenant à l'ancienne noblesse de cour n'a voulu prendre ce rôle. Comment espérer d'en trouver un pour celui d'un être parfaitement infortuné, de l'amoureux, en un mot, de la femme d'un fabricant enrichi ? »

Ainsi se parlait Mme Grandet. Elle avait cette force : elle ne ménageait point les termes en raisonnant avec soi-même ; c'était l'invention, c'était l'esprit proprement dit que l'on ne trouvait point chez elle. Elle repassait dans sa tête toutes les démarches et presque les bassesses qu'elle avait faites. En vain avait-elle fait des bassesses pour voir plus souvent deux ou trois hommes de cette volée que le hasard avait fait paraître dans son salon, toujours après deux ou trois mois ces nobles messieurs avaient rendu leurs visites plus rares.

Tout cela était vrai, il n'en était pas moins convenable d'inspirer une grande passion !

Ce fut dans ces circonstances intérieures, tout à fait inconnues à M. Leuwen père, qu'un matin Mme de Thémines vint passer une heure avec sa jeune amie pour deviner si ce cœur était occupé de notre héros. Après avoir reconnu et ménagé l'état de sa vanité ou de son ambition, Mme de Thémines lui dit :

« Vous faites des malheureux, ma belle, et bien vous choisissez.

— Je suis si éloignée de choisir, répondit fort sérieusement Mme Grandet, que j'ignore jusqu'au nom du malheureux chevalier. Est-ce un homme de distinction ?

— La naissance seule lui manque.

— Trouve-t-on de vraiment bonnes manières sans naissance ? répondit-elle avec une sorte de découragement.

— Que j'aime le tact parfait qui vous distingue ! s'écria Mme de Thémines. Malgré la plate adoration qu'on a pour l'*esprit*, pour cette eau-forte, cet acide de vitriol qui ronge tout, vous n'admettez point l'esprit comme compensation des bonnes manières. Ah ! que vous êtes des nôtres ! Mais je croirais assez que votre victime nouvelle a des manières distinguées. Il est vrai qu'il est habituellement si triste depuis qu'il vient ici, qu'il n'est pas bien sûr d'en juger ; car c'est la gaieté d'un homme, c'est le genre de ses plaisanteries et sa manière de les dire qui marquent sa place dans la société. Mais pourtant, si celui que vous rendez malheureux appartenait à une famille, on le placerait indubitablement au premier rang.

— Ah ! c'est M. Leuwen, maître des requêtes !

— Eh bien ! est-ce vous, ma belle, qui le conduirez au tombeau ?

— Ce n'est pas l'air malheureux que je lui trouve, dit Mme Grandet, c'est l'air ennuyé. »

On ajouta à peine quelques mots. Mme de Thémines laissa tomber le discours sur la politique et dit, à propos de quelque chose :

« Ce qui est du dernier choquant et ce qui décide de tout, c'est la *Bourse* où votre mari ne va pas.

— Il y a plus de vingt mois qu'il n'y a mis les pieds, dit Mme Grandet avec empressement.

— Ce sont les gens que vous recevez chez vous qui font et défont les ministres.

— Mais je suis bien loin de recevoir exclusivement ces messieurs ! (Du même ton piqué.)

— Ne désertez pas une belle position, ma chère ! Et, entre nous, dit-on en baissant la voix, et d'un ton d'intimité, ne prenez pas pour l'apprécier les paroles des ennemis de cette position. Déjà une fois, sous Louis XIV, comme le rabâche sans cesse ce méchant duc de Saint-Simon, que vous aimez tant, les bourgeois ont pris le ministère. Qu'étaient Colbert, Séguier ? Et, à la longue, les ministres font la fortune de qui ils veulent. Et qui fait les ministres aujourd'hui ? Les Rothschild, les..., les..., les Leuwen. A propos, n'est-ce pas M. Pozzo di Borgo qui disait l'autre jour que M. Leuwen avait fait une scène à M. le ministre des Affaires étrangères à propos de son fils, ou bien c'est le fils qui, au milieu de la nuit, est allé faire une scène à ce ministre ? »

Mme Grandet dit tout ce qu'elle savait. C'était la vérité à

peu près, mais racontée à l'avantage des Leuwen. Là encore, il n'y avait pas trace d'intérêt ou de relations particulières, plutôt de l'éloignement pour l'air ennuyé de Leuwen.

Le soir, Mme de Thémines crut pouvoir rassurer M. Leuwen et lui dire qu'il n'y avait ni amour ni galanterie entre son fils et la belle Mme Grandet.

CHAPITRE XLVII

M. Leuwen père était un homme fort gros, qui avait le teint fleuri, l'œil vif, et de jolis cheveux gris bouclés. Son habit, son gilet étaient un modèle de cette élégance modeste qui convient à un homme âgé. On trouvait dans toute sa personne quelque chose de leste et d'assuré. A son œil noir, à ses brusques changements de physionomie, on l'eût pris plutôt pour un peintre homme de génie (comme il n'y en a plus) que pour un banquier célèbre. Il paraissait dans beaucoup de salons, mais passait sa vie avec les diplomates gens d'esprit (il abhorrait les graves) et le corps respectable des danseuses de l'Opéra. Il était leur providence dans leurs petites affaires d'argent. Tous les soirs on le trouvait au foyer de l'Opéra. Il faisait assez peu de cas de la société qui s'appelle *bonne*. L'impudence et le charlatanisme, sans lesquels on ne réussit pas, l'importunaient. Il ne craignait que deux choses au monde : les ennuyeux, et l'air humide. Pour fuir ces deux pestes, il faisait des choses qui eussent donné des ridicules à tout autre, mais jusqu'à soixante-cinq ans qu'il avait maintenant, c'était lui qui donnait des ridicules, et il n'en prenait pas. [Se] promenant sur le boulevard, son laquais lui donnait un manteau pour passer devant la rue de la Chaussée-d'Antin. Il changeait d'habit cinq ou six fois par jour au moins, suivant le vent qui soufflait, et avait pour cela des appartements dans tous les quartiers de Paris. Son esprit avait du naturel, de la verve, de l'indiscrétion aimable, plutôt que des vues fort élevées. Il s'oubliait quelquefois et avait besoin de s'observer pour ne pas tomber dans les genres imprudents ou indécents.

« Si vous n'aviez pas fait fortune par le commerce de l'argent, lui disait sa femme qui l'adorait, vous n'eussiez pu réussir dans aucune autre carrière. Vous racontez une anecdote innocemment, et vous ne voyez pas qu'elle blesse mortellement deux ou trois prétentions.

— J'ai paré à ce désavantage : tout homme solvable est toujours sûr de trouver dans ma caisse mille francs offerts de bonne grâce. Enfin, depuis dix ans, on ne me discute plus, on m'accepte. »

M. Leuwen ne disait jamais la vérité qu'à sa femme, mais aussi il la lui disait toute ; elle était pour lui comme une seconde mémoire à laquelle il croyait plus qu'à la sienne propre. D'abord, il avait voulu s'imposer quelque réserve quand son fils était en tiers, mais cette réserve était incommode et gâtait l'entretien (Mme Leuwen aimait à ne pas se priver de la présence de son fils) ; il le jugeait fort discret, il avait fini par tout dire devant lui.

L'intérieur de ce vieillard, dont les mots méchants faisaient tant de peur, était fort gai.

A l'époque où nous sommes, on trouva pendant quelques jours qu'il était triste, agité ; il jouait fort gros jeu le soir, il se permit même de jouer à la Bourse ; Mlle des Brins donna deux soirées dansantes dont il fit les honneurs.

Un soir, à deux heures du matin, en revenant d'une de ces soirées, il trouva son fils qui se chauffait dans le salon, et son chagrin éclata.

« Allez pousser le verrou de cette porte. » Et comme Lucien revenait près de la cheminée : « Savez-vous un ridicule affreux dans lequel je suis tombé ? dit M. Leuwen avec humeur.

— Et lequel, mon père ? Je ne m'en serais jamais douté.

— Je vous aime, et par conséquent vous me rendez malheureux ; car la première des duperies, c'est d'aimer, ajouta-t-il en s'animant de plus en plus et prenant un ton sérieux que son fils ne lui avait jamais vu. Dans ma longue carrière, je n'ai connu qu'une exception, mais aussi elle est unique. J'aime votre mère, elle est nécessaire à ma vie, et elle ne m'a jamais donné un grain de malheur. Au lieu de vous regarder comme mon rival dans son cœur, je me suis avisé de vous aimer, c'est un ridicule dans lequel je m'étais bien juré de ne jamais tomber, *et vous m'empêchez de dormir.* »

A ce mot, Lucien devint tout à fait sérieux. Son père n'exagérait jamais, et il comprit qu'il allait avoir affaire à un accès de colère réel.

M. Leuwen était d'autant plus irrité qu'il parlait à son fils après s'être promis quinze jours durant de ne pas lui dire un mot de ce qui le tourmentait.

Tout à coup, M. Leuwen quitta son fils.

« Daignez m'attendre », lui dit-il avec amertume.

Il revint bientôt après avec un petit portefeuille de cuir de Russie.

« Il y a là 12 000 francs, et si vous ne les prenez pas, je crois que nous nous brouillerons.

— Le sujet de la querelle serait neuf, dit Lucien en souriant. Les rôles sont renversés et...

— Oui, ce n'est pas mal. Voilà du petit esprit. Mais, en un mot comme en mille, il faut que vous preniez une grande passion pour Mlle Gosselin. Et n'allez pas lui donner votre argent, et puis vous sauver à cheval dans les bois de Meudon ou au diable, comme c'est votre noble habitude. Il s'agit de passer vos soirées avec elle, de lui donner tous vos moments, il s'agit d'en être fou.

— Fou de Mlle Gosselin !

— Le diable t'emporte ! Fou de Mlle Gosselin ou d'une autre, que m'importe ! Il faut que le public sache que tu as une maîtresse.

— Et, mon père, la raison de cet ordre si sévère ?

— Tu la sais fort bien. Et voilà que tu deviens de mauvaise foi en parlant avec ton père, et traitant de tes intérêts encore ! Que le diable t'emporte, et qu'après t'avoir emporté il ne te rapporte jamais ! Je suis sûr que si je passe deux mois sans te voir, je ne penserai plus à toi avec cette folie. Que n'es-tu resté à ton Nancy ! Cela t'allait fort bien, tu aurais été le digne héros de deux ou trois bégueules morales. »

Lucien devint pourpre.

« Mais dans la position que je t'ai faite, ton fichu air sérieux, et même triste, si admiré en province, où il est l'exagération de la mode, n'est propre qu'à te donner le ridicule abominable de n'être au fond qu'un fichu saint-simonien.

— Mais je ne suis point saint-simonien ! Je crois vous l'avoir prouvé.

— Eh ! sois-le, saint-simonien, sois encore mille fois plus sot, mais ne le parais pas !

— Mon père, je serai plus parlant, plus gai, je passerai deux heures à l'Opéra au lieu d'une.

— Est-ce qu'on change de caractère ? Est-ce que tu seras

jamais folâtre et léger ? Or, toute ta vie, si je n'y mets ordre d'ici à quinze jours, ton sérieux passera non pour l'enseigne du *bon sens*, pour une mauvaise conséquence d'une bonne chose, mais pour tout ce qu'il y a de plus antipathique à la bonne compagnie. Or, quand ici l'on s'est mis à dos la bonne compagnie, il faut accoutumer son amour-propre à recevoir dix coups d'épingle par jour, auquel cas la ressource la plus douce qui reste, c'est de se brûler la cervelle ou, si l'on n'en a pas le courage, d'aller se jeter à la Trappe. Voilà où tu en étais, il y a deux mois, moi me tuant de faire comprendre que tu me ruinais en folies de jeune homme. Et en ce bel état, avec ce fichu bon sens sur la figure, tu vas te faire un ennemi du comte de Beausobre, un renard qui ne te pardonnera de la vie, car si tu parviens à faire quelque figure dans le monde et que tu t'avises de parler, tôt ou tard tu peux l'obliger à se couper la gorge avec toi, ce qu'il n'aime pas. Sans t'en douter, malgré tout ton fichu bon sens, que le Ciel confonde, tu as à tes trousses huit ou dix hommes d'esprit fort bien disants, fort moraux, fort bien reçus dans le monde, et de plus espions du ministère des Affaires étrangères. Prétendras-tu les tuer tous en duel ? Et si tu es tué, que devient ta mère, car le diable m'emporte si je pense à toi deux mois après que je ne te verrai plus ! Et pour toi, depuis trois mois je cours les chances de prendre un accès de goutte qui peut fort bien m'emporter. Je passe ma vie à cette Bourse qui est plus humide que jamais depuis qu'on y a mis des poêles. Pour toi, je me refuse le plaisir de jouer ma fortune à quitte ou double, ce qui m'amuserait. Ainsi, tout résolument, veux-tu prendre une grande passion pour Mlle Gosselin ?

— Ainsi, vous déclarez la guerre aux pauvres petits quarts d'heure de liberté que je puis encore avoir. Sans reproche, vous m'avez pris tous mes moments, il n'est pas de pauvre diable d'ambitieux qui travaille autant que moi, car je compte pour travail, et le plus pénible, les séances à l'Opéra et dans les salons, où l'on ne me verrait pas une fois en quinze jours si je suivais mon inclination. Ernest a l'ambition du fauteuil académique, ce petit coquin de Desbacs veut devenir conseiller d'État, cela les soutient ; moi je n'ai aucune passion dans tout cela que le désir de vous prouver ma reconnaissance. Car ce qui est le bonheur pour moi, ou du moins ce que je crois tel, c'est de vivre en Europe et en Amérique avec six ou huit mille livres de rente, changeant de ville, ou m'arrêtant un mois ou une année selon que je me trouverai bien. Le charlatanisme, indispensable à Paris, me paraît ridicule, et cependant j'ai de l'humeur quand je le vois réussir. Même riche, il faut ici être comédien et continuellement sur la brèche, ou l'on accroche des ridicules. Or, moi, je ne demande point le bonheur à l'opinion que les autres peuvent avoir de moi ; le mien serait de venir à Paris six semaines tous les ans pour voir ce qu'il y aurait de nouveau en tableaux, drames, inventions, jolies danseuses. Avec cette vie, le monde m'oublierait, je serais ici, à Paris, comme un Russe ou un Anglais. Au lieu de me faire l'amant heureux de Mlle Gosselin, ne pourrais-je pas faire un voyage de six mois où vous voudrez, au Kamtchatka par exemple, à Canton, dans l'Amérique du Sud ?

— En revenant au bout de six mois, tu trouverais ta réputation complètement perdue, et tes vices odieux seraient établis sur des faits incontestables et parfaitement oubliés. C'est ce qu'il y a de pis pour une réputation, la calomnie est bien heureuse quand on la fuit. Il faut ensuite ramener l'attention du public, et redonner l'inflammation à la blessure pour la guérir. M'entends-tu ?

— Que trop, hélas ! Je vois que vous ne voulez pas de six mois de voyage ou de six mois de prison en échange de Mlle Gosselin.

— Ah ! tu parais devenir raisonnable, le ciel en soit loué ! Mais comprends donc que je ne suis pas baroque. Raisonnons ensemble. M. de Beausobre dispose de vingt, de trente, peut-être de quarante espions diplomatiques appartenant à la bonne compagnie, et plusieurs à la très haute société ; il a des espions volontaires, tels que de Perte qui a quarante mille livres de rente. Mme la princesse de Vaudémont était à ses ordres. Ces gens ne manquent pas de tact, la plupart ont servi sous dix ou douze ministres, la personne qu'ils étudient de plus près, avec le plus de soin, c'est leur ministre. Je les ai surpris jadis ayant des conférences entre eux à ce sujet. Même, j'ai été consulté par deux ou trois qui m'ont des obligations d'argent. Quatre ou cinq, M. le comte N..., par exemple, que tu vois chez moi, quand ils peuvent écumer une nouvelle, veulent jouer à la rente, et n'ont pas toujours ce qu'il faut pour couvrir la différence. Je leur rends service par-ci, par-là, pour de petites sommes. Enfin, pour te dire tout, j'ai obtenu l'aveu, il y a quinze jours, que le Beausobre a une colère *mue* contre toi. Il passe pour n'avoir du cœur que lorsqu'il y a un grand cordon à gagner. Peut-être rougit-il de s'être trouvé faible en ta présence. Le pourquoi de sa haine, je l'ignore, mais il te fait l'honneur de te haïr.

« Mais ce dont je suis sûr, c'est qu'on a organisé la mise en circulation d'une calomnie qui tend à te faire passer pour un saint-simonien retenu à grand-peine dans le monde par ton amitié pour moi. Après moi, tu arboreras le saint-simonisme ou tu te feras chef de quelque nouvelle religion.

« Je ne répondrais pas, même si la colère de Beausobre lui dure, que quelqu'un de ses espions ne le servît comme [on] servi Édouard III contre Beckett. Plusieurs de ces messieurs, malgré leur brillant cabriolet, ont souvent le besoin le plus pressant d'une gratification de cinquante louis et seraient trop heureux d'accrocher cette somme au moyen d'un duel. C'est à cause de cette partie de mon discours que j'ai la faiblesse de te parler. Tu me fais faire, coquin, ce qui ne m'est arrivé depuis onze ans : manquer à une parole que je me suis donnée à moi-même. C'est à cause de la gratification de cent louis, gagnée si l'on t'envoie *ad patres*, que je n'ai pas pu te parler devant ta mère. Si elle te perd, elle meurt, et j'aurais beau faire des folies, rien ne pourrait me consoler de sa perte ; et (ajouta-t-il avec emphase) nous serions une famille effacée du monde.

— Je tremble que vous ne vous moquiez de moi, dit Lucien d'une voix qui semblait s'éteindre à chaque mot. Quand vous me faites une épigramme, elle me semble si bonne que je me la répète pendant huit jours contre moi-même, et le Méphistophélès que j'ai en moi triomphe de la partie agissante. Ne me plaisantez pas et j'oserai être sincère, ne me persiflez pas sur une chose que vous savez sans doute, mais que je n'ai jamais avouée à âme qui vive.

— Diable ! c'est du neuf, en ce cas. Je ne t'en parlerai jamais.

— Je tiens, ajouta Lucien d'une voix brève et rapide et en regardant le parquet, à être fidèle à une maîtresse que je n'ai jamais eue. Le moral entre pour si peu dans mes relations avec Mlle Raimonde, qu'elle ne me donne presque pas de remords ; mais cependant... (vous allez vous moquer de moi) elle m'en donne souvent... quand je la trouve gentille... Mais quand je ne lui fais pas la cour..., je suis trop sombre, et il me vient des idées de suicide, car rien ne m'amuse... Répondre à votre tendresse est seulement un devoir moins pénible que les autres. Je n'ai trouvé de distraction complète qu'auprès du lit de ce malheureux Kortis..., et encore à quel prix ! Je côtoyais l'infamie... Mais vous vous moquerez de moi, dit Lucien en osant relever les yeux à la dérobée.

— Pas du tout ! Heureux qui a une passion, fût-ce d'être amoureux d'un diamant, comme cet Espagnol dont Tallemant des Réaux nous conte l'histoire. La vieillesse n'est autre chose que la privation de folie, l'absence d'illusion et de passion. Je place l'absence des folies bien avant la diminution de la force physique. Je voudrais être amoureux, fût-ce de la plus laide cuisinière de Paris, et qu'elle répondît à ma flamme. Je dirais comme saint Augustin : *Credo quia absurdum*. Plus ta passion serait absurde, plus je l'envierais.

— De grâce, ne faites jamais d'allusion indirecte, et de moi seul comprise, à ce grain de folie.

— *Jamais !* » dit M. Leuwen ; et sa physionomie prit un caractère de solennité que Lucien ne lui avait jamais vu. C'est que M. Leuwen n'était jamais absolument sérieux ; quand il n'avait personne de qui se moquer, il se moquait de soi-même, souvent sans que Mme Leuwen même s'en aperçût. Ce changement de physionomie plut à notre héros, et encouragea sa faiblesse.

« Eh bien ! reprit-il d'une voix plus assurée, si je fais la cour à Mlle Gosselin ou à toute autre demoiselle célèbre, tôt ou tard je serai obligé d'être heureux, et c'est ce qui me fait horreur. Ne vous serait-il pas égal que je prisse une femme honnête ? »

Ici, M. Leuwen éclata de rire.

« Ne... te... fâche pas, dit-il en étouffant. Je suis fidèle à notre traité, ce n'est pas de la partie réservée... que je ris... Et où diable... prendras-tu ta femme honnête ?... Ah ! mon Dieu ! (et il riait aux larmes) et quand enfin un beau jour... ta femme honnête confessera sa sensibilité à ta passion, quand enfin sonnera l'heure du berger..., que fera le berger ?

— Il lui reprochera gravement qu'elle manque à la vertu, dit Lucien d'un grand sang-froid. Cela ne sera-t-il pas bien digne de ce siècle moral ?

— Pour que la plaisanterie fût bonne, il faudrait choisir cette maîtresse dans le faubourg Saint-Germain.

— Mais vous n'êtes pas duc, mais je ne sais pas avoir de l'esprit et de la gaieté en ménageant trois ou quatre préjugés saugrenus dont nous rions même dans nos salons du juste-milieu, si stupides d'ailleurs. »

Tout en parlant, Lucien vint à songer à quoi il s'engageait insensiblement ; il tourna à la tristesse sur-le-champ, et dit malgré lui :

« Quoi ! mon père, une grande passion ! Avec ses assiduités, sa constance, son occupation de tous les moments ?

— Précisément.

— *Peater meus, transeat a me calix iste !*

— Mais tu vois mes raisons.

> Fais ton arrêt toi-même, et choisis tes supplices.
> *Cinna*, V, sc. I.

« J'en conviens, la plaisanterie serait meilleure avec une vertu à haute piété et à privilèges, mais tu n'es pas ce qu'il faut, et d'ailleurs le pouvoir, qui est une bonne chose, se retire de ces gens-là et vient chez nous. Eh bien ! parmi nous autres, nouvelle noblesse, gagnée en écrasant ou escamotant la révolution de Juillet...

— Ah ! je vois où vous voulez en venir !

— Eh bien ! dit M. Leuwen du ton de la plus parfaite bonne foi, où veux-tu trouver mieux ? N'est-ce pas une vertu *d'après* celles du faubourg Saint-Germain ?

— Comme Dangeau n'était pas un grand seigneur, mais *d'après* un grand seigneur. Ah ! Elle est trop ridicule à mes yeux ; jamais je ne pourrai m'accoutumer à avoir une grande passion pour Mme Grandet. Dieu ! Quel flux de paroles ! Quelles prétentions !

— Chez Mlle Gosselin, tu auras des gens désagréables à force de mauvais ton. D'ailleurs, plus elle est différente de ce que l'on a aimé, moins il y a d'infidélité. »

M. Leuwen alla se promener à l'autre bout du salon. Il se reprochait cette allusion.

« J'ai manqué au traité, cela est mal, fort mal. Quoi ! même avec mon fils, ne puis-je pas me permettre de penser tout haut ? »

« Mon ami, ma dernière phrase ne vaut rien, et je parlerai mieux à l'avenir. Mais voilà trois heures qui sonnent. Si tu fais le sacrifice, c'est pour moi uniquement. Je ne te dirai point que, comme le prophète, tu vis dans un nuage depuis plusieurs mois, qu'au sortir de la nuée tu seras tout étonné du nouvel aspect de toutes choses... Tu en croiras toujours plus tes sensations que mes récits. Ainsi, ce que mon amitié ose te demander, c'est le sacrifice de six mois de ta vie ; il n'y aura de très amer que le premier, ensuite tu prendras de certaines habitudes dans ce salon où vont quelques hommes passables, si toutefois tu n'en es pas expulsé par la vertu terrible de Mme Grandet, auquel cas nous chercherions une autre vertu. Te sens-tu le courage de signer un engagement de six mois ? »

Lucien se promenait dans le salon et ne répondait pas.

« Si tu dois signer le traité, signons-le tout de suite, et tu me donneras une bonne nuit, car (en souriant) depuis quinze jours, à cause de vos beaux yeux, je ne dors plus. »

Lucien s'arrêta, le regarda, et se jeta dans ses bras. M. Leuwen père fut très sensible à cette embrassade : il avait soixante-cinq ans !

Lucien lui dit, pendant qu'il était dans ses bras :

« Ce sera le dernier sacrifice que vous me demanderez ?

— Oui, mon ami, je te le promets. Tu fais mon bonheur. Adieu. »

Leuwen resta debout dans le salon, profondément pensif. L'émotion si vraie d'un homme si insensible, ce mot si touchant : *tu fais mon bonheur* retentissaient dans son cœur.

Mais d'un autre côté faire la cour à Mme Grandet lui semblait une chose horrible, une hydre de dégoût, d'ennui et de malheur.

« Devoir renoncer, se disait-il, à tout ce qu'il y a de plus beau, de plus touchant, de plus sublime au monde n'était donc pas assez pour mon triste sort ; il faut que je passe ma vie avec quelque chose de bas et de plat, avec une affectation de tous les moments qui représente exactement tout ce qu'il y a de plat, de grossier, de haïssable dans le train du monde actuel ! Ah ! ma destinée est intolérable !

« Voyons ce que dit la raison, se dit-il tout à coup. Quand je n'aurais pour mon père aucun des sentiments que je lui dois, en stricte justice je dois lui obéir ; car enfin, le mot d'Ernest s'est trouvé vrai : je me suis trouvé incapable de gagner quatre-vingt-quinze francs par mois. Si mon père ne me donnait pas ce qu'il faut pour vivre à Paris, ce que je devrais faire pour gagner de quoi vivre ne serait-il pas plus pénible que de faire la cour à Mme Grandet ? Non, mille fois non. A quoi bon se tromper soi-même ?

« Dans ce salon, je puis penser, je puis rencontrer des ridicules curieux des hommes célèbres. Cloué dans le comptoir de quelque négociant d'Amsterdam ou de Londres correspondant de la maison, ma pensée devrait être constamment enchaînée à ce que j'écris, sous peine de commettre des erreurs. J'aimerais bien mieux reprendre ma vie de garnison : la manœuvre le matin, le soir la vie de billard. Avec une pension de cent louis je vivrais fort bien. Mais encore, qui me donnerait ces cent louis ? Ma mère. Mais si elle ne les avait pas, pourrais-je vivre avec ce que produirait la vente de mon mobilier actuel et les quatre-vingt-quinze francs par mois ? »

Lucien prolongea longtemps l'examen qui devait amener la réponse à cette question, afin de ne pas passer à cet autre examen, bien autrement terrible :

« Comment ferai-je dans la journée de demain pour marquer à Mme Grandet que je l'adore ? »

Ce mot le jeta peu à peu dans un souvenir profond et tendre de Mme de Chasteller. Il y trouva tant de charme, qu'il finit par se dire :

« A demain, les affaires. »

Ce demain-là n'était qu'une façon de parler, car quand il éteignit sa bougie les tristes bruits d'une matinée d'hiver remplissaient déjà la rue.

Il eut ce jour-là beaucoup de travail au bureau de la rue de Grenelle et à la Bourse. Jusqu'à deux heures, il examina les articles d'un grand règlement sur les gardes nationales, dont il fallait rendre le service de plus en plus ennuyeux, car règne-t-on avec une garde nationale ? Depuis plusieurs jours, le ministre avait pris l'habitude de renvoyer à l'examen consciencieux de Leuwen les rapports de ses chefs de division, dont l'examen exigeait plutôt du bon sens et de la probité qu'une profonde connaissance des 44 000 lois, arrêtés et circulaires qui régissent le ministère de l'Intérieur. Le ministre avait donné à ces rapports de Lucien le nom de *sommaires succincts* ; ces sommaires succincts avaient souvent dix ou quinze pages. Lucien était très occupé de ses affaires de télégraphe et, ayant été obligé de laisser en retard plusieurs sommaires succincts, le ministre l'autorisa à prendre deux commis et lui fit le sacrifice de la moitié de son arrière-cabinet. Mais dans cette position indispensable, le commis futur ne serait séparé des plus grandes affaires que par une cloison, à la vérité garnie de matelas en sourdine. La difficulté était de trouver des gens discrets et incapables par l'honneur de fournir des articles, mêmes anonymes, à cet abhorré *National*.

Lucien, après avoir inutilement cherché dans les bureaux, se souvint d'un ancien élève de l'École polytechnique, garçon fort taciturne, qui avait voulu être fabricant et qui, parce qu'il avait les connaissances supérieures, avait cru avoir les inférieures. Ce commis, nommé Coffe, l'homme le plus taciturne de l'École, coûta quatre-vingts louis au ministère, car Lucien le découvrit à Sainte-Pélagie, dont on ne put le tirer qu'en donnant un acompte aux créanciers ; mais il s'engagea à travailler pour dix et, qui plus est, on put parler devant lui en toute sûreté. Ce secours permit à Leuwen de s'absenter quelquefois un quart d'heure du bureau.

<[Coffe] était un petit homme nerveux, maigre, alerte, actif, presque tout à fait chauve. Il n'avait que vingt-cinq ans et en paraissait trente-six. Homme parfaitement pauvre et également honnête, le mécontentement était peint sur cette figure, qui ne s'éclaircissait que lorsqu'il agissait avec vigueur. Coffe était renommé à l'École pour son silence presque parfait ; mais ses petits yeux gris toujours en mouvement parlaient malgré lui. Dans son mépris pour le siècle actuel, Coffe pensait qu'aucune affaire ne valait la peine qu'on s'en mêlât. L'injustice et l'absurdité lui donnaient de l'humeur malgré lui, et ensuite il avait de l'humeur d'en avoir et de prendre intérêt pour cette masse absurde et coquine qui forme l'immense majorité des hommes. La fortune à peu près unique de Coffe était son grade à l'École polytechnique ; une fois chassé, il fit argent de tout, et forma un petit capital de 3 000 francs, avec lequel il entreprit un petit commerce. Ruiné par une banqueroute, il fut mis à Sainte-Pélagie où il eût passé cinq ans pour retrouver la misère à sa rentrée dans le monde, si l'on ne fût venu à son secours. Il avait le projet, si jamais il pouvait réunir 400 francs de rente, d'aller vivre dans une solitude, en Provence.>

Huit jours après, le comte de Vaize reçut cinq ou six dénonciations anonymes contre M. Coffe ; mais dès sa sortie de Sainte-Pélagie, Lucien l'avait mis, à son insu, sous la surveillance de M. Crapart, le chef de la police du ministère. Il fut prouvé que M. Coffe n'avait aucune relation avec les journaux libéraux ; quant à ses rapports prétendus avec le comité gouvernemental de Henri V, le ministre en rit avec Coffe lui-même.

« Accrochez-leur quelques louis, cela m'est fort égal », dit-il à ce commis, qui se trouva fort choqué du propos, car par hasard c'était un honnête homme.

Le ministre répondit aux exclamations de Coffe :

« Je vois ce que c'est, vous voulez quelque marque de faveur qui fasse cesser les lettres anonymes des surnuméraires jaloux du poste que M. Leuwen vous a donné. Eh bien ! dit-il à ce dernier, faites-lui une autorisation que je signerai, pour qu'il puisse faire copier *d'urgence* dans tous les bureaux les pièces dont il faudra les doubles au secrétariat particulier. »

A ce moment, le ministre fut interrompu par l'annonce d'une dépêche télégraphique d'Espagne. Cette dépêche enleva bien vite Leuwen aux idées d'arrangement intérieur pour le jeter dans un cabriolet roulant rapidement vers le comptoir de son père, et de là à la Bourse. Comme à l'ordinaire, il se garda bien d'y entrer, mais attendait des nouvelles de ses agents en lisant des brochures nouvelles chez un libraire voisin.

Tout à coup, il rencontra trois domestiques de son père qui le cherchaient partout pour lui remettre un billet de deux lignes :

« Courez à la Bourse, entrez-y vous-même, arrêtez toute l'opération, coupez net. Faites revendre, même à perte, et, cela fait, venez bien vite me parler. »

Cet ordre l'étonna beaucoup ; il courut l'exécuter. Il y eut assez de peine, et enfin put courir chez son père.

« Eh bien ! as-tu défait cette affaire ?

— Tout à fait. Mais pourquoi la défaire ? Elle me semble admirable.

— C'est de bien loin la plus belle dont nous nous soyons occupés. Il y avait là trois cent mille francs à réaliser.

— Et pourquoi donc s'en retirer ? dit Lucien avec anxiété.

— Ma foi, je ne le sais pas, dit M. Leuwen d'un air sournois. Tu le sauras de ton ministre si tu sais l'interroger. Cours le rassurer : il est fou d'inquiétude. »

L'air de M. Leuwen ne fit qu'augmenter la curiosité de Lucien. Il courut au ministère et trouva M. de Vaize qui l'attendait enfermé à double tour dans sa chambre à coucher qu'il arpentait, tourmenté par une profonde agitation.

« Voilà bien le plus timide des hommes », se dit Lucien.

« Eh bien, mon ami ? Êtes-vous parvenu à tout couper ?

— Tout absolument, à dix mille francs près que j'avais fait acheter par Rouillon, que je n'ai plus retrouvé.

— Ah ! cher ami, je sacrifierais le billet de cinq cents francs, je sacrifierais même le billet de mille francs pour réavoir cette bribe et ne pas paraître avoir fait la moindre affaire sur cette damnée dépêche. Voulez-vous aller retirer ces dix mille francs ? »

L'air du ministre disait : « Partez ! »

« Je ne saurai rien, se dit Lucien, si je n'arrache le fin mot dans ce moment où il est hors de lui. »

« En vérité, je ne saurais où aller, reprit Lucien de l'air d'un homme qui n'a pas envie de remonter en cabriolet. M. Rouillon dîne en ville. Je pourrai tout au plus dans deux heures passer chez lui, et ensuite aller explorer les environs de Tortoni. Mais Votre Excellence veut-elle me dire le pourquoi de toute cette peine que je me suis donnée et qui va engloutir toute ma soirée ?

— Je devrais ne vous rien dire, dit Son Excellence en prenant l'air fort inquiet, mais il y a longtemps que je ne doute pas de votre prudence. *On* se réserve cette affaire ; et encore, ajouta-t-il d'un air de terreur, c'est par miracle que je l'ai su, par un de ces cas fortuits admirables. A propos, il faut que demain vous soyez assez complaisant pour acheter une jolie montre de femme... »

Le ministre alla à son bureau, où il prit deux mille francs.

« Voici deux mille francs, faites bien les choses, allez jusqu'à trois mille francs au besoin, s'il le faut. Peut-on pour cela avoir quelque chose de présentable ?

— Je le crois.

— Eh bien ! il faudra faire remettre cette jolie montre de femme avec une chaîne d'or, et cela par une main sûre, et avec un volume des romans de Balzac portant un chiffre impair, 3, 1, 5, à Mme Lavernaye, rue Sainte-Anne, n° 90. Actuellement que vous savez tout, mon ami, encore un acte de complaisance. Ne laissez pas les choses faites à demi, raccrochez-moi ces dix mille francs, et qu'il ne soit pas dit, ou du moins qu'on ne puisse prouver à qui de droit que j'ai fait, moi ou les miens, la moindre affaire sur cette dépêche.

— Votre Excellence ne doit avoir aucune inquiétude à ce sujet, cela vaut fait », dit Lucien en prenant congé avec tout le respect possible.

Il n'eut aucune peine à trouver M. Rouillon, qui dînait tranquillement à son troisième étage avec sa femme et ses enfants. Et moyennant l'assurance de payer la différence à la revente, le soir même, au café Tortoni, ce qui pouvait être un objet de cinquante ou cent francs, toute trace de l'opération fut anéantie, ce dont il prévint le ministre par un mot.

Lucien n'arriva chez son père qu'à la fin du dîner. Il était tout joyeux en venant de la place des Victoires, où logeait M. Rouillon, à la rue de Londres ; la corvée du soir, dans le salon de Mme Grandet, ne lui semblait plus qu'une chose fort simple. Tant il est vrai que les caractères qui ont leur imagination pour ennemie doivent agir beaucoup avant les choses pénibles, et non y réfléchir.

« Je vais parler *ab hoc et ab hac*, se disait Lucien, et dire tout ce qui me viendra à la tête, bon, mauvais ou pire. Je suppose que c'est ainsi qu'on est brillant aux yeux de Mme Grandet, cette sublime personne. Car il faut être brillant avant que d'être tendre, et l'on méprise le cadeau si l'objet offert n'est pas de grand prix. »

CHAPITRE XLVIII

« Maman, pardonnez-moi toutes les choses communes que je vais dire avec emphase », dit Lucien à sa mère en la quittant sur les neuf heures.

En entrant à l'hôtel Grandet, Lucien examinait curieusement ce portier, cette cour, cet escalier au milieu desquels il allait manœuvrer. Tout était magnifique, cher, mais trop neuf. Dans l'antichambre, un paravent de velours bleu garni de ses clous d'or et un peu usé eût dit aux passants : « Ce n'est pas d'hier seulement que nous sommes riches... », mais un Grandet pense à faire une spéculation sur les paravents, et non à ce qu'ils disent aux passants dans une antichambre.

Lucien trouva Mme Grandet en petit comité, il y avait sept à huit personnes dans l'élégante rotonde où elle recevait à cette heure. Il était de bonne heure, trop tôt pour venir chez Mme Grandet. Lucien le savait bien, mais il voulait faire acte d'un *cœur bien épris*. Elle examinait, avec des bougies que l'on plaçait successivement sur tous les points, un buste de Cléopâtre de Tenerani que l'ambassadeur du roi à Rome venait de lui envoyer. L'expression de la reine d'Égypte était simple et noble. Toutes ces figures faisaient des phrases et l'admiraient.

« Elle illumine leur air commun, se dit Leuwen. Toute ces grosses mines à cheveux grisonnants ont l'air de dire : Oh ! quels bons appointements j'ai ! »

Un député du centre complaisant, attaché à la maison, proposa une poule au billard. Lucien reconnut la grosse voix qui, à la Chambre, est chargée de rire quand, par hasard, on fait quelque proposition généreuse.

Mme Grandet sonna avec empressement pour faire allumer le billard. Tout semblait à Lucien avoir une physionomie nouvelle.

« Il est bon à quelque chose, pensa-t-il, d'avoir des projets, quelque ridicules qu'ils soient. Elle a une taille charmante, et le jeu de billard donne cent occasions de se placer dans les poses les plus gracieuses. Il est étonnant que les convenances religieuses du faubourg Saint-Germain ne se soient pas encore avisées de proscrire ce jeu ! »

Au billard, Lucien commença à parler, et ne cessa presque pas. Sa gaieté augmentait à mesure que le succès de ses propos communs et lourds venait chasser l'image de l'embarras que devait lui causer l'ordre de faire la cour à Mme Grandet.

D'abord, ses propos furent trop communs ; il se donnait le plaisir de se moquer lui-même de ce qu'il disait : c'était de l'esprit d'arrière-boutique, des anecdotes imprimées partout, des nouvelles de journaux, etc., etc.

« Elle a des ridicules, pensa-t-il, mais cependant elle est accoutumée à un certain taux d'esprit. Il faut des anecdotes ici, mais moins usées, des considérations lourdes sur des sujets délicats, sur la tendresse de Racine comparée à celle de Virgile, sur les contes italiens où Shakespeare a pris le sujet de ses pièces ; il ne faut jamais de mots vifs et rapides, ils passeraient inaperçus. Il n'en est peut-être pas de même des regards, surtout quand on est bien amoureux. » Et il considéra avec une admiration assez peu dissimulée les charmantes poses dans lesquelles se plaçait Mme Grandet.

« Grand Dieu ! qu'eût dit Mme de Chasteller si elle eût surpris un de ces regards !

Mais il faut l'oublier pour être heureux ici,

se dit Leuwen. Et il éloigna cette idée fatale, mais pas assez vite pour que son regard n'eût pas l'air fort ému.

Mme Grandet le regardait elle-même d'une façon assez singulière, point tendre il est vrai, mais assez étonnée ; elle se rappelait vivement tout ce que Mme de Thémines lui avait appris, quelques jours auparavant, de la passion que Lucien avait pour elle. Elle s'étonnait d'avoir trouvé si ridicules les idées réveillées par le récit de Mme de Thémines.

« Réellement, il est présentable, se disait-elle, il a beaucoup de distinction. »

A la poule, le hasard avait donné à Lucien la bille

numéro 6. Un grand jeune homme silencieux, apparemment adorateur muet de la maîtresse de la maison, eut le 5, et Mme Grandet le numéro 4. Leuwen essaya de tuer le 5, réussit, et se trouva par là chargé de jouer sur Mme Grandet et de la faire perdre, ce dont il s'acquitta avec assez de grâce. Il tentait toujours les coups les plus difficiles, et avait le malheur de ne jamais *faire* la bille de Mme Grandet et de la placer presque toujours dans une position avantageuse. Mme Grandet était heureuse.

« La chance de gagner une poule de vingt francs, se dit Lucien, donnerait-elle de l'émotion à cette âme de femme de chambre hôte d'un si beau corps ? La poule va finir, voyons si ma conjecture est fondée ? »

Lucien se laissa tuer ; alors, ce fut au numéro 7 à jouer sur Mme Grandet. Ce numéro était tenu par un préfet en congé, grand hâbleur, et porteur de toutes les prétentions, même de celle de bien jouer au billard. Ce fat montrait une exaltation de mauvais goût à parler des coups qu'il allait faire, à menacer Mme Grandet, à faire sa bille ou à la mal placer.

Mme Grandet, voyant son sort tellement changé par la *mort* de Leuwen, prit de l'humeur, les coins de sa bouche si fraîche se serrèrent entre ses dents.

« Ah ! voilà sa manière d'être piquée ! » se dit Lucien.

Au troisième mauvais coup que lui donnait le préfet impitoyable, Mme Grandet regarda Lucien avec l'expression du regret, à quoi Lucien osa répondre en regardant avec l'expression du désir les jolies poses auxquelles Mme Grandet s'abandonnait au milieu de sa douleur de perdre. Lucien, tout mort qu'il était, se donnait beaucoup de mouvement autour du billard et suivait la bille de Mme Grandet avec l'anxiété du plus vif intérêt. Il prit son parti avec une vivacité affectée et assez plaisante dans une chicane mal fondée qu'elle fit au préfet hâbleur qui était resté *seul* avec elle et prétendait gagner.

Bientôt Mme Grandet perdit la poule, mais Lucien avait fait de tels progrès dans son esprit qu'elle jugea à propos de lui adresser une petite dissertation géométrique et profonde sur les angles que forment les billes d'ivoire en frappant les bandes du billard. Lucien fit des objections.

« Ah ! vous êtes élève de l'École polytechnique, mais vous êtes un élève chassé, et sans doute vous n'êtes pas très fort en géométrie. »

Lucien invoqua des expériences ; on mesura des distances sur le billard ; Mme Grandet eut l'occasion d'étaler de charmants petits mots de surprise et de jolis éclats de voix. Mme Grandet eut l'occasion de prendre des poses charmantes ; et si charmantes, qu'une fois, Lucien se dit :

« Voici tout ce que j'aurais pu demander à Mlle Gosselin. »

De ce moment, il fut vraiment bien, Mme Grandet ne quitta les expériences que pour lui offrir de faire une partie de billard avec elle. Il était piquant pour elle-même, parce qu'il l'étonnait. « Je n'en reviens pas, se disait-elle. Grand Dieu ! comme la timidité donne l'air sot à l'homme le plus aimable ! »

Sur les dix heures, il vint assez de monde. On avait l'usage de présenter à Mme Grandet la plupart des personnages un peu marquants qui passaient à Paris. Il ne manquait à sa collection que les artistes tout à fait [crottés] ou les grands seigneurs tout à fait de la première volée. Aussi la présence à Paris de ceux-ci, annoncée par les journaux, lui donnait-elle de l'humeur, et quelquefois elle se permettait contre eux des propos semi-républicains qui désolaient son mari. Ce mari, tout bouffi de la faveur du roi de son choix, arriva avec un ministre sur les dix heures et demie. Bientôt survint un second ministre, et sur ses pas les trois ou quatre députés les plus influents dans la Chambre. Cinq ou six savants qui se trouvaient là se mirent à faire bassement la cour aux ministres, et même aux députés. Ils eurent bientôt pour rivaux deux ou trois littérateurs célèbres, un peu moins plats dans la forme et peut-être plus esclaves au fond, mais cachant leur bassesse sous des formes de parfaite urbanité. Ils débitaient d'une voix périodique et adoucie des compliments indirects et admirables de délicatesse. Le préfet hâbleur fut terrifié de ce langage, et se tut.

« Voilà les gens dont on se moque à la maison, se dit Lucien ; ici, ils sont les admirés. »

La plupart des noms célèbres de Paris parurent successivement.

« Il ne manque ici que les hommes d'esprit qui ont la folie d'être de l'opposition. Comment peut-on estimer assez les hommes, cette matière sale, pour être de l'opposition ? Mais au milieu de tant de célébrités mon règne va finir », pensa Leuwen.

A ce moment, Mme Grandet vint du bout du salon lui adresser la parole.

« Voilà une impertinence, se dit-il en riant. Où diable a-t-elle pris cette attention délicate ? Est-ce qu'elle doit se permettre de telles choses ? Serais-je duc sans le savoir ? »

Le député était devenu abondant dans le salon. Lucien remarqua qu'ils parlaient haut et cherchaient à faire du bruit. Ils levaient le plus possible leurs têtes grisonnantes et essayaient de se donner des mouvements brusques. L'un posa sa belle boîte d'or sur la table où il jouait, de façon à faire tourner la tête à trois ou quatre voisins ; un autre, s'établissant sur sa chaise, la faisait se mouvoir à chaque instant sur le parquet, sans égard pour les oreilles de ses voisins.

« Leur mine, se dit Lucien, a toute l'importance du gros propriétaire qui vient de renouveler un bail avantageux. »

Celui qui se remuait avec tant de bruit sur sa chaise vint un instant après dans la salle de billard et demanda à Leuwen la *Gazette de France* qu'il lisait. Il *pria* pour ce petit service d'un air si bas que notre héros en fut tout attendri : cet ensemble lui rappela Nancy. Ses yeux devinrent fixes et très ouverts, toute l'expression d'urbanité de la bouche tomba. Lucien sortit de sa rêverie parce qu'on riait beaucoup à ses côtés. Un écrivain célèbre contait une anecdote fort plaisante sur l'abbé Barthélemy, auteur du *Voyage d'Anacharsis* ; puis vint une anecdote de Marmontel, ensuite une troisième sur l'abbé Delille.

« Le fond de toute cette gaieté est sec et triste. Ces gens d'Académie, pensa Lucien, ne vivent que sur les ridicules de leurs prédécesseurs. Ils mourront banqueroutiers envers leurs successeurs : ils sont trop timides même pour faire des sottises. Il n'y a rien ici de la joyeuse folie que je trouvais chez Mme d'Hocquincourt quand d'Antin nous mettait en train. »

Au commencement d'une quatrième anecdote sur les ridicules de Thomas, Lucien n'y put tenir et regagna le grand salon par une galerie garnie de bustes que l'on tenait moins éclairée. Dans une porte, il rencontra Mme Grandet qui lui adressa encore la parole.

« Je serais un ingrat si je ne me rapprochais pas de son groupe, au cas qu'il lui prenne envie de faire la Mme de Staël. »

Lucien n'eut pas longtemps à attendre. On avait présenté ce soir-là à Mme Grandet un jeune savant allemand à grands cheveux blonds séparés au milieu du front et horriblement maigre. Mme Grandet lui parla des savantes découvertes faites par les Allemands : Homère n'a peut-être fait qu'un épisode de la collection de chansons si célèbres sous son nom et dont la savante ordonnance, fruit du hasard, est si admirée par le pédant. Mme Grandet parla très bien de l'école d'Alexandrie. On faisait tout à fait cercle autour d'elle. On en vint aux antiquités chrétiennes. Mme Grandet prit un air sérieux, les coins de sa bouche s'abaissèrent.

Cet Allemand nouvellement présenté ne se mit-il pas à attaquer la messe, en parlant à une bourgeoise de la cour de Louis-Philippe ? (Ces Allemands sont les rois de l'inconvenance.)

« La messe n'était au ve siècle, disait-il, qu'une réunion où l'on rompait le pain en commun, en mémoire de Jésus-Christ. C'était une sorte de thé de gens bien pensants. Il n'entrait dans l'idée de personne que l'on fît actuellement quelque chose de sérieux, de différent le moins du monde d'une action ordinaire, et encore moins que l'on fît un miracle, le changement du pain et du vin dans le corps et le sang du Sauveur. Nous voyons peu à peu ce thé des premiers chrétiens augmenter d'importance, et la messe se former.

— Mais, grand Dieu ! où voyez-vous cela, monsieur ? disait Mme Grandet effrayée ; apparemment, dans quelques-uns de vos auteurs allemands, ordinairement pourtant si amis des idées sublimes et mystérieuses, et par là si chéris de tout ce qui pense bien. Quelques-uns se sont égarés et leur langue, malheureusement si peu connue de mes légers compatriotes, les met à l'abri de toute réfutation.

— Non, madame. Les Français aussi sont fort savants, reprenait le jeune dialecticien allemand, qui apparemment, pour avoir le plaisir de faire durer les discussions, avait appris des formes très polies. Mais, madame, la littérature française est si belle, les Français ont tant de trésors, qu'ils sont comme les gens fort riches, ils ignorent leurs trésors. Toute cette histoire véritable de la messe, je l'ai trouvée dans le père Mabillon, qui vient de donner son nom à une des rues de votre brillante capitale. A la vérité, ce n'est pas dans le texte de Mabillon — le pauvre moine n'osait pas — mais dans les notes. Votre messe, madame, est une invention d'hier ; c'est comme votre Paris, qui n'existait pas au ve siècle. »

Mme Grandet avait répondu jusque-là par des phrases entrecoupées et insignifiantes, sur quoi notre Allemand, relevant ses lunettes, répondit aux phrases par des faits, et, comme on les lui contestait, par des citations. Le monstre avait une mémoire étonnante.

Mme Grandet était excessivement contrariée.

« Comme Mme de Staël, se disait-elle, eût été belle dans ce moment, au milieu d'un cercle si nombreux et si attentif ! Je vois au moins trente personnes qui nous écoutent, et moi, grand Dieu ! je vais rester sans un mot à répondre, et il est trop tard pour se fâcher. »

En comptant les auditeurs qui, après s'être moqués de l'étrange tournure de l'Allemand, commençaient à l'admirer, précisément à cause de sa dégaine étrange et de sa façon nouvelle de relever ses lunettes, les yeux de Mme Grandet rencontrèrent ceux de Lucien. Dans sa terreur, elle lui demanda presque grâce. Elle venait d'éprouver que ses regards les plus enchanteurs n'avaient aucun effet sur le jeune Allemand, qui s'écoutait parler et ne voyait rien.

Lucien vit dans ce regard suppliant un appel à sa bravoure ; il perça le cercle, vint se placer auprès du jeune dialecticien allemand.

« Mais, monsieur .... »

Il se trouva que cet Allemand n'avait point trop de peur des plaisanteries et de l'ironie françaises. Lucien avait un peu trop compté sur ce moyen, et enfin, comme il ne savait pas le premier mot de cette question, et ne savait pas même en quelle langue Mabillon avait écrit, il fut battu.

A une heure, Lucien quitta cette maison où l'on avait tout fait pour chercher à lui plaire. Son âme était desséchée. Les idées de l'homme, de l'anecdote du littérateur, de la discussion savante, des formes admirablement polies, lui faisaient horreur. Ce fut avec délices qu'il se permit un tête-à-tête d'une heure avec le souvenir de Mme de Chasteller. Les hommes, dont il venait de voir la fleur ce soir-là, étaient faits pour le faire douter de la possibilité de l'existence d'êtres comme Mme de Chasteller. Ce fut avec délices qu'il retrouva cette image chérie, elle avait comme la grâce de la nouveauté, qui est l'unique chose peut-être qui manque au souvenir de l'amour.

Les gens de lettres, les savants, les députés qu'il venait de voir n'avaient garde de paraître dans le salon horriblement méchant de Mme Leuwen : on s'y fût moqué d'eux tout en plein. Là, tout le monde se moquait de tout le monde, tant pis pour les sots et pour les hypocrites qui n'avaient pas infiniment d'esprit. Les titres de duc, de pair de France, de colonel de la garde nationale, comme l'avait éprouvé M. Grandet, n'y mettaient personne à l'abri de l'ironie la plus gaie.

« Je n'ai rien à demander à la faveur des hommes gouvernants et gouvernés, disait quelquefois M. Leuwen dans son salon. Je ne m'adresse qu'à leur bourse, c'est à moi de leur prouver, dans mon cabinet, le matin, que leur intérêt et le mien sont les mêmes. Hors de mon cabinet, je n'ai qu'un intérêt : me délasser et rire des sots, qu'ils soient sur le trône ou dans la crotte. Ainsi, mes amis, moquez-vous de moi, si vous pouvez. »

Toute la matinée du lendemain, Lucien travailla à tâcher d'y voir clair dans une dénonciation sur Alger, faite par un M. Gandin. Le roi avait demandé un avis motivé à M. le comte de Vaize, qui avait été d'autant plus flatté que cette affaire regardait le ministère de la Guerre. Il avait passé la nuit à faire un beau travail, puis avait fait appeler Lucien.

« Mon ami, critiquez-moi cela impitoyablement, avait-il dit en lui remettant son cahier fort barbouillé. Trouvez-moi des objections. J'aime mieux être critiqué en secret par mon aide de camp que par mes collègues en plein Conseil. A mesure que vous ne vous servirez plus d'une de mes pages, faites-la copier par un commis discret, n'importe l'écriture. Comme il est fâcheux que la vôtre soit si détestable ! Réellement, vous ne formez pas vos lettres. Ne pourriez-vous pas tenter une réforme ?

— Est-ce qu'on réforme l'habitude ? Si cela se pouvait, combien de voleurs qui ont deux millions deviendraient honnêtes gens !

— Ce Gandin prétend que le général lui a fermé la bouche avec 1 500 louis... Au reste, mon cher ami, j'ai besoin du mis au net de mon rapport et de votre critique avant huit heures. Je veux mettre cela dans mon portefeuille. Mais je vous demande une critique sans pitié. Si nous pouvions compter que votre père ne tirerait pas une épigramme des trésors de la casbah, je paierais au poids de l'or son avis sur cette question. »

Lucien feuilletait la minute du ministre, qui avait douze pages.

« Pour tout au monde, mon père ne lirait pas un rapport aussi long, et encore il faudra vérifier les pièces. »

Lucien trouva que cette affaire était aussi difficile pour le moins que l'origine de la messe. A sept heures et demie il envoya au ministre son travail, qui était au moins aussi long que le rapport du ministre, et le mis au net de celui-ci. Sa mère avait fait naître des accidents pour prolonger le dîner, et à son arrivée il n'était pas fini.

« Qui t'amène si tard ? dit Leuwen.

— Son amitié pour sa mère », répondit Mme Leuwen. Certainement il eût été plus commode pour lui d'aller au cabaret.

« Que puis-je faire pour te marquer ma reconnaissance ? dit-elle à son fils.

— Engager mon père à me donner son avis sur un petit opuscule de ma façon que j'ai là dans ma poche... »

Et l'on parla d'Alger, de casbah, de quarante-huit millions, de treize millions volés, jusqu'à neuf heures et demie.

« Et Mme Grandet ? dit M. Leuwen.

— Je l'avais tout à fait oubliée... »

CHAPITRE XLIX

Leuwen était tout homme d'affaires ce jour-là ; il courut chez Mme Grandet comme il serait allé à son bureau pour une affaire en retard. Il traversa lestement la cour, l'escalier, l'antichambre, en souriant de la facilité de l'affaire dont il allait s'occuper. Il avait le même plaisir qu'à retrouver une pièce importante, un instant égarée au moment où on la chercherait pour la joindre à un rapport au roi.

Il trouva Mme Grandet entourée de ses complaisants ordinaires, et le mépris éteignit ce sourire de jeunesse. Ces messieurs disputaient : un M. Greslin, référendaire à la Cour des Comptes, moyennant 12 000 francs comptés à la cousine de la maîtresse du comte de Vaize, s'enquérait si l'épicier du coin, M. Béranville, qui avait la fourniture de l'état-major de la garde nationale, oserait mécontenter de *si bonnes paies*, et voter dans le sens de son journal. Un de ces messieurs, jésuite avant 1830, et maintenant lieutenant de grenadiers, décoré, venait de dire qu'un des commis de Béranville était abonné au *National*, ce qu'il n'eût certes osé faire si son patron avait eu toute l'horreur convenable pour cette rapsodie républicaine et désorganisatrice.

Chaque mot diminuait sensiblement aux yeux de Lucien la beauté de Mme Grandet. Pour comble de misère, elle se mêlait fort à cette discussion, qui n'eût pas déparé la loge d'un portier. Elle votait pour que l'épicier fût menacé indirectement de destitution par le tambour de la compagnie de grenadiers, qu'elle connaissait fort.

« Au lieu de jouir de leur position, ces gens-ci s'amusent à *avoir peur*, comme mes amis les gentilshommes de Nancy, et par-dessus le marché ils me font mal au cœur. »

404

Lucien était à mille lieues du sourire de jeunesse avec lequel il était entré dans ce salon magnifique, qui se changeait à ses yeux en sale loge de portier.

« Sans doute la conversation de mes demoiselles de l'Opéra est moins ignoble que ceci. Quelle drôle d'époque ! Ces Français si braves, dès qu'ils sont riches s'occupent à avoir peur. Mais peut-être ces âmes nobles du juste-milieu sont-elles incapables de sérénité tant qu'il y a un danger possible au monde. »

Et il ne les écouta plus. Il aperçut seulement alors que Mme Grandet le recevait très fraîchement ; il en fut amusé.

« J'avais pensé, se disait-il, que ma faveur durerait bien quinze jours. En moins de temps encore cette tête légère se fatigue d'une idée. »

Le tour leste et tranchant des raisonnements de Lucien eût été bien ridicule aux yeux d'un homme politique. C'était lui qui était tête légère : il n'avait point deviné le caractère de Mme Grandet. Cette femme si jeune, si fraîche, si occupée des peintures à *fresque* de sa galerie d'été, imitées de Pompeia, était presque continuellement absorbée dans les calculs de la politique la plus profonde. Elle était riche comme un Rothschild, et voulait être un Montmorency.

« Ce jeune Leuwen, maître des requêtes, n'est pas mal. Si la moitié de son mérite réel s'échangeait en position acquise dans le monde et que personne ne puisse nier, il serait bon à quelque chose dans le monde. Tel qu'il paraît là, avec cette tournure simple jusqu'à la naïveté et pourtant noble, il conviendrait assez à une de ces petites femmes qui songent à la galanterie et non à se faire une position élevée. »

Et elle eut horreur de cette façon de penser vulgaire.

« [Celui-ci] n'a point de nom. C'est un petit jeune homme, fils d'un banquier riche et qui s'est acquis la réputation d'homme d'esprit par sa méchante langue. M. Lucien est tout simplement un débutant dans la carrière où M. Grandet est si avancé, il n'a pas de nom, pas de parenté considérable et bien établie dans le monde. Il est hors de son pouvoir de rien ajouter à ma position. Toutes les fois que M. Leuwen sera invité aux Tuileries, je le serai aussi, et avant lui. Il n'a jamais été admis à l'honneur de danser avec les princesses. »

Telles étaient les idées que Mme Grandet cherchait à vérifier en regardant Lucien, pendant qu'il la croyait tout occupée de la faute de M. l'épicier Béranville et des moyens de l'en punir en lui ôtant la pratique de l'état-major de la garde nationale.

Mme Grandet se dit tout à coup, presque en riant, mouvement rare chez elle :

« S'il a pour moi cette passion que Mme de Thémines lui prête, si généreusement je pense, il faut le rendre tout à fait fou. Et pour cela le régime des rigueurs convient peut-être à ce beau jeune homme, et certainement me convient beaucoup. »

Au bout d'une demi-heure, Lucien se voyant décidément reçu avec une froideur marquée, se trouva à l'égard de la belle Mme Grandet dans la situation d'un connaisseur qui marchande un tableau médiocre : tant qu'il compte l'avoir pour quelques louis, il s'exagère ses beautés ; les prétentions du vendeur s'élèvent-elles outre mesure, le tableau devient ridicule aux yeux du connaisseur, il ne voit plus que ses défauts, et n'y songe que pour s'en moquer.

« Je suis ici, se dit Leuwen, pour avoir une grande passion aux yeux de ces nigauds. Or, que fait-on quand, dévoré par un amour violent, on se voit mal reçu par une aussi jolie femme ? On tombe dans la plus sombre et silencieuse mélancolie. »

Et il ne dit plus mot.

« Comme le monde connaît les passions ! continua-t-il en souriant sur lui-même et devenant réellement mélancolique. Quand j'étais, ce me semble, dans l'état que je joue, personne ne faisait plus de bruit au café Charpentier. »

Lucien resta sur sa chaise, cloué dans la plus louable immobilité. Par malheur, il ne pouvait fermer les oreilles.

Sur les dix heures arriva à grand bruit M. de Torpet, jeune ex-député, fort bel homme, et rédacteur éloquent d'un journal ministériel.

« Avez-vous lu *Le Messager*, madame ? dit-il en s'approchant de la maîtresse de la maison d'un air commun, presque familier, et comme prenant acte de sa familiarité avec une jeune femme dont le monde s'occupait. Avez-vous lu *Le Messager* ? Ils ne peuvent répondre à ces quelques lignes que j'ai lancées ce matin sur l'exaltation et le dernier période des idées de ces réformistes. J'ai traité en quelques mots l'augmentation du nombre des électeurs. L'Angleterre en a 800 000, et nous 180 000 seulement ; mais si je jette un coup d'œil rapide sur l'Angleterre, que vois-je avant tout ? Quelle sommité frappe mes yeux de son éclat brillant ? Une aristocratie puissante et respectée, une aristocratie qui a des racines profondes dans les habitudes de ce peuple sérieux avant tout, et sérieux parce qu'il est biblique. Que vois-je de ce côté-ci du détroit ? Des gens riches pour tout potage. Dans deux ans, l'héritier de leur richesse et de leur nom sera peut-être à Sainte-Pélagie... »

Ce discours si bien adressé à une riche bourgeoise, femme riche dont la grand-mère n'avait pas eu de voiture, amusa d'abord Lucien. Mais malheureusement M. de Torpet ne savait pas avoir de l'esprit en quatre lignes, il lui fallait de longues périodes.

« Ce gascon impudent se croit obligé de parler comme les livres de M. de Chateaubriand », se disait Lucien impatienté. Il dit deux petits mots qui, expliqués à cet auditoire, eussent pu devenir une plaisanterie. Mais il s'arrêta tout court. « Je sors de la grande passion : le silence et la tristesse conviennent à la réception que me fait Mme Grandet. »

Lucien, obligé de se taire, entendit tant de sottises et surtout vit tant de sentiments bas étalés avec orgueil, qu'il eut le sentiment d'être dans l'antichambre de son père.

« Quand ma mère a des laquais qui parlent comme M. de Torpet, elle les renvoie. »

Il prit en grippe les ornements élégants du petit salon ovale de Mme Grandet. Il avait tort : rien n'était plus élégant et moins vaudeville ; sans la forme ovale et quelques ornements gais placés exprès par l'architecte, ce salon délicieux eût été un temple ; les artistes entre eux eussent dit : « Il est sur le bord du *sérieux*. » Mais l'impudence de M. de Torpet gâtait tout aux yeux de Lucien. La jeunesse, la fraîcheur de la maîtresse de la maison, quoique relevées par le mauvais accueil qu'elle lui faisait, lui semblèrent convenir à une femme de chambre.

Lucien continuait à se croire philosophe, et il ne voyait pas que, tout simplement, il avait l'impudence en horreur. C'était cette qualité poussée à l'extrême par M. de Torpet, et si indispensable au succès, qui lui donnait un dégoût si voisin de la colère. Cette horreur pour une qualité nécessaire était le symptôme qui alarmait le plus M. Leuwen père sur le compte de son fils.

« Il n'est pas fait pour son siècle, se disait-il, et ne sera jamais qu'un plat homme de mérite. »

Lorsque arriva la proposition de l'inévitable poule, Lucien vit que M. de Torpet se disposait à prendre une bille. Lucien avait réellement l'oreille offensée par la voix éclatante de ce bel homme. A force de dégoût, Lucien ne se sentit pas réellement la force de marcher autour du billard, et il sortit silencieusement avec la démarche lente qui convient au malheur.

« Il n'est que onze heures ! » se dit Lucien avec joie ; et pour la première fois de la saison il courut à l'Opéra avec l'envie d'y arriver.

Il trouva Mlle Raimonde dans la loge grillée de son père, elle était seule depuis un quart d'heure et mourait d'envie de parler. Lucien l'écouta avec un plaisir qui le surprit, il fut charmant pour elle.

« C'est là le véritable esprit, se disait-il dans son engouement. Comme cela tranche avec l'emphase lente et monotone du salon Grandet ! »

« Vous êtes charmante, belle Raimonde, ou du moins je suis charmé. Contez-moi donc la grande histoire de la dispute de madame... avec son mari, et le duel ! »

Pendant que sa petite voix douce et bien timbrée parcourait les détails en sautillant rapidement :

« Comme ils sont lourds et tristes, se répondant les uns aux autres par de fausses raisons, et dont le parleur comme l'écouteur sentent le faux ! Mais ce serait choquer toutes les convenances de cette confrérie que de ne pas se payer de fausse monnaie. Il faut gober je ne sais combien de sottises et ne pas se moquer des vérités fondamentales de leur religion, ou tout est perdu. »

Il dit gravement :

« Auprès de vous, ma belle Raimonde, un M. de Torpet est impossible.

— D'où revenez-vous ? » lui dit-elle.

Il continua :

« Avec votre esprit naturel et hardi, vous vous moqueriez de lui tout de suite, vous mettriez en pièces son emphase. Quel dommage de ne pas pouvoir vous faire déjeuner ensemble ! Mon père serait digne d'être de ce déjeuner. Jamais votre vivacité ne pourrait supporter ces longues phrases emphatiques, qui sont le ton parfait pour les gens de bonne compagnie de la province. »

Notre héros se tut et pensa :

« Ne ferais-je pas bien, se dit-il, de transférer ma grande passion de Mme Grandet à Mlle Elssler ou à Mlle Gosselin ? Elles sont fort célèbres aussi ; Mlle Elssler n'a ni l'esprit, ni l'imprévu de Raimonde, mais même chez Mlle Gosselin, un Torpet est impossible. Et voilà pourquoi la bonne compagnie, en France, est arrivée à une époque de décadence. Nous sommes arrivés au siècle de Sénèque et n'osons plus agir et parler comme du temps de Mme de Sévigné et du grand Condé. Le naturel se réfugie chez les danseuses. Qui me sera le moins à charge pour une grande passion ? Mme Grandet, ou Mlle Gosselin ? Suis-je donc condamné à écrire des sottises le matin, et à en entendre encore le soir ? »

Au plus fort de cet examen de conscience et de la folie de Mlle Raimonde, la porte de la loge s'ouvrit avec fracas pour donner passage à un non moindre personnage que son Excellence M. le comte de Vaize.

« C'est vous que je cherchais, dit-il à Lucien avec un sérieux qui n'était pas exempt d'importance. Mais cette petite fille est-elle sûre ? »

Quelque bas que ce dernier mot fût prononcé, Mlle Raimonde le saisit.

« C'est une question que l'on ne m'a jamais faite impunément, s'écria-t-elle ; et puisque je ne puis chasser Votre Excellence, je remets ma vengeance à la Chambre prochaine. » Et elle s'enfuit.

« Pas mal, dit Lucien en riant, réellement pas mal !

— Mais peut-on, quand on est dans les affaires, et dans les plus grandes, être aussi léger que vous ? dit le ministre avec l'humeur naturelle à l'homme qui, embrouillé dans des pensées difficiles, se voit distrait par une fadaise.

— Je me suis vendu corps et âme à Votre Excellence pour les matinées ; mais il est onze heures du soir et, parbleu, mes soirées sont à moi. Et que m'en donnerez-vous si je les vends ? dit Lucien gaiement encore.

— Je vous ferai lieutenant, de sous-lieutenant que vous êtes.

— Hélas ! cette monnaie est fort belle, mais par malheur je ne sais qu'en faire.

— Il viendra un moment où vous en sentirez tout le prix. Mais nous n'avons pas le temps de faire de la philosophie. Pouvez-vous fermer cette loge ?

— Rien n'est plus facile », dit Lucien en poussant le verrou.

Pendant ce temps, le ministre regardait si l'on pouvait entendre des loges voisines. Il n'y avait personne. Son Excellence se cacha soigneusement derrière la colonne.

« Par votre mérite, vous vous êtes fait mon premier aide de camp, dit-il d'un air grave. Votre place n'était rien, et je vous y avais appelé pour faire la conquête de M. votre père. Vous avez créé la place, elle n'est point sans importance, et je viens de parler de vous au roi. »

Le ministre s'arrêta, s'attendant à un grand effet ; il regarda attentivement Lucien, et ne vit qu'une attention triste.

« Malheureuse monarchie ! pensa le comte de Vaize. Le nom du roi est dépouillé de tout effet magique. Il est réellement impossible de gouverner avec ces petits journaux qui démolissent tout. Il nous faut tout payer argent comptant ou par des grades... Et cela nous ruine : le trésor comme les grades ne sont pas infinis. »

Il y eut un petit silence de dix secondes, pendant lesquelles la physionomie du ministre prit un air sombre. Dans sa première jeunesse, à Coblentz, où il était, les trois lettres R, O, I avaient encore un effet étonnant.

« Est-ce qu'il va me proposer une affaire Caron ? se disait Lucien. En ce cas, l'armée n'aura jamais un lieutenant nommé Leuwen. »

« Mon ami, dit enfin le ministre, le roi approuve que je vous charge d'une double mission électorale. »

« Encore les élections ! Je suis ce soir comme M. de Pourceaugnac. »

« Votre Excellence n'ignore pas, répondit-il d'un ton très ferme, que ces missions-là ne sont pas précisément tout ce qu'il y a de plus honorable aux yeux d'un public abusé.

— C'est ce que je suis loin d'accorder, dit le ministre. Et, permettez-moi de vous le dire, j'ai plus d'expérience que vous. »

Ce dernier mot fut lancé avec une assurance de mauvais ton, aussi la réponse ne se fit-elle pas attendre.

« Et moi, monsieur le comte, j'ai moins de dévouement au pouvoir, et je supplie Votre Excellence de confier ces sortes de missions à un plus digne.

— Mais, mon ami, répliqua le ministre en contenant son orgueil de ministre, c'est un des devoirs de votre place, de cette place dont vous avez fait quelque chose...

— En ce cas, j'ai une seconde prière à ajouter à la première, celle d'agréer ici ma démission et mes remerciements de vos bontés pour moi.

— Malheureux principe monarchique ! » dit le ministre comme se parlant à soi-même.

Il ajouta du ton le plus poli, car il ne lui convenait nullement de se séparer de Leuwen et de son père :

« Souffrez que je vous dise, mon cher monsieur, que je ne puis parler de cette démission qu'avec monsieur votre père.

— Je voudrais bien, reprit Lucien après un petit instant, ne pas être obligé à chaque instant d'avoir recours au génie de mon père. S'il convient à Votre Excellence de m'expliquer ces missions et qu'il n'y ait pas de combat de la rue Transnonain au fond de cette affaire, je pourrai m'en charger.

— Je gémis comme vous des accidents terribles qui peuvent arriver dans l'emploi trop rapide de la force la plus légitime. Mais vous sentez bien qu'un accident déploré et réparé autant que possible ne prouve rien contre un système. Est-ce qu'un homme qui blesse son ami à la chasse est un assassin ?

— M. de Torpet nous a parlé pendant une grande demi-heure, ce soir, de cet inconvénient exagéré par la mauvaise presse.

— Torpet est un sot, et c'est parce que nous n'avons pas de Leuwen, ou qu'ils manquent de liant dans le caractère, que nous sommes forcés quelquefois d'employer des Torpet. Car enfin, il faut bien que la machine marche. Les arguments et les mouvements d'éloquence pour lesquels ces messieurs sont payés ne sont pas faits pour des intelligences telles que la vôtre. Mais dans une armée nombreuse tous les soldats ne peuvent pas être des héros de délicatesse.

— Mais qui m'assurera qu'un autre ministre n'emploiera pas en mon honneur précisément les mêmes termes dont Votre Excellence se sert pour faire le panégyrique de M. de Torpet ?

— Ma foi, mon ami, vous êtes intraitable ! »

Ceci fut dit avec naturel et bonhomie, et Lucien était si jeune encore que ce ton amena la réponse :

« Non, monsieur le comte ; car pour ne pas chagriner mon père je suis prêt à prendre ces missions, s'il n'y a pas de sang au bout.

— Est-ce que nous avons le pouvoir de répandre du sang ? » dit le ministre avec un ton de voix bien différent, et où il y avait du reproche et presque du regret.

Ce mot venant du cœur frappa Lucien.

« Voilà un inquisiteur tout trouvé », se dit-il.

« Il s'agit de deux choses », reprit le ministre avec un ton de voix tout administratif.

« Il faut mesurer ses termes et chercher à ne pas blesser

notre Leuwen, se disait le ministre. Et voilà à quoi nous en sommes réduits avec *nos subalternes* ! Si nous en trouvons de respectueux, ce sont des hommes douteux, prêts à nous vendre au *National* ou à Henri V. »

« Il s'agit de deux choses, mon cher aide de camp, continua-t-il tout haut : aller faire une apparition à Champagnier, dans le Cher, où monsieur votre père a de grandes propriétés, parler à vos hommes d'affaires, et par leur secours deviner ce qui rend la nomination de M. Blondeau si incertaine. Le préfet, M. de Riquebourg, est un brave homme très dévot, très dévoué, mais qui me fait l'effet d'un imbécile. Vous serez accrédité auprès de lui. Vous aurez de l'argent à distribuer sur les bords de la Loire, et de plus, trois débits de tabac. Je crois même qu'il y a aussi deux directions de la poste aux lettres. Le ministre des Finances ne m'a pas encore répondu à cet égard, mais je vous dirai cela par le télégraphe. De plus, vous pourrez faire destituer à peu près qui vous voudrez. Vous êtes sage, vous userez de tous ces droits avec discrétion. Ménagez l'ancienne noblesse et le clergé : entre eux et nous, il n'y a que la vie d'un enfant. Point de pitié pour les républicains, surtout pour ces jeunes gens qui ont reçu une bonne éducation et n'ont pas de quoi vivre. Le Mont-Saint-Michel ne les tient pas tous. Vous savez que mes bureaux sont pavés d'espions, vous m'écrirez les choses importantes sous le couvert de monsieur votre père.

« Mais l'élection de Champagnier ne me chagrine pas infiniment. M. Malot, le libéral rival de Blondeau, est un hâbleur, un exagéré, mais il n'est plus jeune et s'est fait peindre en uniforme de capitaine de la garde nationale, bonnet de poil en tête. Ce n'est point un homme du parti sombre et énergique. Pour me moquer de lui, j'ai dissous sa garde huit jours après. Un tel homme ne doit pas être insensible à un ruban rouge qui ferait un bel effet dans son portrait. Dans tous les cas, c'est un hâbleur imprudent et avide, qui, à la Chambre, fera tort à son parti. Vous étudierez les moyens de capter Malot, en cas de non-réussite pour le fidèle Blondeau.

« Mais la grande affaire, c'est Caen, dans le Calvados. Vous donnerez un jour ou deux aux affaires de Champagnier, et vous vous rendrez en toute hâte à Caen. Il faut à tout prix que M. Mairobert ne soit pas élu. C'est un homme de tête et d'esprit ; avec douze ou quinze têtes comme cela, la Chambre serait ingouvernable. Je vous donne à peu près carte blanche en argent, places à accorder et destitutions. Ces dernières seules pourraient être contrariées par deux pairs, des nôtres, qui ont de grands biens dans le pays. Mais dans tous les cas la Chambre des pairs n'est pas gênante et je ne veux à aucun prix de M. Mairobert. Il est riche, il n'a pas de parents pauvres, et il a la croix. Ainsi, rien à faire de ce côté-là.

« Le préfet de Caen, M. Boucaut de Séranville, a tout le zèle qui ne vous brûle pas ; il a fait lui-même un pamphlet contre M. Mairobert, et il a eu l'étourderie de le faire imprimer là-bas, dans le chef-lieu de sa préfecture. Je viens de lui ordonner, par le télégraphe de demain matin, de ne pas distribuer un seul exemplaire. Comme M. Mairobert est puissant dans l'opinion, c'est là qu'il a fallu l'attaquer. M. de Torpet a composé un autre pamphlet, dont vous prendrez trois cents exemplaires dans votre voiture. Nos faiseurs ordinaires, MM. C... et F..., ont fait deux pamphlets, dont l'impression sera terminée ce soir à minuit. Tout cela n'est pas fort et coûte fort cher : le pamphlet de Desterniers, qui est injurieux et emporte la pièce, m'a coûté six cents francs ; l'autre, qui est fin, ingénieux et de bonne compagnie, à ce que dit l'auteur, me coûte cinquante louis. Vous lancerez l'un ou l'autre de ces pamphlets ou tous les deux suivant les circonstances. Les Normands sont bien fins. Enfin, vous serez le maître de distribuer ou de ne pas distribuer ces pamphlets. Si vous voulez en faire un vous-même, ou tout neuf, ou extrait des autres, selon les dispositions où vous verrez les esprits, vous m'obligerez sensiblement. Enfin, faites tout au monde pour empêcher l'élection de M. Mairobert. Écrivez-moi deux fois par jour, je vous donne ma parole d'honneur que je lirai vos lettres au roi. »

Lucien se mit à sourire.

« Anachronisme, monsieur le comte. Nous ne sommes plus au temps de Samuel Bernard. Que peut le roi pour moi en choses raisonnables ? Quant aux distinctions, M. de Torpet dîne tous les mois une fois ou deux avec Leurs Majestés. Réellement, les récompenses, bribes, moyens de séduction manquent à votre monarchie.

— Pas tant que vous croyez. Si M. Mairobert est nommé, malgré vos bons et loyaux services, vous serez lieutenant. S'il n'est pas nommé, vous serez lieutenant d'état-major avec le ruban.

— M. de Torpet n'a pas manqué de nous apprendre ce soir qu'il est officier de la Légion d'honneur depuis huit jours, apparemment à cause de son grand article sur les maisons ruinées par le canon à Lyon. Au reste, je me souviens du conseil donné par le maréchal Bournonville au roi d'Espagne Ferdinand VII. Il est minuit, je partirai à deux heures du matin.

— Bravo, bravo, mon ami. Faites vos instructions dans le sens que j'ai dit et vos lettres aux préfets et aux généraux. Je signerai tout à une heure et demie, avant de me coucher. Probablement, il faudra que je passe encore cette nuit pour ces diables d'élections... Ainsi, ne vous gênez pas. Vous aurez le télégraphe.

— Est-ce à dire que je pourrai vous écrire à l'insu des préfets sans leur communiquer ma dépêche ?

— A la bonne heure ! Mais ils la connaîtront toujours par l'homme du télégraphe. Il faudrait tâcher de ne pas cabrer les préfets. S'ils sont bonnes gens, ne leur communiquez que ce que vous voudrez. S'ils sont disposés à jalouser votre mission, ne les cabrez pas : il ne faut pas diviser notre armée au moment du combat.

— Je compte agir prudemment, mais enfin puis-je correspondre par le télégraphe avec Votre Excellence sans communiquer mon dire au préfet ?

— Oui, j'y consens, mais ne vous brouillez pas avec les préfets. Je voudrais que vous eussiez cinquante ans au lieu de vingt-six.

— Votre Excellence est bien libre assurément de choisir un homme de cinquante ans qui peut-être serait moins sensible que moi aux injures des journaux.

— Je vous donnerai tout l'argent que vous voudrez. Si votre orgueil veut me permettre la gratification, vous l'aurez, et considérable. En un mot, il faut réussir ; mon opinion particulière est qu'il vaut mieux dépenser cinq cent mille francs et ne pas avoir Mairobert devant nous à la Chambre. C'est un homme tenace, sage, considéré, terrible. Il méprise l'argent et en a beaucoup. En un mot, on ne peut rien voir de pis.

— Je ferai mon possible pour vous en préserver. »

Sur ce mot, dit très froidement, le ministre quitta la loge. Il dut rendre le salut à cinquante personnes et serrer huit ou dix mains avant d'arriver à sa voiture, dans laquelle il fit monter Lucien.

« Tirez-vous de cette affaire aussi bien que de celle de Kortis, dit-il à Lucien qu'il voulut absolument conduire place de la Madeleine, et je dirai au roi que l'Administration n'a aucun sujet qui vous soit supérieur. Et vous n'avez pas vingt-cinq ans ! Vous pouvez aller à tout. Je ne vois que deux obstacles : aurez-vous le courage de parler devant quatre cents députés, dont trois cents imbéciles ? Saurez-vous vous garantir du premier mouvement, qui chez vous est terrible ? Surtout, tenez-vous ceci pour dit et dites-le aux préfets : n'en appelez jamais à ces sentiments prétendus généreux et qui tiennent de trop près à l'insubordination des peuples.

— Ah ! dit Lucien avec douleur.

— Qu'est-ce ?

— Ceci n'est pas flatteur.

— Rappelez-vous que votre Napoléon n'en voulut pas, même en 1814, quand l'ennemi avait passé le Rhin.

— Pourrai-je emmener M. Coffe, qui a du sang-froid pour deux ?

— Mais je resterai seul !

— Seul avec quatre cent cinquante commis ! Par exemple, M. Desbacs.

— C'est un petit coquin trop malléable qui trahira plus d'un ministre avant d'être conseiller d'État. Je voudrais tâcher de n'être pas un de ces ministres, c'est pourquoi je réclame votre secours malgré vos aspérités. Desbacs, c'est exactement votre opposé... Mais cependant emmenez qui vous voudrez, même M. Coffe. Pas de Mairobert, à aucun prix. Je vous attends avant une heure et demie. Heureux temps que la jeunesse pour son activité. »

Et Leuwen monta chez sa mère. On lui donna la calèche de voyage de la maison de banque, qui était toujours prête, et à trois heures du matin il était en route pour le département du Cher.

La voiture était encombrée de pamphlets électoraux. Il y en avait partout, et jusque sur l'impériale ; à peine y avait-il place pour Leuwen et Coffe. Ils arrivèrent à Blois à six heures du soir, et s'arrêtèrent pour dîner. Tout à coup, ils entendirent un grand vacarme devant l'auberge.

« C'est quelqu'un qu'on hue, dit Leuwen à Coffe.

— Que le diable les emporte ! » dit celui-ci froidement.

L'hôte entra tout pâle.

« Messieurs, sauvez-vous ; on veut piller votre voiture.

— Et pourquoi ? dit Leuwen.

— Ah ! vous le savez mieux que moi !

— Comment ? » dit Leuwen furieux. Et il sortit vivement du salon, qui était au rez-de-chaussée. Il fut accueilli par des cris assourdissants :

« A bas l'espion, à bas le commissaire de police ! »

Rouge comme un coq, il prit sur lui de ne pas répondre et voulut s'approcher de sa voiture. La foule s'écarta un peu. Comme il ouvrait la portière, une énorme pelletée de boue tomba sur sa figure, et de là sur sa cravate. Comme il parlait à M. Coffe dans ce moment, la boue entra même dans sa bouche.

Un grand commis aux favoris rouges, qui fumait tranquillement au balcon du premier étage chargé de tous les voyageurs qui se trouvaient dans l'hôtel et qui dominait la scène de fort près, dit en criant au peuple :

« Voyez comme il est sale ; vous avez mis son âme sur sa figure ! »

Ce propos fut suivi d'un petit silence, et puis accueilli par un éclat de rire général qui se prolongea dans toute la rue avec un bruit assourdissant et dura bien cinq minutes.

Comme Leuwen se retournait vivement vers le balcon et levait les yeux pour chercher à deviner parmi tant de figures riant d'un rire affecté celle de l'insolent qui avait parlé de lui, deux gendarmes au galop arrivèrent sur la foule. Le balcon fut vide en un instant, et la foule se dissipa rapidement par les rues latérales. Leuwen, ivre de colère, voulut rentrer dans la maison pour chercher l'homme qui l'avait insulté, mais l'hôte avait barricadé toutes les portes, et ce fut en vain que notre héros y donna des coups de poing et de pied. Pendant ces tentatives, il avait derrière lui [le brigadier de gendarmerie].

« Filez rapidement, messieurs, disait ce fonctionnaire d'un ton grossier et riant lui-même de l'état où la boue avait mis le gilet et la cravate de Leuwen. Je n'ai que trois hommes ; ils peuvent revenir avec des pierres. »

On mettait les chevaux en toute hâte. Leuwen était fou à force de colère et parlait à Coffe qui ne répondait pas et tâchait, à l'aide du grand couteau du cuisinier, d'ôter le plus de boue fétide dont les manches de son habit étaient couvertes.

« Il faut que je retrouve l'homme qui m'a insulté, répétait Leuwen pour la cinq ou sixième fois.

— Dans le métier que nous faisons, vous et moi, répondit enfin Coffe d'un fort grand sang-froid, il faut secouer les oreilles et aller en avant. »

L'hôte survint. Il était sorti de son auberge par une porte de derrière, et ne put ou ne voulut répondre à Leuwen qui demandait le nom du grand jeune homme qui l'avait insulté.

« Payez-moi, monsieur, cela vaudra mieux. C'est quarante-deux francs.

— Vous vous moquez de moi ! Un dîner pour deux,
quarante-deux francs ?

— Je vous conseille de filer, dit le brigadier. Ils vont
revenir avec des trognons de choux. »

Et Leuwen remarqua que l'hôte remerciait le brigadier
du coin de l'œil.

« Mais comment avez-vous l'audace ?... dit Lucien.

— Monsieur, allons chez le juge de paix si vous vous
croyez lésé, dit l'hôte avec l'assurance insolente d'un
homme de cette classe. Tous les voyageurs de mon hôtel
ont été effrayés. Il y a un Anglais et sa femme qui ont loué
la moitié du premier pour deux mois, il m'a déclaré que si
je recevais chez moi des... »

L'hôte s'arrêta tout court.

« Des quoi ? dit Leuwen pâle de colère et courant à la
voiture pour prendre son sabre.

— Enfin, monsieur, vous m'entendez, dit l'hôte. Et
l'Anglais m'a menacé de déloger.

— Délogeons, dit Coffe, voici le peuple qui revient. »

Il jeta quarante-deux francs à l'hôte, et l'on partit.

« Je vous attendrai hors la ville, dit-il au brigadier ; je
vous ordonne de venir m'y rejoindre.

— Ah ! j'entends, dit le brigadier souriant avec mépris.
M. le commissaire a peur.

— Je vous ordonne de prendre une autre rue que moi et
de m'attendre en dehors de la porte. Et vous, dit-il au
postillon, traversez la foule au pas. »

La foule commençait à paraître au bout de la rue. Arrivé
à vingt pas de la foule, le postillon prit le galop, malgré les
cris de Leuwen. La boue et les tronçons de choux volaient
de tous côtés dans la calèche. Malgré le brouhaha épouvantable, ces messieurs eurent le plaisir d'entendre les plus
sales injures.

En approchant de la porte, il fallut mettre les chevaux au
trot, à cause du pont trop étroit. Il y avait huit ou dix
criards sous la porte même, qui était double.

« A l'eau ! A l'eau ! criaient-ils.

— Ah ! c'est le lieutenant Leuwen, dit un homme en
capote verte déchirée, apparemment lancier congédié.

— A l'eau, Leuwen ! A l'eau, Leuwen ! » cria-t-on à l'instant. On criait à deux pas de la calèche sous la porte, et les
cris redoublèrent dès que la calèche fut à six pas en dehors.

A deux cents pas plus loin, tout était calme. Le brigadier arriva bientôt.

« Je vous félicite, messieurs, dit-il aux voyageurs ; vous l'avez échappé belle. »

Son air goguenard acheva de mettre Lucien hors de lui. Il lui ordonna de lire son passeport, et ensuite :

« Quelle peut-être la cause de tout ceci ? lui dit-il.

— Eh ! monsieur, vous le savez mieux que moi. Vous êtes le commissaire de police qui vient pour les élections. Vos papiers imprimés, que vous aviez sur l'impériale de votre calèche, sont tombés en entrant en ville vis-à-vis le café Ramblin, c'est le café *National*. On les a lus, on vous a reconnus, et ma foi, il est bien heureux qu'ils n'aient pas eu des pierres. »

M. Coffe monta tranquillement sur le siège de devant de la calèche.

« En effet, il n'y a plus rien, dit-il à Leuwen en regardant sur l'impériale.

— Ce paquet perdu était-il pour le Cher ou pour M. Mairobert ?

— Contre M. Mairobert, dit Coffe ; c'est le pamphlet de Torpet. »

La figure du gendarme pendant ce court dialogue désolait Leuwen. Il lui donna vingt francs et le congédia. Le brigadier fit mille remerciements.

« Messieurs, ajouta-t-il, les Blésois ont la tête chaude, les messieurs comme vous autres ne traversent ordinairement la ville que de nuit.

— F...-moi le camp ! lui dit Leuwen. Et toi, marche au galop, dit-il au postillon.

— Eh ! n'ayez pas tant de peur, répondit celui-ci en ricanant ; il n'y a personne sur la route. »

Au bout de cinq minutes de galop :

« Eh bien ! Coffe ? dit Leuwen à son compagnon en se tournant vers lui.

— Eh bien ! répondit Coffe froidement, le ministre vous donne le bras au sortir de l'Opéra ; les maîtres des requêtes, les préfets en congé, les députés à entrepôts de tabac envient votre fortune. Ceci est la contrepartie. C'est tout simple.

— Votre sang-froid me ferait devenir fou, dit Leuwen, ivre de colère. Ces indignités, ce propos atroce : « Son âme est sur sa figure », cette boue !

— Cette boue, c'est pour nous la noble poussière du

champ d'honneur. Cette huée publique vous comptera, ce sont les actions d'éclat dans la carrière que vous avez prise, et où ma pauvreté et ma reconnaissance me portent à vous suivre.

— C'est-à-dire que si vous aviez 1 200 francs de rente vous ne seriez pas ici.

— Si j'avais 300 francs de rente seulement, je ne servirais pas le ministère, qui retient des milliers de pauvres diables dans les horribles cachots du Mont-Saint-Michel et de Clairvaux. »

Un profond silence suivit cette réponse trop sincère, et ce silence dura pendant trois lieues. A six cents pas d'un village dont on apercevait le clocher pointu s'élever derrière une colline nue et sans arbres, Leuwen fit arrêter.

« Il y aura vingt francs pour vous, dit-il au postillon, si vous ne dites rien de l'émeute.

— A la bonne heure ! Vingt francs, c'est bon, je vous remercie. Mais, not'maître, votre figure si pâle de la venette que vous venez d'avoir, mais votre belle calèche anglaise couverte de boue, ça va sembler drôle, on jasera ; ce ne sera pourtant pas moi qui aurai parlé.

— Dites que nous avons versé, et aux gens de la poste qu'il y a vingt francs pour eux s'ils attellent en trois minutes. Dites que nous sommes des négociants courant pour une banqueroute.

— Et être obligés de nous cacher ! dit Leuwen à Coffe.

— Voulez-vous être reconnu, ou n'être pas reconnu ?

— Je voudrais être à cent pieds sous terre, ou avoir votre impassibilité. »

Leuwen ne dit mot pendant qu'on attelait, il était immobile au fond de la calèche, la main sur ses pistolets, apparemment mourant de colère et de honte.

Quand ils furent à cinq cents pas du relais :

« Que me conseillez-vous, Coffe ? dit-il les larmes aux yeux en se tournant vers son taciturne compagnon. Je veux envoyer ma démission de tout et vous céder la mission, ou si cela vous contrarie, je manderai M. Desbacs. Moi, j'attendrai huit jours et viendrai chercher l'insolent.

— Je vous conseille, dit froidement M. Coffe, de faire laver votre calèche à la première poste, de continuer comme si de rien n'était, et de ne dire jamais un mot de cette aventure à qui que ce soit, car tout le monde rirait.

— Quoi ! dit Leuwen, vous voulez que je supporte toute ma vie cette idée d'avoir été insulté impunément ?

— Si vous avez la peau si tendre au mépris, pourquoi quitter Paris ?

— Quel quart d'heure nous avons passé à la porte de cet hôtel ! Toute ma vie ce quart d'heure sera à me brûler comme de la braise sur ma poitrine.

— Ce qui rendait l'aventure piquante, dit M. Coffe, c'est qu'il n'y avait pas le moindre danger, et nous avions tout le loisir de goûter le mépris. La rue était pleine de boue, mais parfaitement bien pavée, pas une seule pierre de disponible. C'est la première fois que j'ai senti le mépris. Quand j'ai été arrêté pour Sainte-Pélagie, trois ou quatre personnes seulement s'en sont aperçues, comme je montais en fiacre, un peu aidé, et l'une a dit avec beaucoup de pitié et de bonté : *Le pauvre diable !...* »

Leuwen ne répondait pas, Coffe continua à penser tout haut avec une cruelle franchise.

« Ici, c'était le mépris tout pur. Cela m'a fait penser au mot célèbre : on avale le mépris, mais on ne le mâche pas. »

Ce sang-froid rendait Leuwen fou ; s'il n'eût été retenu par l'idée de sa mère, il eût déserté actuellement sur la grande route, se serait fait conduire à Rochefort, et de là il était facile de s'embarquer pour l'Amérique, et sous un nom supposé.

« Au bout de deux ans, je puis revenir à Blois et donner des soufflets au jeune homme le plus marquant de la ville. »

Cette tentation le dominait trop, il avait besoin de parler.

« Mon ami, dit-il à Coffe, je compte que vous ne rirez avec personne de mes angoisses.

— Vous m'avez tiré de Sainte-Pélagie où j'aurais dû faire mes cinq ans et il y a plusieurs années que nous sommes liés.

— Eh bien ! mon cœur est faible, j'ai besoin de parler, je parlerai si vous me promettez une discrétion éternelle.

— Je le promets. »

Leuwen expliqua tout son projet de désertion, et finit par pleurer à chaudes larmes.

« J'ai mal conduit toute ma vie, répéta-t-il plusieurs fois ; je suis dans un bourbier sans issue.

— Soit, mais quelque raison que vous ayez, vous ne pouvez pas déserter au milieu de la bataille, comme les Saxons à Leipzig ; cela n'est pas beau, et vous donnerait des remords par la suite, du moins je le crains. Tâchez d'oublier, et surtout pas un mot à M. de Riquebourg, le préfet de Champagnier. »

Après cette belle consolation, il s'établit un silence de deux heures. On avait à faire une poste de six lieues, il faisait froid, il pleuvait un peu, il fallut fermer la calèche. La nuit tombait, le pays qu'on traversait était stérile et plat ; pas un arbre. Pendant cette éternelle poste de six lieues, la nuit se fit tout à fait, l'obscurité devint profonde. Coffe voyait Leuwen changer de position toutes les cinq minutes.

« Il se tord comme saint Laurent sur le gril... Il est fâcheux qu'il ne trouve pas de lui-même un remède à sa position... L'homme dans cet état n'est pas poli, se dit Coffe un quart d'heure après... Cependant, ajouta-t-il après un nouveau quart d'heure de réflexions et déductions mathématiques, je lui dois de m'avoir tiré de cette chambre de Sainte-Pélagie, grande à peu près comme cette calèche... Exposons-nous au coup de boutoir de la bête fauve. Il n'a pas été régulièrement poli avec moi dans le dialogue qui a précédé. Toutefois, subissons l'ennui de parler, et à un homme malheureux encore, et, qui pis est, à un beau fils de Paris malheureux par sa faute, malheureux avec de la santé, de l'argent et de la jeunesse à revendre. Quel sot ! Comme je le haïrais !... mais il m'a tiré de Sainte-Pélagie. A l'école, quel présomptueux, et surtout quel bavard : parler, parler, toujours parler !... Mais cependant, il faut l'avouer, et cela a fait un *fameux point pour lui*, pas le moindre mot inconvenant quand il a eu le caprice de me tirer de Sainte-Pélagie... Oui, mais pour me faire apprenti bourreau... Le bourreau est plus estimable... C'est par pur enfantillage, par suite de leur sottise ordinaire, que les hommes l'ont pris en grippe. Il remplit un devoir... un devoir nécessaire..., indispensable... Et nous ! nous qui sommes sur la route de tous les honneurs que peut distribuer la société, nous voilà en route pour faire une infamie..., une infamie *nuisible*. Le peuple, qui se trompe si souvent, par hasard a eu toute raison cette fois. Dans cette brillante calèche anglaise si cossue, il découvre deux infâmes... et nous dit : « Vous êtes des infâmes ! » Bien dit, pensa Coffe en riant. Doucement : le peuple n'a pas dit à Leuwen : « Tu es un infâme », mais il a dit à nous deux : « Vous êtes des infâmes. »

Et Coffe pesait ce mot-là pour soi-même. A cet instant Leuwen soupira à demi haut.

« Le voilà qui souffre de son absurdité : il prétend réunir les profits du ministériel avec la susceptibilité délicate de l'homme d'honneur. Quoi de plus sot ! Eh ! mon ami, avec l'habit brodé prenez la peau dure aux outrages... Cependant, l'on peut dire à sa décharge qu'il n'y a peut-être pas un de ces coquins d'agents du ministre qui souffre par ce mécanisme. Cela fait son éloge... Les autres savent bien à quelles missions ils s'exposent en demandant des places... Il serait bien qu'il trouvât le remède tout seul... L'orgueil, la joie de la découverte diminueraient la douleur que fait le tranchant acéré du conseil en pénétrant dans le cœur... Mais ça est riche, ça est gâté par toutes les joies d'une belle position... Jamais il n'accouchera tout seul du remède, si toutefois il y en a un. Car du diable si je connais le fond de sa position... C'est toujours là qu'est le diable... Ce faquin de ministre le traite avec une distinction étonnante ; peut-être que le ministre a une fille, légitime ou bâtarde, dont il prétend l'embêter... Peut-être que Leuwen a de l'ambition, ce doit-être un homme à préfecture, à croix..., un ruban rouge, sur un frac bien neuf... et se promener, le jarret tendu, sous la promenade des tilleuls de l'endroit ! »

« Ah ! mon Dieu ! » dit Leuwen à voix basse.

« Le voilà sur la route du mépris public..., comme dans mes premiers jours de Sainte-Pélagie, quand je pensais que les voisins de mon magasin pouvaient me croire un banqueroutier frauduleux... »

Le souvenir de cette si vive douleur fut assez puissant pour porter M. Coffe à parler.

« Nous ne serons pas en ville avant onze heures ; voulez-vous débarquer à l'auberge ou chez le préfet ?

— S'il est debout, voyons le préfet. »

Leuwen avait la faiblesse de penser tout haut devant Coffe : il avait toute honte bue, puisqu'il avait pleuré. Il ajouta :

« Je ne puis être plus contrarié que je ne le suis. Jetons la dernière ancre de salut qui reste au misérable, faisons notre devoir.

— Vous avez raison, dit froidement Coffe. Dans l'extrémité du malheur, et surtout du pire des malheurs, de celui qui a pour cause le mépris de soi-même, faire son devoir et agir est en effet la seule ressource. *Experto crede Roberto* : je n'ai pas passé ma vie sur des roses. Si vous m'en croyez, vous secouerez les oreilles et tâcherez d'oublier l'algarade de Blois. Vous êtes bien éloigné encore du comble des malheurs : vous n'avez pas lieu de vous mépriser vous-même. Le juge le plus sévère ne pourrait voir que de l'imprudence dans votre fait. Vous avez jugé la vie d'un *ministériel* par ce qu'on voit à Paris, où ils ont le monopole de tous les agréments que peut donner la vie sociale. Ce n'est qu'en province que le ministériel voit le mépris que lui accorde si libéralement la grande majorité des Français. Vous n'avez pas la peau assez dure pour ne pas sentir le mépris public. Mais on s'y accoutume, on n'a qu'à mettre sa vanité ailleurs. Voyez M. de N... On peut même observer à l'égard de cet homme célèbre que quand le mépris est devenu lieu commun, il n'y a plus que les sots qui l'expriment. Or, les sots, parmi nous, gâtent jusqu'au mépris.

— Voilà une drôle de consolation que vous me donnez là, dit Leuwen assez brusquement.

— C'est, ce me semble, la seule dont vous soyez capable. Il faut d'abord dire la vérité quand on entreprend la tâche ingrate de consoler un homme de courage. Je suis un chirurgien cruel en apparence, je sonde la plaie jusqu'au fond, mais je puis guérir. Vous souvient-il que le cardinal de Retz, qui avait le cœur si haut, l'homme de France auquel on a vu peut-être le plus de courage, un homme comparable aux anciens, ayant donné d'impatience un coup de pied au cul à son écuyer qui faisait quelque sottise pommée, fut accablé de coups de canne et rossé d'importance par cet homme, qui se trouva beaucoup plus fort que lui ? Eh bien ! cela est plus piquant que de recevoir de la boue d'une populace qui vous croit l'auteur de l'abominable pamphlet que vous portez en Normandie. A le bien prendre, c'est à l'insolence si provocante de ce fat de Torpet qu'on a jeté de la boue. Si vous étiez Anglais, cet accident vous eût trouvé presque insensible. Lord Wellington l'a éprouvé trois ou quatre fois en sa vie.

— Ah ! les Anglais ne sont pas des juges fins et délicats en fait d'honneur, comme les Français. L'ouvrier anglais n'est qu'une machine ; le nôtre ne fait pas si bien sa tête d'épingle, mais c'est souvent une sorte de philosophe, et son mépris est affreux à supporter. »

Leuwen continua quelque temps de parler avec toute la faiblesse de l'homme réduit au dernier degré du malheur. Coffe lui prit la main, et Leuwen pleura pour la seconde fois.

« Et ce lancier qui m'a reconnu ? On a crié : A bas Leuwen !

— Ce soldat a appris au peuple de Blois le nom de l'auteur de l'infâme pamphlet de Torpet.

— Mais comment sortir de la boue où je suis plongé au moral comme au physique ? s'écria Leuwen avec la dernière amertume. Encore enfant, continua-t-il un instant après, j'ai fait ce que j'ai pu pour être untile et estimable. J'ai travaillé dix heures par jour pendant trois ans pour entrer à l'École polytechnique ; vous avez été reçu sous le numéro 4, et moi avec le numéro 7. A l'école, surcroît de travail, impossibilité de distraction. Indignés par une action infâme du gouvernement, nous paraissons dans la rue...

— Faute de calcul ridicule, surtout chez des géomètres : nous étions deux cent cinquante jeunes gens, le gouvernement nous a opposé 12 000 paysans incapables du moindre raisonnement et que cette chaleur de sang qui anime tous les Français à l'aspect du danger fait excellents soldats. Nous sommes tombés dans la même erreur que ces pauvres seigneurs russes en 1826... »

Le taciturne Coffe bavardait pour distraire Leuwen, mais Coffe s'aperçut que Leuwen ne l'écoutait plus.

« Indigné d'être oisif et peu estimable, j'ai pris l'état militaire. Je l'ai quitté pour une raison particulière ; mais je l'aurais quitté tôt ou tard, pour n'être pas exposé à sabrer des ouvriers. Voulez-vous que je devienne un héros de la rue Transnonain ? Cela est pardonnable à un soldat qui voit dans les habitants de cette maison un Russe qui défend une batterie ennemie ; mais moi, officier, qui comprends ?

— Eh bien ! cela est bien pis que de recevoir de la boue à Blois de gens que leur préfet, M. de Nontour, a dupés de la façon la plus irritante lors d'une élection partielle, il y a un an. Vous vous rappelez qu'il a placé sur le pont de la Loire des gendarmes qui ont demandé leur passeport aux habitants du faubourg qui venaient voter en ville ; et comme aucun n'avait de passeport, on les a empêchés de passer. Convenez que ces gens-là, trouvant l'occasion de se venger de M. de Nontour en votre personne, ont bien fait.

— Ainsi, le métier de soldat conduit à une action comme celle de la rue Transnonain. Faut-il que le malheureux officier qui attendait l'époque de la guerre dans un régiment donne sa démission au milieu des balles d'une émeute ?

— Non, parbleu, et vous avez bien fait de quitter.

— Me voici dans l'administration. Vous savez que je travaille en conscience de neuf heures du matin à quatre. J'expédie bien vingt affaires, et souvent importantes. Si à dîner je crains d'avoir oublié quelque chose d'urgent, au lieu de rester auprès du feu avec ma mère je reviens au bureau, où je me fais maudire par le commis de garde qui ne m'attend pas à cette heure-là. Pour ne pas faire de la peine à mon père, et aussi un peu par la peur que j'ai de discuter avec lui, je me suis laissé entraîner dans cette exécrable mission. Me voilà occupé à calomnier un honnête homme, M. Mairobert, avec tous les moyens dont un gouvernement dispose ; je suis couvert de boue, et on me crie que mon âme est sur ma figure ! Ah ! »

Et Leuwen se tordait en allongeant les jambes dans sa calèche.

« Que devenir ? Manger le bien gagné par mon père, ne rien faire, n'être bon à rien ! Attendre ainsi la vieillesse en me méprisant moi-même, et m'écriant : « Que je suis heureux d'avoir eu un père qui valut « mieux que moi ! » Que faire ? Quel état prendre ?

— Quand on a le malheur de vivre sous un gouvernement fripon et le second malheur, fort grand à mon sens, de raisonner trop juste et de voir la vérité, on s'aperçoit que sous un gouvernement tel que le nôtre, [pourri] par essence, et plus que les Bourbons et Napoléon, car il trahit constamment son premier serment, l'agriculture et le commerce sont les seuls métiers indépendants. Je me suis dit : l'agriculture me jette au milieu des champs, à cinquante lieues de Paris, parmi nos paysans qui sont encore des bêtes brutes. J'ai préféré le commerce. Il est vrai que dans le commerce il faut supporter et partager certains usages sordides et affreux, par manque du plus vulgaire générosité, établis par la barbarie du xviie siècle et soutenus aujourd'hui par les gens âgés, avares et tristes, qui sont le fléau du commerce. Ces usages sont comme les cruautés du Moyen Age, qui n'étaient pas cruautés de leur temps, et ne sont devenues telles que par les progrès de l'humanité. Mais enfin, ces usages sordides, dût-on finir par les trouver naturels, valent mieux que d'égorger des bourgeois tranquilles rue Transnonain, ou, ce qui est pire et plus bas encore, justifier de telles choses dans les pamphlets que nous colportons.

— Je devrai donc changer une troisième fois d'état !

— Vous avez un mois pour songer à cela. Mais déserter au milieu du combat ou vous embarquer à Rochefort comme vous en avez l'idée, vous donne aux yeux de la société une teinte de folie pusillanime dont vous ne pourrez jamais vous laver. Or, aurez-vous bien le caractère de mépriser le jugement de la société au milieu de laquelle vous êtes né ? Lord Byron n'a pas eu cette force, le cardinal de Retz lui-même ne l'a pas eue, Napoléon, qui se croyait noble, a frémi devant l'opinion du faubourg Saint-Germain. Un faux pas, dans la situation où vous vous trouvez, vous conduit au suicide. Songez à ce que vous me disiez, il y a un mois, de la haine adroite du ministre des Affaires étrangères à la tête de ses quarante espions de bonne compagnie. »

Après avoir fait l'effort de parler aussi longtemps, Coffe se tut, et quelques minutes après on arriva à la ville chef-lieu du département du Cher.

CHAPITRE L

Le préfet, M. de Riquebourg, les reçut en bonnet de coton, mangeant une omelette, seul dans son cabinet, sur une petite table ronde. Il appela sa cuisinière Marion, avec laquelle il discuta fort posément sur ce qui restait dans le garde-manger et sur ce qui pourrait être le plus tôt prêt pour le souper de ces messieurs.

« Ils ont dix-neuf lieues dans le ventre », dit-il à cette cuisinière, faisant allusion à la distance parcourue par les voyageurs depuis leur dîner à Blois.

La cuisinière partie :

« C'est moi, messieurs, qui compte avec ma cuisinière ; par ce moyen, ma femme n'a que l'embarras des bambins, et moi, en laissant bavarder cette fille, je sais tout ce qui se passe chez moi ; ma conversation, messieurs, est toute dévouée à ma police, et bien m'en prend, car je suis environné d'ennemis. Vous n'avez pas d'idée, messieurs, des frais que je fais. Par exemple, j'ai un perruquier libéral pour moi, et le coiffeur des dames légitimistes pour ma femme. Vous comprenez, messieurs, que je pourrais fort bien me faire la barbe. J'ai deux petits procès que j'entretiens uniquement pour donner occasion de venir à la préfecture au procureur, M. Clapier, l'un des libéraux les plus matois du pays, et à l'avocat, M. Le Beau, personnage éloquent, modéré et pieux, comme les grands propriétaires qu'il sert. Ma place, messieurs, ne tient qu'à un fil ; si je ne suis pas un peu protégé par Son Excellence, je suis le plus malheureux des hommes. J'ai pour ennemi, en première ligne, monseigneur l'évêque ; c'est le plus dangereux. Il n'est pas sans relations avec quelqu'un qui approche de bien près l'oreille de S. M. la reine, et les lettres de monseigneur l'évêque ne passent point par la poste. La noblesse dédaigne de venir dans mon salon et me harcèle avec son Henri V et son suffrage universel. J'ai enfin ces malheureux républicains, ils ne sont qu'une poignée et font du bruit comme mille. Le croiriez-vous, messieurs ? les fils des familles les plus riches, à mesure qu'ils arrivent à dix-huit ans, n'ont pas de honte d'être de ce parti. Dernièrement, pour payer l'amende de 1 000 francs à laquelle j'ai fait condamner le journal insolent qui avait semblé approuver le charivari donné à notre digne substitut du procureur général, les jeunes gens nobles ont donné soixante-sept francs, et les jeunes gens riches non nobles quatre-vingt-neuf francs. Cela n'est-il pas horrible ? Nous garantissons leurs propriétés de la République !

— Et les ouvriers ? dit Coffe.

— Cinquante-trois francs, monsieur, cela fait horreur ! Et cinquante-trois francs tout en sous ! La plus forte contribution parmi ces gens-là a été six sous ; et, messieurs, c'est le cordonnier de mes filles qui a eu le front de donner ces six sous.

— J'espère que vous ne l'employez plus », dit Coffe en fixant son œil scrutateur sur le pauvre préfet. Celui-ci eut l'air très embarrassé, car il n'osait mentir, redoutant la contre-police de ces messieurs.

« Je serai franc, dit-il enfin, la franchise est la base de mon caractère. Barthélemy est le seul cordonnier pour femmes de la ville. Les autres chaussent les femmes du peuple... et mes filles n'ont jamais voulu consentir... Mais je lui ai fait une bonne semonce. »

Ennuyé de tous ces détails, à minuit moins un quart Leuwen dit assez brusquement à M. de Riquebourg :

« Vous plairait-il, monsieur, lire cette lettre de M. le ministre de l'Intérieur ? »

Le préfet la lut deux fois très posément. Les deux jeunes voyageurs se regardaient.

« C'est une grande diable de chose que ces élections, dit le préfet après avoir lu, et qui depuis trois semaines m'empêche de dormir la nuit, moi qui, grâce à Dieu, en temps ordinaire, n'entends pas tomber ma dernière pantoufle. Si, entraîné par mon zèle pour le gouvernement du roi, je me laissais aller à quelque mesure un peu trop acerbe envers mes administrés, je perds la paix de l'âme. Au moment où je cherche le sommeil, un remords ou du moins une discussion pénible avec moi-même pour décider si je n'ai point encouru le remords vient chasser le sommeil. Vous ne connaissez point encore cela, monsieur le commissaire. (C'était le nom dont le bon M. de Riquebourg affublait Leuwen ; pour lui faire honneur, il le traitait de commissaire aux élections.) Votre âme est jeune, monsieur, les soucis administratifs n'ont jamais altéré la paix dont elle jouit. Vous ne vous êtes jamais trouvé en opposition directe avec une population. Ah ! monsieur, ce sont des moments bien durs ! L'on se demande ensuite : Ma conduite a-t-elle été parfaitement pure ? Mon dévouement au roi et à la patrie a-t-il été mon seul guide ? — Vous ne connaissez pas ces pénibles incertitudes, monsieur. La vie est couleur de rose pour vous ; en courant la poste, vous vous amusez de la forme bizarre d'un nuage...

— Ah ! monsieur..., dit Leuwen oubliant toute prudence, toute convenance, et torturé par sa conscience.

— Votre jeunesse pure et calme n'a pas même l'idée de ces dangers, leur seule mention vous fait horreur ! Et je vous en estime davantage, permettez-moi de vous le dire, mon jeune collaborateur. Ah ! conservez longtemps la paix de l'âme honnête ! Ne vous permettez jamais, en administration, la moindre action, je ne dis pas douteuse aux yeux de l'honneur, mais douteuse à vos propres yeux. Sans la paix de l'âme, monsieur, y a-t-il possibilité de bonheur ? Après une action douteuse aux yeux de l'honneur le plus scrupuleux, il n'y aurait plus de tranquillité pour votre âme. »

Le souper était servi et ces messieurs étaient à table.

« Vous auriez tué le sommeil, comme dit le grand tragique des Anglais dans son *Macbeth*. »

« Ah ! infâme ! es-tu fait pour me torturer ? » pensait Lucien ; et, quoique mourant de faim, il éprouva une telle contraction du diaphragme qu'il ne put avaler une seule bouchée.

« Mangez donc, monsieur le commissaire, disait le préfet ; imitez monsieur votre adjoint.

— Secrétaire seulement, monsieur », dit Coffe en continuant à mordre et à avaler comme un loup.

Ce mot jeté avec force parut cruel à Leuwen. Il ne put s'empêcher de regarder Coffe.

« Vous ne voulez donc pas m'aider à porter l'infamie de ma mission ? » disait ce regard.

Coffe ne comprit rien. C'était un homme parfaitement

raisonnable, mais nullement délicat ; il méprisait les délicatesses, qu'il confondait avec les prétextes que prennent les gens faibles pour ne pas exécuter ce qui est raisonnable ou de leur devoir.

« Mangez, monsieur le commissaire... »

Coffe, qui comprit cependant que ce malheureux titre choquait Leuwen, dit au préfet :

« Maître des requêtes, s'il vous plaît, monsieur.

— Ah ! maître des requêtes ? dit le préfet étonné. Et c'est toute notre ambition à nous autres, pauvres préfets de province, après avoir fait deux ou trois bonnes élection. »

« Est-ce naïveté sotte ? est-ce malice ? » se disait Leuwen, peu disposé à l'indulgence.

« Mangez, monsieur le maître des requêtes. Si vous ne devez m'accorder que trente-six heures, comme me dit le ministre dans sa lettre, j'ai à vous dire bien des choses, à vous communiquer bien des détails, à vous soumettre bien des mesures, avant après-demain à midi, qui serait l'heure où vous quitteriez cet hôtel. Demain, j'ai le projet de vous prier de recevoir une cinquantaine de personnes, une cinquantaine d'administrateurs douteux ou timides, et d'ennemis non déclarés ou timides aussi. Les sentiments de tous seront stimulés, je n'en doute point, par l'avantage de parler avec un fonctionnaire qui, lui-même, parle au ministre. D'ailleurs, cette audience que vous leur accorderez, et dont toute la ville parlera, sera un engagement solennel pour eux. Parler au ministre, c'est un grand avantage, une belle prérogative, monsieur le maître des requêtes. Que peuvent nos froides dépêches, monsieur, nos dépêches qui, pour être claires, ont besoin d'être longues ? Que peuvent-elles auprès du compte rendu vif et intéressant d'un administrateur qui peut dire : *J'ai vu* ? »

Ces phrases à demi sottes duraient encore à une heure et demie du matin. Coffe, qui mourait de sommeil, étant allé s'informer des lits, le préfet demanda à Leuwen s'il pouvait parler devant ce secrétaire.

« Certainement, monsieur le préfet. M. Coffe travaille dans le bureau particulier du ministre, et a pour les élections toute la confiance de Son Excellence. »

Au retour de Coffe, M. de Riquebourg se crut obligé de reprendre toutes les considérations qu'il avait déjà exposées à Leuwen, en y ajoutant des noms propres. Mais ces noms, tous également inconnus pour les deux voyageurs, ne faisaient qu'embrouiller à leurs yeux le système d'influence que M. le préfet se proposait d'exercer. Coffe, fort contrarié de ne pouvoir dormir, voulut du moins travailler sérieusement, et avec l'autorisation de M. le maître des requêtes, comme il eut soin de l'exprimer, se mit à presser de questions M. de Riquebourg.

Ce bon préfet, si moral et si soigneux de ne pas se préparer des remords, articula enfin que le département était fort mal disposé, parce que huit pairs de France, dont deux étaient grands propriétaires, avaient fait nommer un nombre considérable de petits fonctionnaires et les couvraient de leur protection.

« Ces gens-là, messieurs, reçoivent mes circulaires, et me répondent des calembredaines. Si vous fussiez arrivés quinze jours plus tôt, nous eussions pu ménager trois ou quatre destitutions salutaires.

— Mais, monsieur, n'avez-vous pas écrit dans ce sens au ministre ? Il est, ce me semble, question de la destitution d'une directrice de la poste aux lettres ?

— Mme Durand, la belle-mère de M. Duchadeau ? Eh ! la pauvre femme ! Elle pense fort mal, il est vrai ; mais cette destitution, si elle arrive à temps, fera peur à deux ou trois fonctionnaires du canton de Tourville, dont l'un est son gendre, et les deux autres ses cousins. Mais ce n'est pas là que sont mes grands besoins ; c'est à Mélan, où, comme je viens d'avoir l'honneur de vous le montrer sur ma carte électorale, nous avons une majorité contre nous de vingt-sept voix au moins.

— Mais, monsieur, j'ai dans mon portefeuille les copies de vos lettres. Si je ne me trompe, vous n'avez pas parlé du canton de Mélan au ministre.

— Eh ! monsieur le maître des requêtes, comment voulez-vous que j'écrive de telles choses ? M. le comte d'Allevard, pair de France, ne voit-il pas votre ministre tous les jours ? Ses lettres à son homme d'affaires, le bonhomme Ruflé, notaire, ne sont remplies que des choses qu'il a entendu dire, la veille ou l'avant-veille, par Son Excellence, M. le comte de Vaize, quand il a eu l'honneur de dîner avec Elle. Ces dîners sont fréquents, à ce qu'il paraît. On n'écrit point de telles choses, monsieur. Je suis père de famille, demain j'aurai l'honneur de vous présenter Mme de Riquebourg et nos quatre filles. Il faut songer à établir tout cela. Mon fils est sergent au 86ᵉ depuis deux ans, il faut le faire sous-lieutenant ; et je vous avouerai franchement, monsieur le maître des requêtes, et sous le sceau de la confession, qu'un mot de M. d'Allevard peut me perdre ; et M. d'Allevard, qui veut détourner un chemin public qui passe dans son parc, protège tout le monde dans le canton de Mélan. Pour moi, monsieur le maître des requêtes, la simple demi-punition de changer de préfecture serait une ruine ; trois mariages que Mme de Riquebourg a ébauchés pour ses filles ne seraient plus praticables, et mon mobilier est immense. »

Ce ne fut que vers les deux heures du matin que les questions pressantes, et même quelque chose de plus, de l'inflexible Coffe forcèrent M. le préfet à faire connaître une grande manœuvre à laquelle il renvoyait sans cesse.

« C'est ma seule et unique ressource, messieurs, et si elle est connue, si l'on peut seulement s'en douter douze heures avant l'élection, tout est perdu. Car, messieurs, ce département est un des plus mauvais de France : vingt-sept abonnements au *National*, et huit à la *Tribune* ! Mais à vous, messieurs, qui avez l'oreille du ministre, je ne puis rien cacher. Or donc, il faut savoir que je ne lancerai ma manœuvre électorale, je ne mettrai le feu à la mine que lorsque je verrai la nomination du président à demi décidée ; car, si cela éclatait trop tôt, deux heures suffiraient pour tout perdre, messieurs : l'élection, comme la position de votre très humble serviteur. Nous posons donc que nous portons pour candidat du gouvernement M. Jean-Pierre Blondeau, maître de forges à Champagnier, que nous avons pour rival à chances probables, et malheureusement plus que probables, M. Malot, ex-chef de bataillon de l'ex-garde nationale de Champagnier. Je dis *ex*, quoiqu'elle ne soit que suspendue, mais il fera beau jour quand elle s'assemblera de nouveau. Donc, messieurs, M. Blondeau [est] ami du gouvernement, car il a une peur du diable d'une réduction du droit sur les fers étrangers. Malot est négociant drapier et en bois de construction et bois de chauffage ; il a de fortes rentrées à opérer à Nantes. Deux heures avant le dépouillement du scrutin pour la nomination du président, un courrier de commerce, *réellement* parti de Nantes, lui apportera la nouvelle alarmante que deux négociants de Nantes que je connais bien et qui tiennent en leurs mains une partie de sa fortune, sont sur le point de manquer et aliènent déjà leurs propriétés à leurs amis moyennant des actes de vente antidatés. Mon homme perd la tête et part, cela j'en suis sûr. Il planterait là toutes les élections du monde.

432

— Mais comment ferez-vous arriver un courrier réel de Nantes précisément à point ?

— Par l'excellent Chauveau, le secrétaire général à Nantes, mon ami intime. Il faut savoir que la ligne du télégraphe de Nantes ne passe qu'à deux lieues d'ici, et Chauveau, qui sait que mon élection commence le 23, s'attend à un mot de moi le 23 au soir ou le 24 au matin. Une fois [que] M. Malot aura la puce à l'oreille pour ses rentrées de Nantes, je me tiens en grand uniforme dans les environs de la salle des Ursulines, où se fait l'élection. Malot absent, je n'hésite pas à adresser la parole aux électeurs paysans, et, ajouta M. de Riquebourg en baissant extrêmement la voix, si le président du collège électoral est fonctionnaire public, même libéral, je lâche à mes électeurs en guêtres des bulletins où j'ai flanqué en grosses lettres : *Jean-Pierre Blondeau, maître de forges*. Je gagnerai bien dix voix de cette façon. Les électeurs, sachant que Malot est sur le point de faire banqueroute...

— Comment ! banqueroute ? dit Leuwen en fronçant le sourcil.

— Eh ! monsieur le maître des requêtes, dit M. de Riquebourg d'un air encore plus bénin que de coutume, puis-je empêcher que les bavards de la ville, exagérant tout, comme de coutume, ne voient dans la faillite des correspondants de Malot à Nantes la nécessité pour lui de suspendre ses paiements ici ? Car avec quoi peut-il payer ici, ajouta le préfet en affermissant son ton, si ce n'est avec l'argent qu'il tire de Nantes pour les bois qu'il a envoyés ? »

Coffe souriait et avait toutes les peines du monde de ne pas éclater.

« Cette brèche faite au crédit de M. Malot ne pourrait-elle point, en alarmant les personnes qui ont des fonds chez lui, amener une suspension de paiements véritable ?

— Eh ! tant mieux, morbleu ! dit le préfet s'oubliant tout à fait. Je ne l'aurai pas sur les bras lors de la réélection pour la garde nationale, si elle a lieu. »

Coffe était aux anges.

« Tant de succès, monsieur, alarmeraient peut-être ma susceptibilité...

— Eh ! monsieur, la République coule à pleins bords. La digue contre ce torrent qui emporterait nos têtes et incendierait nos maisons, c'est le roi, monsieur, uniquement le roi. Il faut fortifier l'autorité et faire la part au feu. Tant pis pour la maison qu'il faut abattre afin de sauver toutes les autres ! Moi, messieurs, quand l'intérêt du roi parle, ces choses-là me sont égales comme deux œufs.

— Bravo, monsieur le préfet, mille fois bravo ! *Sic itur ad astra*, c'est-à-dire au Conseil d'État.

— Je ne suis pas assez riche, monsieur : 12 000 francs et Paris me ruineraient avec ma nombreuse famille. La préfecture de Bordeaux, monsieur, celle de Marseille, de Lyon, avec de bonnes dépenses secrètes. Lyon, par exemple, doit être excellentissime. Mais revenons, il se fait tard. Donc, je pose dix voix au moins, gagnées personnellement par moi. Mon terrible évêque a un petit grand vicaire, fin matois et grand amateur de *l'espèce*. S'il convenait à Son Excellence de faire les fonds, je remettrais vingt-cinq louis à M. Crochard, c'est ce grand vicaire, pour faire des aumônes à de pauvres prêtres. Vous me direz, monsieur, que donner de l'argent au parti jésuitique c'est porter des ressources à l'ennemi. C'est une chose à pondérer sagement. Ces vingt-cinq louis me donneront une dizaine de voix dont M. Crochard dispose, et plutôt douze que dix.

— Le Crochard prendra votre argent et se moquera de vous, dit Leuwen. La conscience de ses électeurs les aura empêchés de voter au moment décisif.

— Oh ! que non ! On ne se *moque* pas d'un préfet, dit en ricanant M. de Riquebourg, choqué du mot. Nous avons certain *dossier*, avec sept lettres originales du sieur Crochard. Il s'agit d'une petite fille du couvent de Saint-Denis-Sambuci. Je lui ai juré que j'avais brûlé ses lettres lors d'un petit service qu'il m'a rendu auprès de son évêque dans l'affaire... mais le sieur Crochard n'en croit pas un mot.

— Douze voix, ou au moins dix ? dit Leuwen.

— Oui, monsieur, fit le préfet étonné.

— Je vous donne ces vingt-cinq louis. »

Il s'approcha de la table et écrivit un bon de 600 francs sur le caissier du ministère.

La mâchoire inférieure de M. de Riquebourg s'abaissa lentement, sa considération pour Leuwen doubla en un instant. Coffe ne put retenir un petit éclat de glotte en voyant la manière dont le bon préfet ajouta :

« Ma foi, monsieur, c'est y aller bon jeu bon argent. Outre mes moyens généraux : circulaires, agents voyageurs, menaces verbales, etc., etc., dont je ne vous fatiguerai pas, car vous ne me croyez pas assez gauche pour ne pas avoir poussé les choses aussi loin qu'elles peuvent aller, et, monsieur, je puis prouver tout cela par les lettres de l'ennemi arrêtées à la poste, et j'en ai trois au *National*, détaillées comme un procès-verbal et, je vous assure, qui doivent plaire au roi, — outre les moyens généraux, dis-je, outre la disparition de Malot au moment du combat, outre les électeurs jésuites de M. Crochard, j'ai le moyen de séduction en faveur de Blondeau. Cet excellent maître de forges n'a pas inventé la poudre, mais il sait quelquefois suivre un bon conseil, faire des sacrifices à propos. Il a un neveu, avocat à Paris et homme de lettres, qui a fait une pièce à l'Ambigu. Ce neveu n'est point sot, il a reçu mille écus de son oncle pour faire des démarches en faveur du maintien du droit sur les fers. Il a fait des articles de journaux, enfin il dîne au ministère des Finances. Des gens du pays établis à Paris l'ont écrit. Par le premier courrier après le départ de Malot, il m'arrive une lettre de Paris qui m'annonce que M. Blondeau neveu est nommé secrétaire général du ministère des Finances. Depuis huit jours, je reçois une pareille lettre par chaque courrier ; or, dix-sept électeurs libéraux, je suis sûr du chiffre, ont des intérêts directs au ministère des Finances, et Blondeau leur déclarera net que si l'on vote contre lui son neveu s'en ressentira.

« Maintenant, monsieur le maître des requêtes, daignez rejeter un coup d'œil sur le bordereau des votes :

Électeurs inscrits	613
Présents au collège, au plus	400
Constitutionnels dont je suis sûr	178
Votants pour Malot que je gagnerai personnellement	10
Votes jésuites dirigés en secret par M. Crochard, 12, tablons au plus bas	10
Total	198

Il me manque deux voix, et la nomination de M. Blondeau neveu, *Aristide Blondeau*, aux Finances me donne au moins six voix. *Majorité : quatre voix*. Ensuite, monsieur, si vous m'autorisez, dans un cas extrême, à promettre quatre destitutions (je dis parole d'honneur, appuyée par un dédit de 1 000 francs déposés en main tierce), je pourrai promettre au ministre une majorité non de quatre misérables voix, mais de douze et peut-être de dix-huit voix. J'ai le bonheur que Blondeau est un imbécile qui de la vie n'a porté ombrage à personne. Il me répète bien tous les jours que personnellement il a une douzaine de voix, mais rien n'est moins clair. Mais tout cela, monsieur, est cher, et je ne puis pas, moi, père de famille, faire la guerre absolument à mes dépens. Le ministre, par sa dépêche timbrée *parti-*

culière du 5, m'a ouvert un crédit de 1 200 francs pour mes élections. Sur ce crédit, j'ai déjà dépensé 1 920 francs. Je pense que Son Excellence est trop juste pour me laisser ces 720 francs sur les bras.

— Si vous réussissez, il n'y a pas de doute, dit Leuwen. En cas contraire, je vous dirai, monsieur, que mes instructions ne parlent pas de cet objet. »

M. de Riquebourg roulait dans ses mains le bon de 600 francs de Leuwen. Tout à coup, il s'aperçut que cette écriture était la même que celle de la lettre timbrée *particulière*, dont il n'avait raconté qu'une partie à ces messieurs, par discrétion. De ce moment, son respect pour M. le commissaire aux élections fut sans bornes.

« Il n'y a pas deux mois, ajouta M. de Riquebourg, tout rouge d'émotion de parler à un favori du ministre, que Son Excellence a daigné m'écrire une lettre de sa main sur la grande affaire N...

— Le roi y attache la plus haute importance. »

Le préfet ouvrit le secret d'un énorme bureau à cylindre et en tira la lettre du ministre, qu'il lut tout haut, et ensuite il la passa à ces messieurs.

« C'est de la main de Cromier, dit Coffe.

— Quoi ! ce n'est pas Son Excellence ! dit le préfet ébahi. Je me connais en écritures, messieurs ! »

Et comme M. de Riquebourg ne songeait pas à sa voix, elle avait pris un son aigre et un ton moqueur, entre le reproche et la menace.

« Ton de préfet, pensa Leuwen ; rien ne gâte plus la voix. Les trois quarts des grossièretés de M. de Vaize lui viennent d'avoir, dix ans durant, parlé tout seul au milieu de son salon de préfecture. »

« M. de Riquebourg est en effet connaisseur en écriture, dit Coffe, qui n'avait plus envie de dormir et de temps en temps se versait de grands verres de vin blanc de Saumur. Rien ne ressemble davantage à la main de *Son Excellence* que celle du petit Cromier, surtout quand il cherche la ressemblance. »

Le préfet fit quelques objections ; il était humilié, car la pièce de résistance de sa vanité comme de son espoir d'avancement c'étaient les lettres de la propre main du ministre. A la fin, il fut convaincu par Coffe, qui était sans pitié pour cet honorable amphitryon depuis qu'il pensait à la banqueroute possible de M. Malot, le drapier marchand de bois. Le préfet resta pétrifié, tenant sa lettre de la main du ministre.

« Quatre heures sonnent, dit Coffe. Si nous prolongeons la séance, nous ne pourrons pas être debout à neuf heures, comme le veut M. le préfet. »

M. de Riquebourg prit le mot *veut* pour un reproche.

« Messieurs, dit-il en se levant et saluant jusqu'à terre, je ferai convoquer pour neuf heures et demie les personnes que je vous prie d'admettre à votre première audience. Et j'entrerai moi-même dans vos chambres à dix heures sonnantes. Jusqu'à ce que vous me voyiez, dormez sur l'une et l'autre oreille. »

Malgré ces messieurs, M. de Riquebourg voulut leur indiquer lui-même leurs deux chambres, qui communiquaient par un petit salon. Il poussa les attentions jusqu'à regarder sous les lits.

« Cet homme n'est point sot au fond, dit Coffe à Leuwen quand le préfet les eut enfin laissés : voyez ! »

Et il indiquait une table sur laquelle un poulet froid, du rôti de lièvre, du vin et des fruits étaient disposés avec propreté. Et il se mit à resouper de fort bon appétit.

Les deux voyageurs ne se séparèrent qu'à cinq heures du matin.

« Leuwen a l'air de ne plus songer à l'accident de Blois », se disait Coffe. En effet, Leuwen, comme il convient à un bon employé, était tout occupé de l'élection de M. Blondeau, et avant de se mettre au lit relut le bordereau des votes qu'il s'était fait remettre par M. de Riquebourg.

A dix heures sonnantes, M. de Riquebourg entra dans la chambre de Leuwen, suivi de la fidèle Marion, qui portait un cabaret avec du café au lait, et Marion était elle-même suivie d'un petit jockey qui portait un autre cabaret avec du thé, du beurre et une bouilloire.

« L'eau est bien chaude, dit le préfet. Jacques va vous faire du feu. Ne vous pressez nullement. Prenez du thé et du café. Le déjeuner à la fourchette est indiqué à onze heures, et, à six, dîner de quarante personnes. Votre arrivée fait le meilleur effet. Le général est susceptible comme un sot, l'évêque est furibond, et fanatique. Si vous le jugez à propos, ma voiture sera attelée à onze heures et demie, et vous pourrez donner dix minutes à chacun de ces fonctionnaires. Ne vous pressez pas : les quatorze personnes que j'ai réunies pour votre première audience n'attendent que depuis neuf heures et demie...

— Je suis désolé, dit Leuwen.

— Bah ! Bah ! dit le préfet, ce sont des gens à nous, des gens qui mangent au Budget. Ils sont faits pour attendre. »

Leuwen avait horreur de tout ce qui peut ressembler à un manque d'égards. Il s'habilla en courant, et courut recevoir les quatorze fonctionnaires. Il fut atterré de leur pesanteur, de leur bêtise, de leur [air] d'adoration à son égard.

« Je serais le prince royal qu'ils n'auraient pas salué plus bas ! »

Il fut bien étonné quand Coffe lui dit :

« Vous les avez mécontentés, ils vous trouveront de la hauteur.

— De la hauteur ? dit Leuwen étonné.

— Sans doute. Vous avez eu des idées, ils ne vous ont pas compris. Vous avez eu cent fois trop d'esprit pour ces animaux-là. *Vous tendez vos filets trop haut*. Attendez-vous à des figures étranges à déjeuner. Vous allez voir Mlles de Riquebourg. »

La réalité passa toutes les prévisions. Leuwen eut le temps de dire à Coffe :

« Ce sont des grisettes qui viennent de gagner 40 000 francs à la loterie. »

Une d'elles était plus laide que ses sœurs, mais moins fière des grandeurs de sa famille. Elle ressemblait un peu à Théodelinde de Serpierre. Ce souvenir fut tout-puissant sur Leuwen. Dès qu'il s'en fut aperçu, il parla avec intérêt à Mlle Augustine, et Mme de Riquebourg vit sur-le-champ un brillant mariage pour sa fille.

Le préfet rappela à Leuwen la visite au général et à l'évêque. Mme de Riquebourg fit un signe d'impatience méprisant à son mari, et enfin le déjeuner ne finit qu'à une heure, et Leuwen sortit en voiture que quatre ou cinq groupes des amis plus ou moins sûrs du gouvernement l'attendaient déjà, parqués et soigneusement gardés dans différents bureaux de la préfecture.

Coffe n'avait pas voulu suivre son ancien camarade, il comptait courir un peu la ville et s'en faire [une idée], mais il eut à recevoir la visite officielle de M. le secrétaire intime et de MM. les commis de la préfecture.

« Je vais aider au débit de l'orviétan », se dit-il. Et, avec son sang-froid inexorable, il sut donner à ces commis une haute idée de la mission qu'il remplissait.

Au bout de dix minutes il les renvoya sèchement, et il s'échappait pour tâcher de voir la ville, quand le préfet, qui le guettait, le prit au passage et le força d'écouter la lecture de toutes les lettres adressées par lui au comte de Vaize au sujet des élections.

« Ce sont des articles de journaux du troisième ordre,

pensait Coffe, indigné. Cela ne serait pas payé douze francs l'article par notre *Journal de Paris*. La conversation de cet homme vaut cent fois mieux que sa correspondance. »

Au moment où Coffe se ménageait un prétexte pour échapper à M. de Riquebourg, Leuwen rentra, suivi du général comte de Beauvoir. C'était un fat de haute taille, à figure blonde et grasse d'une rare insignifiance, du reste joli garçon encore, très poli, très élégant, mais qui, à la lettre, ne comprenait rien de ce qu'on disait devant lui. Les élections semblaient lui avoir troublé la cervelle, il disait à tout propos : « Cela regarde l'autorité administrative. » Coffe vit par ses discours qu'il en était encore à deviner l'objet de la mission de Leuwen, et cependant celui-ci lui avait envoyé la veille au soir une lettre du ministre on ne peut pas plus explicite.

Les audiences de l'avant-dîner furent de plus en plus absurdes. Leuwen, qui avait le tort d'avoir agi le matin avec trop d'intérêt, était mort de fatigue dès deux heures après-midi, et n'avait pas une idée. Alors, il fut parfaitement convenable et le préfet prit une grande idée de lui. Aux quatre ou cinq dernières audiences, qui furent indivi-duelles, et accordées aux personnages les plus importants, il fut parfait, et de l'insignifiance la plus convenable. Le préfet tenait à faire voir par M. Leuwen M. le grand vicaire Crochard ; c'était un personnage maigre, une figure de pénitent, et à ses discours Leuwen le trouva fait à point pour recevoir vingt-cinq louis et faire agir à sa guise une douzaine d'électeurs jésuites.

Tout alla bien jusqu'au dîner. A six heures, le salon du préfet comptait quarante-trois personnages, l'élite de la ville. La porte s'ouvrit à deux battants, mais M. le préfet fut consterné en voyant Leuwen paraître sans uniforme. Lui préfet, le général, les colonels étaient en grande tenue. Leuwen, excédé de fatigue et d'ennui, fut placé à la droite de madame la préfète, ce qui fit faire la mine au général comte de Beauvoir. On n'avait pas épargné les bûches du gouvernement, il faisait une chaleur insupportable, et avant la moitié du dîner, qui dura sept quarts d'heure, Leuwen craignait de faire une scène et de se trouver mal.

Après dîner, il demanda la permission de faire un tour dans le jardin de la préfecture ; il fut obligé de dire au préfet, qui s'attachait à lui et voulait le suivre :

« Je vais donner mes instructions à M. Coffe sur les lettres qu'il doit me faire signer avant le départ de la poste. Il faut non seulement prendre de sages mesures, mais encore en tenir note.

— Quelle journée ! » se dirent les deux voyageurs.

Il fallut rentrer au bout de vingt minutes et avoir cinq ou six apartés dans les embrasures des fenêtres du salon de la préfecture avec des hommes importants, amis du gouvernement, mais qui, sous prétexte de la nullité désespérante de M. Blondeau, qui à table avait parlé de fer et de la justice de prohiber les fers anglais, de façon à lasser la patience même des fonctionnaires d'une ville de province *(sic)*. Plusieurs amis du gouvernement trouvaient absurde que la *Tribune* en fût à son cent quatrième procès et que la prison préventive retînt tant de centaines de pauvres jeunes gens. Ce fut à combattre cette hérésie dangereuse que Leuwen consacra sa soirée. Il cita avec assez de brillant dans l'expression les Grecs du bas-empire qui disputaient sur la lumière *incréée* du Thabor, tandis que les féroces Osmanlis escaladaient les murs de Constantinople.

Voyant l'effet qu'avait produit ce trait d'érudition, Leuwen déserta la préfecture et fit signe à Coffe. Il était dix heures du soir.

« Voyons un peu la ville », se disaient les pauvres jeunes gens. Un quart d'heure après, ils cherchaient à démêler l'architecture d'une église un peu gothique, lorsqu'ils furent rejoints par M. de Riquebourg.

« Je vous cherchais, messieurs..., etc., etc. »

La patience fut sur le point d'échapper à Leuwen.

« Mais, monsieur le préfet, le courrier ne part-il pas à minuit ?

— Entre minuit et une heure.

— Eh bien ! M. Coffe a une mémoire si étonnante que, tel que vous me voyez, je lui dicte mes dépêches ; il les retient à merveille, souvent corrige les répétitions et autres petites fautes dans lesquelles je puis tomber. J'ai tant d'affaires ! Vous ne connaissez pas la moitié de mes embarras. »

Par de tels propos et d'autres encore plus ridicules, Leuwen et Coffe eurent toutes les peines du monde à renvoyer M. de Riquebourg à sa préfecture.

Les deux amis rentrèrent à onze heures et firent une lettre de vingt lignes au ministre. Cette lettre, adressée à M. Leuwen père, fut jetée à la poste par Coffe.

Le préfet fut bien étonné quand, à onze heures trois quarts, son huissier vint lui dire que M. le maître des requêtes n'avait pas remis de dépêches pour Paris. Cet étonnement redoubla quand le directeur des postes vint lui dire qu'aucune dépêche adressée au ministre n'avait été jetée à la poste. Ce fait plongea M. le préfet dans les plus graves soucis.

A sept heures, le lendemain matin, le préfet fit demander une audience à Leuwen pour lui présenter le travail des destitutions. M. de Riquebourg en demandait sept, Leuwen eut grand-peine à lui faire réduire ses demandes à quatre.

Pour la première fois, le préfet, qui jusque-là avait été humble jusqu'à la servilité, voulut prendre un ton ferme et parla à Leuwen de la responsabilité de lui, Leuwen. A quoi Leuwen répondit avec la dernière impertinence, et il termina par refuser le dîner que le préfet avait fait préparer pour deux heures, un dîner d'amis intimes, il n'y avait que dix-sept personnes. Leuwen alla faire une visite à Mme de Riquebourg et partit à midi précis, comme le portaient les instructions qu'il s'était faites, et sans vouloir permettre au préfet de rentrer en matière.

Heureusement pour les voyageurs, la route traversait une suite de collines, et ils firent deux lieues à pied, au grand scandale du postillon.

Cette effroyable activité de trente-six heures avait placé déjà bien loin le souvenir des huées et de la boue de Blois. La voiture avait été lavée, brossée, etc., etc., à deux reprises. En ouvrant une poche pour prendre l'itinéraire de M. de Vaize, Leuwen la trouva remplie de boue encore humide, et le livre abîmé.

CHAPITRE LI

Ces messieurs firent un détour de six lieues pour aller voir les ruines de la célèbre abbaye de N... Ils les trouvèrent admirables et ne purent, en véritables élèves de l'École polytechnique, résister à l'envie d'en mesurer quelques parties.

Cette diversion délassa les voyageurs. Le vulgaire et le plat qui avaient encombré leurs cerveaux furent emportés par les discussions sur la convenance de l'art gothique avec la religion, qui promet l'enfer à cinquante et un enfants sur cent qui naissent etc., etc.

« Rien n'est bête comme notre église de la Madeleine, dont les journaux sont si fiers. Un temple grec, respirant la gaieté et le bonheur, pour abriter les mystères terribles de la religion des épouvantements ! Saint-Pierre de Rome lui-même n'est qu'une brillante absurdité ; mais en 1500, quand Raphaël et Michel-Ange y travaillèrent, Saint-Pierre n'était pas absurde : la religion de Léon X était gaie ; lui, pape, plaçait par la main de Raphaël, dans les ornements de sa galerie favorite, les amours du cygne et de Léda répétées vingt fois. Saint-Pierre est devenu absurde depuis le jansénisme de Pascal se reprochant le plaisir d'aimer sa sœur, et depuis que les plaisanteries de Voltaire ont resserré si étroitement le cercle des convenances religieuses.

— Vous traitez trop le ministre en homme d'esprit, dit Coffe. Vous agissez *au mieux de ses intérêts*, comme nous disons dans le commerce. Mais une lettre de vingt lignes ne le satisfait pas. Probablement, il porte toute sa correspondance chez le roi, et, si l'on tombe sur votre lettre, on trouvera qu'elle serait suffisante si elle était signée Carnot ou Turenne. Mais, permettez-moi de vous le dire, monsieur le commissaire aux élections, votre nom ne rappelle pas encore une masse énorme d'actions d'une haute prudence.

— Eh bien ! démontrons cette prudence au ministre. »

Les voyageurs s'arrêtèrent quatre heures dans un bourg, et écrivirent plus de quarante pages sur MM. Malot, Blondeau et Riquebourg. La conclusion était que, même sans destitutions, M. Blondeau aurait une majorité de quatre voix à dix-huit. Le moyen décisif inventé par M. de Riquebourg, la faillite à Nantes, la nomination de M. Aristide Blondeau secrétaire général du ministère des Finances, et enfin les vingt-cinq louis de M. le grand vicaire, furent annoncés au ministre par une lettre à part, toute en chiffres, adressée à M. ..., rue Cherche-Midi, n° 3, dont l'office était de recevoir ces lettres et d'écrire les lettres que Son Excellence voulait faire passer pour être de sa main.

« Nous avons fait maintenant les administrateurs comme on l'entend à Paris », dit Coffe à son compagnon en remontant en voiture.

Deux heures après, au milieu de la nuit, ils rencontrèrent le courrier, qu'ils prièrent d'arrêter. Le courrier se fâcha, fit l'insolent, et bientôt demanda pardon à M. le commissaire extraordinaire quand Coffe, avec son ton sec, eut fait connaître au courrier le nom du personnage qui lui remettait des dépêches. Il fallut faire procès-verbal du tout.

Le troisième jour, à midi, nos voyageurs aperçurent à l'horizon les clochers pointus de Caen, chef-lieu du département du Calvados, où l'on redoutait tant l'élection de M. Mairobert.

« Voilà Caen. », dit Coffe.

La gaieté de Leuwen le quitta aussitôt ; et, se tournant vers Coffe avec un grand soupir :

« Je pense tout haut avec vous, mon cher Coffe. J'ai toute honte bue, vous m'avez vu pleurer... Quelle nouvelle infamie vais-je faire ici ?

— Effacez-vous ; bornez-vous à seconder les mesures du préfet ; travaillez moins sérieusement à la chose.

— Ce fut une faute d'aller loger à la préfecture.

— Sans doute, mais cette faute part du sérieux avec lequel vous travaillez et de l'ardeur avec laquelle vous marchez au résultat. »

En approchant de Caen, les voyageurs remarquèrent beaucoup de gendarmes sur la route, et certains bourgeois, marchant raide, en redingote, et avec de gros bâtons.

« Si je ne me trompe, voici les assommeurs de la Bourse, dit Coffe.

— Mais a-t-on assommé à la Bourse ? N'est-ce pas la *Tribune* qui a inventé cela ?

— Pour ma part, j'ai reçu cinq ou six coups de bâton, et la chose aurait mal fini, si je ne me fusse trouvé un grand compas avec lequel je fis mine d'éventrer ces messieurs. Leur digne chef, M. N..., était à dix pas de là, à une fenêtre de l'entresol, et criait : « Ce petit homme chauve est un « agitateur. » Je me sauvai par la rue des Colonnes. »

En arrivant à la porte de Caen, on examina pendant dix minutes les passeports des deux voyageurs, et, comme Leuwen se fâchait, un homme d'un certain âge, grand et fort, et badinant avec un énorme bâton, et qui [se] promenait sous la porte, l'envoya faire f... en termes fort clairs.

« Monsieur, je m'appelle Leuwen, maître des requêtes, et je vous regarde comme un plat. Donnez-moi votre nom, si vous l'osez.

— Je m'appelle *Lustucru*, répondit l'homme au bâton en ricanant et tournant autour de la voiture. Donnez mon nom à votre procureur du roi, monsieur l'homme brave. Si jamais nous nous rencontrons en Suisse, ajouta-t-il à voix basse, vous aurez autant de soufflets et de marques de mépris que vous pouvez désirer pour obtenir de l'avancement de vos chefs.

— Ne prononce jamais le mot honneur, espion déguisé !

— Ma foi, dit Coffe en riant presque, je serais ravi de vous voir un peu bafoué comme je le fus jadis place de la Bourse.

— Au lieu de compas, j'ai des pistolets.

— Vous pouvez tuer impunément ce gendarme déguisé. Il a l'ordre de ne pas se fâcher, et peut-être à Montmirail ou Waterloo il était un brave soldat. Aujourd'hui, nous appartenons au même régiment, continua Coffe avec un rire amer ; ne nous fâchons pas.

— Vous êtes cruel, dit Leuwen.

— Je suis vrai quand on m'interroge, c'est à prendre ou à laisser. »

Les larmes vinrent aux yeux de Leuwen.

La voiture eut la permission d'entrer en ville. En arrivant à l'auberge, Leuwen prit la main de Coffe.

« Je suis un enfant.

— Non pas, vous êtes un heureux du siècle, comme disent les prédicateurs, et vous n'avez jamais eu de besogne désagréable à faire. Je ne vous croyais pas si jeune. <Où diable avez-vous vécu ? Vous êtes un caillou non uni par les frottements. Aux premières audiences que vous avez données hier, vous étiez comme un poète.> »

L'hôte mit beaucoup de mystère à les recevoir : il y avait des appartements prêts, et il n'y en avait pas.

Le fait est que l'hôte fit prévenir la préfecture ; les auberges qui redoutaient les vexations des gendarmes et des agents de police avaient ordre de ne point avoir d'appartements pour les partisans de M. Mairobert.

Le préfet, M. Boucaut, donna l'autorisation de loger MM. Leuwen et Coffe. A peine dans leurs chambres, un monsieur très jeune, fort bien mis, mais évidemment armé de pistolets, vint remettre sans mot dire à Leuwen deux exemplaires d'un petit pamphlet in-18, couvert de papier rouge et fort mal imprimé. C'était la collection de tous les articles ultra-libéraux que M. Boucaut de Séranville avait publiés dans le *National*, le *Globe*, le *Courrier*, et autres journaux libéraux de 1829.

« Ce n'est pas mal, disait Leuwen ; il écrit bien.

— Quelle emphase ! Quelle plate imitation de M. de Chateaubriand ! A tous moments, les mots sont détournés de leur sens naturel, de leur acception commune. »

Ces messieurs furent interrompus par un agent de police qui, avec un sourire faux et en faisant force questions, vint leur remettre deux pamphlets in-8⁰...

« Voilà du luxe ! C'est l'argent des contribuables, dit Coffe. Je parierais que c'est un pamphlet du gouvernement.

— Eh ! parbleu, c'est le nôtre, dit Leuwen, c'est celui que nous avons perdu à Blois ; c'est du Torpet tout pur. »

Et ils se remirent à lire les articles qui faisaient briller autrefois dans le *Globe* le nom de M. Boucaut de Séranville.

« Allons voir ce renégat, dit Leuwen.

— Je ne suis pas d'accord sur les qualités. Il ne croyait pas plus en 1829 les doctrines libérales qu'aujourd'hui les maximes d'ordre, de paix publique, de stabilité. Sous Napoléon, il se fût fait tuer pour être capitaine. Le seul avantage de l'hypocrisie d'alors sur celle d'aujourd'hui, de 1809 sur celle de 1834, c'est que celle en usage sous Napoléon ne pouvait se passer de la bravoure, qualité qui, en temps de guerre, n'admet guère l'hypocrisie.

— Le but était noble et grand.

— Cela était l'affaire de Napoléon. Appelez un cardinal de Richelieu au trône de France, et la platitude du Boucaut, le zèle avec lequel il fait déguiser des gendarmes auront peut-être un but utile. Le malheur de ces pauvres préfets, c'est que leur métier actuel n'exige que les qualités d'un procureur de Basse-Normandie.

— Un procureur de Basse-Normandie reçut l'empire, et le vendit à ses compères. »

Ce fut dans ces dispositions hautes et vraiment philosophiques, voyant les Français du XIXᵉ siècle sans haine ni amour et uniquement comme des machines menées par le possesseur du Budget, que Leuwen et Coffe entrèrent à la préfecture de Caen.

Un valet de chambre, vêtu avec un soin rare en province, les introduisit dans un salon fort élégant. Des portraits à l'huile de tous les membres de la famille royale ornaient ce cabinet, qui n'eût pas été déplacé dans une des maisons les plus élégantes de Paris.

« Ce renégat va nous faire attendre ici dix minutes. Vu votre grade, le sien, et ses grandes occupations, c'est la règle.

— J'ai justement apporté le pamphlet in-18 composé de ses articles. S'il nous fait attendre plus de cinq minutes, il me trouvera plongé dans la lecture de ses ouvrages. »

Ces messieurs se chauffaient près de la cheminée quand Leuwen vit à la pendule que les cinq minutes d'attente sans affectation de la part de l'attendu étaient expirées. Il s'établit dans un fauteuil tournant le dos à la porte, et continua la conversation ayant à la main le pamphlet in-18 couvert de papier rouge.

On entendit un bruit léger, et Leuwen devint tout attention pour son pamphlet. Une porte s'ouvrit, et Coffe, qui tournait le dos à la cheminée et que la rencontre de ces deux fats amusait assez, vit paraître un être exigu, très petit, très mince, fort élégant ; il était dès le matin en pantalons noirs collants, avec des bas qui dessinaient la jambe la plus grêle peut-être de son département. A la vue du pamphlet, que Leuwen ne remit dans sa poche que quatre ou cinq mortelles secondes après l'entrée de M. de Séranville, la figure de celui-ci prit une couleur de rouge foncé, couleur de vin. Coffe remarqua que les coins de sa bouche se contractaient.

Coffe trouva que le ton de Leuwen était froid, simple, militaire, un peu goguenard.

« Il est singulier, pensa Coffe, combien l'habit militaire a besoin de peu de temps pour s'incruster dans le caractère du Français qui le porte. Voilà ce bon enfant au fond, qui a été soldat, et quel soldat, pendant dix mois, et toute sa vie, sa jambe, son bras, diront : je suis militaire. Il n'est pas étonnant que les Gaulois aient été le peuple le plus brave de l'antiquité. Le plaisir de porter un signe militaire bouleverse ces êtres-là, mais leur inspire avec la dernière force deux ou trois vertus auxquelles ils ne manquent jamais. »

Pendant ces réflexions philosophiques et peut-être légèrement envieuses, car Coffe était pauvre et y pensait souvent, la conversation entre Leuwen et le préfet s'engageait profondément sur les élections.

Le petit préfet parlait lentement et avec une extrême affectation d'élégance. Mais il était évident qu'il se contenait. En parlant de ses adversaires politiques, ses petits yeux brillaient, sa bouche se contractait sur ses dents.

« Ou je me trompe fort, se dit Coffe, ou voilà une mine atroce. Elle est surtout plaisante, ajouta Coffe, quand il prononce le mot *monsieur* dans le morceau de phrase *monsieur Mairobert* qui revenait sans cesse. Il est fort possible que ce soit là un petit fanatique. Il m'a l'air de faire fusiller le Mairobert s'il le tenait à son aise devant une bonne commission militaire comme celle du colonel Caron. Il se peut aussi que la vue du pamphlet rouge ait troublé à fond cette âme *politique*. (Le préfet venait de dire : *Si je suis jamais un homme politique.*) Plaisant fat, pensa Coffe, pour être un *homme politique*. Si le cosaque ne fait pas la conquête de la France, nos hommes politiques seront des Fox ou des Peel, des Tom Jones comme Fox, ou des Blifils comme M. Peel, et M. de Séranville sera tout au plus un grand chambellan ou un grand référendaire de la Chambre des pairs. »

Il était évident que M. de Séranville traitait Leuwen très froidement.

« Il le prend pour un rival, se dit Coffe. Cependant, ce petit fat exigu a bien trente-deux ou trente-trois ans. Le Leuwen n'est, ma foi, pas mal : parfaitement froid avec tendance à une ironie polie de fort bonne compagnie ; et l'attention qu'il donne à ses manières pour les rendre sèches et leur ôter le ton d'enjouement de bonne compagnie n'absorbe point l'attention qu'il doit à ses idées.

« Vous conviendrait-il, monsieur le préfet, de me confier le bordereau de vos élections ? »

M. de Séranville hésita évidemment, et enfin dit :

« Je le sais par cœur, mais je ne l'ai point écrit.

— M. Coffe, mon adjoint dans ma mission... »

Leuwen répéta les qualités de Coffe, parce qu'il lui semblait que M. le préfet lui accordait trop peu de part dans son attention.

« ... M. Coffe aura peut-être un crayon, et, si vous le permettez, notera les chiffres, si vous avez la bonté de nous les confier. »

L'ironie de ces derniers mots ne fut pas perdue pour M. de Séranville. Sa mine fut réellement agitée pendant que Coffe dévissait, avec le sang-froid le plus provocant, l'écritoire du portefeuille en cuir de Russie de M. le maître des requêtes.

« A nous deux, nous mettons ce petit homme sur le gril. Mon affaire à moi est de le retenir le plus longtemps possible dans cette position agréable. »

L'arrangement de l'écritoire, ensuite de la table, prit bien une minute et demie, pendant laquelle Leuwen fut de la froideur et du silence les plus parfaits.

« Le fat militaire l'emporte sur le fat civil », se disait Coffe.

Quand il fut enfin commodément arrangé pour écrire :

« S'il vous convient de nous communiquer votre bordereau, nous pouvons en prendre note.

— Certainement, certainement », dit le préfet exigu.

« Répétition vivieuse », pensa l'inexorable Coffe.

Et le préfet dit, mais sans dicter...

« Il y a de l'habitude de diplomate dans cette nuance, se dit Leuwen. Il est moins bourgeois que le Riquebourg, mais réussira-t-il aussi bien ? Toute l'attention que cet être-là donne à la figure qu'il fait dans son salon n'est-elle pas volée à son métier de préfet, de directeur d'élections ? Cette tête étroite, ce front si bas, ont-ils assez de cervelle pour qu'il y en ait à la fois pour la fatuité et pour le métier ? J'en doute. *Videbimus infra.* »

Leuwen arriva à se rendre le témoignage qu'il était convenable avec ce petit préfet ergoteur, et qu'il donnait l'attention nécessaire à la friponnerie dans laquelle il avait accepté un rôle. Ce fut le premier plaisir que lui donna sa mission, la première compensation à l'affreuse douleur causée par la boue de Blois.

Coffe écrivait pendant que le préfet, immobile et les jambes serrées vis-à-vis de Leuwen, disait :

Électeurs inscrits 1 280
Présents, probablement 900

448

M. Gonin, candidat constitutionnel 400
M. Mairobert 500

M. le préfet n'ajouta aucun détail sur les nuances qui formaient ces chiffres totaux : 400 et 500, et Leuwen ne jugea pas convenable de lui demander de nouveau des détails.

M. de Séranville s'excusa de les loger à la préfecture sur les ouvriers qu'il avait et qui l'empêchaient d'offrir les pièces les plus convenables. Il n'invita ces messieurs à dîner que pour le lendemain.

Ces trois messieurs se quittèrent avec une froideur qui ne pouvait pas être plus grande sans devenir marquée.

A peine dans la rue :

« Celui-ci est bien moins ennuyeux que le Riquebourg, dit Leuwen gaiement à Coffe, car la conscience d'avoir bien joué son rôle plaçait pour la première fois sur le second plan l'outrage de Blois.

— Et vous avez été infiniment plus homme d'État, c'est-à-dire insignifiant et donnant dans le lieu commun élégant et vide.

— Aussi en savez-vous beaucoup moins sur les élections de Caen après une conférence d'une grande heure que sur celles de M. de Riquebourg après un quart d'heure, dès que vous l'eûtes fait sortir de ses maudites généralités par vos questions incisives.

« M. de Séranville n'admettrait nulle comparaison avec ce bon bourgeois de Riquebourg, qui dissertait sur les comptes de sa cuisinière. Il est bien plus commode, il n'est nullement ridicule. Il est bien plus confit en méfiance et méchanceté, comme dirait mon père. Mais je parie qu'il ne fait pas son affaire aussi bien que le préfet du Cher.

— C'est un animal qui a infiniment plus d'apparence que le Riquebourg, dit Coffe, mais il est fort possible qu'à l'user il vaille beaucoup moins.

— J'ai bien retrouvé sur sa figure, surtout quand il parle de M. Mairobert, l'âcreté qui fait la seule vie des articles de littérature compris dans le pamphlet rouge.

— Serait-ce un fanatique sombre qui aurait besoin d'agir, de comploter, de faire sentir son pouvoir aux hommes ? Il aurait mis ce besoin de vexer au service de son ambition, comme jadis il l'employait dans la critique des ouvrages littéraires de ses rivaux ?

— Il y a plutôt du sophiste qui aime à parler et à ergoter parce qu'il s'imagine raisonner puissamment. Cet homme serait puissant dans un comité de la Chambre des députés, il serait un Mirabeau pour les notaires de campagne. »

En sortant de l'hôtel de la préfecture, ces messieurs apprirent que le courrier de Paris ne partait que le soir. Ils se mirent à parcourir la ville gaiement. Il était évident que quelque chose d'extraordinaire pressait la démarche ordinairement si désoccupée des bourgeois de province.

« Ces gens-ci n'ont point l'air apathique qui leur est normal, dit Leuwen.

— Vous verrez qu'au bout de trente ou quarante ans d'élections le provincial sera moins bête. »

Il y avait une collection d'antiquités romaines trouvées à Lillebonne. Ces messieurs perdaient leur temps à discuter avec le custode l'antiquité d'une chimère étrusque tellement verdie par le temps que la forme en était presque perdue. Le custode, d'après son bibliothécaire, la faisait âgée de 2 700 ans, quand nos voyageurs furent abordés par un monsieur très poli.

« Ces messieurs voudront-ils bien me pardonner si je leur adresse la parole sans être connu ? Je suis le valet de chambre du général Fari, qui attend ces messieurs depuis une heure à leur auberge et qui les prie d'agréer ses excuses de ce qu'il les fait avertir. Mais le général Fari m'a chargé de dire à ces messieurs ces propres mots : Le temps presse.

— Nous vous suivons, dit Leuwen. Voilà un valet de chambre qui me fait envie.

— Voyons si nous pourrons dire : Tel valet, tel maître. Dans le fait, nous étions un peu enfants d'examiner des antiquités, tandis que nous sommes chargés de construire le présent. Peut-être que dans notre conduite il y avait un peu d'aigreur contre la fatuité administrative du Séranville. Votre fatuité militaire, si vous me permettez le mot, a complètement battu la sienne. »

Ces messieurs trouvèrent la porte de leur auberge suffisamment garnie de gendarmes, et dans leur salon un homme de cinquante ans, à figure rouge ; il avait l'air un peu paysan, mais ses yeux étaient animés et doux, et ses manières ne démentaient pas ce que promettait son regard. C'était le général Fari, commandant la division. Avec des façons un peu communes d'un homme qui avait été simple dragon pendant cinq ans, il était difficile d'avoir plus de véritable politesse et, à ce qu'il paraît, d'entendre mieux les affaires. Coffe fut étonné de le trouver absolument pur de fatuité militaire, ses bras et ses jambes remuaient comme ceux d'un homme d'esprit ordinaire. Son zèle pour faire élire M. Gonin, pamphlétaire employé par le gouvernement, et pour éloigner M. Mairobert n'avait aucune nuance de méchanceté ni même d'animosité. Il parlait de M. Mairobert comme il aurait fait d'un général prussien commandant la ville qu'il assiégeait. Le général Fari parlait avec beaucoup d'égards de tout le monde, et même du préfet ; toutefois, il était évident qu'il n'était point infidèle à la règle qui fait du général l'ennemi naturel et instinctif du préfet qui fait tout dans le pays, tandis que le général n'a à vexer qu'une douzaine d'officiers supérieurs au plus.

A peine le général Fari avait-il reçu la lettre du ministre que Leuwen lui avait envoyée en arrivant, qu'il l'avait cherché.

« Mais vous étiez à la préfecture. Je vous l'avouerai, messieurs, je tremble pour notre élection. Les 500 votants pour M. Mairobert sont énergiques, pleins de conviction, ils peuvent faire des prosélytes. Nos 400 votants sont silencieux, tristes. Je trancherai le mot avec vous, messieurs, car nous sommes au moment de la bataille, et tous les vains ménagements peuvent compromettre la chose, je trouve nos bons électeurs honteux de leur rôle. Ce diable de M. Mairobert est le plus honnête homme du monde, riche, obligeant. Il n'a jamais été en colère qu'une fois dans sa vie et encore poussé à bout par le pamphlet noir...

— Quel pamphlet ? dit Leuwen.

— Quoi ! monsieur, M. le préfet ne vous a pas remis un pamphlet couvert de papier de deuil ?

— Vous m'en donnez la première nouvelle, et je vous serais vraiment obligé, général, si vous pouvez me le procurer.

— Le voici.

— Comment ! C'est le pamphlet du préfet. N'a-t-il pas eu ordre par le télégraphe de n'en pas laisser sortir un exemplaire de chez son imprimeur ?

— M. de Séranville a pris sur lui de ne pas obéir à cet ordre. Ce pamphlet est peut-être un peu dur, il circule depuis avant-hier, et, je ne puis vous le dissimuler, messieurs, il produit l'effet le plus déplorable. Du moins, telle est ma façon de voir les choses. »

Leuwen, qui ne l'avait vu que manuscrit dans le cabinet du ministre, le parcourait rapidement. Et comme un manuscrit est toujours obscur, les traits de satire et même de calomnie contre M. Mairobert lui semblaient cent fois plus forts.

« Grand Dieu ! » disait Leuwen en lisant ; et l'accent était plus celui de l'honnête homme froissé que celui du commissaire aux élections choqué d'une fausse manœuvre.

« Grand Dieu ! dit-il enfin. Et l'élection se fait après-demain ! Et M. Mairobert est généralement estimé en ce pays ! Ceci décidera à agir les honnêtes gens indolents, et même les timides.

— Je crains bien, dit le général, que ce pamphlet ne lui donne quarante voix de cette espèce. Il n'y a qu'une façon de voir sur son compte. Si le gouvernement du roi ne l'éloignait pas, il aurait toutes les voix moins la sienne et celle de douze ou quinze jésuites enragés.

— Mais du moins il sera [tenace] ? dit Leuwen. On l'accuse ici de gagner ses procès en donnant à dîner aux juges du tribunal de première instance.

— C'est l'homme le plus généreux. Il a des procès, car enfin nous sommes en Normandie, dit le général en souriant ; il les gagne parce que c'est un homme d'un caractère ferme, mais tout le département sait qu'il n'y a pas deux ans il a rendu comme aumône à une veuve la somme qu'elle avait été condamnée à lui payer à la suite d'un procès injuste commencé par son mari. M. Mairobert a plus de 60 000 livres de rente, et chaque année presque il fait des héritages de douze ou quinze mille livres de rente. Il a sept à huit oncles, tous riches et non mariés. Il n'est point niais comme la plupart des hommes bienfaisants. Il y a peut-être quarante fermiers dans le pays auxquels il double les bénéfices qu'ils font. C'est pour accoutumer, dit-il, les fermiers à tenir des livres comme les commerçants, chose sans laquelle, dit-il, il n'y a point d'agriculture. Le fermier prouve à M. Mairobert que, ses enfants, sa femme et lui entretenus, il a gagné 500 francs cette année ; M. Mairobert lui remet une somme pareille de 500 francs, remboursable sans intérêt dans dix ans. A cent petits industriels peut-être il donne la moitié ou le tiers de leurs bénéfices. Comme conseiller de préfecture provisoire, il a mené la préfecture et a tout fait en 1814 pendant la présence des étrangers. Il a tenu tête à un colonel insolent et l'a chassé de la préfecture le pistolet à la main. Enfin, c'est un homme complet.

— M. de Séranville ne m'a pas dit le plus petit mot de tout cela. »

Il parcourut encore quelques phrases du pamphlet.

« Grand Dieu ! ce pamphlet nous perd. Et les bras lui tombèrent. Vous avez bien raison, général, nous sommes au commencement d'une bataille qui peut devenir une déroute. Quoique M. Coffe et moi n'ayons pas l'honneur d'être connus de vous, nous vous demandons une confiance entière pendant les trois jours qui nous restent encore jusqu'au scrutin définitif, qui décidera entre M. Mairobert et le gouvernement. Je puis disposer de cent mille écus, j'ai sept à huit places à donner, je puis demander par le télégraphe autant de destitutions pour le moins. Voici, général, mes instructions particulières, que je me suis faites à moi-même, et que je ne confie qu'à vous. »

Le général Fari les lut lentement et avec une attention marquée.

« Monsieur Leuwen, dit-il ensuite, dans ce qui regarde les élections, je n'aurai pas de secrets pour vous, comme vous n'en avez pas pour moi. *Il est trop tard*. Si vous fussiez venu il y a deux mois, si M. le préfet avait consenti à écrire moins et à parler davantage, peut-être eussions-nous pu gagner les gens timides. Tout ce qui est riche ici n'apprécie pas convenablement le gouvernement du roi, mais a une peur effroyable de la république. Néron, Caligula, le diable, régnerait, qu'on le soutiendrait par peur de la république, qui ne veut pas nous gouverner selon nos penchants actuels, mais qui prétend nous repétrir, et ce remaniement du caractère français exigera des Carrier et des Joseph Le Bon. Nous sommes donc sûrs de 300 voix de gens riches, nous en aurions 350, mais il faut calculer sur 30 jésuites et sur 15 ou 20 propriétaires, jeunes gens poitrinaires ou vieillards de bonne foi, qui voteront d'après les ordres de Monseigneur l'évêque, qui lui-même s'entend avec le comité de Henri V.

« Nous avons dans le département 33 ou 34 républicains décidés. S'il s'agissait de voter entre la monarchie et la république, nous aurions, sur 900 voix, 860 contre 40. Mais on voudrait que la *Tribune* n'en fût pas à son cent quatrième procès, et surtout que le gouvernement du roi n'humiliât pas la nation à l'égard des étrangers. De là les 500 voix qu'espèrent les partisans de M. Mairobert.

« Je pensais, il y a deux mois, que M. Mairobert n'aurait pas plus de 350 à 380 voix inattaquables. Je supposais que dans sa tournée électorale M. le préfet gagnerait 100 voix indécises, surtout dans le canton de R... qui a le plus pressant besoin d'une grande route débouchant à D... Le préfet n'a aucune influence personnelle. Il parle trop bien et manque de rondeur apparente ; il est incapable de séduire un Bas-Normand, par une conversation d'une demi-heure. Il est terrible même avec ses commissaires de police, qui sont pourtant à plat ventre devant lui. L'un d'eux, un misé-

rable digne [du bagne], où peut-être il a été, M. de Saint-...,
s'est fâché il y a un mois, et dans des termes que vous me
dispenserez de répéter, a dit son fait au préfet et le lui a
prouvé. Voyant bien qu'il n'avait aucune influence personnelle, M. de Séranville s'est jeté dans le système des
circulaires et des lettres menaçantes aux maires. Selon moi
(à la vérité je n'ai jamais administré, je n'ai que commandé,
et je me soumets aux lumières des plus expérimentés), mais
enfin, selon moi, M. de Séranville, qui écrit fort bien, a
abusé de la lettre administrative. Je connais plus de quarante maires dont je puis fournir la liste au ministre, que
ces menaces continuelles ont *cabrés*.

« Eh bien ! que peut-il arriver après tout ? disent-ils. Il
ratera son élection. Eh bien ! tant mieux : il sera déplacé et
nous en serons délivrés. Nous ne pouvons pas avoir pis.

« M. Bordier, un maire timide de la grande commune de
N..., qui a neuf électeurs, a été tellement épouvanté par les
lettres du préfet et la nature des renseignements qu'on lui
demandait, qu'il a prétendu avoir la goutte. Depuis cinq
jours, il ne sort plus de chez lui, et fait dire qu'il est au lit.
Mais dimanche, à six heures du matin, au petit jour, il est
sorti pour aller à la messe.

« Enfin, dans sa tournée électorale, M. le préfet a fait
peur à quinze ou vingt électeurs timides, et en a cabré cent
au moins, qui, réunis aux 360 que je regarde comme iné-
branlables, gens qui veulent un roi soliveau gouvernant
recta d'après la Charte, font bien un total de 460. C'est là le
chiffre de M. Mairobert, c'est une bien petite majorité, 10
seulement. »

Le général, Leuwen et Coffe raisonnèrent longtemps sur
ces chiffres, qu'on retourna de toutes les façons. On arrivait
toujours pour M. Mairobert à 450 au moins, une seule voix
de plus donnant la majorité dans un collège de 900.

« Mais Mgr l'évêque doit avoir un grand vicaire favori. Si
l'on donnait 10 000 francs à ce [jésuite] ?...

— Il a de l'aisance et veut devenir évêque. D'ailleurs, il ne
serait peut-être pas impossible qu'il fût honnête homme. Ça
s'est vu. »

CHAPITRE LII

« Ma foi, il fait soleil, dit Leuwen à Coffe aussitôt que le général Fari fut sorti ; il n'est qu'une heure et demie après midi, j'ai envie de faire une dépêche télégraphique au ministre. Il vaut mieux qu'il sache la vérité.

— Vous servez lui, et vous desservez vous. Ce n'est pas un moyen de faire votre cour. Cette vérité est amère. Et que pensera-t-on de vous à la cour, si après tout M. Mairobert n'est pas nommé ?

— Ma foi, c'est assez d'être un coquin au fond, je ne veux pas l'être dans la forme. J'en agis avec M. de Vaize comme je voudrais qu'on en agît avec moi. »

Il écrivit la dépêche. Coffe l'approuva en lui faisant ôter trois mots qu'il remplaça par un seul.

Leuwen sortit seul pour aller à la préfecture, et monta au bureau du télégraphe. Il fit lire par M. Lamorte, le directeur du télégraphe, l'article qui le concernait, et le pria de transmettre sa dépêche sans délai. Le directeur parut embarrassé, fit des phrases.

Leuwen, qui regardait sa montre à chaque instant, craignait les brumes dans une journée d'hiver ; il finit par parler clairement et fortement. Le commis lui insinua qu'il ferait bien de voir le préfet.

Le préfet parut fort contrarié, relut plusieurs fois les pouvoirs de Leuwen, et au total imita son commis. Leuwen, impatienté d'avoir perdu trois quarts d'heure, dit enfin :

« Daignez, monsieur, m'accorder un mot de réponse claire.

— Monsieur, je tâche d'être toujours clair, répondit le préfet, fort piqué.

— Vous convient-il, monsieur, de faire passer ma dépêche ?

— Il me semble, monsieur, que je pourrais voir cette dépêche...

— Vous vous écartez, monsieur, de la clarté qu'après trois quarts d'heure perdus vous m'aviez fait espérer.

— Il me semble, monsieur, que cette qualification pourrait se rapprocher peut-être un peu plus du ton... »

Le préfet pâlit.

« Monsieur, je n'admets plus de périphrases. La journée s'avance, de votre part différer la réponse c'est me la donner négative, tout en n'osant pas me dire non.

— En n'osant pas, monsieur !...

— Voulez-vous, monsieur, ou ne voulez-vous pas faire passer ma dépêche ?

— Eh bien, monsieur, jusqu'à ce moment c'est moi qui suis préfet du Calvados, et je vous réponds : *Non*. »

Ce *non* fut dit avec la rage d'un pédant outragé.

« Monsieur, je vais avoir l'honneur de vous faire ma question par écrit. J'espère que vous *oserez* me répondre par écrit aussi, et je vais envoyer un courrier au ministre.

— Un courrier ! un courrier ! Vous n'aurez ni chevaux, ni courrier, ni passeport. Savez-vous, monsieur, qu'au pont de *** il y a ordre de ne laisser rien passer sans passeport signé de moi, et encore avec un signe particulier ?

— Eh bien ! monsieur le préfet, dit Leuwen en mettant un intervalle fort marqué entre chacun de ses mots, il n'y a plus de gouvernement possible du moment que vous n'obéissez pas au ministre de l'Intérieur. J'ai des ordres pour le général, et je vais lui demander de vous faire arrêter.

— Me faire arrêter, morbleu ! »

Et le petit préfet s'élança sur Leuwen, qui prit une chaise et l'arrêta à trois pas de distance.

« Monsieur le préfet, avec ces façons-là vous serez battu et puis arrêté. Je ne sais pas si vous serez content.

— Monsieur, vous êtes un insolent, et vous me rendrez raison.

— Vous auriez bon besoin, monsieur, que je vous rendisse la raison. Pour le moment, je me bornerai à vous dire que mon mépris pour vous est complet ; mais je ne vous accorderai l'honneur de tirer l'épée avec moi que le lendemain de l'élection de M. Mairobert. Je vais, monsieur, avoir l'honneur de vous écrire ; en même temps j'irai faire part de mes instructions au général. »

Ce mot parut mettre le préfet tout à fait hors de lui.

« Si le général obéit, comme je n'en doute pas, aux ordres du ministre de la Guerre, vous serez arrêté, et moi mis par force en possession du télégraphe. Si le général ne pense pas devoir me prêter main-forte, je vous laisse, monsieur, tout l'honneur de faire élire M. Mairobert, et je pars pour Paris. Je passerai au pont de ***, et d'ailleurs serai toujours prêt, à Paris comme ici, à vous renouveler l'hommage de mon mépris pour vos talents comme pour votre caractère. Adieu, monsieur. »

Comme Leuwen s'en allait, on frappa violemment à la porte qu'il allait ouvrir et dont M. de Séranville avait poussé le verrou aux premières paroles un peu trop acerbes de leur conversation. Leuwen ouvrit la porte.

« Dépêche télégraphique, dit M. Lamorte, le même directeur du télégraphe qui venait de faire perdre une demi-heure à Leuwen.

— Donnez », dit le préfet avec la hauteur la plus dépourvue de politesse.

Le malheureux directeur restait pétrifié. Il connaissait le préfet pour un homme violent et n'oubliant jamais de se venger.

« Donnez donc, morbleu ! dit le préfet.

— La dépêche est pour M. Leuwen, dit le directeur du télégraphe d'une voix éteinte.

— Eh bien ! monsieur, vous êtes préfet, dit M. de Séranville avec un rire amer et en montrant les dents. Je vous cède la place. »

Et il sortit en poussant la porte de façon à ébranler tout le cabinet.

« Il a la mine d'une bête féroce », pensa Leuwen.

« Voulez-vous, monsieur, me communiquer cette terrible dépêche ?

— La voici, monsieur. Mais M. le préfet me dénoncera. Veuillez me soutenir. »

Leuwen lut :

« M. Leuwen aura la direction supérieure des élections. Supprimer le pamphlet absolument. M. Leuwen répondra au moment même. »

« Voici ma réponse », dit Leuwen :

« Tout va au plus mal. M. Mairobert a dix voix de majorité au moins. Je me querelle avec le préfet. »

« Expédiez ceci, dit Leuwen au directeur après avoir écrit ces trois lignes, qu'il lui remit. Je vous le dis à regret, monsieur, mais les circonstances sont graves. Je ne voudrais pas blesser votre délicatesse, mais, dans votre intérêt, je vous avertis que si cette dépêche ne parvient pas ce soir à Paris, ou si âme qui vive en a connaissance ici, je demande votre changement par le télégraphe de demain.

— Ah ! monsieur, mon zèle et ma discrétion...

— Je vous jugerai demain. Allez, monsieur, et ne perdez pas de temps. »

Le directeur du télégraphe sortit. Leuwen regarda autour de lui, et après une seconde partit d'un éclat de rire. Il se trouvait seul vis-à-vis de la table du préfet, il y avait là son mouchoir, sa tabatière ouverte, tous ses papiers étalés.

« Je suis exactement comme un voleur... Sans vanité, j'ai plus de sang-froid que ce petit pédant. »

Il alla ouvrir la porte, appela un huissier qu'il fit rester à la porte toujours ouverte, et se mit à écrire sur la table du préfet, mais du côté opposé à la cheminée pour s'ôter autant que possible l'apparence de lire les papiers étalés. Il écrivit à M. de Séranville :

« Si vous m'en croyez, monsieur, jusqu'au lendemain des élections nous regarderons ce qui a lieu depuis une heure comme non avenu. Pour ma part, je ne ferai confidence de cette scène désagréable à personne de la ville.

« Je suis, etc.

« LEUWEN. »

Leuwen prit une feuille de grand papier officiel et écrivit :

« MONSIEUR LE PRÉFET,

« Dans deux heures, à sept heures du soir, j'envoie un courrier à Son Excellence M. le ministre de l'Intérieur. J'ai l'honneur de vous demander un passeport, que je vous supplie de me faire parvenir avant six heures et demie. Il serait convenable d'y apposer les signes nécessaires pour que le courrier ne soit pas retardé au pont de ***. Mon courrier, en sortant de chez moi avec mes lettres, passera à la préfecture pour prendre les vôtres et galopera vers Paris.

« Je suis, etc.

« LEUWEN. »

Leuwen fit approcher l'huissier qui, debout près de la porte, était pâle comme un mort. Il cacheta les deux lettres.

« Remettez ces deux lettres à M. le préfet.

458

— Est-ce que M. de Séranville est encore préfet ? dit l'huissier.

— Remettez ces lettres à M. le préfet. » Et Leuwen quitta la préfecture avec beaucoup de froideur et de dignité.

« Ma foi, vous avez agi comme un enfant, dit Coffe quand Leuwen lui raconta la menace d'arrêter le préfet.

— Je ne pense pas. D'abord, je n'étais pas précisément en colère, j'ai eu le temps de réfléchir un peu à ce que j'allais faire. S'il y a un moyen au monde d'empêcher l'élection de M. Mairobert, c'est le départ de M. de Séranville et son remplacement provisoire par un conseiller de préfecture. Le ministre m'a dit qu'il donnerait 500 000 francs pour n'avoir pas M. Mairobert vis-à-vis de lui à la Chambre. Pesez ce mot, l'argent résume tout maintenant. »

Le général arriva.

« Je viens vous communiquer mes rapports.

— Général, voulez-vous partager mon dîner d'auberge ? Je vais envoyer un courrier, je désire vous prier de corriger ce que je dirai sur l'état des esprits. Il vaut mieux, ce me semble, que le ministre sache la vérité. »

Le général regarda Leuwen d'un air assez étonné et qui semblait dire :

« Vous êtes bien jeune, ou vous vous jouez bien légèrement de votre avenir. »

Il dit enfin froidement :

« Vous verrez, monsieur, qu'à Paris ils ne voudront pas voir la vérité.

— Voici, dit Leuwen, une dépêche télégraphique que je viens de recevoir. J'ai dit dans la réponse : « M. Mairobert a « une majorité de dix voix au moins, tout va au plus mal. »

On servit le dîner. M. Coffe dit qu'avec ses dépêches dans la tête il lui était impossible de manger, et qu'il aimait mieux aller écrire les lettres et dîner ensuite.

« Nous avons encore le temps, avant votre courrier, dit le général, d'entendre deux commissaires de police et l'officier qui me seconde pour tout ce qui regarde les élections. Je puis me tromper, je ne voudrais pas que vous ne vissiez les choses qu'absolument par mes yeux. »

A ce moment, on annonça M. le président Donis d'Angel.

« Quel homme est-ce ?

— C'est un bavard insupportable, expliquant longuement ce dont on n'a que faire, et sautant à pieds joints les choses difficiles. D'ailleurs, nageant entre deux eaux. Beaucoup de relations avec les prêtres qui, dans ce département, sont fort hostiles. Il vous fera perdre un temps précieux. Or, il faut vingt-sept heures à votre courrier pour aller d'ici à Paris, et il me semble que vous ne sauriez l'expédier trop tôt, si toutefois vous voulez en expédier un, ce que je serais loin de conseiller. Mais ce que je vous conseille fort résolument, c'est de renvoyer M. le président Donis d'Angel à ce soir dix heures ou à demain matin. »

Ainsi fut fait. Malgré la sincérité et la probité des deux interlocuteurs, le dîner fut triste, sérieux et court. Au dessert parurent deux commissaires de police et ensuite un petit capitaine nommé Ménière, aussi madré qu'eux au moins, et qui prétendait bien gagner la croix par cette élection.

« Ce sont là nos actions d'éclat », dit-il à Leuwen.

Enfin à sept heures et demie, le courrier galopa, portant à M. le comte de Vaize le bordereau de l'élection et trente pages de détails explicatifs. Dans une lettre à part, Leuwen donnait au ministre le narré exact de sa dispute avec le préfet. Leuwen rapportait le dialogue avec la dernière exactitude et comme s'il eût été écrit par un sténographe.

A neuf heures, le général revint chez Leuwen, lui apportant de nouveaux rapports reçus du canton de Risset. Il l'avertit ensuite que dès six heures le préfet avait fait partir un courrier pour Paris, lequel avait par conséquent une avance d'une heure et demie sur celui de Leuwen. Le général fit entendre que probablement le dernier courrier ne désirait pas bien vivement atteindre son camarade.

« Vous conviendrait-il, général, de m'accompagner demain matin chez les cinquante citoyens les plus recommandables de la ville ? Cette démarche peut être tournée en ridicule, mais si elle nous fait gagner seulement deux voix, c'est un succès.

— C'est avec beaucoup de plaisir que je vous accompagnerai partout, monsieur ; mais le préfet... »

Après avoir longuement discuté sur les moyens de ménager la vanité maladive de ce fonctionnaire éminent, il fut convenu que le général et Leuwen lui écriraient chacun de leur côté. Le général Fari avait un zèle franc et actif. On écrivit sur-le-champ, et le valet de chambre du général porta les deux lettres à la préfecture. Le préfet fit entrer le valet de chambre et le questionna beaucoup ; cette union de Leuwen et du général le mettait au désespoir. Il répondit par écrit aux deux lettres qu'il était indisposé et au lit.

Les visites du lendemain convenues, on arrêta la liste des

visités. Le petit capitaine Ménière fut appelé de nouveau et passa dans une chambre voisine pour dicter à Coffe un mot sur chacun de ces messieurs à visiter le lendemain. Le général et Leuwen se promenaient en silence, cherchant quelque moyen de sortir d'embarras.

« Le ministre ne peut plus nous être d'aucun secours : il est trop tard. »

Et le silence continuait.

« Sans doute, mon général, à l'armée vous avez souvent hasardé de faire charger un régiment quand la bataille était perdue aux trois quarts. Nous sommes dans le même cas, que pouvons-nous perdre ? D'après ces derniers rapports du canton de Risset, il n'y a plus d'espoir. Plus de vingt de nos amis voteront pour M. Mairobert uniquement pour se débarrasser du préfet de Séranville. Dans cet état désespéré, n'y aurait-il pas moyen de faire une démarche auprès du chef du parti légitimiste, M. Le Canu ? »

Le général s'arrêta tout court au milieu du salon. Leuwen continua :

« Je lui dirais : « Je ferai nommer celui de vos électeurs « que vous me désignerez ; je lui donne les trois cent qua- « rante voix du gouvernement. Pouvez-vous ou voulez-vous « envoyer des courriers à cent gentilshommes campa- « gnards ? Avec ces cent voix et les nôtres nous excluons « M. Mairobert. » Que nous fait, général, un légitimiste de plus dans la Chambre ? D'abord, il y a cent à parier contre un que ce sera un imbécile muet ou un ennuyeux que personne n'écoutera. Eût-il le talent de M. Berryer, ce parti n'est pas dangereux, il ne représente que lui-même, cent ou cent cinquante mille Français riches tout au plus. Si j'ai bien compris le ministre, mieux vaut dix légitimistes qu'un seul Mairobert, qui serait le représentant de tous les petits propriétaires des quatre départements de la Normandie. »

Le général se promena longtemps sans rien répondre.

« C'est une idée, dit-il enfin, mais elle est bien dangereuse pour vous. Le ministre, qui est à quatre-vingts lieues du champ de bataille, vous blâmera. Quand il ne réussit pas, un ministre est trop heureux de trouver quelqu'un à blâmer et une démarche décisive à laquelle il puisse s'en prendre. Je ne vous demande pas, monsieur, quels sont vos rapports avec M. le comte de Vaize..., mais enfin, monsieur, j'ai soixante et un ans, je pourrais être votre père... Permettez-moi d'aller jusqu'au bout de ma pensée... Fussiez-vous le fils du ministre, ce parti extrême que vous proposez serait dangereux pour vous. Quant à moi, monsieur, ceci n'est pas une action de guerre et mon rôle est de rester en seconde, et même en troisième ligne.

« Je ne suis pas fils du ministre, ajouta le général en souriant, et vous m'obligerez en évitant de dire que vous m'avez parlé de ce projet d'union avec les légitimistes. Si cette élection tourne mal, il y aura quelqu'un de sévèrement blâmé, et j'aimerais autant rester dans la demi-teinte. »

<Leuwen pensa : « Le ministre, avant de me faire des instructions, lui qui a été préfet de deux ou trois départements, qui a fait des élections, qui enfin sait à la fois ce qui se passe en province et ce que l'on veut au Château, au lieu de cela il m'a dit : Faites vos instructions, moi qui débute dans la carrière. Serait-ce peur de se compromettre ? voudrait-il me compromettre ? »>

« Je vous donne ma parole que personne ne saura jamais que je vous ai parlé de cette idée, et j'aurai l'honneur de vous remettre avant votre sortie d'ici une lettre qui le prouve. Quant à l'intérêt que vous daignez prendre à ma jeunesse, mes remerciements sont sincères comme votre bienveillance, mais je vous avouerai que je ne cherche que le succès de l'élection. Toutes les considérations personnelles sont secondaires pour moi. Je désirerais ne pas employer le moyen acerbe des destitutions, je ne veux pas employer de moyens infâmes, du reste je sacrifie tout pour arriver au succès. Malheureusement, il n'y a pas dix heures que je suis à Caen, je n'y connais personne absolument, et le préfet me traite en rival et non en aide. Si M. de Vaize veut être juste, il considérera tout cela. Mais je ne me pardonnerais pas de me faire de mes craintes sur sa manière de voir un prétexte pour ne pas agir. Ce serait à mes yeux la pire des platitudes.

« Cela posé, et vous, mon général, restant entièrement étranger à la singulière mesure que je propose dans ce cas désespéré, ce qui sera prouvé par la lettre que je vais avoir l'honneur de vous adresser, voulez-vous me donner des avis, vous qui connaissez le pays, ou me forcerez-vous à me livrer uniquement à ces deux commissaires de police, sans doute disposés à me vendre au parti légitimiste tout comme au parti républicain ?

— Le plan de campagne arrêté sans ma participation, vous me dites : « Général, je veux me réunir au parti légiti-« miste, mon mandataire préfère avoir à la Chambre un « légitimiste fanatique ou adroit, et ne pas avoir M. Mairo-
«
«

bert. » Je ne vous dis ni oui ni non, attendu que ce n'est pas là une action de guerre ou de rébellion. Je ne vous fais pas observer l'effet terrible de cette mesure dans le pays limitrophe de la Vendée, et où le moindre noblilion ne veut pas admettre dans son salon le premier fonctionnaire du département. Ceci bien entendu et convenu, vous me dites : « Monsieur, je suis neuf dans le pays, pilotez-moi. » Est-ce là ce que vous aurez la bonté de m'écrire ?

— Parfaitement, c'est bien ainsi que je l'entends.

— Je vous réponds, monsieur le maître des requêtes : « Je ne puis pas avoir d'opinion sur la mesure que vous prenez, mais si pour son exécution, dont à vous seul appartient la responsabilité, vous me faites des questions, je suis prêt à répondre. »

— Mon général, je vais écrire le dialogue que nous venons d'avoir ensemble, je le signerai et vous le remettrai.

— Nous en ferons deux copies, comme pour une capitulation.

— Convenu. Quels sont donc les moyens d'exécution ? Comment puis-je parvenir à M. Le Canu sans l'effrayer ? »

Le général Fari réfléchit quelques minutes.

« Vous ferez appeler le président Donis d'Angel, ce bavard impitoyable, lequel ferait pendre son père pour avoir la croix. Il va venir ici, vous n'aurez pas à le faire appeler. Je vous conseillerais de lui faire lire vos instructions, de lui faire remarquer que le ministre a une telle confiance en vous qu'il vous a chargé de faire vous-même vos instructions, etc., etc. Une fois que Donis d'Angel, qui n'est pas mal méfiant, vous croira bien avec le ministre, il n'aura rien à vous refuser. Il l'a bien montré dans le dernier procès pour le délit de presse, où il a fait preuve d'une si insigne mauvaise foi qu'il s'est fait huer des petits garçons de la ville.

« Au reste, vous avez à lui demander peu de chose : c'est uniquement de vous mettre en rapport avec M. l'abbé Donis-Disjonval, son oncle, vieillard calme, discret, et point trop imbécile pour son âge. Si le président parle comme il faut à son oncle Disjonval, celui-ci vous fera obtenir une audience de M. Le Canu. Mais où et comment ? [C'est] en vérité ce que je ne puis deviner. Prenez garde au piège. Le Canu voudra-t-il vous voir ? C'est ce que je ne puis non plus vous dire.

— Le parti légitimiste n'a-t-il pas un sous-chef ?

— Sans doute, le marquis de Bron, mais qui se garderait

bien de faire la moindre chose d'importance sans l'attache de M. Le Canu. Vous trouverez en celui-ci un petit blond, sans barbe, de soixante-six à soixante-sept ans et qui, à tort ou à raison, passe pour l'homme le plus fin de toute la Normandie. En 1792, il fut patriote furibond. Ainsi, c'est un renégat, ce qui fait la pire espèce de coquin. Ces messieurs croient n'en jamais faire assez. Il a le ton très doux, enfin c'est Machiavel en personne. Un jour, ne m'a-t-il pas fait proposer d'être mon confesseur ? Il prétendait que par la reine il me ferait nommer grand officier de la Légion d'honneur.

— Je me confesserai à lui en effet. Je serai d'une entière franchise. »

Après avoir parlé longtemps de MM. Donis-Disjonval et Le Canu :

« Et le préfet ? dit le général Fari. Comment vous arrangerez-vous avec lui ? Comment pourrez-vous donner les 320 voix du gouvernement à M. Le Canu ?

— Je demanderai un ordre par le télégraphe, je persuaderai le préfet. Si je n'ai ni l'un ni l'autre, je partirai, et de Paris j'enverrai quelque argent à ces deux intermédiaires, Disjonval et Le Canu, pour des messes.

— Cela est scabreux, dit le général.

— Mais notre défaite est sûre. »

Leuwen se faisait répéter pour la seconde fois tout ce qu'il devait savoir. En dix heures de temps, il avait vu passer devant lui deux ou trois cents noms propres. Il avait insulté, assuré de son mépris un homme qu'il n'avait jamais vu, il faisait maintenant son confident intime d'un autre homme qu'il n'avait jamais vu, il allait probablement traiter d'affaires le lendemain matin avec l'homme le plus fin de la Normandie.

Coffe lui disait toujours : « Vous confondrez les noms et les qualités. »

Le président Donis se fit annoncer ; c'était un homme maigre qui avait une tête à traits carrés, de beaux yeux noirs, des cheveux blancs assez rares, des favoris très blancs, et d'énormes boucles d'or à ses souliers. Il n'eût pas été mal, mais il souriait constamment et avec un air qui jouait la franchise. C'est la plus impatientante des espèces de faussetés. Mais Leuwen se contint.

« Ce n'est pas pour rien que je suis en Normandie, pensa-t-il. Il y a à parier que le père de cet homme était un simple paysan. »

« Monsieur le président, dit Leuwen, je désire d'abord vous donner une connaissance complète de mes instructions. »

Leuwen parla de sa façon d'être avec le ministre, des millions de son père, et ensuite, d'après le conseil du général, il permit au président de parler seul trois grands quarts d'heure.

« Aussi bien, pensa Leuwen, je n'ai plus rien à faire ce soir. »

Quand le président fut tout à fait las et eut insinué de cinq ou six façons différentes ses droits évidents à la croix, que c'était le gouvernement qui se faisait tort à soi-même, et non à lui, président, en ne lui accordant pas une distinction que de jeunes substituts de trois ans de toge avaient obtenue, etc., etc., etc., Leuwen parla à son tour.

« Le ministère sait tout, vos droits sont connus. J'ai besoin que vous me présentiez demain, à sept heures, à M. votre oncle, l'abbé Donis-Disjonval. Je désire que M. Donis-Disjonval me procure une entrevue avec M. Le Canu. »

A cette étrange communication, le président pâlit beaucoup.

« Ses joues sont presque de la couleur de ses favoris », pensa Leuwen.

« Du reste, continua-t-il, j'ai ordre d'indemniser largement les amis du gouvernement des frais que je puis leur occasionner. Mais le temps presse. Je donnerais cent louis pour voir M. Le Canu une heure plus tôt. »

« En prodiguant l'argent, pensa Leuwen, je vais donner une haute idée à cet homme du degré de confiance que Son Excellence le ministre daigne m'accorder. »

Nous sautons vingt feuillets du récit original, nous épargnons au lecteur les mièvreries d'un juge de province qui veut avoir la croix. Nous craindrions la reproduction de la sensation que les protestations de zèle et de dévouement du président produisirent chez Leuwen : le dégoût moral alla presque jusqu'au mal de cœur physique.

« Malheureuse France ! pensait-il. Je ne pensais pas que les juges en fussent là. Cet homme ne se fait pas la moindre violence. Quel aplomb de coquinerie ! Cet homme-là ferait tout au monde. »

Une idée illumina tout à coup Leuwen ; il dit au président :

« Dernièrement, votre cour a fait gagner tous leurs procès aux anarchistes, aux républicains...

— Hélas ! je le sais bien, dit le président en l'interrompant, les larmes presque aux yeux et du ton le plus piteux. Son Excellence le ministre de la justice m'a écrit pour me le reprocher. »

Leuwen tressaillit.

« Grand Dieu ! se dit-il en soupirant profondément et de l'air d'un homme qui tombe dans le désespoir, il faut donner ma démission de tout et aller voyager en Amérique. Ah ! ce voyage-ci fera époque dans ma vie. Ceci est bien autrement décisif que les cris de mépris et l'avanie de Blois. »

Leuwen était tellement plongé dans ses pensées qu'il s'aperçut tout à coup que depuis cinq minutes le président Donis parlait sans que lui, Leuwen, écoutât le moins du monde ce qu'il disait. Ses oreilles se réveillèrent au bruit des paroles du digne magistrat, et d'abord elles ne comprenaient pas.

Le président racontait avec des détails interminables, et dont aucun n'avait l'air sincère, tous les moyens pris par lui pour faire perdre leurs procès aux anarchistes. Il se plaignait de sa cour. Les jurés, suivant lui, étaient détestables, le jury était une institution anglaise dont il était important de se délivrer au plus vite.

« Ceci est jalousie de métier », pensa Leuwen.

« J'ai la faction des timides, monsieur le maître des requêtes, j'ai la faction des timides, disait le président ; elle perdra le gouvernement et la France. Le conseiller Ducros, auquel je reprochais son vote en faveur d'un cousin de M. Lefèbre, le journaliste libéral et anarchiste de Honfleur, n'a-t-il pas eu le front de me répondre : « Monsieur le « président, j'ai été nommé substitut par le Directoire « auquel j'ai prêté serment, juge de première instance par « Bonaparte auquel j'ai prêté serment, président de ce tri- « bunal par Louis XVIII en 1814, confirmé par Napoléon « dans les Cent-Jours, appelé à un siège plus avantageux « par Louis XVIII revenant de Gand, nommé conseiller par « Charles X, et je prétends mourir conseiller. Or, si la répu- « blique vient, cette fois-ci, nous ne resterons pas inamo- « vibles. Et qui se vengeront les premiers, si ce n'est mes- « sieurs les journalistes ? Le plus sûr est d'absoudre. Voyez « ce qui arriva aux pairs qui ont condamné le maréchal « Ney. En un mot, j'ai cinquante-cinq ans, donnez-moi « l'assurance que vous durerez dix ans, et je vote avec « vous. » Quelle horreur, monsieur, quel égoïsme ! Et cet infâme raisonnement, monsieur, je le lis dans tous les yeux. »

Quand Leuwen fut bien remis de son émotion, il dit de l'air le plus froid qu'il put prendre :

« Monsieur, la conduite équivoque de la cour de Caen (j'emploie les termes les plus modérés) sera compensée par celle du président Donis, s'il me procure l'entrevue que je sollicite avec M. Le Canu, et si cette démarche reste *ensevelie dans l'ombre du plus profond mystère.*

— Il est onze heures et un quart, dit le président en regardant sa montre. Il n'est pas impossible que le whist de mon oncle, le respectable abbé Donis-Disjonval, se soit prolongé jusqu'à ce moment. J'ai ma voiture en bas, voulez-vous, monsieur, hasarder une course qui peut être inutile ? Le respectable abbé Disjonval sera frappé de l'heure indue et ne nous en servira que mieux auprès de M. Le Canu. D'ailleurs, les espions du parti anarchiste ne pourront nous voir ; marcher de nuit est toujours le plus sûr. »

Leuwen suivait le président, qui parlait toujours et revenait sur le danger de prodiguer les croix. Selon lui, le gouvernement pouvait tout faire avec des croix.

« Cet homme est commode, après tout », pensa Leuwen qui, tandis que le président parlait, regardait la ville par la portière de la voiture.

« Malgré l'heure indue, dit Leuwen, je remarque beaucoup de mouvement.

— Ce sont ces malheureuses élections. Vous n'avez pas idée, monsieur, du mal qu'elles font. Il faudrait que la Chambre ne fût élue que tous les dix ans, ce serait plus constitutionnel..., etc., etc. »

Le président se jeta tout à coup à la portière en disant tout bas à son cocher : « Arrêtez ! »

« Voilà mon oncle devant nous », dit-il à Leuwen. Et celui-ci aperçut un vieux domestique qui allait au petit pas, portant une chandelle allumée dans une lanterne ronde en fer-blanc garnie de deux vitres d'un pied de diamètre. M. l'abbé Donis le suivait d'un pas assez ferme.

« Il rentre chez lui, dit le président. Il n'aime pas que j'aie une voiture ; laissons-le filer, puis nous descendrons. »

C'est ce qui fut fait, mais il fallut sonner longtemps à la porte de l'allée. Les visiteurs furent reconnus par une petite fenêtre grillée pratiquée à la porte, et enfin admis en présence de l'abbé.

« Le service du roi m'appelle auprès de vous, mon respectable oncle, et le service du roi ne connaît pas d'heure indue. Permettez que je vous présente M. le maître des requêtes Leuwen. »

Les yeux bleus du vieillard peignaient l'étonnement et presque la stupidité. Après cinq ou six minutes, il engagea ces messieurs à s'asseoir. Il ne parut comprendre un peu de quoi il s'agissait qu'après un gros quart d'heure.

« Le président dit toujours : le roi, tout court, se dit Leuwen, et je parierais cent contre un que ce bon vieillard entend le roi Charles X. »

M. l'abbé Donis-Disjonval dit enfin, après s'être fait répéter une seconde fois tout ce que son neveu lui expliquait depuis vingt minutes :

« Demain, je vais dire la messe à Sainte-Gudule. A huit heures et demie, en sortant après mon action de grâces, je passerai par la rue des Carmes et monterai chez le respectable Le Canu. Je ne puis pas vous dire sûrement si ses occupations, si nombreuses et si importantes, ou si ses devoirs de piété lui permettront de me donner audience, comme il faisait il y a vingt ans, avant d'avoir tant d'affaires sur les bras. Nous étions plus jeunes alors, tout allait plus vite, ces élections n'étaient pas connues. La ville, ce soir, a l'air en émeute comme en 1786..., etc., etc. »

Leuwen remarqua que le président n'était point bavard en présence de son oncle ; il maniait avec assez d'adresse l'esprit du vieillard qui, sa petite tête coiffée d'un énorme bonnet, paraissait bien avoir soixante-dix ans.

En sortant de chez M. l'abbé Disjonval, le président Donis dit à Leuwen :

« Demain, aussitôt que j'aurai vu mon oncle, sur les huit heures et demie, j'aurai l'honneur de me rendre chez vous. Mais, monsieur, vous avez l'avantage de n'être pas connu de nos artisans de désordre, ils vous prendront dans la rue pour un jeune électeur, et les jeunes sont presque tous libéraux... Il serait mieux peut-être qu'à neuf heures moins un quart vous eussiez la bonté de venir chez mon cousin Maillet, n° 9, rue des Clercs. »

Le lendemain, à huit heures trois quarts, Leuwen laissait le général dans sa voiture, sur le cours Napoléon et courut chez M. Maillet, n° 9. Le président y arrivait de son côté.

« Bonnes nouvelles ! M. Le Canu accorde l'entrevue à l'instant même, ou bien ce soir à cinq heures.

— J'aime mieux tout de suite.

— M. Le Canu prend son chocolat chez Mme Blachet, rue des Carmes, n° 7. Cette rue est très solitaire. Toutefois, si vous m'en croyez je n'aurai pas l'honneur de vous accompagner. M. Le Canu est un grand partisan du mystère et n'aime pas ce qu'il appelle la publicité inutile.

— Je vais le chercher seul.

— Rue des Carmes, n° 7, au second sur le derrière. Il faudra frapper à la porte deux coups avec le dos du doigt et puis cinq. Deux et cinq, vous comprenez : Henri V est le second de nos rois, Charles est le premier. »

Leuwen était absorbé par le sentiment du devoir, il était comme un général qui commande en chef et qui voit qu'il va perdre la bataille. Tous les détails que nous avons rapportés l'amusaient, mais il cherchait à n'y pas penser, de peur d'être distrait. Il se disait, en cherchant la rue des Carmes :

« Tout ceci est tardif. Nous perdrons la bataille. Fais-je bien tout ce qu'il est possible pour la gagner, si le hasard nous sert en quelque chose ? »

Il y avait sans doute une personne aux écoutes derrière la porte de Mme Blachet, car à peine eut-il frappé les deux puis les cinq coups, qu'il entendit chuchoter à voix basse.

Après un certain temps, on lui ouvrit. Il fut reçu dans une pièce obscure, et triste comme un bureau de prison, dont la boiserie était peinte en blanc et les carreaux de vitre enfumés, par un homme qui avait une figure jaune, des traits effacés et l'air malade. C'était l'abbé Le Canu. L'abbé montra de la main à Lucien une chaise de noyer à grand dossier. Au lieu de glace, il y avait sur la cheminée un grand crucifix noir.

« Que réclamez-vous de mon ministère, monsieur ?

— Louis-Philippe, le roi mon maître, m'envoie à Caen pour empêcher l'élection de M. Mairobert. Elle est probable toutefois, car il y aura probablement 900 votes, et M. Mairobert à 410 voix sûres. Le roi mon maître dispose de 310 voix. S'il vous convient, monsieur, de faire élire un de vos amis, à l'exclusion de M. Mairobert, je vous offre mes 310 voix. Joignez-y 160 voix de vos gentilshommes de campagne, et vous aurez à la Chambre un homme de votre couleur. Je ne vous demande qu'une chose, c'est qu'il soit électeur et du pays.

— Ah ! vous avez peur de M. Berryer !

— Je n'ai peur de personne que du triomphe de l'opposition qui, par exemple, réduira le nombre des sièges épiscopaux à ce qui est fixé par le concordat de 1802. »

« Cet homme a le ton d'un vieux procureur normand. » Cette observation soulagea fort l'attention de Leuwen. D'après les ouvrages de M. de Chateaubriand et la haute idée qu'on a des jésuites, l'imagination encore jeune de

Leuwen s'était figuré un trompeur aussi habile que le cardinal Mazarin, avec les manières nobles de M. de Narbonne qu'il avait entrevu dans sa première jeunesse. La vulgarité du ton et de la voix de M. Le Canu le rendit bien vite à son rôle. « Je suis un jeune homme qui marchande une terre de cent mille francs qu'un vieux procureur ne veut pas me vendre, attendu qu'un voisin lui a promis un pot de vin de cent louis s'il veut la réserver pour lui. »

« Oserai-je, monsieur, vous demander vos lettres de créance ?

— Les voici. » Et Leuwen n'hésita pas à mettre dans la main de M. Le Canu la lettre du ministre de l'Intérieur à M. le préfet. Il y avait bien quelques phrases dont il eût désiré l'absence dans ce moment, mais le temps pressait.

« Si le préfet eût voulu se charger de cette démarche, pensa Leuwen, on aurait pu éviter la communication de la lettre du ministre, mais jamais ce petit préfet ergoteur et musqué, même en le supposant non piqué, n'eût consenti à faire une démarche non inventée par lui. »

L'air de colère vulgaire voulant jouer le dédain méprisant avec lequel M. Le Canu lut la lettre du comte de Vaize au préfet acheva de rendre à Leuwen le sentiment de la vie réelle et de chasser toutes les idées augustes lancées dans la société par les phrases de M. de Chateaubriand. A certaines phrases du ministre, la colère du chef du parti prêtre devint si forte qu'il se mit à sourire.

« Cet homme-ci cherche à me faire impression par un ton d'humeur ; il ne faut pas me fâcher et tout rompre. Voyons si, malgré ma jeunesse, je pourrai me tirer de mon rôle. »

Leuwen sortit une lettre de sa poche et se mit à la lire attentivement. Sa contenance était celle qu'il aurait eue devant un conseil de guerre. L'abbé Le Canu observa du coin de l'œil qu'il n'était pas regardé, et sa lecture de l'instruction ministérielle fut moins majestueuse. Leuwen le vit recommencer la lecture avec l'attention d'un homme d'affaires grognon.

« Vos pouvoirs sont très grands, monsieur, ils sont faits pour donner une haute idée des missions dont, si jeune encore, vous avez été chargé. Oserai-je vous demander si vous étiez déjà au service sous nos rois légitimes, avant la fatale...

— Permettez-moi, monsieur, de vous interrompre. Je serais désolé d'être obligé de donner des épithètes peu agréables aux partisans de vos opinions. Quant à moi, monsieur, mon métier est de respecter toute opinion professée par un galant homme, et c'est à ce titre que je me sens très disposé à honorer les vôtres. Permettez-moi, monsieur, de vous faire observer que je ne ferai aucune tentative, directement ni indirectement, pour essayer de changer ou d'altérer en rien vos manières de voir sur ces sujets. Une telle tentative ne conviendrait point à ma mission, elle conviendrait encore moins à mon âge, monsieur, et à mon respect personnel pour vous. Mais mon devoir est de vous supplier d'oublier mon âge et toute la respectueuse attention qu'en toute autre circonstance je serais prêt à donner à vos sages avis. Je viens tout simplement, monsieur l'abbé, vous proposer [ce] que je crois avantageux à mon maître et au vôtre : vous avez peu de députés dans la Chambre, un organe de plus ne me semble pas à dédaigner pour votre opinion. Quant à la nôtre, nous craignons que M. Mairobert ne propose des mesures extrêmes, et entre autres celle de laisser aux fidèles le soin de payer le médecin de l'âme comme ils paient le médecin du corps. Nous nous tenons assurés dans cette session de faire repousser cette mesure, mais si elle réunissait une minorité imposante, il faudrait peut-être, par compensation, admettre la réduction des sièges épiscopaux, ou du moins la faire par un traité, afin d'éviter que la Chambre ne la fît par une loi. »

Les raisonnements furent infinis, ainsi que Leuwen s'y attendait bien.

« Mon âge me nuit, pensait-il. Je suis comme un général de cavalerie qui, dans une bataille perdue, oubliant son intérêt propre, essaie de faire mettre pied à terre à sa cavalerie et de la faire battre comme de l'infanterie. S'il ne réussit pas, tous les sots, et surtout les généraux de cavalerie, se moquent de lui, mais, s'il a du cœur, la conscience d'avoir entrepris, pour ramener la victoire, une chose crue impossible, le console de tout. »

Sept fois de suite (Leuwen les compta) M. l'abbé Le Canu chercha à ne pas répondre et à donner le change à son jeune antagoniste.

« Apparemment, il veut me mettre à l'épreuve avant de me répondre. »

Sept fois de suite, Leuwen sut le rappeler à la question, mais toujours en termes extrêmement polis, et qui même impliquaient le respect de lui, Leuwen, pour l'âge de M. l'abbé Le Canu, qu'il semblait séparer entièrement des doctrines, des croyances et des prétentions de son parti. Une fois, Leuwen laissa prendre un petit avantage sur lui, mais il sut réparer cette faute sans se fâcher.

« Il faut que je sois attentif, ici, comme dans un duel à l'épée. »

Enfin, après cinquante minutes de discussion, l'abbé Le Canu prit un air extrêmement hautain et impertinent.

« Mon homme va conclure », pensa Leuwen. En effet, l'abbé dit :

« Il est trop tard. »

Mais, au lieu de rompre la conférence il chercha à convertir Leuwen. Notre héros se sentit fort à son aise.

« Maintenant, je suis sur la défensive. Tâchons d'amener l'idée d'argent et de séduction personnelle. »

Leuwen ne se défendit pas avec trop d'obstination. Il lui arriva de parler des millions de son père ; il remarqua que ce fut la seule et unique chose qui fit impression sur l'abbé Le Canu.

« Vous êtes jeune, mon fils ; permettez-moi ce nom, qui emporte l'expression de tant d'estime. Songez à votre avenir. Je croirais bien que vous n'avez pas vingt-cinq ans encore.

— J'en ai vingt-six sonnés.

— Eh bien ! mon fils, sans vouloir médire le moins du monde de la bannière sous laquelle vous combattez et en me réduisant à ce qui est absolument nécessaire pour l'expression de ma pensée, d'ailleurs toute de bienveillance pour vos intérêts dans ce monde et dans l'autre, croyez-vous que cette bannière flottera encore la même dans quatorze ans d'ici, quand vous serez parvenu à quarante ans, à cet âge de maturité qu'un homme sage doit toujours avoir devant les yeux comme le point décisif de la carrière d'un homme, et avant lequel il est bien rare d'entrer dans les grandes affaires de la société ?

« Jusqu'à cet âge, le vulgaire des hommes cherche de l'argent. Vous êtes au-dessus de ces considérations. Remarquez que je ne vous entretiens jamais des intérêts de votre âme, tellement supérieurs aux intérêts mondains. Si vous daignez venir revoir un pauvre vieillard, ma porte sera toujours ouverte pour vous. Je quitterai tout pour ramener au bercail un homme de votre importance dans le monde et qui, si jeune, développe une telle maturité de talent ; car moins je partage vos illusions sur le compte d'un roi élevé par la révolution, plus j'ai été bien placé pour juger du talent que vous avez employé pour amener une coopération, bien singulière, à la vérité : David serait uni avec l'Amalécite. Je vous supplie de fixer quelquefois cette question devant vos yeux : « Qui possédera en France l'influence « dominante quand j'aurai quarante ans ? » La religion ne défend point une juste ambition. »

Le dialogue se termina en forme de sermon, mais l'abbé Le Canu engagea presque Leuwen à revenir le voir.

Leuwen n'était point découragé.

CHAPITRE LIII

[Lucien] alla rendre compte de tout au général Fari, qui était cloué à son hôtel par les rapports qu'il recevait de toutes parts. Leuwen avait l'idée d'expédier une dépêche télégraphique. Le général et ensuite Coffe l'approuvèrent fort.

« Vous essayez une saignée sur un homme qui va mourir dans deux heures. Sur quoi les sots pourront dire que la saignée l'a tué. »

Leuwen monta au bureau du télégraphe et le fit parler ainsi :

« La nomination de M. Mairobert est regardée comme certaine. Voulez-vous dépenser 100 000 francs et avoir un légitimiste au lieu de Mairobert ? En ce cas, adressez une dépêche au receveur général pour qu'il remette au général et à moi 100 000 francs. Les élections commencent dans dix-neuf heures. »

En sortant du bureau du télégraphe, Leuwen eut l'idée de retourner chez M. l'abbé Disjonval. Le difficile était de retrouver la rue. Il se perdit en effet dans les rues de Caen et finit par entrer dans une église. Il trouva une sorte de bedeau mal vêtu, auquel il donna cinq francs en lui adressant la prière de le conduire chez l'abbé Disjonval. Cet homme sortit, lui fit prendre deux ou trois *allées* qui traversaient différents massifs de maisons, et en quatre minutes Leuwen se retrouva en face de cet abbé, dont les traits étaient si dénués d'expression la veille.

L'abbé Disjonval venait de faire un second déjeuner, une bouteille de vin blanc était encore sur sa table. C'était un tout autre homme.

Après moins de dix minutes de phrases préparatoires, Leuwen put, sans trop d'indécence, lui faire entendre qu'il donnerait cent mille francs pour que M. Mairobert ne fût pas élu. Cette idée n'était point repoussée avec trop d'énergie, après quelques minutes l'abbé lui dit en riant :

« Avez-vous les 100 000 francs sur vous ?

— Non, mais une dépêche télégraphique, qui peut arriver ce soir, qui certainement arrivera demain avant midi, m'ouvrira un crédit de 100 000 francs chez le receveur général, qui me paiera en billets de banque.

— On les reçoit avec méfiance ici. »

Ce mot illumina Leuwen.

« Grand Dieu ! Pourrais-je réussir ? » pensa-t-il.

« Aura-t-on la même méfiance pour des lettres de change acceptées par les premiers négociants de la ville, ou enfin pour de l'or et des écus que je prendrai, à mon choix, chez M. le receveur général ? »

Leuwen prolongea à dessein cette énumération, pendant laquelle il voyait changer à vue d'œil la figure de l'abbé Disjonval. Enfin, malgré le récent déjeuner, cette figure devint pâle.

« Ah ! si j'avais quarante-huit heures, pensa Leuwen, l'élection serait à moi. »

Leuwen profita largement de tous ses avantages et ce fut, à son inexprimable plaisir, M. l'abbé Disjonval lui-même qui, en termes un peu entortillés il est vrai, exprima l'idée autour de laquelle Leuwen tournait depuis trois quarts d'heure : « En l'absence du crédit de 100 000 francs que le télégraphe doit apporter, votre négociation ne peut faire un pas de plus. »

« J'espère que ces messieurs, dit l'abbé Disjonval, auront réfléchi sur l'avantage d'avoir un organe de plus dans la Chambre. Surtout si le gouvernement a la faiblesse de laisser reparaître la fatale discussion sur la réduction des sièges épiscopaux... A demain, à sept heures du matin, et, en définitive, si rien n'est survenu, à deux heures. L'élection du président du collège électoral commence à neuf heures, le scrutin sera fermé à trois.

— Il serait bien essentiel que vos amis n'allassent voter qu'après [que] j'aurai eu l'honneur de vous voir à deux heures.

— Ce n'est pas peu de chose que vous me demandez là. Il faudrait pouvoir les parquer dans une salle et les enfermer à clef. »

Coffe attendait Leuwen dans la rue. Ils coururent faire une lettre au ministre, dans laquelle Leuwen disait :

« Je sens combien je m'expose en me mêlant aussi activement d'une affaire désespérée. Si le ministre voulait me donner tous les torts, rien ne serait plus facile ; mais enfin je n'ai pas voulu laisser perdre une bataille à ma barbe sans faire donner nos troupes. Mes moyens sont ridicules pour le peu d'importance que leur donne l'étranglement du temps. A huit heures trois quarts, j'ai été chez le cousin de M. le président Donis, à neuf heures chez M. l'abbé Le Canu. Je n'en suis sorti qu'à onze heures. A onze heures un quart, je suis allé chez M. l'abbé Donis-Disjonval, à midi chez le général Fari. A midi et demi, je vous ai adressé ma dépêche télégraphique n° 2. A une heure et demi, je vous écris. A deux heures, je passerai chez Mgr l'évêque pour mettre de l'huile dans les roues. Je n'ai plus le temps de recevoir de réponse à cette lettre. Quand Votre Excellence la verra, tout sera terminé, et, il y a dix à parier contre un, M. Mairobert sera élu. Mais jusqu'au dernier moment j'offrirai mes cent mille francs, si vous jugez que l'absence de M. Mairobert vaille cette somme.

« Je regarderai comme un très grand bonheur que votre dépêche télégraphique en réponse à ma n° 2 arrive demain 17 avant deux heures. L'élection du président du collège aura commencé à neuf heures. M. l'abbé Disjonval m'a l'air disposé à retarder jusqu'à ce moment le vote de ses amis. Le scrutin ne sera fermé, j'espère, qu'à quatre heures. »

Leuwen vola chez Mgr l'évêque ; il fut reçu avec une hauteur, un dédain, une insolence même qui l'amusèrent. Il se disait en riant soi-même, et parodiant la phrase favorite du saint prélat : « Je mettrai ceci au pied de la Croix. »

Il ne traita nullement d'affaires avec Mgr l'évêque. « Ceci est une goutte d'huile dans les rouages, rien de plus. »

A une heure et demie, Leuwen était à déjeuner chez le général, avec lequel il continua les visites dont la liste avait été arrêtée la veille. A cinq heures, Leuwen était mort de fatigue, cette journée avait été la plus active de sa vie. Il lui restait encore la corvée du dîner du préfet, qui peut-être serait peu civil. Le petit capitaine Ménière avait averti Leuwen que les deux meilleurs espions du préfet étaient attachés à ses pas.

Leuwen avait un fonds de contentement parfait ; il sentait qu'il avait fait tout ce qui était en lui pour une cause dont, à la vérité, la justice était fort disputable. Mais cette objection au plaisir était plus que compensée par la conscience d'avoir eu le courage de hasarder imprudemment la considération naissante dont il commençait à jouir au ministère de l'Intérieur. Coffe lui avait dit une ou deux fois :

« Aux yeux de nos vieux chefs de bureau et de division du ministère, votre conduite, même couronnée par l'exclusion du terrible M. Mairobert, ne sera qu'un péché splendide. Dans la discussion sur les enfants trouvés vous les avez appelés des hommes-fauteuils incarnés avec leur fauteuil d'acajou, ils vont saisir l'occasion de se venger.

— Que fallait-il faire ?

— Rien, et écrire trois ou quatre lettres de six pages chacune, c'est ce qu'on appelle administrer dans les bureaux. Ils vous regarderont toujours comme fou à cause du danger que vous avez fait courir à votre position personnelle. Et puis, à votre âge demander cent mille francs pour une corruption ! Ils vont répandre que vous en mettez au moins le tiers dans votre poche.

— Ç'a été ma première pensée. Il m'en vient une seconde : quand quelqu'un agit pour des ministres, ce n'est pas de l'adversaire qu'il a peur, mais des gens qu'il sert. C'est ainsi que les choses marchaient à Constantinople dans le bas-empire. Si je n'avais rien fait et écrit de belles lettres, j'aurais encore sur le cœur la boue de Blois. Vous m'avez vu faible.

— Eh bien ! vous devriez me haïr et m'éloigner du ministère. J'y songeais.

— Je trouve au contraire la douceur de pouvoir maintenant tout vous dire, et je vous supplie de ne pas m'épargner.

— Je vous prends au mot. Ce petit ergoteur de Séranville doit être bouffi de rage contre vous, car enfin vous faites son métier depuis deux jours, et lui écrit des centaines de lettres et dans la réalité ne fait rien. J'en conclus qu'à Paris il sera loué et vous blâmé. Mais quoi qu'il vous fasse ce soir, ne vous mettez pas en colère. Si nous étions au Moyen Age, je craindrais pour vous le poison, car je vois dans ce petit sophiste la rage de l'auteur sifflé. »

La voiture s'arrêta à la porte de l'hôtel de la préfecture. Il y avait huit ou dix gendarmes stationnés sur le premier et sur le second repos de l'escalier.

« Au Moyen Age, ces gens-ci seraient disposés pour vous assassiner. »

Ils se levèrent comme Leuwen passa.

« Votre mission est connue, dit Coffe ; le gendarme est poli avec vous. Jugez de la rage de M. le préfet. »

Ce fonctionnaire était fort pâle et reçut ces messieurs avec une politesse contrainte et qui ne fut pas assouplie par l'accueil empressé que chacun fit à Leuwen.

Le dîner fut froid et triste. Tous ces ministériels prévoyaient la défaite du lendemain. Chacun d'eux se disait : « Le préfet sera destitué ou envoyé ailleurs, et je dirai que c'est lui qui a fait tout le mal. Ce jeune blanc-bec est fils du banquier du ministre, il est déjà maître des requêtes, ce pourrait bien être le successeur en herbe. »

Leuwen mangeait comme un loup et était fort gai.

« Et moi, se disait M. de Séranville, je renvoie tout ce qui paraît sur mon assiette, je ne puis pas avaler un seul morceau. »

Comme Leuwen et Coffe parlaient assez, peu à peu la conversation de messieurs les directeurs des Domaines, des Contributions et autres employés supérieurs qui formaient ce dîner fut entièrement engagée avec les nouveaux venus.

« Et moi, je suis délaissé, se dit le préfet. Je suis déjà comme étranger chez moi, ma destitution est sûre, et, ce qui n'est jamais arrivé à personne, je me vois forcé de faire les honneurs de la préfecture à mon successeur. »

Vers le milieu du second service, Coffe, à qui rien n'échappait, remarqua que le préfet s'essuyait le front à chaque instant. Tout à coup, on entendit un grand bruit, c'était un courrier qui arrivait de Paris. Cet homme entra avec fracas dans la salle. Machinalement, le directeur des Impositions indirectes, placé près de la porte, dit au courrier :

« Voilà M. le préfet. »

Le préfet se leva.

« Ce n'est pas au préfet de Séranville que j'ai affaire, dit [le] courrier d'un ton emphatique et grossier, c'est à M. Leuwen, maître des requêtes. »

« Quelle humiliation ! Je ne suis plus préfet », pensa M. de Séranville. Et il retomba sur sa chaise. Il appuya les deux mains sur la table, et cacha sa tête dans ses mains.

« M. le préfet se trouve mal », s'écria le secrétaire général. Et il regarda Leuwen comme pour lui demander pardon de l'acte d'humanité qu'il exerçait en faisant attention à l'état du préfet. En effet, ce fonctionnaire était évanoui ; on le porta près d'une fenêtre qu'on ouvrit.

Pendant ce temps, Leuwen s'étonnait du peu d'intérêt de la dépêche qu'apportait le courrier. C'était une grande lettre du ministre sur sa belle conduite à Blois ; le ministre ajoutait de sa main qu'on recherchait et punirait sévèrement les auteurs de l'émeute, que lui ministre avait lu en conseil au roi la lettre de Leuwen qui avait été trouvée fort bien.

« Et de l'élection d'ici, pas un mot, se dit Leuwen. C'était bien la peine d'envoyer un courrier. »

Il s'approcha de la fenêtre ouverte près de laquelle était le préfet, auquel on frottait les tempes d'eau de Cologne. On répétait beaucoup : les fatigues de l'élection. Leuwen dit un mot honnête, et ensuite demanda la permission de passer pour un moment dans une chambre voisine avec M. Coffe.

« Concevez-vous, dit-il à Coffe en lui donnant la dépêche du ministre, qu'on envoie un courrier pour une telle lettre ? »

Il se mit à lire une lettre de sa mère qui altéra rapidement sa physionomie riante. Mme Leuwen voyait la vie de son fils [en danger], et « *pour une cause si sale*, ajoutait-elle. Quitte tout et reviens... Je suis seule, ton père a eu une velléité d'ambition, il est allé dans le département de l'Aveyron, à deux cents lieues de Paris, pour tâcher de se faire élire député. »

Leuwen donna cette nouvelle à Coffe.

« Voici la lettre qui a fait envoyer le courrier. Mme Leuwen aura exigé que sa lettre vous parvînt rapidement. Au total, il n'y a pas là de quoi vous distraire. Il me semble que votre rôle vous rappelle auprès de ce petit jésuite qui meurt de haine rentrée. Moi, je vais achever de l'assommer par mon air important. »

Coffe fut en effet parfait en rentrant dans la salle à manger. Il avait tiré de sa poche huit ou dix rapports d'élections qu'il avait fourrés dans la dépêche, et la portait *comme un saint-sacrement*. M. de Séranville avait repris connaissance, il avait eu le mal de mer, et au milieu de ses angoisses regardait Leuwen et Coffe d'un air mourant. L'état de ce méchant homme toucha Leuwen, il vit en lui un homme souffrant.

« Il faut le soulager de notre présence », et après quelques mots polis [il] se retira.

Le courrier lui courut après sur l'escalier pour lui demander ses ordres.

« M. le maître des requêtes vous réexpédiera demain », dit Coffe avec une gravité parfaite.

Le lendemain 17 était le grand jour.

Dès sept heures, le 17, le grand jour des élections, Leuwen était chez M. l'abbé Disjonval. Il fut frappé du changement de manières du bon vieillard, il était tout empressement ; la moindre insinuation de Leuwen ne passait pas sans réponse.

« Les cent mille francs font effet », se dit Leuwen.

Mais l'abbé Disjonval lui fit entendre plusieurs fois, avec une finesse et une politesse qui l'étonna, que tout ce qu'on pouvait dire en l'absence de la condition principale n'était qu'un futur contingent.

« C'est bien ainsi que je l'entends, répondait Leuwen. Si je n'ai pas aujourd'hui, et de bonne heure, un crédit de 100 000 francs sur M. le receveur général, j'aurai eu l'honneur de vous être présenté, j'aurai eu avec le respectable abbé Le Canu une conférence qui a fait sur mon cœur une profonde impression, j'aurai appris à redoubler l'estime que j'avais déjà pour des hommes qui voient le bonheur de notre chère patrie dans une autre route que celle que je crois la plus sûre, etc. »

Nous ferons grâce au lecteur de toutes les phrases polies qu'inspirait à Leuwen le vif désir de voir ces messieurs prendre patience jusqu'à l'arrivée de la dépêche diplomatique. Le bruit insolite que le grand événement du jour causait dans la rue et que Leuwen entendait de l'appartement de M. l'abbé Disjonval, quoique situé au fond d'une cour, retentissait dans sa poitrine. Que n'eût-il pas donné pour que l'élection pût être retardée d'un jour !

A neuf heures, il rentra à son auberge, où Coffe avait préparé deux immenses lettres narratives et explicatives.

« Quel drôle de style ! dit Leuwen en les signant.

— Emphatique et plat, et surtout jamais simple, c'est ce qu'il faut pour les bureaux. »

Le courrier fut renvoyé à Paris.

« Monsieur, dit le courrier, seriez-vous assez bon pour me permettre de me charger des dépêches du préfet, je veux dire de M. de Séranville ? Je ne cacherai pas à monsieur qu'il m'a fait offrir un cadeau assez joli si je veux prendre ses lettres. Mais je suis expédié et je connais trop les convenances...

— Allez de ma part chez M. le préfet, demandez-lui ses lettres et paquets, attendez-les une demi-heure s'il le faut. M. le préfet est la première autorité administrative du département, etc., etc. »

« Le plus souvent que j'irai chez le préfet par son ordre ! Et mon cadeau, donc ! On dit ce préfet cancre... etc., etc. »

CHAPITRE LIV

Le général Fari avait fait louer depuis un mois par son petit aide de camp, M. Ménière, un appartement au premier étage en face de la salle des Ursulines, où se faisait l'élection. Là, il s'établit avec Leuwen dès dix heures du matin. Ces messieurs avaient des nouvelles de quart d'heure en quart d'heure par des affidés du général. Quelques affidés de la préfecture, ayant su le courrier de la veille et voyant dans Leuwen le préfet futur si M. de Séranville manquait son élection, faisaient passer tous les quarts d'heure à Leuwen des cartes avec des mots au crayon rouge. Les avis donnés par ces cartes se trouvèrent fort justes.

Les opérations électorales, commencées à dix heures et demie, suivaient un cours régulier. Le président d'âge était dévoué au préfet, qui avait eu soin de faire retarder aux portes la lourde berline d'un M. de Marconnes, plus âgé que son président d'âge dévoué, et qui n'arriva à Caen qu'à onze heures. Trente ministériels qui avaient déjeuné à la préfecture furent hués en entrant dans la salle des élections.

Un petit imprimé avait été distribué avec profusion aux électeurs :

« Honnêtes gens de tous les partis, qui voulez le bien du pays dans lequel vous êtes nés, éloignez M. le préfet de Séranville. Si M. Mairobert est élu député, M. le préfet sera destitué ou nommé ailleurs. Qu'importe, après tout, le député nommé ? Chassons un préfet tracassier et menteur. A qui n'a-t-il pas manqué de parole ? »

Vers midi, l'élection du président définitif prenait la plus mauvaise tournure. Tous les électeurs du canton de..., arrivés de bonne heure, votaient en faveur de M. Mairobert.

« Il est à craindre, s'il est président, dit le général à Leuwen, que quinze ou vingt de nos ministériels, gens timides, et que dix ou quinze électeurs de campagne imbéciles, le voyant placé au bureau dans la position la plus en vue, n'osent pas écrire un autre nom que le sien sur leur bulletin. »

Tous les quarts d'heure, Leuwen envoyait Coffe regarder le télégraphe ; il grillait de voir arriver la réponse à sa dépêche nº 2.

« Le préfet est bien capable de retarder cette réponse, dit le général ; il serait bien digne de lui d'avoir envoyé un de ses commis à la station du télégraphe, à quatre lieues d'ici, de l'autre côté de la colline, pour tout arrêter. C'est par des traits de cette espèce qu'il croit être un nouveau cardinal de Mazarin, car il sait l'histoire de France, notre préfet. »

Et le bon général voulait prouver par ce mot qu'il la savait aussi. Le petit capitaine Ménière offrit de monter à cheval et d'aller en un temps de galop sur la montagne observer le mouvement de la seconde station du télégraphe, mais M. Coffe demanda son cheval au capitaine et courut à sa place.

Il y avait mille personnes au moins devant la salle des Ursulines. Leuwen descendit dans la place pour juger un peu de l'esprit général des conversations ; il fut reconnu. Le peuple, quand il se voit en masse, est fort insolent :

« Regardez ! Regardez ! Voilà ce petit commissaire de police freluquet, envoyé de Paris pour espionner le préfet ! »

Il n'y fut presque pas sensible.

Deux heures sonnèrent, deux heures et demie ; le télégraphe ne remuait pas.

Leuwen séchait d'impatience. Il alla voir l'abbé Disjonval.

« Je n'ai pas pu différer plus longtemps le vote de mes amis », lui dit cet abbé, auquel Leuwen trouva l'air piqué, mais il était évident qu'il l'avait différé.

« Voilà un homme qui [craint que je ne me sois] moqué de lui, et il y va de franc jeu avec moi. Je jurerais qu'il a retardé le vote de ses amis, à la vérité bien peu nombreux. »

Au moment où Leuwen cherchait à prouver à l'abbé Disjonval, par des discours chaleureux, qu'il n'avait pas voulu le tromper, Coffe accourut tout haletant :

« Le télégraphe marche !

— Daignez m'attendre chez vous encore un quart d'heure, dit Leuwen à l'abbé Disjonval ; je vole au bureau du télégraphe. »

Leuwen revint tout courant vingt minutes après.

« Voilà la dépêche originale, dit-il à l'abbé Disjonval :

« Le ministre des Finances à M. le receveur général.

« Remettez cent mille francs à M. le général Fari et à
« M. Leuwen. »

« Le télégraphe marche encore, dit Leuwen à l'abbé Disjonval.

— Je vais au collège, dit l'abbé Disjonval, qui paraissait
persuadé. Je ferai ce que je pourrai pour la nomination du
président. Nous portons M. de Crémieux. De là je cours
chez M. Le Canu. Je vous engagerais à y aller sans délai. »

La porte de l'appartement de l'abbé était ouverte, il y
avait grand monde dans l'antichambre, que Leuwen et
Coffe traversèrent en volant.

« Monsieur, voici la dépêche originale.

— Il est trois heures dix minutes, dit l'abbé Le Canu.
J'ose espérer que vous n'avez aucune objection à M. de
Crémieux : cinquante-cinq ans, vingt mille francs de rente,
abonné aux *Débats*, n'a pas émigré.

— M. le général Fari et moi approuvons M. de Crémieux.
S'il est élu au lieu de M. Mairobert, le général et moi vous
remettrons les cent mille francs. En attendant l'événement,
en quelles mains voulez-vous, monsieur, que je dépose les
cent mille francs ?

— La calomnie veille autour de nous, monsieur. C'est
déjà beaucoup que quatre personnes, quelques honorables
qu'elles soient, sachent un secret dont la calomnie peut
tellement abuser. Je compte, monsieur, dit l'abbé Le Canu
en montrant Coffe, vous, monsieur, l'abbé Disjonval et moi.
A quoi bon faire voir le détail à M. le général Fari, d'ailleurs
si digne de toute considération ? »

Leuwen fut charmé de ces paroles, qui étaient *ad rem*.

« Monsieur, je suis trop jeune pour me charger seul de la
responsabilité d'une dépense secrète aussi forte. Etc., etc. »

Leuwen fit consentir M. l'abbé Le Canu à l'intervention
du général.

« Mais je tiens expressément, et j'en fais une condition
sine qua non, je tiens à ce que le préfet n'intervienne nullement. »

« Belle récompense de son assiduité à entendre la
messe », pensa Leuwen.

Leuwen fit consentir à M. l'abbé Le Canu à ce que la
somme de cent mille francs fût déposée dans une cassette
dont le général Fari et un M. Ledoyen, ami de M. Le Canu,
auraient chacun une clef.

A son retour à l'appartement vis-à-vis de la salle d'élection, Leuwen trouva le général extrêmement rouge. L'heure approchait où le général avait résolu d'aller déposer son vote, et il avoua franchement à Leuwen qu'il craignait fort d'être hué. Malgré ce souci personnel, le général fut extrêmement sensible à l'air de *ad rem* qu'avaient pris les réponses de M. l'abbé Le Canu.

Leuwen reçut un mot de l'abbé Disjonval qui le priait de lui envoyer M. Coffe. Coffe rentra une demi-heure après ; Leuwen appela le général, et Coffe dit à ces messieurs :

« J'ai vu, ce qu'on appelle vu, quinze hommes qui montent à cheval et vont battre la campagne pour faire arriver ce soir ou demain avant midi cent cinquante électeurs légitimistes. M. l'abbé Disjonval est un jeune homme, vous ne lui donneriez pas quarante ans. « Il nous aurait « fallu le temps d'avoir quatre articles de la *Gazette de* « *France*, m'a-t-il répété trois fois. Je crois qu'ils y vont bon « jeu bon argent. »

Le directeur du télégraphe envoya à Leuwen une seconde dépêche télégraphique adressée à lui-même :

« J'approuve vos projets. Donnez cent mille francs. Un légitimiste quelconque, même M. B[erryer] ou F[itz-James], vaut mieux que M. Hampden. »

« Je ne comprends pas, dit le général ; qu'est-ce que M. Hampden ?

— Hampden veut dire Mairobert, c'est le nom dont je suis convenu avec le ministre.

— Voilà l'heure, dit le général fort ému. Il prit son uniforme et quitta l'appartement d'observation fort ému pour aller donner son vote. La foule s'ouvrit pour lui laisser faire les cent pas qui le séparaient de la porte de la salle. Le général entra ; au moment où il s'approchait du bureau, il fut applaudi par tous les électeurs mairobertistes.

« Ce n'est pas un plat coquin comme le préfet, disait-on tout haut, il n'a que ses appointements, et il a une famille à nourrir. »

Leuwen expédia cette dépêche télégraphique n° 3 :

« Caen, quatre heures.

« Les chefs légitimistes paraissent de bonne foi. Des observateurs militaires placés aux portes ont vu sortir dix-neuf ou vingt agents qui vont chercher dans la campagne cent soixante électeurs légitimistes. Si quatre-vingts ou cent arrivent le 18 avant trois heures, Hampden ne sera pas élu. Dans ce moment, Hampden a la majorité pour la présidence. Le scrutin sera dépouillé à cinq heures. »

Le scrutin dépouillé donna :

Électeurs présents	873
Majorité	437
Voix à M. Mairobert	451
A M. Gonin, le candidat du préfet	389
A M. de Crémieux, le candidat de M. Le Canu depuis qu'il avait accepté les cent mille francs	19
Voix perdues	14

Ces dix-neuf voix à M. de Crémieux firent beaucoup de plaisir au général et à Leuwen ; c'était une demi-preuve que M. Le Canu ne se jouait pas d'eux.

A six heures, des valeurs sans reproche s'élevant à cent mille francs furent remises par M. le receveur général lui-même entre les mains du général Fari et de Leuwen, qui lui en donnèrent reçu.

M. Ledoyen se présenta. C'était un fort riche propriétaire, généralement estimé. La cérémonie de la cassette fut effectuée, il y eut parole d'honneur réciproque de remettre la cassette et son contenu à M. Ledoyen si tout autre que M. Mairobert était élu, et à M. le général Fari si M. Mairobert était député.

M. Ledoyen parti, on dîna.

« Maintenant, la grande affaire est le préfet, dit le général, extraordinairement gai ce soir-là. Prenons courage et montons à l'assaut.

« Il y aura bien 900 votants demain.

M. Gonin a eu	389
M. de Crémieux	19
	408

« Nous voilà avec 408 voix sur 873. Supposons que les vingt-sept voix arrivées demain matin donnent dix-sept voix à Mairobert et dix à nous, nous sommes :

Crémieux	418
Mairobert	468

« Cinquante et une voix de M. Le Canu donnent l'avantage à M. de Crémieux. »

Ces chiffres furent retournés de cent façons par le général, Leuwen, Coffe et l'aide de camp Ménière, les seuls convives de ce dîner.

« Appelons nos deux meilleurs agents », dit le général.

Ces messieurs parurent et, après une assez longue discussion, dirent d'eux-mêmes que la présence de soixante légitimistes décidait l'affaire.

« Maintenant, à la préfecture, dit le général.

— Si vous ne trouvez pas d'indiscrétion à ma demande, dit Leuwen, je vous prierais de porter la parole, je suis odieux à ce petit préfet.

— Cela est un peu contre nos conventions ; je m'étais réservé un rôle tout à fait secondaire. Mais enfin, j'ouvrirai le débat, *comme on dit en Angleterre.* »

Le général tenait beaucoup à montrer *qu'il avait des lettres.* Il avait bien mieux : un rare bon sens, et de la bonté. A peine eut-il expliqué au préfet qu'on le suppliait de donner les 389 voix dont il avait disposé la veille lors de la nomination du président à M. de Crémieux, qui de son côté se faisait fort de réunir soixante voix légitimistes, et peut-être quatre-vingts..., le préfet l'interrompit d'une voix aigre :

« Je ne m'attendais pas à moins, après toutes ces communications télégraphiques. Mais enfin, messieurs, il vous en manque une : je ne suis pas encore destitué, et M. Leuwen n'est pas encore préfet de Caen. »

Tout ce que la colère peut mettre dans la bouche d'un petit sophiste sournois fut adressé par M. de Séranville au général et à Leuwen. La scène dura cinq heures. Le général ne perdit un peu patience que vers la fin. M. de Séranville, toujours ferme à refuser, changea cinq ou six fois de système quant aux raisons de refuser.

« Mais, monsieur, même en vous réduisant aux raisons égoïstes, votre élection est évidemment perdue. Laissez-la mourir entre les mains de M. Leuwen. Comme les médecins appelés trop tard, M. Leuwen aura tout l'odieux de la mort du malade.

— Il aura ce qu'il voudra ou ce qu'il pourra, mais jusqu'à ma destitution, il n'aura pas la préfecture de Caen. »

Ce fut sur cette réponse de M. de Séranville que Leuwen fut obligé de retenir le général.

« Un homme qui trahirait le gouvernement, dit le général, ne pourrait pas faire mieux que vous, monsieur le préfet, et c'est ce que je vais écrire aux ministres. Adieu, monsieur. »

A minuit et demi, en sortant, Leuwen dit au général :

« Je vais écrire ce beau résultat à M. l'abbé Le Canu.

— Si vous m'en croyez, voyons un peu agir ces alliés suspects ; attendons demain matin, après votre dépêche télégraphique. D'ailleurs, ce petit animal de préfet peut se raviser. »

A cinq heures et demie du matin, Leuwen attendait le jour dans le bureau du télégraphe. Dès qu'on put y voir, la dépêche suivante fut expédiée (n° 4) :

486

« Le préfet a refusé ses 389 voix d'hier à M. de Crémieux. Le concours des 70 à 80 voix que le général Fari et M. Leuwen attendaient des légitimistes devient inutile, et M. Hampden va être élu. »

Leuwen, mieux avisé, n'écrivit pas à MM. Disjonval et Le Canu, mais alla les voir. Il leur expliqua le malheur nouveau avec tant de simplicité et de sincérité évidente que ces messieurs, qui connaissaient le génie du préfet, finirent par croire que Leuwen n'avait pas voulu leur tendre un piège.

« L'esprit de ce petit préfet des Grandes Journées, dit M. Le Canu, est comme les cornes des boucs de mon pays : noir, dur et tortu. »

Le pauvre Leuwen était tellement emporté par l'envie de ne pas passer pour un coquin, qu'il supplia M. Disjonval d'accepter de sa bourse le remboursement des frais de messager et autres qu'avait pu entraîner la convocation extraordinaire des électeurs légitimistes. M. Disjonval refusa, mais, avant de quitter la ville de Caen, Leuwen lui fit remettre cinq cents francs par M. le président Donis d'Angel.

Le grand jour de l'élection, à dix heures, le courrier de Paris apporta cinq lettres annonçant que M. Mairobert était mis en accusation à Paris comme fauteur du grand mouvement insurrectionnel et républicain dont l'on parlait alors. Aussitôt, douze des négociants les plus riches déclarèrent qu'ils ne donneraient pas leurs voix à Mairobert.

« Voilà qui est bien digne du préfet, dit le général à Leuwen, avec lequel il avait repris son poste d'observation vis-à-vis de la salle des Ursulines. Il serait plaisant, après tout, que ce petit sophiste réussît. C'est bien alors, monsieur, ajouta le général avec la gaieté et la générosité d'un homme de cœur, que, pour peu que le ministre soit votre ennemi et ait besoin d'un bouc émissaire, vous jouerez un joli rôle.

— Je recommencerais mille fois. Quoique la bataille fût perdue, j'ai fait donner mon régiment.

— Vous êtes un brave garçon... Permettez-moi cette locution familière », ajouta bien vite le bon général, craignant d'avoir manqué à la politesse, qui était pour lui comme une langue étrangère apprise tard. Leuwen lui serra la main avec émotion et laissa parler son cœur.

A onze heures, on constata la présence de 948 électeurs. Au moment où un émissaire du général venait lui donner ce chiffre, M. le président Donis voulut forcer toutes les consignes pour pénétrer dans l'appartement, mais n'y réussit pas.

« Recevons-le un instant, dit Leuwen.

— Ah ! que non. Ce pourrait être la base d'une calomnie de la part de ces pauvres républicains plus fous que méchants. Allez recevoir le digne président et ne vous laissez pas trahir par votre honnêteté naturelle.

— Il me portait l'assurance que, malgré les contre-ordres de ce matin, il y a quarante-neuf légitimistes et onze partisans du préfet gagnés en faveur de M. de Crémieux dans la salle des Ursulines. »

L'élection suivit un cours paisible ; les figures étaient plus sombres que la veille. La fausse nouvelle du préfet sur la mise en accusation de M. Mairobert avait mis en colère cet homme si sage jusque-là, et surtout ses partisans. Deux ou trois fois, on fut sur le point d'éclater. On voulait envoyer trois députés à Paris pour interroger les cinq personnes qui avaient donné la nouvelle du mandat d'arrêt lancé contre M. Mairobert. Mais enfin un beau-frère de M. Mairobert monta sur une charrette arrêtée à cinquante pas de la salle des Ursulines et dit :

« Renvoyons notre vengeance à quarante-huit heures après l'élection, autrement la majorité vendue à la Chambre des députés l'annulera. »

Ce bref discours fut bientôt imprimé à vingt mille exemplaires. On eut même l'idée d'apporter une presse sur la place voisine de la salle d'élection. Les agents de la préfecture n'osèrent approcher de la presse ni tenter de mettre obstacle à la circulation du bref discours. Ce spectacle frappa les esprits et contribua à les calmer.

Leuwen, qui se promenait hardiment partout, ne fut point insulté ce jour-là ; il remarqua que cette foule sentait sa force. A moins de la mitrailler à distance, aucune force ne pouvait agir sur elle.

« Voilà le peuple vraiment souverain », se dit-il.

Il revenait de temps à autre à l'appartement d'observation. L'avis du capitaine Ménière était que personne n'aurait la majorité ce jour-là.

A quatre heures, il arriva une dépêche télégraphique au préfet, qui ordonnait de porter ses votes au légitimiste désigné par le général Fari et par Leuwen. Le préfet ne fit rien dire au général ni à Leuwen. A quatre heures un quart, Leuwen eut une dépêche télégraphique dans le même sens. Sur quoi Coffe s'écria :

> « Un peu moins de fortune, et plus tôt arrivée... »
> *Polyeucte.*

Le général fut charmé de la citation et se la fit répéter.

A ce moment, ces messieurs furent étourdis par un vivat général et assourdissant.

« Est-ce joie, est-ce révolte ? s'écria le général en courant à la fenêtre.

— C'est joie, dit-il avec un soupir, et nous sommes f... »

En effet, un émissaire qui arriva, son habit déchiré tant il avait eu de peine à traverser la foule, apporta le bulletin de dépouillement du scrutin.

Electeurs présents	948
Majorité	475
M. Mairobert	475
M. Gonin, candidat du préfet	401
M. de Crémieux	61
M. Sauvage, républicain, voulant retremper le caractère des Français par des lois draconiennes	9
Voix perdues	2

Le soir, la ville fut entièrement illuminée.

« Mais où sont donc les fenêtres des quatre cent un partisans du préfet ? » disait Leuwen à Coffe.

La réponse fut un bruit effroyable de vitres cassées ; on brisait les fenêtres du président Donis d'Angel.

Le lendemain, Leuwen s'éveilla à onze heures du matin et alla seul [se] promener dans toute la ville. Une singulière pensée s'était rendue maîtresse de son esprit.

« Que dirait Mme de Chasteller si je lui racontais ma conduite ? »

Il fut bien une heure avant de trouver la réponse à cette question, et cette heure fut bien douce.

« Pourquoi ne lui écrirais-je pas ? » se dit Leuwen. Et cette question s'empara de son âme pour huit jours.

En approchant de Paris, il vint par hasard à penser à la rue où logeait Mme Grandet, et ensuite à elle. Il partit d'un éclat de rire.

« Qu'avez-vous donc ? lui dit Coffe.

— Rien. J'avais oublié le nom d'une belle dame pour qui j'ai une grande passion.

— Je croyais que vous pensiez à l'accueil que va vous faire votre ministre.

— Le diable l'emporte !... Il me recevra froidement, me demandera l'état de mes déboursés, et trouvera que c'est bien cher.

— Tout dépend du rapport que les espions du ministre lui auront fait sur votre mission. Votre conduite a été furieusement imprudente, vous avez donné pleinement dans cette folie de la première jeunesse qu'on appelle zèle. »

CHAPITRE LV

Leuwen avait à peu près deviné. Le comte de Vaize le reçut avec sa politesse ordinaire, mais ne lui fit aucune question sur les élections, aucun compliment sur son voyage ; il le traita absolument comme s'il l'avait vu la veille.

« Il a de meilleures façons qu'à lui n'appartient ; depuis qu'il est ministre il voit bonne compagnie au Château. »

Mais après cette lueur de raisonnement juste, Leuwen retomba bientôt dans cette sottise de l'amour du bien, au moins dans les détails. Il avait fait quelques phrases qui résumaient les observations utiles faites pendant son voyage ; il eut besoin de faire effort sur soi-même pour ne pas dire au ministre des choses si évidemment mal et si faciles à faire aller bien. Il n'avait aucun intérêt de vanité, il savait quel juge c'était que M. de Vaize dans tout ce qui, de près ou de loin, tenait à la logique ou à la clarté de la narration. Par ce sot amour du bien, qui n'est guère pardonnable à un homme dont le père a un carrosse, Leuwen aurait voulu corriger trois ou quatre abus qui ne rapportaient pas un sou au ministre. Leuwen était cependant assez civilisé pour ressentir une crainte mortelle que son amour pour le bien ne le fît sortir des bornes que le ton du ministre semblait vouloir mettre à ses rapports avec lui.

« Quelle honte n'aurai-je pas si avec un fonctionnaire tellement au-dessus de moi je viens à parler de choses utiles ; tandis qu'il ne me parle que de détails ! »

Leuwen laissa tomber l'entretien et prit la fuite. Son bureau était occupé par le petit Desbacs, qui durant son absence avait rempli sa place. Ce petit homme fut très froid en lui faisant la remise des affaires courantes, lui qui, avant le voyage, était à ses pieds.

Leuwen ne dit rien à Coffe, qui travaillait dans une pièce voisine et de son côté éprouvait un accueil encore plus significatif. A cinq heures et demie, il l'appela pour aller dîner. Dès qu'ils furent dans un cabinet de restaurateur :

« Eh bien ? dit Leuwen en riant.

— Eh bien ! tout ce que vous avez fait de bien et d'admirable pour tâcher de sauver une cause perdue, n'est qu'un *péché splendide*. Vous serez bien heureux si vous échappez au reproche de jacobinisme ou de carlisme. On en est encore, dans les bureaux, à trouver un nom pour votre crime, on n'est d'accord que sur son énormité. Tout le monde en est à épier la façon dont le ministre vous traite, vous vous êtes cassé le cou.

— La France est bien heureuse, dit Leuwen gaiement, que ces coquins de ministres ne sachent pas profiter de cette folie de jeunesse qu'on appelle *zèle*. Je serais curieux de savoir si un général en chef traiterait de même un officier qui, dans une déroute, aurait fait mettre pied à terre à un régiment de dragons pour marcher à l'assaut d'une batterie qui enfile la grand-route et tue horriblement de monde. »

Après de longs discours, Leuwen apprit à Coffe qu'il ne voulait point épouser une parente du ministre et qu'il n'avait rien à demander.

« Mais alors, dit Coffe étonné, d'où venait, avant votre mission, la bonté marquée du ministre ? Maintenant, après les lettres de M. de Séranville, pourquoi ne vous brise-t-il pas ?

— Il a peur du salon de mon père. Si je n'avais pas pour père l'homme d'esprit le plus redouté de Paris, j'aurais été comme vous, jamais je ne me relevais de la profonde disgrâce où nous a jetés notre républicanisme de l'École polytechnique... Mais dites-moi, croyez-vous qu'un gouvernement républicain fût aussi absurde que celui-ci ?

— Il serait moins absurde, mais plus violent ; ce serait souvent un loup enragé. En voulez-vous la preuve ? Elle n'est pas loin de vous. Quelles mesures prendriez-vous dans les deux départements de MM. de Riquebourg et de Séranville, si demain vous étiez un ministre de l'Intérieur tout-puissant ?

— Je nommerais M. Mairobert préfet, je donnerais au général Fari le commandement des deux départements.

— Songez au contrecoup de ces mesures et à l'exaltation que prendraient dans les deux départements Riquebourg et Séranville tous les partisans du bon sens et de la justice. M. Mairobert serait roi de son département ; et si ce département s'avisait d'avoir une opinion sur ce qui se fait à Paris ? Et pour parler de ce que nous connaissons, si ce département s'avisait de jeter un œil raisonnable sur ces quatre cent trente nigauds emphatiques qui grattent du papier dans la rue de Grenelle et parmi lesquels vous et moi nous comptons ? Si les départements voulaient à l'intérieur six hommes de métier à 30 000 francs d'appointements et 10 000 francs de frais de bureau, signant tout ce qui est d'un intérêt secondaire, que deviendraient trois cent cinquante au moins de ces commis chargés de faire au bon sens une guerre si acharnée ? Et, de proche en proche, que deviendrait le roi ? Tout gouvernement est un mal, mais un mal qui préserve d'un plus grand..., etc.

— C'est ce que me disait M. Gauthier, l'homme le plus sage que j'aie connu, un républicain de Nancy. Que n'est-il ici, à raisonner avec nous ? Du reste, c'est un homme qui lit la *Théorie des fonctions* de Lagrange aussi bien que vous et cent fois mieux que moi, etc., etc. »

Le discours fut infini entre les deux amis, car Coffe, en sachant résister à Leuwen, s'en était fait aimer et, par reconnaissance, se croyait obligé à lui répondre. Coffe ne revenait pas de son étonnement qu'étant riche il ne fût pas plus absurde. Entraîné par cette idée, Coffe lui dit :

« Êtes-vous né à Paris ?

— Oui, sans doute.

— Et monsieur votre père avait un hôtel magnifique à cette époque, et vous, vous alliez promener en voiture à trois ans ?

— Mais sans doute, dit Leuwen en riant. Pourquoi ces questions ?

— C'est que je suis étonné de ne vous trouver ni absurde, ni sec ; mais il faut espérer que cela viendra. Vous devez voir par le succès de votre mission que la société repousse vos qualités actuelles. Si vous vous étiez borné à vous faire couvrir de boue à Blois, le ministre vous eût donné la croix en arrivant.

— Du diable si je resonge jamais à cette mission ! dit Leuwen.

— Vous auriez le plus grand tort, c'est la plus belle et la plus curieuse expérience de votre vie. Jamais, quoi que vous fassiez, vous n'oublierez le général Fari, M. de Séranville, l'abbé Le Canu, M. de Riquebourg, M. le maire Rollet.

— Jamais.

— Eh bien ! le plus ennuyeux de l'expérience morale est fait. C'est le commencement, l'exposition des faits. Suivez dans les bureaux le sort des hommes et des choses, qui sont tellement présents à votre imagination. Pressez-vous, car il est possible que le ministre ait déjà inventé quelque coup de Jarnac pour vous éloigner tout doucement sans fâcher monsieur votre père.

— A propos, mon père est député de l'Aveyron, après trois ballottages et à la flatteuse majorité de deux voix.

— Vous ne m'aviez pas parlé de sa candidature.

— Je la trouvais ridicule, et d'ailleurs je n'eus pas le temps d'y trop songer. Je la sus par ce courrier extra-ordinaire qui donna une pâmoison à M. de Séranville. »

Deux jours après, le comte de Vaize dit à Leuwen :
« J'ai à vous faire lire ce papier. »

C'était une première liste de gratifications à propos des élections. Le ministre, en la lui donnant, souriait d'un air de bonté qui semblait dire : « Vous n'avez rien fait qui vaille, et cependant voyez comme je vous traite. » Leuwen lisait la liste, il y avait trois gratifications de dix mille francs, et à côté des noms des gratifiés le mot *succès* ; la quatrième ligne portait : « M. Leuwen, maître des requêtes, non succès, M. Mairobert, nommé à une majorité d'une voix, mais un zèle remarquable, sujet précieux, 8 000 francs. »

« Eh bien ! dit le ministre, tient-on la parole que l'on vous donna à l'Opéra ? »

Leuwen vit sur la liste que le petit nombre d'agents qui n'avaient pas réussi n'avaient que des gratifications de 2 500 francs. Il exprima toute sa reconnaissance, puis ajouta :

« J'ai une prière à faire à Votre Excellence, c'est que mon nom ne paraisse pas sur cette liste.

— J'entends, dit le ministre, dont la figure prit sur-le-champ l'expression la plus sévère. Vous voulez la croix ; mais en vérité, après tant de folies je ne puis la demander pour vous. Vous êtes plus jeune de caractère que d'âge. Demandez à Desbacs l'étonnement que causaient vos dépêches télégraphiques arrivant coup sur coup, et ensuite vos lettres.

— C'est parce que je sens tout cela que je prie Votre Excellence de ne pas songer à moi pour la croix, et encore moins pour la gratification.

— Prenez garde, monsieur, dit le ministre tout à fait en colère, je suis homme à vous prendre au mot. Et, parbleu, voilà une plume, à côté de votre nom mettez ce que vous voudrez. »

Leuwen écrivit à côté de son nom les mots : *ni croix, ni gratification, élection manquée* ; puis raya le tout. Au bas de la liste il écrivit : M. Coffe, 2 500 francs.

« Prenez garde, dit le ministre en lisant ce que Leuwen avait écrit. Je porte ce papier au Château. Il serait inutile que, par la suite, monsieur votre père me parlât à ce sujet.

— Les hautes occupations de Votre Excellence l'empêchent de garder le souvenir de la conversation à l'Opéra. J'exprimai le vœu le plus précis que mon père n'eût plus à s'occuper de ma fortune politique.

— Eh bien ! expliquez à mon ami M. Leuwen comment s'est passée l'affaire de la gratification. Vous étiez porté pour 8 000 francs, vous avez effacé ce chiffre. Adieu, monsieur. »

A peine la voiture de Son Excellence eut-elle quitté l'hôtel, que Mme la comtesse de Vaize fit appeler Leuwen.

« Diable, se dit Leuwen en l'apercevant, elle est fort jolie aujourd'hui. Elle n'a point l'air timide et ses yeux ont du feu. Que signifie ce changement ? »

« Vous nous tenez rigueur depuis votre retour ; j'attendais une occasion de vous parler en détail. Je puis vous assurer que personne au ministère n'a défendu vos dépêches télégraphiques avec plus de suite. J'ai empêché avec le plus grand courage qu'on en dît du mal devant moi à table. Mais enfin, tout le monde peut se tromper, et j'ai une bonne nouvelle à vous annoncer. Vos ennemis, par la suite, pourraient vous calomnier à propos de votre mission ; je sais bien que les intérêts d'argent ne vous touchent que médiocrement, mais il faut fermer la bouche sur cette affaire à vos ennemis, et ce matin j'ai obtenu de mon mari que vous soyez présenté au roi pour une gratification de 8 000 francs. Je voulais 10 000, mais M. de Vaize m'a fait voir que cette somme était réservée aux plus grands succès, et les lettres reçues hier de M. de Séranville et de M. Rollet le maire de Caen sont affreuses pour vous. J'ai opposé à ces lettres la nomination de monsieur votre père, et enfin je viens de l'emporter au moment même. M. de Vaize a fait recopier la liste, où vous étiez placé à la fin et pour 4 000 francs, et votre nom est le quatrième, avec 8 000 francs. »

Tout cela fut dit avec beaucoup plus de paroles, et par conséquent avec plus de mesure et de retenue féminine, mais aussi avec plus de marques de bonté et d'intérêt que nous n'avons la place de le noter ici. Aussi Leuwen y fut-il très sensible : depuis quinze jours, il n'avait pas vu beaucoup de visages amis, il commençait à prendre un peu d'usage du monde ; il était temps, à vingt-six ans.

« Je devrais faire la cour à cette femme timide ; les grandeurs l'ennuient et lui pèsent, je serais sa consolation. Mon bureau n'est guère qu'à cinquante pas de sa chambre. »

Leuwen lui raconta qu'il venait d'effacer son nom.

« Mon Dieu ! s'écria-t-elle, seriez-vous piqué ? Vous aurez la croix à la première occasion, je vous le promets. »

Ce qui voulait dire : « Allez-vous nous quitter ? »

L'accent de ce mot toucha fortement Leuwen, il fut sur le point de lui baiser la main. Mme de Vaize était fort émue, lui était touché de reconnaissance.

« Mais si je m'attachais à elle, que de dîners ennuyeux il faudrait supporter, et avec cette figure du mari de l'autre côté de la table et souvent ce petit coquin de Desbacs, son cousin ! »

Toutes ces réflexions ne prirent pas une demi-seconde.

« Je viens d'effacer mon nom, reprit Leuwen ; mais puisque vous daignez témoigner de l'intérêt pour mon avenir, je vous dirai la vraie cause de mon refus. Ces listes de gratifications peuvent être imprimées un jour. Alors, elles donneront peut-être une célébrité fâcheuse, et je suis trop jeune pour m'exposer à ce danger. Et 8 000 francs n'est pas un objet pour moi.

— Oh ! mon Dieu, dit Mme de Vaize avec l'accent de la terreur, êtes-vous comme M. Crapart ? Croyez-vous la république si près de nous ? »

La figure de Mme de Vaize n'exprima plus que la crainte et le soupçon, Leuwen y lut une sécheresse d'âme parfaite.

« La peur, pensa Leuwen, lui a fait oublier sa velléité d'intérêt et d'amitié. Les privilèges sont chèrement achetés dans ce siècle, et Gauthier avait raison d'avoir pitié d'un homme qui s'appelle *prince*. J'avoue cette opinion à peu de personnes, ajoutait Gauthier, on y verrait l'envie la plus plate. Voici ses paroles : en 1834, le titre de prince ou de duc chez un jeune homme moins âgé que le siècle emporte un coin de folie. A cause de son nom, le pauvre jeune homme a peur, et se croit obligé d'être plus heureux qu'un autre. Cette pauvre petite femme serait bien plus heureuse de s'appeler Mme Le Roux... Ces sortes d'idées de danger donnaient au contraire un accès de courage charmant à Mme de Chasteller... Ce soir où je fus entraîné à lui dire : « Je me battrais donc contre vous », quel regard !... Et moi, que fais-je à Paris ? Pourquoi ne pas voler à Nancy ? Je lui demanderai pardon à genoux de m'être mis en colère parce qu'elle m'a fait un secret. Quel aveu pénible à faire à un jeune homme et que peut-être on aime ? Et à quoi bon ? Je n'avais jamais parlé de lier nos existences sociales. »

« Vous êtes fâché ? » dit Mme de Vaize d'un ton de voix timide.

Le son de cette voix réveilla Leuwen.

« Elle n'a plus de peur, se dit-il. Oh ! mon Dieu, il faut que je me sois tu au moins pendant une minute ! »

« Y a-t-il longtemps que je suis tombé dans cette rêverie ?
— Trois minutes au moins », dit Mme de Vaize avec l'air de l'extrême bonté ; mais dans cette bonté qu'elle voulait marquer il y avait par cela même un peu du reproche de la femme d'un ministre puissant et qui n'est pas accoutumée à de telles distractions, et en tête-à-tête, encore.

« C'est que je suis sur le point d'éprouver pour vous, madame, un sentiment que je me reprochais. »

Après cette petite coquinerie, Leuwen n'avait plus rien à dire à Mme de Vaize. Il ajouta quelques mots polis, la laissa rouge comme du feu, et courut s'enfermer dans son bureau.

« J'oublie de vivre, se dit-il. Ces sottises d'ambition me distraient de la seule chose au monde qui ait de la réalité pour moi. Il est drôle de sacrifier son cœur à l'ambition, et pourtant de n'être pas ambitieux... Je ne suis pas non plus si ridicule. J'ai voulu marquer de la reconnaissance à mon père. Mais c'en est assez ainsi... Ils vont croire que je suis piqué de ne pas avoir un grade ou la croix ! Mes ennemis au ministère diront peut-être que je suis allé voir des républicains à Nancy. Après avoir fait parler le télégraphe, le télégraphe parlera contre moi... Pourquoi toucher à cette machine diabolique ? » dit Leuwen en riant presque.

Après sa résolution de faire un voyage à Nancy, Leuwen se sentit un homme.

« Il faut attendre mon père, qui revient un de ces jours ; c'est un devoir, et je suis bien aise d'avoir son opinion sur ma conduite à Caen, qui est tellement sifflée au ministère. »

Le soir, l'envie de ne pas praître piqué le rendit extrêmement brillant chez Mme Grandet. Dans le petit salon ovale, au milieu de trente personnes peut-être, il fut le centre de la

conversation et fit cesser toutes les conversations particulières pendant vingt minutes au moins.

Ce succès électrisa Mme Grandet.

« Avec deux ou trois moments comme celui-ci à chaque
soirée, bientôt mon salon serait le premier de Paris. »

Comme on passait au billard, elle se trouva à côté de
Leuwen et séparée du reste de la société ; les hommes
étaient occupés à choisir des queues.

« Que faisiez-vous les soirs pendant cette course en province ?

— Je pensais à une jeune femme de Paris pour laquelle
j'ai une grande passion. »

Ce fut le premier mot de ce genre qu'il eût jamais dit à
Mme Grandet, il arrivait à propos. Elle jouit de ce mot
pendant cinq minutes au moins avant de songer au rôle
qu'elle s'était imposé dans le monde. L'ambition réagit avec
force, et sans avoir besoin de se l'ordonner, elle regarda
Leuwen avec fureur. Les paroles de tendresse ne coûtaient
rien à Leuwen, il en était rempli, depuis son parti pris pour
le voyage à Nancy. Pendant toute la soirée, Leuwen fut du
dernier tendre pour Mme Grandet.

<[...] On peut penser comment Lucien fut reçu quand il
parla d'absence.

« Je te renie à jamais, s'écria son père avec une vivacité
gaie. Redouble d'assiduité et d'attention pour ton ministre.
Si tu as du cœur, campe un enfant à sa femme. »

L'avant-veille de l'ouverture des Chambres, Lucien fut
bien surpris de se sentir embrassé dans la rue par un
homme âgé qu'il ne reconnut pas. C'était Du Poirier en
habit neuf. Bottes neuves, chapeau neuf, rien ne manquait.

« Quel miracle ! » pensa Lucien...>.

CHAPITRE LVI

M. Leuwen revint tout joyeux de son élection dans le département de l'Aveyron.

« L'air est chaud, les perdrix excellentes, et les hommes plaisants. Un de mes honorables commettants m'a chargé de lui envoyer quatre paires de bottes bien confectionnées ; je dois commencer par étudier le mérite des bottiers de Paris, il faut un *ouvrage* élégant, mais qui pourtant ne soit pas dépourvu de solidité. Quand enfin j'aurai trouvé ce bottier parfait, je lui remettrai la vieille botte que M. de Malpas a bien voulu me confier. J'ai aussi un embranchement de route royale de cinq quarts de lieue de longueur pour conduire à la maison de campagne de M. Castanet, que j'ai juré d'obtenir de M. le ministre de l'Intérieur ; en tout cinquante-trois commissions, outre celles qu'on m'a promises par lettre. »

M. Leuwen continua à raconter à Mme Leuwen et à son fils les moyens adroits par lesquels il avait obtenu une majorité triomphante de sept voix.

« Enfin, je ne me suis pas ennuyé un instant dans ce département, et si j'y avais eu ma femme, j'aurais été parfaitement heureux. Il y a bien des années que je n'avais parlé aussi longtemps à un aussi grand nombre d'ennuyeux, aussi suis-je saturé d'ennui officiel et de platitudes à dire ou à entendre sur le gouvernement. Aucun de ces benêts du juste-milieu, répétant sans les comprendre les phrases de Guizot et de Thiers, ne peut me donner en écus le prix de l'ennui mortel que sa présence m'inspire. Quand je quitte ces gens-là, je suis encore bête pour une heure ou deux, je m'ennuie moi-même.

498

— S'ils étaient plus coquins ou au moins fanatiques, dit Mme Leuwen, ils ne seraient pas si ennuyeux.

— Maintenant, conte-moi tes aventures de Champagnier et de Caen, dit M. Leuwen à son fils.

— Voulez-vous mon histoire longue ou courte ?

— Longue, dit Mme Leuwen. Elle m'a fort amusée, je l'entendrai une seconde fois avec plaisir. Je suis curieuse, dit-elle à son mari, de voir ce que vous en penserez.

— Eh bien ! dit M. Leuwen, d'un air plaisamment résigné, il est dix heures trois quarts, qu'on fasse du punch, et raconte. »

Mme Leuwen fit un signe au valet de chambre, et la porte fut fermée. Lucien expédia en cinq minutes l'avanie de Blois et l'élection de Champagnier (« C'est à Caen que j'aurais eu besoin de vos conseils »), et il raconta longuement tout ce que nous avons longuement raconté aux lecteurs.

Vers le milieu du récit, M. Leuwen commença à faire des questions.

« Plus de détails, plus de détails, disait-il à son fils, il n'y a d'originalité et de vérité que dans les détails...

— Et voilà comment ton ministre t'a traité à ton retour ! dit M. Leuwen à minuit et demi. Il paraissait vivement piqué.

— Ai-je bien ou mal agi ? dit Lucien. En vérité, je l'ignore. Sur le champ de bataille, dans la vivacité de l'action je croyais avoir mille fois raison, mais ici les doutes se présentent en foule.

— Et moi, je n'en ai pas, dit Mme Leuwen. Tu t'es conduit comme le plus brave homme aurait pu faire. A quarante ans, tu eusses mis plus de mesure dans ta conduite avec ce petit homme de lettres de préfet, car la haine de l'homme de lettres est presque aussi dangereuse que celle du prêtre, mais aussi à quarante ans tu eusses été moins vif et moins hardi dans tes démarches auprès de MM. Disjonval et Le Canu..., etc., etc. »

Mme Leuwen avait l'air de solliciter l'approbation de M. Leuwen qui ne disait rien, et de plaider en faveur de son fils.

« Je vais m'insurger contre mon avocat, dit Lucien. Ce qui est fait est fait, et je me moque parfaitement du Brid'oison de la rue de Grenelle. Mais mon orgueil est alarmé ; quelle opinion dois-je avoir de moi-même ? Ai-je quelque valeur, voilà ce que je vous demande, dit-il à son père. Je ne vous demande pas si vous avez de l'amitié pour moi, et ce que vous direz dans le monde. J'ai pu altérer les fait en ma faveur en vous les racontant, et alors les mesures que j'ai prises d'après ces faits seraient justifiées à mon insu. Je vous assure que M. Coffe n'est point ennuyeux.

— Il me fait l'effet d'un méchant.

— Maman, vous vous trompez ; ce n'est qu'un homme découragé. S'il avait quatre cents francs de rente, il se retirerait dans les roches de la Sainte-Baume, à quelques lieues de Marseille.

— Que ne se fait-il moine ?

— Il croit qu'il n'y a pas de Dieu, ou que s'il y en a un, il est méchant.

— Cela n'est pas si bête, dit M. Leuwen.

— Mais cela est plus méchant, dit Mme Leuwen, et me confirme dans mon horreur pour lui.

— C'est bien maladroit à moi, dit Lucien, car je voulais obtenir de mon père qu'il entendît le récit de ma campagne fait par ce fidèle aide de camp, qui souvent n'a pas été de la même opinion que moi. Et jamais je n'obtiendrai une seconde séance de mon père si vous ne sollicitez pas avec moi, dit-il en se tournant vers sa mère.

— Pas du tout, cela m'intéresse, cela me ramène sur mes lauriers de l'Aveyron, où j'ai eu cinq voix de légitimistes, dont deux au moins croient s'être damnés en prêtant serment, mais je leur ai juré de parler contre ce serment, et ainsi ferai-je, car c'est un vol.

— Oh ! mon ami, c'est tout ce que je crains, dit Mme Leuwen. Et votre poitrine ?

— Je m'immolerai pour la patrie et pour mes deux ultras, à qui j'ai fait commander par leur confesseur de prêter serment et de me donner leurs voix. Si votre Coffe veut dîner demain avec nous... sommes-nous seuls ? dit-il à sa femme.

— Nous avions un demi-engagement chez Mme de Thémines.

— Nous dînerons ici, nous trois et M. Coffe. S'il est du genre ennuyeux, comme je le crains, il sera moins ennuyeux à table. La porte sera fermée, et nous serons servis par Anselme. »

Lucien amena Coffe, non sans peine.

« Vous verrez un dîner qui coûterait quarante francs par tête chez Baleine, du Rocher de Cancale, et même à ce prix Baleine ne serait pas sûr de réussir.

— Va pour le dîner de quarante francs, c'est à peu près le taux de ma pension pour un mois. »

Coffe, par la froideur et la simplicité de son récit, fit la conquête de M. Leuwen.

« Ah ! que je vous remercie, monsieur, de n'être pas gascon, lui dit le député de l'Aveyron. J'ai une indigestion des gens avantageux, des hâbleurs, de ces gens qui sont toujours sûrs du succès du lendemain, sauf à vous répondre une platitude quand, le lendemain, vous leur reprochez la défaite. »

M. Leuwen fit beaucoup de questions à Coffe. Mme Leuwen fut enchantée d'une troisième édition des prouesses de son fils. Et à neuf heures, comme Coffe voulait se retirer, M. Leuwen insista pour le conduire dans sa loge à l'Opéra. Avant la fin de la soirée, M. Leuwen lui dit :

« Je suis bien fâché que vous soyez au ministère. Je vous aurais offert une place de quatre mille francs chez moi. Depuis la mort de ce pauvre Van Peters, je ne travaille pas assez, et depuis la sotte conduite du comte de Vaize à l'égard de ce héros-là, je me sens une velléité de faire six semaines de demi-opposition. Je suis bien loin d'être sûr de réussir, ma réputation d'esprit ébouriffera mes collègues, et je ne puis réussir qu'en me faisant une escouade de quinze ou vingt députés... Il est vrai que, d'un autre côté, mes opinions ne gêneront pas les leurs... Quelques sottises qu'ils veuillent, je penserai comme eux et je les dirai... Mais, morbleu, monsieur de Vaize, vous me paierez votre sottise envers ce jeune héros. Et il serait indigne de moi de me venger comme votre banquier... Toute vengeance coûte à qui se venge, ajouta M. Leuwen se parlant tout haut à soi-même, mais comme banquier je ne puis pas sacrifier un iota sur la probité. Ainsi, de belles affaires s'il y a lieu, comme si nous étions amis intimes... »

Et il tomba dans la rêverie. Lucien, qui trouvait la séance de politique un peu longue, aperçut Mlle Raimonde dans une loge au cinquième et disparut.

« Aux armes ! dit tout à coup M. Leuwen à Coffe en sortant de sa rêverie. Il faut agir.

— Je n'ai pas de montre, dit Coffe froidement. M. votre fils m'a tiré de Sainte-Pélagie... » Il ne résista pas à la vanité d'ajouter : « Dans ma faillite j'ai placé ma montre dans mon bilan.

— Parfaitement honnête, parfaitement honnête, mon cher Coffe », dit M. Leuwen d'un air distrait. Il ajouta plus sérieusement : « Puis-je compter sur un silence éternel ? Je vous demande de ne prononcer jamais ni mon nom, ni celui de mon fils.

— C'est ma coutume, je vous le promets.

— Faites-moi l'honneur de venir dîner demain chez moi. S'il y a du monde, je ferai servir dans ma chambre ; nous ne serons que trois, mon fils et vous, monsieur. Votre raison sage et ferme me plaît beaucoup, et je désire vivement trouver grâce devant votre misanthropie, si toutefois vous êtes misanthrope.

— Oui, monsieur, par trop aimer les hommes. »

Quinze jours après, le changement opéré chez M. Leuwen étonnait ses amis : il faisait sa société habituelle de trente ou quarante députés nouvellement élus et les plus sots. L'incroyable, c'est qu'il ne les persiflait jamais. Un des diplomates amis de Leuwen eut des inquiétudes sérieuses : il n'est plus insolent envers les sots, il leur parle sérieusement, son caractère change, nous allons le perdre.

M. Leuwen allait assidûment chez M. de Vaize, les jours où le ministre recevait les députés. Trois ou quatre affaires de télégraphe se présentèrent, et il servit admirablement les intérêts du ministre.

« Enfin, je suis venu à bout de ce caractère de fer, disait M. de Vaize. Je l'ai maté, se disait-il en se frottant les mains, il ne fallait qu'oser. Je n'ai pas fait son fils lieutenant, et il est à mes pieds. »

Le résultat de ce beau raisonnement fut un petit air de supériorité pris par le ministre à l'égard de M. Leuwen qui n'échappa point à ce dernier et fit ses délices. Comme M. de Vaize ne faisait pas sa société de gens d'esprit, et pour cause, il ne sut point l'étonnement que causait le changement d'habitudes de M. Leuwen parmi ces hommes actifs et fins qui font leur fortune par le gouvernement régnant.

Les gens d'esprit qui dînaient habituellement chez lui ne furent plus invités ; il leur donna un dîner ou deux chez le restaurateur. Il n'invita plus de femmes, et chaque jour il avait cinq ou six députés à dîner. Mme Leuwen ne revenait pas de son étonnement. Il leur disait d'étranges choses, comme :

« Ce dîner, que je vous prie d'accepter toutes les fois que vous ne serez pas invité chez les ministres ou chez le roi, coûterait mieux de vingt francs par tête chez le meilleur restaurateur. Par exemple, voici un turbot... »

Et là-dessus l'histoire du turbot, l'énonciation du prix

Avec des soins de tous les jours, mais qui par leur extrême nouveauté l'amusaient, il arriva rapidement à vingt-neuf voix. Alors, M. Leuwen prit le parti de n'inviter jamais à dîner un député qui ne fût pas des vingt-neuf, et presque chaque jour de séance il en ramenait de la Chambre une grande berline pleine. Un journaliste, son ami, feignit de l'attaquer et proclama l'existence de la *Légion du Midi*, forte de vingt-neuf voix. Mais le ministère paie-t-il cette nouvelle réunion Piet ? se demandait le journaliste.

La seconde fois que la *Légion du Midi* eut l'occasion de se montrer, *révéler son existence*, comme leur disait M. Leuwen, la veille, après dîner, M. Leuwen les fit délibérer. Fidèles à leur instinct, sur vingt-neuf voix présentes dix-neuf furent pour le côté absurde de la question. Le lendemain, M. Leuwen monta à la tribune, et le parti absurde l'emporta dans la Chambre à une majorité de huit voix. Le lendemain, nouvelles diatribes contre la *Légion du Midi*.

M. Leuwen les conjurait en vain depuis un mois de prendre la parole, aucun n'osait, et en vérité ne pouvait. M. Leuwen avait des amis aux Finances, il distribua parmi ses vingt-huit fidèles une direction de postes dans un village du Languedoc et deux distributions de tabac. Trois jours après, il essaya de ne pas mettre en délibération, apparemment faute de temps, une question à laquelle un ministre mettait un intérêt personnel. Ce ministre arrive à la Chambre en grand uniforme, radieux et sûr de son fait ; il va serrer la main à ses amis principaux, reçoit les autres à son banc et, se retournant vers ses bancs fidèles, les caresse du regard. Le rapporteur paraît, et conclut en faveur du ministre. Un juste-milieu furibond lui succède, et appuie le rapporteur. La Chambre s'ennuyait et allait approuver le rapport à une forte majorité. Les députés amis de M. Leuwen le regardaient à sa place, tout près des ministres, ne sachant que penser. M. Leuwen monte à la tribune, libre de son opinion. Malgré la faiblesse de sa voix, il obtient une attention religieuse. Il est vrai que, dès le début de son discours, il trouve trois ou quatre traits fins et méchants. Le premier fit sourire quinze ou vingt députés voisins de la tribune ; le second fit rire d'une façon sensible et produisit un murmure de plaisir, la Chambre se réveillait ; le troisième, à la vérité fort méchant, fit rire aux éclats. Le ministre intéressé demanda la parole et parla sans succès. M. le comte de Vaize, accoutumé à l'attention de la

Chambre, vint au secours de son collègue. C'était ce que M. Leuwen souhaitait avec passion depuis deux mois ; il alla supplier un collègue de lui céder son tour. Comme le ministre comte de Vaize avait répondu assez bien à une des plaisanteries de M. Leuwen, celui-ci demande la parole pour un fait personnel. Le président la lui refuse. M. Leuwen se récrie et la Chambre lui accorde la parole au lieu d'un autre député qui cède à son tour.

Ce second discours fut un triomphe pour M. Leuwen ; il se livra à toute sa méchanceté et trouva contre M. de Vaize des traits d'autant plus cruels qu'ils étaient inattaquables dans la forme. Huit ou dix fois, toute la Chambre éclata de rire, trois ou quatre fois, elle le couvrit de bravos. Comme la voix de M. Leuwen était très faible, on eût entendu, pendant qu'il parlait, voler une mouche dans la salle. Ce fut un succès comme ceux que l'aimable Andrieux obtenait jadis aux séances publiques de l'Académie. M. de Vaize s'agitait sur son banc et faisait signe tour à tour aux riches banquiers membres de la Chambre et amis de M. Leuwen. Il était furieux, il parla de duel à ses collègues.

« Contre une telle voix ? lui dit le ministre de la Guerre. L'odieux serait si exorbitant, si vous tuiez ce petit vieillard, qu'il retomberait sur le ministère tout entier. »

Le succès de M. Leuwen passa toutes ses espérances. Son discours était le débondement d'un cœur ulcéré qui s'est retenu deux mois de suite et qui, pour parvenir à la vengeance, s'est dévoué à l'ennui le plus plat. Son discours, si l'on peut appeler ainsi une diatribe méchante, piquante, charmante, mais qui n'avait guère le sens commun, marqua la séance la plus agréable que la session eût offerte jusque-là. Personne ne put se faire écouter après qu'il fut descendu de la tribune.

Il n'était que quatre heures et demie ; après un moment de conversation, tous les députés s'en allèrent et laissèrent seul avec le président le lourd juste-milieu qui essayait de combattre avec des raisons la brillante improvisation de M. Leuwen. Il alla se mettre au lit, il était horriblement fatigué. Mais il fut un peu ranimé le soir, vers les neuf heures, quand il eut ouvert sa porte. Les compliments pleuvaient, des députés qui ne lui avaient jamais parlé venaient le féliciter et lui serrer la main.

« Demain, si vous m'accordez la parole, leur disait-il, je coulerai à fond le sujet.

— Mais, mon ami, vous voulez donc vous tuer ! » répétait Mme Leuwen, fort inquiète.

La plupart des journalistes vinrent dans la soirée lui demander son discours, il leur montra une carte à jouer sur laquelle il avait écrit cinq idées à développer. Quand les journalistes virent que le discours était réellement improvisé, leur admiration fut sans bornes. Le nom de Mirabeau fut prononcé sans rire.

M. Leuwen répondit à cette louange, qu'il prétendait être une injure, avec un esprit charmant.

« Vous parlez encore à la Chambre ! s'écria un journaliste homme d'esprit. Et, parbleu, cela ne sera pas perdu : j'ai bonne mémoire. »

Et il se mit à griffonner sur une table ce que M. Leuwen venait d'ajouter. M. Leuwen, se voyant imprimé tout vif, lui dit trois ou quatre beaux sarcasmes sur M. le comte de Vaize qui lui étaient venus depuis la séance.

A dix heures, le sténographe du *Moniteur* vint apporter à M. Leuwen son discours à corriger.

« Nous faisions comme cela pour le général Foy. »

Ce mot enchanta l'auteur.

« Cela me dispense de reparler demain », pensa-t-il ; et il ajouta à son discours cinq ou six phrases de bon sens profond, dessinant clairement l'opinion qu'il voulait faire prévaloir.

Ce qu'il y avait de plaisant, c'était l'enchantement des députés de sa réunion qui assistèrent à ce triomphe toute la soirée. Ils croyaient tous avoir parlé, ils lui fournissaient des raisonnements qu'il aurait pu faire valoir, et il admirait ces arguments avec sérieux.

« D'ici à un mois, M. votre fils sera commis à cheval, dit-il à l'oreille de l'un d'eux. Et le vôtre chef de bureau à la sous-préfecture », dit-il à un autre.

Le lendemain matin, Lucien faisait une drôle de mine dans son bureau, à vingt pas de la table où écrivait le comte de Vaize, sans doute furibond. Son Excellence put entendre le bruit que faisaient en entrant dans le couloir les vingt ou trente commis qui vinrent voir Lucien et lui parler du talent de son père.

Le comte de Vaize était hors de lui. Quoique les affaires l'exigeassent, il ne put prendre sur soi de voir Lucien. Vers les deux heures, il partit pour le Château. A peine fut-il sorti que la jeune comtesse fit appeler Lucien.

« Ah ! monsieur, vous voulez donc nous perdre ? Le ministre est hors de lui, il n'a pu fermer l'œil. Vous serez lieutenant, vous aurez la croix, mais donnez-nous du temps. »

La comtesse de Vaize était elle-même fort pâle. Lucien fut charmant pour elle, presque tendre, il la consola de son mieux et lui persuada ce qui était vrai, c'est qu'il n'avait pas la moindre idée de l'attaque projetée par son père.

« Je puis vous jurer, madame, que depuis six semaines mon père ne m'a pas parlé une seule fois sur un ton sérieux. Depuis le long récit de mes aventures à Caen, nous n'avons parlé de rien.

— Ah ! Caen, nom fatal ! M. de Vaize sent bien tous ses torts. Il devait vous récompenser autrement. Mais aujourd'hui, il dit que c'est impossible, après une levée de boucliers aussi atroce.

— Madame la comtesse, dit Lucien d'un air très doux, le fils d'un député opposant peut être désagréable à voir. Si ma démission pouvait être agréable au ministre...

— Ah ! monsieur, s'écria la comtesse en l'interrompant, ne croyez point cela. Mon mari ne me pardonnerait jamais s'il savait que ma conversation avec vous a été maladroite au point de vous faire prononcer ce mot, désolant pour lui et pour moi. Ah ! c'est bien plutôt de conciliation qu'il s'agit. Ah ! quoi que puisse dire M. votre père, ne nous abandonnez jamais. »

Et cette jolie femme se mit à pleurer tout à fait.

« Il n'est jamais de victoire, même celle de tribune, pensa Lucien, qui ne fasse répandre des larmes. »

Lucien consola de son mieux la jeune comtesse, mais en séparant avec soin ce qu'il devait à une jolie femme de ce qui devait être répété à l'homme qui l'avait maltraité à son retour de Caen. Car évidemment, cette jeune femme lui parlait par ordre de son mari. Il revint sur cette idée :

« Mon père est amoureux de politique et passe sa vie avec des députés ennuyeux, il ne m'a pas adressé la parole d'un ton sérieux depuis six semaines. »

Après ce succès, M. Leuwen passa huit jours au lit. Un jour de repos aurait suffi, mais il connaissait son pays, où le charlatanisme à côté du mérite est comme le zéro à la droite d'un chiffre et décuple sa valeur. Ce fut au lit que M. Leuwen reçut les félicitations de plus de cent membres de la Chambre.

Il refusa huit ou dix membres non dépourvus de talent qui voulaient s'enrôler dans la *Légion du Midi*. <Les juste-milieu un peu fins même accouraient. Ils ne pouvaient se figurer qu'un banquier riche fît sérieusement de l'opposition.>

« Nous sommes plutôt une réunion d'amis qu'une société de politique... Votez avec nous, secondez-nous pendant la session, et si cette fantaisie, qui nous honore, vous dure encore l'année prochaine, ces messieurs, accoutumés à vous voir partager nos manières de voir, toutes de conscience, iront eux-mêmes vous engager à venir à nos dîners de bons garçons. »

« Il faut déjà le comble de l'abnégation et de l'adresse pour mener vingt-huit de ces oisons-là, pensait M. Leuwen, que serait-ce s'ils étaient quarante ou cinquante, et encore des gens d'esprit, dont chacun voudrait être mon lieutenant, et bientôt évincer son capitaine ? »

Ce qui faisait la nouveauté et le succès de la position de M. Leuwen, c'est qu'il donnait à dîner à ses collègues avec son argent, ce qui, de mémoire de Chambre, n'était encore arrivé à personne. M. Piet, jadis, avait eu un dîner célèbre, mais l'État payait.

Le surlendemain du succès de M. Leuwen, le télégraphe apporta d'Espagne une nouvelle qui devait probablement faire baisser les fonds. Le ministre hésita beaucoup à faire donner l'avis ordinaire à son banquier.

« Ce serait un nouveau triomphe pour lui, se dit M. de Vaize, que de me voir piqué au point de négliger mes intérêts... Mais halte-là ! Serait-il capable de me trahir ? Il n'y a pas d'apparence. »

Il fit appeler Lucien et, sans presque oser le regarder en face, lui donna l'avis à transmettre à son père. L'affaire se fit comme à l'ordinaire, et M. Leuwen en profita pour envoyer à M. de Vaize, le surlendemain, après le rachat des rentes, le bénéfice de cette dernière opération et le restant de bénéfice des trois ou quatre opérations précédentes, de telle sorte qu'à quelques centaines de francs près, la maison Leuwen ne dut rien au comte de Vaize.

Les discours de M. Leuwen ne méritaient point ce nom, ils n'étaient pas élevés, n'affectaient point de gravité, c'était du bavardage de société piquant et rapide, et M. Leuwen n'admettait jamais la périphrase parlementaire.

« Le style noble me tuerait, disait-il un jour à son fils. D'abord, je ne pourrais plus improviser, je serais obligé de travailler, et je ne travaillerais pas dans le genre littéraire pour un empire... Je ne croyais pas qu'il fût si facile d'avoir du succès. »

Coffe était en grande faveur auprès de l'illustre député, faveur basée sur cette grande qualité : il n'est pas gascon.

M. Leuwen l'employait à faire des recherches. M. de Vaize destitua Coffe de son petit emploi de cent louis.

« Voilà qui est de bien mauvais goût », s'écria M. Leuwen ; il envoya quatre mille francs à Coffe.

A sa seconde sortie, il alla chez le ministre des Finances qu'il connaissait de longue main.

« Eh bien ! parlerez-vous contre moi ? dit ce ministre en riant.

— Certainement, à moins que vous ne répariez la sottise de votre collègue le comte de Vaize. »

Et il raconta au ministre des Finances l'histoire de cet homme de mérite.

Le ministre, homme de sens et tout positif, ne fit pas de questions sur M. Coffe.

« On dit que le comte de Vaize a employé M. votre fils dans nos élections, et que ce fut M. Leuwen fils qui fut attaqué par l'émeute de Blois.

— Il a eu cet honneur-là.

— Et je n'ai point vu son nom sur la liste des gratifications apportées au Conseil.

— Mon fils avait effacé son nom et porté celui de M. Coffe pour cent louis, je crois. Mais ce pauvre Coffe n'est pas heureux au ministère de l'Intérieur.

— Ce pauvre de Vaize a du talent et parle bien à la Chambre, mais il manque tout à fait de tact. Voilà une belle économie qu'il a faite là aux dépens de M. Coffe ! »

Huit jours après, M. Coffe était sous-chef aux Finances avec six mille francs d'appointements et la condition expresse de ne jamais paraître au ministère.

« Êtes-vous content ? dit le ministre des Finances, à la Chambre, à M. Leuwen.

— Oui, de vous. »

Quinze jours après, dans une discussion où le ministre de l'Intérieur venait d'avoir un beau succès, au moment où l'on allait voter, la Chambre était toute en conversations, et l'on disait de toutes parts autour de M. Leuwen :

« Majorité de quatre-vingts ou cent voix ! »

Il monta à la tribune et débuta par parler de son âge et de sa faible voix. Le silence le plus profond régna à l'instant.

M. Leuwen fit un discours de dix minutes, serré, raisonné, après quoi, pendant cinq minutes, il se moqua des raisonnements du comte de Vaize, et la Chambre, si silencieuse, murmura de plaisir cinq ou six fois.

« Aux voix, aux voix ! crièrent en interrompant M. Leuwen trois ou quatre juste-milieu imbéciles, empressés comme aboyeurs.

« — Eh bien ! oui, aux voix ! messieurs les interrupteurs. Je vous en défie ! Et pour vous laisser le temps de voter, je descends de la tribune. Aux voix, messieurs ! » cria-t-il avec sa petite voix en passant devant les ministres.

La Chambre tout entière et les tribunes éclatèrent de rire. En vain le président prétendait-il qu'il était trop tard pour aller aux voix.

« *Il n'est pas cinq heures*, cria M. Leuwen de sa place. D'ailleurs, si vous ne voulez pas nous laisser voter, je remonte à la tribune demain. *Aux voix !* »

Le président fut forcé de laisser voter, et le ministère l'emporta à la majorité de *une voix*.

Le soir, les ministres dînèrent ensemble, pour laver la tête à M. de Vaize. Le ministre des Finances se chargea de l'exécuter. Il raconta à ses collègues l'aventure de Coffe, l'émeute de Blois... M. Leuwen et son fils occupèrent tout le dîner de ces graves personnages. Le ministre des Affaires étrangères et M. de Vaize s'opposèrent fortement à toute réconciliation. On se moqua d'eux, on les força à tout avouer, l'aventure Kortis avec M. de Beausobre, l'élection de Caen mal payée par M. de Vaize, et enfin malgré leur colère, à leur *massimo dispetto*, le ministre de la Guerre alla le soir même chez le roi et fit signer deux ordonnances, la première nommant Lucien Leuwen lieutenant d'état-major, la seconde lui accordant la croix pour blessure reçue à Blois dans l'exercice d'une mission à lui confiée.

A onze heures, les ordonnances furent signées, avant minuit M. Leuwen en avait une expédition avec un billet aimable du ministre des Finances.

A une heure du matin, ce ministre avait un mot de M. Leuwen qui demandait huit petites places et remerciait très fraîchement des grâces incroyables accordées à son fils.

Le lendemain, à la Chambre, le ministre des Finances lui dit :

« Cher ami, il ne faut pas être insatiable.

« — En ce cas, cher ami, il faut être patient. »

Et M. Leuwen se fit inscrire pour avoir la parole le lendemain. Il invita à dîner tous ses amis pour le soir même.

« Messieurs, dit-il en se mettant à table, voici une petite liste de places que j'ai demandées à M. le ministre des Finances, qui a cru me fermer la bouche en donnant la croix à mon fils. Mais si avant quatre heures, demain, nous n'avons pas cinq au moins de ces emplois qui vous sont dus si justement, nous compterons nos vingt-neuf boules noires et onze autres qui me sont promises dans la salle, ce qui fait quarante, et de plus je m'égaierai sur notre bon ministre de l'Intérieur qui, avec M. de Beausobre, s'oppose seul à nos demandes. Qu'en pensez-vous, messieurs ? »

Et, sous prétexte d'interroger ces messieurs sur la question en discussion le lendemain il la leur apprit.

A dix heures il alla à l'Opéra. Il avait engagé son fils à attacher sa croix à son habit d'uniforme, qu'il ne portait jamais. A l'Opéra, il fit avertir le ministre, sans qu'il parût y être pour rien, de son projet de parler le lendemain et des quarante voix déjà sûres.

A quatre heures, à la Chambre, un quart d'heure avant que l'objet à l'ordre du jour ne fût proposé, le ministre des Finances lui annonça que cinq des places étaient accordées.

« La parole de Votre Excellence est de l'or en barre pour moi, mais les cinq députés pères de famille dont j'ai épousé les intérêts savent qu'ils ont pour ennemis MM. de Beausobre et de Vaize. Ils désireraient un avis officiel, et seront incrédules jusque-là.

— Leuwen, ceci est trop fort ! dit le ministre ; et il rougit jusqu'au blanc des yeux. De Vaize a raison, vous irriteriez des...

— Eh bien ! la guerre ! » dit Leuwen. Et un quart d'heure après il était à la tribune.

On alla aux voix, le ministère eut une majorité de trente-sept voix, laquelle fut jugée fort alarmante, et enfin M. Leuwen eut cet honneur que le conseil des ministres, présidé par le roi, délibéra sur son compte, et longuement. Le comte de Beausobre proposa de lui faire peur.

« C'est un homme d'humeur, dit le ministre des finances ; son associé Van Peters me l'a souvent dit. Quelquefois il a les vues les plus nettes des choses, en d'autres moments, pour satisfaire un caprice, il sacrifierait sa fortune et lui avec. Si nous l'irritons, sa faconde épigrammatique prendra une nouvelle vigueur, et à force de dire cent mauvaises pointes il en trouvera une bonne, ou du moins qui sera adoptée pour telle par les ennemis du roi.

— On peut l'attaquer dans son fils, dit le comte de Beausobre ; ce petit sot grave que l'on vient de faire lieutenant.

— Ce n'est pas *on*, monsieur le comte, dit le ministre de la Guerre ; c'est moi qui, par métier, dois me connaître en bravoure, qui l'ai fait lieutenant. Quand il était sous-lieutenant de lanciers, il a pu être peu poli, un soir, chez vous, en cherchant le comte de Vaize pour lui rendre compte de l'affaire Kortis par lui fort bien arrangée.

— Comment ! peu poli, dit le comte. Un polisson...

— *On* dit : peu poli, dit le ministre de la Guerre en pesant sur le *on ; on* ajoute même des détails, des offres de démission, *on* a raconté toute la scène, et à gens qui s'en souviennent. »

Et le vieux guerrier élevait la voix.

« Il me semble, dit le roi, qu'il y a des lieux et des moments où il vaudrait mieux discuter raisonnablement, ne pas tomber dans des personnalités, et surtout ne point élever la voix.

— Sire, dit le comte de Beausobre, le respect que je dois à Votre Majesté me ferme la bouche. Mais partout ailleurs...

— Votre Excellence trouvera mon adresse dans l'Almanach royal », dit le ministre de la Guerre.

De telles scènes se renouvelaient tous les mois dans le conseil. La réunion des trois lettres R, O, I a perdu tout son talisman à Paris.

Une foule de demi-sots, qu'on appelait alors l'opposition dynastique et qui se laissait guider par quelques hommes d'une ambition indécise qui avaient pu et n'avaient pas voulu être ministres de Louis-Philippe, firent faire des ouvertures à M. Leuwen. Il fut profondément étonné.

« Il y a donc quelqu'un qui prend au sérieux mon bavardage parlementaire ? J'ai donc de l'influence, de la consistance ? Il le faut bien, puisqu'un grand parti, ou, pour parler vrai, une grande fraction de la Chambre me propose un traité d'alliance. »

M. Leuwen eut de l'ambition parlementaire pour la première fois de sa vie. Mais cela lui parut si ridicule qu'il n'osa pas en parler même à sa femme, qui, jusque-là, avait eu jusqu'à ses moindres pensées.

CHAPITRE LVII

En arrivant à Paris, Du Poirier fut jeté dans une profonde admiration par le luxe étonnant. Il lui vint bientôt une envie désordonnée, terrible, de jouir de ce luxe. Il voyait M. Berryer en possession de l'admiration de la noblesse et des grands propriétaires, M. Passy était profond dans les affaires et les chiffres du budget ; l'immense majorité de la France, celle qui veut un roi soliveau et peu payé ou un président, n'était pas représentée.

« Elle ne le sera pas de longtemps, car elle ne peut pas nommer un député. Me voici pour cinq ans... Je veux être l'O'Connell et le Corbett de la France. Je ne ménagerai rien, et je me ferai une place originale et grande. Je ne pourrai me voir arriver un rival que quand tous les officiers de la garde nationale seront électeurs..., dans dix ans peut-être. J'en ai cinquante-deux, alors comme alors... Je dirai qu'ils vont trop loin, je me vendrai pour une belle place inamovible, et je me reposerai sur mes lauriers. »

En deux jours, la conversion de ce nouveau saint Paul fut arrêtée, mais le *comment* était difficile ; il y rêva plus de huit jours. L'essentiel était de ne pas sacrifier la religion.

A la fin, il trouva un drapeau facilement compris du public : les *Paroles d'un Croyant* venaient d'avoir un très grand succès l'année précédente, il en fit son évangile, se fit présenter à M. de Lamennais, et joua l'enthousiasme le plus vif. Je ne sais si ce disciple de mauvais ton ne fit pas déplorer sa célébrité à l'illustre Breton, mais enfin lui aussi d'adorateur du pape s'était fait amant de la liberté. Elle a une grande âme, et un peu étourdie, et oublie souvent de dire aux gens : « *D'où venez-vous ?* »

La veille, attaqué à la Chambre par les rires de tout le côté droit et les sarcasmes lourds de toute l'aristocratie bourgeoise, il avait eu l'adresse de faire passer par ses gestes et ses mines cet étonnant morceau d'égotisme :

« J'entends qu'on m'attaque sur mes façons de dire ma pensée, de gesticuler, de monter à cette tribune. Tout cela est de mauvaise guerre. Oui, messieurs, j'ai vu Paris pour la première fois à l'âge de cinquante-deux ans. Mais où avais-je passé ces cinquante-deux ans ? Dans le fond d'un château en province, flatté par mes laquais, par mon notaire, et donnant à dîner au curé du lieu ? Non, messieurs, j'ai passé ces longues années à connaître les hommes de tous les rangs et à secourir le pauvre. Né avec quelques mille francs, je les ai sacrifiés hardiment pour faire mon éducation.

« En quittant l'Université à vingt-deux ans, j'étais docteur, mais je n'avais pas cinq cents francs de capital. Aujourd'hui, je suis riche, mais j'ai disputé cette fortune à des rivaux pleins de mérite et d'activité. J'ai gagné cette fortune, messieurs, non pas en me donnant la peine de naître, comme mes jolis adversaires, mais à force de visites, payées trente sous d'abord, puis trois francs, puis dix francs, et, je l'avoue à ma honte, je n'ai pas eu le temps d'apprendre à danser. Maintenant, que messieurs les orateurs beaux danseurs attaquent le manque de grâce du pauvre docteur de campagne. En vérité, ce sera là une belle victoire ! Pendant qu'ils prenaient des leçons de beau langage et d'art de parler sans rien dire à l'Athénée ou à l'Académie française, moi je visitais des chaumières dans la montagne couverte de neige, et j'apprenais à connaître les besoins et les vœux du peuple. Je suis ici le représentant de cent mille Français non électeurs auxquels j'ai parlé dans ma vie, mais ces Français ont grand tort, ils sont peu sensibles aux grâces. »

....

Un jour, Lucien fut bien surpris en voyant entrer dans son bureau M. Du Poirier, dont il avait remarqué le nom parmi les députés élus. Lucien lui sauta au cou et les larmes lui vinrent aux yeux.

Du Poirier était décontenancé. Il avait hésité pendant trois jours à venir au bureau de Lucien ; il avait peur, le cœur lui avait battu violemment avant de se faire annoncer chez Leuwen. Il tremblait que le jeune officier ne sût l'étrange tour qu'il lui avait joué pour le faire déguerpir de Nancy.

« S'il le sait, il me tue. » Du Poirier avait de l'esprit, de la conduite, du talent pour l'intrigue, mais il avait le malheur de manquer de courage de la façon la plus pitoyable. Sa profonde science médicale s'était mise au service d'une lâcheté rare en France, son imagination lui représentait les suites chirurgicalement tragiques d'un coup de poing ou d'un coup de pied au cul bien assenés. Or, c'est précisément le traitement qu'il redoutait de la part de Lucien. C'est pour cela que, depuis dix jours qu'il était à Paris, il n'avait pas osé venir le chercher. C'est pour cela qu'il se présentait à lui plutôt dans son bureau, dans une sorte de lieu public, et où il était entouré de garçons de bureau et d'huissiers, que chez lui. L'avant-veille, il avait cru apercevoir Lucien dans une rue et avait à l'instant rebroussé chemin et pris une rue transversale.

« Enfin, lui avait suggéré son esprit, il vaut mieux, si un malheur doit arriver (il entendait un soufflet ou un coup de pied), qu'il arrive sans témoins et dans une chambre, qu'au milieu de la rue. Je ne puis, étant à Paris, ne pas le rencontrer tôt ou tard. »

Pour tout dire, malgré son avarice et la peur qu'il avait des armes à feu, le malin Du Poirier avait acheté une paire de pistolets, qu'il avait actuellement dans ses poches.

« Il est fort possible, se disait-il, qu'à l'époque des élections, où tant de haines se sont soulevées, M. Leuwen ait reçu une lettre anonyme, et alors... »

Mais Lucien l'embrassait les larmes aux yeux.

« Ah ! il est bien toujours le même », pensa Du Poirier ; et dans ce moment il éprouva pour notre héros un sentiment de mépris inexprimable.

En le voyant, Lucien crut être à Nancy, à deux cents pas de la rue habitée par Mme de Chasteller. Du Poirier lui avait peut-être parlé depuis peu. Il le regarda avec une attention tendre.

« Mais quoi ! se dit Lucien, il n'est plus sale ! Un habit neuf, des pantalons, un chapeau neuf, des bottes neuves ! cela ne s'est jamais vu ! Quel changement ! Mais comment a-t-il pu se résoudre à cette dépense effroyable ? »

....

Comme les provinciaux, Du Poirier s'exagérait la pénétration et les crimes de la police.

« Voilà une rue bien solitaire. Si le ministre dont je me suis moqué ce matin me faisait saisir par quatre hommes et jeter dans la rivière ? Je ne sais pas nager, d'ailleurs une fluxion de poitrine est bientôt prise.

« — Mais ces quatre hommes ont des femmes, des maîtresses, des camarades s'ils sont soldats ; ils bavarderaient.
D'ailleurs, croyez-vous les ministres assez coquins ?...

— Ils sont capables de tout », reprit Du Poirier avec
chaleur.

« On ne guérit pas de la peur », pensa Lucien ; et il
accompagna le docteur.

Quand ils furent le long du mur d'un grand jardin, la
peur du docteur redoubla. Lucien sentait trembler son
bras.

« Avez-vous des armes ? » dit Du Poirier.

« Si je lui dis que je n'ai que ma petite canne, il est
capable de tomber de peur et de me tenir ici une heure. »

« Rien que des pistolets et un poignard », répondit
Lucien avec la brusquerie militaire.

La peur du docteur redoubla, Lucien entendit ses dents
claquer.

« Si ce jeune officier sait le tour que je lui ai joué dans
l'antichambre de Mme de Chasteller, lors de l'affaire du
faux enfant, quelle vengeance il peut prendre ici ! »

En passant un fossé un peu large à cause de la pluie
récente, Lucien fit un mouvement un peu brusque.

« Ah ! monsieur, s'écria le docteur d'un ton déchirant, pas
de vengeance contre un vieillard ! »

« Décidément, il devient fou. »

« Mon cher docteur, vous aimez bien l'argent, mais à
votre place je prendrais une voiture, ou je me priverais
d'être éloquent.

— Je me le suis dit cent fois, reprit le docteur, mais c'est
plus fort que moi ; quand une idée me vient, je me sens
comme amoureux de la tribune, je lui fais les yeux doux, je
suis furieux de jalousie contre celui qui l'occupe. Quand ils
font silence, quand les tribunes, toutes ces jolies femmes
surtout, sont attentives, je me sens un courage de lion, je
dirais son fait à Dieu le Père. C'est le soir, après dîner, que
les transes me prennent. Je veux louer une chambre dans le
Palais-Royal. Pour la voiture, j'y ai pensé : ils séduiraient
mon cocher pour me faire verser. J'en ferais bien venir un
de Nancy, mais M. Rey, en partant, ou M. de Vasignies, lui
promettront vingt-cinq louis pour me casser le cou... »

Un homme ivre s'approcha d'eux, le docteur serra le bras
de Lucien outre mesure.

« Ah ! mon cher ami, lui dit-il un instant après, que vous
êtes heureux d'avoir du courage ! »

CHAPITRE LVIII

Un jour, Lucien entra tout ému dans le cabinet du ministre : il venait de voir dans un rapport mensuel de police communiqué par le ministre de l'Intérieur à M. le maréchal ministre de la Guerre que le général Fari avait fait de la propagande à Sercey, où il avait été envoyé, par le ministre de la Guerre, huit ou dix jours avant les élections de***, pour calmer un commencement de mouvement libéral.

« Rien au monde ne peut être plus faux. Le général est dévoué de cœur à son devoir, il a encore tout l'honneur que l'on a à vingt-cinq ans, le monde ne l'a point corrompu. Être envoyé par le gouvernement dans un pays pour faire une chose, et faire le contraire, lui ferait horreur.

— Étiez-vous présent, monsieur, à l'événement au sujet duquel a été fait le rapport que vous accusez d'inexactitude ?

— Non, monsieur le comte, mais je suis sûr que le rapport a été fait par un homme de mauvaise foi. »

Le ministre était prêt à partir pour le Château ; il sortit avec humeur et, dans la pièce voisine, dit des injures à son chasseur qui lui passait sa pelisse.

« S'il gagnait un écu à cette calomnie, je le comprendrais, se dit Lucien ; mais à quoi bon mentir d'une façon si nuisible ? Le pauvre Fari approche de soixante-cinq ans, il ne faut à la Guerre qu'un chef de bureau qui ne l'aime pas, il profite de ce rapport et fait mettre à la retraite un des meilleurs officiers de l'armée, un homme honnête, par excellence... »

L'ancien secrétaire général de M. le comte de Vaize dans

la dernière préfecture qu'il avait occupée avant que Louis XVIII l'appelât à la Chambre des Pairs était à Paris. Lucien, le trouvant le lendemain dans les bureaux de la rue de Grenelle, lui parla du général Fari.

« Qu'est-ce que le patron peut avoir contre lui ?

— Le ministre a cru dans un temps que Fari faisait la cour à sa femme.

— Quoi ! à l'âge du général ?

— Il amusait la jeune comtesse, qui mourait d'ennui à***. Mais je parierais qu'il n'y a jamais eu un mot de galanterie prononcé entre eux.

— Et vous croyez que pour une cause aussi légère ?...

— Ah ! que vous ne connaissez pas le patron ! C'est un amour-propre qui se pique d'un rien, et il n'oublie jamais. Le cœur de cet homme, s'il a un cœur, est un trésor de haines. S'il avait le pouvoir d'un Carrier ou d'un Joseph Le Bon, il ferait guillotiner cinq cents personnes pour des offenses personnelles, dont les trois quarts peut-être auraient oublié jusqu'à son nom, s'il n'était pas ministre. Vous-même, qui le voyez tous les jours et qui peut-être lui tenez tête quelquefois, s'il avait le pouvoir suprême je vous conseillerais de passer le Rhin au plus vite. »

Lucien courut chez M. Crapart aîné, directeur de la police du royaume sous le ministre.

« Quelle raison donnerai-je à ce coquin ? se disait Lucien en traversant la cour et les passages qui conduisent à la direction de la police. La vérité, l'innocence du général, sa probité, mon amitié pour lui, toutes choses également ridicules aux yeux d'un Crapart. Il me prendra pour un enfant. »

L'huissier, qui respectait beaucoup M. le secrétaire intime, lui dit à mi-voix que Crapart était avec deux ou trois observateurs de très bonne compagnie.

Lucien regardait par la fenêtre les équipages de ces messieurs. Rien ne lui venait. Il les vit monter en voiture.

« De charmants espions, ma foi ! se dit-il ; on n'a pas l'air plus distingué. »

L'huissier vint l'avertir, Lucien le suivait tout pensif. Il était fort gai en entrant dans le bureau de M. Crapart.

Après les premiers compliments :

« Il y a de par le monde un maréchal de camp Fari. »

Crapart prit l'air grave et sec.

« Cet homme est un pauvre diable, mais ne manque pas d'une certaine probité. Il paie chaque année deux mille francs à mon père sur sa solde. Autrefois, dans un moment d'imprudence, mon père lui a prêté mille louis, sur lesquels le Fari doit bien encore neuf ou dix mille francs. Nous avons donc un intérêt direct à ce qu'il soit employé encore quatre ou cinq ans. »

Crapart restait pensif.

« Je ne vais point par deux chemins avec vous, mon cher collègue. Vous allez voir l'écriture du patron. »

Crapart chercha un papier pendant sept à huit minutes, ensuite se mit à jurer.

« Est-ce qu'on m'égare mes minutes ? F... ! »

Un commis à mine atroce entra, il fut fort maltraité. Pendant qu'on l'injuriait, cet homme se mit à revoir les dossiers que Crapart avait parcourus et dit enfin :

« Voici le rapport n° 5 du mois de...

— Laissez-nous, lui dit Crapart avec la dernière malhonnêteté. Voici votre affaire », dit-il à Lucien d'un air tranquille.

Il se mit à lire à demi bas :

« Hé... Hé... Hé... Ah ! voici. » Et il dit, en pesant sur les mots :

« La conduite du général Fari a été ferme, modérée, « il a « parlé aux jeunes gens d'une façon persuasive. Sa réputa- « tion d'honnête homme a beaucoup fait. »

— Voyez-vous cela ? dit Crapart. Eh bien ! mon cher, biffé ! biffé ! Et, de la main de Son Excellence :

« *Tout serait allé mieux encore, mais chose déplorable ! le général Fari a fait de la propagande tout le temps qu'il a été à*** et n'a parlé que des Trois Journées.* »

— Cela vu, mon cher collègue, je ne puis rien faire pour la rentrée de vos dix mille francs. La phrase que vous venez de lire a été portée ce matin au ministère de la Guerre. Gare la bombe ! » dit Crapart avec un gros rire commun.

Lucien lui fit mille remerciements et alla au ministère de la Guerre, au bureau de la police militaire.

« Le ministre de l'Intérieur m'envoie en toute hâte : on a inséré dans la dernière lettre une feuille du brouillon biffée par le ministre.

— Voici votre lettre, dit le chef de bureau ; je ne l'ai pas encore lue. Remportez-la si vous voulez, mais rendez-la-moi avant mon travail de demain, à dix heures.

— Si c'est une page du milieu, j'aime mieux l'enlever ici, dit Lucien.

520

— Voici des grattoirs, de la sandaraque, faites à votre aise. »

Lucien se mit à table.

« Eh bien ! votre grand travail sur les préfectures après les élections avance-t-il ? J'ai un cousin de ma femme sous-préfet à*** pour lequel on nous a promis Le Havre ou Toulon depuis deux ans... »

Lucien répondit avec le plus grand intérêt et de façon à obliger le chef de bureau de la police militaire. Pendant ce temps, il recopiait la feuille du milieu de la lettre signée *comte de Vaize*. La phrase relative au général Fari était l'avant-dernière du verso à droite. Leuwen eut soin de ne pas serrer ses mots et ses lignes, et fit si bien qu'il supprima les sept lignes relatives au général Fari sans qu'il y parût.

« J'emporte notre feuille, dit-il au chef de bureau après un travail de trois quarts d'heure.

— A votre aise, monsieur, et dans l'occasion je vous recommande notre petit sous-préfet.

— Je vais voir son dossier et y mettre ma recommandation. »

« Me voilà faisant pour le général Fari ce que Brutus n'aurait pas fait pour sa patrie ! »

Un commis de la maison Van Peters, Leuwen et Cie, qui partait pour l'Angleterre huit jours après, mit à la poste, à vingt lieues de la résidence du général Fari, une lettre qui lui donnait l'éveil sur la haine toujours vivante que le ministre de l'Intérieur avait pour lui. Sans signer, Leuwen cita deux ou trois phrases de leurs conversations sans témoins, qui nommaient au bon général l'auteur de l'avis salutaire.

CHAPITRE LIX

Depuis le commencement de la session, le métier de Lucien était fort amusant. M. des Ramiers, le plus moral, le plus *fénelonien* des rédacteurs du journal ministériel par excellence, récemment nommé député à Escorbiac, dans le Midi, à une majorité de deux voix, faisait une cour assidue au ministre et à Mme la comtesse de Vaize. Sa morale douce et conciliante avait fait la conquête de M. de Vaize et presque celle de Leuwen.

« C'est un homme sans vues politiques, se disait celui-ci, qui prétend [concilier] des choses incompatibles. Si les hommes étaient aussi bons qu'il les fait, la gendarmerie et les tribunaux seraient inutiles, mais son erreur est celle d'un bon cœur. »

Lucien le reçut donc très bien quand il vint, un matin, lui parler d'affaires.

Après un préambule du plus beau style et qui occuperait bien huit pages, s'il était transcrit ici, M. des Ramiers exposa qu'il y avait des devoirs bien pénibles attachés aux fonctions publiques. Par exemple, il se trouvait dans la nécessité morale la plus étroite de réclamer la destitution de M. Tourte, commis à cheval des droits réunis, dont le frère s'était opposé de la façon la plus scandaleuse à la nomination de lui, M. des Ramiers. Cela même fut dit avec des précautions savantes qui furent fort utiles à Leuwen pour le préserver d'un rire fou qui l'avait saisi à la première appréhension.

« De Fénelon réclamant une destitution ! »

Lucien s'amusa à répondre à M. des Ramiers en son propre style, il affecta de ne pas comprendre la question, saisit de quoi il s'agissait, et força barbarement le moderne Fénelon à demander la destitution d'un pauvre diable demi-artisan qui, moyennant un salaire de onze cents francs, vivait, lui, sa femme, sa belle-mère et cinq enfants.

Quand il eut assez joui de l'embarras de M. des Ramiers, que le manque d'intelligence de Leuwen força à employer les façons de parler les plus claires, et, par là, les plus odieuses et les plus contrastantes avec sa morale si douce, Lucien le renvoya au ministre et essaya de lui faire entendre que la présente conversation devait avoir un terme. Alors, M. des Ramiers insista et Lucien, ennuyé de la figure doucereuse de ce coquin, se trouva très disposé à le traiter durement.

« Mais ne pourriez-vous pas, monsieur, avoir l'extrême bonté d'exposer vous-même à Son Excellence la cruelle nécessité où je me trouve ? Mes mandataires me reprochent sérieusement d'être infidèle aux promesses que je leur ai faites. Mais d'un autre côté, réclamer moi-même auprès de Son Excellence la destitution d'un père de famille !... Cependant, j'ai des devoirs à remplir envers ma propre famille. La confiance du gouvernement pourrait m'appeler à la Cour des Comptes, par exemple, en ce cas il faudrait une réélection. Et comment me présenter devant mes mandataires étonnés si la conduite de M. Tourte n'a pas reçu une marque éclatante de désapprobation ?

— Je conçois : la majorité ayant été de deux voix, la moindre prépondérance acquise par le parti contraire peut être funeste à la future députation. Mais, monsieur, je ne me mêle d'élections que le moins possible. Je vous avouerai que je vois dans le mécanisme social beaucoup d'actions nécessaires, indispensables même, j'en conviens, auxquelles, pour rien au monde, je ne voudrais m'astreindre. Les arrêts des tribunaux doivent être exécutés, mais pour rien au monde je ne voudrais me charger de ce soin. »

M. des Ramiers rougit beaucoup, et comprit enfin qu'il fallait se retirer.

« M. Tourte sera destitué, mais j'ai appelé bourreau ce nouveau Fénelon. »

Moins de quatre jours après, [il] trouva dans le portefeuille de la première division une grande lettre du ministre de l'Intérieur au ministre des Finances pour ordonner au directeur des Impositions indirectes de proposer la destitution de M. Tourte. Lucien appela un commis extrêmement adroit pour gratter et fit mettre partout *Tarte* au lieu de Tourte.

Il fallut quinze jours de démarches à M. des Ramiers pour trouver la cause qui arrêtait la destitution. Pendant ce temps, Leuwen avait trouvé l'occasion de raconter toute la scène renouvelée du *Tartuffe* que M. des Ramiers était venu faire dans son bureau. La bonne Mme de Vaize ne voyait le mal que lorsqu'il était bien clairement expliqué et prouvé. Elle reparla sept à huit fois à Lucien du pauvre commis Tourte, dont le nom l'avait frappée, et deux ou trois fois elle oublia d'inviter M. des Ramiers aux dîners donnés aux députés du second ordre.

M. des Ramiers comprit d'où venait le coup et se mit à s'insinuer doucement dans la très bonne compagnie, où il passait pour un philosophe hardi et pour un novateur trop libéral.

Lucien avait oublié le coquin lorsque le petit Desbacs, qui lui faisait la cour et qui enviait la fortune de M. des Ramiers, vint lui conter les propos de celui-ci. Cela parut bien fort à Lucien.

« Voici un coquin qui en calomnie un autre. »

Il alla voir M. Crapart, le chef de la police du ministère, et le pria de faire vérifier le propos. M. Crapart, un peu nouveau dans les salons de la bonne compagnie, ne doutait pas que Leuwen ne fût bien avec Mme la comtesse de Vaize, ou du moins bien près d'atteindre à ce poste si envié par les jeunes commis : amant de la femme du ministre. Il servit Lucien avec un zèle parfait, et huit jours après lui apporta les rapports originaux portant les propos tenus par M. des Ramiers sur Mme de Vaize.

« Attendez-moi un instant », dit Lucien à M. Crapart.

Et il porta les rapports sans orthographe des observateurs de bonne compagnie à Mme de Vaize, qui rougit beaucoup. Elle avait pour Lucien une confiance et une ouverture de cœur bien voisines d'un sentiment plus tendre ; Lucien le voyait un peu, mais il était si excédé de son amour pour Mme Grandet que toute relation de ce genre lui faisait horreur. Une heure de promenade tranquille et sombre au pas de son cheval dans les bois de Meudon était ce qu'il avait trouvé de plus semblable au bonheur depuis qu'il avait quitté Nancy.

Lucien trouva les jours suivants Mme de Vaize réellement irritée contre M. des Ramiers, et, comme elle avait plus de sensibilité que d'usage du monde, elle fit sentir sa colère au député journaliste d'une façon humiliante. Cet esprit si doux trouva, je ne sais comment, des mots cruels pour le moderne Fénelon, et ces mots, dits sans précaution au milieu de toute la cour qui entoure la femme d'un ministre puissant, furent cruels pour l'auréole de vertu et de philanthropie du député journaliste. Ses amis lui parlèrent, il y eut une allusion assez claire dans le *Charivari*, journal qui exploitait avec assez de bonheur la tartuferie de MM. du juste-milieu.

Lucien avait vu passer une lettre du ministre des Finances annonçant que le directeur des Contributions indirectes répondait qu'il n'y avait point de M. *Tarte* parmi les commis à pied attachés aux Contributions indirectes. Mais M. des Ramiers avait eu le crédit de faire ajouter un post-scriptum à cette lettre par le ministre des Finances. On lisait, de la main même du ministre :

« Ne s'agirait-il point de M. Tourte, commis à Escorbiac ? »

Huit jours après, réponse de M. le comte de Vaize à son collègue :

« Oui, c'est précisément M. Tourte qui s'est mal conduit et dont je propose la destitution. »

Lucien vola la lettre et courut la montrer à Mme de Vaize, que cette affaire intéressait au plus haut point.

« Que faisons-nous ? » dit-elle à Lucien avec un air soucieux qui lui parut charmant. Il lui prit la main, qu'il baisa avec transport.

« Que faites-vous ? lui dit-on d'une voix éteinte.

— Je vais me tromper d'adresse, et faire mettre sur l'enveloppe de cette lettre l'adresse du ministre de la Guerre. »

Onze jours après arriva la réponse du ministre de la Guerre annonçant l'erreur commise sur l'adresse. Lucien porta cette réponse à M. de Vaize. Le commis décacheteur avait placé trois lettres reçues du ministère de la Guerre ce jour-là dans une feuille de grand papier d'enveloppe, dont il avait fait ce qu'on appelle dans les bureaux *une chemise*, et sur cette feuille avait écrit : « Trois lettres de M. le ministre de la Guerre. »

Leuwen avait depuis huit jours en réserve une lettre du ministre de la Guerre réclamant son autorité sur la garde municipale à cheval de Paris. Lucien la substitua à la lettre qui renvoyait celle sur M. Tourte. M. des Ramiers n'avait pas de relations directes avec le ministère de la Guerre ; il fut obligé d'avoir recours au fameux général Barbaut, et enfin ce ne fut que six mois après sa demande que M. des Ramiers put obtenir la destitution de M. Tourte, et quand

Mme de Vaize l'apprit elle remit à Leuwen cinq cents francs destinés à ce pauvre commis.

Lucien eut une vingtaine d'affaires de ce genre ; mais, comme on voit, ces détails de basse intrigue exigent huit pages d'impression pour être rendus intelligibles, c'est trop cher.

La douce Mme de Vaize, poussée à son insu par un sentiment nouveau pour elle, avait déclaré à son mari avec une fermeté qui le surprit infiniment qu'elle aurait mal à la tête et dînerait dans sa chambre toutes les fois que M. des Ramiers dînerait au ministère. Après deux ou trois essais, le comte de Vaize finit par effacer le nom de M. des Ramiers sur la liste des députés invités. Au su de cet événement, une grande moitié du centre cessa de serrer la main au doucereux rédacteur du journal ministériel. Pour comble de misère, M. Leuwen père, qui ne sut l'anecdote que fort tard, par une indiscrétion de Desbacs, se la fit raconter avec détails par son fils, et, le nom de M. Tourte lui paraissant excellent, bientôt cette anecdote brilla dans les salons de la haute diplomatie. M. des Ramiers, qui se fourrait partout, ayant obtenu, je ne sais comment, d'être présenté à M. l'ambassadeur de Russie, le célèbre prince de N... dit tout haut, en recevant le salut de M. des Ramiers :

« Ah ! le des Ramiers de Tourte ! »

Sur quoi le Fénelon moderne devint pourpre, et le lendemain M. Leuwen père mit l'anecdote en circulation dans tout Paris.

CHAPITRE LX

Le roi fit appeler M. Leuwen à l'insu de ses ministres. En recevant cette communication de M. de N..., officier d'ordonnance du roi, le vieux banquier rougit de plaisir. (Il avait déjà vingt ans quand la royauté tomba, en 1793.) Toutefois, s'apercevoir de son trouble et le dominer ne fut qu'un instant pour cet homme vieilli dans les salons de Paris. Il fut avec l'officier d'ordonnance d'une froideur qui pouvait passer également pour du respect profond ou pour un manque complet d'empressement.

En effet, l'officier se disait en remontant en cabriolet :

« Cet homme, malgré tout son esprit, est-il un jacobin ou un nigaud ébahi devant un serrement de main ? »

M. Leuwen regarda le cabriolet s'éloigner ; au même instant le sang-froid lui revint.

« Je vais jouer le rôle si connu de Samuel Bernard promené par Louis XIV dans les jardins de Versailles. »

Cette idée suffit pour rendre à M. Leuwen tout le feu de la première jeunesse. Il ne se dissimula point le petit moment de trouble qu'avait causé le message de Sa Majesté, et moins encore le ridicule que lui eût donné ce trouble s'il eût été *coté* au foyer de l'Opéra.

Jusque-là, il n'y avait eu entre le roi et M. Leuwen que des phrases polies au bal ou à dîner. Il avait dîné deux ou trois fois avec le roi dans les premiers temps qui suivirent la révolte de Juillet. Elle portait alors un autre nom, et Leuwen, difficile à tromper, avait été un des premiers à discerner la haine qu'inspirait un exemple aussi pernicieux. Alors, il avait lu dans ce regard auguste :

« Je vais faire peur aux propriétaires et leur persuader

que c'est la guerre des gens qui n'ont rien contre ceux qui ont quelque chose. »

Afin de ne pas passer pour aussi bête que quelques députés campagnards invités avec lui, Leuwen avait dirigé quelques plaisanteries enveloppées contre cette idée, que personne n'exprimait.

Leuwen craignit un instant qu'on ne voulût compromettre le petit commerce de Paris en lui faisant répandre du sang. Il trouva l'idée de mauvais goût et donna sans balancer sa démission de la place de chef de bataillon, où l'avait porté le petit commerce en boutique, auquel il prêtait assez généreusement quelques billets de mille francs que même on lui rendait, et n'avait plus dîné chez les ministres sous prétexte qu'ils étaient ennuyeux.

Le comte de Beausobre, ministre des Affaires étrangères, lui disait pourtant : « _Un homme comme vous..._ » et le poursuivait d'invitations à dîner. Mais Leuwen avait résisté à une éloquence aussi adroite.

En 1792, il avait fait une campagne ou deux, et le nom de République française était pour lui le nom d'une maîtresse autrefois aimée, et qui s'est mal conduite. Enfin, son heure n'avait pas sonné.

Le rendez-vous indiqué par le roi bouleversa toutes ses idées, il était d'autant attentif sur lui-même qu'il ne se sentait pas de sang-froid.

Au Château, M. Leuwen fut parfaitement convenable, mais d'un sang-froid parfait en apparence, parfaitement pur de trouble et d'engouement. L'esprit cauteleux et fin du premier personnage saisit bientôt cette nuance, et en fut fort mécontent. Il essaya en vain du ton amical, même de l'intérêt particulier, pour donner des ailes à l'ambition de ce bourgeois, rien n'y fit.

Mais n'outrageons point la réputation de finesse cauteleuse de cet homme célèbre. Que voulait-on qu'il fût sans victoires militaires et en présence d'une presse si méchante et si spirituelle ? Nous faisons observer d'ailleurs que ce personnage célèbre voyait Leuwen pour la première fois, jusque-là il n'y avait eu que des phrases polies à dîner.

Le procureur de Basse Normandie, qui occupe le trône, commença par dire à Leuwen, comme son ministre : « _Un homme tel que vous..._ » Mais, trouvant ce plébéien malin endurci contre ces douces paroles, voyant qu'il perdait le temps inutilement et ne voulant pas, par la longueur de l'entrevue, donner à Leuwen une idée exagérée du service qu'on lui demandait, le roi, en moins d'un quart d'heure, fut réduit à la bonhomie.

En observant ce changement de ton chez un homme si adroit, M. Leuwen fut content de soi, et ce premier succès lui rendit enfin la confiance en soi-même.

« Voilà, se dit-il, que Sa Majesté renonce aux finesses bourboniennes. »

On lui disait de l'air le plus paterne et comme si dans ce qu'on disait de marqué l'on était poussé et comme contraint par les événements :

« J'ai voulu vous voir, mon cher monsieur, à l'insu de mes ministres qui, je le crains, à l'exception du maréchal (le ministre de la Guerre) ne vous ont pas donné, à vous et au lieutenant Leuwen, de grands sujets d'être contents d'eux. Demain aura lieu, selon toute apparence, le scrutin définitif sur la loi de...

« Et je vous avouerai, monsieur, que je prends à cette loi un intérêt tout personnel. Je suis bien sûr qu'elle passera par assis et levés. N'est-ce pas votre avis ?

— Oui, sire.

— Mais au scrutin j'aurai un bel et bon rejet par huit ou dix boules noires. N'est-ce pas ?

— Oui, sire.

— Eh bien ! rendez-moi un service : parlez contre (vous le trouverez nécessaire à votre position), mais donnez-moi vos trente-cinq voix. C'est un service personnel que j'ai voulu vous demander moi-même.

— Sire, je n'ai que vingt-sept voix en ce moment, en comptant la mienne.

— Ces pauvres têtes (le roi parlait de ses ministres) se sont effrayées, ou plutôt piquées, parce que vous aviez donné une liste de huit petites places subalternes. Je n'ai pas besoin de vous dire que j'approuve d'avance cette liste, et je vous engage puisque nous trouvons une occasion, à y joindre quelque chose pour vous, monsieur, ou pour le lieutenant Leuwen..., etc., etc. »

Heureusement pour M. Leuwen, le roi parla trois ou quatre minutes dans ce sens ; M. Leuwen reprit presque tout son sang-froid.

« Sire, lui dit M. Leuwen, je demande à Votre Majesté de ne rien signer pour moi ni pour mes amis, et je lui fais hommage de mes vingt-sept voix pour demain.

— Parbleu ! vous êtes un brave homme ! » dit le roi, jouant, et pas trop mal, la franchise à la Henri IV ; il était nécessaire de se rappeler son nom pour n'y être pas pris.

Sa Majesté parla un bon demi-quart d'heure dans ce sens.

« Sire, il est impossible que M. de Beausobre pardonne jamais à mon fils. Ce ministre a peut-être manqué un peu de fermeté personnelle envers ce jeune homme plein de feu que Votre Majesté appelle le lieutenant Leuwen. Je demande à Votre Majesté de ne jamais croire un mot des rapports que M. de Beausobre fera faire sur mon fils par sa police particulière ou même par celle du bon M. de Vaize, mon ami.

— *Et que vous servez avec tant de probité* », dit le roi. Son œil brillait de finesse.

M. Leuwen se tut ; le roi répéta la question avec l'air étonné du manque de réponse.

« Sire, je craindrais en répondant de céder à mes habitudes de franchise.

— Répondez, monsieur, exprimez votre pensée, quelle qu'elle soit. »

L'interlocuteur parlait en roi.

« Sire, personne ne doute des correspondances directes du roi avec les cours du Nord, mais personne ne lui en parle. »

Cette obéissance si prompte et si entière eut l'air d'étonner un peu ce grand personnage. Il vit que M. Leuwen n'avait aucune grâce à lui demander. Comme il n'était pas accoutumé à donner ou à recevoir rien pour rien, il avait calculé que les vingt-sept voix devaient lui coûter 27 000 francs. « Et ce serait marché donné », pensait le barème couronné.

Il reconnut chez M. Leuwen cette physionomie ironique dont les rapports de son général Rumigny lui avaient parlé si souvent.

« Sire, ajouta M. Leuwen, je me suis fait une position dans le monde en ne refusant rien à mes amis et ne me refusant rien contre mes ennemis. C'est une vieille habitude, je supplie Votre Majesté de ne pas me demander de changer de caractère envers vos ministres. Ils ont pris des airs de hauteur avec moi, même ce bon M. Bardoux des Finances, qui m'a dit gravement à la Chambre, en parlant de mes huit places de 1 800 francs : « Cher ami, il ne faut pas être insatiable. » Je promets à Votre Majesté mes voix, qui seront vingt-sept au plus, mais je la supplie de me permettre de me moquer de ses ministres. »

C'est ce dont M. Leuwen s'acquitta le lendemain avec une

verve et une gaieté admirables. Après tout, son éloquence prétendue n'était qu'une saillie de caractère, c'était un être plus *naturel* qu'il n'est permis de l'être à Paris. Il était excité par l'idée d'avoir réduit le roi à être presque sincère avec lui.

La loi à laquelle le roi prétendait tenir passa à une majorité de treize voix, dont six ministres. Quand on proclama ce résultat, M. Leuwen, placé au second banc de la gauche, à trois pas des ministres, dit tout haut :

« Ce ministère s'en va, bon voyage ! »

Ce mot fut à l'instant répété par tous les députés voisins du banc. M. Leuwen se trouvant seul dans une chambre avec un laquais était heureux de l'approbation de ce laquais ; on peut juger combien il était sensible au succès de ses mots les plus simples tels que celui-ci.

« Ma réputation jure pour moi », se dit-il en passant la revue de ces yeux brillants fixés sur les siens.

D'abord, tout le monde voyait bien qu'il n'était passionnément pour aucune opinion. Il n'était peut-être que deux choses auxquelles il n'eût jamais consenti : le sang, et la banqueroute.

Trois jours après cette loi, emportée par treize voix dont six ministres, M. Bardoux, le ministre des Finances, s'approcha, à la Chambre, de M. Leuwen, et lui dit d'un air fort ému (il avait peur d'une épigramme, et parlait à mi-voix) :

« Les huit places étaient accordées.

— Fort bien, [monsieur] Bardoux, lui dit-il, mais vous vous devez à vous-même de ne pas contresigner ces grâces-là. Laissez cela à votre successeur aux Finances. J'attendrai, *monseigneur*. »

M. Leuwen parlait fort clairement, tous les députés voisins furent émerveillés : se moquer d'un ministre des Finances, d'un homme qui peut faire un receveur général !

Il eut bien quelque peine à faire agréer ce succès aux huit membres de la *Légion du Midi* à la famille desquels étaient destinées ces huit places.

« Dans six mois, vous aurez deux places au lieu d'une, il faut savoir faire des sacrifices.

— Voilà de belles calembredaines », lui dit un de ses députés, plus hardi que les autres.

L'œil de M. Leuwen brilla ; il lui vint deux ou trois réponses, mais il sourit agréablement. « Il n'y a qu'un sot, pensa-t-il, qui coupe la branche de l'arbre sur laquelle il est à cheval. »

Tous les yeux étaient fixés sur M. Leuwen. Un autre député, enhardi, s'écria :

« Notre ami Leuwen nous sacrifie tous à un bon mot !

— Si vous voulez rompre mes relations, vous en êtes bien les maîtres, messieurs, dit Leuwen d'un ton grave. Auquel cas je serai obligé de faire agrandir ma salle à manger pour recevoir les nouveaux amis qui me demandent chaque jour de voter avec moi.

— Là ! Là ! la paix ! s'écria un député rempli de bon sens. Que serions-nous sans M. Leuwen ? Quant à moi, je l'ai choisi pour général en chef pour toute ma carrière législative, je ne lui serai jamais infidèle.

— Ni moi.

— Ni moi. »

Les deux députés qui avaient paru hésitants, M. Leuwen alla leur prendre la main et voulut bien essayer de leur faire entendre qu'en acceptant ces huit places la société s'était ravalée à l'état des Trois-cents de M. de Villèle.

« Paris est un pays dangereux. Tous les petits journaux, dans huit jours, auraient été acharnés après vos noms. »

A ces mots, les deux opposants frémirent.

« Le moins épais, se dit l'inexorable Leuwen, aurait bien pu fournir des articles. »

Et la paix fut faite.

Le roi faisait souvent inviter à dîner M. Leuwen et après dîner le tenait une demi-heure ou trois quarts d'heure dans l'embrasure d'une fenêtre.

« Ma réputation d'esprit est enterrée si je ménage les ministres. » Et il affectait de se moquer d'une façon presque sans retenue de quelqu'un d'entre ces messieurs, le lendemain de chaque dîner au Château. Le roi lui en parla.

« Sire, j'ai supplié Votre Majesté de me laisser carte blanche à cet égard. Je ne pourrai accorder quelque trêve qu'aux successeurs de ceux-ci. Ce ministère manque d'esprit ; or, c'est ce que dans des temps tranquilles Paris ne peut pas pardonner. Il faut aux bonnes têtes de ce pays du prestige, comme Bonaparte revenant d'Égypte, ou de l'esprit. » (A ce nom redouté, le roi fit la mine d'une jeune femme nerveuse devant laquelle on a nommé le bourreau.)

Peu de jours après cette conversation avec le roi, il vint une affaire à la Chambre à l'énoncé de laquelle tous les yeux cherchèrent M. Leuwen. Mme Destrois, ex-directrice de la poste aux lettres à Torville, se plaignait d'avoir été destituée comme accusée et convaincue d'une infidélité qu'elle n'avait pas commise. Elle voulait, en faisant une pétition, justifier son caractère. Quant à avoir justice, elle n'y songerait pas tant que M. Bardoux aurait la confiance du roi. La pétition était piquante, toujours sur le bord de l'insolence, mais point insolente ; on l'eût dite rédigée par feu M. de Martignac.

M. Leuwen parla trois fois, et à la seconde fut littéralement couvert d'applaudissements. Ce jour-là, l'ordre du jour demandé à deux genoux par M. le comte de Vaize fut obtenu à la majorité de deux voix, et encore, par assis et levés, la majorité du ministère avait été de quinze ou vingt voix. M. Leuwen dit à ses voisins, formant un groupe autour de lui, comme à l'ordinaire :

« M. de Vaize change les habitudes des gens timides : ordinairement, on se lève pour la justice et l'on vote pour le ministère. Moi, j'ouvre une souscription en faveur de la veuve Destrois, ex-directrice de poste et qui sera toujours *ex*, et je m'inscris pour trois mille francs. »

Autant M. Leuwen était tranchant avec les ministres, autant il était attentif à être le très humble serviteur de sa *Légion du Midi*. Il n'invitait à dîner chez lui que ses vingt-huit députés ; s'il eût voulu, son parti personnel, car ses opinions étaient fort accommodantes, se fût élevé à cinquante ou soixante.

« Les ministres donneraient bien les cent mille francs qu'ils ont envoyés trop tard à mon fils pour scinder ma bonne petite troupe. »

Assez ordinairement, il avait tous ces messieurs à dîner le lundi pour convenir du plan de la campagne parlementaire pendant la semaine.

« Lequel de vous, messieurs, aurait pour agréable de dîner au Château ? »

A ce mot, ces bons députés le virent ministre. Ces messieurs convinrent que M. Chapeau, l'un d'entre eux, devait avoir cet honneur le premier, et que plus tard, avant la fin de la session, on solliciterait le même honneur pour M. Cambray.

« J'ajouterai à ces noms ceux de MM. Lamorte et Debrée, qui ont voulu nous quitter. »

Ces messieurs bredouillèrent et firent des excuses.

M. Leuwen alla solliciter l'aide de camp de service de Sa Majesté et, moins de quinze jours après, ces quatre députés, plus obscurs qu'aucun de la Chambre, furent engagés à dîner chez le roi. M. Cambray fut tellement comblé de cette faveur inespérée qu'il tomba malade et ne put en profiter.

Le lendemain du dîner chez le roi, M. Leuwen pensa qu'il devait profiter de la faiblesse de ces bonnes gens, auxquels l'esprit seul manquait pour être méchants.

« Messieurs, leur dit-il, si Sa Majesté m'accordait une croix, lequel de vous devrait être l'heureux chevalier ? »

Ces messieurs demandèrent huit jours pour se concerter, mais ils ne purent tomber d'accord. On alla au scrutin après dîner, suivant un usage que M. Leuwen laissait exprès tomber un peu en désuétude. On était vingt-sept. M. Cambray, malade et absent, eut treize voix, M. Lamorte quatorze, y compris celle de M. Leuwen. M. Lamorte fut désigné.

Il n'y avait pas la moindre apparence qu'il pût obtenir une croix. « Mais, pensa-t-il, cette idée les empêchera de se révolter. »

M. Leuwen allait assez régulièrement chez le maréchal N..., depuis que ce ministre avait nommé Lucien lieutenant. Le maréchal lui témoignait beaucoup de bienveillance, et ces messieurs finirent par se voir trois fois la semaine. Le maréchal finit par lui faire entendre, mais de façon à ne pas s'attirer de réponse, que si le ministère tombait et que lui maréchal fût chargé d'en former un autre, il ne se séparerait pas de M. Leuwen. M. Leuwen fut très reconnaissant, mais évita soigneusement de prendre un engagement analogue.

Depuis longtemps, M. Leuwen avait osé avouer ses lueurs d'ambition à Mme Leuwen.

« Je commence à songer sérieusement à tout ceci. Le succès est venu me chercher ; moi être *éloquent*, comme [disent] les journalistes amis, cela me paraît plaisant : je parle à la Chambre comme dans un salon. Mais [si] ce ministère, qui ne bat plus que d'une aile, vient à tomber, je ne saurai plus que dire, car enfin je n'ai d'opinion sur rien, et certainement, à mon âge, je n'irai pas étudier pour m'en former une.

— Mais, mon père, vous possédez parfaitement les questions de finances ; vous comprenez le budget avec tous ses leurres, et il n'y a pas cinquante députés qui sachent exactement comment le budget ment et ces cinquante députés sont achetés avec soin et avant tous les autres. Avant-hier, vous avez fait frémir M. le ministre des Finances dans la question du monopole des tabacs. Vous avez tiré un parti prodigieux de la lettre du préfet Noireau, qui refuse la culture à un homme qui pense mal.

— Ceci n'est que du sarcasme. Un peu fait bien, mais toujours du sarcasme finira par révolter la minorité stupide de la Chambre, qui au fond ne comprend rien à rien et est presque la majorité. Mon éloquence et ma réputation sont comme une omelette soufflée ; un ouvrier grossier trouve que c'est viande creuse.

— Vous connaissez parfaitement les hommes en général, et surtout tout ce qui a paru dans les affaires à Paris depuis le consulat de Napoléon en 1800, cela est immense.

— La *Gazette* vous appelle le Maurepas de cette époque, dit Mme Leuwen. Je voudrais bien avoir sur vous le crédit que Mme de Maurepas avait sur son mari. Amusez-vous, mon ami, mais de grâce, ne vous faites pas ministre, vous en mourriez. Vous parlez déjà beaucoup trop : j'ai mal à votre poitrine.

— Il y a un autre inconvénient à être ministre : je me ruinerais. La perte de ce pauvre Van Peters se fait vivement sentir. Nous avons été *pincés* dernièrement dans deux banqueroutes d'Amsterdam, uniquement parce que depuis qu'il nous manque je ne suis pas allé en Hollande. Cette maudite Chambre en est la cause, et le maudit Lucien que voilà est la cause première de tous mes embarras. D'abord, il m'a enlevé la moitié de votre cœur. Ensuite, il devrait connaître le prix de l'argent et être à la tête de ma maison de banque. A-t-on jamais vu un homme né riche qui ne songe pas à doubler sa fortune ? Il mériterait d'être pauvre. Ses aventures de Caen lors de la nomination de M. Mairobert m'ont piqué. Sans la sotte réception que lui fit le de Vaize, jamais je n'aurais songé à *me faire une position* à la Chambre. J'ai pris goût à ce joujou à la mode. Maintenant, je vais avoir une bien autre part à la chute de ce ministère, s'il tombe toutefois, que je n'en ai eu à sa formation.

« Mais une objection terrible se présente : *que puis-je demander ?* Si je ne prends rien de substantiel, au bout de deux mois le ministère que j'aurai aidé à naître se moque de moi, et je suis dans une *position ridicule*. Me faire receveur général, cela ne signifie rien pour moi comme argent et d'ailleurs c'est un avantage trop subalterne pour ma position actuelle à la Chambre. Faire Lucien préfet malgré lui, c'est ménager à celui de mes amis qui sera ministre de l'Intérieur le moyen de me jeter dans la boue en le destituant, ce qui arriverait avant trois mois.

— Mais ne serait-ce pas un beau rôle que de faire le bien et de ne rien prendre ? dit Mme Leuwen.

— C'est ce que notre public ne croira jamais. M. de Lafayette a joué ce rôle pendant quarante ans, et a toujours été sur le point d'être ridicule. Ce peuple-ci est trop gangrené pour comprendre ces choses-là. Pour les trois quarts des gens de Paris, M. de Lafayette eût été un homme admirable s'il eût volé quatre millions. Si je refusais le ministère et montais ma maison de façon à dépenser cent mille écus par an, tout en achetant des terres (ce qui montrerait que je ne me ruine pas), on ajouterait foi à mon génie, et je garderais la supériorité sur tous ces demi-fripons qui vont se disputer le ministère.

« Si tu ne me résous pas cette question-ci : *Que puis-je prendre ?* dit-il à son fils en riant, je te regarde comme un être sans imagination et je n'ai d'autre parti à suivre que de jouer la petite santé et d'aller passer trois mois en Italie pour laisser faire un ministère sans moi. Au retour, je me trouverai bien effacé, mais je ne serai pas ridicule.

« En attendant que je trouve les moyens d'user de cette faveur combinée du roi et de la Chambre qui fait de moi l'un des représentants de la haute banque, il faut constater cette faveur et l'augmenter.

« J'ai à vous demander une grande corvée, ma chère amie, ajouta-t-il en s'adressant plus particulièrement à sa femme ; il s'agirait de donner deux bals. Si le premier n'est pas *well attented*, nous nous dispenserons du second, mais je suppose qu'au second nous aurons *toute la France*, comme on disait dans ma jeunesse. »

Les deux bals eurent lieu et avec un immense succès, ils furent pleinement favorisés par la mode. Le maréchal vint au premier, où la Chambre des députés afflua en masse, si l'on peut dire ; le prince ne manqua pas ; mais, ce qui fut plus réel, le ministre de la Guerre affecta de prendre à part M. Leuwen pendant vingt minutes au moins. Ce qu'il y avait de singulier, c'est que pendant cet aparté, qui faisait ouvrir de grands yeux aux cent quatre-vingts députés présents, le maréchal avait réellement parlé d'affaires à M. Leuwen.

« Je suis bien embarrassé d'une chose, avait dit le ministre de la Guerre. En choses raisonnables, que trouveriez-vous à faire pour M. votre fils ? Le voulez-vous préfet ? Rien de plus simple. Le voudriez-vous secrétaire d'ambassade ? Il y a une hiérarchie gênante. Je le ferais second, et dans trois mois premier.

— *Dans trois mois ?* » dit M. Leuwen avec un air naturellement dubitatif et bien loin d'être exagéré.

Malgré ce correctif le maréchal eût pris ce mot pour une insolence de tout autre. A M. Leuwen il répondit de l'air de la plus grande bonne foi et d'un embarras réel :

« Voilà une difficulté. Donnez-moi le moyen de la lever. »

M. Leuwen, ne trouvant rien à répondre, se rejeta dans la reconnaissance, dans l'amitié la plus réelle, la plus simple.

Ces deux plus grands trompeurs de Paris étaient sincères. Ce fut la réflexion de Mme Leuwen quand M. Leuwen lui répéta le dialogue de son aparté avec le maréchal.

Au second bal, tous les ministres furent obligés de paraître. La pauvre petite Mme de Vaize pleura presque en disant à Lucien :

« Aux bals de la saison prochaine, c'est vous qui serez ministre, et c'est moi qui viendrai chez vous.

— Je ne vous serai pas plus dévoué alors qu'aujourd'hui, parce que c'est impossible. Mais qui serait ministre dans cette maison ? Ce n'est pas moi, ce serait encore moins mon père, s'il est possible.

— Vous n'en êtes que plus méchants : vous nous renversez et ne savez que mettre à la place. Tout cela parce que M. de Vaize ne vous a pas fait assez la cour à vous, monsieur, quand vous reveniez de Caen.

— Je suis désolé de votre chagrin. Que ne puis-je vous consoler en vous donnant mon cœur ! Mais vous savez bien qu'il est *vôtre* depuis longtemps », ce qui fut dit avec assez de sérieux pour n'être pas une impertinence.

La pauvre petite Mme de Vaize n'avait pas assez d'esprit pour voir la réponse à faire, et était encore bien plus loin d'avoir assez d'esprit pour *faire* cette réponse. Elle se contenta de la sentir confusément. C'était à peu près :

« *Si j'étais parfaitement sûre que vous m'aimez, si j'avais pu prendre sur moi d'accepter votre hommage, le bonheur d'être à vous serait peut-être la seule consolation possible au malheur de perdre le ministère.* »

« Voilà encore un des malheurs de ce ministère que mon père côtoie. Il ne fut point un bonheur pour cette pauvre petite femme quand M. de Vaize y arriva. Le seul sentiment qu'il produisit probablement chez elle, autant que j'ai pu en juger, fut l'embarras, la crainte, etc., et voilà qu'elle va être au désespoir de le perdre, si elle le perd. C'est une âme qui ne demande qu'un prétexte pour être triste. Si le de Vaize est chassé, elle prendra peut-être le parti d'être triste pendant dix ans. Au bout de ces dix ans, elle sera au commencement de l'âge mûr, et si elle ne trouve pas un prêtre pour s'occuper d'elle exclusivement sous prétexte de diriger sa conscience, elle est ennuyée et malheureuse jusqu'à la mort. Il n'est aucune beauté, aucune élégance de manières qui puissent faire passer sur un caractère aussi ennuyeux. *Requiescat in pace*. Je serais bien attrapé si elle me prenait au mot et me donnait son cœur. Les temps sont maussades et tristes ; sous Louis XIV, j'eusse été galant et aimable auprès d'une telle femme, j'eusse essayé du moins. En ce XIXe siècle je suis platement sentimental, c'est pour elle la seule consolation en mon pouvoir. »

Si nous écrivions les *Mémoires de Walpole*, ou tout autre livre de ce genre également au-dessus de notre génie, nous continuerions à donner l'histoire anecdotique de sept demi-coquins, dont deux ou trois adroits et un ou deux beaux parleurs, remplacés par le même nombre de fripons. Un pauvre honnête homme qui, au ministère de l'Intérieur, se fût occupé avec *bonne foi* de choses utiles eût passé pour un sot ; toute la Chambre l'eût bafoué. Il fallait faire sa fortune non pas en volant brutalement ; toutefois, avant tout, pour être estimé, il fallait mettre du foin dans ses bottes. Comme ces petites mœurs sont à la veille d'être remplacées par les vertus désintéressées de la république qui sauront mourir comme Robespierre, avec treize livres dix sous dans la poche, nous avons voulu en *garder note*.

Mais ce n'est pas même l'histoire des goûts au moyen desquels cet homme de plaisir écartait l'ennui que nous avons promise au lecteur. Ce n'est que l'histoire de son fils, être fort simple qui, malgré lui, fut jeté dans des embarras par cette chute de ministres, autant du moins que son caractère triste, ou du moins sérieux, le lui permit.

Lucien avait un grand remords à propos de son père. Il n'avait pas d'amitié pour lui, c'est ce qu'il se reprochait souvent sinon comme un crime, du moins comme un manquement de cœur. Lucien se disait quand les affaires dont il était accablé lui permettaient de réfléchir un peu :

« Quelle reconnaissance ne dois-je pas à mon père ? Je suis le motif de presque toutes ses actions ; il est vrai qu'il veut conduire ma vie à sa manière. Mais au lieu d'ordonner, il me persuade. Combien ne dois-je pas être attentif sur moi ! »

Il avait une honte intime et profonde à s'avouer, mais enfin il fallait bien qu'il s'avouât, qu'il manquait de tendresse pour son père. C'était un tourment pour lui, et un malheur presque plus âpre que ce qu'il appelait, dans ses jours de *noir, avoir été trahi par Mme de Chasteller*.

Le véritable caractère de Lucien ne paraissait point encore. Cela est drôle à vingt-quatre ans. Sous un extérieur qui avait quelque chose de singulier et de parfaitement noble, ce caractère était naturellement gai et insouciant. Tel il avait été pendant deux ans après avoir été chassé de l'École, mais cette gaieté souffrait actuellement une éclipse totale depuis l'aventure de Nancy. Son esprit admirait la vivacité et les grâces de Mlle Raimonde, mais il ne pensait à elle que lorsqu'il voulait tuer la partie la plus noble de son âme.

Dans cette crise ministérielle vint se joindre à ce sujet de tristesse le remords cuisant de ne pas avoir d'amitié ou de tendresse pour son père. Le *chasme* entre ces deux êtres était trop profond. Tout ce qui, à tort ou à raison, paraissait sublime, généreux, tendre à Lucien, toutes les choses desquelles il pensait qu'il était noble de mourir pour elles, ou beau de vivre avec elles, étaient des sujets de bonne plaisanterie pour son père et une duperie à ses yeux. Ils n'étaient peut-être d'accord que sur un tel sentiment : l'amitié intime consolidée par trente ans d'épreuves. A la vérité, M. Leuwen était d'une politesse exquise et qui allait presque jusqu'au *sublime* et à la reproduction de la réalité pour les faiblesses de son fils ; mais, ce fils avait assez de tact pour le deviner, c'était le sublime de l'esprit, de la finesse, de l'art d'être poli, délicat, parfait.

CHAPITRE LXI

Tout le monde voyait de plus en plus que M. Leuwen allait représenter la Bourse et les intérêts d'argent dans la crise ministérielle que tous les yeux voyaient s'élever rapidement à l'horizon et s'avancer. Les disputes entre le maréchal ministre de la Guerre et ses collègues devenaient journalières et l'on peut dire violentes. Mais ce détail se trouvera dans tous les mémoires contemporains et nous écarterait trop de notre sujet. Il nous suffira de dire qu'à la Chambre M. Leuwen était plus entouré que les ministres actuels.

L'embarras de M. Leuwen croissait de jour en jour. Tandis que tout le monde enviait sa façon d'être, son existence à la Chambre, dont il était fort content aussi, il voyait clairement l'impossibilité de la faire durer. Tandis que les députés instruits, les gros bonnets de la banque, les diplomates en petit nombre qui connaissent le pays où ils sont, admiraient la facilité et l'air de désoccupation avec lequel M. Leuwen conduisait et ménageait le grand changement de personnes à la tête duquel il s'était placé, cet homme d'esprit était au désespoir de ne point avoir de projet.

« Je retarde tout, disait-il à sa femme et à son fils, je fais dire au maréchal qu'il pousse à bout le ministre des Finances, qu'il pourrait bien amener une enquête sur les quatre ou cinq millions d'appointements qu'il se donne, j'empêche le de Vaize, qui est hors de lui, de faire des folies, je fais dire à ce gros Bardoux des Finances que nous ne dévoilerons que quelques-unes des moindres bourdes de son budget, etc., etc. Mais au milieu de tous ces retards il ne me vient pas une idée. Qui est-ce qui me fera la charité d'une idée.

— Vous ne pouvez pas prendre votre glace et vous avez peur qu'elle ne se fonde, dit Mme Leuwen. Cruelle situation pour un gourmand !

— Et je meurs de peur de regretter ma glace quand elle sera fondue. »

Ces conversations se renouvelaient tous les soirs autour de la petite table où Mme Leuwen prenait son lichen.

Toute l'attention de M. Leuwen était appliquée maintenant à retarder la chute du ministère. Ce fut dans ce sens qu'il dirigea ses trois ou quatre dernières conversations avec un grand personnage. Il ne pouvait pas être ministre, il ne savait qui porter au ministère, et si un ministère était fait sans lui, il perdait sa position.

Depuis deux mois, M. Leuwen était extraordinairement ennuyé par M. Grandet qui, à bon compte, s'était mis à [se souvenir tendrement qu'ils avaient autrefois travaillé ensemble chez M. Perregaux. M. Grandet lui faisait la cour et semblait ne pas pouvoir vivre sans le père ou le fils.

« Ce fat-là voudrait être receveur général à Paris ou à Rouen, ou vise-t-il à la] pairie ?

— Non, il veut être ministre.

— Ministre, lui ? Grand Dieu ! répondit M. Leuwen en éclatant de rire. Mais ses chefs de division se moqueraient de lui !

— Mais il a cette importance épaisse et sotte qui plaît tant à la Chambre des députés. Au fond, ces messieurs abhorrent l'esprit. Ce qui leur déplaisait en MM. Guizot et Thiers, qu'était-ce, sinon *l'esprit* ? Au fond, ils n'admettent l'esprit que comme mal nécessaire. C'est l'effet de l'éducation de l'Empire et des injures que Napoléon adressa à *l'idéologie* de M. de Tracy à son retour de Moscou.

— Je croyais que la Chambre ne voudrait pas descendre plus bas que le comte de Vaize. Ce grand homme a juste le degré de grossièreté et d'esprit cauteleux à la Villèle pour être de plain-pied et à deux de jeu avec l'immense majorité de la Chambre. Mais ce M. Grandet, tellement plat, tellement grossier, le supporteront-ils ?

— La vivacité et la délicatesse de l'esprit seraient un défaut certainement mortel pour un ministre, la Chambre de gens de l'ancien régime à laquelle M. de Martignac avait affaire eut bien de la peine à lui pardonner un joli petit esprit de vaudeville, qu'eût-ce été s'il eût joint à ce défaut cette délicatesse qui choque tant les marchands épiciers et les gens à argent ? S'il doit y avoir excès, l'excès de grossièreté est bien moins dangereux ; on peut toujours y remédier.

— Mais ce Grandet ne conçoit pas d'autre vertu que de s'exposer au feu d'un pistolet ou d'une barricade d'insurgés. Dès que, dans une affaire quelconque, un homme ne se rendra pas à un bénéfice d'argent, à une place dans sa famille ou à quelques croix, il criera à l'hypocrisie. Il dit qu'il n'a jamais vu que trois dupes en France : MM. de Lafayette, Dupont de l'Eure et Dupont de Nemours qui entendait le langage des oiseaux. S'il avait encore quelque esprit, quelque instruction, quelque vivacité pour ferrailler agréablement dans la conversation, il pourrait faire quelque illusion ; mais le moins clairvoyant aperçoit tout de suite le marchand de gingembre enrichi qui veut se faire duc.

« C'était un homme bien autrement commun encore que M. de Vaize.

— M. le comte de Vaize est un Voltaire pour l'esprit et un Jean-Jacques pour le sentiment romanesque, si on le compare à Grandet.

« C'était un homme qui, comme le M. de Castries du siècle de Louis XVI, ne concevait pas que l'on pût tant parler d'un d'Alembert ou d'un Diderot, gens sans voiture. De telles idées étaient de bon ton en 1780, elles sont aujourd'hui au-dessous d'une gazette légitimiste de province et elles compromettent le parti. »

Depuis le grand succès que son second discours à la Chambre avait procuré à M. Leuwen, Lucien remarqua qu'il était un tout autre personnage dans le salon de Mme Grandet. Il tâchait de profiter de cette nouvelle fortune et parlait de son amour, mais, au milieu de toutes les recherches du luxe le plus cher, Lucien n'apercevait que le génie de l'ébéniste ou du tapissier. La délicatesse de ces artisans ne lui faisait voir que plus clairement les traits moins délicats du caractère de Mme Grandet. Il était poursuivi par une image funeste qu'il faisait de vains efforts pour éloigner : la femme d'un marchand mercier qui vient de gagner le gros lot à une de ces loteries de Vienne que les banquiers de Francfort se donnent tant de peine pour faire connaître.

Mme Grandet n'était point ce qu'on appelle une sotte, et elle s'apercevait fort bien de ce peu de succès.

« Vous prétendez avoir pour moi un sentiment invincible, lui dit-elle un jour avec humeur, et vous n'avez pas même ce plaisir à voir les gens qui précède l'amitié ! »

« Grand Dieu ! Quelle vérité funeste ! se dit Lucien. Est-ce qu'elle va avoir de l'esprit à mes dépens ? »

Il se hâta de répondre :

« Je suis d'un caractère timide, enclin à la mélancolie, et ce malheur est aggravé par celui d'aimer profondément une femme parfaite et qui ne sent rien pour moi. »

Jamais il n'avait eu plus grand tort de faire de telles plaintes : c'était désormais Mme Grandet qui faisait pour ainsi dire la cour à Lucien. Celui-ci semblait profiter de cette position, mais il y avait cela de cruel qu'il semblait s'en prévaloir surtout quand il y avait beaucoup de monde. S'il trouvait Mme Grandet environnée seulement par ses complaisants habituels, il faisait des efforts incroyables pour ne pas les mépriser.

« Ont-ils tort de sentir la vie d'une façon opposée à la mienne ? Ils ont la majorité pour eux ! »

Mais, en dépit de ces raisonnements fort justes, peu à peu il devenait froid, silencieux, sans intérêt pour rien.

« Comment parler de la vraie vertu, de la gloire, du beau, devant des sots qui comprennent tout de travers et cherchent à salir par de basses plaisanteries tout ce qui est délicat ? »

Quelquefois, à son insu, ce dégoût profond le servait et rachetait les mouvements impétueux qu'il avait encore quelquefois et que la société de Nancy avait fortifiés en lui au lieu de les corriger.

« Voilà bien l'homme de bon ton, se disait Mme Grandet en le voyant debout devant sa cheminée, tourné vers elle et ne regardant rien. Quelle perfection pour un homme dont le grand-père peut-être n'avait pas de carrosse ! Quel dommage qu'il ne porte pas un nom historique ! Les moments vifs qui forment une sorte de tache dans ses manières seraient de l'héroïsme. Quel dommage qu'il n'arrive pas quelqu'un dans le salon pour jouir de la haute perfection de ses manières !... »

Elle ajoutait cependant :

« Ma présence devrait le tirer de cet état *normal* de l'homme comme il faut, et il semble que c'est surtout quand il est seul avec moi... et avec ces messieurs (Mme Grandet eût presque dit en se parlant à soi-même : "avec ma suite") qu'il étale le plus de désintérêt et de politesse. S'il ne montrait jamais de chaleur pour rien, disait Mme Grandet, je ne me plaindrais pas. »

Il est vrai que Lucien, désolé de s'ennuyer autant dans la

société d'une femme qu'il devait adorer, eût été encore plus désolé que cet état d'âme parût ; et comme il supposait ces gens-là très attentifs aux procédés personnels, il redoublait de politesse et d'attentions agréables à leur égard.

Pendant ce temps, la position de Lucien, secrétaire intime d'un ministre turlupiné par son père, était devenue fort délicate. Comme par un accord tacite, M. de Vaize et Lucien ne se parlaient presque plus que pour s'adresser des choses polies ; un garçon de bureau portait les papiers d'un bureau à l'autre. Pour marquer confiance à Lucien, le comte de Vaize l'accablait pour ainsi dire des grandes affaires du ministère.

« Croit-il pouvoir me faire crier grâce ? » pensait Lucien, et il travailla au moins autant que trois chefs de bureau. Il était souvent à son bureau dès sept heures du matin, et bien des fois pendant le dîner faisait faire des copies dans le comptoir de son père, et retournait le soir au ministère pour les faire placer sur la table de Son Excellence. Au fond, l'Excellence recevait avec toute l'humeur possible ces preuves de ce qu'on appelle dans les bureaux du talent.

« Ceci est plus hébétant au fond, disait [Lucien] à Coffe, que de calculer le chiffre d'un logarithme qu'on veut pousser à quatorze décimales.

— M. Leuwen et son fils, disait M. de Vaize à sa femme, veulent apparemment me prouver que j'ai mal fait de ne pas lui offrir une préfecture à son retour de Caen. Que peut-il demander ? Il a eu son grade et sa croix, comme je le lui avais promis s'il réussissait, et il n'a pas réussi. »

Mme de Vaize faisait appeler Lucien trois ou quatre fois la semaine, et lui volait un temps précieux pour ses paperasses.

Mme Grandet trouvait aussi des prétextes fréquents pour le voir dans la journée ; et, par amitié et reconnaissance pour son père, Lucien cherchait à profiter de ces occasions pour se donner les apparences d'un amour vrai. Il supputait qu'il voyait Mme Grandet au moins douze fois la semaine.

« Si le public s'occupe de moi, il doit me croire bien épris et je suis à jamais lavé du soupçon de saint-simonisme. »

Pour plaire à Mme Grandet, il marquait parmi les jeunes gens de Paris qui mettent le plus de soin à leur toilette.

« Tu as tort de te rajeunir, lui disait son père. Si tu avais trente-six ans, ou du moins la mine revêche d'un doctrinaire, je pourrais te donner la position que je voudrais. »

Tout cet ensemble de choses durait depuis six semaines,

et Lucien se consolait en voyant que cela ne pouvait guère durer six semaines encore, quand, un beau jour, Mme Grandet écrivit à M. Leuwen pour lui demander une heure de conversation le lendemain, à dix heures, chez Mme de Thémines.

« On me traite déjà en ministre, ô position favorable ! » dit M. Leuwen.

Le lendemain, Mme Grandet commença par des protestations infinies. Pendant ces circonlocutions bien longues, M. Leuwen restait grave et impassible.

« Il faut bien être ministre, pensait-il, puisqu'on me demande des audiences ! »

Enfin, Mme Grandet passa aux louanges de sa propre sincérité... M. Leuwen comptait les minutes à la pendule de la cheminée.

« Surtout, et avant tout, il faut me taire ; pas la moindre plaisanterie sur cette jeune femme si fraîche, si jeune, et déjà si ambitieuse. Mais que veut-elle ? Après tout, cette femme manque de tact, elle devrait s'apercevoir que je m'ennuie... Elle a l'habitude de façons plus nobles, mais moins de véritable esprit, qu'une de nos demoiselles de l'Opéra. »

Mais il ne s'ennuya plus quand Mme Grandet lui demanda tout ouvertement un ministère pour M. Grandet.

« Le roi aime beaucoup M. Grandet, ajoutait-elle, et sera fort content de le voir arriver aux grandes affaires. Nous avons de cette bienveillance du Château des preuves que je vous détaillerai si vous le souhaitez et m'en accordez le loisir. »

A ces mots, M. Leuwen prit un air extrêmement froid. La scène commençait à l'amuser, il valait la peine de jouer la comédie. Mme Grandet, alarmée et presque déconcertée, malgré la ténacité de son esprit qui ne s'effarouchait pas pour peu de chose, se mit à parler de l'amitié de lui, Leuwen, pour elle...

A ces phrases d'amitié qui demandaient un signe d'assentiment, M. Leuwen restait silencieux et presque absorbé. Mme Grandet vit que sa tentative échouait.

« J'aurai gâté nos affaires », se dit-elle. Cette idée la prépara aux partis extrêmes et augmenta son degré d'esprit.

Sa position empirait rapidement : M. Leuwen était loin d'être pour elle le même homme qu'au commencement de l'entrevue. D'abord, elle fut inquiète, puis effrayée. Cette expression lui allait bien et lui donnait de la physionomie. M. Leuwen fortifia cette peur.

La chose en vint au point de gravité que Mme Grandet prit le parti de lui demander ce qu'il pouvait avoir contre elle. M. Leuwen, qui depuis trois quarts d'heure gardait un silence presque morne, de mauvais présage, avait toutes les peines du monde en ce moment à ne pas éclater de rire.

« Si je ris, pensait-il, elle voit l'abomination de ce que je vais lui dire, et tout l'ennui qui m'assomme depuis une heure est perdu. Je manque l'occasion d'avoir le vrai *tirant d'eau* de cette vertu célèbre. »

Enfin, comme par grâce, M. Leuwen, qui était devenu d'une politesse désespérante, commença à laisser entrevoir que bientôt peut-être il daignerait s'expliquer. Il demanda des pardons infinis de la communication qu'il avait à dire et puis du mot cruel qu'il serait forcé d'employer. Il s'amusa à promener la terreur de Mme Grandet sur les choses les plus terribles.

« Après tout, elle n'a pas de caractère, et ce pauvre Lucien aura là une ennuyeuse maîtresse, s'il l'a. Ces beautés célèbres sont admirables pour la décoration, pour l'apparence extérieure, et voilà tout. Il faut la voir dans un salon magnifique, au milieu de vingt diplomates garnis de leurs crachats, croix, rubans. Je serais curieux de savoir si, après tout, sa Mme de Chasteller vaut mieux que cela. Pour la beauté physique, si j'ose ainsi parler, la magnificence de la pose, la beauté réelle de ces bras charmants, c'est impossible. D'un autre côté, il est parfaitement exact que, quoique j'aie le plaisir de me moquer un peu d'elle, elle m'ennuie, ou du moins je compte les minutes à la pendule. Si elle avait le caractère que sa beauté semble annoncer, elle eût dû me couper la parole vingt fois et me mettre au pied du mur. Elle se laisse traiter comme un conscrit qu'on mène battre en duel. »

Enfin, après plusieurs minutes de propositions directes qui portèrent au plus haut point l'anxiété pénible de Mme Grandet, M. Leuwen prononça ces mots d'une voix basse et profondément émue :

« Je vous avouerai, madame, que je ne puis vous aimer, car vous serez cause que mon fils mourra de la poitrine. »

« Ma voix m'a bien servi, pensa M. Leuwen. Cela est juste de ton et expressif. »

Mais M. Leuwen n'était pas fait, après tout, pour être un grand politique, un Talleyrand, un ambassadeur auprès de personnages graves. L'ennui lui donnait de l'humeur, et il n'était pas sûr de pouvoir résister à la tentation de se distraire par une sortie plaisante ou insolente.

Après ce grand mot prononcé, M. Leuwen se sentit saisi d'un tel besoin d'éclater de rire qu'il s'enfuit.

Mme Grandet, après avoir remis le verrou à la porte, resta immobile près d'une heure sur son fauteuil. Son air était pensif, elle avait les yeux tout à fait ouverts, comme la *Phèdre* de M. Guérin au Luxembourg. Jamais ambitieux tourmenté par dix ans d'attente n'a désiré le ministère comme elle le souhaitait en ce moment.

« Quel rôle à jouer que celui de Mme Roland au milieu de cette société qui se décompose ! Je ferai toutes les circulaires de mon mari, car il n'a pas de style !

« Je ne puis arriver à une telle position sans une passion grande et malheureuse, dont l'homme le plus distingué du faubourg Saint-Germain serait la victime. Ce fanal embrasé m'élèverait bien haut ! Mais je puis vieillir dans ma position actuelle sans que je voie cet événement devenir un peu probable, tandis que les gens de cette sorte, non pas à la vérité de la nuance la plus noble, mais d'une couleur encore fort satisfaisante, fort suffisante, m'environneront dès que M. Grandet sera ministre... Mme de Vaize n'est qu'une petite sotte, et elle en regorge. Les gens sages en reviennent toujours au maître du budget. »

Les raisons se présentaient en foule à l'esprit de Mme de Grandet pour la confirmer dans le sentiment du bonheur d'être ministre. Or, c'est ce qui n'était point en question. Ce n'étaient pas précisément ces pensées-là qui enflammaient la grande âme de Mme Roland à la veille du ministère de son mari. Mais c'est ainsi que notre siècle imite les grands hommes de 93, c'est ainsi que M. de Polignac a eu du caractère ; on copie le fait matériel : être ministre, faire un coup d'État, faire une journée, un 4 prairial, un 10 août, un 18 fructidor ; mais les moyens de succès, mais les motifs d'action, on ne creuse pas si avant.

Mais quand il s'agissait du prix par lequel il fallait acheter tous ces avantages, l'imagination de Mme Grandet la désertait, elle n'y voulait pas penser : son esprit était aride. Elle ne voulait pas y consentir ouvertement, mais bien moins encore s'y refuser ; elle avait besoin d'une discussion oiseuse et longue pour y accoutumer son imagination. Son âme enflammée d'ambition n'avait plus d'attention à donner à cette condition désagréable, mais d'un intérêt secondaire. Elle sentait qu'elle allait en avoir des remords, non pas de religion, mais de noblesse.

« Est-ce qu'une grande dame, une duchesse de Longueville, une Mme de Chevreuse, eussent donné aussi peu d'attention à la condition désagréable ? » se répétait-elle à la hâte. Et elle ne se répondait pas, tant elle pensait peu à ce qu'elle se demandait, tout absorbée qu'elle était dans la contemplation du ministère. — « Combien me faudra-t-il de valets de pied ? Combien de chevaux ? »

Cette femme d'une si célèbre vertu avait si peu d'attention au service de l'habitude de l'âme nommée pudeur, qu'elle oubliait de répondre aux questions qu'elle se faisait à cet égard et, il faut l'avouer, presque pour la forme. Enfin, après avoir joui pendant trois grands quarts d'heure de son futur ministère, elle prêta quelque attention à la demande qu'elle se répétait pour la cinq ou sixième fois :

« Mmes de Chevreuse ou de Longueville y eussent-elles consenti ? — Sans doute, elles y eussent consenti, ces grandes dames. Ce qui les place au-dessous de moi sous le rapport moral, c'est qu'elles consentaient à ces sortes de démarches par une sorte de demi-passion, quand encore ce n'était pas par suite d'un penchant moins noble. Plus physique. Elles pouvaient être séduites, moi je ne puis l'être. (Et elle s'admira beaucoup.) Dans cette démarche, il n'y a que de la haute sagesse, de la prudence ; je n'y attache certes l'idée d'aucun plaisir. »

Après s'être sinon rassérénée tout à fait, du moins bien rassurée de ce côté féminin, Mme Grandet s'abandonna de nouveau à la douce contemplation des suites probables du ministère pour sa position dans le monde...

« Un nom qui a passé par le ministère est célèbre à jamais. Des milliers de Français ne connaissent des gens qui forment la première classe de la nation que les noms qui ont été ministres. »

L'imagination de Mme Grandet pénétrait dans l'avenir. Elle peuplait sa jeunesse des événements les plus flatteurs.

« Être toujours juste, toujours bonne avec dignité, et avec tout le monde, multiplier mes rapports de toutes sortes avec la société, remuer beaucoup, et avant dix ans tout Paris retentira de mon nom. Les yeux du public sont déjà accoutumés, il y a du temps, à mon hôtel et à mes fêtes. Enfin, une vieillesse comme celle de Mme Récamier, et probablement avec plus de fortune. »

Elle ne se demanda qu'un instant, et pour la forme :

« Mais M. Leuwen aura-t-il assez d'influence pour donner un portefeuille à M. Grandet ? Mais, une fois que j'aurai payé le prix convenu, ne se moquera-t-il point de moi ?

Sans doute il faut examiner cela, les premières conditions d'un contrat sont la possibilité de livrer la chose vendue. »

La démarche de Mme Grandet était combinée avec son mari, mais elle s'abstint de rendre compte de la réponse avec la dernière exactitude. Elle entrevoyait bien qu'il n'eût pas été décidément impossible de l'amener à une façon raisonnable, et philosophique, et politique, de voir les choses, mais c'est toujours une discussion terrible, pour une femme qui se respecte. « Et, se dit-elle, il vaut bien mieux la sauter à pieds joints. »

On eût dit qu'elle avait pris son parti. Tout ne fut pas plaisir quand Lucien entra le soir chez elle ; elle baissa les yeux d'embarras. Sa conscience lui disait :

« Voilà l'être par lequel je puis être femme du ministre de l'Intérieur. »

Lucien, qui n'était point dans la confidence de la démarche faite par son père, remarqua bien quelque chose de moins guindé et de plus naturel, et ensuite quelques lueurs de plus d'intimité et de bonté, dans la façon d'être de Mme Grandet avec lui. Il aimait mieux cette façon d'être, qui rappelait, de bien loin il est vrai, l'idée de la simplicité et du naturel, que ce que Mme Grandet appelait de l'esprit brillant. Il fut beaucoup auprès d'elle ce soir-là.

Mais décidément sa présence gênait Mme Grandet, car elle avait bien plus les théories que la pratique de la haute intrigue politique qui, du temps du cardinal de Retz, faisait la vie de tous les jours des Chevreuse et des Longueville. Elle congédia Lucien, mais avec un petit air d'empire et de bonne amitié qui augmenta le plaisir que celui-ci trouvait à se voir rendre sa liberté dès onze heures.

Pendant cette nuit, Mme Grandet ne put presque pas dormir. Ce ne fut qu'au jour, à cinq ou six heures du matin, que le bonheur d'être la femme d'un ministre la laissa reposer. Elle eût été dans l'hôtel de la rue de Grenelle que ses sensations de bonheur eussent été à peine aussi violentes. C'était une femme attentive au réel de la vie.

Pendant cette nuit, elle eut cinq ou six petites contrariétés, par exemple elle calculait le nombre et le prix des livrées. Celle de M. Grandet était composée en partie de drap serin, lequel, malgré toutes ses recommandations, ne pouvait guère conserver sa fraîcheur plus d'un mois. Combien cette dépense, combien surtout cette surveillance allait être augmentée par le grand nombre d'habits nécessaires ! Elle comptait : le portier, le cocher, les valets de pied... Mais elle fut arrêtée dans son calcul, elle avait des incertitudes sur le nombre des valets de pied.

« Demain, j'irai faire une visite adroite à Mme de Vaize. Il ne faudrait pas qu'elle se doutât que je viens relever l'état de sa maison ; si elle pouvait faire une anecdote de cette visite, cela serait du dernier vulgaire. Ne pas savoir quel doit être l'état de maison d'un ministre ! M. Grandet devrait savoir ces choses-là, mais il a réellement bien peu de tête ! »

Ce ne fut qu'en se s'éveillant, à onze heures, que Mme Grandet pensa à Leuwen ; bientôt elle sourit, elle trouva qu'elle l'aimait, qu'il lui plaisait beaucoup plus que la veille : c'était par lui que toutes ces grandeurs [qui lui donnaient] une nouvelle vie pouvaient lui arriver.

Le soir, elle rougit de plaisir à son arrivée. « Il a des façons parfaites, pensait-elle. Quel air noble ! Combien peu d'empressement ! Combien cela est différent d'un grossier député de province ! Même les plus jeunes, devant moi ils sont comme des dévots à l'église. Les laquais dans l'anti-chambre leur font perdre la raison. »

CHAPITRE LXII

Pendant que Lucien s'étonnait, à l'hôtel Grandet, de la physionomie singulière de l'accueil qu'il recevait ce jour-là, Mme Leuwen avait une grande conversation avec son mari.

« Ah ! mon ami, lui disait-elle, l'ambition vous a tourné la tête, une si bonne tête, grand Dieu ! Votre poitrine va souffrir. Et que peut l'ambition pour vous ? Etc., etc. Est-ce de l'argent ? Est-ce des cordons ? »

Ainsi parlait Mme Leuwen à son mari, lequel se défendait mal.

Notre lecteur s'étonnera peut-être qu'une femme qui, à quarante-cinq ans, était encore la meilleure amie de son mari, fût sincère avec lui. C'est qu'avec un homme d'un esprit singulier et un peu fou, comme M. Leuwen, il eût été excessivement dangereux de n'être pas parfaitement naïve. Après avoir été dupe un mois ou deux, par étourderie, par laisser-aller, un beau jour toutes les forces de cet esprit vraiment étonnant se seraient concentrées, comme le feu dans un fourneau à réverbère, sur le point à l'égard duquel on voulait le tromper ; la feinte eût été découverte, moquée, et le crédit à jamais perdu.

Par bonheur pour le bonheur des deux époux, ils pensaient tout haut en présence l'un de l'autre. Au milieu de ce monde si menteur, et dans les relations intimes plus menteuses peut-être que dans celles de société, ce parfum de sincérité parfaite avait un charme auquel le temps n'ôtait rien de sa fraîcheur.

Jamais M. Leuwen n'avait été si près de mentir que dans ce moment. Comme son succès à la Chambre ne lui avait coûté aucun travail, il ne pouvait croire à sa durée, ni presque à sa réalité. Là était l'illusion, là était le coin de folie, là était la preuve du plaisir extrême produit par ce succès et la position incroyable qu'il avait créée en trois mois. Si M. Leuwen eût porté dans cette affaire le sang-froid qui ne le quittait pas au milieu des plus grands intérêts d'argent, il se serait dit :

« Ceci est un nouvel emploi d'une force que je possède déjà depuis longtemps. C'est une machine à vapeur puissante que je ne m'étais pas encore avisé de faire fonctionner en ce sens. »

Les flots de sensations nouvelles produites par un succès si étonnant faisaient un peu perdre terre au bon sens de M. Leuwen, et c'est ce qu'il avait honte d'avouer, même à sa femme. Après des discours infinis, M. Leuwen ne put plus nier la dette.

« Eh bien ! oui, dit-il enfin, j'ai un accès d'ambition, et ce qu'il y a de plaisant, c'est que je ne sais pas quoi désirer.

— La fortune frappe à votre porte, il faut prendre un parti tout de suite. Si vous ne lui ouvrez pas, elle ira frapper ailleurs.

— Les miracles du Tout-Puissant éclatent surtout quand ils opèrent sur une matière vile et inerte. Je fais Grandet ministre, ou du moins je l'essaie.

— M. Grandet ministre ! dit Mme Leuwen en souriant. Mais vous êtes injuste envers Anselme ! Pourquoi ne pas songer à lui ? »

(Le lecteur aura peut-être oublié qu'Anselme était le vieux et fidèle valet de chambre de M. Leuwen.)

« Tel qu'il est, répondit M. Leuwen avec ce sérieux plaisant qui lui donnait tant de plaisir, avec ses soixante ans Anselme vaut mieux pour les affaires que M. Grandet. Après qu'on lui aura accordé un mois pour se guérir de son étonnement, il décidera mieux les affaires, surtout les grandes, où il faut un vrai bon sens, que M. Grandet. Mais Anselme n'a pas une femme qui soit au moment d'être la maîtresse de mon fils, mais en portant Anselme au ministère de l'Intérieur, tout le monde ne verrait pas que c'est Lucien que je fais ministre en sa personne.

— Ah ! que m'apprenez-vous ? » s'écria Mme Leuwen. Et le sourire qui avait accueilli l'énumération des mérites d'Anselme disparut à l'instant. « Vous allez compromettre mon fils. Lucien va être la victime de cet esprit sans repos, de cette femme qui court après le bonheur comme une âme en peine et ne l'atteint jamais. Elle va le rendre malheureux et inquiet comme elle. Mais comment n'a-t-il pas été choqué par ce que ce caractère a de vulgaire ? C'est une *copie continue* !

— Mais c'est la plus jolie femme de Paris, ou du moins la plus brillante. Elle ne peut pas avoir un amant, elle si sage jusqu'ici, sans que tout Paris le sache, et pour peu que cet amant ait déjà un nom un peu connu dans le monde, ce choix le place au premier rang. »

Après une longue discussion qui ne fut pas sans charmes pour Mme Leuwen, elle finit par convenir de cette vérité. Elle se borna à soutenir que Lucien était trop jeune pour pouvoir être présenté au public, et surtout aux Chambres, comme un homme d'affaires, un homme politique.

« Il a le tort d'avoir une tournure élégante et d'être vêtu avec grâce. Mais je compte, à la première occasion, faire la leçon là-dessus à Mme Grandet... Enfin, ma chère amie, je compte avoir tout à fait chassé Mme de Chasteller de ce cœur-là, et je puis vous l'avouer aujourd'hui, elle me faisait trembler.

« Il faut que vous sachiez que Lucien a un travail admirable. J'ai d'admirables nouvelles de lui par le vieux Dubreuil, sous-chef de bureau depuis mon ami Crétet, il y a vingt-neuf ans de cela. Lucien expédie autant d'affaires au ministère que trois chefs de bureau. Il ne s'est laissé gâter par aucune des bêtises de la routine que les demi-sots appellent l'usage, le *trantran* des affaires, Lucien les décide net, avec témérité, de façon à se compromettre peut-être, mais de manière aussi à ne pas avoir à y revenir. Il s'est déclaré l'ennemi du marchand de papier du ministère et veut des lettres en dix lignes. Malgré la leçon qu'il a eue à Caen, il opère toujours de cette façon hardie et ferme. Et remarquez que, comme nous en étions convenus, je ne lui ai jamais dit mon avis net sur sa conduite dans l'élection de M. Mairobert. Je l'ai bien défendue indirectement à la Chambre, mais il a pu voir dans mes phrases l'accomplissement d'un devoir de famille.

« Je le ferai secrétaire général si je puis. Si l'on me refuse ce titre à cause de son âge, il sera du moins secrétaire général en effet, la place restera vacante, et sous le nom de secrétaire intime il en fera les fonctions. Il se cassera le cou en un an, ou il se fera une réputation, et je dirai niaisement :

> J'ai fait pour lui rendre
> Le destin plus doux
> Tout ce qu'on peut attendre

« Quant à moi, je tire mon épingle du jeu. On voit que j'ai fait Grandet ministre parce que mon fils n'est pas encore de calibre à le devenir. Si je n'y réussis pas, je n'ai pas de reproches à me faire : la fortune ne frappait donc pas à ma porte. Si j'emporte le Grandet, me voilà hors d'embarras pour six mois.

— M. Grandet pourra-t-il se soutenir ?

— Il y a des raisons pour, il y en a contre. Il aura les sots pour lui, il aura, je n'en doute pas, un train de maison à dépenser cent mille francs en sus de ses appointements. Cela est immense. Il ne lui manquera absolument que de l'esprit dans la discussion, et du *bon sens* dans les affaires.

— Excusez du peu, dit Mme Leuwen.

— Au demeurant, le meilleur fils du monde. A la Chambre, il parlera comme vous savez. Il lira comme un laquais les excellents discours que je commanderai aux meilleurs faiseurs, à cent louis par discours *réussi*. Je parlerai. Aurai-je du succès pour la défense comme j'en ai eu pour l'attaque ? C'est ce que je suis curieux de voir, et cette incertitude m'amuse. Mon fils et le petit Coffe me feront les carcasses de mes discours de défense... Tout cela peut être fort plat... »

<... mais au fond elle était très choquée de la partie féminine de cet arrangement.

« Cela est de mauvais goût. Je m'étonne comment vous pouvez donner les mains à de telles choses.

— Mais, ma chère amie, la moitié de l'histoire de France est basée sur des arrangements exactement aussi exemplaires que celui-ci. Les trois quarts des fortunes des grandes familles que vous voyez aujourd'hui si collet monté furent établies autrefois par les mains de l'amour.

— Grand Dieu ! quel amour !

— Allez-vous me disputer ce nom honnête que les historiens de France ont adopté ? Si vous me fâchez, je prendrai le mot exact. De François Ier à Louis XV, le ministère a été donné par les dames, au moins aux deux tiers des vacances. Toutes les fois que notre nation n'a pas la fièvre, elle revient à ces mœurs qui sont les siennes. Et y a-t-il du mal à faire ce qu'on a toujours fait ? »

C'était là la vraie morale de M. Leuwen. Pour sa femme, née sous l'Empire, elle avait cette morale sévère qui convient au despotisme naissant. Elle eut quelque peine à s'accoutumer à cette morale.>

CHAPITRE LXIII

Mme Grandet n'avait rien de romanesque dans le caractère ni dans les habitudes, ce qui formait, pour qui avait des yeux et n'était pas ébloui par un port de reine et sa fraîcheur digne d'une jeune fille anglaise, un étrange contraste avec sa façon de parler toute sentimentale et toute d'émotion, comme une nouvelle de M. Nodier. Elle ne disait pas : *Paris*, mais : *cette ville immense*. Mme Grandet, avec cet esprit si romanesque en apparence, portait dans toutes ses affaires une raison parfaite, l'ordre et l'attention d'un petit marchand de fil et de mercerie en détail.

Quand elle se fut accoutumée au bonheur d'être la femme d'un ministre, elle songea que M. Leuwen pouvait être égaré par la douleur de voir son fils devenir la victime d'un amour sans espoir, ou du moins se donner un ridicule, car elle ne mit jamais en question l'amour de Lucien. Elle ne connaissait de l'amour que les mauvaises copies chargées que l'on en voit ordinairement dans le monde, elle n'avait pas les yeux qu'il faut pour le voir là où il est et se cache. La grande question à laquelle Mme Grandet revenait sans cesse était celle-ci :

« M. Leuwen a-t-il le pouvoir de faire un ministre ? C'est sans doute un orateur fort à la mode ; malgré sa voix presque imperceptible, c'est le seul homme que la Chambre écoute, on ne peut le nier. On dit que le roi le reçoit en secret. Il est au mieux avec le maréchal N..., ministre de la Guerre. La réunion de toutes ces circonstances constitue sans doute une position brillante, mais de là à porter le roi, cet homme si fin et si habile à tromper, à confier un ministère à M. Grandet, la distance est incommensurable ! » Et Mme Grandet soupirait profondément.

Tourmentée par cette incertitude qui peu à peu minait tout son bonheur, Mme Grandet prit son parti avec fermeté et demanda hardiment un rendez-vous à M. Leuwen : « Il ne faut pas le traiter en homme », et elle eut l'audace d'indiquer ce rendez-vous chez elle...

....

« Cette affaire est si importante *pour nous* que je pense que vous ne trouverez pas singulier que je vous supplie de me donner quelques détails sur les espérances que vous m'avez permis de concevoir. »

« Ainsi, se dit M. Leuwen en souriant intérieurement, on ne discute pas le prix, mais seulement la sûreté de la livraison de la chose vendue. »

M. Leuwen, du ton le plus intime et le plus sincère :

« Je suis trop heureux, madame, de voir se resserrer de plus en plus les liens de notre ancienne et bonne amitié. Ils doivent être intimes dorénavant, et pour les amener bientôt à ce degré de douce franchise et de parfaite ouverture de cœur, je vous prie de me permettre un langage exempt de tout vain déguisement... comme si déjà vous faisiez partie de la famille. »

Ici, M. Leuwen retint à grand peine un coup d'œil malin.

« Ai-je besoin de vous demander une discrétion absolue ? Je ne vous cache pas un fait, que d'ailleurs votre esprit profond autant que juste aura deviné de reste : M. le comte de Vaize est aux écoutes. Une seule donnée, un seul fait que ce ministre pourrait recueillir par un de ses cent espions, par exemple par M. le marquis de G... ou M. R..., que bien vous connaissez, pourrait déranger toutes nos petites affaires. M. de Vaize voit le ministère lui échapper, et l'on ne peut lui refuser beaucoup d'activité : tous les jours il a fait dix visites avant huit heures du matin. Cette heure insolite pour Paris flatte les députés, auxquels elle rappelle l'activité qu'ils avaient autrefois, quand ils étaient clercs de procureur.

« M. Grandet est, ainsi que moi, à la tête de la banque, et depuis Juillet, la banque est à la tête de l'État. La bourgeoisie a remplacé le faubourg Saint-Germain, et la banque est la noblesse de la classe bourgeoise. M. Laffitte, en se figurant que tous les hommes étaient des anges, a fait perdre le ministère à sa classe. Les circonstances appellent la haute banque à ressaisir l'empire et à reprendre le ministère, par elle-même ou par ses amis... On accusait les banquiers d'être bêtes, l'indulgence de la Chambre a bien voulu me mettre à même de prouver qu'au besoin nous savons affubler nos adversaires politiques de mots assez difficiles à faire oublier. Je sais mieux que personne que ces mots ne sont pas des raisons ; mais la Chambre n'aime pas les raisons, et le roi n'aime que l'argent ; il a besoin de beaucoup de soldats pour contenir les ouvriers et les républicains. Le gouvernement a le plus grand intérêt à ménager la Bourse. Un ministère ne peut pas défaire la Bourse, et la Bourse peut défaire un ministère. Le ministère actuel ne peut aller loin.

— C'est ce que dit M. Grandet.

— Il a des vues assez justes ; mais, puisque vous me permettez le langage de l'amitié la plus intime, je vous avouerai que sans vous, madame, je n'eusse jamais songé à M. Grandet. Je vous le dirai brutalement : vous croyez-vous assez de crédit sur lui pour le diriger dans toutes les actions capitales de son ministère ? Il lui faut toute votre habileté pour ménager le maréchal (le ministre de la Guerre). Le roi veut l'armée, le maréchal peut seul l'administrer et la contenir. Or, il aime l'argent, il veut beaucoup d'argent, c'est au ministre des Finances à fournir cet argent. M. Grandet devra tenir la balance égale entre le maréchal et le ministre de l'argent, autrement il y a rupture. Par exemple, aujourd'hui les différends du maréchal avec le ministre des Finances ont amené vingt brouilles suivies de vingt raccommodements. L'aigreur des deux partis est arrivée au point de ne plus permettre de mettre en délibération les sujets les plus simples.

<« L'argent est le nerf non seulement de la guerre, mais encore de l'espèce de paix armée dont nous jouissons depuis Juillet. Outre l'armée, indispensable contre les ouvriers, il faut donner des places à tout l'état-major de la bourgeoisie. Il y a là six mille bavards qui feront de l'éloquence contre vous, si vous ne leur fermez la bouche avec une place de six mille francs.>

« Le maréchal, voulant toujours de l'argent, a donc dû jeter les yeux sur un banquier pour ministre de l'Intérieur ; il veut, entre nous soit dit, un homme à opposer, s'il le faut, au ministre des Finances, un homme qui comprenne les diverses valeurs de l'argent aux différentes heures de la journée. Ce banquier ministre de l'Intérieur, cet homme, qui peut comprendre la Bourse et dominer jusqu'à un certain point les manœuvres de M. Rot[hschild] et du ministre des Finances, s'appellera-t-il Leuwen ou Grandet ?

Je suis bien paresseux, bien vieux, tranchons le mot. Je ne puis pas encore faire mon fils ministre, il n'est pas député, je ne sais pas s'il saura parler, par exemple depuis six mois vous l'avez rendu muet... Mais je puis faire ministre l'homme présentable choisi par la personne qui sauvera la vie à mon fils.

— Je ne doute pas de la sincérité de votre bonne intention pour *nous*.

— J'entends, madame ; vous doutez un peu, et c'est une nouvelle raison pour moi d'admirer votre sagesse, vous doutez de mon pouvoir. Dans la discussion des grands intérêts de la Cour et de la politique, le doute est le premier des devoirs et ne se trouve une injure pour aucune des parties contractantes. On peut se faire illusion à soi-même et précipiter non seulement l'intérêt d'un ami, mais son intérêt propre. Je vous ai dit que je pourrais jeter les yeux sur M. Grandet, vous doutez un peu de mon pouvoir. Je ne puis vous donner le portefeuille de l'Intérieur ou des Finances comme je vous donnerais ce bouquet de violettes. Le roi lui-même, dans nos habitudes actuelles, ne peut vous faire un tel don. Un ministre, au fond, doit être élu par cinq ou six personnes, dont chacune a plutôt le *veto* sur le choix des autres que le droit absolu de faire triompher son candidat ; car enfin n'oubliez pas, madame, qu'il s'agit de plaire tout à fait au roi, plaire à peu près à la Chambre des députés, et enfin ne pas trop choquer cette pauvre Chambre des pairs. C'est à vous, ma toute belle, à voir si vous voulez croire que je veux faire tout ce qui est en moi pour vous placer dans l'hôtel de la rue de Grenelle. Avant d'estimer mon degré de dévouement à vos intérêts, cherchez à vous faire une idée nette de cette portion d'influence que pour deux ou trois fois vingt-quatre heures le hasard a mise dans mes mains.

— Je crois en vous, et beaucoup, et admettre avec vous une discussion sur un pareil sujet n'en est pas une faible preuve. Mais de la confiance en votre génie et en votre fortune à faire les sacrifices que vous semblez exiger, il y a loin.

— Je serais au désespoir de blesser le moins du monde cette charmante délicatesse de votre sexe, qui sait ajouter tant de charmes à l'éclat de la jeunesse et de la beauté la plus achevée. Mais Mme de Chevreuse, la duchesse de Longueville, toutes les femmes qui ont laissé un nom dans l'histoire et, ce qui est plus réel, qui ont établi la fortune de leur maison, ont eu quelquefois des entretiens avec leur médecin. Eh bien ! moi je suis le médecin de l'âme, le donneur d'avis à la noble ambition que cette admirable position a dû placer dans votre cœur. Dans un siècle, au milieu d'une société où tout est sable mouvant, où rien n'a de la consistance, où tout s'est écroulé, votre esprit supérieur, votre grande fortune, la bravoure de M. Grandet, et vos avantages personnels vous ont créé une position réelle, résistante, indépendante des caprices du pouvoir. Vous n'avez qu'un ennemi à craindre, c'est la mode ; vous êtes sa favorite dans ce moment, mais quel que soit le mérite personnel, la mode se lasse. Si d'ici à un an ou dix-huit mois vous ne présentez rien de neuf à admirer à ce public qui vous rend justice en ce moment et vous place dans une situation si élevée, vous serez en péril ; la moindre vétille, une voiture de mauvais goût, une maladie, un rien, malgré votre âge si jeune vous placeront au rang des mérites historiques.

— Il y a longtemps que je connais cette grande vérité, dit Mme Grandet avec l'accent d'humeur d'une reine à laquelle on rappelle mal à propos une défaite de ses armées, il y a longtemps que je connais cette grande vérité : la vogue est un feu qui s'éteint s'il ne s'augmente.

— Il y a une vérité secondaire non moins frappante, d'une application non moins fréquente, c'est qu'un malade qui se fâche contre son médecin, un plaideur qui se fâche contre son avocat, au lieu de réserver son énergie à combattre ses adversaires, n'est pas à la veille de changer sa position en bien. »

M. Leuwen se leva.

« Ma chère belle, les moments sont précieux. Voulez-vous me traiter comme un de vos adorateurs et chercher à me faire perdre la tête ? Je vous dirai que je n'ai plus de tête à perdre, et je vais chercher fortune ailleurs.

— Vous êtes un cruel homme. Eh bien ! parlez. »

Mme Grandet fit bien de ne pas continuer à faire des phrases ; M. Leuwen, qui était bien plus un homme de plaisir et d'humeur qu'un homme d'affaires et surtout qu'un ambitieux, trouvait déjà ridicule de faire dépendre ses plans des caprices d'une femmelette, et cherchait dans sa tête quelque autre arrangement pour mettre Lucien en évidence.

« Je ne suis pas fait pour le ministère, je suis trop paresseux, trop accoutumé à m'amuser, se disait-il pendant les

phrases de Mme Grandet, comptant trop peu sur le lendemain. Si au lieu d'avoir, à déraisonner et battre la campagne devant moi, une petite femme de Paris, j'avais le roi,
mon impatience serait la même, et elle ne me serait jamais
pardonnée. Donc, je dois réunir tous mes efforts sur mon
fils. »

« Madame, dit-il comme revenant de bien loin, voulez-
vous me parler comme à un vieillard de soixante-cinq ans
pour le moment ambitieux en politique, ou voulez-vous
continuer à me faire l'honneur de me traiter comme un
beau jeune homme ébloui de vos charmes, comme ils le
sont tous ?

— Parlez, monsieur, parlez ! » dit Mme Grandet avec
vivacité, car elle était habile à lire dans les yeux la résolution des gens avec qui elle parlait, et elle commençait à
avoir peur. M. Leuwen lui paraissait ce qu'il était, c'est-à-
dire sérieusement impatienté.

« Il faut que l'un de nous deux ait confiance en la fidélité
de l'autre.

— Eh bien ! je vous répondrai avec toute la franchise
qu'à l'instant même vous présentiez comme un devoir :
pourquoi mon lot doit-il être d'*avoir* confiance ?

— C'est la force des choses qui le veut ainsi. Ce que je
vous demande, ce qui fait votre *enjeu*, si vous daignez me
permettre cette façon de parler si vulgaire, mais pourtant si
claire (et le ton de M. Leuwen perdit beaucoup de sa parfaite urbanité pour se rapprocher de celui d'un homme qui
marchande une terre et qui [vient] de nommer son dernier
prix), ce qui fait votre enjeu, madame, dans cette grande
intrigue de haute ambition, dépend entièrement et uniquement de vous, tandis que la place assez enviée dont je vous
offre l'achat dépend du roi, et de l'opinion de quatre ou
cinq personnes, qui daignent m'accorder beaucoup de
confiance, mais qui enfin ont leur volonté propre, et qui
d'ailleurs, après un jour ou deux, après un échec de tribune,
par exemple, peuvent ne plus vouloir de moi. Dans cette
haute combinaison d'État et de haute ambition, celui de
nous deux qui peut disposer du prix d'achat, de ce que vous
m'avez permis d'appeler son enjeu, doit le délivrer, sous
peine de voir l'autre partie contractante avoir plus d'admiration pour sa prudence que pour sa sincérité. Celui de
nous deux qui n'a pas son enjeu en son pouvoir, et c'est moi
qui suis cet homme, doit faire tout ce que l'autre peut
humainement demander pour lui donner des gages. »

Mme Grandet était rêveuse et visiblement embarrassée, mais plus des mots à employer pour faire la réponse que de la réponse même. M. Leuwen, qui ne doutait pas du résultat, eut un instant l'idée malicieuse de renvoyer au lendemain. La nuit eût porté conseil. Mais la paresse de revenir lui donna le désir de finir sur-le-champ. Il ajouta d'un ton tout à fait familier et en abaissant le ton de sa voix d'un demi-ton, avec la voix basse de M. de Talleyrand :

« Ces occasions, ma chère amie, qui font ou défont la fortune d'une maison, se présentent une fois dans la vie, et elles se présentent d'une façon plus ou moins commode. La montée au temple de la Fortune qui se présente à vous est une des moins épineuses que j'aie vues. Mais aurez-vous du caractère ? Car enfin, la question se réduit de votre part à ce dilemme : *Aurai-je confiance en M. Leuwen, que je connais depuis quinze ans ?* Pour répondre avec sang-froid et sagesse, dites-vous : « Quelle idée avais-je de M. Leuwen « et de la confiance qu'il mérite il y a quinze jours, avant « qu'il fût question de ministère et de transaction politique « entre lui et moi ? »

— Confiance entière ! dit Mme Grandet avec soulagement, comme heureuse de devoir rendre à M. Leuwen une justice qui tendait à la faire sortir d'un doute bien pénible, confiance entière ! »

M. Leuwen dit, de l'air qu'on a en convenant d'une nécessité :

« Il faut que sous deux jours au plus tard je présente M. Grandet au maréchal.

— M. Grandet a dîné chez le maréchal il n'y a pas un mois », dit Mme Grandet d'un ton net et piqué.

« J'ai fait fausse route avec cette vanité de femme ; je la croyais moins bête. »

« Certainement, je ne puis pas avoir la prétention d'apprendre au maréchal à connaître la personne de M. Grandet. Tout ce qui s'occupe à Paris de grandes affaires connaît M. Grandet, ses talents financiers, son luxe, son hôtel ; avant tout, il est connu par la personne la plus distinguée de Paris, à laquelle il a fait l'honneur de donner son nom. Le roi lui-même a beaucoup de considération pour lui, son courage est connu, etc., etc. Tout ce que j'ai à dire au maréchal, c'est ce traître mot : « Voilà M. Grandet, « excellent financier, qui comprend l'argent et ses mouve- « ments, dont Votre Excellence pourrait faire un ministre « de l'Intérieur capable de tenir tête au ministre des

Finances. Je soutiendrais M. Grandet de toutes les forces de ma petite voix. » Voilà ce que j'appelle *présenter*, ajouta M. Leuwen, toujours d'un ton assez vif. Si sous trois jours je ne dis pas cela, je devrai dire, sous peine de me manquer à moi-même : « Toutes réflexions faites, je me ferai aider « par mon fils, si vous voulez lui donner le titre de sous-« secrétaire d'État, et j'accepte le ministère. » Croyez-vous qu'après avoir présenté M. Grandet au maréchal je sois homme à lui dire en secret : « N'ayez aucune foi à ce que je « viens de vous dire devant Grandet, c'est moi qui veux être « ministre » ?

— Ce n'est pas de votre bonne foi qu'il peut être question, et vous appliquez un emplâtre à côté du trou.

« Ce que vous me demandez est étrange. Vous êtes un libertin, dit Mme Grandet pour adoucir le ton du discours. Votre opinion bien connue sur ce qui fait toute la dignité de notre sexe ne vous permet pas de bien apprécier toute l'étendue du sacrifice. Que dira Mme Leuwen ? Comment lui cacher ce secret ?

— De mille façons, par un anachronisme, par exemple.

— Je vous avouerai que je suis hors d'état de continuer la discussion. Daignez renvoyer la conclusion de notre entretien à demain.

— A la bonne heure ! Mais demain serai-je encore le favori de la fortune ? Si vous ne voulez pas de mon idée, il faut que je m'arrange autrement et que, par exemple, je cherche à distraire mon fils, qui fait tout mon intérêt en ceci, par un grand mariage. Songez que je n'ai pas de temps à perdre. L'absence de réponse demain est un *non* sur lequel je ne puis plus revenir. »

Mme Grandet venait d'avoir l'idée de consulter son mari.

CHAPITRE LXIV

« M. Leuwen est un père passionné. Son principal motif, sa grande inquiétude dans toute cette affaire c'est le goût que M. Lucien Leuwen montre pour Mlle Raimonde, de l'Opéra.

— Ma foi, tel père, tel fils !

— C'est ce que j'ai pensé, dit Mme Grandet en riant. Il faut vous charger de ce sujet-là, ajouta-t-elle d'un air plus sérieux, ou bien vous n'aurez pas la voix de M. Leuwen.

— C'est une belle voix que vous me promettez là !

— Je sais que vous avez de l'esprit ; mais tant que cette petite voix se fera écouter, tant que ses sarcasmes seront de mode à la Chambre, on prétend qu'il peut défaire les ministères et l'on ne se hasardera pas à en composer un sans lui.

— C'est plaisant ! Un banquier à demi Hollandais, connu par ses campagnes à l'Opéra, et qui n'a pas voulu être capitaine de la garde nationale, ajouta M. Grandet d'un air tragique (son ambition datant des journées de juin). De plus, ajouta-t-il d'un air encore plus sombre (il était fort bien reçu par la reine), de plus, connu par d'infâmes plaisanteries sur tout ce que les hommes en société doivent respecter. Etc., etc. »

M. Grandet était un demi-sot, lourd et assez instruit, qui chaque soir suait sang et eau pendant une heure pour se *tenir au courant de notre littérature*, c'était son mot. Du reste, il n'eût pas su distinguer une page de Voltaire d'une page de M. Viennet. On peut deviner sa haine pour un homme d'esprit qui avait des succès et ne se donnait aucune peine. C'était ce qui l'outrait davantage.

Mme Grandet savait qu'il n'y avait aucun parti à tirer de

son mari jusqu'à ce qu'il eût épuisé toutes les phrases bien faites, à ce qu'il pensait, qu'un sujet quelconque pouvait lui fournir. Le malheur, c'est qu'une de ces phrases engendrait l'autre. M. Grandet avait l'habitude de se laisser aller à ce mouvement, il espérait arriver ainsi à avoir de l'esprit, et il eût eu raison, si au lieu de Paris, il eût habité Lyon ou Bourges.

Quand Mme Grandet, par son silence, fut tombée d'accord avec lui sur tous les démérites de M. Leuwen, et ce riche sujet occupa bien vingt minutes :

« Vous marchez maintenant dans la route de la haute ambition. Vous souvient-il du mot du chancelier Oxenstiern à son fils ?

— C'est mon bréviaire que ces bons mots des grands hommes, ils me conviennent tout à fait : « O mon fils, vous « reconnaîtrez avec combien peu de talent l'on mène les « grandes affaires de ce monde. »

— Eh bien ! pour un homme comme vous, M. Leuwen est un moyen. Qu'importe son mérite ! Si une Chambre composée de demi-sots s'amuse de ses quolibets et prend ses conversations de tribune pour l'éloquence à haute portée d'un véritable homme d'État, que vous importe ? Songez que c'est une faible femme, madame de..., qui, parlant à une autre faible femme, la reine Anne d'Autriche, a fait entrer dans les conseils le fameux cardinal de Richelieu. Quel que soit M. Leuwen, il s'agit de flatter sa manie tant que la Chambre aura celle de l'admirer. Mais ce que je vous demande, à vous qui courez les cercles politiques et qui voyez ce qui se passe avec un coup d'œil sûr, le crédit de M. Leuwen est-il réel ? Car il n'entre pas dans mon système de haute et pure moralité de faire des promesses et ensuite de ne les pas tenir avec religion. » Elle ajouta avec humeur : « Cela ne m'irait point du tout. »

Mme Grandet se moquait de son mari et ne sentait pas toute la portée du ridicule qu'elle exprimait.

« Eh bien ! oui, répondit M. Grandet avec humeur, M. Leuwen a tout crédit pour le moment. Ses quolibets à la tribune séduisent tout le monde. Déjà, pour le goût littéraire, je suis de l'avis de mon ami Viennet, de l'Académie française : nous sommes en pleine décadence. Le maréchal le porte, car il veut de l'argent avant tout et M. Leuwen, je ne sais en vérité pourquoi ni comment, est le représentant de la Bourse. Il amuse le vieux maréchal par ses calembredaines de mauvais ton. Il n'est pas difficile d'être aimable quand l'on se permet de tout dire. Le roi, malgré son goût exquis, souffre cet esprit de M. Leuwen. On dit que c'est lui uniquement qui a démoli ce pauvre de Vaize, au Château, dans l'esprit du roi.

— Mais, en vérité, M. de Vaize à la tête des Arts, cela était trop plaisant. On lui propose un tableau de Rembrandt à acheter pour le Musée, il écrit en marge du rapport : « *Me dire ce que M. Rembrandt a exposé au dernier Salon.* »

— Oui, mais M. de Vaize est poli, et Leuwen sacrifiera toujours un ami à un bon mot.

— Vous sentez-vous le courage de prendre M. Lucien Leuwen, ce fils silencieux d'un père si bavard, pour votre secrétaire général ?

— Comment ! Un sous-lieutenant de lanciers secrétaire général ! Mais c'est un rêve ! Cela ne s'est jamais vu ! Où est la gravité ?

— Hélas ! nulle part. Il n'y a plus de gravité dans nos mœurs, c'est déplorable. M. Leuwen n'a pas été grave en me donnant son ultimatum, sa condition *sine qua non*... Songez, monsieur, que si nous faisons une promesse, il faut la tenir.

— Prendre pour secrétaire général un petit sournois qui s'avise aussi d'avoir des idées ! Il jouera auprès de moi le rôle que M. de N... jouait auprès de M. de Villèle. Je ne me soucie pas d'un *ennemi intime*. »

Mme Grandet eut encore à supporter vingt minutes d'humeur, les phrases spirituelles et profondes d'un demi-sot qui cherchait à imiter Montesquieu, qui ne comprenait pas un mot à sa position, et qui avait l'intelligence bouchée par cent mille livres de rente. Cette réplique chaleureuse de M. Grandet, et toute palpitante d'intérêt, comme il l'aurait appelée lui-même, ressemblait comme deux gouttes d'eau à un article de journal de MM. Salvandy et Viennet, et nous en ferons grâce au lecteur, [qui] aura certainement lu quelque chose dans ce genre-là ce matin.

Enfin, M. Grandet, qui comprit un peu qu'il ne pouvait avoir quelque chance de ministère que par M. Leuwen, consentit à laisser sa place de secrétaire général à la nomination de celui-ci.

« Quant au titre de son fils, M. Leuwen en décidera. A cause de la Chambre, il vaudra peut-être mieux qu'il soit simple secrétaire intime, comme il est aujourd'hui sous M. de Vaize, mais avec toutes les affaires du secrétaire général.

« Tout ce tripotage ne me convient guère. Dans une administration loyale, chacun doit porter le titre de ses fonctions. »

« Alors, vous devriez vous appeler intendant d'une femme de génie qui vous fait ministre », pensa Mme Grandet.

Il fallut encore perdre quelques minutes. Mme Grandet savait qu'on ne pouvait prendre ce brave colonel de garde nationale, son mari, que par pure fatigue physique. En parlant avec sa femme, il *s'exerçait* à avoir de l'esprit à la Chambre des députés. On devine toute la grâce et l'à-propos qu'une telle prétention devait donner à un négociant parfaitement raisonnable et privé de toute espèce d'imagination.

« Il faudra étourdir d'affaires M. Lucien Leuwen, lui faire oublier Mlle Raimonde.

— Noble fonction, en vérité.

— C'est la marotte de l'homme qui, par un jeu ridicule de la fortune, a le pouvoir maintenant, mais je dis tout pouvoir. Et quoi de respectable comme l'homme qui a le pouvoir ! »

Dix minutes après, M. Grandet riant de la bonhomie de M. Leuwen, on reparla de Mlle Raimonde. M. Grandet ayant dit sur ce sujet tout ce qu'on peut dire, il dit enfin :

« Pour faire oublier cette passion ridicule, un peu de coquetterie de votre part ne serait pas déplacée. Vous pourriez lui offrir votre amitié. »

Ceci fut dit avec simple bon sens, c'était le ton *naturel* de M. Grandet, jusque-là *il avait eu de l'esprit*. (La conférence était arrivée à son septième quart d'heure.)

« Sans doute », répondit Mme Grandet avec le ton de la plus grande rondeur, et, au fond, beaucoup de joie. (« Voilà un immense pas de fait, pensa-t-elle, il fallait le constater. »)

Elle se leva.

« Voilà une idée, dit-elle à son mari, mais elle est pénible pour moi.

— Votre réputation est placée si haut, votre conduite, à vingt-six ans, et avec tant de beauté, a été si pure, a paru à une distance tellement élevée au-dessus de tous les soupçons, même de l'envie qui poursuit mes succès, que vous avez toute liberté de vous permettre, dans les limites de l'honnêteté, et même de l'honneur, tout ce qui peut être utile à notre maison. »

(Le voilà qui parle de ma réputation comme il parlerait des bonnes qualités de son cheval.)

« Ce n'est pas d'hier que le nom de Grandet est en possession de l'estime des honnêtes gens. Nous ne sommes pas nés *sous un chou*. »

« Ah ! Grand Dieu, pensa Mme Grandet, il va me parler de son aïeul le capitoul de Toulouse ! »

« Sentez bien, monsieur le ministre, toute l'étendue de l'engagement que vous allez souscrire ! Il ne convient pas à ma considération d'admettre de changement brusque dans ma société. Si une fois M. Lucien est notre ami intime, tel qu'il aura été pendant les deux premiers mois de votre ministère tel il faudra qu'il soit pendant deux ans, même dans le cas où M. Leuwen perdrait son crédit à la Chambre ou auprès du roi, même dans le cas peu probable où votre ministère finirait...

— Les ministères durent bien au moins trois ans, la Chambre a encore quatre budgets à voter », répliqua M. Grandet d'un ton piqué.

« Ah ! Grand Dieu ! se dit Mme Grandet, je viens de m'attirer encore quinze minutes de haute politique à la façon du comptoir. »

Elle se trompait, la conversation ne revint qu'au bout de dix-sept minutes à l'engagement à prendre par M. Grandet d'admettre M. Lucien Leuwen à une amitié intime de trois ans, si l'on se déterminait à l'admettre pour un mois.

« Mais le public vous le donnera pour amant !

— C'est un malheur dont je souffrirai plus que personne. Je m'attendais que vous chercheriez à m'en consoler... Mais enfin, voulez-vous être ministre ?

— Je veux être ministre, mais par des voies honorables, comme Colbert.

— Où est le cardinal Mazarin mourant, pour vous présenter au roi. »

Ce trait d'histoire, cité à propos, inspira de l'admiration à M. Grandet et lui sembla une raison.

CHAPITRE LXV

Mme Grandet eût été fâchée d'être obligée de ne pas admettre Lucien à la première place dans son cœur. Si la situation se fût prolongée, huit ou dix jours, elle eût peut-être continué, *à ses frais*, la route pour la première idée de laquelle il avait fallu la payer par un ministère. Elle eût aimé Lucien sérieusement.

Elle voulut faire une partie d'échecs avec lui.

<Lucien se dit : « Par un petit sentier détourné et auquel un buisson cache la plaine immense que nous dominons, mon père m'a fait parvenir au faîte de la fortune. »>

Elle était ce soir-là, animée, brillante d'une fraîcheur encore plus admirable qu'à l'ordinaire. Sa beauté, qui était du premier rang, n'avait rien de sublime, d'austère, en un mot de ce qui charme les cœurs distingués et fait peur au vulgaire. Le succès de Mme Grandet auprès des quinze ou vingt personnes qui successivement s'approchèrent de la table d'échecs était frappant.

« Et une telle femme me fait presque la cour ! pensait Lucien, tout en donnant à Mme Grandet le plaisir de le gagner. Il faut que je sois un être bien singulier pour n'être pas heureux. »

Tout à coup il se dit :

« Je suis dans une position analogue à celle de mon père. Je perds ma position dans ce salon si je n'en profite pas, et qui me dit que je ne la regretterai pas ? J'ai toujours méprisé cette position, mais je ne l'ai jamais occupée. La mépriser serait d'un sot. »

« C'est un avantage bien cruel pour moi que celui de jouer aux échecs avec vous. Si vous ne répondez pas à mon fatal amour, il ne me reste d'autre ressource que de me brûler la cervelle.

— Eh bien ! vivez et aimez-moi... Votre présence ce soir m'ôterait tout l'empire que je dois avoir sur moi-même pour répondre à tant de monde. Allez parler cinq minutes à mon mari, et venez demain à une heure, à cheval s'il fait beau. »

« Me voilà donc heureux », pensa Lucien en remontant dans son cabriolet.

Il n'eut pas fait cent pas dans la rue qu'il accrocha.

« Je suis donc vraiment heureux, se dit-il en faisant monter son domestique pour conduire, je suis troublé.

« N'est-ce donc que cela, que le bonheur que peut donner le monde ? Mon père va faire un ministère, il a le plus beau rôle à la Chambre, la femme la plus brillante de Paris semble céder à ma prétendue passion... »

Lucien eut beau torturer ce bonheur-là, le serrer dans tous les sens, il n'en put tirer que cette sensation :

« Goûtons bien ce bonheur, pour ne pas le regretter comme un enfant quand il sera passé. »

Quelques jours après, Lucien, descendant de cabriolet pour monter chez Mme Grandet, fut séduit par l'éclat d'un beau clair de lune qu'il apercevait par la porte cochère sur la place de la Madeleine. Au lieu de monter, il sortit, ce qui étonna fort MM. les cochers.

Pour se délivrer de leurs regards, il alla à cent pas plus loin, alluma humblement son cigare au feu d'un marchand de marrons, et se laissa aller à admirer la beauté du ciel et à réfléchir.

Lucien n'était nullement dans la confidence de tout ce que son père venait de faire pour lui, et nous ne nierons pas qu'il ne fût un peu fier de ses succès auprès de cette Mme Grandet, dont la conduite irréprochable, la rare beauté, la haute fortune jetaient un certain éclat dans la société de Paris. Si elle eût réuni de la naissance à ces avantages, elle eût été célèbre en Europe ; mais quoi qu'elle fît, jamais elle n'avait pu avoir de milords anglais chez elle.

Ce bonheur fut beaucoup plus vivement senti par Lucien après quelque temps que les premiers jours.

Mme Grandet était la plus grande dame qu'il eût jamais approchée, car nous avouerons, et ceci lui nuira infiniment dans l'esprit de celles de nos belles lectrices qui, pour leur bonheur, ont trop de noblesse ou trop de fortune, que les prétentions infinies de Mmes de Commercy, de Marcilly et autres cousines de l'empereur dépourvues de fortune qu'il avait rencontrées à Nancy lui avaient toujours semblé ridicules...

« Le culte des vieilles idées, l'ultracisme, est bien plus ridicule en province qu'à Paris ; à mes yeux il l'est moins, car en province, au moins, ce grand corps est pur d'énergie. Ces gens-ci ont de l'envie et de la peur, et à cause de ces deux aimables passions, ils oublient de vivre. »

Ce mot, par lequel Lucien se résumait toutes ses sensations de province, lui gâtait la charmante figure de Mme d'Hocquincourt comme l'esprit vraiment supérieur de Mme de Puylaurens. Cette peur continue, ce regret d'un passé qu'on n'ose pas défendre comme estimable, empêchaient aux yeux de Lucien toute vraie grandeur. Il y avait au contraire tant de luxe, de richesse véritable et d'absence de peur et d'envie dans les salons de Mme Grandet !

« Là seulement on sait vivre », se disait Lucien. Et il se passait quelquefois des semaines entières sans qu'il fût choqué par quelque propos bas, tel qu'on n'en entendit jamais de pareil dans le salon de Mme d'Hocquincourt ou de Mme de Puylaurens. Ces propos bas, montrant toute la vileté de l'âme, étaient tenus par quelque député du centre qui, en se vendant au ministère pour un ruban ou une recette de tabac, n'avait pas encore appris à placer un masque sur sa laideur. Au grand chagrin de son père, jamais Lucien n'adressait la parole à ces êtres lourds ; il les entendait en passant qui, à propos des vingt-cinq millions du président Jackson, du droit sur les sucres ou de quelque autre question du moment, agitaient lourdement quelque point d'économie politique sans pouvoir s'élever à comprendre même les bases de la question.

« Voilà sans doute la lie de la France, pensait Lucien ; cela est bête et vendu. Mais du moins cela n'a pas peur et ne regrette pas le passé, et ils n'hébètent pas leurs enfants en les réduisant pour toute lecture à la *Journée du Chrétien*.

« Dans ce siècle où tout est argent, où tout se vend, quoi de comparable à une immense fortune dépensée d'une main adroite et cauteleuse ? Ce Grandet ne dépense pas dix louis sans songer à la position qu'il occupe dans le monde. Ni lui ni sa femme ne se permettent les caprices que je me passe, moi, fils de famille. »

Il les voyait lésiner souvent pour la location d'une loge ou demander une loge au Château ou au ministère de l'Intérieur.

Lucien voyait Mme Grandet entourée des hommages universels. Au milieu de toute cette philosophie, un certain instinct monarchique existant encore chez les Français à carrosse lui disait bien qu'il serait plus flatteur d'être préféré par une femme portant l'un des noms célèbres de la monarchie.

« Mais si j'arrivais, chose impossible pour moi, dans les salons de cette opinion à Paris, j'y trouverais pour toute différence [que] que les trois ou quatre chevaliers de Saint-Louis de MM. de Serpierre et de Marcilly seraient remplacés par trois ou quatre ducs et pairs soutenant, comme M. de Saint-Lérant chez Mme de Marcilly, que l'empereur Nicolas a un trésor de six cents millions, à lui légué par l'empereur Alexandre, dans une petite caisse, avec commission d'exterminer les jacobins de France aussitôt qu'il en aura le loisir. Il y a sans doute, ici comme là-bas, un abbé Rey régnant en despote sur ces pauvres jolies femmes et les obligeant par la terreur à aller passer deux heures au sermon d'un M. l'abbé Poulet. La maîtresse que j'aurais, si l'âge de ses aïeux touchait au berceau du monde, serait obligée, comme Mme d'Hocquincourt, à se mêler malgré elle dans une discussion de vingt minutes au moins sur le mérite du dernier mandement de monseigneur l'évêque de... Les louanges des Pères qui firent brûler Jean Huss seraient, il est vrai, présentées avec une élégance parfaite, mais que cette élégance trahit de dureté de cœur ! Dès que je l'aperçois, elle me met sur mes gardes. Dans les livres elle me plaît, mais dans le monde elle me glace et au bout d'un quart d'heure m'inspire de l'éloignement.

« Chez Mme Grandet, grâce à son nom bourgeois, ce genre d'absurdité est entièrement réservé à ses colloques du matin avec Mme de Thémines, Mme Toniel ou autres mères de l'Église, et j'en serai quitte pour quelques mots de respect pour ce qui est respectable répétés une fois par semaine.

« Les hommes que je vois chez Mme Grandet ont au moins fait quelque chose, quand ce ne serait que leur fortune. Qu'ils l'aient acquise par le négoce, ou par des articles de journaux, ou par des discours vendus au gouvernement, enfin ils ont agi.

« Ce monde que je vois chez *ma maîtresse*, dit-il en riant, est comme une histoire écrite en mauvais langage, mais intéressante pour le fond des choses. Le monde de Mme de Marcilly, c'est des théories absurdes, ou même hypocrites, basées sur des faits controuvés et recouvertes d'un langage poli, mais l'âpreté du regard dément à chaque instant l'élégance de la forme. Toute cette éloquence onctueuse et imitée de Fénelon exhale, pour qui a des sens fins, une odeur fine et pénétrante de coquinerie et de friponnerie.

« Chez la Mme de Marcilly de Paris je pourrais prendre peu à peu l'habitude de cette absence d'intérêt pour ce que je dis et de ces expressions étiolant ma pensée que ma mère me recommande souvent. Je commence bien quelquefois à me repentir de ne pas avoir eu ces vertus du XIXe siècle, mais je m'ennuierais moi-même ; je compte que la vieillesse y pourvoira.

« Je remarque que l'effet assuré de cette espèce d'élégance chez le petit nombre de jeunes habitants du faubourg Saint-Germain, gens qui ont pu l'acquérir sans laisser leur bon sens à l'école, est de répandre autour de l'homme *accompli* une méfiance profonde. Ces discours élégants sont comme un oranger qui croîtrait au milieu de la forêt de Compiègne : ils sont jolis, mais ne semblent pas de notre siècle.

« Le hasard n'a pas voulu me faire naître de ce monde-là. Et pourquoi me changer ? Que demandé-je au monde ? Mes yeux me trahiraient, et Mme de Chasteller me l'a dit vingt fois... »

Son parler si coulant fut interrompu net, comme jadis celui de cet homme faible qui, devant le pouvoir venant de désavouer son ami arrêté pour opinions politiques par la police, fut averti par le chant du coq. Lucien resta immobile, comme Bartolo dans le *Barbiere* de Rossini. Huit ou dix fois depuis son bonheur auprès de Mme Grandet l'idée de Mme de Chasteller s'était présentée à lui, mais jamais aussi nettement ; toujours il avait été distrait par quelque phrase rapide, comme : « Mon cœur n'est pour rien dans cette aventure de jeunesse et d'ambition. » Mais par toutes les combinaisons qui avaient précédé le rappel du nom de Mme de Chasteller il prenait des mesures pour faire durer longtemps cette nouvelle liaison. Mme Grandet ne le portait pas simplement à rompre avec la personne de Mlle Raimonde, mais avec le souvenir cher et sacré de Mme de Chasteller. L'impiété était plus grande.

Il y avait deux mois qu'il avait rencontré dans la collection des porcelaines divines de M. Constantin une tête qui l'avait fait rougir par sa ressemblance avec Mme de Chasteller, et il l'avait fait copier en ne quittant pas un moment le jeune peintre dont, par son anxiété et sa douceur, il s'était fait un ami. Il courut chez lui comme pour faire amende honorable devant cette sainte image. Sera-t-il tout à fait déshonoré si nous avouons que, comme le personnage célèbre auquel nous avons eu naguère le courage de le comparer, il répandit des pleurs ?

Sur la fin de la soirée, il prit sur lui de venir passer un moment chez Mme Grandet. Lucien était un autre homme. Mme Grandet s'aperçut de ce changement dans ses idées. Huit jours auparavant, cette nuance morale eût passé inaperçue. Sans se l'avouer, elle n'était plus seulement dominée par l'ambition, elle commençait à prendre du goût pour ce jeune homme qui n'était pas triste comme les autres, mais sérieux. Elle lui trouvait un charme inexprimable. Si elle eût eu plus d'expérience ou plus d'esprit, elle eût appelé *naturel* cette façon d'être singulière qui l'attachait à Lucien.

Elle avait vingt-six ans passés, elle était mariée depuis sept ans, et depuis cinq régnait dans la plus brillante si ce n'est la plus noble société. Jamais un homme n'avait osé lui baiser la main en tête-à-tête.

Le lendemain, il y eut une scène entre M. Leuwen et Mme Grandet. M. Leuwen, parfaitement honnête homme dans toute cette affaire, s'était hâté de présenter M. Grandet au vieux maréchal, lequel, rempli de bon sens et de vigueur quand il ne se laissait pas engourdir par la paresse ou par l'humeur, avait fait à ce futur collègue quatre ou cinq questions brusques, auxquelles le riche banquier, peu accoutumé à s'entendre parler aussi nettement, avait répondu par des phrases qu'il croyait bien arrondies. Sur quoi le maréchal, qui détestait les phrases, d'abord parce qu'elles sont détestables, et ensuite parce qu'il ne savait pas en faire, lui avait tourné le dos.

« Mais, votre homme n'est qu'un sot ! »

M. Grandet était rentré chez lui pâle et désespéré. De la journée il ne fut plus tenté de se comparer à Colbert. Il avait justement le degré de tact nécessaire pour comprendre qu'il avait souverainement déplu au maréchal. Il est vrai que la grossièreté du vieux général, ennuyé, voleur et rongé de bile, avait proportionné sa conduite à la rapidité de tact de M. Grandet.

Celui-ci raconta son malheur à sa femme, qui accabla son mari de flatteries mais prit sur-le-champ la ferme opinion que M. Leuwen l'avait trompée. Elle méprisait bien son mari, ainsi que le doit toute honnête femme, mais elle ne le méprisait pas assez.

« Quel est son métier, se disait-elle depuis trois ans. Il est banquier et colonel de la garde nationale. Eh bien ! comme banquier il gagne de l'argent, comme colonel il est brave. Ces deux métiers s'entraident ; comme colonel, il fait avoir de l'avancement dans la Légion d'honneur à certains régents de la Banque de France ou du syndicat des agents de change, qui de temps en temps lui font prêter un million ou deux pendant trente-six heures pour faire une hausse ou une baisse. Mais M. le comte de Vaize exploite la Bourse par son télégraphe, comme M. Grandet par une hausse. Deux ou trois ministres font comme M. de Vaize, et leur maître à tous ne s'en fait pas faute et quelquefois les ruine, comme il est arrivé à ce pauvre Castelfulgens. Mon mari a sur tous ces gens-là l'avantage d'être un très brave colonel. »

Mme Grandet ne croyait pas que le monde s'aperçût de la détestable manie de faire de l'esprit qui possédait son lourd mari ; or, jamais homme n'avait reçu de la nature une imagination plus calme pour tout ce qui n'était pas de l'argent comptant réalisé ou perdu par une cote de change. Tout ce que l'on disait lui semblait toujours, à lui vrai marchand, un bavardage destiné à enjôler un acheteur.

Depuis quatre ou cinq ans que M. Grandet, piqué d'honneur par le luxe de M. Thourette, donnait de belles fêtes, Mme Grandet ne le voyait jamais qu'entouré de flatteurs. Un jour, un pauvre petit bossu, homme d'esprit, pauvre et pas trop bien mis, M. Gamont, avait osé différer un peu d'opinion avec M. Grandet sur le plus ou moins de beauté de la cathédrale d'Auch, M. Grandet l'avait chassé de chez lui à l'instant avec une grossièreté, avec un triomphe barbare des écus sur la pauvreté qui avait choqué même Mme Grandet. Quelques jours après elle envoya, avec une lettre anonyme alléguant [une] restitution, cinq cents francs au pauvre Gamont qui, trois mois après, eut la bassesse de se laisser réinviter à dîner par M. Grandet.

Lorsque M. Leuwen dit à Mme Grandet la vérité, encore bien adoucie, sur le vide, la platitude, les fausses grâces des réponses de M. Grandet au vieux maréchal, Mme Grandet lui fit entendre avec un froid dédain, qui allait admirablement au genre de sa beauté, qu'elle croyait qu'il la trahissait.

M. Leuwen se conduisit comme un jeune homme : il fut au désespoir de cette accusation, et pendant trois jours son unique affaire fut de prouver son injustice à Mme Grandet.

Ce qui compliquait la question, c'est que le roi, qui

depuis cinq ou six mois devenait chaque jour plus ennemi des résolutions décisives, avait envoyé son fils chez le ministre des Finances afin de moyenner un raccommodement avec le vieux maréchal, sauf ensuite, quand le raccommodement ne conviendrait plus à lui roi, de désavouer son fils et de l'exiler à la campagne. Le raccommodement avait réussi, car le vieux maréchal tenait beaucoup à ce qu'une certaine fourniture de chevaux fût entièrement soldée avant sa sortie du ministère. M. Salomon C..., le chef de cette entreprise, avait sagement stipulé que les cent mille francs de nantissement donnés par le fils du maréchal et les bénéfices appartenant à la même personne ne seraient payés qu'avec les fonds provenant de l'*ordonnance de solde* signée de M. le ministre des Finances. Le roi savait bien la spéculation sur les chevaux, mais n'avait pas connaissance de ce détail, quand il l'apprit par un petit espion intérieur du ministère des Finances qui adressait ses comptes rendus à sa sœur. Il fut humilié et furieux de ne l'avoir pas deviné, et dans sa colère il fut sur le point de donner le commandement d'une brigade à Alger à M. le G., le chef de sa police particulière. La politique du roi avec ses ministres eût été toute différente s'il avait été sûr de tenir le maréchal par des liens invincibles pendant quinze jours encore.

M. Leuwen ne savait pas ce détail, il prit ce délai de quinze jours pour un nouveau symptôme de timidité ou même d'affaiblissement dans le génie du roi, mais cette raison il n'osa jamais la donner à Mme Grandet. Il avait pour principe qu'il est certaines choses qu'il ne faut jamais dire aux femmes.

Il résulta de là que, parlant avec une ouverture de cœur et une bonne foi parfaites, sauf ce détail, Mme Grandet, dont l'esprit était aiguisé en cette circonstance par l'anxiété la plus vive, crut voir qu'il n'était pas sincère avec elle.

M. Leuwen s'aperçut de ce soupçon. Dans son désespoir d'honnête homme, qui fut vif et violent comme toutes ses sensations, ce même jour M. Leuwen, qui n'osait traiter à fond un certain sujet en présence de sa femme, après le dîner de famille partit de bonne heure pour l'Opéra, emmena son fils, ferma avec soin le verrou de sa loge. Ces précautions prises, il osa lui raconter en détail et dans le style le plus simple le marché fait avec Mme Grandet. M. Leuwen croyait parler à un homme politique, et commettait lui-même une lourde gaucherie.

La vanité de Lucien fut consternée, il se sentit froid dans

la poitrine, car notre héros, en cela fort différent des héros des romans de bon goût, n'est point absolument parfait, il n'est pas même parfait tout simplement. Il est né à Paris, par conséquent il a des premiers mouvements d'une vanité incroyable.

Cette vanité immense, parisienne, n'était pas cependant unie à sa compagne vulgaire, la sottise de croire posséder des avantages qu'on n'a pas. Du côté des choses qui lui manquaient, il se jugeait même avec sévérité. Par exemple il se disait :

« Je suis trop simple, trop sincère, je ne sais pas assez dissimuler l'ennui, et encore moins l'amour que je sens, pour arriver jamais à des succès marquants auprès des femmes de la société. »

Tout à coup, et d'une façon imprévue, Mme Grandet, avec son port de reine, sa rare beauté, son immense fortune, sa conduite irréprochable, était venue donner un brillant démenti à ces prévisions philosophiques, mais tristes. Lucien goûtait ce hasard avec délices.

« Ce succès n'aura jamais de pendant, se disait-il ; jamais je ne réussirai, sans amour de ma part, auprès d'une femme à haute vertu et à grand état dans le monde. Je n'aurai jamais de succès, si j'en ai, que, comme me le dit Ernest, par le plat et vulgaire moyen de la *contagion de l'amour*. Je suis trop ignare pour savoir séduire qui que ce soit, même une grisette. Au bout de huit jours, ou elle m'ennuie, et je la plante là, ou elle me plaît trop, elle le voit, et se moque de moi. Si la pauvre Mme de Chasteller m'a aimé, comme je suis quelquefois tenté de le croire, et encore aimé après la faute commise avec cet exécrable lieutenant-colonel de hussards, être si commun, si plat, si dégoûtant comme rival, ce n'est pas que j'aie eu du talent, c'est tout simplement que je l'aimais à la folie... comme je l'aime. »

Lucien s'arrêta un moment. Sa vanité était si vivement piquée en ce moment, qu'il avait de l'amour plutôt le souvenir récent que la conscience de sa présence actuelle.

L'aventure de Mme Grandet commençait donc à plaire à Lucien comme une chance heureuse. « Il est drôle, se disait-il avant la confidence faite par son père, que sans rouerie, sans fausseté autre que de parler de mon amour, sans scélératesse d'aucune espèce, j'aie eu un succès de femme. Les habiles croient une telle chose impossible. »

Ce fut précisément à [cet] instant [...] que le mot de son père vint faire disparaître tout cet échafaudage de contentement de soi-même. Une heure auparavant, il se répétait encore :

« Ernest se sera trompé une fois quand il m'a prédit que de la vie je n'obtiendrais une femme comme il faut, sans l'aimer, autrement que par la pitié, les larmes et tout ce que ce chimiste de malheur [appelle] *la voie humide.* »

Le traître mot dit par son père succédant à une journée de triomphe le plongea dans l'amertume.

« Mon père, se dit Lucien, se moque de moi ! »

Par excès de vanité, il sut ne pas se laisser dominer par l'œil fin et scrutateur de son père qu'il voyait attaché aux siens, il déroba à ce moqueur impitoyable son désappointement cruel. M. Leuwen eût été bien heureux de deviner son fils. Il savait par expérience que le même fonds de vanité qui fait sentir cruellement les malheurs de ce genre ne les laisse pas sentir longtemps. Il avait au contraire une crainte profonde de l'intérêt inspiré par Mme de Chasteller. Il ne sut rien voir et trouva son fils un homme politique comprenant fort bien la position du roi avec ses ministres et ne s'exagérant d'un côté ni la finesse cauteleuse, ni la bassesse rampante de l'autre, bassesse qui toutefois se réveille sous le coup de fouet cruel de la plaisanterie parisienne.

Une minute ne s'était pas passée que M. Leuwen n'était plus attentif qu'à bien pénétrer Lucien du rôle qu'il devait jouer auprès de Mme Grandet pour la bien persuader que lui, Leuwen père, ne la trahissait en aucune façon et que c'était la *lourdise* de M. Grandet qui avait fait tout le mal ; mais lui, Leuwen, se chargeait de réparer ce mal.

Heureusement pour notre héros, après une séance d'une heure M... vint parler à son père.

« Tu vas place de la Madeleine, n'est-ce pas ?

— Sans doute », répondit Lucien avec une véracité jésuite.

En effet, il alla presque en courant jusque sur la place de la Madeleine, seul endroit de ces environs où, à cette heure, il pût trouver quelque tranquillité et la certitude de n'être pas abordé, car il était un petit personnage et on lui faisait la cour.

Là, pendant une heure entière, il se promena sur les dalles des trottoirs solitaires et put se dire et se redire :

« Non, je n'ai pas gagné une quine à la loterie, oui, je suis un nigaud incapable d'obtenir une femme par mon esprit et de la gagner autrement que par la méthode plate de la *contagion de l'amour.*

« Oui, mon père est comme tous les pères, ce que je n'avais pas su voir jusqu'ici ; avec infiniment plus d'esprit et même de sentiment qu'un autre, il n'en veut pas moins me rendre heureux *à sa façon* et non à la mienne. Et c'est pour servir cette passion d'un autre que je m'hébète depuis huit mois par le travail de bureau le plus excessif, et dans le fait le plus stupide. Car les autres victimes du fauteuil de maroquin au moins sont ambitieux, le petit Desbacs par exemple. Ces phrases emphatiques et convenues que j'écris avec variations, dans la bonne intention de faire pâlir un préfet qui souffre un café libéral dans sa ville, ou pour faire pâmer d'aise celui qui, sans se compromettre, a pu gagner un jury et envoyer en prison un journaliste, ils les trouvent belles, convenables, *gouvernementales*. Ils ne pensent pas que celui qui les signe n'est qu'un fripon. Mais un sot comme moi, affligé de cette délicatesse, j'ai tout le déboire du métier sans aucune de ses jouissances. Je fais sans goût des choses que je trouve à la fois déshonorantes et stupides. Et tôt ou tard ces paroles aimables que je me dis ici, j'aurai le plaisir de me les entendre adresser tout haut et en public, ce qui ne laissera pas d'être flatteur. Car enfin, à moins que l'excès de l'esprit ne tue, comme disent les bonnes femmes, je n'ai que vingt-quatre ans et, en conscience, ce château de cartes de friponneries éhontées, combien peut-il durer ? Cinq ans ? Dix ans ? Vingt ans ? Probablement pas dix ans. Quand j'en aurai quarante à peine, et qu'il y aura réaction contre ces fripons-ci, mon rôle sera le dernier des rôles, le fouet de la satire, poursuivit-il avec un sourire plein d'amertume, me vilipendera pour des péchés qui, pour moi, n'ont pas été aimables.

> Si vous vous damnez,
> Damnez-vous [donc] au moins pour des péchés aimables !

« Desbacs, au contraire, jouera le beau rôle. Car enfin, aujourd'hui il serait ivre de bonheur de se voir maître des requêtes, préfet, secrétaire général, tandis que je ne puis voir dans M. Lucien Leuwen qu'un sot complet, qu'un butor endurci. La boue de Blois même n'a pas pu me réveiller. Qui te réveillera donc, infâme ? Attends-tu le soufflet personnel ?

« Coffe a raison : je suis plus grandement dupe qu'aucun de ces cœurs vulgaires qui se sont vendus au gouvernement. Hier, en parlant de Desbacs et consorts, Coffe ne m'a-t-il pas dit avec sa froideur inexorable : « Ce qui fait «

que je ne les méprise pas trop, c'est qu'au moins ils n'ont pas de quoi dîner. »

« Un avancement merveilleux pour mon âge, mes talents, la position de mon père dans le monde, m'a-t-il jamais donné d'autre sentiment que cet étonnement sans plaisir : « *N'est-ce que ça ?* »

« Il est temps de se réveiller. Qu'ai-je besoin de fortune ? Un dîner de cinq francs et un cheval ne me suffisent-ils pas, et au-delà ? Tout le reste est bien plus souvent corvée que plaisir, à présent surtout que je pourrai dire : « Je ne « méprise pas ce que je ne connais point, comme un sot « philosophe à la Jean-Jacques. Succès du monde, sourires, « serrements de mains des députés campagnards ou de « sous-préfets en congé, bienveillance grossière dans tous « les regards d'un salon, je vous ai goûtés !... Je vais vous « retrouver dans un quart d'heure au foyer de l'Opéra. »

« Et si je partais, sans rentrer à l'Opéra, pour aller entre-voir le seul pays au monde où soit pour moi *peut-être* du bonheur ?... En dix-huit heures, je puis être dans la rue de la Pompe ! »

Cette idée s'empara de son attention pendant une heure entière. Depuis quelques mois, notre héros était devenu beaucoup plus hardi, il avait vu de près les motifs qui font agir les hommes chargés des grandes places. Cette sorte de timidité, qui à un œil clairvoyant annonce une âme sincère et grande, n'avait pu tenir contre la première expérience des grandes affaires. S'il eût usé sa vie dans le comptoir de son père, il eût peut-être été toute la vie un homme de mérite, connu pour tel d'une personne ou deux. Il osait maintenant croire à son premier mouvement, et y tenir jusqu'à ce qu'on lui eût prouvé qu'il avait tort. Et il devait à l'*ironie* de son père l'impossibilité de se payer de mauvaises raisons.

Pendant une heure entière, ces idées occupèrent sa pro-menade agitée.

« Au fond, se disait-il, je n'ai à ménager dans tout ceci que le cœur de ma mère et la vanité de mon père, qui au bout de six semaines oubliera ses châteaux en Espagne sur un fils qui se trouve être mille fois trop paysan du Danube pour ce qu'il en veut faire : un homme adroit faisant une bonne brèche dans le budget. »

Avec ces idées établies dans son esprit comme des idées incontestables et nouvelles, Lucien rentra à l'Opéra. La musique plate et les charmants pas de Mlle Elssler lui causèrent un enchantement qui l'étonna. Il se disait vaguement qu'il ne jouirait pas longtemps encore de toutes ces belles choses, et à cause de cela elles ne lui donnaient pas d'humeur.

Pendant que la musique donnait des ailes à son imagination, sa raison parcourait avec intérêt plusieurs chances de la vie.

« Si par l'agriculture on n'était pas mis en rapport avec des paysans fripons, avec un curé qui les ameute contre vous, avec un préfet qui vous fait voler votre journal à la poste, comme avant-hier encore je l'ai insinué à ce benêt de préfet de..., ce serait une manière de travailler qui me conviendrait... Vivre dans une terre avec Mme de Chasteller et faire produire à cette terre les douze ou quinze mille francs nécessaires à notre luxe modeste !

« Ah ! l'Amérique !... Là point de préfets comme M. de Séranville ! » Et toutes ses anciennes idées sur l'Amérique et sur M. de Lafayette lui revinrent à l'esprit. Quand il rencontrait tous les dimanches M. de Laf[ayette] chez M. de T[racy], il se figurait qu'avec son bon sens, sa probité, sa haute philosophie, les gens d'Amérique auraient aussi l'élégance de ses manières. Il avait été rudement détrompé : là règne la majorité, laquelle est formée en grande partie par la canaille. « A New York, la charrette gouvernative est tombée dans l'ornière opposée à la nôtre. Le suffrage universel règne en tyran, et en tyran aux mains sales. Si je ne plais pas à mon cordonnier, il répand sur mon compte une calomnie qui me fâche, et il faut que je flatte mon cordonnier. Les hommes ne sont pas pesés, mais comptés, et le vote du plus grossier des artisans compte autant que celui de Jefferson, et souvent rencontre plus de sympathie. Le clergé les hébète encore plus que nous ; ils font descendre un dimanche matin un voyageur qui court dans la malle-poste parce que, en voyageant le dimanche, il fait *œuvre servile* et commet un gros péché... Cette grossièreté universelle et sombre m'étoufferait... Enfin, je ferai ce que Bathilde voudra... »

Il raisonna longtemps sur cette idée, enfin elle l'étonna : il fut heureux de la trouver si profondément enracinée dans son esprit.

« Je suis donc bien sûr de lui pardonner ! Ce n'est pas une illusion. » Il avait entièrement pardonné la faute de Mme de Chasteller. « Telle qu'elle est, elle est pour moi la seule femme qui existe... Je crois qu'il y aura plus de délicatesse à ne jamais laisser soupçonner que je connais les suites de la faiblesse pour M. de Busant de Sicile. Elle m'en parlera si elle veut m'en parler. Ce stupide travail de bureau me prouve au moins que je suis capable de gagner au besoin ma vie et celle de ma femme.

— A qui l'a-t-il prouvé ? » dit le parti contraire. Et à cette objection le regard de Lucien devint hagard. « A ces gens-ci que, peut-être, tu ne reverras jamais, qui, si tu les quittes, te calomnieront...

— Eh ! non, parbleu, il l'a prouvé à moi, et c'est là l'essentiel. Et que me fait l'opinion de cette légion de demi-fripons qui regardent avec ébahissement ma croix et mon avancement rapide ? Je ne suis plus ce jeune sous-lieutenant de lanciers partant pour Nancy afin de rejoindre son régiment, esclave, alors, de cent petites faiblesses de vanité, et encore regimbant sous ce mot brûlant d'Ernest Dévelroy : « O trop heureux d'avoir un père qui te donne "du pain !" Bathilde m'a dit des mots vrais ; par ses ordres, je me suis comparé à des centaines d'hommes, et des plus estimés... Faisons comme le monde, laissons de côté la moralité de nos actions officielles. Eh bien ! je sais que je puis travailler deux fois autant que le chef de bureau le plus lourd, et partant le plus considéré, et encore à un travail que je méprise, et qui à Blois m'a couvert d'une boue méritée peut-être. »

Ce fonds de pensées était à peu près le bonheur pour Lucien. Les sons d'un orchestre mâle et vigoureux, les pas divins et pleins de grâce de Mlle Elssler le distrayaient de temps en temps de ses raisonnements et leur donnaient une grâce et une vigueur séduisantes. Mais bien plus céleste encore était l'image de Mme de Chasteller, qui à chaque moment venait dominer sa vie. Ce mélange de raisonnements et d'amour fit de cette fin de soirée, passée dans un coin de l'orchestre, un des soirs les plus heureux de sa vie. Mais le rideau tomba.

Rentrer à la maison et être aimable pendant une conversation avec son père, c'était retomber de la façon la plus désagréable dans le monde réel et, il faut avoir le courage de le dire, dans un monde ennuyeux. « Il ne faut rentrer à la maison qu'à deux heures, ou gare le dialogue paternel ! »

Lucien monta dans un hôtel garni, prit un petit appartement. Il paya, mais on insistait pour un passeport. Il se mit d'accord avec son hôte en assurant qu'il ne coucherait pas cette nuit et que le lendemain il apporterait son passeport.

Il se promena avec délices dans ce joli petit appartement, dont le plus beau meuble était cette idée : « Ici, je suis libre ! » Il s'amusa comme un enfant du faux nom qu'il se donnerait dans cet hôtel garni.

<L'idée de prendre ce petit appartement, à l'angle de la rue Lepelletier, fit époque dans la vie de Lucien. Son premier soin, le lendemain, fut de porter à l'hôtel de Londres un passeport portant le nom de M. Théodose Martin, de Marseille, que M. Crapart lui donna.>

« Il faut un faux nom pour assurer encore plus ma liberté. Ici je serai, se disait-il en [se] promenant avec délices, je serai tout à fait à l'abri de la sollicitude paternelle, maternelle, sempiternelle ! »

Oui, ce mot si grossier fut prononcé par notre héros, et j'en suis fâché non pour lui, mais pour la nature humaine. Tant il est vrai que l'instinct de la liberté est dans tous les cœurs et qu'on ne le choque jamais impunément dans les pays où l'ironie a désenchanté les sottises. Un instant après, Lucien se reprocha vivement ce mot grossier à l'égard de sa mère, mais enfin, sans se l'avouer sans doute, cette excellente mère aussi avait attenté à sa liberté. Mme Leuwen croyait fermement avoir mis toute la délicatesse et toute l'adresse possibles à ses procédés, elle n'avait pas prononcé une seule fois le nom de Mme de Chasteller. Mais un sentiment plus fin que l'esprit de la femme de Paris à qui l'on en accordait le plus avait donné à Lucien la certitude que sa mère haïssait Mme de Chasteller. « Or, disait-il, ou plutôt sentait-il sans se l'avouer, ma mère ne doit ni aimer ni haïr Mme de Chasteller ; elle doit ne pas *savoir qu'elle existe*. »

<Le souvenir vif et imprévu de Mme de Chasteller avait fait une révolution dans le cœur de Lucien.

Mais il était enchaîné à Paris par la vive amitié qu'il avait pour ses parents.>

La confidence de son père sur le marché fait avec Mme Grandet fut une grande faute chez cet homme, adroit il est vrai, admirable d'expédients, mais trop de premier mouvement pour être politique.

On pense bien qu'au milieu de telles idées Lucien n'eut pas la moindre tentation d'aller s'asphyxier dans les idées épaisses du salon de Mme Grandet, et encore moins se soumettre à ses serrements de main. Cependant, on l'attendait dans ce salon avec anxiété. Le voile sombre qui quelquefois obscurcissait les qualités aimables de Lucien et le réduisait, en apparence du moins et aux yeux de Mme Grandet, au rôle d'un froid philosophe, avait fait révolution chez cette femme jusque-là sage et ambitieuse.

« Il n'est pas aimable, mais du moins, se disait-elle, il est parfaitement sincère. »

Ce mot fut comme le premier pas qui la jeta dans un sentiment jusque-là si inconnu pour elle et si impossible.

CHAPITRE LXVI

Lucien avait encore la mauvaise habitude et la haute imprudence d'être naturel dans l'intimité, même quand elle n'était pas amenée par l'amour vrai. Dissimuler avec un être avec lequel il passait quatre heures tous les jours eût été pour lui la chose la plus insupportable. Ce défaut, joint à sa mine naïve, fut d'abord pris pour de la bêtise, et lui valut ensuite l'étonnement, et puis l'intérêt de Mme Grandet, ce dont il se serait bien passé. Car s'il y avait dans Mme Grandet la femme ambitieuse, parfaitement raisonnable, soigneuse de la réussite de ses projets, il y avait aussi un cœur de femme qui jusque-là n'avait point aimé. Le naturel de Lucien était en apparence bien ridicule auprès d'une femme de vingt-six ans envahie par le culte de la considération et de l'adoration du privilège qui procure l'appui de l'opinion noble. Mais par hasard, de la part d'un homme dont l'âme naïve et étrangère aux adresses vulgaires donnait à toutes les démarches une teinte de singularité et de noblesse singulière, ce naturel était ce qu'il y avait de mieux calculé pour faire naître un sentiment extraordinaire dans ce cœur si sec jusque-là.

Il faut avouer qu'en arrivant à la seconde demi-heure d'une visite il parlait peu et pas très bien, s'il n'osait pas se permettre de dire ce qui lui venait à la tête.

Cette habitude, antisociale à Paris, avait été voilée jusqu'à cette époque de sa vie parce que, à l'exception de Mme de Chasteller, personne n'avait été intime avec Lucien, et de la vie on ne l'avait vu prolonger une visite plus de vingt minutes. Sa manière de vivre avec Mme Grandet vint mettre à découvert ce défaut cruel, celui de tous qui est le plus fait pour casser le cou à la fortune d'un homme. Malgré des efforts incroyables Lucien était absolument hors d'état de dissimuler un changement d'humeur, et il n'y avait pas, au fond, de caractère plus inégal. Cette mauvaise qualité, en partie voilée par toutes les habitudes les plus nobles et les plus simples de politesse exquise données par une mère femme d'esprit, avait été jadis un charme aux yeux de Mme de Chasteller. Ce fut une nouveauté charmante pour elle, accoutumée qu'elle était à cette égalité de caractère, le chef-d'œuvre de cette hypocrisie que l'on appelle aujourd'hui : une éducation parfaite chez les personnes trop nobles et trop riches, et qui laisse un fond d'incurable sécheresse dans l'âme qui la pratique comme dans celle qui est sa *partner*. Pour Lucien, le souvenir d'une idée qui lui était chère, une journée de vent du nord avec des nuages sombres, la vue soudaine de quelque nouvelle coquinerie, ou tel autre événement aussi peu rare, suffisait pour en faire un autre homme. Il n'avait rencontré dans sa vie qu'une ressource contre ce malheur, ridicule et si rare en ce siècle, de prendre des choses au sérieux : être enfermé avec Mme de Chasteller dans une petite chambre, et avoir d'ailleurs l'assurance que la porte était bien gardée et ne s'ouvrirait pour aucun importun qui pût paraître à l'improviste.

Après toutes ces précautions, ridicules, il faut en convenir, pour un lieutenant de lanciers, il était alors peut-être plus aimable que jamais. Mais ces précautions délicates et faites pour un esprit malade et singulier, il ne pouvait les espérer auprès de Mme Grandet, et elles lui eussent été importunes et odieuses. Aussi était-il souvent silencieux et absent. Cette disposition était redoublée par le genre d'esprit peu encourageant pour une âme noble des personnes qui formaient la cour habituelle de cette femme célèbre.

Cependant, on l'attendait dans ce salon avec anxiété. Pendant la première heure de cette soirée qui faisait une révolution dans le cœur de Lucien, Mme Grandet avait régné comme à l'ordinaire. Ensuite, elle avait été en proie d'abord à l'étonnement, puis à la colère la plus vive. Elle n'avait pu s'occuper un seul instant d'un autre être que de Lucien. Une telle constance d'attention était chose inouïe pour elle. L'état où elle se voyait l'étonnait un peu, mais elle était fermement persuadée que la fierté seule ou l'honneur blessé était la cause unique de l'état violent où elle se voyait.

Elle interrogeait avec un parler bref, un sein haletant et des yeux à paupières contractées et immobiles, et qui n'avaient jamais été en cet état que par l'effet de quelque douleur physique, chacun des députés, des pairs ou des hommes mangeant au budget qui arrivaient successivement dans son salon. Avec tous, Mme Grandet n'osait pas également prononcer le nom sur lequel toute son attention était fixée ce soir-là. Elle était souvent obligée d'engager ces messieurs dans des récits infinis, espérant toujours que le nom de M. Leuwen fils pourrait se montrer comme circonstance accessoire.

M. le prince royal avait fait annoncer une partie de chasse dans la forêt de Compiègne, il s'agissait de forcer des chevreuils. Mme Grandet savait que Lucien avait parié vingt-cinq louis contre soixante-dix que le premier chevreuil serait forcé en moins de vingt et une minutes après la vue. Lucien avait été introduit en si haute société par le crédit du vieux maréchal ministre de la Guerre. Aucune distinction n'était plus flatteuse alors pour un jeune homme attaché au gouvernement ou pensant beaucoup à l'utile. Or quelle part de budget ne pouvait pas espérer d'ici à dix ans l'homme qui chassait, lui dixième, avec le prince royal ! Le prince n'avait voulu absolument que dix personnes, car un des hommes de lettres de sa chambre venait de découvrir que monseigneur, fils de Louis XIV et dauphin de France, n'admettait que ce nombre de courtisans à ses chasses au loup.

« Se pourrait-il, se disait Mme Grandet, que le prince royal eût fait dire à l'improviste qu'il recevait ce soir les futurs chasseurs au chevreuil ? » Mais les pauvres députés et pairs qu'elle recevait songeaient au solide et étaient trop peu du monde avec lequel on essayait de refaire une cour pour se trouver au courant de ces choses-là. Après cette réflexion, elle renonça à savoir la vérité par ces messieurs.

« Dans tous les cas, se dit-elle, ne devrait-il pas paraître ici, ou au moins écrire un mot ? Cette conduite est affreuse. »

Onze heures sonnèrent, onze heures et demie, minuit. Lucien ne paraissait pas.

« Ah ! je saurai le guérir de ces petites façons-là ! » se dit Mme Grandet hors d'elle-même.

Cette nuit, le sommeil n'approcha pas de sa paupière, comme diraient les gens qui savent écrire. Dévorée de colère et de malheur, elle chercha une distraction dans ce que ses complaisants appelaient ses études historiques ; sa femme de chambre se mit à lui lire les *Mémoires* de Mme de Motteville, qui l'avant-veille encore lui semblaient le manuel d'une femme du grand monde. Ces mémoires chéris lui semblèrent, cette nuit-là, dépourvus de tout intérêt. Il fallut avoir recours à ces romans contre lesquels, depuis huit ans, Mme Grandet faisait dans son salon des phrases si morales.

Toute la nuit, Mme Trublet, la femme de chambre de confiance, fut obligée de monter à la bibliothèque, située au second étage, ce qui lui semblait fort pénible. Elle en rapporta successivement plusieurs romans. Aucun ne plaisait, et enfin, de chute en chute, la sublime Mme Grandet, dont Rousseau était l'horreur, fut obligée d'avoir recours à la *Nouvelle Héloïse*. Tout ce qu'elle s'était fait lire dans le commencement de la nuit lui semblait froid, ennuyeux, rien ne répondait à sa pensée. Il se trouva que l'emphase un peu pédantesque qui fait fermer ce livre par les lecteurs un peu délicats était justement ce qu'il fallait pour la sensibilité bourgeoise et commençante de Mme Grandet.

Quand elle aperçut l'aube à travers les joints de ses volets, elle renvoya Mme Trublet. Elle venait de penser que dès le matin elle recevrait une lettre d'excuses.

« On me l'apportera vers les neuf heures, et je saurai répondre de bonne encre. » Un peu calmée par cette idée de vengeance, elle s'endormit enfin en arrangeant les phrases de son billet de réponse.

Dès huit heures, Mme Grandet sonna avec impatience, elle supposait qu'il était midi.

« Mes lettres, mes journaux ! » s'écria-t-elle avec humeur.

On sonna le portier, qui arriva n'ayant dans les mains que de sales enveloppes de journaux. Quel contraste avec le joli petit billet si élégant et si bien plié que son œil avide cherchait parmi ces journaux ! Lucien était remarquable pour l'art de plier ses billets, et c'était peut-être celui de ses talents élégants auquel Mme Grandet avait été le plus sensible.

La matinée s'écoula en projets d'oubli, et même de vengeance, mais elle n'en sembla pas moins interminable à Mme Grandet. Au déjeuner, elle fut terrible pour ses gens et pour son mari. Comme elle le vit gai, elle lui raconta avec aigreur toute l'histoire de sa lourdise auprès du maréchal ministre de la Guerre. M. Leuwen ne la lui avait pourtant confiée que sous la promesse d'un secret éternel.

Une heure sonna, une heure et demie, deux heures. Le retour de ces sons, qui rappelaient à Mme Grandet la nuit cruelle qu'elle avait passée, la mit en fureur. Pendant assez longtemps, elle fut comme hors d'elle-même.

Tout à coup (qui l'aurait imaginée d'un caractère dominé par la vanité la plus puérile ?), elle eut l'idée d'écrire à Lucien. Pendant une heure entière, elle se débattit avec cette horrible tentation : *écrire la première*. Elle céda enfin, mais sans se dissimuler toute l'horreur de sa démarche.

« Quel avantage ne vais-je pas lui donner sur moi ! Et que de journées sévères ne faudra-t-il pas pour lui faire oublier la position que la vue de mon billet va lui faire prendre à mon égard ! Mais enfin, dit l'amour se masquant en paradoxe, qu'est-ce qu'un amant ? C'est un instrument auquel on se frotte pour avoir du plaisir. M. Cuvier me disait : « Votre chat ne vous caresse pas, il se caresse à vous. » Eh bien ! dans ce moment le seul plaisir que puisse me donner ce petit monsieur, c'est celui de lui écrire. Que m'importe sa sensation ? La mienne sera du plaisir, dit-elle avec une joie féroce, et c'est ce qui m'importe. »

Ses yeux dans ce moment étaient superbes.

Mme Grandet fit une lettre dont elle ne fut pas contente, une seconde, une troisième, enfin elle fit partir la sept ou huitième.

LETTRE.

« Mon mari, monsieur, a quelque chose à vous dire. Nous vous attendons, et pour ne pas attendre toujours, malgré le rendez-vous donné, connaissant votre bonne tête, je prends le parti de vous écrire.

« Recevez mes compliments.

« AUGUSTINE GRANDET.

« P.-S. — Venez avant trois heures. »

Or, quand cette lettre, qu'on avait trouvée la moins imprudente et surtout la moins humiliante pour la vanité, partit, il était plus de deux heures et demie.

Le valet de chambre de Mme Grandet trouva Lucien fort tranquille à son bureau, rue de Grenelle, mais au lieu de venir il écrivit :

« MADAME,

« Je suis doublement malheureux : je ne puis avoir l'honneur de vous présenter mes respects ce matin, ni peut-être même ce soir. Je me trouve cloué à mon bureau par un travail pressé, dont j'ai eu la gaucherie de me charger. Vous savez que, comme un respectueux commis, je ne voudrais pas, pour tout au monde, fâcher mon ministre. Il ne comprendra certainement jamais toute l'étendue du sacrifice que je fais au devoir en ne me rendant pas aux ordres de M. Grandet et aux vôtres.

« Agréez avec bonté les nouvelles assurances du plus respectueux dévouement. »

Mme Grandet était occupée depuis vingt minutes à calculer le temps absolument nécessaire à Lucien pour voler à ses pieds. Elle prêtait l'oreille pour entendre le bruit des roues de son cabriolet, que déjà elle avait appris à connaître. Tout à coup, à son grand étonnement, son domestique frappa à la porte et lui remit le billet de Lucien.

A cette vue, toute la rage de Mme Grandet se réveilla ; ses traits se contractèrent, et presque en même temps elle devint pourpre.

« L'absence de son bureau eût été une excuse. Mais quoi ! il a vu ma lettre, et au lieu de voler à mes pieds, il écrit ! »

« Sortez ! » dit-elle au valet de chambre avec des yeux qui l'atterrèrent.

« Ce petit sot peut se raviser, il va venir dans un quart d'heure, se dit-elle. Il est mieux qu'il voie sa lettre non ouverte. Mais il serait encore mieux, pensa-t-elle après quelques instants, qu'il ne me trouvât pas même chez moi. »

Elle sonna et fit mettre les chevaux. Elle se promenait avec agitation ; le billet de Lucien était sur un petit guéridon à côté de son fauteuil, et à chaque tour elle le regardait malgré elle.

On vint dire que les chevaux étaient mis. Comme le domestique sortait, elle se précipita sur la lettre de Lucien et l'ouvrit avec un mouvement de fureur, et sans s'être pour ainsi dire permis cette action. La jeune femme l'emportait sur la capacité politique.

Cette lettre si froide mit Mme Grandet absolument hors d'elle-même. Nous ferons observer, pour l'excuser un peu d'une telle faiblesse, qu'à vingt-six ans qu'elle avait, elle n'avait jamais aimé. Elle s'était sévèrement interdit même ces amitiés galantes qui peuvent conduire à l'amour. Maintenant, l'amour prenait sa revanche, et depuis dix-huit heures l'orgueil le plus invétéré, le plus fortifié par l'habitude, lui disputait le cœur de Mme Grandet, dont la tenue dans le monde était si imposante et le nom si haut placé dans les annales de la vertu contemporaine.

Jamais tempête de l'âme ne fut plus pénible ; à chaque reprise de cette affreuse douleur, le pauvre orgueil était battu et perdait du terrain. Il y avait trop longtemps que Mme Grandet lui obéissait en aveugle, elle était ennuyée du genre de plaisir qu'il procure.

Tout à coup, cette habitude de l'âme et la passion cruelle, qui se disputaient le cœur de Mme Grandet, réunirent leurs efforts pour la mettre au désespoir. Quoi ! voir ses ordres éludés, désobéis, méprisés par un homme !

« Mais il ne sait donc pas vivre ? » se disait-elle.

Enfin après deux heures passées au milieu de douleurs atroces et d'autant plus poignantes qu'elles étaient senties pour la première fois, elle, rassasiée de flatteries, d'hommages, de respects, et de la part des hommes les plus considérables de Paris, l'orgueil crut triompher. Dans un transport de malheur, forcée par la douleur à changer de place, elle descendit de chez elle, et monta en voiture. Mais à peine y fut-elle qu'elle changea d'avis.

« S'il vient, il ne me trouvera pas », se dit-elle.

« Rue de Grenelle, au ministère de l'Intérieur ! » dit-elle au valet de pied. Elle osait aller chercher elle-même Lucien à son bureau.

Elle se refusa à l'examen de cette idée. Si elle s'y fût arrêtée, elle se serait évanouie. Elle gisait comme anéantie par la douleur dans un coin de la voiture. Le mouvement forcé imprimé par les secousses de la voiture lui faisait un peu de bien en la distrayant un peu.

CHAPITRE LXVII

Quand Lucien vit entrer dans son bureau Mme Grandet, l'humeur la plus vive s'empara de lui.

« Quoi ! je n'aurai jamais la paix avec cette femme-là ! Elle me prend sans doute pour un des valets qui l'entourent ! Elle aurait dû lire dans mon billet que je ne veux pas la voir. »

Mme Grandet se jeta dans un fauteuil avec toute la fierté d'une personne qui depuis six ans dépense chaque année cent vingt mille francs sur le pavé de Paris. Cette nuance d'argent saisit Lucien, et toute sympathie fut détruite chez lui.

« Je vais avoir affaire, se dit-il, à une épicière *demandant son dû*. Il faudra parler clair et haut pour être compris. »

Mme Grandet restait silencieuse dans ce fauteuil ; Lucien était immobile, dans une position plus bureaucratique que galante : ses deux mains étaient appuyées sur les bras de son fauteuil et ses jambes étendues dans toute leur longueur. Sa physionomie était tout à fait celle d'un marchand *qui perd* ; pas l'ombre de sentiments généreux, au contraire, l'apparence de toutes les façons de sentir âpres, strictement justes, aigrement égoïstes.

Après une minute, Lucien eut presque honte de lui-même.

« Ah ! si Mme de Chasteller me voyait ! Mais je lui répondrais : la politesse déguiserait trop ce que je veux faire comprendre à cette épicière fière des hommages de ses députés du centre, trop fière d'un bien mal acquis et gâtée par les lourds hommages de ces plats *juste-milieu*, toujours à genoux devant l'argent, et fiers seulement devant le mérite pauvre. Je suis placé de façon à lui rendre son insolence pour tout ce qui n'est pas riche et bien reçu chez les ministres. » Lucien se rappela la façon dont elle avait reçu M. Coffe, quoique présenté par lui. Presque en même temps, son oreille fut comme frappée du son des paroles méprisantes avec lesquelles elle parlait, il y a huit jours, des pauvres prisonniers du Mont-Saint-Michel et blessait aigrement les gens qui donnaient à la quête. Ce dernier souvenir acheva de fermer le cœur de Lucien.

« Faudra-t-il, monsieur, lui dit Mme Grandet, que je vous prie de faire retirer votre huissier ? »

Le langage de Mme Grandet ennoblissait les fonctions, suivant son habitude. Il ne s'agissait que d'un simple garçon de bureau qui, voyant une belle dame à équipage entrer d'un air si troublé, était resté par curiosité, sous prétexte d'arranger le feu qui allait à merveille. Cet homme sortit sur un regard de Lucien. Le silence continuait.

« Quoi ! monsieur, dit enfin Mme Grandet, vous n'êtes pas étonné, stupéfait, confondu, de me voir ici ?

— Je vous avouerai, madame, que je ne suis qu'étonné d'une démarche très flatteuse assurément, mais que je ne mérite plus. »

Lucien n'avait pu se faire violence au point d'employer des mots décidément peu polis, mais le ton avec lequel ces paroles étaient dites éloignait à jamais toute idée de reproche passionné et les rendait presque froidement insultantes. L'insulte vint à propos renforcer le courage chancelant de Mme Grandet. Pour la première fois de sa vie, elle était timide, parce que son âme si sèche, si froide, depuis quelques jours éprouvait des sentiments tendres.

« Il me semblait, monsieur, reprit-elle d'une voix tremblante de colère, si j'ai bien compris les protestations, quelquefois longues, relatives à votre haute vertu, que vous prétendiez à la qualité d'honnête homme.

— Puisque vous me faites l'honneur de me parler de moi, madame, je vous dirai que je cherche encore à être juste, et à voir sans me flatter ma position et celle des autres envers moi.

— Votre justice appréciative s'abaissera-t-elle jusqu'à considérer combien ma démarche de ce moment est dangereuse ? Mme de Vaize peut reconnaître ma livrée.

— C'est précisément, madame, parce que je vois le danger de cette démarche, que je ne sais comment la concilier avec l'idée que je me suis faite de la haute prudence de

Mme Grandet, et de la sagesse qui lui permet toujours de calculer toutes les circonstances qui peuvent rendre une démarche plus ou moins utile à ses [grands] projets.

— Apparemment, monsieur, que vous m'avez emprunté cette prudence rare, et que vous avez *trouvé utile* de changer en vingt-quatre heures tous les sentiments dont les assurances se renouvelaient sans cesse et m'importunaient tous les jours ? »

« Parbleu ! madame, pensa Lucien, je n'aurai pas la complaisance de me laisser battre par le vague de vos phrases. »

« Madame, reprit-il avec le plus grand sang-froid, ces sentiments, dont vous me faites l'honneur de vous souvenir, ont été humiliés par un succès qu'ils n'ont pas dû absolument à eux-mêmes. Ils se sont enfuis en rougissant de leur erreur. Avant que de partir, ils ont obtenu la douloureuse certitude qu'ils ne devaient un triomphe apparent qu'à la promesse fort prosaïque d'une présentation pour un ministère. Un cœur qu'ils avaient la présomption, sans doute déplacée, de pouvoir toucher, a cédé tout simplement au calcul d'ambition, et il n'y a eu de tendresse que dans les mots. Enfin, je me suis aperçu tout simplement qu'on me... trompait, et c'est un éclaircissement, madame, que mon absence voulait essayer de vous épargner. C'est là ma façon d'être honnête homme. »

Mme Grandet ne répondait pas.

« Eh bien ! pensa Lucien, je vais vous ôter tout moyen de feindre ne pas comprendre. »

Il ajouta du même ton :

« Avec quelque fermeté de courage qu'un cœur qui sait aspirer aux hautes positions supporte toutes les douleurs qui viennent aux sentiments vulgaires, il est un genre de malheur qu'un noble cœur supporte avec dépit, c'est celui de s'être trompé dans un calcul. Or, madame, je le dis à regret et uniquement parce que vous m'y forcez, peut-être vous êtes-vous... trompée dans le rôle que votre haute sagesse avait bien voulu destiner à mon inexpérience. Voilà, madame, des paroles peu agréables que je voulais vous épargner, et en cela je me croyais *honnête homme*, je l'avoue, mais vous me forcez dans mes derniers retranchements, dans ce bureau... »

Lucien eût pu continuer à l'infini cette justification trop facile. Mme Grandet était atterrée. Les douleurs de son orgueil eussent été atroces si, heureusement pour elle, un sentiment moins sec ne fût venu l'aider à souffrir. Au mot fatal et trop vrai de *présentation à un ministère*, Mme Grandet s'était couvert les yeux de son mouchoir. Peu après, Lucien crut remarquer qu'elle avait des mouvements convulsifs qui la faisaient changer de position dans cet immense fauteuil doré du ministère. Malgré lui, Lucien devint fort attentif.

« Voilà sans doute, se disait-il, comment ces comédiennes de Paris répondent aux reproches qui n'ont pas de réponse. »

Mais malgré lui il était un peu touché par cette image bien jouée de l'extrême malheur. Ce corps d'ailleurs qui s'agitait sous ses yeux était si beau !

Mme Grandet sentait en vain qu'il fallait à tout prix arrêter le discours fatal de Lucien, qui allait s'irriter par le son de ses paroles et peut-être prendre avec lui-même des engagements auxquels il ne songeait peut-être pas en commençant. Il fallait donc faire une réponse quelconque, et elle ne se sentait pas la force de parler.

Ce discours de Lucien que Mme Grandet trouvait si long finit enfin, et Mme Grandet trouva qu'il finissait trop tôt, car il fallait répondre, et que dire ? Cette situation affreuse changea sa façon de sentir ; d'abord, elle se disait, comme par habitude : « Quelle humiliation ! » Bientôt elle ne se trouva plus sensible aux malheurs de l'orgueil ; elle se sentait pressée par une douleur bien autrement poignante : ce qui faisait le seul intérêt de sa vie depuis quelques jours allait lui manquer ! Et que ferait-elle après, avec son salon et le plaisir d'avoir des soirées brillantes, où l'on s'amusât, où il n'y eût que la meilleure société de la cour de Louis-Philippe ?

Mme Grandet trouva que Lucien avait raison, elle voyait combien sa colère à elle était peu fondée, elle n'y pensait plus, elle allait plus loin : elle prenait le parti de Lucien contre elle-même.

Le silence dura plusieurs minutes ; enfin, Mme Grandet ôta le mouchoir qu'elle avait devant les yeux, et Lucien fut frappé d'un des plus grands changements de physionomie qu'il eût jamais vus. Pour la première fois de sa vie, du moins aux yeux de Lucien, cette physionomie avait une expression féminine. <Cette tête si belle de Mme Grandet certes en ce moment ne manquait pas d'expression, charme si rare chez elle. Pour extrême augmentation des charmes, elle avait les cheveux un peu en désordre ; elle venait de

jeter son chapeau avec distraction. Et toutefois cette tête si belle et si jeune, que Paul Véronèse eût voulu avoir pour modèle, faisait, exactement parlant, mal aux yeux à Lucien. Il n'y voyait plus qu'une catin triomphant d'être assez belle pour se vendre afin d'acheter un ministère. Plus elle réunissait de richesses, de considération et d'avantages sociaux, plus à ses yeux il était odieux de se vendre. « Elle est à cent piques au-dessous d'une pauvre fille du coin de la rue qui se vend pour avoir du pain ou acheter une robe. »> Mais Lucien observait ce changement, et en était peu touché. Son père, Mme Grandet, Paris, l'ambition, tout cela en ce moment était frappé du même anathème à ses yeux. Son âme ne pouvait être touchée que de ce qui se passerait à Nancy.

« J'avouerai mes torts, monsieur ; mais pourtant ce qui m'arrive est flatteur pour vous. Je n'ai en toute ma vie manqué à mes devoirs que pour vous. La cour que vous me faisiez me flattait, m'amusait, mais me semblait absolument sans danger. J'ai été séduite par ambition, je l'avoue, et non par l'amour ; mais mon cœur a changé (ici Mme Grandet rougit profondément, elle n'osait pas regarder Lucien), j'ai eu le malheur de m'attacher à vous. Peu de jours ont suffi pour changer mon cœur à mon insu. J'ai oublié le juste soin d'élever ma maison, un autre sentiment a dominé ma vie. L'idée de vous perdre, l'idée surtout de n'avoir pas votre estime, est intolérable pour moi... Je suis prête à tout sacrifier pour mériter de nouveau cette estime. »

Ici, Mme Grandet se cacha de nouveau la figure, et enfin de derrière son mouchoir, elle osa dire :

« Je vais rompre avec monsieur votre père, renoncer aux espérances du ministère, mais ne vous séparez pas de moi. »

Et en lui disant ces derniers mots Mme Grandet lui tendit la main avec une grâce que Lucien trouva bien extraordinaire.

« Cette grâce, ce changement, étonnant chez cette femme si fière, c'était votre mérite qui en était l'auteur, lui disait la vanité. Cela n'est-il pas plus beau que de l'avoir fait céder à force de talent ? »

Mais Lucien restait froid à ces compliments de la vanité. Sa physionomie n'avait d'autre expression que celle du calcul. La méfiance ajoutait :

« Voilà une femme admirablement belle, et qui sans

doute compte sur l'effet de sa beauté. Tâchons de n'être pas dupe. Voyons : Mme Grandet me prouve son amour par un sacrifice assez pénible, celui de la fierté de toute sa vie. Il faut donc croire à cet amour... Mais doucement ! Il faudra que cet amour résiste à des épreuves un peu plus décisives et d'une durée un peu plus longue que ce qui vient d'avoir lieu jusqu'ici. Ce qu'il y a d'agréable, c'est que, si cet amour est réel, je ne le devrai pas à la pitié. Ce ne sera pas un amour inspiré par contagion, comme dit Ernest. »

Il faut avouer que la physionomie de Lucien n'était point du tout celle d'un héros de roman, pendant qu'il se livrait à ces sages raisonnements. Il avait plutôt l'air d'un banquier qui pèse la convenance d'une grande spéculation.

« La vanité de Mme Grandet, continua-t-il, peut regarder comme le pire des maux d'être quittée, *elle doit tout sacrifier pour éviter cette humiliation*, même les intérêts de son ambition. Il se peut fort bien que ce ne soit pas l'amour qui fasse ces sacrifices, mais tout simplement la vanité, et la mienne serait bien aveugle si elle se glorifiait d'un triomphe d'une nature aussi douteuse. Il convient donc d'[être] rempli d'égards, de respect ; mais au bout du compte sa présence ici m'importune, je me sens incapable de me soumettre à ses exigences, son salon m'ennuie. C'est ce qu'il s'agit de lui faire entendre avec politesse. »

« Madame, je ne m'écarterai point avec vous du système d'égards les plus respectueux. Le rapprochement qui nous a placés pour un instant dans une position intime a pu être la suite d'un malentendu, d'une erreur, mais je n'en suis pas moins à jamais votre obligé. Je me dois à moi-même, madame, je dois encore plus à mon respect pour le lien qui nous unit un court instant l'aveu de la vérité. Le respect, la reconnaissance même remplissent mon cœur, mais je n'y trouve plus d'amour. »

Mme Grandet le regarda avec des yeux rougis par les larmes, mais dans lesquels l'extrême attention suspendait les larmes.

Après un petit silence, Mme Grandet se remit à pleurer sans nulle retenue. Elle regardait Lucien, et elle osa dire ces étranges paroles :

« Tout ce que tu dis est vrai ; je mourais d'ambition et d'orgueil. Me voyant extrêmement riche, le but de ma vie était de devenir une dame titrée, j'ose t'avouer ce ridicule amer. Mais ce n'est pas de cela que je rougis en ce moment. C'est par ambition uniquement que je me suis donnée à toi.

Mais je meurs d'amour. Je suis une indigne, je l'avoue. Humilie-moi ; je mérite tous les mépris. Je meurs d'amour et de honte. Je tombe à tes pieds, je te demande pardon, je n'ai plus d'ambition ni même d'orgueil. Dis-moi ce que tu veux que je fasse à l'avenir. Je suis à tes pieds, humilie-moi tant que tu voudras ; plus tu m'humilieras, plus tu seras humain envers moi. »

« Tout cela, est-ce encore de l'affectation ? » se disait Lucien. Il n'avait jamais vu de scène de cette force.

Elle se jeta à ses pieds. Depuis un moment, Lucien, debout, essayait de la relever. Arrivée à ces derniers mots, il sentit ses bras faiblir dans ses mains qui les avaient saisis par le haut. Il sentit bientôt tout le poids de son corps : elle était profondément évanouie.

Lucien était embarrassé, mais point touché. Son embarras venait uniquement de la crainte de manquer à ce précepte de sa morale : *ne faire jamais de mal inutile*. Il lui vint une idée, bien ridicule en cet instant, qui coupa court à tout attendrissement. L'avant-veille, on était venu quêter chez Mme Grandet, qui avait une terre dans les environs de Lyon, pour les malheureux prévenus du procès d'avril, que l'on allait transférer de la prison de Perrache à Paris par le froid, et qui n'avaient pas d'habits.

« Il m'est permis, messieurs, avait-elle dit aux quêteurs, de trouver votre démarche singulière. Vous ignorez apparemment ce que mon mari est dans l'État, et M. le préfet de Lyon a défendu cette quête. »

Elle-même avait raconté tout cela à sa société. Lucien l'avait regardée, puis avait dit en l'observant :

« Par le froid qu'il fait, une douzaine de ces gueux-là mourront de froid sur leurs charrettes ; ils n'ont que des habits d'été, et on ne leur distribue pas de couvertures.

— Ce sera autant de peine de moins pour la cour de Paris », avait dit un gros député, héros de juillet.

L'œil de Lucien était fixé sur Mme Grandet ; elle ne sourcilla pas.

En la voyant évanouie, ses traits, sans expression autre que la hauteur qui leur était naturelle, lui rappelèrent l'expression qu'ils avaient lorsqu'il lui présentait l'image des prisonniers mourant de froid et de misère sur leurs charrettes. Et au milieu d'une scène d'amour, Lucien fut un homme de parti.

« Que ferai-je de cette femme ? se dit-il. Il faut être humain, lui donner de bonnes paroles, et la renvoyer chez elle à tout prix. »

Il la déposa doucement contre le fauteuil, elle était assise par terre. Il alla fermer la porte à clef. Puis, avec son mouchoir trempé dans le modeste pot à l'eau de faïence, seul meuble culinaire d'un bureau, il humecta ce front, ces joues, ce cou, sans que tant de beauté lui donnât un instant de distraction.

« Si j'étais méchant, j'appellerais Desbacs au secours, il a dans son bureau toutes sortes d'eaux de senteur. »

Mme Grandet soupira enfin.

« Il ne faut pas qu'elle se voie assise par terre, cela lui rappellerait la scène cruelle. »

Il la saisit à bras-le-corps et la plaça assise dans le grand fauteuil doré. Le contact de ce corps charmant lui rappela cependant un peu qu'il tenait dans ses bras et qu'il avait à sa disposition une des plus jolies femmes de Paris. Et sa beauté, n'étant pas d'expression et de grâce, mais une vraie beauté *sterling* et pittoresque, ne perdait presque rien à l'état d'évanouissement.

Mme Grandet se remit un peu, elle le regardait avec des yeux encore à demi voilés par le peu de force de la paupière supérieure.

Lucien pensa qu'il devait lui baiser la main. Ce fut ce qui hâta le plus la résurrection de cette pauvre femme amoureuse.

« Viendrez-vous chez moi ? lui dit-elle d'une voix basse et à peine articulée.

— Sans doute, comptez sur moi. Mais ce bureau est un lieu de danger. La porte est fermée, on peut frapper. Le petit Desbacs peut se présenter... »

L'idée de ce méchant rendit des forces à Mme Grandet.

« Soyez assez bon pour me soutenir jusqu'à ma voiture.

— Ne serait-il pas bien de parler d'entorse devant vos gens ? »

Elle le regarda avec des yeux où brillait le plus vif amour.

« Généreux ami, ce n'est pas vous qui chercheriez à me compromettre et à afficher un triomphe. Quel cœur est le vôtre ! »

Lucien se sentit attendri ; ce sentiment fut désagréable. Il plaça sur le dossier du fauteuil la main de Mme Grandet qui s'appuyait sur lui, et courut dans la cour dire aux gens d'un air effaré :

« Mme Grandet vient de se donner une entorse, peut-être elle s'est cassé la jambe. Venez vite ! »

Un homme de peine du ministère tint les chevaux, le

cocher et le valet de pied accoururent et aidèrent Mme Grandet à gagner sa voiture.

Elle serrait la main de Lucien avec le peu de force qui lui était revenu. Ses yeux reprirent de l'expression, celle de la prière, quand elle lui dit de l'intérieur de sa voiture :

« A ce soir !

— Sans doute, madame ; j'irai savoir de vos nouvelles. »

L'aventure parut fort louche aux domestiques, surpris de l'air ému de leur maîtresse. Ces gens-là deviennent fins à Paris, cet air n'était pas celui de la douleur physique pure.

Lucien se renferma de nouveau à clef dans son bureau. Il se promenait à grands pas dans la diagonale de cette petite pièce.

« Scène désagréable ! se dit-il enfin. Est-ce une comédie ? A-t-elle chargé l'expression de ce qu'elle sentait ? L'évanouissement était réel... autant que je puis m'y connaître... C'est là un triomphe de vanité... Ça ne me fait aucun plaisir. »

Il voulut reprendre un *rapport* commencé, et il s'aperçut qu'il écrivait des niaiseries. Il alla chez lui, monta à cheval, passa le pont de Grenelle, et bientôt se trouva dans les bois de Meudon. Là, il mit son cheval au pas et se mit à réfléchir. Ce qui surnagea à tout, ce fut le remords d'avoir été attendri au moment où Mme Grandet avait écarté le mouchoir qui cachait sa figure, et celui, plus fort, d'avoir été ému au moment où il l'avait saisie insensible, assise à terre devant le fauteuil, pour l'asseoir dans ce fauteuil.

« Ah ! si je suis infidèle à Mme de Chasteller, elle aura une raison de l'être à son tour.

— Il me semble qu'elle ne commence pas mal, dit le parti contraire. Peste, un accouchement ! Excusez du peu !

— Puisque personne au monde ne voit ce ridicule, répondit Lucien piqué, il n'existe pas. Le ridicule a besoin d'être vu, ou il n'existe pas. »

En rentrant à Paris, Lucien passa au ministère ; il se fit annoncer chez M. de Vaize et lui demanda un congé d'un mois. Ce ministre, qui depuis trois semaines ne l'était plus qu'à demi, et vantait les douceurs du repos (*otium cum dignitate*, répétait-il souvent), fut étonné et enchanté de voir fuir l'aide de camp du général ennemi.

« Qu'est-ce que cela peut vouloir dire ? » pensait M. de Vaize.

Lucien, muni de son congé en bonne forme, écrit par lui et signé par le ministre, alla voir sa mère, à laquelle il parla d'une partie de campagne de quelques jours.

« De quel côté ? demanda-t-elle avec anxiété.

— En Normandie », répondit Lucien, qui avait compris le regard de sa mère.

Il avait eu quelques remords de tromper une si bonne mère, mais la question : de *quel côté ?* avait achevé de les dissiper.

« Ma mère hait Mme de Chasteller », se dit-il. Ce mot était une réponse à tout.

Il écrivit un mot à son père, passa à cheval chez Mme Grandet, qu'il trouva bien faible, il fut très poli et promit de repasser dans la soirée.

Dans la soirée, il partit pour Nancy, ne regrettant rien à Paris et désirant de tout son cœur d'être oublié par Mme Grandet.

CHAPITRE LXVIII

Après la mort subite de M. Leuwen, Lucien revint à Paris. Il passa une heure avec sa mère, et ensuite alla au comptoir. Le chef de bureau, M. Reffre, homme sage à cheveux blancs, consommé dans les affaires, lui dit, même avant de parler de la mort du chef :

« Monsieur, j'ai à vous parler de vos affaires ; mais, s'il vous plaît, nous passerons dans votre chambre. »

A peine arrivés :

« Vous êtes un homme, et un brave homme. Préparez-vous à tout ce qu'il y a de pis. Me permettez-vous de parler librement ?

— Je vous en prie, mon cher monsieur Reffre. Dites-moi nettement tout ce qu'il y a de pis.

— Il faut faire banqueroute.

— Grand Dieu ! Combien doit-on ?

— Juste autant qu'on a. Si vous ne faites pas banqueroute, il ne vous reste rien.

— Y a-t-il moyen de ne pas faire banqueroute ?

— Sans doute, mais il ne vous restera pas peut-être cent mille écus, et encore il faudra cinq ou six ans pour opérer la rentrée de cette somme.

— Attendez-moi un instant, je vais parler à ma mère.

— Monsieur, madame votre mère n'est pas dans les affaires. Peut-être ne faudrait-il pas prononcer le mot de banqueroute aussi nettement. Vous pouvez payer soixante pour cent, et il vous reste une honnête aisance. M. votre père était aimé de tout le haut commerce, il n'est pas de petit boutiquier auquel il n'ait prêté une ou deux fois en sa vie une couple de billets de mille francs. Vous aurez votre concordat signé à soixante pour cent avant trois jours, même avant la vérification du grand livre. Et, ajouta M. Reffre en baissant la voix, les affaires des dix-neuf derniers jours sont portés sur un livre à part que j'enferme tous les soirs. Nous avons pour 1 900 000 francs de sucre, et sans ce livre on ne saurait où les prendre. »

« Et cet homme est parfaitement honnête », pensa Lucien.

M. Reffre, le voyant pensif, ajouta :

« M. Lucien a un peu perdu l'habitude du comptoir depuis qu'il est dans les honneurs, il attache peut-être à ce mot banqueroute la fausse idée qu'on en a dans le monde. M. Van Peters, que vous aimiez tant, avait fait banqueroute à New York, et cela l'avait si peu déshonoré, que nos plus belles affaires sont avec New York et toute l'Amérique du Nord. »

« Une place va me devenir nécessaire », pensait Lucien.

M. Reffre, croyant le décider, ajouta :

« Vous pourriez offrir quarante pour cent ; j'ai tout arrangé dans ce sens. Si quelque créancier de mauvaise humeur veut nous forcer la main, vous les réduirez à trente-cinq pour cent. Mais, suivant moi, quarante pour cent serait manquer à la probité. Offrez soixante, et Mme Leuwen n'est pas obligée de *mettre à bas* son carrosse. Mme Leuwen sans voiture ! Il n'est pas un de nous à qui ce spectacle ne perçât le cœur. Il n'est pas un de nous à qui M. votre père n'ait donné en cadeau plus du montant de ses appointements. »

Lucien se taisait encore et cherchait à voir s'il était possible de cacher cet événement à sa mère.

« Il n'est pas un de nous qui ne soit décidé à tout faire pour qu'il reste à madame votre mère et à vous une somme ronde de 600 000 francs ; et d'ailleurs, ajouta Reffre (et ses sourcils noirs se dressèrent sur ses petits yeux), quand aucun de ces messieurs ne le voudrait, je le veux, moi qui suis leur chef, et, fussent-ils des traîtres, vous avez 600 000 francs, aussi sûr que si vous les teniez, outre le mobilier, l'argenterie, etc.

— Attendez-moi, monsieur », dit Lucien.

Ce détail de mobilier, d'argenterie, lui fit horreur. Il se vit s'occupant d'avance à partager un vol.

Il revint à M. Reffre après un gros quart d'heure ; il avait employé dix minutes à préparer l'esprit de sa mère. Elle avait, comme lui, horreur de la banqueroute, et avait offert le sacrifice de sa dot, montant à 150 000 francs, ne demandant qu'une pension viagère de 1 200 francs pour elle et 1 200 francs pour son fils.

M. Reffre fut atterré de la résolution de payer intégralement tous les créanciers. Il supplia Lucien de réfléchir vingt-quatre heures.

« C'est justement, mon cher Reffre, la seule et unique chose que je ne puisse pas vous accorder.

— Eh bien ! monsieur Leuwen, au moins ne dites mot de notre conversation. Ce secret est entre madame votre mère, vous et moi. Ces messieurs ne font tout au plus qu'entrevoir des difficultés.

— A demain, mon cher Reffre. Ma mère et moi ne vous regarderons pas moins comme notre meilleur ami. »

Le lendemain, M. Reffre répéta ses offres ; il suppliait Lucien de consentir à la banqueroute en donnant quatre-vingt-dix pour cent aux créanciers. Le surlendemain, après un nouveau refus, M. Reffre dit à Lucien :

« Vous pouvez tirer bon parti du nom de la maison. Sous la condition de payer toutes les dettes, dont voici l'état complet, dit-il en montrant une feuille de papier grand aigle chargée de chiffres, avec condition de payer intégralement et l'abandon de toutes les créances de la maison, vous pourrez vendre le nom de la maison 50 000 écus peut-être. Je vous engage à prendre des informations sous le sceau du secret. En attendant, moi qui vous parle, Jean-Pierre Reffre, et M. Gavardin (c'était le caissier), nous vous offrons 100 000 francs comptant, avec recours contre nous pour toutes sortes de dettes de feu M. Leuwen, notre honoré patron, même ce qu'il peut devoir à son tailleur et à son sellier.

— Votre proposition me plaît fort. J'aime mieux avoir affaire à vous, brave et honnête ami, pour 100 000 francs que de recevoir 150 000 francs de tout [autre], qui n'aurait peut-être pas la même vénération pour l'honneur de mon père. Je ne vous demanderai qu'une chose : donnez un intérêt à M. Coffe.

— Je vous répondrai avec franchise. Travailler avec M. Coffe le matin m'ôte tout appétit à dîner. C'est un parfait honnête homme, mais sa vue me *cire*. Mais il ne sera pas dit que la maison Reffre et Gavardin refuse une proposition faite par un Leuwen. Notre prix d'achat pour la cession complète sera 100 000 francs comptant, 1 200 francs de pension viagère pour madame, autant pour vous, monsieur, tout le mobilier, vaisselle, chevaux, voiture, etc., sauf un portrait de notre sieur Leuwen et un autre de notre sieur Van Peters, à votre choix. Tout cela est porté dans le projet d'acte que voici, et sur lequel je vous engage à consulter un homme que tout Paris vénère et que le commerce ne doit nommer qu'avec vénération : M. Laffitte. Je vais y ajouter, dit M. Reffre en s'approchant de la table, une pension viagère de 600 francs pour M. Coffe. »

Toute l'affaire fut traitée avec cette rondeur. Leuwen consulta les amis de son père, dont plusieurs, poussés à bout, le blâmèrent de ne pas faire banqueroute avec soixante pour cent aux créanciers.

« Qu'allez-vous devenir, une fois dans la misère ? lui disait-on. Personne ne voudra vous recevoir. »

Leuwen et sa mère n'avaient pas eu une seconde d'incertitude. Le contrat fut signé avec *MM. Reffre et Gavardin*, qui donnèrent 4 000 francs de pension viagère à Mme Leuwen parce qu'un autre commis offrait cette augmentation. Du reste, le contrat fut signé avec les clauses indiquées ci-dessus. Ces messieurs payèrent 100 000 francs comptant, et le même jour Mme Leuwen mit en vente ses chevaux, ses voitures et sa vaisselle d'argent. Son fils ne s'opposa à rien ; il lui avait déclaré que pour rien au monde il ne prendrait autre chose que sa pension viagère de 1 200 francs et 20 000 francs de capital.

Pendant ces transactions, Lucien vit fort peu de monde. Quelque ferme qu'il fût dans sa ruine, les commisérations du vulgaire l'eussent impatienté.

Il reconnut bientôt l'effet des calomnies répandues par les agents de M. le comte de Beausobre. Le public crut que ce grand changement n'avait nullement altéré la tranquillité de Lucien, parce qu'il était saint-simonien au fond, et que, si cette religion lui manquait, au besoin il en créerait une autre.

Lucien fut bientôt étonné de recevoir une lettre de Mme Grandet, qui était à sa maison de campagne près de Saint-Germain, et qui lui assignait un rendez-vous à Versailles, rue de Savoie, n° 62. Lucien avait grande envie de s'excuser, mais enfin il se dit :

« J'ai assez de torts envers cette femme, sacrifions encore une heure. »

Lucien trouva une femme perdue d'amour et ayant à grand-peine la force de parler raison. Elle mit une adresse vraiment remarquable à lui faire, avec toute la délicatesse possible, la scabreuse proposition que voici : elle le suppliait d'accepter d'elle une pension de 12 000 francs, et ne lui demandait que de venir la voir, en tout bien tout honneur, quatre fois la semaine.

« Je vivrai les autres jours en vous attendant. »

Lucien vit que s'il répondait comme il le devait il allait provoquer une scène violente. Il fit entendre que, pour certaines raisons, cet arrangement ne pouvait commencer que dans six mois, et qu'il se réservait de répondre par écrit dans vingt-quatre heures. Malgré toute sa prudence, cette ennuyeuse visite ne finit pas sans larmes, et elle dura deux heures et un quart.

Pendant ce temps, Lucien suivait une négociation bien différente avec le vieux maréchal ministre de la Guerre, qui, toujours à la veille de perdre sa place depuis quatre mois, était encore ministre de la Guerre. Quelques jours avant la course à Versailles, Lucien avait vu entrer chez lui un des officiers du maréchal qui, de la part du vieux ministre, l'avait engagé à se trouver le lendemain au ministère de la Guerre, à six heures et demie du matin.

Lucien alla à ce rendez-vous, encore tout endormi. Il trouva le vieux maréchal qui avait l'apparence d'un curé de campagne malade.

« Eh bien ! jeune homme, lui dit le vieux maréchal d'un air grognon, *sic transit gloria mundi !* Encore un de ruiné. Grand Dieu ! on ne sait que faire de son argent ! Il n'y a de sûr que la terre, mais les fermiers ne paient jamais. Est-il vrai que vous n'avez pas voulu faire banqueroute, et que vous avez vendu votre fonds 100 000 francs ?

— Très vrai, monsieur le maréchal.

— J'ai connu votre père, et pendant que je suis encore dans cette galère, je peux demander pour vous à Sa Majesté une place de six à huit mille francs. Où la voulez-vous ?

— Loin de Paris.

— Ah ! je vois : vous voulez être préfet. Mais je ne veux rien devoir à ce polisson de la Vaize. Ainsi, *pas de ça, Larirette.* (Ceci fut dit en chantant.)

— Je ne pensais pas à une préfecture. Hors de France, voulais-je dire.

— Il faut parler net entre amis. Diable ! je ne suis pas ici *pour vous faire* de la diplomatie. Donc, secrétaire d'ambassade ?

— Je n'ai pas de titre pour être premier ; je ne sais pas le métier. Attaché est trop peu : j'ai 1 200 francs de rente.

604

— Je ne vous ferai ni premier, ni dernier, mais second. M. le chevalier Leuwen, maître des requêtes, lieutenant de cavalerie, a des titres. Écrivez-moi demain si vous voulez ou non être second. »

Et le maréchal le congédia de la main, en disant :

« Honneur ! »

Le lendemain, Lucien, qui pour la forme avait consulté sa mère, écrivit qu'il acceptait.

En revenant de Versailles, il trouva un mot de l'aide de camp du maréchal qui l'engageait à se rendre au ministère, le même soir, à neuf heures. Lucien n'attendit pas. Le maréchal lui dit :

« J'ai demandé pour vous à Sa Majesté la place de second secrétaire d'ambassade à Capel. Vous aurez, si le roi signe, 4 000 francs d'appointements, et de plus une pension de 4 000 francs pour les services rendus par feu votre père, sans lequel ma loi sur... ne passait pas. Je ne vous dirai pas que cette pension est solide comme du marbre, mais enfin cela durera bien quatre ou cinq ans, et dans quatre ou cinq ans, si vous servez votre ambassadeur comme vous avez servi de Vaize et si vous cachez vos principes jacobins (c'est le roi qui m'a dit que vous étiez jacobin, c'est un beau métier, et qui vous rapportera gros) ; *enfin, bref,* si vous êtes adroit, avant que la pension de 4 000 francs ne soit supprimée vous aurez accroché six ou huit mille francs d'appointements. C'est plus que n'a un colonel. Sur quoi, bonne chance. Adieu, j'ai payé ma dette, ne me demandez jamais rien, et ne m'écrivez pas. »

Comme Leuwen s'en allait :

« Si vous ne recevez rien de la rue Neuve-des-Capucines d'ici à huit jours, revenez à neuf heures du soir. Dites au portier en sortant que vous reviendrez dans huit jours. Bonsoir. Adieu. »

Rien ne retenait Lucien à Paris, il désirait n'y reparaître que lorsque sa ruine serait oubliée.

« Quoi ! vous qui pouviez espérer tant de millions ! » lui disaient tous les nigauds qu'il rencontrait au foyer de l'Opéra.

Et plusieurs de ces gens-là le saluaient de façon à lui dire : « Ne nous parlons pas. »

Sa mère montra une force de caractère et un esprit du meilleur goût ; jamais une plainte. Elle eût pu garder son appartement dix-huit mois encore. Avant le départ de Lucien, elle s'était établie dans un appartement de quatre pièces au troisième étage, sur le boulevard. Elle annonça à un petit nombre d'amis qu'elle leur offrirait du thé tous les vendredis, et que pendant son deuil sa porte serait fermée tous les autres jours.

Le huitième jour après la dernière entrevue avec le maréchal, Lucien se demandait s'il devait se présenter ou attendre encore quand on lui apporta un grand paquet adressé à M. le chevalier Leuwen, second secrétaire d'ambassade à [Capel]. Lucien sortit à l'instant pour aller chez le brodeur commander un petit uniforme ; il vit le ministre, reçut un quartier d'avance de ses appointements, étudia au ministère la correspondance de l'ambassade de Capel, moins les lettres secrètes. Tout le monde lui parla d'acheter une voiture, et trois jours après avoir reçu avis de sa nomination il partit bravement par la malle-poste. Il avait résisté héroïquement à l'idée de se rendre à son poste par Nancy, Bâle et Milan.

Il s'arrêta deux jours, avec délices, sur le lac de Genève, et visita les lieux que la *Nouvelle Héloïse* a rendus célèbres ; il trouva chez un paysan de Clarens un lit brodé qui avait appartenu à Mme de Warens.

A la sécheresse d'âme qui le gênait à Paris, pays si peu fait pour y recevoir des compliments de condoléances, avait succédé une mélancolie tendre : il s'éloignait de Nancy peut-être pour toujours.

Cette tristesse ouvrit son âme au sentiment des arts. Il vit, avec plus de plaisir qu'il n'appartient de le faire à un ignorant, Milan, Saronno, la chartreuse de Pavie, etc. Bologne, Florence le jetèrent dans un état d'attendrissement et de sensibilité aux moindres petites choses qui lui eût causé bien des remords trois ans auparavant.

Enfin, en arrivant à son poste, à Capel, il eut besoin de se sermonner pour prendre envers les gens qu'il allait voir le degré de sécheresse convenable.

DISTRIBUTION

ALLEMAGNE

SWAN BUCH-VERTRIEB GMBH
Goldscheuerstrasse 16
D-77694 Kehl/Rhein

BELGIQUE

UITGEVERIJ EN BOEKHANDEL
VAN GENNEP BV
Spuistraat 283
1012 VR Amsterdam
Pays-Bas

CANADA

EDILIVRE INC.
DIFFUSION SOUSSAN
5518 Ferrier
Mont-Royal, QC H4P 1M2

ESPAGNE

PROLIBRO, S.A.
CL Sierra de Gata, 7
Pol. Ind. San Fernando II
San Fernando de Henares

RIBERA LIBRERIA
Dr Areilza 19
48011 Bilbao

ÉTATS-UNIS

POWELL'S BOOKSTORE
1501 East 57th Street
Chicago, Illinois 60637

TEXAS BOOKMAN
8650 Denton Drive
75235 Dallas, Texas

FRANCE

BOOKKING INTERNATIONAL
60 rue Saint-André-des-Arts
75006 Paris

GRANDE-BRETAGNE

SANDPIPER BOOKS LTD
22 a Langroyd Road
London SW17 7PL

ITALIE

MAGIS BOOKS s.r.l.
Vicolo Trivelli 6
42100 Reggio Emilia

LIBAN

SORED
BP 166210
Rue Mar Maroun
Beyrouth

MAROC

LIBRAIRIE DES ÉCOLES
12 av. Hassan II
Casablanca

PORTUGAL

CENTRALIVROS
Av. Cintura do Porto de Lisboa
Urbanizacao da Matinha A-2C
1900 Lisboa

PAYS-BAS

UITGEVERIJ EN BOEKHANDEL
VAN GENNEP BV
Spuistraat 283
1012 VR Amsterdam

SUÈDE

LONGUS BOOK IMPORTS
Box 30161
S - 10425 Stockholm

SUISSE

LIVRART S.A.
Z.I. 3 Corminboeuf
Case Postale 182
1709 Fribourg

TAIWAN

POINT FRANCE LIVRE
Diffusion de l'édition française
Han Yang Bd 7 F
374 Pa Teh Rd.
Section 2 - Taipei

IMPRIMÉ EN FRANCE PAR BRODARD ET TAUPIN
Usine de La Flèche (Sarthe), le 15-10-1994
B/113-94 – Dépôt légal, octobre 1994

ISBN : 287714-215-9